이 그림은 나폴레옹 당시의 종군화가들이 그린, 생생한 현장감이 담긴 작품이다.

1퍼센트의 가능성, 그것이 나의 길이다.
—나폴레옹

알프스를 넘어서(1800.5) 카를 베르네 그림, 로네 완성.

나폴레옹
2

NAPOLÉON
by Max Gallo

Copyright © Éditions Robert Laffont, Paris, 1997
Korean Translation Copyright © 1998 by MUNHAKDONGNE Publishing Corp.
All rights reserved.

This Korean edition is published by arrangement with
Éditions Robert Laffont, Paris through Sibylle Books Literary Agency, Seoul.

이 책의 한국어판 저작권은 시빌 에이전시를 통해
프랑스 로베르라퐁사와 독점 계약한 (주)문학동네에 있습니다.
저작권법에 의해 한국 내에서 보호를 받는 저작물이므로
무단 전재 및 무단 복제를 금합니다.

이 도서의 국립중앙도서관 출판예정도서목록(CIP)은
서지정보유통지원시스템 홈페이지(http://seoji.nl.go.kr)와
국가자료공동목록시스템(http://www.nl.go.kr/kolisnet)에서 이용하실 수 있습니다.
(CIP제어번호: CIP2006001062)

나폴레옹
NAPOLÉON

전장의 신

막스 갈로 장편소설 | 임헌 옮김

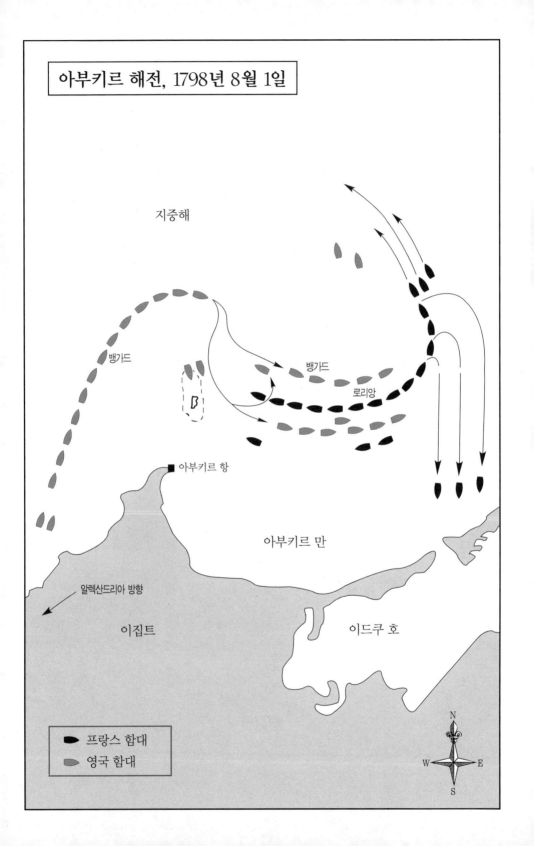

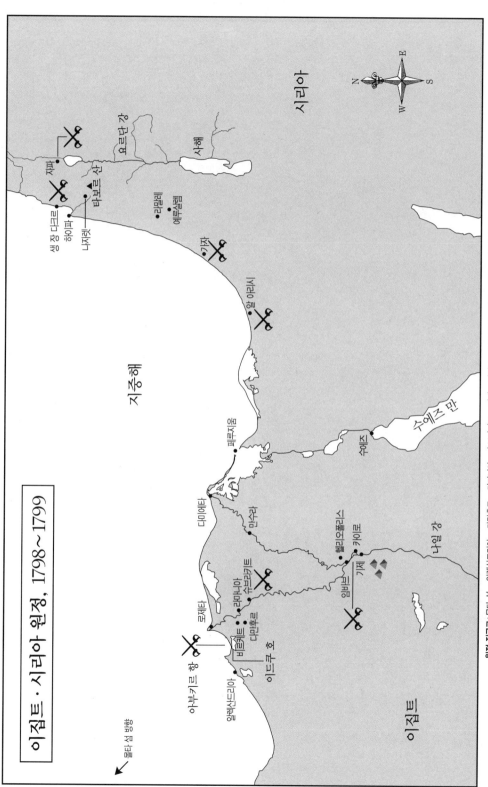

이집트 · 시리아 원정, 1798~1799

지중해

시리아

이집트

N · E · S · W

물타 섬 방향

아부키르 항
알렉산드리아
로제타
부톨로스
라마니아
다만후르
이드쿠 호
슈브라키트
다미에타
만수라
페루지움

생장다크르
하이파
자파
나자렛
타보르 산
요르단 강
라믈레
예루살렘
사해

기자
아리시

엘리오폴리스
카이로
기제
베넴
수에즈
수에즈 만

나일 강

원정 진군로 : 몰타 섬 → 알렉산드리아 → 다만후르 → 라마니아 → 슈브라키트 → 카이로 → 엘 아리시 → 가자 → 자파 → 하이파 → 생장다크르 → 자파 → 가자 → 엘 아리시 → 카이로 → 기제 → 카이로 → 생장다크르 → 카이로 → 아부키르

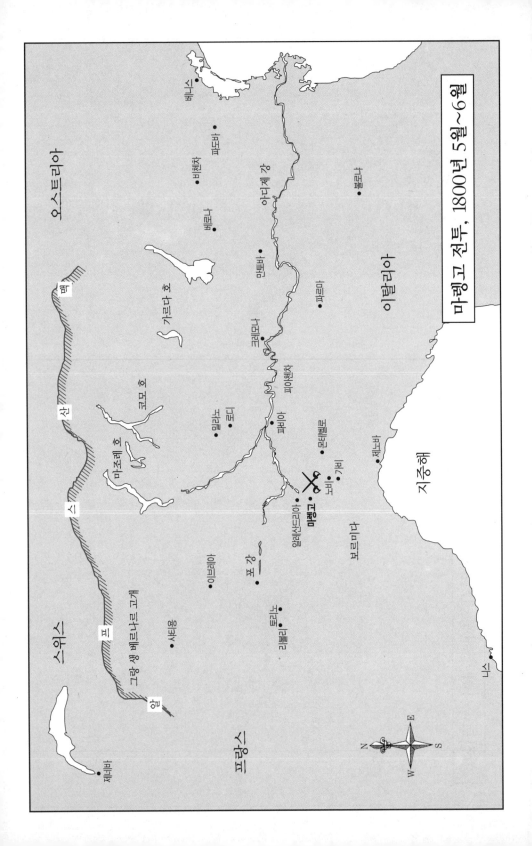

마렝고 전투, 1800년 5월~6월

오스트리아

이탈리아

프랑스

스위스

지중해

베네스

파도바

비첸차

베로나

아디제 강

볼로냐

만토바

파르마

가르다 호

크레모나

피아첸차

마조레 호

코모 호

밀라노

로디

파비아

몬테벨로

노비

가비

마렝고

알레산드리아

보르미다

제노바

포 강

이브레아

살루초

토리노

리볼리

니스

세눔

그랑 생 베르나르 고개

제네바

알프스 산

N
E
W
S

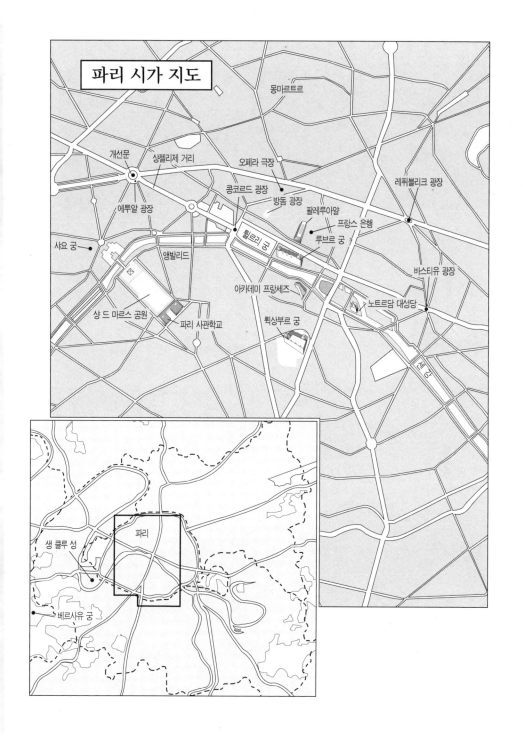

나는 일개 왕이 아니다.
나는 군인이며, 민중의 가슴에서 솟구친
대혁명의 아들이다.
―나폴레옹 보나파르트

나폴레옹은 설명할 수 없다.
그는 가장 설명할 수 없는 인간이다.
그는 무엇보다, 그리고 특히 앞으로 올, 그러나
멀리 있지 않은 '절대적 존재의 전조'이기 때문이다.
나폴레옹, 그는 어둠 속에 묻힌 신의 얼굴이다.
―레옹 블루아

차 례

제 1 부

위대해진다는 것, 그것은
모든 것을 장악한다는 것이다

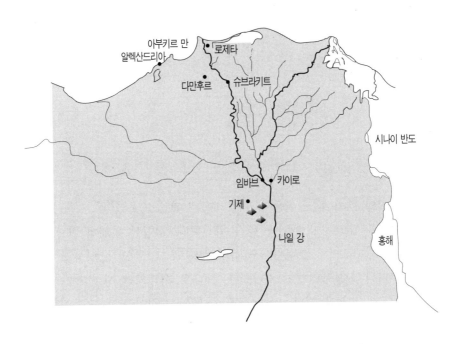

1798년 5월 19일 ~ 1799년 10월 9일

1
영광은 그때 정복된다

로리앙 호의 함교 위에서, 나폴레옹은 귀를 기울였다.

함대는 코르시카 해안을 따라 항진했다. 화창한 날씨에 바람도 부드러웠다. 벌써 보니파시오 갑이 보이고, 그 너머 수평선 위로 사르데냐 산봉우리들이 지나갔다. 이대로 항해하면 시칠리아, 몰타, 크레타 섬을 지나, 알렉산드리아에 이를 것이다.

나폴레옹의 명을 받고 상갑판에 집합한 군악대가 연주를 시작했다. 가까운 전함들에서는 팡파르로 대답해왔다. 갑판 위에 모인 병사들의 목소리가 북소리에 섞여 바다 멀리 퍼져나갔다. 1794년 이후 전군의 군가가 된 '출발의 노래'가 배에서 배로 울려퍼졌다.

승리의 노래가 우리에게 철책을 열어주노라
자유가 우리의 진군을 인도하노라
북에서 남까지 전투의 트럼펫이
전투의 시간을 알리니
두려워하라, 프랑스의 적들이여.

인간은 이런 집단 감응을 필요로 한다. 후렴이 반복되었다.

공화국이 우리를 부른다
정복하자, 아니면 죽자
프랑스인은 공화국을 위해
살아야 한다
프랑스인은 공화국을 위해
죽어야 한다.

브뤼예스 제독이 다가와 큰 소리로 말했다. 나폴레옹이 고개를
돌려, 제독을 바라보았다. 그는 며칠 전부터 제독이 보이는 초조
감을 알고 있었다. 바스티아 쪽으로 접근했던 쾌속선이 멀리서 영
국 함대를 관측했으며, 제노바에서도 동일한 정보를 전해왔다. 넬
슨 제독의 '뱅가드 호'를 앞세운 영국 함대가 프랑스 함대를 추격
하고 있다는 정보였다. 나폴레옹은 말없이 자리를 떴다.
　몇 주 전부터 그는 평화를 만끽하고 있었다. 특히 출발에 앞서
며칠 동안은 불안에 시달렸지만, 바다에 들어선 이후 그의 기분은
가볍고 상쾌했다. 오랜만에 맛보는 여유와 내면의 기쁨을 음미했
다. 그는 운명을 바람과 바다, 그리고 우연의 손에 맡겨두고 싶었
다. 지금은 어떤 것에도 의지를 발동하고 싶지 않았다. 이제 아무
것도 할 수 없다. 영국 함대가 수평선에 나타나 전투가 시작되면,

그때 결정하고 선택하리라. 그러니 제독, 지금은 입을 다물라, 함대의 항진이나 감독하라. 날씨가 허락하면 돛을 고치고, 돛줄을 당겨 최대한 빨리 목표지점에 도달하라.

밤이 내리고 있었다. 군악대도 차례차례 연주를 그친 바다에는 돛과 돛대가 삐걱거리는 소리와 뱃전에 부딪치는 물결 소리뿐. 깃발을 펄럭이며 장엄한 도시처럼 바다를 온통 점령한 함대 행렬도 어둠에 묻혀 사라졌다. 나폴레옹은 둥근 하늘을 바라보았다. 은하수가 함대처럼 밤하늘을 지나고 있었다. 수천 개의 별들로 구성된 저 은하수의 항진을 무엇이 막을 수 있으랴.

나폴레옹은 자신만만했다. 그는 지금 운명의 한 끝에서 다른 끝으로 달려가는 중이다. 저 은하수 같은 함대와 수만 명의 인간들을 데리고.

하늘을 바라보던 시선을 거두고 그는 함교를 떠났다. 그의 선실 바로 옆에 만든 거대한 '우정의 살롱', 그곳에 그가 초대한 장교들과 파견단이 그를 기다리고 있었다. 그가 들어서자, 저녁 만찬이 시작되었다.

그는 엄격한 규율로 함대를 통솔했다. 명령을 전달하는 부리엔은, 나폴레옹이 자주 사용하는 '궁정 예법'이라는 표현에 놀라워했다. 하긴 총사령관인 나폴레옹으로서는 못 할 것도 없었다. 다른 곳도 아닌 바다에서는 특히 그랬다. 게다가 열사의 사막에서 숱한 날을 걸고 싸워야 하는 그들에게는 질서와 규율, 위계질서가 절대로 필요했다. 정상에까지 이르는 단계는 존중되어야 하며, 장식과 집기도 '총사령관은 특별한 인간이다'라는 점을 각인시키도록 특별해야 했다.

로리앙 호의 갑판 위로 멀미하는 인간들이 몰려들었다. 음식은 나날이 형편없어지고, 그들의 옷은 쏟아내는 구토로 젖어 있었다. 거의 모두가 환자였다. 그러나 총사령관과 측근들은 이러한 공통적 운명에서 벗어나 있어야 했다. 사치를 좋아해서가 아니다. 그들은 지휘하는 인간들이고, 그들이 누리는 특권은 책임감과 중요한 역할의 표시였다.

나폴레옹은 그가 로리앙 호에서 누리는 생활을 비판하는 사람들이 있다는 것을 알고 있었다. 사람들은, 그가 군대에서 궁정 같은 삶을 누린다고 말했다. 불평에 대한 보고가 줄을 잇는 중에, 살롱을 지나던 나폴레옹은 누군가 내뱉는 말에 발걸음을 멈췄다.

"특권을 누리며 으스대기 위해서라면 놀랄 게 없지, 하지만 이건 조국과 자유에 대한 사랑으로 도박을 하자는 거잖아?"

나폴레옹이 쏘아보자, 모두가 고개를 숙이고 시선을 피했다. 그는 강한 목소리로 말했다.

"귀관들, 도박 한번 즐겨볼까. 행운의 여신이 누구에게 특권과 불평등을 주는지 보자구."

사람들이 웅성거리며 몰려들었다. 그가 루이 금화를 걸고 벌인 베르사유 궁전의 카드놀이 '파라오'에서, 꾼들이 판돈을 챙겼다.

도박에도 평등이 있는가? 거기서는 우연이 지배하며, 승자와 패자를 고를 뿐이다. 인생에서는 어떤가?

나폴레옹은 측근들 사이에 앉아 말했다.

"평등에 대해 얘기해볼까. 당연히 불평등에 관한 얘기도 나오겠지."

그는 옆에 앉은 몽주와 부리엔, 카파렐리 장군을 바라보았다. 쥐노는 벌써 졸고 있고, 으젠 드 보아르네는 꿈을 꾸고, 베르톨레*

* 프랑스의 화학자, 1749~1822.

는 투덜거렸다. 하지만 누구도 나폴레옹이 주도하는 이 일상적인 토론에서 빠져나갈 수 없었다. 생각이란 것은 영원히 진행중이어야 한다. 매순간, 사소한 시선 하나에도 인간들의 사유는 태동하기 때문이다.

그가 말했다.

"불평등은……."

그들이 루소를 읽었을까? 카파렐리가 말을 받았다.

"소유권을 인정하는 법률은, 곧 횡령과 절도를 인정하는 것과 같습니다."

주장과 논박이 벌어졌다.

토론이 무르익을 즈음, 나폴레옹이 갑판으로 나가자고 말했다. 부드러운 날씨였다. 측근들이 우르르 따라나왔다. 그들은 갑판에 앉아 토론으로 밤을 보냈다. 이 '학사원' 세미나는 내일 계속될 것이다.

나폴레옹은 부리엔에게 그의 방으로 따라오라 명하고 침대에 드러누웠다. 침대의 요동을 막기 위해 침대 발치에 쇠공을 매달게 했지만 소용없었다. 부리엔이 나폴레옹에게 책을 읽어주고 있는데, 몽주와 베르톨레가 방으로 들어왔다. 그들은 신과 이슬람, 민중에게 필요한 종교에 관하여 이야기를 나눴다. 갑자기 나폴레옹은 대화를 중단시키고, 부리엔에게 『코란』을 읽으라고 명했다. 코란은 정치 항목으로 분류되어 『성서』 옆에 꽂혀 있었다.

6월 9일 이른 아침, 나폴레옹은 로리앙 호의 함교 위로 올라가, 브뤼예스 제독이 가리키는 지점을 바라보았다. 수평선에, 여러 개의 돛들이 흰구름처럼 모여 있었다. 망원경으로 보니, 치비타 베키아에서 파견된 순양함이 대함대와 만나고 있었다. 바다 너머로 갈색의 땅덩어리가 희미하게 보였다. 몰타 섬과, 거기에서 몇백 미터 떨어져 위치한 고조 섬이었다.

나폴레옹은 칼을 가져오라 명하고, 몰타의 홈페쉬 대기사에게 보낼 최후통첩을 구술하기 시작했다.

〈나는 모든 배에 실을 물이 필요하오…… 기사들의 항복을 요구하는 바이오.〉

장교들을 싣고 섬에 상륙할 두 척의 대형 보트가 내려졌다. 그들이 어떤 대답을 가져오든 상관없었다. 섬은 정복될 것이다.

섬의 정복은 원정 계획의 일부였다. 몰타 섬은 동방 원정의 전초기지로서, 중요한 역할을 수행해야 했다. 그는 구술했다.

〈보나파르트 장군은 우호의 원칙을 따르겠지만, 사정이 여의치 않으면 무력을 사용할 수도 있을 것이오.〉

상륙 준비가 완료되었다.

'라마르세예즈'를 합창하는 소리가 들려왔다. 고조 섬의 수비를 돌파하는 제9여단 병사들의 목소리였다. 나폴레옹은 망원경으로 그들을 바라보며 명령을 내렸다. 수병들이 바쁘게 밧줄들을 움직이며 보트들을 내렸다. 보병들이 상륙한 잠시 후, 몇 명의 여자들도 보트에 내렸다. 벌써 섬의 여기저기서 화염이 솟구쳤다.

나폴레옹은 포병대의 발포를 지휘하며 힘을 과시했다. 누구도 그를 막을 수 없음을 보여주어야 했다. 몇 시간 지나지 않아, 대기사 홈페쉬가 협상을 요구해왔다.

섬에 상륙한 나폴레옹은 라발레트의 거리들을 활보했다. 바둑판 형태로 짜여진 도로들이 뻗어 있는 시내를 천천히 걸으며, 그는 이탈리아에서처럼 여기서도 이 땅에 담긴 역사의 흔적을 느끼고자 했다. 십자군 기사의 후계자로서.

나폴레옹은 프랑스 공화국 깃발이 휘날리는 궁전으로 섬의 기사들을 초대했다. 어제까지 그 기사들의 궁전이었지만, 이제 주인이 바뀐 것이다. 그가 말했다.

"프랑스 혈통이며 서른 살 미만인 기사들은, 이번 원정에 합류하여 영광을 얻을 수 있소. 나머지 사람들은 사흘 안으로 섬을 떠나시오."

나폴레옹은 섬을 돌아보았다. 그는 한 국가의 주인이었다. 이 땅에서는 그 무엇도 그의 의지에 저항할 수 없었다. 그것이 그의 상상력을 자극했다.

그는 섬의 행정체계를 재조직하고, 그에 따르는 법전과 법령을 구술했다. 궁전의 중앙홀을 둘러보며 구술을 계속하던 그는, 기사들의 문장(紋章) 앞에서 잠시 구술을 중단하고 생각에 잠겼다. 몇 세기가 걸려 세운 이 나라를, 그는 단 몇 시간 만에 완전히 다른 국가로 만들었다. 그리고 열여섯 개의 항목으로, 섬의 모든 행정을 정착시키고 귀족제도도 없앴다. 몇 세기를 지속해온 모든 것을, 단 몇 시간 만에 뒤집은 것이다. 그는 자신을 관찰하는 참모들의 시선을 느끼고 있었다. 그에 대한 경탄과 존경심으로 몸이 얼어붙은 그들의 시선을.

북부 이탈리아에 치살피나 공화국과 리구리아 공화국을 만들던 시절, 이미 그는 자신이 권력의 고지에 오를 것을 예감했었다. 세상의 질서를 완전히 바꾸리라. 군대를 지휘하는 인간으로서, 혁명을 일으키는 민중만큼이나, 아니 그 이상의 일을 할 수 있으리라. 하층민과 그들이 초래하는 무질서를 다스릴 수 있으리라. 그는 가슴이 벅차올랐다. 자신의 작품에 자부심을 느꼈다.

그는 라발레트 거리를 지나, 그의 명에 따라 제철소로 바뀐 성 요한 대성당에 들어갔다. 예배당마다 기념물의 금과 은을 녹이는 화덕들이 설치되어 있었고, 십여 명의 일꾼들이 그 값진 물건들을 망치로 내리쳐 화덕에 던져넣고 있었다.

기사 궁전에 들어선 그는 포고문을 읽어보고는 게시하라고 명했다.

〈몰타 섬의 주민들은 이제 프랑스 시민이며 공화국의 일원이다…… 인간은 출생의 우연에 모든 것이 좌우되는 것은 아니다. 각자의 장점과 재능에 따라 운명을 개척할 수 있다…….〉

날들이 흘러갔다. 기사 궁전의 정원을 거닐며, 나폴레옹은 장군들에게 귀기울였다. 란 장군이 고조 섬의 수녀원을 약탈한 병사들의 태도를 비난했다. 병사들이 장교들을 위협하며 수녀들을 강간하려 했다는 거였다. 수많은 창녀들이 프랑스 군인들을 유혹하고 있다는 말도 들렸다.

그는 유심히 들으며 생각했다. 사람들은 무엇을 기억할까? 이곳의 광산들? 약탈당한 집들, 녹여버린 기념물들, 강간당한 여자들, 난폭한 병사들, 죽은 사람들, 아니면 알렉산드리아에 가는 길에, 그가 정복자로서 한때 여기에 존재했다는 사실?

무엇일까? 민중들은 기억 속에 무엇을 간직할까? 힘에 대한 기억일까, 아니면 몰타 섬 도형장에 갇힌 2천 명의 회교도 노예들을 그가 해방시켰다는 사실일까?

그는 궁전의 정원에 앉았다. 한 병사가 그에게 방금 딴 오렌지를 가져왔다. 두꺼운 껍질 속에서 과육의 시고 풍부한 과즙이 비로드처럼 신선하게 흘러넘쳤다.

1798년 6월 18일, 몰타 섬에서의 임무는 완성되었고 바람은 적당했다. 나폴레옹은 브뤼예스 제독에게 출발 준비를 명했다. 로리앙 호가 출항하자, 몰타 섬에 남은 주둔군이 몇 발의 대포를 발사하며 대장정의 성공을 기원했다.

몇 시간이 지나자, 바다는 미풍에도 불구하고 점점 열기를 더해

갔다. 오전중 잿빛 안개에 감싸인 그리스와 시테라 섬, 크레타 섬의 해안들을 따라갔다. 섬들을 감싸고 있는 안개는 아침과 저녁에 부는 바람에 잠시 흩어졌다가 다시 몰려들었다. 나폴레옹은 함교에 앉아, 섬들을 꿈꾸듯 바라보며 주위 장교들에게 이야기했다. 이곳은 오디세우스가 체류했던 땅들이며, 저곳은 로마의 갤리선들이 지났던 해안들. 신화의 기원인 미노스의 왕국이 여기 있었다.

그는 역사로 가득 찬 이 풍경들과 공감하는 유일한 인간인 듯, 그리스 도시국가들과 제국들, 서방과 동방의 영광과 몰락을 이야기했다. 한 인간의 의지가 필요했다. 새로운 힘으로 국경들을 다시 그리기 위해서는, 카이사르나 알렉산더 같은 인간이어야 했다. 그때, 영광은 정복된다.

6월 27일 황혼이 내릴 무렵, 나폴레옹은 브뤼예스 제독에게 쾌속선 '주노(빛과 결혼의 여신) 호'를 로리앙 호의 고물에 대라고 명령했다.

뱃전을 맞댄 쾌속선 갑판 위에 모여선 병사들은 말없이 기다렸다. 그들은 신탁을 기다리듯 명령을 기다리고 있었다. 그러나 그들에게 명령을 내리는 것은 신이 아닌, 나폴레옹이었다. 쾌속선 사령관은 그의 지시에 귀를 기울였다.

"알렉산드리아로 들어가, 프랑스 영사 마갈롱을 태우고 오도록."

쾌속선이 돌아오기를 기다리며, 함대는 항해를 계속했다. 날씨가 서늘해지더니, 북풍이 몰아치며 함대의 배들을 흔들었다. 바람이 갈수록 드세지면서, 파도가 높게 일고 짐들이 갑판 위를 나뒹굴었다. 갑판 위에 모여선 병사들은 멀미를 하면서도 나폴레옹의 포고문 낭독을 듣기 위해 안간힘으로 버티고 있었다. 나폴레옹은, 장교들이 낭독하는 포고문에 귀를 기울이는 병사들을 바라보았다. 이 폭풍 속에 서 있기도 힘들겠지만, 그들을 이해시켜야 했다.

"강간하는 자는 괴물이다…… 약탈하는 자는 우리의 명예를 더럽히는 자이다."

그들은 경고받은 것이다. 그가 모든 것을 막을 수는 없을 것이다. 전쟁의 인간들을 그는 잘 알고 있었다. 그러나 그는 엄벌할 힘이 있었다. 지휘한다는 것은 그런 것이다. 그들에게 경고하고, 키우기 위해 말하는 것이다. 그들에게 한 차원 높은 인간이 되라고 말한다.

〈병사들이여! 그대들은 정복을 시도하고 있다. 이번 정복이 세계의 문명과 교역에 끼치는 영향은 이루 말할 수 없다…… 우리는 피곤한 항진을 계속해야 하고, 몇 차례 전투를 해야 한다. 모든 작전에서 우리는 성공할 것이다. 운명은 우리 편이다. 우리와 함께 살게 될 민중은 마호메트 교도들이다. 그들의 믿음의 첫번째 신조는 이러하다. '오직 하나의 신만이 있다. 마호메트는 그의 예언자다.' 그들을 윽박지르지 말라. 유태인과 이탈리아인들을 대했던 것처럼, 그들을 대하라. 랍비나 주교들을 대하듯이, 그들의 '무프티(이슬람교의 법률 권위자)'나 '이맘(이슬람 세계의 정신적 지도자)'을 대하라. 『코란』에 따른 제식이나 '모스크(이슬람 사원)'에 대하여, 수도원이나 '시나고그(유태교 회당)', 모세교나 기독교를 대할 때와 똑같은 관용으로 대하라. 로마 군단은 모든 종교를 보호하였다. 그대들은 여기서 유럽과는 다른 풍습을 발견할 것이다. 그것에 익숙해져야 한다. 그대들이 만날 첫번째 도시는 알렉산더가 세운 도시다. 내딛는 걸음마다 그대들은 우리 프랑스인들의 경쟁심을 부추길 만한 역사적 추억들을 만나게 될 것이다.〉

우렁찬 만세 소리가 몇 차례 이어졌다. 바람이 너무 강하고, 바다는 너무 거칠었다.

6월 30일, 폭풍 속에 주노 호가 돌아왔다.

파도가 너무 높아 뱃전에 닿기가 힘들었지만, 영사 마갈롱은 위험을 무릅쓰고 로리앙 호에 올랐다. 나폴레옹은 그의 선실에 홀로 앉아 마갈롱을 맞았다.

"열 척이 넘는 강력한 영국 함대가 알렉산드리아 항구를 막 떠나는 걸 보았습니다. 그들은 프랑스 함대를 기다리며 순찰하고 있을 겁니다."

마갈롱의 말을 말없이 듣던 나폴레옹은 갑판 위로 올랐다. 브뤼예스 제독의 표정에 초조감이 완연했다. 영국 함대의 넬슨 제독이 멀지 않은 곳에 있었다. 폭풍은 프랑스군의 상륙을 방해할 터였다. 상황이 좋지 않았다. 브뤼예스는 기다릴 것을 고집했다. 나폴레옹은 담담한 어조로 말했다.

"제독, 잃을 시간이 없소. 운명은 나에게 사흘을 주었소. 그 시간을 이용하지 못하면, 우리는 패배할 것이오. 위대해진다는 것, 그것은 모든 것을 장악한다는 것이오. 나는 사소한 것이 유발하는 사건들까지 다 장악하오."

나폴레옹은 알렉산드리아 서쪽, 마라부 만으로의 상륙작전을 명했다.

로리앙 호에서 내린 병력들을 가득 실은 보트들이 거센 파도에 휩쓸리는 모습이 보였다. 병사들의 비명 소리가 들렸다. 그들은 대부분 수영을 할 줄 몰랐다. 급박한 순간이었다. 뒷짐을 지고 갑판 위를 걷는 나폴레옹의 온몸을 불안과 초조가 휩싸안았다.

1798년 7월 1일 오후 네시, 그는 해안에 다가가기 위해, 몰타 섬에서 가져온 갤리선에 몸을 실었다. 그리고는 작은 보트에 뛰어내려 해안으로 다가갔다. 새벽 한시, 그는 마침내 알렉산드리아에 발을 딛었다.

마침내 이 땅!

그는 큰 걸음으로 땅 위를 걸으며 첫번째 명령을 내렸다. 밤의
고요를 뚫고, 병력들이 속속 상륙했다. 그는 안정을 되찾으며 단
호해졌다. 그는 텐트 안에 누웠다. 알렉산더 대왕이 걸었던 대지
에 몸을 눕히고 잠을 청했다.

새벽 세시, 나폴레옹은 잠자리를 털고 일어나 군대를 사열했다.
병사들은 온통 젖어 있었다. 천천히 걸음을 옮기며 그들의 얼굴을
살펴보던 나폴레옹은, 클레베르와 므누, 봉의 사단에 알렉산드리
아로 진군하라는 명령을 내렸다.

이젠 고요한 바다가 아닌, 사막의 전장이었다. 여기에서 총사령
관을 뛰어나게 하는 것은 사치가 아닌, 용기와 과감성이었다.

나폴레옹은 힘찬 걸음으로 행군의 선두에 섰다. 그의 곁에서,
나무 의족을 단 카파렐리 장군이 걸었다.

오래 지나지 않아, 태양과 갈증, 모래, 베두인 족(중동의 사막
지대에 사는 유목민족), 눈을 멀게 하는 강렬한 빛의 지배가 시작
되었다. 불 같은 열기가 숨을 막았다. 모직 군복은 흐르는 땀에
온통 젖어들었다.

비명 소리와 고함 소리가 들려왔다. 탈진한 병사들이 타는 열기
와 갈증에 입술과 혀가 부풀어오른 채 쓰러져갔다. 나폴레옹은 뒤
도 돌아보지 않고 걸었다.

우물들은 말라 있었다.

홀연, 모래언덕 위로 알렉산드리아 요새들이 나타났다.

수백 미터 앞에, 폼페이의 기둥이 보였다.

그곳으로 다가간 나폴레옹은 초석에 앉았다. 한 장교가 몰타 섬
의 오렌지를 가져왔다. 오렌지를 깨물자, 달콤쌉싸름한 과즙이 그
의 타는 입 안을 적시며 흘렀다.

2
사천 년이 그대들을 굽어보고 있다

찌는 듯한 더위를 가르는 첫 발포의 순간부터, 나폴레옹은 알고 있었다. 기병 전령의 보고에 따르면, 알렉산드리아 주민들이 클레베르 사단의 선발대에 돌과 총탄 세례로 맞서고 나섰다. 프랑스군은 이집트 기병대와 수비대를 쓸어버렸지만, 도시 곳곳에서 저항이 계속되고 있었다. 프랑스 군대가 한 회교 사원에 발포하고 진입하여 그 안에 있던 남자와 여자, 아이들을 향해 무차별 난사했다. 클레베르 장군이 대량학살을 겨우 중단시켰다는 것이다.

보고를 마친 전령은 다시 떠났다. 도심 쪽에서, 폭발음에 뒤섞여 여자들의 비명 소리가 들려왔다. 서로 부축하고 걸어가던 부상자들이 포탄이 떨어지는 땅 위로 쓰러졌다.

나폴레옹은 그 순간부터 예감했다.

이 땅에서는, 전쟁의 야만성에 반감과 증오가 첨가될 것이라는 것을. 질식할 듯한 열기, 눈을 태워버릴 듯한 빛, 입 안을 말리고 살갗을 자극하는 건조한 기온이 인간의 증오심을 극도로 부추기리라는 걸. 나폴레옹 역시 밤을 새는 행군으로 온몸이 나른하고 발에 피멍이 들었다. 이런 최악의 환경에 맞서기 위해서는, 매순간 긴장하고 난관을 극복하면서 병사들에게 행군과 전투를 명령해야 했다.

여기서는 모든 것이 어려우리라. 가혹하리라. 약해지는 자를 기다리는 건 죽음밖에 없으리라. 밀라노의 코르소 저택과 몸벨로와 파사리아노의 성들, 뤽상부르 궁의 행사들, 갈리페 저택에서 탈레랑이 베푼 환영만찬…… 이런 달콤한 추억은 잊어야 하리라.

탈레랑은 콘스탄티노플(지금의 터키 수도인 이스탄불)로 떠났을까? 탈레랑은 이번 이집트 침공이 투르크와 긴장을 유발하기 위한 것이 아님을 알리는 임무를 맡고 있었다. 나폴레옹은 의구심에 사로잡혔다. 이탈리아를 잊어야 했다. 조제핀도 잊어야 했다. 병사들도 모두 그래야 했다.

그런데 과연 이탈리아 관할군에서 온 병사들이 그럴 수 있을까?

바라스와 뢰벨 총재, 파리에 있는 그 도락가들이 과연 이곳에서 살아남는다는 것의 의미를 알까? 살갗이 타고, 죽음에 둘러싸인 이곳에서 치르는 전투를.

매일같이 찾아오는 죽음을 물리쳐야 하리라. 죽음에 삼켜지지 않는 것이, 죽음 자체보다도 더 끔찍하리라. 죽음과 싸우기 위해 죽음을 이용해야 하리라.

이런 생각이 나폴레옹을 긴장시켰다. 그는 스스로 팽팽한 활이라고 느꼈다. 그는 강했다. 살롱과 규방, 잡담꾼들과 여자들 사이를 오가며, 총재정부의 달콤한 음모 속으로의 도피를 선택할 수도 있었다. 그러나 그는 전쟁을 선택했다. 전쟁, 그것은 고대 이후 모든 영웅들에게 부과되는 시련이다.

이 전쟁을 받아들인 것, 그것은 그가 이 이집트 땅을 정복했던 고대의 영웅들, 이 도시 알렉산드리아를 세운 영웅들과 동일한 반열에 올랐음을 증명하는 것이다.

나폴레옹은 알렉산드리아 총독에게 최후통첩을 보냈다.

〈당신은 무지한 사람이거나 환상에 취해 있는 사람이오…… 나의 군대는 유럽의 가장 강력한 제국을 격파했소. 십 분 안으로 평화의 깃발이 나부끼지 않는다면, 당신의 국민들은 무고한 피를 흘려야 할 것이오.〉

그때, 전령이 소식을 전해왔다. 클레베르 장군이 이마에 총상을 입었다는 것과, 복종의 서약을 하고 도시를 넘겨주기 위해 총독의 사절단이 오고 있다는 거였다.

나폴레옹은 무장병사들에 둘러싸여 다가오는 사절단을 보았다. 다양한 색깔의 터번, 길게 늘어진 비단옷이 제복들 사이에서 눈에 띄었다. 그들이 타고 온 낙타들은 군인들을 굽어보고 있었다. 나폴레옹이 사절단을 맞은 폼페이의 기둥 아래는 곧 인간과 동물들로 붐볐다. 나폴레옹은 사절단을 향해 말했다.

"카디(이슬람의 판관), 이맘(이슬람 도사) 여러분, 나는 찬탈자가 아니오. 나는 당신들의 권리를 인정할 것이오…… 나는 여러분을 억압하는 맘루크*보다 더 신을 공경합니다. 나는 마호메트와 『코란』을 찬양하고 존중합니다."

정곡을 찌르는 말이었다. 그의 앞에 있는 인간들은 바로 이런 믿음과 이런 말들을 필요로 했다.

담판이 시작되자, 사절단은 불평했다. 프랑스 병사들이 대항하

---

* 노예 군인. 중세 이후 이슬람 국가들의 통제권을 장악했던 노예 군단의 병사.

지 않는 아랍인들을 약탈했다는 거였다.

그런 병사 한 명을 체포했다고, 장교들이 설명했다. 그 병사는 아랍인에게서 단도를 빼앗은 혐의를 받고 있었다.

나폴레옹은 즉각 말했다.

"그 병사를 재판하라."

병사가 끌려와 더듬거리며 변명했다. 살갗은 데어서 부풀어오르고 얼굴은 두려움으로 일그러졌다. 심문하자, 그는 실토했다.

죽음과 싸우기 위해, 죽음이 필요했다.

병사는 폼페이의 기둥 앞에서 처형당했다.

사절단은 나폴레옹에게 고개를 숙이고 충성을 서약했다. 그날, 나폴레옹은 알렉산드리아로 입성했다.

뜨거운 태양 아래, 길들은 좁고 여자들은 혀끝으로 날카로운 괴성을 내고 있었다. 호위대에 둘러싸인 나폴레옹은 말을 타고 사절단과 함께 나아가고 있었다. 갑자기, 폭음이 들리더니 그의 왼쪽 장화에 충격이 느껴졌다. 그의 말이 놀라 날뛰고, 여기저기서 비명 소리가 들렸다. 총격을 가해온 집을 향해, 호위대가 발사하며 돌격해갔다.

─죽음이 또 한 번 나를 스쳐갔다.

프랑스 영사관에 들어서자, 모두가 저격 사건에 관해 이야기하고 있었다. 사살당한 저격범은 단독으로 여섯 정의 총을 가지고 사건을 저질렀다. 나폴레옹은 알렉산드리아에서의 명령을 내리기 시작했다.

다음날인 7월 2일, 군악대의 힘찬 연주 속에, 장군들은 멋진 복장으로 군대를 사열하고, 선발대는 카이로를 향해 출발했다. 나폴레옹은 마갈롱 영사와 함께 지도를 펼쳐두고 숙고한 끝에, 다만후르 쪽으로 진군하기로 결정했다. 맘루크의 갤리선들이 순찰하고 있는 나일 강을 건널 필요가 없는 진군로였다. 그는 이곳의 열기 속을 행군하기에 유리한, 가벼운 제복을 만들 작업장을 확보하라고 명령했다. 장교들은 수없이 쏟아지는 그의 명령에 바쁘게 움직여야 했다. 나폴레옹은 모든 장병들에게 그의 에너지와 열정, 의식이 전달되기를 기대했다. 특히 시간을 아껴 행동해야 했다. 그는 말했다.

"성 루이는 십자군을 이끌고 와서 여기서 기도하며 팔 개월을 보냈다. 그러나 우리는 행군하고 싸우면서, 이 나라에 정착하려 노력해야 한다."

어떻게 이 인간들을 자신처럼 긴장하도록 할 수 있을 것인가? 오늘은 카이로, 내일은…… 더 멀리, 더 높이 나아가기 위해.

나폴레옹은 부리엔에게 이집트인들에게 보내는 포고문을 구술하고, 그것을 즉각 아랍어와 투르크어, 프랑스어로 인쇄하여 모든 도시에 게시하라고 명령했다. 행군중인 프랑스 군대에도 배포하고, 모두가 그것을 읽게 했다.

〈온화하고 자비로운 신의 이름으로 말하노라. 오직 알라 신만이 있을 뿐, 아들이 없는 알라 신은 홀로 지배하노라.〉

받아 적던 부리엔이 놀라서 고개를 들었다.

나폴레옹은 무엇을 상상하는가? 그는 회교도들에게는 다른 방식으로 말해야 한다고 생각하는가?

〈자유와 평등에 기초한 프랑스 공화국의 이름으로…….〉

그는 포고문에서, 이집트의 전투적 지배계급인 맘루크 족에 공격의 초점을 맞췄다.

〈맘루크 족은 지성과 덕성, 지식이 뛰어나다. 그들은 삶을 편안하게 하는 모든 것을 장악하고 있다. 좋은 땅, 좋은 노예, 좋은 말, 좋은 집, 그 모든 것이 맘루크 족의 것이다! 그러나 신은 민중에게 정의롭고 자비롭다······ 신 앞에서는 모든 인간이 평등하다. 지성과 덕성, 학문이 인간들 사이에 차이를 만든다. 이제 어떤 이집트인도 직위에서 배제되지 않을 것이며, 모두가 가장 높은 자리에까지 오를 수 있을 것이다. 그럼으로써 민중은 행복할 것이다. 회교국의 판관과 정신적 지도자들이여, 민중들에게 프랑스인들 역시 진정한 회교도임을 설명하라. 그 증거가 있으니, 프랑스 대군은 로마에서 교황의 옥좌를 부수었다. 교황은 기독교도들로 하여금 끊임없이 회교도들에 대항하는 전쟁을 부추기지 않았던가? 또한 프랑스군은 몰타 섬에까지 가서, 회교도들과 전쟁을 하던 기사들을 몰아냈다······ 행복할 것이다, 그렇다, 즉각 우리와 연합하는 이집트인들은 행복할 것이다. 그러나 맘루크 족과 결합하는 자들은 불행할 것이다. 신께서 술탄(이슬람 군주)의 영광을 보존해주시기를, 그리고 프랑스 군대의 영광을 지켜주시기를! 신께서 맘루크 족을 저주하며, 이집트 민족의 운명을 행복하게 해주시기를! 알렉산드리아 장군 공관에서, 혁명력 6년 열매달 13일, 1798년 7월 1일, 헤지라* 1213년 모하람 마지막 날.〉

포고문을 읽으며 부리엔과 장교들이 웃음을 터뜨렸다.

"우리 프랑스인들이 진정한 회교도라구요?"

나폴레옹은 화를 냈다. 이들이 인간을 통치하는 방법을 알까? 그는 이집트를 혁명하여 공화국으로 만들 작정이다. 그러자면 주민들의 반감을 없애고 협력자로 만들어야 했다. 그는 중얼거렸다.

"물론 이 포고문은 허풍이지, 그러나 차원이 다른 허풍이야!"

하지만 생전 처음 듣는, 모르는 음악에, 청중들이 귀기울여 듣게 할 방법은 무엇일까? 무기, 그리고 무기가 야기하는 두려움으

---

* 622년에 예언자 마호메트가 박해를 피해 메카에서 메디나로 이주한 사건. 이 해를 이슬람교 기원 원년으로 함.

로만 가능할 것이다.

　나폴레옹은 행군중인 군대를 사열하며 말을 몰았다. 이른 아침
인데도, 벌써 찌는 듯한 열기가 느껴졌다. 장병들은 갈증을 참고,
선두의 드제 장군과 레니에 장군을 따라 행군해야 했다.
　나폴레옹은 병사들에게 다가갔다. 베두인 족에게 포로가 되었다
가 도망쳤거나 석방된 병사들은 고개를 숙였다. 그들 중 몇 명이,
자신이 보고 겪은 일, 고문과 신체 절단을 이야기하며 몸을 떨었
다. 한 병사는 베두인 족에게 비역질을 당했다며 울음을 터뜨렸
다!
　나폴레옹이 말했다.
　"이봐, 순진한 친구, 충격이 크겠군. 경솔함의 대가를 받은 거
야. 자네 여단과 함께 움직였어야지. 그 정도로 끝난 걸 하늘에
감사드리라구. 자, 이제 그만 그치게나."
　병사는 울음을 그치지 못했다. 나폴레옹은 자리를 뜨며, 군대의
선봉을 향했다.
　공포와 의심이 군대를 변질시키기 전에 빨리 전투를 수행해야
했다. 이 인간들을 앞으로 밀어야 했다. 그래야 버틴다. 앞으로
돌격하지 않으면, 여기서 무너져 포로로 잡힌다는 것, 고문받을
것이라는 걸 알린 것이다. 모욕에 대한 두려움은, 승리의 원동력
이 될 수 있다.

　모든 것을 조직하고, 예견하고, 지휘해야 했다.
　손짓 하나도 괴로운 열기 속에서, 나폴레옹은 끊임없이 움직였
다. 숨을 쉬기도 어려운 더위 속에서, 그는 행군하며 구술하고 명
령했다. 그는 얼굴을 베일로 가린 여자들을 바라보며 시장을 돌아
보고, 군대의 식량과 말의 숫자를 통제하고, 시민행정을 장악했다.

그리고 알렉산드리아 수비대를 시찰했다. 이제 그도 전투를 위해 도시를 떠나 선발대와 합류해야 했다.

한밤에도, 공기가 너무 뜨거워 잠을 이룰 수 없었다.

자리를 박차고 일어선 그는 참모를 불렀다. 요새를 가장 먼저 넘어 폼페이의 기둥을 지나 용감하게 싸운 한 하사관이 떠오른 것이다. 그는 하사관에게 훈장을 수여했다. 그리고 함대를 생각했다. 브뤼예스 제독에게 어떤 명령을 내려야 할까? 아부키르 항에 계속 머물게 할 것인가, 몰타 섬이나 코르도바로 돌아가게 할 것인가, 아니면 알렉산드리아 항구로 들어오게 할 것인가? 넬슨 제독은 분명 영국 함대를 데리고 돌아올 터였다.

나폴레옹은 망설였다. 브뤼예스 제독은 아부키르 항에 머물면서, 공격해오는 적을 방어할 수 있을 것인가? 나폴레옹은 그럴 수 있으리라고 평가했다. 몰타 섬이나 코르도바로 돌아가기에는 물이 부족했다. 알렉산드리아 항구로 입항한다면? 실패할 수도 있었다.

문득 한 가지 불안이 그의 뇌리를 스쳤다. 그는 함대의 운명을 장악하지 못했다, 해군이 아니었던 것이다. 그로서는 힘과 책임을 타인에게 위임하기를 좋아하지 않았지만, 제독들을 믿을 도리밖에 없었다.

7월 7일, 붉은 안개가 태양을 가렸다. 대기는 작열하는 먼지들로 가득하고, 남풍 '캄신'이 불어오기 시작했다. 사막을 건너, 다만후르 쪽으로 진군해야 했다. 나폴레옹은 참모부와 호위대, 장군들의 선두에서 말을 타고 나아갔다. 학자인 몽주와 베르톨레도 군대에 합류했다. 오후 다섯시, 자욱한 모래바람이 얼굴을 때렸다. 뜨거운 자갈사막을 건넌 드제와 레니에 장군의 장병들처럼, 그 역시 온몸이 아파왔다. 많은 병사들이 견디지 못하고 자살했다. 길을 따라가다 가끔 만나는 물웅덩이들은 하나같이 비어 있었다. 운하가 말랐기 때문이었다. 작열하는 열기에 눈이 타고 입술이 갈라졌다. 물이 없었다. 모직 제복은 더위를 더욱 부추기고, 식량도 떨어져갔다. 마을에도 남아 있는 것이 없었다. 아무것도 없었다. 낙오자들은 원주민에 붙들려 암살되거나 고문당했다. 드제 장군이 원조 요청을 해왔다. 장병들이 미쳐간다는 것이었다.

나폴레옹은 밤새도록 말을 몰아, 다만후르로 행군중인 봉 장군과 비알 장군의 사단을 앞질렀다.

그는 밤새도록 걷고 있는 인간들을 바라보며, 그들의 고통과 두려움을 상상했다. 그는 병사들이 불만에 가득 차 있다는 것을 알고 있었다. 병사들은 장교들을 공격하고, 자신들을 이곳 사막에 몰아넣은 총재정부를 비난했다. 순전히 군대가 지지하는 나폴레옹 장군을 제거하기 위한 원정에 자신들은 희생양으로 바쳐진 것이라고 주장했다. 병사들은 나폴레옹도 공격했다. 왜 물을 준비하지 않았는가? 병사들은 풍요로운 이탈리아를 떠올렸다. 이 죽음의 사막에서, 나폴레옹이 약속한 6에이커의 땅이 무슨 소용이란 말인가?

그러나 그들은 나폴레옹과 함께 사막에 있다. 나폴레옹에게처럼, 그들에게도 한 가지 탈출구밖에 없었다. 오직 승리하는 길뿐이다. 걸어야 했다. 규율을 존중케 하고 전진하게 해야 했다. 지금 그들을 구하는 것, 그것은 앞으로 밀어가는 것뿐이었다.

여덟시, 나폴레옹 군대는 다만후르에 도착했다.

어두운 오두막에 들어가자, 기다리던 유지들이 나폴레옹에게 우유 한 사발과 밀떡을 내밀었다. 그는 주위 장교들에게 말하려다가, 장군들의 얼굴 표정에 입을 다물었다. 몇 명은 노기등등한 얼굴이었고, 몇 명은 지치고 절망한 표정이었다.

우선 그들이 말하도록, 나폴레옹은 입을 다물었다. 한 장군이 말했다.

"이번 모험엔 희망이 없소."

다른 장군이 덧붙였다.

"장병들이 미쳐가고 있어요."

장병들은 시력을 잃어가고 있다, 서로 죽이고 있다, 그들은 싸울 기력을 잃었다고 장군들은 입을 모았다.

말없이 그들의 말을 듣던 나폴레옹은 장군들에게 다가가, 그들을 바라보며 말했다.

"나일 강변의 라마니아까지 진군해서, 무라드 베이의 맘루크 귀족들을 격파해야 하오."

지휘한다는 것, 그것은 고집하는 것이기도 하다.

9일, 다시 출발했다.

똑같은 고통이 반복되었다. 타는 갈증과 열기 속에 그들을 괴롭히던 신기루가 끝나고, 홀연 나일 강이 그들 앞에 나타났다.

대오가 일시에 흩어졌다. 보병과 기병들이 무기를 든 채 물 속으로 뛰어들어 물을 마셨다. 이내 수많은 시체들이 물결을 따라 떠내려가는 모습이 보였다. 급작스럽게 물을 마신 충격과 탈진으로 죽은 병사들의 주검들이었다. 강변에 널려 있는 수박밭에 뛰어든 장병들은 수박을 깨서 포식하고 있었다.

나폴레옹은 이 모든 광경을 관찰하며 생각했다. 그들은 탈진과 구토, 불만과 향수에도 불구하고 여기까지 왔다. 이탈리아 원정 이후 다른 세계, 이 나라의 가혹함이 야기하는 절망을 극복하고 여기까지 온 것이다.

그들은 해냈다, 욕망했기 때문이다. 이제 그들은 싸워야 했다.

7월 11일 세시, 나폴레옹은 군대를 사열했다.

사열 시작을 알리는 북소리와 함께, 그는 천천히 말을 몰았다. 손질한 제복을 입고, 빛나게 닦은 무기를 든 병사들이 햇빛 아래서 있었다.

나폴레옹은 5개 사단을 앞에 두고, 장교들을 불렀다. 그는 모든 장병들의 시선을 받으며 가슴을 죽 펴고, 장교들에게 말했다.

"우리의 고통이 아직 끝나지 않았음을 강조하고 싶소. 우리는 전투를 치르고 승리를 거두며, 사막을 건널 것이오. 마침내 우리는 카이로에 입성할 것이며, 거기에서 우리가 원하는 만큼의 빵을 가질 것이오!"

말을 마치고 멀어져가는 그의 등뒤에서, 장교들이 병사들에게 그가 했던 말을 반복하는 소리가 들리고, 곧이어 병사들의 힘찬 함성 소리가 울려퍼졌다.

다음날 새벽, 나폴레옹은 군악대에 '라마르세예즈' 연주를 명했다. 멀리 지평선 위로 맘루크 기병대가 진군해오는 것이 보였다. 몇 명은 황금빛 투구를 썼고, 어떤 자들은 터번을 둘렀다. 그들이 몸에 걸친 값비싼 튜닉이 빛나 보였다. 맘루크인들은 모두가 장총과 권총, 창과 칼을 사용했다. 나폴레옹은 참모들을 집합시켜, 전 사단에 사각 전투대형을 갖추라고 명했다. 장교들은 의아해했다. 이런 전투대형은 처음이었다.

사각 전투대형. 그것은 오스트리아와 러시아가 오스만 제국에 대항하여 전투를 벌일 때 사용한 전술이었다. 프랑스군은 이 전술을 사용한 적이 없었다. 그는 명령을 반복했다. 피로는 이미 사라졌다. 그는 사각의 각 꼭지점에 대포와 여섯 줄의 보병들을 배치했다. 누군가 말했다.

"중앙에는 가축들, 당나귀와 학자들을 모아놓을 거야."

사각 대형의 어떤 지점에도 균열이 생겨서는 안 된다는 점을 강조했다.

마침내 맘루크인들과의 전투가 벌어졌다. 맘루크군은 오전 내내

이 고슴도치형 진형과 대항하다가 수많은 주검들을 남기고 퇴각
했다.

이 슈브라키트 전장에서 쓰러진 맘루크군 전사자들의 튜닉 아래
에 황금이 가득한 지갑들이 매달려 있었다. 자신의 보물을 전부
몸에 지니고 다니는 것이 그들의 풍습이었다. 병사들은 그들의 튜
닉을 벗기고 지갑들을 챙기기 시작했다. 두세 시간 그들의 노획을
기다려준 나폴레옹은 출발 명령을 내렸다.

장병들의 발목을 잡는 뜨거운 지옥, 사막을 지나는 동안 상당수
의 병사들이 쓰러졌다. 낙오한 병사들은 베두인 족에게 머리가 잘
렸다. 베두인 족들은 자른 병사들의 머리를 흔들어대다 도망가곤
했다. 격분한 병사들은 베두인 마을들을 불지르고 약탈했다. 마침
내 7월 21일 오후 두시, 죽음의 행군 끝에 군대는 임바브에 도착
했다. 지독한 더위였다. 멀리 오른쪽으로 피라미드들이 보이고, 왼
쪽으로 카이로 회교 사원의 첨탑과 둥근 지붕들이 눈에 들어왔다.

나폴레옹은 홀로 서서, 피라미드와 사원들을 바라보았다. 그리
고 유유히 흐르는 나일 강을 오래 지켜보았다. 그는 인류 역사의
요람에 들어와 있는 것이다. 문득 발랑스에서 보낸 밤들이 떠올랐
다. 고대의 무훈담들과 인류 문명의 기초를 세운 민족들의 역사서
를 열정적으로 읽었던 발랑스의 밤들.

지금 그가 여기 서 있다, 이곳 이집트에. 볼네처럼 여행가가 아
닌, 이곳을 꿈꾸게 했던 몽상가가 아닌, 정복자로서.

그는 문명의 깊은 혼을 음미하듯이 피라미드를 바라보다가, 갑
자기 장군들을 불렀다. 장군들이 모여들자, 나폴레옹은 말했다.

"전 사단을 집합시켜 사각형 진지를 갖추라."

그는 이 인간들에게 지금 그들이 체험하는 이 순간의 역사적 의
미를 깨우쳐야 한다고 느꼈다. 장병들이 사각 전투대형을 갖추자,

그는 피라미드들을 가리키며 우렁차게 말했다.

"보라, 이 거대한 유적들의 꼭대기에서 사천 년이 그대들을 굽어보고 있다."

맘루크군이 발사한 첫 포탄들이 사각형 진지 안에 떨어졌다. 프랑스군이 맘루크 군대와 임바브 요새를 향해 이동 공격했다. 포탄이 연발로 발사되고, 요새를 공략하는 병사들의 함성이 들려왔다.

나폴레옹은 살육을 상상했다. 벌써 맘루크인들의 주검에 달려들어 지갑을 챙기는 병사들이 보였다. 이쪽에서는 프랑스 중위 한 명이 칼을 휘두르며 맘루크인과 결투하고 있었고, 저쪽에서는 맘루크 병사들이 나일 강에 뛰어들어 도망치고 있었다. 병사들은 강물에 떠내려가는 맘루크인들의 주검들을 총검으로 건져올려 지갑을 챙겼다. 어느새 밤이 내리고 있었다.

나폴레옹은 어둠에 싸인 전장을 홀로 걸었다.

—이겼다. 여기, 수십 세기의 시선이 굽어보는 아래에서 승리했다.

멀리, 화염에 휩싸인 카이로 시가지가 보였다. 베두인 족과 농민 약탈자들이 카이로에 불을 지른 것이다. 맘루크인들은 삼백 척이 넘는 배들을 불태웠다. 카이로와 나일 강에서 치솟는 화염에 하늘이 타올랐다. 피라미드들이 어둠 속에서 벌겋게 솟아올랐다.

핏빛 색깔.

그는 나른함을 느꼈다.

나폴레옹은 카이로에 입성하지 않고 기다렸다. 고된 승리 후의 공허감이 밀려들었다. 그는 대피라미드들이 있는 기제 언덕의 무라드 베이의 별장에 들어가 금실이 수놓인 리옹산 비단이 덮인 가구들이 놓여 있는 넓은 방들을 돌아보았다. 그리곤 온갖 나무들이 무성한 정원을 홀로 거닐다가, 탐스런 송이들이 달린 포도나무들이 우거진 정자 아래 앉았다.

고독이 엄습해왔다.

불안, 죽음에 쫓기는 듯한 행군, 그리고 극도의 긴장 후에 밀려드는 우수에 사로잡혔다. 조제핀이 떠올랐다. 누군가와 그녀에 대해 이야기하고 싶었다. 쥐노를 불렀다. 마음속에 되살아나는 질투에 휩싸여 그는 그녀를 의심했다. 누군가 진실을 밝혀주든지, 아니면 그를 안심시켜주기를 바랐다. 쥐노는 진실을 밝히는 쪽을 택했다. 보나파르트 장군 같은 승리자를 속일 수는 없었다. 이 승리의 밤은 진실과 맞서야 할 시간이 되었다.

쥐노의 말을 들으며, 나폴레옹은 소스라쳤다. 갑자기 그의 뇌리에 한 장교의 모습이 떠올랐다. 카이로로 향하는 진군중에 아랍인들에게 생포되었던 장교. 아랍인들은 몸값을 요구했지만 나폴레옹은 들은 체도 하지 않고 행군을 재촉했었다. 아랍인들은 사막의 언덕에 서서 장교의 머리에 총알을 날렸다. 지금 나폴레옹은 자신이 바로 그 장교의 처지라고 느꼈다. 쥐노가 내뱉는 말 한마디 한마디가 그의 이마를 향해 발사되는 총알처럼 날아와 박혔다.

쥐노는 조제핀이 그를 배반했다고 말했다. 그녀가 보란 듯이 데리고 다닌 애인들의 이름을 열거했다. 그런데도 보나파르트 장군은 진정 아무것도 의심하지 않았느냐고.

나폴레옹은 쥐노를 돌려보내고 집으로 들어섰다. 그는 가구들을 엎어버리다가 달려오는 부리엔과 부딪쳤다. 그는 부리엔을 바라보았다. 누구도 믿을 수 없다. 인간은 혼자다.

"자네들은 나에게 애정이 없어. 여자들은……."

그는 귀가 터질 듯 소리쳤다.

"조제핀…… 조제핀."

부리엔을 향해 그는 말했다.

"자네에게 진정 애정이 있었다면, 나에게 모든 사실을 알려주었어야 했어. 오늘 쥐노를 통해 알았어, 그게 진짜 친구야!"

그는 포효했다. 목소리가 갈라져나왔다.

"조제핀…… 나는 수천 킬로 떨어져 있어. 자네가 내게 얘기해야 했어! 조제핀, 그 여자가 나를 속였다는 사실을……."

그는 물러섰다. 누구든 후려치고 싶었다.

"그놈들, 그놈들은 불행해야 돼. 그런 경박한 놈들과 멋만 내는 놈들을 쓸어버리고 말겠어! 그 여자와는 이혼이야. 그래, 이혼, 공개적인 이혼, 온 세상이 시끄러운 이혼! 난 당장 쓰겠어. 이젠 다 알아……."

그는 부리엔에게 몸을 돌렸다.

"자네 잘못이야. 내게 알려야 했어."

부리엔이 변명처럼 중얼거리며, 승리와 영광을 이야기했다.

"영광! 좋지! 쥐노의 얘기가 사실이 아니라면, 난 그녀에게 모든 걸 다 주겠어. 그 정도로 난 그 여자를 사랑해! 그러나 조제핀에게 정말 죄가 있다면, 그 여자와는 영원히 이별이야! 난 파리의 쓰레기 같은 놈들의 웃음거리가 되고 싶지 않아. 조제핀에게 쓰겠어. 이혼을 알리겠어!"

장교들이 들어오면서, 정원에서 포도나무를 발견했다고 즐거워했다. 그들이 즐겁게 포도를 따는 동안, 나폴레옹은 정신이 멍한 채 아무것도 느낄 수가 없었다. 노여움이 그를 탈진시켰다.

전령이 오랫동안 그의 앞에 서 있었다. 나폴레옹이 바라보지 않자, 전령이 조심스레 말했다.

"예정대로, 보병 2개 중대가 군악대를 앞세우고 카이로에 입성했습니다. 항복 문서를 가져온 카이로의 사절단과 함께 갔습니다…… 길가에는 한 사람도 얼씬거리지 않습니다. 하렘*에서 여자

---

* 이슬람 사회에서 여자들만 따로 기거하던 곳.

들이 구슬프게 우는 소리만 들립니다."

하렘? 나폴레옹은 고개를 들며 난폭하게 전령을 내보냈다.

7월 24일에야, 나폴레옹은 카이로의 에즈베키에 광장에 있는 모하메드 엘 엘피 궁전에 입성했다.

그의 주위에 사람들이 몰려들었다. 또 한 번 조직해야 했다. 그는 알 아즈하르 사원의 종교지도자들로 구성된 자문회의를 소집하고, 다음날까지 계속 구술했다.

이전의 아랍 민병대를 경찰로 재조직했다.

때로 그는 구술을 중단했다. 갑자기 밀려드는 공허감에 휘감겨 구술을 중단하고 멍하니 허공을 바라보다가 다시 구술하곤 했다. "이집트인과 프랑스군은 맘루크인들의 집을 약탈해서는 안 된다." 그는 자문회의에서 결정된 이 원칙을 정복지역 전체로 확산시켰다. 그를 만나기를 원하는 상인들이 다가왔다. 시간이 흐르고, 벌써 7월 25일 밤. 다시 홀로다. 공허감이 밀려들었다.

그는 조제프에게 썼다.

〈두 달 후면, 프랑스로 돌아갈 거야. 형, 나에게 관심을 기울여 줘. 나는 집안 일로 몹시 슬퍼. 가정이라는 배의 돛이 찢겨나갔기 때문이야. 지상에서는 형만이 내게 남았어. 형의 우정은 그만큼 내게 소중해. 형의 사랑을 잃거나, 형마저 나를 배반한다면, 나는 인간혐오자가 되고 말 거야. 가슴속에 있는 한 사람에 대하여 온갖 감정을 느껴야 한다는 것은 참으로 슬픈 일이야…… 내 말 이해하겠지?〉

그래, 조제프는 이해할 것이다. 조제프도 그가 그녀를 어떻게 생각하는지 알아야 했다. 나폴레옹은 글을 이었다.

〈내가 도착하자마자, 시골에서 지낼 수 있도록 형이 여러 가지

정리를 해주었으면 해. 파리 근처나 부르고뉴 지방이면 좋겠어. 거기에 묻혀 겨울을 보낼 생각이야.〉

그는 일어나 창문으로 다가갔다. 밤은 고요했다. 가끔, 텅 빈 거리에서 떼지어 헤매는 개들이 짖어대는 소리가 들릴 뿐이다. 나폴레옹은 창 밖 어둠을 오래 응시하다가 책상으로 돌아왔다.

〈인간들에게 지쳤어, 내겐 고독과 고립이 필요해. 위대함이라면 지긋지긋해. 감정은 메말랐고, 영광은 진부해졌어. 스물아홉 살에, 나는 완전히 탈진했어. 이제 나에겐 솔직한 이기주의자가 되는 일만 남았어!〉

전장의 병사들, 그들의 모습이 떠올랐다. 그들의 육체가 잘리고 찢기고 불태워지는 것을 그는 숱하게 보았다. 맘루크인들은 칼로 자른 병사들의 머리를 흔들어대곤 했다.

그는 문장들을 다시 읽어보고 덧붙였다.

〈집은 내가 가질 거야. 그 집을 누구에게도 주고 싶지 않아. 어떻게 살아가야 할지 모르겠어! 내 유일한 친구인 형, 안녕. 난 형을 결코 부당하게 대한 적이 없었어!〉

그는 잠을 이루지 못했다. 이 괴로운 밤, 울부짖는 개들이 미웠다. 그는 총재정부에 보낼 보고서를 작성했다.

〈이보다 더 비옥한 땅도, 더 비참하고 무지하고 어리석은 민중도 없을 겁니다.〉

그는 결코 이 땅의 민중들을 유혹할 수 없을 것이라 예감했다. 이집트인들은 너무 달랐다. 이곳의 종교지도자들은 아무리 그들 종교에 호의적인 조치들을 취해도 협력하지 않았다. 주민들의 집단적 반란을 두려워한 나폴레옹은 무기를 압수할 것을 명령했다. 이런 근심들이 그를 다시 긴장시켰다. 앞날의 야망이 어떠하든 간에, 현재 그는 이 도시에 있으며 이곳의 문제부터 해결해야 했다.

그는 총재정부에 알렸다.

〈인구 삼십만이 넘는 카이로는 세계에서 가장 비천한 도시입니다.〉

매일 십여 건의 결정을 내리고 해결해야 했다. 7월 31일, 그는 델타* 지역을 지휘하는 므누 장군에게 썼다.

〈투르크인들은 엄하게 다루어야 하오. 나는 매일 카이로 거리에서 오륙 명의 머리를 자르고 있소. 지금까지 우리는 늘 따라다니는 '공포'라는 오명을 씻기 위해 노력했지만, 오늘부터는 반대로 목소리를 높여 이 민중들을 복종시키시오. 이들을 장악하기 위해서는 공포심을 심어주는 것 외에 다른 방법이 없소.〉

8월 13일, 나폴레옹은 시나이 사막 변방의 살레예 부근에서 야영하고 있었다. 막사 아래 앉아, 그는 장교들에게 맘루크 지도자 이브라힘 베이의 추적 결과를 묻고 있었다. 열흘 전부터 그는, 시리아 방면으로 도망친 이브라힘 베이를 추적중이었다. 대답을 기다릴 시간도 없이, 전령들이 달려와 숨을 헐떡이며 보고했다.

"8월 1일, 아부키르 만에서, 브뤼예스 제독의 함대가 넬슨의 영국 함대에 패했습니다. 겨우 몇 척만이 격침을 면할 수 있었습니다."

바다는 아직도 수병들의 시체를 쏟아내고 있고, 로리앙 호는 폭발했다. 그 폭발 소리와 충격이 알렉산드리아에까지 들렸다. 브뤼예스는 전사했다.

무거운 침묵이 감돌았다. 한 장교가 내뱉었다.

"우린 이젠 포로 신세로군."

나폴레옹은 분연히 일어서며 강한 어조로 말했다.

"브뤼예스는 전사했다. 그에게는 오히려 잘된 일이다."

----

* 삼각주. 나일 강 하류에 형성된 부채꼴 모양의 습윤한 평지.

그리고는 막사 앞을 서성이다 장교들을 쏘아보며, 단호한 목소리로 말했다.

"좋아, 이젠 일을 크게 벌일 수밖에 없다!"

그는 장교들에게 다가가며 소리쳤다.

"우리는 제국을 세울 것이다. 해내고 말 것이다! 바다가 우리와 조국 사이를 가르고 있지만, 지금 우리는 그 바다의 주인이 아니다. 그러나 우리와 아프리카, 아시아를 가르는 바다는 없다!"

그의 불 같은 시선에 대부분의 장교들은 고개를 숙였다.

"우리는 수가 많다. 전쟁 물자도 충분하고, 병력도 충분하다. 더 필요하면, 만들 수도 있다."

장교들은 긴장한 표정으로 웃었다. 나폴레옹은 막사에서 나와 먼 곳을 바라보았다.

3
인간의 작업, 인간의 전설

나폴레옹은 카이로로 돌아왔다.

1798년 8월 14일, 그가 에즈베키에 광장의 궁전 중앙홀에 나타나자 곧 침묵이 흘렀다. 홀 중앙에 있는 분수의 물소리만 들릴 뿐이었다.

그는 모든 장교와 고관들, 종교지도자들의 입술에서 나올 질문을 예상했다. 특히 종교지도자들의 얼굴은 태연해 보였지만, 나폴레옹은 그들의 눈에서 환희를 읽었다. 모두가 아부키르의 패전을 알고 있는 것이다.

모두가 나폴레옹의 안색을 살폈다. 그는 천천히 자리에 앉았다. 이런 때일수록 침착해야 했다. 그는 하인들에게 마실 것을 내오라고 명했다.

하인들이 불 위에 놓인 일곱 개의 커피포트를 부지런히 만졌다. 나폴레옹은 손님들에게 커피와 설탕을 내밀며, 다음날인 8월 15일로 예정된 나일 강 축제와 마호메트의 생일잔치에 관해 물었다. 그들은 나폴레옹 역시 이십구 년 전 바로 그날 태어났다는 사실을 알까?

이 고명한 회교도 고관들이 그를 관찰하며 커피를 마시는 동안, 그는 말했다.

"나는 『코란』의 원칙들에 기초한 체제를 만들고 싶소. 그것은 유일하게 진실하며 인간의 행복을 만들 수 있는 원칙이기 때문이오."

그는 일어섰다. 대담은 끝났다. 그는 대리석과 설화석고, 아스완 화강암으로 만들어진 계단까지 손님들을 배웅했다.

베르티에와 부리엔만 홀에 남았다. 그들은 감히 말을 걸지도 못하고, 나폴레옹을 따랐다. 그는 궁전의 홀들을 지났다. 이 궁전에는 카이로에서는 유일하게 유리창이 달려 있고 층마다 목욕탕이 있었다. 그 주인이었던 모하메드 베이와 엘피가 상이집트로 도망친 후, 나폴레옹이 사용하고 있다.

나폴레옹은 걸음을 멈추었다.

가장 가까운 장교들마저 감히 그에게 한마디도 묻지 못했다.

─이들은 어떻게 생각할까? 내가 이슬람으로 개종했다고 생각할까?

그가 동방식으로 튜닉 복장에 터번을 두르고 자문회의 멤버들을 맞으려 했을 때, 이집트에 도착한 탈리앵과 부리엔은 비명을 질렀다. 그는 목까지 조이는 검은 프록코트를 다시 입었다. 병사들을 혼동시키느냐, 이집트인들을 유혹하느냐, 선택을 해야 했다. 아직은 확실한 영감이 떠오르지 않았다. 그러나 포기할 생각은 없었다. 그는 새로운 군대를 만들 생각이다. 상이집트에서 사온 흑인과 베두인 족들, 맘루크의 하인들로 구성된 군대. 그 군대는 그가 꿈꾸는 제국의 이미지에도 적합했다. 게다가 페스트가 해안의 도시들을 휩쓸면서 병원마다 환자가 쌓여가고 있는 지금, 계속 줄어들고 있는 병력의 충원 문제도 해결해야 했다.

여러 문제들을 직접 챙겨야 했다. 그는 베르티에에게 물었다.

"병사들에게 목욕을 자주 하고 제복을 빨아 입으라고 지시했겠지? 군대 소식을 정확하게 전할 수 있는 첫 신문인 『이집트 통신』 발행은 진행중인가?"

나폴레옹은 베르티에를 바라보았다. 그는 이 능력 있고 사려 깊은 인간을 좋아했다. 베르티에는 이탈리아에 남겨두고 온 사랑하는 여인 비스콘티 부인을 그리워하며, 동료들과 자주 그녀에 대해 이야기했다. 그는 밀라노 출신인 비스콘티에게 정열을 불태우며, 그녀 때문에 유럽에 돌아가고 싶어했다. 나폴레옹은 그런 베르티에가 더 마음에 들었다.

나폴레옹이 말했다.

"자네의 정열은 이해하겠는데, 숭배는 이해하지 못하겠네."

베르티에는 고개를 숙였다. 프랑스 함대가 파괴되어 지중해 횡단이 어렵다는 건 베르티에도 알고 있었다.

"쾌속선을 타고 가게. 그녀를 다시 만날 수 있을 거야."

그리고는 나폴레옹은 적의 침공을 예견하지 못한 브뤼예스 제독과, 싸우지도 않고 항구를 탈주한 빌뇌브 제독을 비판했다.

그는 베르티에와 부리엔에게 말했다.

"바다는 적에게 장악되었어. 물론 이번 역경은 너무 큰 것이지. 하지만 운명의 탓으로 돌릴 수만은 없어. 운명의 여신은 아직 우리를 배반하지 않았어. 아니 반대로 운명의 여신은 이번 작전을 통해 전혀 새로운 방식으로 우리를 돕고 있네."

부리엔과 베르티에는 놀라는 표정이었다. 나폴레옹은 말을 이었다.

"이제 우리 스스로 정복 작전을 조직해야 해. 내가 알렉산드리아에서 좋아하는 것은 전원이 아니야, 정치적 수단들이지. 예컨대 이집트를 통치하기 위해, 내가 아몬* 교도가 된 것은 고차원의 정치적 행위야."

베르티에와 부리엔, 그들이 그를 이해할까?

나폴레옹은 덧붙였다.

"나의 계획은 다수가 원하는 대로 인간들을 통치하는 거야. 바로 그게 민중의 주권을 인정하는 방식이지. 만일 유태민족을 통치해야 한다면, 나는 솔로몬 사원을 다시 지을 거야⋯⋯."

나폴레옹은 말을 중단했다. 8월 18일, 그는 나일 강 축제에 참여할 것이며, 며칠 후에는 마호메트의 영광을 기리는 축제에, 9월 21일에는 공화국 축제에, 10월 14일에는 포도달 13일 기념행사에 참여할 것이다. 그날엔, 군악대와 제복을 입은 장군들과 병사들이 모두 집합해야 한다.

베르티에와 부리엔은 물러갔다.

—내일, 1798년 8월 15일이면, 나는 스물아홉 살이 된다.

8월 18일, 아침 여섯시, 벌써 태양이 타올랐다. 나폴레옹은 장군들과 카이로 유지들 앞에 서서 나일 강 축제로 향했다.

둑을 허물어, 나일 강 물결이 운하로 흘러들면서 평야로 범람케 하는 행사였다. 음악을 연주하며 축포를 발사하자, 드디어 강물이 파도처럼 밀려들었다.

나폴레옹은 급류와 군중을 바라보며, 동전을 던지기 시작했다. 사람들이 동전을 줍기 위해 서로 다투며, 그가 에즈베키에 광장의

---

* 이집트에서 신들의 왕으로 숭배된 신.

궁전으로 돌아올 때까지 뒤를 따랐다.

8월 21일, 예언자 마호메트의 생일을 위하여 카이로에서는 다시 축제가 열렸다. 나폴레옹은 군사분열을 주관하면서 힘을 과시했다. 그는 대향연을 위해 모인 종교지도자들 가운데에 자리잡았다. 그는 기름진 양고기와 너무 양념이 많이 된 요리는 싫어했지만, 다른 향연자들이 하는 것처럼 손가락을 소스 속에 집어넣어 고기 조각을 집었다.

카이로 광장 주둔군을 지휘하는 뒤피 장군이 말했다.

"우리는 그들의 종교에 애착을 가진 듯 위장하면서, 이집트인들을 속이고 있습니다. 실은 교황의 종교만큼이나 이들의 종교도 믿지 않으면서 말입니다."

이런 말에 대꾸할 가치가 있을까? 종교 없이 살 수 있는 사람이 얼마나 될까? 신의 힘을 인정하지 않는 민족을 통치할 수 있을까? 본래 신의 징벌을 두려워하지 않는 민족은 무기도 두려워하지 않는 법이다.

9월 21일, 나폴레옹은 공화국 축제에 더 많은 병력이 참여하기를 원했다. 에즈베키에 광장에 거대한 원형 경기장을 만들고, 그 중심에 세운 나무 오벨리스크*에 원정 동안 숨진 병사들의 이름을 새겼다. 그 기념물을 에워싸는 신전도 지었다. 그 신전 정면에 커다란 황금 글씨로 비문을 새겨넣었다. 〈신은 유일하다. 마호메트는 그의 예언자다.〉 공화국 삼색기가 오스만의 깃발과 나란히 게양되고, 대혁명 당원들이 쓰는 붉은 모자와 초승달이 새겨진 깃발들도 펄럭이게 했다.

— 권력과 인간, 사상들을 통치하고 통일시키기 위해서는, 만사

---

* 고대 이집트의 태양 숭배를 상징하는 돌기둥 모양의 기념비.

를 강철 같은 완력으로 장악해야 한다.

이것은 동서고금의 모든 정복자와 모든 황제들, 인류 역사에 흔적을 남기려 했던 모든 영웅들의 원칙이었다.

나폴레옹은 분열행진하는 군대를 바라보며, 자신 역시 그들 영웅들 중 한 사람이라고 확신했다. 병사들이 원형 경기장의 트랙을 따라 분열행진하고, 날렵하게 말을 모는 기병대가 뒤를 이었다. 마치 사라진 고대 문명 시대에 이곳에서 벌어졌던 군대행진이 되살아나는 듯했다.

나폴레옹은 제단을 향해 나아갔다. 제단 위에는 『인권선언』과 『코란』이 놓여 있었다. 그는 병사들의 무훈을 치하하고, 공화국을 찬양했다.

그러나 그는 자신의 연설이 반향을 얻지 못한다고 느꼈다. 누구도 "공화국 만세!"를 외치지 않았다. 이 인간들은 지쳤다. 다가오는 투르크와의 전쟁에 불안해하고 포로가 될까 두려워했다.

나폴레옹이 팔을 들자, 포병대가 축포를 발사했다. 폭죽이 하늘을 찬란하게 수놓았다.

인간들의 열광은 바람이 빠지는 열기구와도 같다. 매순간 부풀리지 않으면, 순식간에 만사가 무너져내리는 것이다.

때로는 그 자신도 흔들리지 않는가.

그는 임무에 몰두하려 애썼다. 그는 자신이 설립하고, 부원장의 직책도 맡은, 이집트 학사원을 즐겨 방문했다.

원장인 몽주가 학사원 궁전에서 그를 맞았다. 카심 베이의 소유였던, 학사원 궁전은 카이로 교외의 나스리에에 자리잡고 있었다.

원정에 참여한 모든 학자들은 녹음이 우거진 그 정원을 둘러싸고 있는 건물들에 숙소를 정했다.

나폴레옹은 예전 하렘의 살롱이었던 회의실에 들어갔다. 수학자

몽주, 화학자 베르톨레, 생물학자 조프루아 생 틸레르*가 나폴레옹 주위로 모여들었다. 그는 학자들의 열광적인 설명을 경청했다. 헤아릴 수 없이 많은 새로운 발견들을 설명하며, 베르톨레는 흥분했다.

"로제타**에서, 부샤르 대위가 현무암 거석에 새겨진 비문을 발견했습니다. 비문은 세 가지 필기방식으로 새겨져 있는데, 그리스어도 있습니다만, 그것이 또다른 알 수 없는 문자로 번역되어 있는 것 같습니다. 정확한 해독은 불가능합니다. 아마 다른 문자들과 비교하면서 해독해낼 수 있을 것 같습니다."

나폴레옹은 베르톨레의 말을 들으며, 구상중인 제국의 꿈을 잠시 잊었다. 그는 인도까지 진군하여, 미조르의 술탄 티포 사힙과 동맹을 맺을 것을 꿈꾸고 있었다. 술탄 티포 사힙은 영국에 반대하여, 프랑스가 그의 국가에 자코뱅 클럽을 만드는 것을 허락한 인물이었다!

그는 학사원 내 도서관 건물을 방문했다. 거기에 병사와 장교들, 몇 명의 셰이크(존경할 만한 사람에게 붙이는 이슬람 경칭)들이 서 있었다. 그리고 정원을 지나자, 실험실과 그 너머에 화랑이 있었다. 그는 학사원 정원에서 학자들의 토론에 참여하기도 했다.

나폴레옹에게는 또 하나의 강렬한 꿈이 있었다. 지식에의 꿈이었다. 유년기에 몰입했던 지식에의 열광이 다시 그를 사로잡았다. 그는 유명한 생물학자인 조프루아 생 틸레르의 팔을 잡으며 말했다.

"나는 늘 학문의 존엄성에 대해 생각하오. 자연에 대하여 연구

---

* 프랑스의 박물학자, 1772~1844.
** 알렉산드리아 북동쪽 약 56킬로미터 지점에 위치한 마을. 여기서 발견된 로제타 석(Rosetta Stone)은 이집트 상형문자를 최초로 해석할 수 있는 열쇠를 마련해주었음.

하고, 물질세계에 대한 지식을 자신의 사상 속에 통합하며, 그 모든 지식을 인간을 위해 적용하는 것, 그보다 더 훌륭한 일이 어디 있겠소?"

그는 힘차게 자신의 야심을 털어놓았다.

"나는 이집트 지도를 작성하고, 파라오들이 건설한, 수에즈에서 지중해로 이르는 운하의 흔적을 찾을 생각이오."

그는 일어서면서 말했다.

"수에즈에 가볼 생각이오."

몽주와 조프루아 생 틸레르가 학사원 입구까지 나폴레옹을 배웅했다. 그는 학자들을 바라보았다. 그들은 행복해 보였다.

"여기에는 오직 학문만을 생각하는 사람들이 많습니다."

생 틸레르가 흥분된 어조로 말했다.

"이곳 학사원은 계몽사상의 타오르는 중심과도 같습니다…… 우리는 국가와 학문의 관심사인 모든 문제들에 열렬하게 몰두하고 있습니다. 모두가 의지를 가지고 학문에 헌신하고 있지요."

그것을 가능케 한 것은 나폴레옹이었다.

나폴레옹은 궁전으로 돌아왔다. 몇 주 전부터, 에즈베키에 광장 주변의 거리 모습이 달라지고 있었다. 카페들이 문을 열었다. 손님들은 주로 카이로의 기독교도들이었다. 노점에는 사람들이 구름처럼 몰려들고, 거리엔 산책하는 병사들의 모습이 눈에 많이 띄었다. 그들은 병아리와 양을 사고, 베두인 정복 작전에서 약탈한 물건들을 교환하기도 했다. 아내를 거느린 사람들도 많았다. 모든 연령의 사람들이 물건을 사는 데 열중했다. 여자들은 유럽식 옷을 입고 보란 듯이 뽐내기도 했다.

나폴레옹의 측근들도 쾌락을 추구했다. 그것이 그를 자극하고, 때로는 상처를 주기도 했다. 조제핀의 아들 으젠 드 보아르네도 젊은 흑인여자와 함께 다녔다. 그녀의 날씬한 몸매는 모든 이의 시선을 끌었다.

밤이면, 나폴레옹은 홀로였다. 여자들에 대한 기억이 떠오르고, 방탕을 부추기는 축축한 열기 속에서 여자의 육체가 그리웠다. 궁전 주위에서 수많은 창녀들이 손님을 부르고 있었다. 그는 잠을 이루지 못했다. 개들이 짖어대는 소리가 그의 밤을 더욱 무겁게 짓눌렀다. 떼거리로 몰려다니는 개들을 없애라고 명령했지만, 소용이 없었다. 광장에서 개들을 포위하여 수십 마리를 죽였는데도, 아직도 수백 마리가 남아 있다는 보고였다.

문득 무력감이 그를 감쌌다. 쓸쓸함이 몰려들었다. 장교들과 병사들이 투덜대는 것처럼, 포로나 다름없는 신세라는 느낌이 들었다.

셰이크들이 여자들을 소개했지만, 너무 비만하고 늙은 그녀들은 기름진 살덩이로 보일 뿐이었다. 그는 모욕감마저 느꼈다. 조제핀, 그녀에 대한 기억이, 그녀에 대한 반감과 함께 떠올랐다.

어느 날 저녁, 셰이크 엘 베크리가 열여섯 살의 한 처녀를 떠밀듯이 나폴레옹에게 데려왔다. 그녀와 여러 밤을 함께 보냈다. 수동적으로 받아주기만 하는 여자, 그녀는 그를 만족시키지만 동시에 권태롭게 했다. 그는 더욱 고독을 느꼈다. 몇 주 후 그녀를 돌려보냈다. 그는 참모들을 데리고 티볼리 극장으로 향했다. 프랑스식 극장을 열라는 그의 명령에, 무도장과 도박장, 도서관을 포함하는 대형 극장이 세워진 것이다. 원정을 따라온 몇 명의 여자들이 극장에서 남자들을 유혹했고, 장교들은 그녀들에게 추근거렸다.

나폴레옹은 테이블에 앉아 관객들을 둘러보았다. 으젠 드 보아르네와 쥐노가 금발의 젊은 여자를 가리키는 게 보였다. 명랑하고 매력적인 여자, 푸레스 중위의 아내였다. 그는 저녁 내내 그녀를 바라보았다. 몇 달 만에 처음으로, 그는 욕망에 사로잡혔다. 그는 그녀를 욕망했다. 그것은 다른 모든 생각을 지워버리는, 거의 강박적인 욕망이었다.

모두가 그를 주시하고 있다는 것을 그도 알고 있었다. 그의 생각을 알아차린 장교들이 폴린 푸레스를 가리키며 수군거렸다. 무슨 상관인가! 그는 욕망한다. 따라서 얻어야 했다.

그는 그녀가 복종하리라는 것을 의심치 않았다. 그녀가 보내오는 눈길로 보아 복종할 준비가 되어 있음을 알 수 있었다. 나폴레옹은 그녀에 대해 알아보았다. 폴린은 스무 살이며, 이곳에 오기 전엔 의상실을 경영하고 있었다. 그녀는 군인으로 변장하고 남편을 따라왔다. 그녀의 금발 머리결은 너무도 아름답고 길어서 외투로 삼아도 될 정도라고들 떠들었다.

그는 명령을 내렸다.

〈제22기병대 푸레스 중위는 즉시 일등마차를 타고 알렉산드리아로 가서 배를 타라…… 바다에서 봉투를 열어보라. 그 안에 임무 지시가 들어 있다.〉

왕들은 이렇게 행동한다.

나폴레옹, 그는 이미 왕과 동등한 인물 아닌가?

그녀는 굴복했다. 그는 궁전 근처 에즈베키에 광장에 집 한 채를 구하고, 그녀를 머물게 했다. 그는 그녀와 함께 마차를 타고 산책했다. 사람들은 그녀를 '클레오파트라', 혹은 '동방의 왕비'라 불렀다. 그는 그녀의 아름다운 육체와 유쾌한 성격, 재치를 즐겼다. 나폴레옹은 그녀를 '벨리로트'*라 불렀다. 그런데 뜻밖에 푸레스 중위가 돌아왔다. 푸레스 중위가 탄 배를 붙잡은 영국군들이, 나폴레옹과의 갈등을 유발하기 위해, 그를 석방한 것이다. 폴린은

---

* '아름다운 노예'라는 뜻.

푸레스 중위와 이혼했다. 이 여자와는 말 한마디면 충분했다. 그녀는 나폴레옹이 주인으로 군림한 첫번째 여자였다. 그러나 그가 장군으로서 그녀를 유혹한 것은 아니었다. 그녀가 나폴레옹의 매력과 노력에 끌린 것이다. 경험 있는 여자가 먼저 그를 유혹한 셈이다. 그는 그녀에게 명령할 수 있었다. 벨리로트는 나폴레옹이 여자들에 대해서도 정복자처럼 처신하기를 좋아한다는 것을 알고 있었고, 그녀 자신도 그런 관계에 흡족해했다. 그녀는 여자에게 집착하고 매달리는 경향이 있었던 나폴레옹의 성격을 해방시켜주었다. 수년 동안 나폴레옹의 그런 감정이, 그로 하여금 조제핀에게 애원하게 했었다. 그러나 이제는 그런 관계는 끝났다.

그는 때로 생각했다.

— 벨리로트와 결혼하지 않을 이유가 무엇인가?

우선 조제핀과 이혼해야 했다. 반감만 치솟게 하는 그녀와 비교한다면, 벨리로트 같은 여자를 사랑하는 것은 얼마나 단순하고 유쾌한 일인가! 벨리로트가 아이라도 하나 낳아준다면, 주저없이 그녀와 결합할 것이다.

그는 부리엔에게 말했다.

"그런데, 그 귀여운 여자가 아이를 낳으려 하질 않아."

하긴 지금은 그럴 때가 아니다.

그녀는 그의 마음을 풀어주고 만족시키며 균형을 잡아주었다. 그녀는 만찬을 주관하고 늘 그의 옆에 붙어 있었다. 참모들이 그녀를 호위했다. 으젠 드 보아르네는 분개하며 내뱉었다.

"저는 정실부인의 아들입니다."

나폴레옹은 대꾸하지 않고, 으젠을 경호 임무에서 제외시켜주었다. 으젠은 훌륭한 군인이며 충직한 참모였다. 나폴레옹은 으젠에게 불만이 없었다. 나폴레옹은 사생활을 공적인 의무와 책임에 연결시키기를 원하지 않았다.

조제핀도 그가 해야 할 일을 하는 것은 막지 못했다. 하물며 벨리로트가 어떻게 그럴 수 있겠는가?

여자가 운명을 밝혀주거나 어둡게 할 수는 있다. 그러나 여자가 운명은 아니다.

카이로에서 반란이 일어나자, 나폴레옹은 곧 진압에 나섰다. 거의 맹목적인 노여움으로 죽이고 약탈하는 그들을 해산시키기 위해, 그는 알 아즈하르 사원에 발포 명령을 내렸다. 그가 카이로 밖에서 정찰하는 동안, 뒤피 장군이 암살당하고 참모 술코프스키가 쓰러졌다. 나폴레옹은 말했다.

"그가 죽었군. 행복한 사람이야."

갑자기 분노가 솟구쳤다. 격분하여 그의 표정은 창백하게 변했다. 그는 신경질적으로 말했다.

"루소라면 이젠 구역질이 올라와. 원시인은 개나 다름없어."

폭동으로, 3백여 명의 프랑스인과 2,3천 명의 이집트인이 죽었다. 반란자들은 엄벌에 처했다. 나폴레옹은 도심 광장에서 반란자들의 목을 베고, 그 시체들을 나일 강에 던져버리라고 명했다. 그러는 동안 병사들은 약탈과 폭행과 살해를 일삼았다.

장교와 병사들은 반란자들을 끝까지 제거해야 한다고 주장했다. '프랑스군에 저항의 빛을 보인 자들을 모두 죽여야 한다'는 것이었다.

나폴레옹은 복수의 팔을 붙들어야 했다.

군대 전체가 복수를 주장했지만, 그는 거부했다. 민중을 공포로만 통치할 수는 없었다. 저들은 아직도 그 사실을 이해하지 못한단 말인가?

폭동 다음날, 카이로의 유지들이 나폴레옹을 찾아왔다. 자기 앞에 무릎을 꿇는 그들을, 나폴레옹은 쏘아보았다. 이 위선자들은 민중들의 폭동을 선동하고도 마치 나폴레옹에게 철저히 복종하는 것처럼 연기하고 있었다.

나폴레옹은 말했다.

"여러분은 판관, 종교지도자, 사원의 연설가들이오. 백성들에게 분명히 전하시오. 행여 장난삼아서라도 나의 적이라 자처하는 자들은 이승에서도 저승에서도 그 도피처를 찾지 못할 것이오. 반면, 진심으로 나와 함께하는 자들은 행복할 것이오……."

나폴레옹은 그들을 일어서게 하고, 말을 이었다.

"언젠가 여러분들은, 내가 명령하고 행한 모든 것이 신의 명령에 따른 것임을 이해하게 될 것이오. 모든 사람이 반대하더라도, 신의 법령의 집행을 막을 수는 없다는 것을, 그때 알게 될 것이오. 신께서는 바로 나에게 그 집행을 맡기셨소……."

유지들은 대답했다.

"당신의 팔은 굳세고, 당신의 말은 감미롭습니다."

그가 받아들일 만한 말이었다. 그러나 결코 도취해서는 안 되었다.

이집트와 시나이 반도, 시리아, 팔레스타인…… 여기서는 내딛는 걸음마다 태고의 역사가 나타나, 보는 이를 도취시켰다. 나폴레옹은 막사 아래서 인도까지 가는 예멘 상인들을 맞아 대화를 나누고, 베두인 족과 협상을 맺고, 모세의 샘물*까지 여행도 했다. 그곳 시나이 절벽에서는 감미로운 물이 솟았다.

그는 인류의 종교들이 형성된 땅들에 걸음을 내딛고, 홍해를 건넜다. 갑자기 해류가 그와 호위대를 덮쳐서, 말을 타고 밤중에 헤

---

* 시나이 반도 서안에 위치한 전설상의 샘물. 모세가 히브리 민중을 이끌고 이집트를 탈출, 가나안 땅으로 향할 때 나뭇가지를 던져 마실 수 있는 물로 만들었다고 함.

엎쳐 도피해야 했다. 물결에 휩쓸려간 파라오의 군대처럼, 파도가 그들을 몰아치는 가운데 간신히 해변에 도착했다. 그 와중에 카파렐리 장군은 나무 의족을 잃었다.

나폴레옹은 물결을 굽어보는 갑으로 나아갔다. 신화들이 탄생한 그곳에, 그는 우뚝 섰다. 여기서 그의 운명을 살찌울 것이며, 여기서 그의 전설이 태어나리라 생각했다.

돌아오는 길에, 파라오들이 파놓은 운하를 발견한 그는 말에서 내려 오랫동안 그것을 따라갔다.

세월은, 모래처럼 인간의 작업을 감추어놓기도 하지만, 인간의 전설을 낳기도 하는 것이다.

마침내 벨리로트에게 돌아온 그는 만사를 잊고, 그녀의 육체 속에서 며칠을 보냈다.

그는 곧 멀리 떠나, 고독한 원정에 자신을 묻어야 했다. 벌써 상상력이 그를 먼 전장으로 실어갔다. 이번에는 투르크와의 전쟁이었다. 현재 시리아에 있는 투르크 군대는 이집트로 향해 진군중이었다. 그들을 만나러 가야 했다. 그들을 격파하면, 인도와 콘스탄티노플로 향하는 길이 열린다.

그런데 2월 초, 프랑스 상인 아믈랭이 영국 포위망을 뚫고 이집트에 도착했다. 아믈랭은 유럽의 소식을 가져왔다. 프랑스는 대불동맹군과 대치중이며, 정복지역이 위협받고 있었다. 나폴레옹은 말했다.

"3월 한 달 동안, 아믈랭의 말이 사실로 확인되고, 프랑스가 유럽의 왕들과 싸워야 한다면, 나는 프랑스로 돌아가겠다."

미래로 향하는 문이 다시 열린 것이다.

그는 카이로를 떠나, 시리아로 향할 준비를 서둘렀다.

32연대의 세 척탄병이 두 명의 이집트 여자를 죽인 죄로 끌려왔다. 그들은 여자들의 집에 침입하여 그녀들을 강간하려다 살인을 저질렀다. 이집트 자문회의는 총사령관이 그들을 직접 재판해 줄 것을 요구했다.

병사들은 그 동안의 무훈을 내세우며, 나폴레옹 앞에서 거칠게 무죄를 주장했다. 나폴레옹이 직접 심문하자, 그들은 당황했다. 단추 한 개와 군복 조각이 증거물로 제출되었다. 나폴레옹은 그들에게 총살형을 내렸다.

몇 시간 후, 여단 전체가 모여 "보나파르트를 위하여"라고 건배한 후, 그들은 공개처형당했다.

나폴레옹은 사형집행에 관한 이야기를 들었다. 어떤 병사들은 사형에 반대했고, 또 어떤 병사들은 질서와 군기, 정의의 이름으로 환영했다는 것이다. 그는 옆에 있던 군의관 데주네트*에게 말했다.

"대체 누가 감히 총사령관의 결정에 왈가왈부한단 말이오? 총사령관은 국가가 맡긴 십만 명의 생명을 책임지고 있소. 총사령관은 신념에 따라 심각한 범죄를 판결할 권리가 있어요."

몇 걸음을 걷던 그는 덧붙였다.

"총사령관에겐 무서운 힘을 주어야 마땅하오."

---

* 나폴레옹의 이집트 원정군의 군의관장, 1762~1837.

4
대학살의 땅

    체온이 급격히 떨어지면서 추위가 느껴졌다. 나폴레옹은 몸을 돌려 뒤를 바라보았다. 몇백 미터 뒤, 불타는 마을에서 아직도 비명 소리가 들려오고 있었다. 기마 호위대가 달려와 그를 감싸자, 고함 소리는 멀어졌다. 베르티에가 전속력으로 말을 달려와, 그의 상처에 대해 물었다. 나폴레옹은 말에 박차를 가하며 신음 소리를 누르려 애썼다. 넓적다리에서 통증이 느껴졌다. 머리가 멍멍하고, 타격을 받은 관자놀이가 쑤셔왔다. 그는 다시 몸을 돌려보았지만, 마을의 불길은 낙타 무리에 가려 보이지 않았다. 1799년 2월 15일, 나폴레옹은 그 마을에서 죽을 뻔했다. 호위대와 떨어져 베르티에와 단둘이 있는 그에게, 몽둥이로 무장한 농민들이 달려들었다. 그는 삽시간에 포위당하고 두들겨맞았다. 그때 기병대가 나타나, 농민들을 칼로 베어 죽이고 마을에 불을 질렀다.

이 사건은 단순한 사건 이상이었다. 1만 3천의 병력을 이끌고 북쪽으로 진군한 이후, 이상하게도 나폴레옹은 열정을 느끼지 못했다. 십자군이 점령했던 『성서』의 나라로 향하며 그는 상상했다.

—팔레스타인의 기독교도들이 봉기하고, 아랍인들이 그들의 지배자 오스만에 대항하여 일어서준다면……

그렇게만 된다면, 그는 인도와 콘스탄티노플까지 진군할 수 있었다. 세계지도를 바꿀 수 있을 터였다. 그러나…… 나폴레옹 자신도 놀랐다. 그는 까닭 모를 우울함을 느꼈다.

1799년 2월 17일, 알 아리시에 도착했다. 레니에 장군의 병력이 요새를 점령했다. 나폴레옹은 병사들이 큰불을 지펴놓은 진지를 천천히 거닐었다. 병사들은 불 위에 양고기와 말고기를 굽고, 거대한 텐트를 세워놓았다. 허리를 굽혀 텐트 안을 들여다보자, 여자들의 실루엣이 보였다. 에티오피아의 흑인 여자들과 코카서스 여자들이었다. 바닥에는 매트와 짚이 깔려 있었다.

이런 군대를 끌고 어떻게 인도까지 간단 말인가? 병사들은 그를 바라보지도 않았다. 레니에 장군이 장교들을 데리고 다가오며 말했다.

"알 아리시 요새는 강하게 저항했습니다만, 우리는 기습을 감행했습니다."

오스만 군대는 잠자다 꼬챙이에 꿰였고, 공격하는 프랑스군은 별 손실 없이 승리를 거둘 수 있었다. 레니에는 땅에 쌓인 투르크인들의 시체를 손으로 가리켰다. 살아남은 자는 몇 명뿐이었다. 나폴레옹이 말했다.

"훌륭한 작전이었군."

그리고 그는 야영장을 가리켰다. 군기가 없다. 왜 각 그룹마다 마음대로 불을 피우는가? 군수품은 어디 있는가? 누가 양식을 분배하는가?

나폴레옹의 비난에 레니에는 불만을 터뜨렸다. 장교들도 레니에에게 동감을 표시했다. 클레베르 장군이 나서며 덧붙였다.

"전혀 예기치 못했던 상황입니다. 군대가 스스로 준비한 보급품 없이, 적에게서 탈취한 물자에만 기댈 수는 없습니다."

나폴레옹은 그들을 쏘아보며 말했다.

"우리 군대는 2월 21일 알 아리시를 떠나, 가자와 자파, 생 장 다크르로 진군할 것이오."

나폴레옹은 막사로 돌아왔다. 불 주위에 몽주와 베르톨레, 통역가 방튀르, 화가 비방 드농*, 의사 데주네트, 그리고 몇 명의 학자들이 모여 있었다. 나폴레옹은 그들에게 시리아 원정에 참여하라고 지시했다.

방튀르가 말했다.

"팔레스타인은 대학살의 땅입니다."

나폴레옹도 알고 있었다. 몰록** 신이 떠오른다. 예전 페니키아인들은 그 신에게 인간을 제물로 바치곤 했다. 또한 헤롯 왕과 로마인들, 십자군에 의해 저질러진 죄없는 사람들의 대학살도 떠올랐다. 팔레스타인, 그 땅에서는 죽음이 역사를 낳았다.

오늘은 그가 역사를 만들고 있다. 그의 머리와 다리는 여전히 고통스럽지만, 그는 살아 있고 그의 적들은 죽었다. 인류 역사가 시작된 이래, 역사를 지배한 것은 항상 승리의 법칙이었다. 그 외의 다른 법칙은 없었다.

1799년 2월 25일, 나폴레옹 군대는 가자에 입성했다.

---

* 프랑스의 예술가이자 고고학자, 1747~1825.
** 고대 중동 전역에서 유아희생제물을 받은 신.

끊임없이 내리는 찬비를 맞으며, 병사들은 물과 진흙탕 속을 행군했다. 라말레로 향하는 길에서 낙타들이 얼어죽었다. 황토빛 돌로 지어진 두 채의 수도원이 작은 도시를 굽어보고 있었다. 하나는 아르메니아 수도원이고, 다른 하나는 가톨릭 수도원이었다. 나폴레옹이 다가가자, 사람들이 그의 손을 잡고 예를 표했다. 하얀 피부의 여인들은 그의 앞에 무릎을 꿇었다. 그들은 말했다. 나폴레옹은 수세기 만에 처음으로 이 땅을 밟은 첫번째 가톨릭 교도라고. 그는 천장이 둥근 방들을 둘러보며 데주네트에게 말했다.

"여기에, 군대병원을 만들어야겠소."

가톨릭 수도원을 떠나려는 순간, 부상자들이 수레에 실려오는 것이 보였다.

계속해서 비가 내렸다. 군대는 천천히 자파로 진군했다. 피로와 권태가 극에 이른 장교와 병사들은 프랑스에서 점점 더 멀어지는 걸 싫어하고 있었다. 이미 익숙해진 이집트로부터 멀어지는 것도 싫어하고 의심했다.

—대체 무엇을 목표로 진군한단 말인가? 투르크 군대를 격파하기 위해? 그렇다면 왜 투르크군이 나일 강까지 오기를 기다리지 않는가? 왜 그들을 이집트 진지 내로 끌어들이지 않는단 말인가? 꼭 이처럼 고된 행군과 전투를 하면서 많은 도시들을 점령해야 하는가? 마호메트를 찬양하면서, 아랍인들을 군대 내로 합류시키는 것이 무슨 소용이란 말인가? 야만적이고 비타협적이며 잔인한 그들은 도처에서 반란만 일으키지 않는가?

1799년 3월 4일, 자파가 눈에 보였다.

나폴레옹은 탈취해야 할 도시를 바라보았다. 도시는 원추 모양을 하고 있었다. 집들은 경사면 위로 자리잡고 있고, 탑들이 솟은 성벽이 집들을 둘러싸며 보호하고 있었다. 매서운 바람을 맞으며 포위작전을 세운 나폴레옹은 구상을 마치자 곧 참호 속으로 들어갔다.

작전이 시작되자, 병사들이 돌격하여 성벽의 경사면을 기어오르기 시작했다. 나폴레옹은 자파 총독에게 보내는 메시지를 베르티에에게 구술했다.

〈신은 온유하고 자비롭소…… 나는 이 도시에 불행이 내리기를 바라지 않소. 총사령관 보나파르트는 파샤(이슬람 고관들의 이름에 붙이는 칭호)에게 항복을 권유하는 바이오. 우리는 이미 공격 준비가 끝났소.〉

나폴레옹은 전령 장교가 떠나는 모습을 바라보았다. 전령 장교가 성문으로 향하자, 성문이 열리는가 했더니 갑자기 총소리가 들려왔다.

참호 속에 침묵이 흘렀다. 잠시 후, 성벽 위에 나타난 적군 몇 명이 전령 장교의 머리를 손에 들고 흔들었다. 프랑스군 진영에서 분노의 함성이 터졌다. 병사들은 돌격 명령을 기다리지도 않고, 적진에 뛰어들었다.

병사들은, 적들도 그들과 똑같은 인간이라는 사실을 잊었다.

비명 소리가 난무하고, 곳곳에서 피가 튀었다. 병사들은 피가 뚝뚝 떨어지는 총검을 들고, 전리품이 가득한 집들과 텐트로 들어갔다. 그들은 팔아넘길 여자와 처녀들을 몰아댔다.

병사들을 바라보던 나폴레옹은 막사 안으로 물러났다. 공허함이 몰려왔고, 한기가 달려들었다. 베르티에가 말했다.

"지금 성채 안에는 이삼천 명의 투르크인들이 갇혀 있습니다. 도시에 페스트가 번질 위험도 있습니다. 승리는 좋지만, 약탈행위는 군대를 문란케 합니다."

순간, 나폴레옹은 꿈에서 깨어나는 듯했다. 그는 상황 파악을 위해 장교 두 명을 보내라 명했다. 으젠 드 보아르네가 지원자로 나서자, 나폴레옹은 허락했다. 나폴레옹은 그들이 출발하는 모습을 물끄러미 바라보았다.

몇 시간 후 으젠이 돌아와, 투르크군의 항복을 받아냈다고 보고했다. 항복한 적들의 무장을 해제하는 중이라 했다.

으젠의 보고에, 나폴레옹이 창백해진 얼굴로 일어서서 중얼거렸다.

"도대체 어쩌자는 거야? 내가 어쩌기를 바라는 거지? 이자들이 일을 어떻게 처리한 거야?"

그는 참모회의를 소집했다. 나폴레옹이 자리에 모인 장교들을 바라보자, 모두가 눈을 내렸다. 나폴레옹이 말했다.

"포로들 중 이집트놈들은 고향으로 보내면 되겠는데…… 나머지는 어떡하면 좋겠소?"

아무도 대답하지 않았다. 나폴레옹은 구부정히 뒷짐을 진 채 서성거렸다. 발랑스에서 읽었던 볼네의 책과 코르시카에서 나눴던 볼네와의 대화가 떠올랐다. 옛날 팔레스타인 정복자들은 피정복민들의 공포심을 유발하기 위해 적의 머리들을 잘라 피라미드 높이로 쌓아올렸다.

적의 죽음은 하나의 무기가 될 수 있었다.

"어쩔 도리가 없군."

나폴레옹이 침울한 음성으로 중얼거리듯 말했다.

장교들은 자리를 뜨고, 그는 얼어붙은 듯 꼼짝 않고 서 있었다.

대학살은 자파 남서쪽의 모래 사구에서 벌어졌다. 포로들은 소그룹으로 나뉘어, 무참히 학살당했다. 어떤 이들은 바다로 몸을 던지며 필사적으로 탈출을 시도했다. 그러나 바닷물은 이내 붉게 물들었다. 탄약이 떨어지자 병사들은 총검을 사용했다.

목이 베여 죽어가는 자들의 비명 소리가 그친 몇 시간 후, 그는 3천 구의 시체 구덩이에서 올라오는 죽음의 냄새를 맡았다.

그는 예전의 팔레스타인 정복자들과 같았다.

그는 질겁하여 바라보는 부리엔에게 팔레스타인, 나플루즈, 예루살렘, 생 장 다크르의 주민들에게 보내는 메시지를 구술했다.

〈나에게 대항하는 어떤 노력도 소용없다는 것을 잘 알았을 것이오. 내가 시도하는 모든 일은 성공하게 되어 있소. 나의 친구를 자처하는 자들은 번영할 것이지만, 나를 적이라 선언하는 자들은 기필코 망할 것이오. 자파와 가자에서 일어난 일을 잘 보시오. 나는 적에 대해서는 끔찍하지만, 친구에 대해서는 선량한 인간이오. 특히 가난한 민중에 대해서는 온유하고 자비롭소.〉

나폴레옹은 갑자기 발작적으로 부리엔을 밖으로 내보냈다.

그는 자리에 앉았다.

─나는 어디 있는가? 나는 누구인가? 나는 무슨 짓을 했는가? 나는 어디로 가는가?

얼마 동안을 그렇게 있었는지 몰랐다. 꼼짝 않고 밤을 새운 것 같았다. 해가 어느새 중천에 솟아 있었다.

데주네트가 병원에 수용되어 있는 환자들의 증상에 대해 보고했다. 그들의 목과 서혜부에 임파선염이 돋고 있었다. 페스트였다. 데주네트는 그들의 목숨을 구하려 필사적으로 노력했다. 그는 직접 단도 끝을 고름에 적셔가며, 환자의 겨드랑이와 서혜부를 절개했다.

데주네트의 보고를 듣던 나폴레옹은 일어서서 단호한 걸음으로 병원으로 향했다. 몇몇 참모 장교들이 내키지 않는 걸음으로 그의 뒤를 따랐다. 나폴레옹이 포로들의 처형을 명령했을 때처럼, 이번에도 그들은 공포심이 가득한 눈으로 나폴레옹을 바라보았다.

이 시선, 그들의 시선이 나폴레옹을 정당화시켜주고 사면해주었다. 그는 전혀 다른 기질에 속하는 인간이었다. 그의 행동은 인간의 일상의 잣대로 판단될 수 있는 성질의 것이 아니었다. 그가 역사 속에서 하고 있고, 하기를 원하며, 또 앞으로 하게 될 역할이 모든 것을 정당화시켜줄 것이었다. 그는 죽음을 두려워하지 않았다. 오히려 죽음에 도전했다. 그리고 만약 그가 죽음에 붙들린다면 그것은 그가 죽음에 패한 것이 아니라 자신의 운명에 대한 감각을 놓쳤기 때문인 것이다.

페스트 환자들이 시궁창 냄새가 나는 어두운 방 안에 누워 있었다. 작은 구석까지 환자들이 가득했다.

나폴레옹은 환자들 사이를 천천히 걸으며, 병원 설립 건에 관하여 데주네트와 이야기했다. 장교들은 나폴레옹의 뒤를 따르며, 그가 환자에게 몸을 숙이고 말을 걸며 만지는 것을 막으려 애썼다.

예전 프랑스 왕은 랭스에서 나환자를 만졌다.

왕은 기적을 행하는 마법사였다.

그런 왕들과 대등한 존재가 되어야 했다. 그에게 두려움이나 나약한 감정은 없었다. 오직 운명의 법칙에 따르며, 운명이 명하는 대로 움직일 뿐이다. 그는 이 '운명'이 자신에게 명하는 것을 완수했다. 그는 의무를 위해서는, 감정 따위는 잊는 인간이었다.

나폴레옹은 병원의 좁은 방으로 들어섰다. 환자들이 쌓여 있고, 시체들이 나무침대에 비스듬히 팽개쳐져 있었다. 죽은 자들의 얼굴은 고통으로 일그러져 있었고, 그들의 몸에 걸쳐진 누더기 옷은 임파선이 터지면서 흘러나온 고름으로 말라붙어 있었다.

나폴레옹은 주저하지 않고 시체를 껴안았다. 장교들이 그를 만류하려 애썼지만, 그는 아무렇지도 않은 표정으로 죽은 병사를 껴안아 운반했다.

그가 무엇을 두려워하겠는가? 오직, 자신이 있어야 할 높은 권좌에 오르지 못하는 것이 두려울 뿐이다. 죽음, 그의 죽음이든 타자의 죽음이든, 그것은 아무것도 아니다.

페스트 따위는 그를 덮치지 못했다. 운명은 하이파 만에 있었다. 영국의 두 전함 '타이거 호'와 '테세우스 호'가 투르크 군함들과 함께 그곳에 정박해 있었다.

나폴레옹은 만의 남단인 하이파를 점령했다. 북쪽의 반도에, 작은 항구를 굽어보는 생 장 다크르 성채의 큰 탑이 솟아 있었다.

그는 넓은 만을 오랫동안 응시했다. 바다로 넓게 열려 있는 만이었다. 나폴레옹은 이곳에서 상대해야 할 인간들을 잘 알고 있었다. 생 장 다크르의 총독은 '자자르(백정)'라 불리는 인물이었다. 나폴레옹은 발랑스에서 볼네의 책와 함께 읽었던 토트의 여행기를 기억했다.

〈자자르는 베이루트 부근에 세운 성벽에 수백 명의 그리스 기독교인들을 가두었으며, 그들의 머리를 잘라 밖에 내걸고 고통을 즐겼다.〉

자자르는 영국의 시드니 스미스의 원조를 받고 있었다. 나폴레옹은 예전 툴롱 전투에서 스미스와 마주친 일이 있다. 당시 스미스는 항구에 들어온 프랑스 함대를 공격했었다. 나폴레옹은 1797년 포도달 13일에 받았던 스미스의 편지를 기억하고 있다. 당시 파리에 갇혀 있던 스미스는, 영국에 갇혀 있는 프랑스인들과의 교환으로 자신의 석방을 요구했었다. 나폴레옹은 답장을 보내지 않았다. 그리고 얼마 후, 그는 스미스의 탈출 소식을 들었다. 피카르 드 펠리포가 포함된 왕당파 첩자들의 도움을 받은 도주였다.

펠리포! 그가 지금 백정 자자르의 포병 사령관으로 생 장 다크르에 있다. 그것 역시 각별한 의미였다.

부리엔이 말했다.

"펠리포는……."

나폴레옹은 턱짓으로 부리엔의 입을 막았다. 이곳 생 장 다크르 성벽 아래서의 만남은 운명적인 인연이었다.

사관학교에서 펠리포와 맞섰던 기억들이 되살아났다. 파리 사관학교 강의실과 식당에서, 책상과 식탁 아래로 주고받던 발길질, 그때의 경쟁심, 증오…… 이제 여기서 결판을 낼 것이다.

성채 포위작전에 착수했다. 십자군들이 축조했던 거대한 성벽과 탑들에 접근하기 위해, 참호를 파고 성벽을 폭파하면서 균열을 내려 애썼다. 포위작전을 지원할 포병대는 도착하지 못했다. 배를 타고 출발한 포병대는, 시드니 스미스의 군함들에 그 진로가 차단되었다. 투르크군이 쏘는 대포가 진지들 위로 소나기처럼 쏟아졌다. 포격전을 전개하면서, 나폴레옹은 적의 포병대를 지휘하고 있는 인물이 펠리포라는 걸 곧 알아차렸다. 펠리포는 그들이 함께 배운 포격술을 그대로 적용하고 있었던 것이다.

공격을 계속했지만 소용없었다. 사상자만 늘어날 뿐이었다. 생 장 다크르의 프랑스 진영은 커다란 장터와 흡사했다. 포도주와 화주, 무화과, 납작한 빵, 포도, 버터 등을 팔았고, 여자도 팔았다.

군대는 차츰 그의 통제에서 빠져나가고 있었다. 군기를 장악하기가 점점 더 어려워졌다. 장교들은 비판을 늘어놓고, 장군들은 침묵하며, 병사들은 분격하고 있다는 보고가 올라왔다. 부리엔이 책상 위에 문서 한 장을 올려놓았다. 시드니 스미스가 매일 성벽에서 참호로 포격을 가하겠다는 통첩이었다.

"계급에 상관없이, 위험에서 도망치려는 병사들은 적들의 의도대로 움직이는 자들이야. 우리는 적들을 지옥으로 보내주고 말 것이다."

나폴레옹은 가소롭다는 투로, 통첩이 담긴 문서를 팽개치며 내뱉었다.

"단 한 명의 병사도 이런 협박에 굴복해서는 안 돼."

그는 베르티에를 불러 구술했다.

〈수백 명의 기독교인들이 생 장 다크르에서 자자르에게 대량학살당했다.〉

스미스와 펠리포는 무슨 짓을 하고 있는가? 그들은 공범이다. 프랑스 포로들은 고문당하고 목이 잘렸으며, 페스트에 감염된 배에 실렸다. 영국과는 모든 관계를 단절해야 한다. 그는 단호하게 말했다.

"스미스는 미친 놈이야."

다시 공격을 감행해야 했다. 그러나 카파렐리 장군은 죽었고, 장교들은 겨우 십여 명의 병사를 선봉대로 이끌 뿐이었다. 클레베르가 투덜댔다.

"보나파르트는 하루에 병사 만 명씩을 잡아먹는 장군이야."

이런 비난들과 대결해야 했다.

장군들을 부르자, 뮈라가 한 발짝 나서며 말했다.

"총사령관님은 병사들의 사형집행인입니다. 생 장 다크르를 점령할 수 있다는 걸 병사들에게 보여주려면 지금보다 더 맹목적이고 집요해야 할 겁니다."

나폴레옹은 말없이 들었다. 화도 내지 않았고 대꾸도 하지 않았다. 뮈라가 계속해서 말했다.

"처음에 병사들은 열광적이었습니다. 그러나 지금은 강제로 복종시켜야 합니다! 사기가 너무 떨어져, 그들이 말을 듣지 않는 것도 당연합니다."

나폴레옹은 뮈라에게서 등을 돌리고, 말없이 막사로 돌아갔다.

왜 이 인간들은 큰 승부가 걸려 있음을 보지 못하는가? 생 장 다크르에는 파샤의 보물과 삼십만 명 분의 무기가 있다.

부리엔이 베르티에를 데리고 들어왔다. 그는 그들에게 말했다.

"성공하면, 그 동안 잔인한 자자르에게 모욕받은 시리아 전체를 무장시킬 거야. 매번 공격 때마다 보다시피, 그 주민들은 자자르가 신에게 징벌을 받기를 바라고 있어. 나는 다마스커스와 알레포로 행군할 작정이야. 군대는 더욱 불만스러워하겠지만, 진군을 강행하겠어. 나는 민중들에게 노예제도와 파샤들의 전제적인 통치를 폐지할 것을 약속하겠어. 또한 나는 군대를 이끌고 콘스탄티노플까지 가서 투르크 제국을 뒤엎고, 동방에 길이 이름을 남길 새롭고 위대한 제국을 세울 거야. 그리고 오스트리아 왕가를 없애버린 후, 안드리노플과 비엔나를 거쳐 파리로 돌아갈 거야."

부리엔과 베르티에는 그의 꿈에 동감하지 않는 표정이었다. 그들은 마치 이렇게 말하는 듯했다.

'당신은 군대를 이끌고 매일 승리를 거두려 하고 있소. 결국 당신 자신을 위한 최후의 목적을 달성하려 하고 있소.'

베르티에가 말했다.

"클레베르 장군의 병력이 타보르 산악지역에서 위험에 처해 있습니다. 나자렛과 티베리아스(지금의 이스라엘 갈릴리 지방)에서 멀지 않은 곳입니다."

동방제국의 꿈은 일단 유보하자. 우선 프랑스 병력을 포위하려는 다마스커스의 술탄을 격파하러 가자!

나폴레옹은 선두에 서서 공격을 이끌며, 투르크군을 패퇴시켰다. 투르크군은 어지러히 도주했다. 어떤 자들은 티베리아스 호수(갈릴리 호수)로 뛰어들었다. 병사들이 추적하여 총검으로 죽였다. 호숫물은 금세 피로 새빨갛게 물들었다.

완벽한 승리였다. 나폴레옹은 나자렛 거리를 걸었다.

가축들이 샘에서 물을 마시고 있었다. 그 모습을 본 나폴레옹은 잠시 걸음을 멈추었다. 종교들이 태동하던 고대에도 이 샘이 있었을까?

나자렛 수도원의 수도사들이 그를 맞아 만찬을 베풀었다. 예배당을 방문한 나폴레옹에게, 한 수도사가 검은 대리석 기둥을 가리키며 진지한 표정으로 설명했다. 천사 가브리엘이 발꿈치로 건드려 부서졌던 기둥이라고.

나폴레옹 뒤에 서 있던 장교와 병사들 사이에 웃음이 터졌다. 나폴레옹이 눈짓으로 그들의 웃음을 질책했다. 이곳은 인류의 역사가 솟구친 장소 중 하나다. 마을 지도자들이 다가와, 승리를 축하하며 '테 데움'을 노래했다. 수도사와 기독교인들이 나폴레옹을 둘러싸고 행복해했다. 이 순간 그는 십자군의 후예였다. 기독교도들은 압제자에게서 해방되었다고 상상하는 듯했다. 나폴레옹은 그들의 환상을 깨뜨리지 않았다.

— 그들이 얼마 동안이나 이런 자유를 누릴 수 있을까?

생 장 다크르의 진지로 돌아왔다. 상황은 더욱 악화되어 있었다. 포위가 풀린 사이에, 적군의 포병과 병력이 더욱 보강되어 있었다.

나폴레옹은 막사에 홀로 앉아 고심했다.

여덟 차례 공격을 가했지만 소용이 없었다. 진지를 돌아보니, 병사들은 탈진했고 군기는 엉망이었다. 유일하게 좋은 소식이 있다면, 펠리포가 죽었다는 것이다.

— 죽음이 선택한 것은 그다. 내가 아니다.

결단을 내려야 했다. 참모들이 내미는 서류 중에, 11월 4일자 총재정부의 서한문이 들어 있었다.

〈선택은 당신에게 달렸소. 물론 주위의 용기 있고 훌륭한 사람들과도 상의하기 바라오.〉

결정은 그에게 달렸다. 그는 이탈리아에서 온 상인에게서 긴 여행 동안 보고 겪은 소식들을 들었다. 상인은, 정확하게는 모르지만, 프랑스 군대가 로마와 나폴리를 다시 점령했을 것이라 했다.

그 정도 소식만으로도 나폴레옹이 초조감을 느끼기에 충분했다. 주사위는 다시 유럽에서 구르기 시작했다. 나폴리가 무너진다면, 오스트리아는 프랑스에 선전포고를 할 수밖에 없을 것이다.

—그런데 나는 여기서 진퇴양난에 빠져 있다. 지치고 불만에 가득 찬, 페스트에 쫓기는 인간들을 데리고 야만인들과 싸우고 있다.

떠나야 했다. 포위망을 풀고 프랑스로 돌아가야 했다.

그전에 우선 이 원정에 의미를 부여해야 했다. 헛되이 희생과 고생을 강요했던 게 아니라는 점을 강조하고, 여태껏 이룬 업적에 자부심을 가지도록 장병들에게 꿈을 주어야 한다. 현실인식을 바꾸기 위해서는 말이 필요했다. 그는 썼다.

〈병사들이여, 그대들은 아랍 군대보다 더 빠르게 아프리카와 아시아를 가르는 사막을 건넜다. 그대들은 타보르 산악 전장에서, 이집트를 약탈하기 위해 아시아 전역에서 구름처럼 몰려든 적들을 물리쳤다…… 우리는 이집트로 돌아갈 것이다…… 생 장 다크르 성은 며칠 동안 고생하며 함락시킬 만한 가치가 없다. 게다가 우리의 용감한 전우들을 여기서 잃어서는 안 된다. 우리는 더욱 중요한 작전을 위해 준비해야 한다…… 병사들이여, 우리는 피로한 역경을 겪었고 많은 위험을 극복했다…… 그대들은 새로운 영광의 기회를 얻을 것이다.〉

결정은 내려졌다. 그는 말했다.

"퇴각을 준비하라. 마지막 포탄까지 생 장 다크르 성에 쏘아보내고, 대포들을 폭파하라. 그리고 행군을 시작한다. 마을을 지날 때마다 분열행진을 하고, 선봉대는 적에게서 빼앗은 깃발을 휘두르며 군악을 울려라. 부상자들은 말 위에 싣고, 건강한 사람들은 모두 걷는다."

전령이 물었다.

"장군님이 타실 말로는 어떤 것을 고를까요?"

나폴레옹이 대답했다.

"모든 사람이 걷는다. 내가 선두에서 걸을 것이다. 내 명령을 모르겠는가?"

그는 맨 앞에서 걸었다. 그의 마차에는 몽주와 베르톨레, 수학자 고스타즈가 탔다. 그들 세 사람은 병을 앓고 있었다. 자파의 탄투라 광장과 하이파 거리에서, 부상자와 페스트 환자들이 대열에서 낙오되었다. 될 수 있는 한 환자들을 데려갔지만, 일부는 포기할 수밖에 없었다. 그들의 생명을 끊어주자고 말하는 자들도 있었다.

자파의 병원을 돌아본 후, 나폴레옹은 데주네트에게 다가갔다.

그는 오랫동안 의사를 바라보았다. 약 삼십 명 정도…… 이렇게 많은 인원은 데려가기는 불가능했다. 나폴레옹은 간단하게 말했다.

"아편……"

데주네트는 온몸을 떨며 대답했다.

"저의 임무는 생명을 지키는 것입니다."

그는 환자들을 독살시킬 수 없다고 고집했다.

나폴레옹이 말했다.

"당신을 설득하려 애쓰지는 않겠소. 하지만 나의 임무는 군대를 지키는 것이오."

나폴레옹은 데주네트로부터 몸을 돌려, 페스트 환자들에게 아편을 주사할 사람들을 찾았다.

"만일 내가 페스트에 걸렸다면……"

기꺼이 이 호의를 받아들일 것이다.

나폴레옹은 다시 행군의 선두에 섰다. 공병들이 자파의 요새들을 날려버렸다.

자살하는 병사들의 총성을 들으며 전진해야 했다. 그들은 지독한 고통에 동료들에게 제발 자기를 죽여달라고 부탁했다.

전장은 또다시 화염에 휩싸였다. 베두인 족에게 들볶이고 있는 프랑스군의 행렬에, 이번에는 영국 전함이 포격을 가해왔다.

1799년 6월 9일, 드디어 군대는 시나이 사막을 건너 살레예에 도착했다.

나폴레옹은 군대에 불평의 소리가 높다는 것을 알고 있었다. 의심하고 반항하는 군대는 쓸모없는 집단에 불과하다. 병사들을 다시 장악해야 했다. 그는 썼다.

〈불평자들은 처벌받을 것이다. 필요하다면, 사형에 처한다. 행군이나 전투중 군기가 무너져서는 안 된다.〉

1799년 6월 17일, 원정군은 개선문 '바불 나스르'*를 통해 카이로에 입성했다. 그가 주둔군 사령관 뒤귀아 장군에게 개선 축하식을 준비하라고 미리 명령해놓은 대로, 월계관들이 땅에 놓여져 있었다. 음악이 울리고 수많은 군중들이 몰려들었다. 군대는 적에게서 탈취한 깃발을 앞세우고 행진했다.

나폴레옹은 에즈베키에 광장의 중앙에 자리잡고 위풍당당한 장병들의 분열행진을 바라보았다. 모두가 깃발에 종려가지를 꽂고 있었다.

생 장 다크르 요새, 자파에서 총살당한 인간들의 비명, 페스트에 걸린 사람들의 신음, 이 모든 것이 먼 과거처럼 사라져갔다.

그는 살아 있으며, 승리자가 되어 돌아왔다. 미래는 계속될 것이다.

나폴레옹은 카이로 궁전을 향했다.

폴린 푸레스가 계단에 서서 그를 기다리고 있었다.

---

* 카이로의 무이즈 거리 북쪽 끝에 있는 문(門). '나스르'는 '승리'라는 뜻.

5
운명이 부르는 곳으로

　나폴레옹은 개들이 짖는 소리를 들으며 잠에서 깨어났다. 폴린 푸레스는 아직 자고 있었다. 그는 창으로 다가가, 회교 사원의 첨탑들을 바라보았다. 이제 그는 콘스탄티노플이나 인도까지 진군하여 동방제국을 세우려는 구상은 포기했다. 그렇다면 이 도시에 남아 있을 이유가 무엇인가?

　그는 대리석 계단을 내려가, 아스완 화강암을 만져보았다. 이제 이 도시를 떠나야 한다. 더 머물러 있다가는 똑같이 반복되는 생활에 갇혀 있다고 느끼게 될 것이다.

　카이로에는 밤마다 개들이 나타났다. 아무리 잡아 죽여도 소용없었다. 몇 주만 지나면, 개들은 다시 광장에 나타나 떼지어 거리를 헤매며 머리가 터질 정도로 짖어댔다.

떠나야 한다. 프랑스와 유럽을 다시 만나야 한다.

6월 21일, 그는 강톰 제독에게 편지를 썼다. 알렉산드리아에 정박중인 두 척의 쾌속선 '뮈롱 호'와 '카레르 호'를 준비하라 지시했다.

뮈롱은 아르콜레 다리에서 자신의 목숨을 바쳐 나폴레옹을 구했다. 전쟁은 그런 것이다. 어떤 자는 쓰러지고, 어떤 자는 살아남아 진군을 계속한다.

나폴레옹은 방으로 돌아왔다. 폴린 푸레스는 여전히 자고 있었다.

— 이집트를 떠난다. 그러나 언제?

그는 기회를 살폈다. 순간을 포착하여, 망설임 없이 뛰쳐나가야 한다. 기회는 올 것이다. 또 한 번, 삶과 죽음의 선택을 해야 한다. 그의 내면에서 생명력이 강하게 약동했다. 생명이 승리할 것이다.

그의 꿈이 부숴졌던 생 장 다크르에서, 그는 얼마나 생명을 욕망했던가? 그의 상상력은 얼마나 높은 곳으로 향했던가.

'추론의 컴퍼스'는 여전히 그의 스승이었다. 너무 서두르며 초조함을 드러내서는 안 된다. 의도를 감추고 이집트에 계속 머물듯이 처신하며, 특히 이곳에 주둔할 사람들에게 이집트 정복은 영광스런 임무라는 확신을 심어주어야 했다. 만사는 하기 나름이다.

나폴레옹은 당당한 모습으로 카이로 자문회의를 주관했다. 말을 통해 자신감을 주어야 했다.

"적들이 내가 죽었다는 소문을 퍼뜨렸다던데, 나를 똑바로 보시오. 내가 진짜 보나파르트라는 걸 확인하시오…… 자문회의 멤버들인 여러분들이 직접 배반자와 반항자들을 가려내시오. 신은 나에게 가공할 힘을 주었소. 엄청난 징벌이 그런 자들을 기다리고 있소! 나의 칼은 길고 강하오! 내 칼에 약함은 없소."

배반자는 계속해서 처단해야 했다.

6월 23일, 그는 카이로 성곽을 지키는 뒤귀아 장군을 맞으며 물었다.

"저 많은 포로들을 어떻게 하면 좋겠소?"

뒤귀아가 대답했다.

"탄약을 아끼면서 시끄럽지 않게 처형하는 게 좋을 듯합니다."

뒤귀아가 잠시 망설이더니 말을 이었다.

"제 생각엔 전문적인 망나니에게 맡기면 어떨까 싶습니다만."

나폴레옹은 대답했다.

"좋소."

생명을 위해 죽음의 명령을 내려야 했다.

망나니는 대개 이집트인이거나 그리스인이었다. 회교도들은 창녀들을 나일 강에 익사시키는 풍습이 있었다. 이슬람 법률은, 회교도 여자와 이교도 남자 사이의 관계는 금지되어 있기 때문이었다.

그런 법률은 그대로 두어야 한다. 급속히 퍼지는 성병을 막고, 군대를 다시 장악하고 보호해야 하기 때문이다. 병사들의 군기뿐 아니라 정상부의 고위장교들까지 느슨해진 지금, 조직을 재정비해야 했다.

나폴레옹은 책상 위에 놓인 자신의 풍자화를 바라보았다. 그를 비웃는 클레베르가 그린 것이었다. 신들린 듯하고 병약해 보이는, 그림 속의 마른 남자는 분명 나폴레옹이었다. 클레베르의 눈에 비친 나폴레옹은 바로 그런 모습이었다.

군기가 풀린 군대에서, 나폴레옹에 대한 비판의 소리가 높았다.

6월 29일 이집트 학사원 첫 집회에서, 의사 데주네트는 자리에서 일어나 격분한 목소리로 나폴레옹을 비난했다. 나폴레옹이 페스트를 시리아 원정 철수의 원인으로 몰아간다며, 즉 패주의 책임을 의사에게 돌리려 한다며, 그는 나폴레옹을 '동방적 압제자'라고 비난했다.

나폴레옹은 아무런 대꾸 없이 데주네트가 평정을 되찾기를 기다렸다. 의사는 계속 소리쳤다.

"선생들, 나는 알고 있습니다. 장군, 나는 알고 있어요. 여기서 당신은 학사원 멤버와는 다른 처지에 있어요. 당신은 어디서나 지도자가 되고 싶어하는 성격의 소유자요. 나는 멀리까지 반향이 번질 사실을 알리고 싶지만, 지금은 한마디도 안 하고 참겠소. 다만 군대에 감사한다는 말만 하겠소."

날이 갈수록, 그는 확신했다. 이제 이집트를 떠나야 했다. 하지만 그러기 위해서는 빛나는 승리가 필요했다. 그렇지 않으면, 이집트에 질서를 복구하기 위해 애쓴 모든 노력에도 불구하고, 그의 출발은 패배자로서 도피하는 인상을 주고 말 것이다.

우선 남쪽에서 승리의 기회를 찾아보기 위해, 그는 장교 막사를 피라미드 아래로 옮겼다. 그리고 무라드 베이를 격파할 기회를 노렸다.

매일 불덩어리 같은 태양 아래를 걸으며, 그는 순찰대가 무라드 베이의 야영 진지를 파악할 때까지 기다렸다. 첩보에 따르면, 그 술탄은 카이로에 남아 있는 아내와 밤마다 접촉한다고 했다.

7월 15일, 뜨거운 모래바람에 얼굴이 익은 기병대가 소식을 가져왔다. 영국과 투르크 연합함대가 수천 명의 병력을 아부키르 항에 상륙시켰다.

나머지 말은 들을 필요도 없었다. 드디어 기회가 왔다. 때가 찾아왔다.

나폴레옹은 명령했다. 신호였다. 그가 기다리던 전투였다. 강행군으로 라마니아에 집결하여 아부키르로 가야 했다. 투르크군은 해변을 따라 진지를 구축하고 있었다.

장교들은 클레베르 사단이 도착할 때까지 기다려야 한다는 의견을 제시했다. 나폴레옹은 신중론을 제시하는 그들에게 손등으로 입을 다물라는 신호를 보냈다.

7월 24일 밤, 나폴레옹은 뮈라를 호출하고 공격작전을 설명했다. 대포를 발사하여 투르크군을 바다로 내몰아야 했다. 나폴레옹은 주저함이 없었다. 행동은 그렇게 하는 것이다. 그는 뮈라의 팔을 붙들고 막사 밖으로 나갔다. 청명한 밤, 어느덧 새벽이 다가오고 있었다.

"이번 전투는 세계의 운명을 결정할 거야."

뮈라가 놀라는 표정으로 대꾸했다.

"군대의 운명이겠지요."

나폴레옹이 힘주어 말했다.

"아니, 세계의 운명이야."

그는 승리의 월계관을 써야만 이집트를 떠날 수 있다는 사실을 잘 알고 있었다. 그래야 유혈이 낭자한, 어정쩡한 이번 원정의 결과들을 보상하고 영광된 기억으로 남길 수 있을 것이다.

1799년 7월 25일, 뮈라는 투르크군을 향해 발포하며 그들을 뒤흔들었다. 수천의 시체들이 바다를 붉게 물들였다. 바로 일 년 전, 수많은 프랑스 해병들이 죽었던 곳이었다.

클레베르가 도착했을 때, 전투는 이미 끝나 있었다. 뮈라는 사단장으로 진급되었다.

나폴레옹이 말했다.

"이번 전투는 내가 경험한 가장 멋진 전투 중 하나이며, 가장 끔찍한 광경 중 하나였소."

클레베르가 말없이 빈정대며 적대적인 모습으로 다가왔다.

나폴레옹은 그 강력한 육체를 바라보았다.

클레베르가 악수를 청하며 말했다.

"보나파르트 장군, 당신은 세계처럼 위대하오. 아니, 당신에겐 세계가 너무 작소."

나폴레옹은 클레베르의 악수를 받아들였다.

8월 2일 오후, 아부키르 요새에 남아 있던 오스만 군대가 항복했다. 모두가 누더기 차림이었으며, 추위에 몸을 떨며 굶주리고 부상당해 있었다. 나폴레옹은 그들을 먹이고 치료해주라는 명령을 내렸다. 그리고 포로 교환 협상을 위해 장교 두 명을 '타이거 호'로 보냈다. 그것은 시드니 스미스의 배였다. 또 그자였다. 아직도 그였다.

저녁 열시, 나폴레옹은 잠자리에 편히 누웠다. 잠이 쏟아졌다. 멀리서, 밀물과 썰물이 교차하는 바다 소리가 들려왔다. 그는 소스라치며 잠에서 깨어났다. 참모 한 명이 막사로 들어오며 알렸다.

"시드니 스미스 경이 비서를 데리고 왔습니다. 장군을 뵙고 싶어합니다."

나폴레옹은 막사 침대에 앉아 그 영국인이 다가오는 것을 바라보았다. 키가 큰 스미스 경이 공손하게 총사령관 앞에 신문꾸러미를 내놓았다. 『프랑크푸르트 가제트』와 『런던 통신』이었다. 나폴레옹은 그 영국군 사령관에게는 신경쓰지 않고 읽기 시작했다. 6월 10일자, 최근 판이었다. 몇 달 전부터 소식을 받지 못한 나폴레옹으로서는 너무 반가운 신문들이었다.

그러나 신문에 게재된 기사와 이름들은 그에게 상처를 주었다. 프랑스군이 이탈리아에서 수브로프 장군의 러시아군에 패했다! 독일에서는 카를 대공에게 패했다. 카를이라면, 바로 나폴레옹 자신이 격파했던 장군 아닌가? 프랑스는 모든 정복지를 잃고, 분열된 총재정부는 위기에 위기를 거듭하고 있었다.

—내가 여기 있다! 이런 상황을 다시 일으켜세우지도, 이용하지도 못하고, 무기력하게 여기 있다. 지금은 모든 것이 가능한 순간이다. 드디어 배는 완전히 익었다! 다른 누군가가 움직일 수도 있다.

그는 영국 장군에게 소식을 확인하고, 프랑스군이 이집트를 떠나는 문제에 관해 협상하기로 합의했다.

나폴레옹은 보트까지 그를 배웅하고는, 급한 걸음으로 막사로 돌아와 다시 신문을 펼쳐들었다.

총재정부의 그 인간들이 나폴레옹이 애써 얻은 모든 것을 잃어버렸다!

그는 신문을 땅바닥에 던져버리며 소리쳤다.

"비참한 놈들, 이게 말이 돼? 불쌍한 프랑스여! 대체 그들은 무얼 했단 말인가! 아, 멍청한 놈들!"

잠을 이룰 수 없었다. 이집트를 떠나야 했다, 빨리.

1799년 8월 15일, 그의 서른번째 생일이었다. 삶의 한 단계가 마감되는 나이. 금발을 묶고 경기병의 긴 옷에 장화를 신은 폴린 푸레스는 그와 마주앉아 태평하게 재잘거렸다.

그녀는 그의 출발을 모르고 있었다. 동행할 몇 사람을 제외하고는, 누구도 그의 출발을 의심해서는 안 되었다.

그는 벨리로트의 말을 듣는 척 귀를 기울였다. 그녀는 앞날에 관해 이야기했다. 그는 언제 이혼할 것인가? 자유로운 그녀로서는 당연한 요구였다. 그는 그녀에게 결혼을 약속했다. 그녀는 짜증내지 않고 유쾌하게 자신의 생각을 이야기했다. 그는 고개를 끄덕이며 생각했다.

— 나의 애인은 권력이다. 나의 유일한 정열, 유일한 애인, 그것은 프랑스다. 나는 프랑스와 동침한다.

그는 자신에게 맹세했다.

— 나는 원하는 모든 것이 될 것이다. 내가 될 수 있다고 예감하는, 모든 것이 될 것이다.

그러기 위해서는, 감추며 위장해야 했다. 그가 멀리 타국에서 프랑스로, 파리로 돌아가리라는 걸 알게 해서는 안 된다. 은밀하게, 말 많은 모든 호사가들과 총재정부의 무능력하고 타락한 자들에게 자신의 존재를 부각시켜야 한다.

그는 자문회의의 유지들 앞으로 가서, 늘 그렇듯이 회교식으로 인사하고 그들과 함께 기도드렸다.

그는 말했다.

"여러분들 책에는, 언젠가 훌륭한 자가 서방으로부터 와서, 예언자의 작품을 계속 이어받을 것이라 쓰여 있지요. 그 영웅, 마호메트의 대리인이 바로 나라고 쓰여 있지 않습니까?"

그들은 감히 반박하지 못했다. 그가 거둔 승리가 그들을 경악시키고 얼을 빼놓았으며, 그들을 굴복시켰다.

그는 후계자로 클레베르를 선택하고, 궁전에 묻혀 그에게 남길 교시를 집필했다. 그는 몇 시간 동안 쉬지 않고 글을 쓰며, 이집트를 통치하기 위해 사용해야 할 수단들을 설명했다. 페스트나 프랑스에서 보내오는 원조의 부족으로, 상황이 위험해질 경우를 대비한 지시사항도 기록했다.

〈당신은 오스만 제국과 평화협상을 할 권한이 있소. 그 경우, 이집트에서의 철수가 주요 조건이 될 것이라는 점에 유의하시오.〉

나폴레옹은 펜을 놓았다.

이제 이집트는 그의 관심사가 아니었다.

명령을 구술하면서, 그는 델타를 순찰하고 싶다고 생각했다. 그게 어떤 변화를 가져다주지 않을까 생각했다. 누가 함께 떠날 것인가? 자신감과 능력이 있고, 몸과 마음을 바쳐 충성할 인간들이 필요했다. 그것은 지도자에게는 필수적이다. 그의 참모들과 경호대가 우선이었다. 그는 생각했다.

"엘리트 삼백 명이면, 거의 무엇이든 할 수 있다."

자신의 속내이야기를 털어놓는 상대자이며 훌륭한 비서인 부리엔과 몇 명의 장군들이 그와 함께 떠날 것이다. 베르티에, 뮈라, 마르몽, 앙드레오시, 베시에르…… 특히 베르티에는 비할 바 없이 훌륭한 참모장이었다. 그들 모두가 젊은 혈기에 넘치고 충직했다. 무엇보다 중요한 것은 충직성이었다. 나폴레옹은 루스탐 라자를 생각했다. 시리아 원정에서 회군할 당시, 술탄 엘 베크리가 이 맘루크를 그에게 내주었다. 이후 루스탐은 노예처럼 신중하고 충직하게 그를 보좌해왔다. 맹목적으로 하늘처럼 주인만 모시는 이런 부류의 인간에게는, 가장 내밀한 부분까지 보여주고 얘기할 수 있으며, 원하는 대로 입을 다물게 할 수도 있다. 루스탐도 데려갈 것이다. 몽주, 베르톨레, 비방 드농은 그에게 용기와 충직성을 보여주었다. 그들은 파리 학사원에서, 이집트에서 이룬 학문적 성과들을 훌륭하게 증언할 것이다.

그는 폴린 푸레스가 들어오는 것을 보았다. 그녀는 아직 모른다. 그는 아무 말도 하지 않았다. 그녀는 나폴레옹 생애의 한 페이지를 장식했다. 그는 그녀에게 너그러웠다. 다시 만나도 그럴 것이다. 그러나 그에겐 운명이 걸려 있었다. 다른 누구의 운명보다 더 큰 운명. 약해져서는 안 될 문제였다.

드디어 8월 17일 오후, 강톰 제독의 서한이 도착했다. 영국 함대는 이집트 해안을 떠났다, 키프로스 섬으로 물을 구하러 간 것이다. 알렉산드리아 항구를 빠져나가는 게 가능한 며칠이 확보된 것이다.

— 기다려서는 안 된다. 순간적으로 결단해야 한다.

그는 함께 여행할 사람들에게 알리고, 명령을 내렸다.

그는 폴린 푸레스에게 다가가 그녀를 안아주고 루이 금화 천 프랑을 건네주고는, 곧 나왔다. 그리고는 불라크까지 말을 달린 후, 마차로 알렉산드리아까지 이동했다. 나폴레옹 일행은 밤이 내리는 해변에서 기다렸다.

그는 바다를 바라보았다. 서른 살의 그의 앞에 다시 미래가 열릴 것인가, 모든 게 가능할 것인가. 난파를 당할 수도 있고, 영국 순양함의 포로가 될 수도 있었다. 총재들이 그를 부임지 이탈죄로 고발할 수도 있었다. 그들은 능히 그럴 수 있는 인간들이었다. 아니면, 너무 늦게 도착할 수도 있었다. 누군가가 익은 배를 벌써 따버렸을 수도 있었다. 베르나도트, 모로, 시에예스, 바라스, 그들이, 그들 중 누군가가 권력이라는 열매의 꼭지를 단칼에 후려쳤는지도 모른다.

모두들 밤이 내리는 바다를 바라보며 침묵 속에 있었다. 쾌속선 두 척과 전령함 두 척의 돛대들이 붉은 수평선을 가르며 다가왔다.

므누 장군이었다. 그는 이집트에 남아 클레베르 곁에서, 나폴레옹의 전령 역할을 맡을 것이다. 클레베르가 카이로에 도착하기 전에, 므누는 오늘 밤 카이로에 닿아야 했다.

나폴레옹은 므누의 팔을 잡고 급한 걸음으로 해변을 걸었다. 배가 많이 나온 므누는 숨을 헐떡이느라 제대로 대꾸도 하지 못했다.

나폴레옹이 말했다.

"총재정부는 우리가 정복한 것을 모두 잃었소, 므누 장군. 알겠소? 모든 게 위험하오. 프랑스는 외전과 내전 사이에서 흔들리고 있소. 프랑스는 패배당하고 모욕당하며 망할 지경에 처해 있소."

그는 걸음을 멈추고 바다를 바라보며 말했다.

"나는 바다의 위험을 무릅쓰고 프랑스를 구하러 가는 것이오."

그는 다시 걷기 시작했다.

"내가 성공하면, 연단의 잡소리는 끝장이오, 파벌 싸움도 끝장이고."

그는 만사를 공평하게 처리할 것이라 다짐했다. 그리고는 땅 쪽, 멀리 알렉산드리아를 가리키며 말했다.

"여기에는, 내가 꼭 있지 않아도 괜찮소. 모든 문제에, 클레베르가 나를 대신할 것이오."

그는 므누에게 지시를 내리고, 힘차게 그를 끌어안았다.

인간과 배들이 홀연 어둔 밤 속으로 숨었다. 달도 없는 밤이었다. 해변으로 다가오는 보트들을 안내하기 위해, 위치가 노출될 위험에도 불구하고 불을 밝혀야 했다. 바다는 고요하고, 배들은 검은 끈끈이에 붙들린 듯 꼼짝도 하지 않았다.

8월 23일 새벽, 보트 한 대가 쾌속선 뮈롱 호에 다가왔다. 한 사람이 애원하며 배에 올랐다. 학사원 멤버인 파르스발 그랑메종이었다. 그는 이번 여행 목적이 무엇인가를 알고는 자신도 데려가 달라고 애원하러 온 것이었다.

나폴레옹은 애원하는 그를 한참 바라보았다. 억지로 문을 열려는 인간, 그에게 기회를 준다면, 보답하려 애쓸 것이다. 나폴레옹은 그가 갑판에 오르는 걸 허락했다.

여덟시, 첫 바람이 불어오자 배는 돛을 올리고 해안을 떠났다. 이내 이집트 해안이 아득한 갈색 선으로 밀어져갔다.

나폴레옹은 대포의 발사대에 앉아 초조함을 잊었다. 수백 미터 떨어져, 쾌속선 카레르 호가 뮈롱 호를 따르고 있었다. 그 두 척의 쾌속선 앞에서, 불 밝힌 전령선들이 물살을 갈랐다.

오랫동안 바람이 일지 않자, 모두들 웅성거리며 불안해했다. 나폴레옹은 갑판의 모든 사람들 중 가장 침착했다. 그가 말했다.

"조용히 하시오, 우리는 지중해를 건널 것이오."

돛이 부풀어오르고, 강톰 제독이 다가와 여정을 설명했다. 바르바리(모로코, 알제리, 튀니지 등에 걸친 북아프리카 지방) 해안을 따라가다 비스듬히 항해하여 코르시카 해안 쪽으로 올라갈 것이다.

제독이 말했다.

"저는 장군의 별 아래서 키를 잡겠습니다."

잠시 후 베르톨레가 다가와 사람들이 불안해한다고 전했다.

나폴레옹은 둘러서 있는 사람들에게 말했다.

"생명을 두려워하는 자는 생명을 잃는 법이오. 과감하면서도 지혜로울 줄 알아야 합니다. 나머지는 운명의 여신에게 맡기는 겁니다."

그는 일어나 갑판 위를 걸었다.

몇 주 동안 그는 운명의 손 안에 갇힌 것이다. 그렇게 선택했다. 선택을 내린 지금, 그가 할 수 있는 것은 아무것도 없었다. 그는 베르톨레에게 몸을 돌리며 말했다.

"미래는 경멸할 만한 것이오. 오직 현재만이 생각할 가치가 있소."

현재, 그것은 계속되는 항해의 나날들이며, 약해지거나 강해지는 바람이고, 보이는가 하면 사라지는 돛단배들이며, 끊임없이 읽는 책들이었다.

점심식사 후, 그는 참모가 낭독하는 『영웅전』에 귀를 기울였다.

그는 플루타크를 좋아했다. 이 작가는 이야기를 뜨겁게 만들 줄 안다.

나폴레옹은 이 항해의 날들을 좋아했다. 그의 정신을 자유롭게 해방시켜주었다. 항해중에는 그것이 행동하는 유일한 방식이기 때문이었다. 비상하는 상상과 바람, 바다, 만사를 결정하는 운명의 여신이 있었다.

그는 말했다.

"우리는 자연의 섭리에 저항할 수는 없어요. 아이들은 자기 의지로 자연에 저항을 시도하지만, 위대한 사람은 그렇지 않지요. 인간의 삶이란 무엇이겠소? 그건 포탄이 그리는 곡선과도 같아요."

베르톨레가 물었다.

"그렇다면 누가 그 포탄을 장전하고, 조준하며, 심지에 불을 당깁니까?"

나폴레옹은 성큼성큼 걸었다. 말들이 떠올랐다. 말이 그의 생각을 표현하는가, 아니면 나폴레옹이 말을 가지고 게임을 하는 것인가? 그는 느끼는 대로 말하며, 인생의 매순간 선택을 해왔다.

그는 베르톨레에게 말했다.

"어떤 우월한 힘이 나로 하여금 나도 모를 목표를 향하여 밀어대고 있소. 그 목표에 이를 때까지, 나는 상처입지 않고 흔들리지 않을 것이오. 그러나 내가 그 목표에 쓸모없게 된다면, 나를 쓰러뜨리는 데는 파리 한 마리면 족할 것이오."

왜 베르톨레나 몽주에게 이런 문제를 얘기해야 하나? 이 학자들도 그 자신처럼 어떤 힘이 그들을 떠받친다고 느끼는 것일까? 그들도 그처럼 설명할 수 없는 어떤 예감이나 확신을 느끼는 것일까?

그는 알고 있었다. 영국인들은 이 항해에 끼어들지 않을 것임을.

그는 알고 있었다. 프랑스는 자코뱅과 망명귀족 사이의 싸움에 지쳐 있으며, 내적 평화를 갈망하고 있음을. 프랑스는 그런 평화를 가져다줄 사람을 기다리고 있음을.

그런 사람이 이미 들어선 것은 아닐까?

그것이 그를 초조하게 하는 유일한 관심사였다.

9월 30일, 붉은 노을 아래 코르시카 해안의 실루엣이 드러났다. 밀림의 향기가 밀려오더니, 곧 아작시오 성채와 집들이 나타났다.

10월 1일, 뮈롱 호가 닻을 내리자 사방에서 보트들이 나타났다.

그들이 어떻게 알았을까?

그들은 소리치며 환호했다. 누구도 사십 일간의 검역기간 따위에는 관심도 없었다. 사람들은 나폴레옹을 보고 싶어하고 만지고 싶어했다. 사람들이 그를 껴안았다. 부두로 밀려드는 군중 속에서, 그는 유모 카미유 일라리를 보았다. 이제 많이 늙은 유모가 그를 껴안았다. 그가 껴안는 것은, 너무 가까우면서도 너무 먼 유년기였다. 여러 소식들을 들었다. 1798년, 그가 이집트에서 프랑스로 돌려보냈던 루이가 아작시오에 들러 어머니를 모시고 대륙으로 들어갔다는 소식도 들었다.

나폴레옹은 밀렐리 별장으로 향했다. 옛 추억들이 떠올랐지만, 큰 감동을 느끼지는 못했다. 이 세계는 그에게서 이미 빠져나간, 그와는 별 상관없는 장식처럼 그의 내면에 감추어져 있기 때문일까? 사람들이 친절하게 그를 에워쌌다. 그는 중얼거렸다.

"귀찮아, 친척들이 비 오듯 몰려드는군."

그는 최근의 프랑스 신문을 찾아 소식들을 탐독했다. 군사적 상황이 다시 호전되어가고 있었다. 마세나 장군, 그의 '마세나'가 이탈리아에서 승리를 거두었고, 브륀 장군은 바타비아 공화국에서 진지를 고수했다. 그러나 정치적 위기가 파리를 뒤덮고 있었다.

시에예스가 판을 주도하고 있었다.

코르시카를 떠나야 했다. 파리에 제때 도착해야 했다.

드디어 10월 7일, 바람이 일었다. 항해가 가능했다.

나폴레옹은 프랑스 해안이 시야에 들어올 때까지 뱃머리에 서 있었다.

지금이 지중해 횡단의 가장 위험한 순간이었다. 영국 함대가 해안을 따라 순찰중이었다. 툴롱 앞바다에 몇 개의 돛대들이 보이더니 다행히 멀어져갔다.

10월 9일 아침, 뮈롱 호는 생 라파엘 만으로 들어갔다.

프레쥐스 성채에서 이 미지의 선단에 포격을 가해왔다.

뱃머리에 선 나폴레옹은 군중들이 선창으로 밀려드는 것을 보았다. 그들은 보트들에 몸을 던지더니, 그의 쾌속선으로 노를 저어오며 외쳐댔다.

"보나파르트!"

뮈롱 호는 순식간에 인파로 붐볐다. 강톰 제독이 다가와 말했다.

"운명이 당신을 부르는 곳으로, 저는 당신을 모셨습니다."

사람들이 나폴레옹을 들어올려 헹가래치며 소리쳤다.

"그가 왔다! 그가 왔다!"

나폴레옹이 쾌속선에서 내리자, 부두에 행렬이 조직되었다.

페스트의 위험이 급박했지만, 지금 누가 장기간의 검역 따위를 생각하겠는가?

마차가 준비되었다.

그가 도착했다. 운명의 여신은 그를 보호한 것이다.

—누가 나를 막을 수 있단 말인가?

제 2 부

그렇다, 나를 따르라,
나는 당대의 신이다

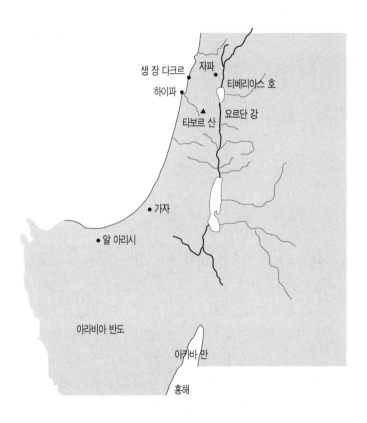

생 장 다크르   자파
하이파   티베리아스 호
타보르 산   요르단 강
가자
알 아리시
아라비아 반도
아카바 만
홍해

1799년 10월 9일 ~ 1799년 11월 11일

6
배는 익었다

　십칠 개월 동안 프랑스를 떠나 있었다! 1798년 봄에 떠났다.
그리고 지금은 가을이다. 마차 '뒤랑스'의 침대는 진흙탕에 뒤덮
였다. 천둥이 몰아치고, 때로는 소나기 때문에 말들을 멈추어야
했다. 당시, 그는 툴롱으로 마차를 달렸었다. 조제핀이 옆에 앉아,
온갖 애정을 표시하며 이집트에 따라가겠노라고 말했었다.
　지금, 그는 알고 있다. 그녀가 샤를 대위를 비롯한 여러 애인들
에 빠져 있음을. 분노와 씁쓸함이 그를 휘감았다.
　마을을 지날 때마다, 인파가 몰려들어 마차를 에워싸고 외쳤다.
　"공화국 만세! 보나파르트 만세!"
　함성이 멀어지자, 나폴레옹은 생각에 잠겼다.
　그는 잊으려는 것일까? 맞은편에는 으젠 드 보아르네가 앉아

있었다. 조제핀과의 추억을 떠올리기 위해서는 으젠을 보는 것만으로도 충분했다.

아비뇽에서 한 무리의 인파가 마차를 막았다. 그들은 승리의 장군, 평화의 인간 보나파르트를 위해 축제를 열기를 청했다. 그는 간단히 몇 마디만 말했다.

"나는 어떤 당파에도 속하지 않습니다. 나는 프랑스 민중이라는 위대한 당파에 속할 뿐이오."

사람들이 환호하며, 그의 아부키르 승리를 축하해주었다. 그 소식이 여기까지 온 것이다. 예상대로 민중은 그 소식에 집착했다. 그는 뮈라를 바라보았다. 칼을 폼나게 찬 뮈라는 몰려든 주둔군 장교들에게 나폴레옹의 무훈을 이야기하고 있었다. 그을린 얼굴의 뮈라는 보란 듯 떠들었다. 맘루크 시종 루스탐도 인파의 중심에 있었다. 사람들은 루스탐에게 말을 걸고 그의 제복을 만지고 싶어했다. 루스탐은 자기를 에워싼 인파를 헤치고 가까스로 나폴레옹에게 다가와 말했다.

"엑스 부근에서, 짐을 실은 마차들이 약탈당했습니다."

루스탐은 덧붙였다.

"프랑스 베두인인들이 훔쳤습니다. 프랑스 베두인인들이!"

그의 말에 군중들이 불만을 털어놓기 시작했다.

"강도들이 도처에서 들끓고 있습니다. 여행객들을 괴롭히고 마차를 털어댑니다. 평화와 질서가 돌아와야 해요."

그러자 또 누군가가 소리쳤다.

"총재정부도 우리를 털고 있어요."

다른 누군가가 말을 받았다.

"모두가 강도예요, 모두가."

나폴레옹이 유지들에게 다가가자, 그가 보이는 관심에 으쓱해진 그들은 더욱 열을 올렸다.

"보나파르트 장군께서는 알고 계시는지요? 총재정부는 선량한 사람들의 주머니를 털기 위해, 강제 공출제를 선포하려 합니다. 어디 우리가 재산이나 있는 사람들입니까? 그리고 슈앙이 들고 일어나 여전히 방데 지방을 점령하고 낭트까지 위협하고 있어요. 누가 우리를 안심시켜주겠습니까? 게다가 망명귀족들은 돌아와, 우리가 국가재산으로 샀던 땅들을 다시 내놓으라고 주장하고 있어요."

유지들은 입을 모아 말했다.

"공화국을 구해야 합니다."

나폴레옹은 마차에 오르며 중얼거렸다.

"나는 온 국민이 요구하는 인간이다."

그는 마차 발판에 서서 큰 소리로 소리쳤다.

"이제 파벌은 소용없다. 어떤 파벌도 용납하지 않을 것이다. 민족 만세!"

"공화국 만세! 보나파르트 만세!"라는 함성이 아비뇽 거리를 지나는 동안 내내 그를 따라다녔다. 얼마 후, 론 강 계곡의 마을들을 지나는 동안에도, 똑같은 함성이 울려퍼졌다.

리옹에 가까워지면서, 그는 모든 집의 창문에 삼색기가 걸린 것을 보았다. 역참의 마차들도 모두 삼색의 리본을 달고 있었다.

나폴레옹을 환영하기 위해 내건 것들이었다.

리옹에 당도하자, 깃발로 장식한 모든 집들이 불을 밝히고 폭죽을 쏘아올렸다. 몰려드는 인파에 마차는 서행해야만 했다.

호텔 정문에는 척탄병들이 서 있었고, 계단에는 조제프와 루이가 보였다. 사방에서 사람들이 그를 향해 외쳤다.

"조국을 구하러 온 보나파르트 만세!"

그는 겸손하게 군중에게 인사했다. 그를 따르는 군중의 물결이 강력하고 깊다는 것을 느꼈다. 그러나 과도함이나 조급함은 삼가야 했다. 그는 자신이 원하는 것이 무엇인지 알고 있었다.

— 권력에 다가가야 한다.

지금으로서는 이 군중이 해산하는 게 오히려 도움이 되는지도 모른다. 그는 서른 살이다. 그 동안 수만의 인간들을 지휘하면서, 그들과 더불어 죽음과 대결해왔다. 그는 모든 장애물을 뒤엎을 것이다. 하지만 신중해야 했다. 바라스나 시에예스 같은 인간들은 얼마나 능란하고 교활한가.

그는 조제프와 함께 자리를 옮겼다. 우선 파리의 상황과 이런저런 사람들의 음모를 알고 싶었다. 그러나 막상 그의 입술을 통해 나오는 질문은 다른 것이었다.

"조제핀……."

그는 반복해서 물었다.

"조제핀은?"

그 동안 나폴레옹은 4만 프랑의 연금을 조제핀에게 전하는 일을 형 조제프에게 맡겨왔다. 조제프는 처음엔 희미한 목소리로 말을 시작했으나, 이내 격앙된 어조로 흥분을 가라앉히질 못했다. 그는 조제핀에게 연금을 보내지 않고 있다며 말했다.

"그 여자는 보나파르트 가문의 이름을 비웃고 있어. 말메종에 집을 사서 거기서 샤를 대위와 살고 있는데, 바라스도 계속 만나고, 총재정부 의장인 고이에 집에도 드나든다는 소문이야. 힘 좀 있다는 사람은 전부 자기가 조제핀의 애인이라고 떠들어대고 있어. 게다가 그 여자는 빚투성이야. 군대 보급품 거래에 샤를을 이용하고 있대."

조제프는 가족들 얘기를 전하려 했다.

"어머니는……."

나폴레옹은 형의 말을 막았다. 어머니와 누이들의 심정을 헤아릴 수 있었다. 그는 말했다.

"나, 이혼하겠어."

같은 말이 다시 그의 입을 통해 흘러나왔다.

"이혼하겠어."

그는 상처받았다. 그는 변했다. 그런데도 프레쥐스 고개를 지나 마차바퀴가 구를 때마다, 그녀의 육체와 향기가 떠올랐다. 그녀를 굴복시키고 싶었다. 오랫동안 포위작전에 저항하다 마침내 항복한 요새에 법률을 선포하듯 완벽하게 장악하고 싶었다.

—이제 나는 환호받는 인간이 되었다.

그는 창문으로 몸을 기울여, 막 떠나려는 마차와 말들을 바라보았다. 참모가 다가와 알려주었다.

"이 호텔 방들은 본래 마르보 장군이 예약했습니다만, 호텔 주인이 보나파르트 장군에게 드린다고 취소했답니다. 마르보 장군은 이탈리아 관할군을 지휘하러 떠나는 길입니다."

조금도 소홀함이 있어서는 안 된다. 모욕당한 인간은 물론, 단지 화가 난 인간이라도 적이 될 수 있다.

나폴레옹은 참모에게 마르보 장군에게 가서 인사하고 양해를 구하라고 명했다. 이제 판짜기를 시작할 조국에서, 그에게는 모든 인간이 중요한 말〔馬〕이 될 수 있었다.

그리고 모든 여자도.

조제핀을 생각했다. 지금 당장, 그 여자를 적으로 만들 수 있을까?

리옹을 떠나는 날, 이른 아침인데도 인파가 호텔 앞에 몰려들어 열광적으로 외치고 있었다.

"조국의 구세주, 보나파르트 만세!"

나폴레옹은 조제프와 단둘이 마차에 오르며 말했다.

"이제 조제핀 얘기는 그만 해."

나폴레옹은 안개에 싸인 포레즈 산봉우리 풍경을 바라보았다. 마차는 부르보네 길을 따라갈 것이다. 좁고 안전하진 못한 길이었지만, 파리에 더 빨리 도착할 수 있었다.

빨리 움직여야 했다. 이탈리아 원정에서 돌아왔을 때, 그는 파리에서 권력에 이를 것이라 믿었지만 실패한 경험이 있다. 대중들의 환호와 함성은 언제 변할지 모른다. 대중의 열광을 빨리 현실에 반영해야 하고, 직관일 뿐인 그것을 조직으로 바꾸어야 한다. 그리고 빨리, 현실 속에서 움직여야 했다.

그가 몸을 기울이며 묻는 말에, 조제프는 대답했다.

"우선 한 사람이 필요해. 시에예스!"

시에예스, 나폴레옹은 그를 기억했다. 결단력과 신중함을 갖춘 쉰 살의 시에예스, 그는 사제 출신이었다. 1789년, 그는 혁명의 사건들에 방향을 제시하는 텍스트 『제3신분이란 무엇인가?』라는 저서를 집필했다. 또한 그 자신의 표현대로, 그는 국민공회와 공포정치를 모두 체험한 인간이었다. 조제프가 말했다.

"시에예스는 코르시카 5백인 회의에 선출된 뤼시앵과 입을 맞추고 있어. 그는 5백인 회의와 원로원에 대항하여 행정권 강화를 위한 개혁을 원하고, 전면에 내세울 장군을 찾고 있어. 뤼시앵도 모든 정치적 흥정에 관여하고 있지. 시에예스는 주베르 장군을 생각했던 모양인데, 그는 노비 전투에서 전사했어. 모로 장군은 주저하고 있고……."

나폴레옹은 자신이 프랑스에 돌아왔다는 소식을 듣고, 시에예스가 어떤 반응을 보였을지 상상했다. 시에예스는 뤼시앵에게 이렇게 말했다고 한다.

"드디어 당신 형이 돌아왔군. 그는 나보다 쿠데타를 더 잘 이끌 것이오."

나폴레옹이 물었다.

"베르나도트는?"

조제프가 대답했다.

"적대적이야."

베르나도트는 데지레 클라리의 남편이었다. 형 조제프의 손아래 동서였다. 아마 이 점이 그에게서 이해를 구하는 데 도움을 주리라. 여동생 폴린의 남편인 르클레르 장군은 믿을 수 있었다. 그리고 파리에 주둔하는 많은 군대가 예전 이탈리아 원정군 병력들로 구성되어 있다는 점도 유리하게 작용하리라.

조제프가 강조했다.

"아무튼 가장 중요한 사람은 시에예스야."

치안장관 푸셰는 똑똑한 인물이었다. 예전 신학도이며 웅변가였던 푸셰는 공화주의자로서, 왕 시해파이며 공포정치주의자였고, 리옹 왕당파들에 대한 대포 대학살을 주도했었다. 사법경찰을 장악하고 있는 그의 보좌관 레알은 자코뱅 출신으로 뤼시앵과 가까웠다.

나폴레옹은 조제프의 말을 들으며 생각했다. 조금의 실수도 있어선 안 된다. 조제프는 푸셰의 이중성에 대해 언급했다. 갈색 머리의 푸셰는 두꺼운 눈꺼풀로 눈을 감추고 있는 인간이었다. 1795년 포도달 13일, 나폴레옹은 그의 도움을 받은 적이 있었다. 푸셰 역시 당시의 상황을 이용하여 바라스에 접근할 수 있는 기회를 잡았다.

바라스의 도움도 필요하겠지만, 그는 국민들의 눈에 부패를 상징하는 인물이다. 조국의 구세주로 등장하려는 나폴레옹이 그런 인간과 연합할 수 있을까? 그보다는 시에예스, 푸셰, 탈레랑, 그들 '사제 출신 삼각편대'를 믿는 게 나으리라.

나폴레옹이 생각난 듯 물었다.

"고이에는?"

조제프가 대답했다.

"고이에는 변호사 출신인데, 쉰 살의 소심한 사람이야. 그래도 총재정부의 의장이니까."

조제프는 한숨을 내쉬며 덧붙였다.

"고이에 부부는 조제핀과 최상의 관계를 유지하고 있어. 자주 어울리지."

또 조제핀이었다.

1799년 10월 16일 아침 여섯시, 나폴레옹은 빅투아르 가의 집에 들어섰다. 그녀는 없었다.

어머니가 엄한 표정으로 다가오고, 누이들과 뤼시앵도 다가왔다. 물을 필요도 없이, 그들의 첫 마디는 그녀에 대한 욕설이었다. 집안 모두가 이 자리에 없는 불충한 여자, 잘못 선택한 여자를 비난했다. 그녀는 어디 있지? 그의 질문에 그들은 유감이라는 듯이 비웃었다.

"파리를 떠났을 거야. 알량하게 마중나간답시고."

하지만 나폴레옹이 만난 사람은 조제프와 루이뿐이었다. 그 여자, 그 여자는 남편을 찾지 않았다! 나폴레옹은 애써 둘러댔다.

"나는 부르보네 길로 왔어."

격렬한 분노가 그를 사로잡았다. 이혼이다! 조제핀의 가방을 싸서 문 앞에 내놓으라고 명했다. 이혼할 것이다!

쉬고 싶었다. 그는 너무 긴장하고 있었다. 그러나 벌써 손님들이 밀려들기 시작했다. 맨 먼저 콜로가 찾아왔다. 이탈리아 원정군 시절 이후 나폴레옹은 이 군납업자를 만나지 못했지만, 콜로는 그를 돕고 싶어했다. 그 사이 빅투아르 가에 수많은 인파가 몰려들어 '라마르세예즈'를 부르며 '보나파르트'라는 이름을 외치고

99

있었다.

콜로의 말이 들리지 않을 정도였다. 나폴레옹은 조용한 귀향을 원했다. 며칠 동안은 겸손한 사람이어야 했다. 그는 모든 진지를 확인한 후에야 포대들을 만날 생각이었다. 그리고 나서 지옥의 발포를 시작하리라. 지금은, 인내와 신중이 절대적으로 필요했다.

콜로가 조제핀의 가방들을 발견하고 물었다.

"그녀를 떠날 생각이십니까?"

"이제 그녀와 나 사이에는 아무런 끈이 없소."

나폴레옹은 곧 이 대답을 후회했지만 어쩔 도리가 없었다. 그녀에 대한 원한이, 지금 필요한 신중함보다 더 강하게 북받쳐 올라온 것이다. 콜로는 고개를 흔들며 말을 이었다.

"집안 문제에 매달릴 때가 아닙니다."

콜로는 말을 이었다.

"장군의 위대함이 훼손당합니다. 프랑스의 눈에, 장군은 몰리에르 극작품에 나오는 '배반당한 남편' 정도가 아닙니다."

옳고 사려 깊은 말이었다. 나폴레옹은 논박하지 않았다. 그 말은 그에게 하나의 길을 열어주었다. 콜로가 말을 맺었다.

"비웃음을 살 일부터 시작해서는 안 됩니다."

너무도 강력한 논증이었다. 그 역시 생각하지 않았던 것은 아니지만, 단번에 수긍하고 싶지는 않았다. 그는 망설임을 감추기 위해 벌컥 역정을 내었다.

"아니오, 이미 결정되었소. 그 여자는 내 집에 발을 들일 수 없소. 사람들이 뭐라든, 그건 중요한 게 아니오!"

그는 자리를 뜨며 문을 거칠게 닫았다. 여론을 중시하는 그였다. 그는 자신이 거짓말을 하고 있다는 것을 알고 있었다. 그는 다시 콜로에게 돌아와 앉았다. 콜로는 계속 주장하며, 나폴레옹이 결국 조제핀을 용서하게 될 거라고 장담했다.

나폴레옹은 소리쳤다.

"만일 내가 그렇게 자신이 없다면, 내 심장을 꺼내 불에 던져버리고 말겠소."

그녀에 대해 정말 생각하고 싶지 않았다. 그러나 뭐라 하든 간에, 그는 단칼에 끝내지 못할 것임을 스스로 잘 알고 있었다. 단지 불충한 아내로 간주해버리기엔, 그녀는 내기판의 중심에 위치하고 있었다. 더구나 그녀는 아직도 그가 욕망하는 아내였다.

푸셰의 보좌관 레알이 면담을 요청했다. 신중해야 했다. 그들은 서로를 관찰하고, 의중을 탐색했다.

레알이 말했다.

"푸셰 장관은 자코뱅과 왕당파라는 이중의 위험으로부터 공화국을 구해내는 계획을 지지할 준비가 되어 있습니다."

치안장관 푸셰는 실제적인 재정적 도움을 줄 수 있었다. 콜로는 이미 50만 프랑을 내놓았다.

— 이 인간들이 돈을 거는 것은 나의 성공을 믿기 때문이다.

단 하루도 잃어서는 안 된다. 총재정부 의장 고이에가 나폴레옹을 맞았다. 너무 평범하고 딱딱하고 소심한 이 인간의 집에서, 조제핀이 저녁을 보내곤 했다. 그러나 고이에는 권위의 인간이었다. 잘 구슬려야 했다.

"이집트에 전해지는 소식은 너무 놀라운 것들이었습니다. 많은 위험이 있었지만, 저는 군대를 데리고 이집트를 떠나오지는 않았습니다……."

고이에가 말했다.

"장군, 위험에 처했었던 건 사실이지만, 우리는 영광스럽게 헤쳐나왔소. 당신은 때마침 도착했소. 우리와 함께, 우리 군대의 수많은 승리를 축하하도록 합시다……."

그들이 나누는 말은 이런 것들이다! 고이에는 적의 전선을 압박한 여러 장군들의 승리를 먼저 내세웠다. 모로, 브륀, 마세나 등…… 그러나 몰려드는 군중들의 입을 막을 수는 없다. 빅투아르 가에 상주하다시피 하는 그들은, 나폴레옹이 총재정부에 출두하는 10월 17일 아침, 뤽상부르 궁 앞으로 몰려들었다.

나폴레옹은 민간인 차림을 선택했다. 푸르스름한 프록코트를 입고 이상한 차림에나 어울릴 높은 모자를 썼다. 그리고 투르크 칼(초승달 모양으로 생긴 큰 칼)을 비단줄로 매달아 허리에 찼다.
군중이 환호했지만 그는 고개를 숙이고, 총재들 앞에서도 여전히 겸손한 태도를 취했다. 그는 칼을 내보이며 말했다.
"총재 각하들, 이 칼은 공화국과 정부를 수호하기 위해서만 뽑힐 것입니다."
나폴레옹은 그들을 바라보았다. 밖에서는 계속 그의 이름을 환호하는 군중의 소리가 들려왔다. 그런데 그들이 어떻게 감히 그를 비난하고, 허락도 없이 이집트를 떠났다고 질책할 것인가? 그들은 이제 알 것이다. 공화국 내에 그의 자리를 만들어주어야 한다는 것을. 그는 바라스와 고이에, 물랭을 바라보았다. 이 인간들은 믿을 수 없다. 믿기는커녕, 이 세 명의 총재들이 나서서 일을 망치는 것을 막을 수만 있어도 다행이었다. 나머지 두 명의 총재, 시에예스와 로제 뒤코. 두 총재는 동맹관계. 이들과 손을 잡아야 한다. 그러나 시에예스도 자만과 불신의 표정을 드러내고 있었다. 시에예스는 자신이 판의 주도권을 쥐려는 것이다.
시에예스가 측근들에게 했다는 말을 뤼시앵이 전했다.
"보나파르트의 칼은 너무 길어."
그를 안심시키든지, 아니면 자신을 유일한 대안으로 만들어야 했다. 시에예스가 다른 장군을 선택할 수도 있지 않겠는가?

대중은 여전히 그를 환호했다. 다섯 명의 총재들이 감히 나폴레옹에게 반대하지 못할 분위기였다.

뤽상부르 궁을 나서면서, 그는 군중 앞에서 밝은 표정과 확신을 내보였다. 사람들은 이제 알아야 했다. 권력은 그를 비난할 게 아무것도 없다는 것을.

나폴레옹은 빅투아르 가로 돌아왔다. 이제 실들을 엮어야 했다. 그는 이 결정적이고 위험한 내기에 운명을 함께할 사람들을 만나기 시작했다.

그는 탈레랑에게 귀를 기울였다. 탈레랑은 장관직에서 밀려났다. 누군들 그 자리를 다시 찾으려 꿈꾸지 않겠는가?

— 탈레랑에게는, 그의 이해관계가 걸린 문제다.

학사원 멤버인 뢰드레르와 여러 사람이 찾아와 탐욕스런 열정으로 떠들어댔다. 나폴레옹은 그들을 유심히 관찰했다.

"장군, 권력을 장악해야 합니다."

모두가 달콤한 충고를 했다. 그러나 섣불리 가격했다가 빗나간다면, 대가를 지불해야 할 사람은 나폴레옹 자신밖에 없었다.

그는 빅투아르 가에 머물기로 작정하고, 인사하러 오는 장교와 병사들도 만나지 않았다. 그들은 오랫동안 길거리를 서성이며, 나폴레옹을 만나려 애썼다.

— 권력을 장악한다?

그는 고집하는 뢰드레르에게 물었다.

"가능할 것이라 믿소?"

"칠십오 퍼센트 이상은 성공입니다."

그는 말없이 뢰드레르에게 10월 20일자 조간신문 『르 메사제(소식)』를 내밀었다. 적들의 첫 반격의 징표가 벌써 나타나기 시작했다. 아마도 자코뱅이거나 바라스이리라.

〈보나파르트는 그의 군대 내부에 만연한 반란에서 벗어나기 위해, 이집트로부터 서둘러 몰래 빠져나왔다.〉

기사를 보고 뢰드레르와 탈레랑은 분개했다. 나폴레옹은 말없이 그들을 살폈다. 이젠 움직여야 했다. 그가 권력을 정복하지 못한다면, 거꾸로 적이 그를 부술 것이다. 영광은 금세 그 빛이 바래며, 대중의 환호도 순식간에 비난으로 바뀌는 법이다. 행동해야 했다. 그리고 일단 행동하면, 격파해야 했다.

그러기 위해, 어떤 문제도 소홀히 해서는 안 된다.

조제핀과 화해하는 게 옳은 선택임을 그는 알고 있었다.

그녀는 밤중에 돌아왔다. 문지기는 문을 열어주지 말라는 그의 지시에도 불구하고 그녀에게 문을 열어주었다.

나폴레옹은 그녀가 돌아오는 소리를 듣고는, 즉각 자기 방으로 들어갔다. 그녀가 노크했지만, 나폴레옹은 문을 열지 않았다. 그녀는 애원했다. 그녀의 애절한 목소리가 그를 감동시켰다. 이제 그녀는 그의 마음에 달려 있었다. 그토록 욕망하면서도 결코 얻지 못했던 그녀를 이제는 완전히 정복할 수 있었다.

하지만 그는 굽히지 않았다. 그녀가 울며 잘못을 인정하고, 용서를 빌었다. 그는 꼼짝하지 않고 내버려두었다. 그의 내면에서 욕망과 이해관계, 복수의 쾌감과 타산이 뒤섞여, 쓰디쓴 고통이 올라왔다.

오랜 시간, 문 밖에서 애원하던 그녀가 포기하고 물러갔다. 그녀가 계단을 내려가는 소리를 들으며, 나폴레옹은 상실감을 느꼈다. 그녀에 대한 욕망은 더욱 솟구쳤고, 그녀의 필요성을 더욱 절감했다.

그는 아래층에서 나는 소리에 귀를 기울였다. 다시 계단을 오르는 소리가 들리더니, 으젠과 오르탕스 드 보아르네의 목소리가 들려왔다. 문 밖에서, 아이들이 어머니를 용서해달라고 애원했다.

순간, 나폴레옹은 감동 속으로 침몰했다. 그는 으젠을 사랑했다. 이 아이와는 이집트의 모험과 즐거움을 함께 나누었다. 그는 으젠이 성인이 되어, 군인이 되는 것을 지켜보았다. 으젠을 믿었다. 그런 지금, 그가 왜 보아르네 가문의 지지를 포기하겠는가? 그가 가족이라는 자기 '군대'의 일부를 잘라낼 수 있겠는가?

그는 조제핀이 아니라, 아이들에게 굴복했다.

문을 열자, 조제핀이 달려와 그의 품에 안겼다. 그녀는 그의 얼굴을 애무했다. 그는 그녀의 향기와 육체를 다시 찾았다. 그녀의 날렵한 육체가 그에게 감겨왔다.

그는 밤새도록 그녀와 사랑을 나누었다.

그는 이 여자의 주인이 되었다. 하지만 예전처럼 그녀를 사랑하는 자가 아닌, 욕망하는 눈먼 자로서 그녀를 탐하는 것이리라.

다음날 나폴레옹은 그녀가 웃는 모습을 바라보고 있었다. 뤼시앵이 들어왔다. 단호한 성격의 형이 당연히 이혼할 거라고 믿고 있었던 그는 의아해했다.

"지금은 그 문제를 얘기할 때가 아니야. 게다가 그건 내 문제다."

나폴레옹의 말에 뤼시앵은 더이상 고집하지 않았다. 나폴레옹은 자리를 옮겨, 뤼시앵에게 귀를 기울였다. 이제 스물네 살이 된 뤼시앵의 정열은 정치를 향하고 있었다. 그는 형의 후광을 입어 5백인 회의의 중요한 인물이 되었으며, 지금은 시에예스의 의논 상대자가 될 정도로 성장했다.

뤼시앵이 흥분하여 말했다.

"시에예스는 다섯 명의 총재정부를 청산하고, 세 명의 통령으로 구성된 강력한 정부를 원하고 있어요. 그는 생 클루에 파리 의원단을 조직해서, 그들을 시켜 제도개혁을 투표에 부치려 합니다."

나폴레옹이 말없이 듣고 있었다. 뤼시앵이 물었다.

"형이 그 세 명의 통령 중 한 자리를 맡는 데 동의한다고, 시에 예스에게 말해도 되겠어요?"

나폴레옹이 대답했다.

"뭐라구? 아냐, 안 돼. 너도 조심해야 해."

아직은 아니다. 너무 이르다. 좀더 기회를 보자. 시에예스는 너무 온건주의자로 낙인찍혀 있다. 아니 왕정 복귀에 찬성하는 반동주의자로까지 비쳐져 있다. 어쩌면 오를레앙파에 연결되어 있는지도 모른다.

나폴레옹이 말했다.

"나는 어떤 당파의 색깔도 드러내고 싶지 않아."

그가 지금 주도하고 있는 것은 전쟁이었다. 그것도 온몸을 흥분시키는 전면전이다. 다만 은밀하게 타격을 가해야 한다는 것이 다를 뿐이었다. 그에게는 시에예스의 지지가 필요하지만, 간청하거나 드러내서는 안 된다. 우선 총재들을 제거해야 하지만, 가능하다면 쿠데타는 피하고, 5백인 회의와 원로원의 지지를 받으며 내정의 요직을 장악해야 했다.

— 나는 힘으로 권력을 장악하는 장군이 되고 싶지는 않다.

고이에 집의 만찬에서, 나폴레옹은 의도적으로 시에예스를 무시했다. 다음날, 고이에는 시에예스가 불쾌해하며 내뱉은 말을 나폴레옹에게 전해주었다.

〈고이에, 당신 저 조그만 인간이 무례하게 구는 것 보았소? 권력을 대표하는 나에게 어쩌면 저렇게 무례할 수 있소. 총살감이오!〉

총살? 그건 너무 늦은 얘기다.

나폴레옹은 모로 장군에게 인사했다.

"오래 전부터 장군을 뵙고 싶었습니다."

10월 23일, 나폴레옹은 다시 뤽상부르 궁을 찾아가 고이에와 물랭을 만났다. 그는 두 총재에게 자신이 총재정부의 후보가 되었으면 한다는 뜻을 전했다. 고집하지는 않았다. 그들은 어쩔 수 없다는 표정으로 대답했다.

"법률은 총재정부에 들어가기 위해서는 절대적으로 사십 세 이상이 되어야 한다고 규정하고 있소."

그런가? 그렇다면 그들로서는 안된 일이었다.

군중은 계속 나폴레옹을 연호했다. 그는 매일 신문을 주의깊게 읽었다. 신문들은 단언했다.

〈집권자들은 민중을 보나파르트에게서 결코 떼어놓지 못할 것이다.〉

10월 23일, 뤼시앵은 5백인 회의 의장으로 선출되었다. 한 자리는 정복되었다.

그러나 모든 메달에는 이면이 있게 마련이다.

집권자들은 보나파르트에 대한 찬양과 환호를 뤼시앵을 빌려 흡수하면서, 나폴레옹의 역할은 군사적 측면에만 제한시키려 시도한 것이다.

─그게 가능하다고 상상하는 그대들이여, 조심하라!

그러나 완전한 승리를 손에 넣기 전에는, 확실한 것은 아무것도 없다. 베르나도트는 향연에서 나폴레옹 곁에 앉기를 거부하지 않았던가?

그는 말했다.

"사십 일 검역 법칙을 위반한 사람은 페스트를 가져올 수도 있소. 나는 페스트 환자와는 저녁을 먹고 싶지 않소."

나폴레옹이 파리로 돌아온 지는 채 열흘밖에 되지 않았다.

7
탈출구는 승리뿐이다

　나폴레옹은 방문객들에게 면담 시간으로 단 몇 분씩만을 허락했다. 그는 그들의 팔을 잡고 살롱으로 데려갔다. 둥근 발코니의 창문을 통해 바라보이는 정원은 안개에 싸여 있고, 환하게 타오르는 불꽃이 방들을 따뜻하게 밝혀주고 있었다.

　조제핀은 벽난로 앞에 앉아, 대기중인 면담자들과 잡담을 나누며 미소짓고 있었다. 나폴레옹은 그녀에게 눈짓을 보냈다.

　모든 사람들에게 친절하고 즐겁게 대해서, 그들이 다시 방문하도록 해야 했다.

　조제핀은 모든 이들을 놀랍도록 능숙하게 대접할 줄 알았다. 각 계급의 장교들과 학사원 멤버들, 의회의원들, 은행가들이 빅투아르 가로 물밀듯 몰려들었다. 소문과 야망이 엉켜드는 파리 상류계 사람들은 수군거렸다.

"보나파르트 장군이 권력의 정상에 오르기 위해 쿠데타를 준비하고 있다."

교외는 조용했다. 외곽지대의 민중들은 가난에 찌들어 신음하며 일거리를 찾느라 나날을 보내고 있었다. 그들은 지난 십 년 동안 희망과 절망, 폭력과 탄압의 세월을 보내고 있었다. 그들은 이제 빵을 살 돈을 희망하지도 않았다. 다만 평화를 꿈꿀 뿐이었다. 젊은이들이 더이상 전선으로 끌려가지 않기만을 바랐다. 목숨 걸고 싸워야 무슨 소용인가? 바라스 같은 부류의 인간들이나 군납업자들만 살찌울 뿐인데.

젊은 보나파르트 장군은 어떻겠는가? 이 승리의 장군은 평화조약를 체결한 당사자 아닌가?

그의 전장은 교외와 거리의 문제에만 있진 않았다. 권력의 문제가 해결될 곳은 살롱과 병영, 그리고 의회였다.

나폴레옹은 불과 몇십 명 사이에서 판이 결정된다는 것을 알고 있었다.

그가 벽난로에 팔꿈치를 기댄 조제핀과 대화를 나누고 있는데, 티에보 준장이 찾아왔다. 티에보는 포도달 13일과 이탈리아 원정에 그를 수행하고 도왔던 인물이었다.

나폴레옹이 반갑게 그를 맞으며 말했다.

"우리와 함께 점심이나 합시다."

조제핀이 그들 사이에 앉자, 나폴레옹은 말을 이었다.

"내가 없는 동안, 좋은 일을 한 사람은 당신밖에 없더군."

그는 기가 죽은 듯 보이는 티에보에게 눈길을 보냈다. 티에보는 새로운 이탈리아 원정 계획을 언급하기 시작했다.

— 참 답답한 친구로군. 지금이 그런 이야기나 할 때인가? 우선 파리에서의 권력 문제를 해결해야 한다는 사실을 아직 깨닫지 못

하고 있단 말인가?

나폴레옹은 티에보의 말을 막으며 흥분하여 말했다.

"하나의 민족은 만들기 나름이오. 훌륭한 지휘관 아래 나쁜 군대가 없는 것처럼, 좋은 정부 아래 나쁜 민족은 없는 법이오. 그런데 나라가 무엇인지 모르고, 나라가 무엇을 요구하는지도 모르는 인간들에게서 무얼 기대할 수 있겠소? 시대도 사람도 이해하지 못하는 그 인간들은 국민의 도움을 청해야 할 때 오히려 저항만 부르고 있지 않소?"

나폴레옹은 자리에서 일어났다. 단 몇 분도 식탁에 앉아 있을 수가 없었다. 그는 살롱을 서성이며 소리쳤다.

"나는 평화를 물려주었소. 그런데 지금 나는 또 전쟁을 맞고 있소. 승리의 영광은 부끄러운 패배로 바뀌고, 이탈리아는 점령당했으며, 프랑스는 위협받고 있소. 나는 수백만 프랑을 물려주었소. 그런데도 도처에 굶주림뿐이오. 그 인간들은 프랑스를 후퇴시키고 시련을 겪게 하고 있소. 국가를 그들의 무능함과 같은 수준으로 끌어내리고 있소……."

그는 돌아가려는 티에보를 배웅하며 그의 얼굴을 정면으로 바라보았다.

─이 인간은 믿을 만한가?

나폴레옹은 말했다.

"변호사들이 장악한 정부에서, 우리 장군들이 무얼 기대할 수 있겠소? 장교들이 충성하기 위해서는 지도자가 필요한 법이오. 그들을 인정해주고 이끌며 받쳐줄 지도자가 말이오……."

그는 물러가려는 티에보를 붙들고, 한마디를 덧붙였다.

"베르티에 장군에게 당신 주소를 주시오!"

나폴레옹은 중요한 인물들을 계속 만났다. 그들과 점심을 같이

하고, 저녁도 같이 했다. 그는 발걸음을 총재정부로 향했다. 총재들이 자기를 멀리하려 한다는 건 이미 알고 있었다.

시에예스가 했다는 말도 그는 알고 있었다.

"대중들이 보나파르트를 잊도록 해야 하오."

하지만 시에예스는 다섯 명의 총재 중 연합할 수 있는 유일한 존재였다. 문제는, 시에예스가 동등한 자격을 원치 않는다는 점이었다. 시에예스는 단지 자신의 칼을 하나 원할 뿐이었다. 그 칼을 자신을 위해 이용하고, 상황이 끝나면 다시 칼집에 넣으려는 것이다.

바라스도 악성 루머를 퍼뜨리고 있었다.

"꼬마 하사관(나폴레옹의 별명)은 이탈리아 원정에서 막대한 재산을 모았다."

바라스, 그는 부패한 인간이었다. 그는 예쁘장한 남자애들과도 어울리는 자이며, 조제핀의 정부(情夫)이기도 했다.

총재들을 만난 자리에서, 나폴레옹은 후려치듯 말했다.

"내가 이탈리아에서 재산을 축재했다는 말은 모욕적이오. 설령 내가 그랬다 하더라도, 최소한 그게 공화국을 희생시키는 짓거리는 아닐 것이오."

요즘 조제핀에게 구애중인, 소심한 고이에가 대꾸했다.

"총사령관의 금고에 들어 있는 값진 물건들은 사유물이 아니오. 불행한 병사의 가방 속에 든 암탉이 사유물이 아닌 것과 마찬가지요. 만일 당신이 이탈리아에서 축재했다면, 그건 공화국을 대가로 치부한 것일 수밖에 없지요."

나폴레옹이 응수했다.

"내가 치부했다는 것은, 그 말을 꾸며낸 당사자들이나 믿는 헛소리일 뿐이오!"

— 이 변호사들은 무얼 바라는가? 이들은 내게는 한 가지 탈출구, 즉 승리밖에 없다는 것을 깨닫지 못하는가? 이들 중 몇 명,

예컨대 시에예스와 더불어 승리하든가, 아니면 이들 모두에 대항하여 승리하는 길 말이다.

변호사들을 만나고 화가 나서 돌아온 나폴레옹을 조제핀이 진정시켰다. 그녀는 능숙했고 그들 각각을 너무도 잘 알고 있었다. 그들은 능란한 말로 유혹해야 했다. 그들이 나폴레옹에게 대항하게 만들어서는 안 된다.

나폴레옹은 조제핀의 말을 들으며, 천천히 발걸음을 옮겼다. 조제핀의 태도에 불만을 느끼지만, 그녀의 말을 인정할 수밖에 없었다.

그는 옆에 있는 부리엔에게 말했다.

"잘 기억해두게. 적의 면전에서는, 항상 느긋한 표정을 지어 보여야 하는 것이야. 그렇지 않으면, 적은 우리가 두려워한다고 생각하고 대담해지는 법이니까."

나폴레옹은 바라스를 만났다. 바라스는 거리를 두며 살피듯 말했다.

"보나파르트 장군, 당신 자리는 군대요. 이탈리아 관할군 사령관을 맡으시오. 이렇게 어려운 상태에 처한 공화국을 구할 사람은 한 사람밖에 없소. 바로 에두빌 장군이오. 보나파르트, 어떻게 생각하시오?"

나폴레옹은 흔들림없이 바라스의 말을 들었다. 그는 일어서서 바라스에게 인사하고 발길을 돌렸다.

그는 주르당 장군을 만났다. 주르당은 거사일을 안개달 20일로 잡고 일격을 준비중인 자코뱅파와 가까운 사람으로 알려져 있었다. 이 사내는 어설프게 속이려 하지 말고, 솔직하게 이야기하고 안심시켜야 했다.

주르당은 말했다.

"나는 당신과 당신 친구들의 좋은 의도를 납득하고 있소. 다만 현재로서는, 나는 당신과 함께 진군할 수는 없어요. 걱정은 마시오. 모든 게 공화국의 이익을 위하여 하는 일인 줄 알고 있소."

주르당과 헤어진 나폴레옹은 모로 장군을 다시 만나, 그에게 보석으로 장식된 다마스커스 검을 내밀었다. 적어도 일만 프랑은 족히 나갈 보검이었다.

베르나도트 장군도 만났다. 그는 걸림돌이 될 수도 있는 인물이었다. 그를 적극적으로 끌어들이거나, 최소한 반대편에 서는 것만은 막아야 했다. 그러나 이 인간은 결국 승리자의 편을 택할 인물이었다. 승리해야 했다.

11월 1일, 안개달 10일. 이젠 정찰이나 순찰을 계속 하고 있을 때가 아니었다. 기습 준비를 해야 했다.

마침내 나폴레옹은 시에예스와 깊숙한 협상에 착수했다. 협상은 뤼시앵 집에서 이루어졌다.

시에예스가 자리에 앉자마자, 나폴레옹은 단도직입적으로 자기 입장을 던졌다. 흔들어야 했다. 자신이 그에게 종속된 사람이 아니라, 그와 대등한 위치임을 이해시켜야 했다.

"나의 감정을 아시지요? 행동의 순간이 왔습니다. 어떤 조치를 취할 것인지는 결정되었습니까?"

시에예스로 하여금 헌법이라는 미궁 속에 빠지게 해서는 안 된다. 여의치 않으면 헌법을 중단시켜야 했다.

"당신은 의회를 생 클루로 이전하고, 임시정부를 세우는 일에만 몰두하십시오. 임시정부의 수반이 세 명으로 축소되는 것에는 동의합니다. 나와 당신, 그리고 로제 뒤코가 임시 수반이 될 것이오."

시에예스와 뤼시앵은 침묵했다. 이 침묵은 나폴레옹의 난폭한 선언에 그들이 얼마나 놀라고 있는지를 의미했다.

"그게 아니라면, 나를 믿지 마십시오. 원로원의 포고령을 집행할 만한 장군은 여러 명 있을 겁니다."

— 그러나 나의 목표가 무엇인지 모두가 알고 있는 지금, 어떤 장군이 감히 나에게 반기를 들겠는가?

때로는 불안감이 엄습했다. 어느 날 저녁, 그가 테부 가의 탈레랑 집에 있는데 기병대의 말발굽 소리가 들려오더니 집 앞에서 멎었다. 놀란 탈레랑이 다리를 절며 달려나가 촛불들을 껐다. 길에는 기병들에 둘러싸인 마차가 서 있었다.

— 그들이 나를 체포할 수도 있다.

체포되어 구속될 수도 있다. 그런다면 누가 그를 위해 움직일 것인가.

— 과연 누가 반발할 것인가? 오늘의 동맹자들, 매일 빅투아르 가로 나를 찾아오는 자들? 그들은 승리자 편에 붙을 것이다. 대중들은? 움직이지 않을 것이다. 그들이 누구를 위해 움직이겠는가?

바깥 동정을 살피러 나갔던 탈레랑이 웃으며 돌아와 다시 촛불을 켰다. 기병들은 한 은행가를 그의 집까지 호위해온 것이었다.

주의해야 했다. 여론은 바뀔 수도 있었다. 11월 6일, 승리의 사원인 생 쉴피스 성당에서, 5백인 회의와 원로원 주최로 나폴레옹과 모로 장군을 축하하기 위한 향연이 열렸다. 나폴레옹이 성당 안으로 들어서자, 여기저기서 환호성과 적대적인 고함 소리가 뒤섞여 들려왔다.

그는 식탁에서 달걀 세 개와 배 하나만을 먹었다. 적어도 이 음식들은 독약을 넣을 수 없는 것들이다.

벽에는 '단결하라, 승리자가 될 것이다'라는 문구가 새겨진 깃발이 걸려 있었다. 성당 안은 추웠다. 유쾌한 음악이 울리고 있었지만 분위기는 왠지 음산했다. 밖을 바라보니 안개비가 내리고 있었다. 분위기가 무르익고 중요한 인물들이 돌아가며 건배하기 위해 일어섰다. 뤼시앵이 5백인 회의 의장 자격으로 외쳤다.

"공화국의 육군과 해군을 위하여!"

고이에가 말했다.

"평화를 위하여!"

모로는 미사여구를 늘어놓았다.

"공화국의 모든 충직한 동맹자를 위하여!"

나폴레옹의 차례였다. 잔을 들고 자리에서 일어선 그는 잠시, 기둥의 그림자들이 미로를 그리고 있는 홀을 물끄러미 바라보았다. 그러더니 고개를 들고 쩌렁쩌렁한 목소리로 말했다.

"전 프랑스인의 단결을 위하여!"

나폴레옹은 말을 마치자마자, 향연장을 떠났다.

더 중요한 일이 남아 있었다. 시에예스의 동의를 확인해야 하고, 바라스에게는 사임해야 한다는 것을 이해시켜야 하며, 치안장관 푸셰의 동맹 도장도 받아야 했다. 그리고 베르나도트의 중립을 보장받아야 했다.

11월 8일, 안개달 17일, 나폴레옹은 빅투아르 가의 집에 있었다. 그는 내부에서 솟아오르는 힘을 느끼며 노래를 흥얼거렸다. 준비는 완료되었다. 그는 대중에게 권력구조의 변화를 알릴 선언문과 벽보, 팜플렛을 다시 읽어보았다. 그는 세바스티아니와 뮈라에게 상세한 사항을 지시했다.

"내일, 안개달 18일 아침 여섯시, 장군과 장교들을 이 집으로 소집하라. 병력들은 콩코르드 광장에 집결시켜라. 5백인 회의는 부르봉 궁에, 원로원은 튈르리 궁에 모일 것이다. 그들을 안개달 19일, 생 클루로 옮길 예정이다."

그는 고이에 의장에게 초청장을 보냈다. 내일 저녁 만찬에 초대한다는 초청장을 썼다. 고이에를 안심시켜야 했다.

나폴레옹은 생각을 바꾸어 조제핀을 불렀다. 그녀의 꽁무니를 따라다니는 고이에에게는, 그녀가 직접 그 멍청이를 초대하는 게 나을 것 같았다. 그리고 저녁보다는 아침 조찬에 초대하는 게 나았다.

나폴레옹의 의도를 알아챈 그녀는 미소지으며 펜을 들었다.

〈프랑스 공화국 총재정부 의장 고이에 각하에게. 친애하는 고이에, 내일 아침 여덟시, 부인과 함께 오시지 않을래요. 아침식사를 같이 하고 싶어요. 꼭 오셔야 해요. 당신과 여러 재미있는 일들에 관해 얘기를 나누고 싶어요. 안녕, 친애하는 고이에. 늘 저의 성실한 우정을 믿으세요. 라 파주리 보나파르트.〉

고이에에게 보낼 편지를 쓰고 나니, 벌써 자정이었다. 으젠 드 보아르네가 다음날 아침 고이에에게 초대장을 전했다.

8
모든 것을 걸어야 한다

새벽 다섯시, 나폴레옹은 둥근 살롱의 문을 열고 정원으로 나갔다. 새벽은 차갑고 신선했다. 그는 몇 걸음을 걸었다. 잔디 위에 내린 하얀 서리가 차가운 불빛을 받아 반짝였다.

안개달 18일, 막이 오르는 날. 그의 마음은 이상할 정도로 차분했다. 병력이 움직이는, 전투를 앞둔 순간이면 늘 이랬다. 세바스티아니와 뮈라의 용기병대와 기병대는 이미 콩코르드 광장과 튈르리 궁의 요소들을 장악했을 것이고, 원로원 의원들이 궁전에 도착하기 시작했을 것이다.

정원에 서 있던 나폴레옹은 방으로 들어가, 장식 없는 단순한 제복을 골라 천천히 갈아입었다. 이 소박한 제복은 의회의원, 총재, 장군들의 요란한 복장과 대조될 것이다. 잠시 후 여섯시가 되자마자, 장군들이 빅투아르 가의 입구에 나타나기 시작했다. 그들은 장화를 신고 흰 바지를 입었으며 삼색 깃털이 달린 이각모를 썼다. 나폴레옹은 정원을 한 바퀴 돌며 그들에게 인사했다. 경호대도 준비가 완료되었음을 확인했다.

이 장군들은 여기 묶어두어야 했다. 그의 곁에서 포고령 비준을 기다려야 했다. 예정대로라면, 원로원 의원들은 튈르리 궁에서 포고령을 투표하고, 그 결과를 이곳으로 넘길 것이다.

곧 집 안은 사람들로 만원이 되었다. 모여든 사람들에게 말해야 했다. 그렇게 하여, 모두가 맡은 임무를 뛰어나게 수행하고 있으며 자신들이 이 일에 철저하게 참여한다고 느끼게 해야 했다. 나폴레옹은 작은 서재로 들어가, 베르티에에게 장군들을 차례로 들여보내라고 지시했다. 임무를 부여한다는 명목으로.

르페브르 장군이 가장 먼저 들어왔다. 이 사람을 안심시켜야 했다. 나폴레옹은 그가 이 '비합법적'인 모임을 우려한다는 걸 알고 있었다. 르페브르는 17사단을 지휘하고, 파리 지역의 병력과 총재정부의 국민방위군을 대표하는 인물이었다. 이자를 정복해야 했다. 나폴레옹은 그를 반갑게 끌어안았다.

"장군은 프랑스가 공화국을 약탈하는 변호사들의 수중에 장악되어 있기를 원합니까?"

총재정부를 비난하기 전에, 나폴레옹은 우선 이렇게 시작했다. 그리고는 허리에 차고 있던 칼을 벗어 르페브르 앞에 놓았다.

"장군, 여기 내 우정의 표시요. 내가 이집트에서 늘 차던 칼이오. 장군에게 드립니다."

르페브르는 눈에 눈물이 가득해져서 그 칼을 받았다. 감동한 그는 나폴레옹의 방에서 나오며 큰 소리로 외쳤다.

"나는 변호사 그 얼간이 놈들을 센 강에 던져버릴 것이다."

첫번째는 성공이었다.

—인간들을 조종한다는 것은 이처럼 간단하다. 거의 모든 인간들이 그렇다.

그러나 포고문이 전해져올 때까지는, 아직 아무것도 얻은 게 없다. 대부분의 인간은 승리를 확신할 때까지는, 모험을 받아들이지 않는 것이다.

이윽고 조제프가 베르나도트 장군을 데리고 들어왔다. 방으로 들어서는 그의 모습을 바라보던 나폴레옹이 소리쳤다.

"뭐야? 당신은 제복도 입지 않았잖소?"

베르나도트가 투명스레 말했다.

"나는 지금 복무중이 아니오. 반역에는 참여하고 싶지 않소."

나폴레옹은 얼굴을 찌푸리며 말했다.

"반역이라, 아침부터 저녁까지 종일 변호만 해대는 그 바보 무리들에 대항하는 싸움을 반역이라! 당신은 모로와 맥도날드 같은 이들을 믿는 모양인데…… 그들은 모두 나에게로 올 것이오. 베르나도트, 당신은 인간을 모르고 있소. 인간은 많은 걸 약속하지만, 실제로는 거의 지키지 않는 법이오."

하지만 베르나도트와 틀어져서는 위험했다.

화가 난 베르나도트는 지팡이를 휘두르며 말했다.

"나를 죽이는 것은 가능하겠지만, 나는 남에게 휘둘리는 인간이 아니오."

나폴레옹은 웃었다. 그는 베르나도트에게 적대적 관계에 서는 일만 삼가달라고 부탁하는 것으로 만족했다.

조금 누그러진 표정으로 베르나도트가 말했다.

"나는 움직이지 않겠다는 약속을 하겠소. 그러나 입법부와 총재 정부가 나에게 명령을 내린다면……"

나폴레옹은 베르나도트의 팔을 잡으며 말했다.

"그들은 당신을 이용하지 않을 것이오. 그들은 나보다 당신의 야심을 더 두려워하고 있소. 단언컨대, 나는 공화국을 구한다는 생각 이외에는 어떤 야심도 없소……."

그는 베르나도트를 방문까지 배웅하며 말을 이었다.

"나는 친구들과 말메종에 물러나 있을 것이오."

베르나도트는 나폴레옹에게 팔이 붙들린 채 의아한 표정을 지으며, 그의 얼굴을 바라보았다. 믿지 못하겠다는 표정이었다.

— 일단 전투가 시작되면 모든 것을 걸어야 한다.

베르나도트의 모습이 복도 너머로 사라지자, 나폴레옹은 조제프를 불렀다.

"베르나도트 장군을 형 집에 초대해서, 동서지간에 점심이나 함께 하자고 붙들어."

일이 끝날 때까지, 베르나도트는 면밀히 감시당할 것이다.

나폴레옹은 힘겹게 장교들의 무리를 헤치며 살롱을 지났다. 걱정하기 시작한 이 인간들은 아마 질문들을 던져올 것이다. 만일 포고령이 도착하지 않는다면…….

뜻밖에 나폴레옹 앞에 조제핀이 모습을 나타났다.

나폴레옹은 그녀에게 물었다.

"고이에는?"

그 총재정부 의장은 빅투아르 가에 오지 않았다. 그는 조제핀의 초대를 사양하고 자기 아내만 보냈다.

— 아직은 모든 게 흔들릴 수 있다. 모든 일이 뒤집힐 수도 있다.

하지만 그는 성공을 확신했다. 결과가 어떠하든, 이젠 끝까지 가는 수밖에는 다른 탈출구가 없었다.

사람들로 가득 찬 살롱이 술렁이더니 왁자지껄했다. 아침 여덟시 반, 원로원의 두 검찰관이 요란한 차림의 국가 특사와 함께 장교들 사이를 헤치며 들어선 것이다. 그들은 원로원이 가결한 포고령 문서를 전했다.

나폴레옹은 서재에 서서 문서를 훑어보았다. 내용은 시에예스와 상의했던 것과 일치했다. 의회는 다음날인 안개달 19일 생 클루 자치구로 이전한다.

〈보나파르트 장군이 본 포고령의 집행을 책임진다. 그는 국가의 안전을 보장하기 위해 필요한 모든 조치를 취할 것이다.〉

그는 선서를 위해 원로원에 출두해야 했다.

문서를 다시 읽어본 그는 옆에서 기다리고 있는 검찰관들은 보지도 않고 펜을 들어, 총재정부의 국민방위군을 그가 직접 지휘한다는 문구를 써넣었다. 르페브르 장군의 지지까지 받고 있는 지금 두려울 것은 없었다. 드디어 첫번째 전투를 이겼다. 판을 이끄는 것은 그였다. 시에예스가 아니었다.

그는 문서를 들고 살롱으로 들어가, 사람들 앞에서 낭독했다. 이제 그는 프랑스 전군의 합법적 대표자였다. 그가 낭독을 끝내고 문서를 흔들자, 숨죽여 듣고 있던 장교들이 칼을 꺼내 흔들며 환호했다.

— 누가 나를 멈추게 할 수 있단 말인가?

"일동, 승마!"

이른 아침 공기는 상쾌하고 하늘은 투명했다. 병력의 선두에 선 나폴레옹의 뒤를 기마대가 힘차게 말발굽 소리를 울리며 따랐다. 장군과 장교들은 몇 미터 떨어져 따르고 있었다. 파리는 아름다웠다. 군중이 몰려들어 뒤를 따랐다. 마들렌 성당에 이르자, 마르몽이 한 무리의 장교들을 이끌고 합류했다. 곧 뮈라가 이끄는 기사들도 합류했다.

상큼한 바람을 맞으며 나폴레옹은 심호흡을 했다.

튈르리 궁 앞에서, 그는 말에서 뛰어내려 장군 몇 명을 데리고 원로원 의원들이 모인 홀까지 걸어갔다. 모든 눈들이 그를 응시했다. 그는 수많은 얼굴들과 황금줄이 장식된 높은 칼라들을 바라보며 잠시 침묵했다. 모두가 숨을 죽이고 그를 바라보았다.

"의원 여러분, 공화국은 위기에 처했습니다. 여러분은 그 사실을 알고 있습니다. 여러분의 포고령이 공화국을 구했습니다. 혼돈과 무질서를 원하는 자들에게 불행이 있을 것입니다! 나는 그들을 체포할 것입니다. 르페브르 장군과 베르티에 장군, 그리고 모든 군대 동지들이 나를 도울 것입니다……."

여기까지 말한 뒤 나폴레옹은 잠시 숨을 돌렸다. 그는 대부분 변호사들로 구성된 의회를 좋아하지 않았다. 그는 말을 이었다.

"인류 역사상 지금 18세기 말에 비견할 시대는 없습니다. 18세기 말과 같은 예가 없었습니다. 우리는 진정한 자유, 시민의 자유, 의회제도에 기초한 공화국을 원합니다. 우리는 그것을 가질 것입니다. 본인과 전 군대의 명예를 걸고 맹세합니다."

장교들이 나폴레옹의 말을 반복했다.

"우리는 맹세합니다."

모두가 박수를 보냈다. 한 의원이 일어나 헌법을 존중해야 한다고 주장했지만, 의장 르메르시에가 그를 저지하며 내일 생 클루에서 다시 모일 것을 선언했고 곧이어 산회가 선포되었다.

두번째 전투도 이겼다.

모두가 그를 축하했다. 두 차례의 전투에서 승리했지만, 전쟁은 아직 끝나지 않았다. 얻은 것은 아무것도 없었다. 그는 튈르리 궁의 정원으로 나갔다. 그곳에 병력들이 모여 있었다. 모든 것을 결정하는 것은 그들이었다. 바라스의 측근인 보토가 눈에 띄었다.

나폴레옹은 그의 팔을 붙들고, 군인들 앞으로 나가 강렬한 목소리로 질책했다.

"도대체 당신들은 프랑스를 위해 무얼 했소? 나는 당신들에게 너무도 빛나는 프랑스를 물려주었소. 그런데 국가에 도둑들이 들끓고 있소! 병사들은 무방비 상태요! 내가 월계관으로 덮어주었던, 그 용감한 십만의 전우들은 다 어디로 갔소? 대체 그들은 어찌 되었소?"

그는 보토를 세워놓고 한 걸음 앞으로 나서며, 군인들을 향해 말했다.

"이런 상태를 방관할 수는 없다! 이런 상태로라면, 석 달 안으로 독재가 지배할 것이다. 그러나 우리는 공화국을 원한다. 평등과 시민의 자유, 정치적 관용에 기초한 공화국을 원한다! 병사들이여, 군대는 나와 가슴으로 결합했으며, 이제 나는 입법부와도 결합했다!"

병사들이 환호성을 올렸다. 나폴레옹은 더욱 목소리를 높여 말했다.

"몇몇 반도들은 우리가 공화국의 적이 될 것이라 선동하고 있다. 우리 자신의 노력과 용기로 공화국을 강력하게 만드는 데 기여한 우리를 말이다! 공화국을 위해 몸과 마음을 바친 용감한 자들이야말로 진정한 애국자다!"

환호성이 터져나왔다. 나폴레옹이 말을 마치자, 병사들이 모두 칼과 총들을 일제히 세우며 예를 올렸다.

나폴레옹은 말 위로 뛰어올라 병력을 사열했다.

안개달 18일 오전 열한시 삼십분, 나폴레옹은 이제 제1막이 끝났음을 느꼈다. 이제 총재정부 의장 고이에가 남았다. 고이에는 한때 포고령 서명을 거절했다. 법무장관 캉바세레스의 말에 따르면, 의장의 서명은 필수적이었다. 나폴레옹은 중얼거렸다.

"항상 법률가들이 문제야."

그러나 고이에는 결국 서명하는 쪽으로 뜻을 굽혔고, 내일 생 클루에서 보자고 했다.

—내일?…… 오늘 당장 매듭을 지어야 했던 게 아닐까?

나폴레옹은 잠시 후회했지만 곧 잊어버렸다. 그는 군사 쿠데타를 원하지는 않았다. 난폭하며 오만하고 무례한 쿠데타, 대포와 일제사격, 체포를 동원하는 쿠데타는 원하지 않았다. 군중들이 튈르리 궁 부근에 붙이는 벽보나 그들 사이에 나도는 팜플렛의 표현대로, 그는 '상식의 인간, 선(善)의 인간'이 되고 싶었다.

오후가 시작될 무렵, 탈레랑이 튈르리 궁의 집무실로 들어왔다. 나폴레옹이 어떻게 되었는지, 눈으로 물었다. 바라스는 사임을 받아들였다. 전투 없는 승리다. 최상의 승리다! 위협만 가해도 승리할 수 있는데, 왜 폭력을 쓴단 말인가?

나폴레옹은 참모 장교들을 부르고, 탁자 위에 파리 지도를 펼쳤다. 내일, 튈르리 궁과 샹젤리제, 생 클루로 가는 도로에 병력을 배치해야 한다. 시민들을 안심시키고, 혹 있을 반대파를 위협하며, 그들이 움직이는 것을 막아야 했다. 그의 힘을 보여주어야 했다.

푸셰가 다가와 파리의 바리케이드들을 철거했다고 보고했다.

바리케이드를 쳤었다는 사실도 모르는 나폴레옹이 소리쳤다.

"그 정도까지 조심할 필요가 있었소? 우리는 민족과 함께, 오직 민족의 힘을 믿고 진군하는 것이오. 어떤 시민도 불안하게 해서는 안 되오. 우리의 승리는 여론의 승리요! 이제 소수의 반역자들에 의해 지배당하던 시대는 지났소."

파리는 오늘을 일상적인 날로 경험해야 했다. 특별한 변화가 강조되어서는 안 된다. 이 인간들은 이런 전략을 이해하지 못한단 말인가?

나폴레옹은 말했다.

"잘 들으시오."

그는 내일 안개달 19일 발표할 군대에 보내는 선언문을 읽었다.
〈공화국은 이 년 전부터 잘못 통치되었다…… 무능과 배신이
공화국을 혼란으로 몰아넣었다. 자유와 승리, 평화가 공화국을 유
럽 최고의 대열로 다시 끌어올릴 것이다…….〉

— 이제 알겠는가?

"민족 전체를……."

시에예스는 자코뱅 지도자들을 체포해야 한다고 주장했다. 나폴
레옹은 그에게 몸을 돌리고, 고개를 저으며 거절했다.

나폴레옹은 자코뱅들을 안심시키기 위해 이미 살리체티를 보냈
다. 하지만 시에예스는 그런 사실을 모르고 있었다. 그는 살리체
티에게 부탁했다. 자코뱅들에게 '솔직하고 상세한 설명'을 하고,
나폴레옹 장군의 명예를 걸고 약속하라고.

"시에예스는 자코뱅을 체포하기를 원했지만, 보나파르트는 그들
을 옹호했다. 내일, 자코뱅들은 생 클루에 가지 않을 것이다."

사정을 알게 된 시에예스는 고개를 숙였다.

안개달 18일 저녁, 시에예스는 유일한 승리자가 자신이 아니라
는 것을 이해했을까? 나폴레옹이 하루 종일 자신의 존재를 부각
시키고 있다는 것을 깨달았을까?

— 내일? 내일, 생 클루에서, 그렇다.

빅투아르 가로 돌아온 나폴레옹이 부리엔에게 말했다.

"오늘은 그런 대로 괜찮았어. 내일은 어떻게 되는지 두고보자구."

나폴레옹은 자기와 부리엔의 탄띠에서 꺼낸 권총 두 자루를 들
고 그의 방으로 들어갔다.

9
미래는 나의 것이다

혁명력 8년 안개달 19일, 서기 1799년 11월 10일, 최후 행동의 날이 밝았다.

나폴레옹은 살롱에 앉아 잿빛 하늘을 바라보았다. 안개비가 내리고 있었다. 습기가 방 안을 적셔서 벽난로에 불을 피우기가 어려웠다.

빅투아르 가에는 어제 아침보다는 사람이 적었다. 그들은 서로 밀담을 나누고 있었다. 여기 있는 자들은 확실한 인물들이었다. 하지만 그들 사이를 분주히 오가야 했다. 몇몇은 벌써 두려움을 드러내고 있었다. 양원 의원들이 어떻게 반응할까? 그들이 납득할까? 어제는 기습을 가했지만, 오늘은 다르다. 이미 밤 동안 논의할 시간이 있었다.

나폴레옹은 한 번의 몸짓으로 불안을 물리쳤다. 그러나 그 자신도 불안을 느끼는 게 사실이었다. 중단된 전투란 반은 실패하고, 반은 성공한 전투다. 아직도 이루어진 건 아무것도 없었다. 일이 시작되는 오늘, 나폴레옹은 왠지 준비가 흡족치 않다는 느낌이 들었다.

물론 그는 군대 배치를 감독했으며, 거리 곳곳마다 병력들이 장악할 것이다. 뮈라의 병력은 생 클루 성 앞의 광장을 점령하고, 믿을 수 없는 총재정부 수비대를 포위할 것이다. 그러나 오늘 하루가 어떻게 전개될지는 아무도 알 수 없었다. 뤼시앵 보나파르트와 시에예스는 단언했다.

"원로원과 5백인 회의는 세 명의 통령을 임명하고, 몇 주 동안 의회를 해산하기로 결정할 것이오."

— 확실한가?

그 순간, 나폴레옹은 상황을 더 확실하게 장악하지 않은 걸 후회했다. 그는 운명의 여신을 믿었지만, 일을 즉흥과 우연에 맡기는 것은 좋아하지 않았다.

법무장관 캉바세레스가 무거운 얼굴로 다가와 말했다.

"결정된 게 아무것도 없어요. 일이 어떻게 끝날지 나도 모르겠소."

나폴레옹은 어깨를 으쓱했다. 캉바세레스를 안심시켜야 했다.

"양원에는 진정한 인간이 없소. 어제 하루 종일 나는 그들을 만나보고 얘기를 들어보았소. 그들은 불쌍한 인간들이오. 치졸한 이해관계에만 사로잡혀 있소!"

그는 몇 걸음을 걸으며, 부상당한 란 장군에게 생 클루에 가지 않아도 좋다고 말했다. 조제핀이 초조한 얼굴로 다가왔다. 그는 그녀를 안으며 말했다.

"오늘은 여자의 날이 아니오!"

전투가 벌어질 수도 있었다.

나폴레옹은 기병대의 호위를 받으며 마차를 타고 출발했다.
나폴레옹은 내내 침묵했다. 콩코르드 광장을 지날 때, 부리엔이
라발레트에게 속삭이는 말이 들렸다.
"우리는 내일이면 튁상부르 궁에서 자든지, 아니면 저기서 끝장
나는 거야."
부리엔은 광장의 단두대가 서 있는 장소를 턱으로 가리켰다.
도로는 짐 실은 마차들로 붐비고 있었다. 생 클루를 떠나는 사
람들이었다. 벌써 도망가기로 작정한 모양이었다. 성 근처에 다가
가자, 도처에 야영중인 병사들뿐이었다.
광장을 지나면서 나폴레옹은 5백인 회의의 의원들 무리를 보았
다. 흰 옷에 푸른 허리띠를 매고 붉은 토크(법관들이 주로 쓰는
챙 없는 모자)를 쓴 그들은 별관 건물인 오랑주리 관으로 향하고
있었다.
나폴레옹이 광장을 건너자, 병사들이 외쳤다.
"보나파르트 만세!"
5백인 회의 의원들 사이에서는 여러 목소리가 터져나왔다.
"저 악당, 저 무뢰한!"
그는 그쪽으로 고개를 돌리지 않았다.
이 작품의 최후의 막은 그의 승리로 마감되어야 했다. 패한다면,
모든 것을 잃을 것이다.
그는 살롱들에 인접한, 그를 위해 마련된 집무실로 들어갔다.
가구라곤 두 개의 소파가 전부였다. 시에예스와 로제 뒤코가 이미
앉아 있었다. 둘 다 통령이 될 인물들이었다. 습기찬 냉기가 느껴
졌다. 벽난로의 불씨는 금방이라도 꺼질 듯했다.
나폴레옹은 방 안을 서성였다. 행동하지 않고 기다리면서, 자신

의 운명을 다른 사람들에게 의존하는 것은 견딜 수 없었다.

오후 한시 삼십분.

참모 라발레트가 들어왔다. 뤼시앵 보나파르트가 5백인 회의의 개회를 알렸다는 것이다.

그렇다면, 기다려야 한다. 나폴레옹은 소파에 앉아 잡담을 나누고 있는 시에예스와 뒤코 쪽으로 몸을 돌렸다. 저들은 개입하지 않고, 운명이 엮어지도록 그저 내버려둘 작정인가? 또 한 참모가 들어오자, 나폴레옹은 그의 어깨를 잡고 소파에서 먼 쪽으로 데려갔다. 참모는 시에예스를 가리키며 속삭였다.

"저 사람은 마차를 숲속에 감추어두고 즉각 달릴 수 있는 준비를 하라고 마부에게 지시했답니다. 사정이 여의치 않으면 도망가려는 모양입니다."

그는 말을 이었다.

"탈레랑은 은행가 콜로를 데리고 도착했지만, 지금 성 근처의 집에 머물고 있습니다."

그들은 신중했다. 도망갈 구멍을 만들어놓고 있었다. 오직 그만이 모든 카드를 다 걸고 있는 것이다.

밖에 나갔던 참모 라발레트가 불안한 표정으로 들어오며 말했다.

"5백인 회의가 술렁이고 있습니다. 의원들은 '독재는 안 된다! 독재자들을 끌어내려라! 헌법 만세!'라고 외쳐대고 있습니다. 의장 뤼시앵 보나파르트도 혁명력 3년의 헌법에 충성할 것을 선서해야 했습니다."

나폴레옹이 그에게 담담한 목소리로 명했다.

"그들이 어떻게 하는가 계속 지켜봐."

시에예스는 어깨를 으쓱했다. 뤼시앵이 헌법 존중 서약을 했다는 것은 과장된 말이리라. 하지만……

나폴레옹은 몸을 돌려, 그의 명령을 제대로 집행하지 않은 대대장에게 화를 내며 소리쳤다.

"여기서는 내 명령만이 유효하다! 체포 명령을 내리면 그대로 감옥에 넣어버려!"

그는 큰 보폭으로 방 안을 서성였다. 아침에 일어나면서, 왠지 오늘 일이 불확실한 느낌으로 다가왔던 것이 떠올랐다. 누군가 문을 밀고 들어왔다. 의원이자 친 자코뱅파로 알려진 주르당 장군과 오주로 장군이었다. 나폴레옹은 생각했다.

— 이들은 벌써 썩은 고기를 찾는 독수리처럼 배회하러 온 것인가? 그들은 내가 의회의 반대에 부딪쳐 물러날 것이라 생각하는가?

그들은 타협안을 제시하며 말했다.

"베르나도트가 외곽에 병력을 배치하고 있소. 상퀼로트들이 그와 함께 움직일 수 있소."

— 지금 움직이지 않으면, 나는 진다.

나폴레옹은 오주로의 제안을 뿌리치며 말했다.

"포도주 마개는 이미 열렸소. 이젠 마셔야 하오. 당신은 가만히 있는 게 좋겠소."

그는 숨막힐 듯한 방을 나왔다. 이런 책략에 방해받고 싶지 않았고, 변호사들의 장광설에 끌려들어가고 싶지 않았다.

그는 아폴론 회랑으로 들어갔다. 원로원 의원들은 회의를 중단하고 있었다. 실내는 붉고 푸른 그들의 제복으로 가득했다. 나폴레옹은 그 무리를 뚫고 나아가려 했지만, 연단까지 접근할 수 없었다.

행동해야 한다. 말해야 한다. 그는 말을 시작했다.

"민중의 대표자인 여러분은 지금은 평시 상황이 아니라는 점을 깨달아야 합니다. 여러분은 지금 화산 위에 앉아 있습니다……"

의원들이 웅성거리기 시작했다. 본래 자기 정당화를 좋아하지 않는 성격인 나폴레옹으로서는 너무 불편한 상황이었다.

그는 계속해서 말했다.

"여러분에게 맹세컨대, 나보다 더 열정적인 조국의 수호자는 없습니다. 나는 여러분의 명령을 집행하기 위해 모든 것을 바칠 것입니다."

그는 그들에게 공손하게 말했다. 그러나 그들은 어떤 인간들인가? 지금까지 그들이 이룬 게 뭐가 있단 말인가? 그렇다면 왜 그들의 동의를 얻으려 애를 써야 한단 말인가?

그들 중의 하나가 고함을 질렀다.

"그러면 헌법은?"

나폴레옹은 다시 일어섰다.

"헌법? 당신이 그렇게 말할 자격이 있소? 더구나 지금 그게 프랑스 민중에게 무얼 보장할 수 있단 말이오? 헌법? 그것은 모든 당파에 의해 제정되고, 모든 당파에 의해 유린되어왔고, 모든 당파에 의해 무시되어왔소."

그는 고함을 치고는 숨을 골랐다. 그의 측근 의원 하나가 그의 연설을 인쇄할 것을 제안했다. 그러나 다른 목소리들은 이유를 설명할 것을 요구했다. 그는 다시 방데 지방에서 일어나고 있는 위험한 반혁명 운동, 낭트와 생 브리에, 르망을 위협하는 왕당파들의 운동에 관해 언급했다.

그는 강한 어조로 덧붙였다.

"나는 어떤 당파에도 속하지 않습니다. 왜냐하면 나는 프랑스 민중이라는 가장 큰 당파에만 속하기 때문이오."

그러나 나폴레옹은 자기 말이 정곡을 찌르지 못했다고 느꼈다.

하긴 이들은 설복당할 인간들이 아니었다. 푸른 옷에 붉은 토크를 쓰고, 상체에 흰 망토를 걸치고, 배에는 붉은 허리띠를 맨 이들은 그런 인간들이 아니었다.

그는 홀의 입구를 향해 몸을 돌리고 말했다.

"이봐, 보네(챙 없는 모자)를 쓴 척탄병들, 총검을 든 용감한 병사들⋯⋯."

그러자 의원들이 일어서더니, 달려들 기세로 소리치기 시작했다. 그러나 그에게 가장 도움을 줄 수 있는 것도 이 원로원 의원들이다!

그는 그들을 바라보았다. 그들은 적대적이었다. 그들이 이렇게 떼거리로 모여 있는 한 그들을 유혹할 수 없었다. 그는 흥분하기 시작했고, 그의 입에서는 통제할 수 없는 말들이 튀어나왔다. 그 특유의 능란함과 신중함이 전혀 담겨 있지 않은 말들이었다.

"만일 적에게 매수된 웅변가가 나를 위법자로 몰자고 선동한다면, 벼락 같은 전쟁이 그자를 밟아버릴 것이다. 용감한 병사들이여, 나는 그대들을 부를 것이다. 나의 용감한 전우들이여⋯⋯."

의원들이 아우성을 쳤다.

그는 계속 외쳤다.

"당신들은 기억하시오. 나는 승리의 신, 운명의 신과 함께 진군한다는 사실을!"

나폴레옹의 귀에 부리엔의 속삭이는 소리가 어렴풋이 들렸다.

"장군, 나가시죠. 장군 자신도 지금 무슨 말을 하는지 모르고 계십니다."

하지만 아예 들으려고도 하지 않는 이 변호사들에게 달리 무슨 말을 한단 말인가!

그는 부리엔의 말을 무시하고 계속 외쳤다.

"나는 여러분들에게 지금의 급박한 위험이 절대적으로 명하는 구원의 조치들을 즉각 취할 것을 권고합니다. 여러분이 결정한 해결책의 집행을 위해서는, 나의 팔을 믿기 바랍니다."

말을 마친 나폴레옹은 아폴론 회랑을 가르고, 급한 걸음으로 밖으로 나왔다. 부리엔을 비롯한 여러 측근들이 그에게 신중하라고 충고했다. 적대적 의원들로 가득한 5백인 회의에 가는 것도 말렸다. 그러나 그는 그들의 충고를 뿌리쳤다. 그들은 설령 잘못 싸우더라도, 아예 싸우지 않는 것보다는 낫다는 사실을 이해하지 못하는가? 그는 온건책을 통해서는 그 의원들로부터 아무것도 얻을 게 없음을 이미 깨달았다. 곁에 있는 시에예스는 불안한 표정으로 침묵하고 있었다. 오랑주리 관으로 통하는 계단에서, 작가 아르노가 그를 불렀다. 막 파리에서 푸셰를 만나고 오는 길이라며, 아르노가 말했다.

"장군, 푸셰가 파리에서 당신에게 의견을 보내오고 있습니다. 생 클루의 상황을 책임질 사람은 바로 장군입니다. 푸셰는 과감히 밀고 나가야 한다는 의견입니다. 그들이 시간을 끌어 유예기간을 넘겨보려는 기미가 보이더라도…… 탈레랑 역시 시간을 잃어서는 안 된다는 의견입니다."

그는 5백인 회의가 있는 오랑주리 관으로 들어가려 했지만, 여전히 사람들은 그를 만류했다.

그는 그들을 단호히 뿌리쳤다. 그로서는 이 매듭을 끊어야 했다. 그는 척탄병들을 거느리고 통로를 가득 채운 무리를 가르며 문을 밀어젖히고 홀로 나아갔다.

그 앞에 붉은 토크를 쓴 인간들이 있었다. 고함과 아우성이 터져나왔다. 증오에 찬 얼굴들이 그를 향해 외쳐댔다.

"무법자, 독재자! 독재자를 끌어내라!"

갑자기 다른 자들보다 머리 하나는 더 큰 의원 하나가 앞으로 내달려오더니, 나폴레옹의 어깨를 후려치며 소리쳤다.

"장군, 당신이 승리한 것이 이걸 위해서였단 말이오?"

몇 명이 "보나파르트 만세!"를 외쳤지만, 금방 야유 소리에 묻혀버리고 말았다. 의원들은 계속 소리쳤다.

"무법자, 무법자!"

잠시 눈앞이 아득해왔다. 그는 혼란 속에 이리저리 떠밀리며 질식할 듯한 기분을 느꼈다. 의원들이 그의 눈앞에 단도를 흔드는 것이 보였다. 누군가 그의 얼굴을 할퀴었다. 나폴레옹의 얼굴에 피가 흘러내렸다. 그는 사람들에게 들어올려져 옮겨졌다. 그들은 그를 끌어낸 것이다.

나폴레옹은 살롱에 앉았다. 시에예스가 그 앞에 침착하게 서 있었다.

나폴레옹이 말했다.

"그들은 나를 무법자 취급 하고 있소."

시에예스가 대답했다.

"무법자는 그들이오. 병력을 움직여야 합니다."

나폴레옹은 냉정을 되찾았다. 그는 군사력을 동원하기를 원하지 않았으며, 지금도 원하지 않았다. 그러나 질 수는 없었다.

오랑주리 관으로부터 고함 소리가 들려왔다.

누군가 살롱 문을 박차고 들어오며, 5백인 회의가 보나파르트 장군을 무법자로 규정했다는 소식을 전했다.

질 수 없다. 그는 칼집에서 칼을 뽑으며 창문에서 소리쳤다.

"무장하라, 무장하라!"

그리고는 참모들을 데리고 뜰에 달려나가 말에 뛰어올랐다. 뤼시앵이 모자도 쓰지 않은 채 나타나 말을 준비하라고 소리쳤다.

시에예스가 말했다.

"그들은 우리를 무법자로 선포했소! 좋소. 장군, 이제 그들을 홀 밖으로 쫓아내야 합니다!"

뤼시앵이 말 위에서 소리친다.

"북, 북을 울려!"

북이 울렸다. 그리고 잠시 침묵이 찾아왔다. 뤼시앵이 침묵을 가르며 외쳤다.

"프랑스인들이여, 5백인 회의 의장의 이름으로 선언한다. 지금 대부분의 의원들은 단검을 든 몇 명의 의원들이 위협하는 테러에 몰려 있다…… 영국의 지원을 받는 이 가증스러운 강도들은, 감히 원로원 포고령의 집행을 책임진 장군을 무법자로 선포하였다…… 그러나 법률을 위반한 것은 그 소수의 극렬분자들이다…… 그 추방자들은 민중의 대표자가 아닌, 단검의 대표자들이다!"

광장과 뜰에서 박수가 터져나왔다.

나폴레옹은 안장 위에 가만히 앉아 있을 수가 없었다. 그의 말이 앞발로 땅을 걷어차며, 출발을 재촉했다.

나폴레옹은 지금이 가장 중대한 순간이라는 것을 알고 있었다. 그리고 그는 승리를 확신했다. 그래야 했다.

그는 앞에 나서서 소리쳤다.

"병사들이여, 나는 그대들을 승리로 이끌어왔다. 내가 그대들을 믿을 수 있겠는가?"

병사들이 힘차게 총과 칼을 치켜들며 "예"라고 소리쳤다.

이 함성이 나폴레옹에게 힘을 주고 용기를 북돋웠다.

"선동가들은 5백인 회의를 나에게 반대하도록 부추기고 있다. 나는 그들에게 이성을 찾도록 해줄 것이다! 그대들을 믿어도 되겠는가?"

그들이 다시 우레와 같은 소리로 답하고 환호했다.

"보나파르트 만세!"

나폴레옹이 말했다.

"나는 그 인간들에게 말하려 했다. 그러나 그들은 나에게 칼로 답했다."

이제 그는 이겼다. 몇 마디만 더 하면 족하다. 그는 계속해서 외쳤다.

"오래 전부터, 혼란에 빠진 조국은 고통을 겪으며 약탈당하고 있다. 오래 전부터, 조국의 수호자들은 무시당하고 제물로 받쳐지고 있다. 우리가 거둔 승리의 대가로 내가 입혀주고 먹여주며 봉급을 주었던 용감한 병사들이 지금은 어떤 상태에 처했는가?"

"보나파르트 만세!"

"세 번, 나는 공화국의 문을 열어주었다. 그런데 세 번, 그들은 문을 닫았다."

"보나파르트 만세!"

"그렇다, 나를 따르라, 나는 이 시대의 신이다!"

박수가 터져나왔다. 뤼시앵이 뒤에서 그에게 외치는 소리가 들려왔다.

"형, 제발 입 좀 다물어. 형님은 지금 맘루크인들에게 말하는 줄 아시오?"

뤼시앵이 옳다, 더이상 말해서는 안 된다.

나폴레옹은 몸을 숙여 르클레르 장군에게 명령을 내렸다. 척탄병들이 움직이고, 군악대가 북을 울리며 오랑주리 관으로 향했다. 5백인 회의 의원들이 창가로 달려오는 것이 보였다. 그들은 붉은 모자와 흰 토가(법관, 교수 등이 예복으로 입는 길고 펑퍼짐한 옷)를 벗어던지며 정원으로 도망쳤다. 뮈라가 외치는 소리가 들렸다.

"저놈들을 전부 밖으로 집어던져!"

시각은 어느덧 밤 열시였다.

이제 살롱에서 기다리기만 하면 된다. 참모 라발레트가 소식을 가져왔다. 원로원이 총재정부를 세 명의 통령위원회로 대체하는 법령을 가결했다. 그러나 5백인 회의의 가결이 필요했다.

병사들이 다시 생 클루로 몰려갔다. 선술집과 카페, 정원으로 도망쳤던 의원들을 붙들어 오랑주리 관으로 데려왔다. 투표를 위해서였다.

나폴레옹은 살롱을 서성였다. 성은 고요했다. 생 클루를 떠나기 시작하는 병사들의 발걸음 소리가 들렸다.

자정쯤, 뤼시앵이 환한 얼굴로 살롱으로 들어와 포고령을 읽기 시작했다.

〈입법부는 행정부 통령위원회를 구성하기로 가결한다. 전 총재들이었던 시에예스와 로제 뒤코, 그리고 장군 보나파르트는 '공화국 통령'이라는 칭호로 지칭될 것이다.〉

나폴레옹은 통령들을 회의실까지 안내하는 대열에 자리잡았다. 그들은 선서를 하게 된 것이다.

〈통령정부는 민중의 주권과 프랑스 공화국에 충성할 것을 선서한다. 프랑스 민중과 공화국은 하나이며, 나눌 수 없다. 또한 통령정부는 자유와 평등, 입법부에 충성할 것을 선서한다.〉

나폴레옹은 세 명의 통령 중 마지막으로 선서했다.

1799년 11월 11일 새벽, 나폴레옹은 통령이 되었다.

새벽 다섯시, 파리로 가는 마차 안에서, 그는 말이 없었다. 어둠 속에서, 그는 옆자리의 부리엔이 자기를 바라보는 것을 느꼈다.

그러나 나폴레옹은 눈을 감은 채 고개를 돌리지 않았다.

마차는 도로 양옆에 도열한 병사들을 따라가고 있었다. 병사들은 유쾌하게 노래불렀다.

"아, 잘될 거야, 잘될 거야,
귀족들은 교수대로."

나폴레옹은 어떻든 간에, 그가 대혁명의 아들이라는 것을 알고
있었다. 그러나 대혁명은 끝났다, 새벽처럼.

나폴레옹은 감았던 눈을 떴다. 마차가 파리로 입성하고 있었다.
길들은 텅 비어 있고 고요했다. 포도 위를 구르는 바퀴 소리와 호
위대의 말발굽 소리가 건물들의 닫힌 덧문들 사이로 울려퍼졌다.

그는 지금까지 알지 못했던 평온한 힘이 자신을 감싸옴을 느꼈
다. 이집트에서 보낸 그 길고긴 날들, 그때의 불안, 역경, 생 클루
에서 증오의 칼날이 번뜩이는 것을 보았던 시간들…… 돌이켜보
면, 매순간 모든 것을 잃을 수도 있었다. 하지만 그는 지금 여기
있다. 드디어, 최후의 장애물들을 건넌 듯했다. 그 앞에는 탁 트
인 지평선이, 그의 삶이 펼쳐져 있었다. 이제 모든 것은 위대하리
라. 그는 그것을 느낀다. 그것을 욕망했다.

그렇다, 혁명은 끝났다.

나폴레옹은 한 시대를 닫고, 다른 시대를 여는 인물이다.

—드디어, 드디어! 새로운 날이 솟는다! 미래는 나의 것이다!

제 3 부

나는 붉은 모자를 쓴 혁명가도,
붉은 구두를 신은 귀족도 아니다

1799년 11월 11일 ~ 1800년 9월 7일

10
커다란 명성, 그것은 커다란 소음이야

그의 나이 30세 4개월.

밖에서 환호 소리가 끊이지 않고 들려왔다.

나폴레옹은 빅투아르 가의 사저에서 가장 큰 방인 원형 거실의 유리문으로 다가갔다.

"보나파르트 만세! 평화 만세!"

정원의 울타리 너머로 빅투아르 거리를 가득 메운 군중들이 보였다. 그들은 신문과 벽보를 통해 소식을 듣고 아침부터 몰려들어 그를 기다리고 있었다. 그들은 알고 있었다. 나폴레옹이 바로 어제 안개달 19일, 세 명의 임시 통령 가운데 한 사람으로 선택되었으며, 한밤중에 생 클루 성에 모인 의원들 앞에서 서약했다는 사실을.

일부 군중들은 보나파르트와 조제핀 드 보아르네를 보기 위해 정원의 철책을 따라 이리저리 몰려다니며 저택 안쪽을 기웃거렸다. 어떤 사람들은 정문 앞에 서 있는 네 마리 말이 끄는 마차를 에워싸기도 했다.

저택을 호위하는 용기병대의 말들이 뒷발을 차며 울어댔다. 말들의 콧구멍에서 뿜어져나오는 더운 김들이 안개에 섞여들었다.

춥고 습했다. 1799년 11월 11일, 혁명력 8년 안개달 20일, 전형적인 초겨울 날씨였다.

열한시가 조금 지난 시각, 비서 부리엔이 문을 열었다. 시에예스와 로제 뒤코가 뤽상부르 궁에서 그를 기다리고 있었다. 그곳은 어제까지만 해도 총재정부의 청사였지만, 오늘은 밤새 태어난 통령정부의 청사로 바뀌었다.

나폴레옹은 몸을 돌려 벽난로 위에 걸린 거울을 마주보았다.

바로 이십오 일 전, 이집트에서 파리로 돌아오던 날, 그는 이 살롱에 들어섰었다.

그때는 새벽이었고, 집은 비어 있었다. 그는 집을 비운 조제핀과 헤어질 결심을 했었다. 지금 그녀는 몸이 비치는 긴 튜닉을 입고 집에 있다. 그녀는 낮 동안 늘 그렇듯이 일찍 몸단장을 마치고, 한가하게 벽난로에 기대어 있다. 분바른 그녀의 얼굴에, 푸른색 비단 리본으로 묶은 머리카락들이 치렁하게 흘러내렸다.

그때로부터 이십오 일이 지난 지금, 나폴레옹은 이혼을 포기했다. 그렇다고 그가 알게 된 사실들을 모두 잊은 것은 아니었다. 그녀는 경박스럽게 행동했고, 간음을 저질렀으며, 그를 조롱했다. 그러나 안개달 18일과 19일을 준비하는 동안, 그녀는 쓸모 있고 효율적인 동맹자였으며, 다정하고 사려 깊은 아내였다.

그 이십오 일 동안, 모든 것이 변했다.

10월 16일, 파리로 돌아오던 날 아침, 그는 군대를 이집트에 버리고 떠나온 일개 장군에 지나지 않았다. 여론의 지지는 받고 있었지만, 탈영 혐의로 고발당하고 파면까지 당할 수 있는 장군일 뿐이었다.

그는 모든 걸 걸었다.

어제, 11월 10일 생 클루 성 오랑주리 관에서, 5백인 회의 의원들이 '무법자! 독재자를 죽여라! 무법자!'라고 외쳐대며 그에게 달려들었을 때, 그는 순간적으로 패배를 의식했다. 거의 이성을 잃었다.

어제의 상흔이 그의 잿빛 얼굴에 그대로 남아 있었다. 의원들이 고함치고 위협을 가하며 그를 에워쌌을 때, 누군가 그의 얼굴을 손톱으로 할퀴었다. 그의 얼굴 위에 퍼져 있던 여드름 때문에 생긴 상처가 터지면서 피가 흘러내렸다.

그를 보호하기 위해 달려오는 한 척탄병을 의원들이 후려갈겼다. 그런 그들, 몇 차례나 헌법을 유린하고는 이제 와서 헌법을 신성한 문서라고 주장하는 그 변호사 무리들에게 더이상 무엇을 바랄 수 있단 말인가?

어젯밤, 그는 그들의 태도와 그들이 내보이는 증오를 비난했다. 나폴레옹 자신에 대한 그들의 증오는 '그들을 제압하도록 명령받은 힘에 저항하는, 암살자들의 맹렬한 외침'일 뿐이었다.

부리엔이 그가 구술한 포고문을 벽보로 만들었다. 이 벽보는 치안장관 푸셰의 감독하에 파리의 모든 길목, 사람들의 눈에 잘 띄는 벽마다 붙여지리라.

이십오 일 전, 그는 권력을 열망하는 일개 장군이었다.

어제 오후까지만 해도, 그는 위험에 처한 인간이었다.

오늘 아침, 1799년 11월 11일 혁명력 안개달 20일, 그는 공화국의 세 명의 임시 통령 중 한 사람이다.

― 하나?

셋 가운데 하나가 아니라, 셋 가운데 으뜸인 하나가 될 것이다. 오늘 아침 결정해야 할 문제였다. 그것, 즉 그의 목표를 결정해야 했다.

그가 문 쪽으로 몸을 돌리자, 조제핀이 그를 휘감았다. 그는 미소지으며 물러섰다. 그는 이십오 일 전과는 다른 인간이었다.

승리는 언제나 거룩하고 신성한 것이다.

활기찬 걸음으로 정원을 걸어나가면서, 그는 자신을 따르는 부리엔을 쳐다보지도 않고 혼자 말했다.

"이제 막 탄생한 정부를 눈부실 만큼 놀라운 정부로 만들어야 해. 만일 빛을 발하지 못한다면, 그 순간 새 정부는 쓰러지고 말 거야."

환호성이 울려퍼졌다. 빅투아르 거리에 몰려든 군중들이 일제히 그를 바라보고 있었다. 나폴레옹은 마차 근처에서 한 장교가 부하들에게 내리는 명령을 귀담아 들었다.

"총사령관, 공화국 통령……"

이제, 그는 다른 인간이었다.

아직 분명히 정해진 것은 없지만, 그는 세 명의 통령 가운데 자신이 서열 1위의 통령이 되리라는 걸 알고 있었다. 감히 누가 그의 패권에 이의를 제기하겠는가.

그러나 그 자신도 대답을 구하지 못한 질문이 그를 가로막기 시작했다. 무엇을 향해, 어디를 향해 나아갈 것인가? 다만 멈출 수 없으리라는 건 예감했다. 그의 평형감각은 쉼없이 앞으로 나아가는 운동 속에 있었다.

그가 마차에 오르는 모습을 지켜보던 군중들이 일제히 환호하기 시작했다. 마차가 출발하자, 그는 넌지시 차창 밖을 둘러보던 시선을 거두고 말했다.

"커다란 명성, 그것은 커다란 소음이야. 본래 소음의 속성은 멀리 퍼져나가는 데에 있지. 법률과 제도, 기념물, 국가, 이 모든 것은 언젠가 쓰러지기 마련이야. 그러나 명성이라는 소음만은 살아남아 여러 세대에 걸쳐 울리지."

말들이 속도를 냈다. 나폴레옹은, 마차 옆에 바짝 붙어 달리며 차창을 가리는 호위 기병대에게 물러서라고 손짓했다. 그는 보고 싶었다. 그리고 보여지고 싶었다. 멀리서 '평화'라는 단어가 들려왔다.

나폴레옹은 차창으로 몸을 기울였다. 휴일의 거리는 텅 비어 있었다. 그는 혼잣말처럼 중얼거렸다.

"나의 권력은 나의 영광 덕분이고, 나의 영광은 내가 거둔 승리들 덕분이지. 만일 새로운 영광과 승리를 기초로 삼지 못한다면, 나의 권력은 쓰러지고 말 거야."

생 토노레 교외의 센 강변으로 접어들자, 행인들이 점점 늘어났다. 많은 사람들이 벽보 앞에 둘러서 있었다. 달리는 마차 안에서도 그 굵고 검은 글자들이 한눈에 보였다.

총사령관 보나파르트의 포고문
안개달 19일 밤 열한시

푸셰는 자신의 임무를 신속히 수행한 것이다.

콩코르드 광장에 들어선 마차는 질주하기 시작했다. 짙은 안개에 점령당한 광장은 버려진 원형 경기장처럼 보였다. 나폴레옹은 안개 속을 달리는 마차 안에서 다시 중얼거렸다.

"정복이 오늘의 나를 만들었어. 정복만이 나를 지탱할 수 있다."

11
대혁명은 끝났다

나폴레옹이 뤽상부르 궁의 회랑 안에 들어서자, 경비대가 그의 도착을 알리는 북소리를 울리며 뒤를 따랐다. 처음으로 열리는 통령 회의였다.

그는 이 궁전을 알고 있었다. 무명의 청원자로서 이곳에 온 이래, 총재들을 만나러 드나들었던 곳이다. 그러나 어제 이후, 그가 청원하곤 했던 바라스는 아무런 권력이 없는 인간이 되었다. 바라스, 그는 국가의 정상에 있으면서 긁어모은 부를 품에 안고 어둠 속에서 늙어가리라. 바로 몇 시간 전까지 총재 중 한 사람으로, 사람들은 그 앞에서 보고하고 그의 명령을 기다려야 했다. 그러나 이제 바라스의 시대는 끝났다.

나폴레옹은 천장에 프레스코화들이 그려진 홀에 들어섰다. 시에 예스와 로제 뒤코가 서서 그를 기다리고 있었다.

이 두 통령과 권력을 공유하는 것이다. 송사리 같은 뒤코는 장식적인 인간에 불과하지만, 능란한 연기자인 시에예스는 사상가이며, 혁명의 인물이다. 앞으로 계산은 이 인물과 해야 했다.

나폴레옹은 늙은 시에예스를 예의주시했다. 그에게는 진정한 에너지가 없어 보였다. 만일 두 사람 사이에 전투가 벌어진다면, 시에예스는 결코 이길 수 없을 것이다. 누구보다 시에예스 자신이 잘 알고 있을 터였다. 따라서 이 인간은 지난 이십오 일 동안 그랬듯이, 덫을 쳐놓고 능수능란함이라는 무기를 이용하기 위해 무진 애를 쓸 것이다.

— 시에예스는 법학자의 궤변이나 헌법 조항 따위로 나 같은 인간은 얼마든지 좌우할 수 있다고 믿고 있을 것이다!

시에예스는 문들을 모두 닫고, 잘 닫혔는지 세심하게 확인하고 자리에 앉았다. 뒤코가 뒤따라 앉으며 말을 꺼냈다.

"누가 의장직을 맡을 것인가는 토론할 필요도 없소. 그 자리는 법적으로 당신 몫이오, 장군."

나폴레옹은 시에예스를 바라보았다. 시에예스는 입을 다물고 있었지만, 얼굴을 스치고 지나가는 미세한 경련까지 숨기지는 못했다. 나폴레옹은 가운데 위치한 안락의자에 앉으면서, 영구 의장직은 사절한다고 말했다.

기다릴 줄 알아야 했다. 시에예스로 하여금 스스로 깨닫게 만들어야 했다. 이제 시작되는 시기는 잠정적일 뿐이다. 각자의 자리를 결정하는 것은 앞으로 제정될 헌법이라는 것을 나폴레옹은 잘 알고 있었다.

— 나를 명예직이라는 이름으로 묻어둘 수 있다고 상상한다면, 그것은 시에예스의 큰 오산이다.

시에예스가 자리에서 일어나 홀의 문들이 잘 잠겨 있는지 다시 확인하고는, 서랍장 하나를 가져왔다. 그는 나폴레옹에게 은밀한 어조로 말했다.

"장군, 이 가구의 가치를 섣불리 따지지 마시오."

시에예스는 총재들이 임기를 마치기 직전, 이 서랍장에 숨겨놓은 돈을 나누어 가지려 했다면서 덧붙였다.

"이제 총재들은 없소. 따라서 남은 금액의 주인은 바로 우리들이오. 어떻게 했으면 좋겠소?"

시에예스는 바라스만큼이나 탐욕스런 인간이었다. 황금에 목이 마른 자들은 부를 위하여 권력을 갈망한다. 권력이 제공하는 부를 추구하는 자들의 진정한 목표는 권력 자체가 아니다. 그런 인간들은 황금을 포식하게 해주면 권력은 포기하는 법이다. 나폴레옹은 고개를 돌리며 말했다.

"나는 그런 돈이 있는지도 몰랐소. 그러니 총재직을 맡았었던 당신과 뒤코, 두 분이 나누어 가지시오. 서두르시오. 내일이면 이미 늦을 것이오."

기다렸다는 듯이 서랍장을 연 두 사람은 서로 수군대며 돈을 세었다. 80만 프랑. 그러나 그들은 곧 돈의 분배를 놓고 다투기 시작했다. 쉽게 결론이 나지 않자, 그들은 나폴레옹에게 판관 역할을 부탁했다.

"당신들끼리 알아서 하시오. 그러나 이 돈 때문에 잡음이 생긴다면, 그때는 모두 포기해야 할 거요."

그들은 입을 다물고 서로를 쳐다보았다.

시에예스가 60만 프랑을 손에 넣었다.

서랍장이 텅 비자, 정부의 금고에는 전령들에게 지불할 금액도 없었다. 지방이나 이탈리아 관할군 총사령관 샹피오네 장군에게 공문서를 보내야 하는데, 그 비용마저 없었다.

어떻게 이런 일이 있을 수 있는가? 군대는 급료는 물론, 먹지도
못하고 입지도 못하고 있었다. 나폴레옹은 전임 장관들에게 자초
지종을 묻고 당시 서류들을 뒤적였다. 그는 예전 군주제 시절 고
위 관리인 고댕을 불렀다. 고댕은 시에예스 추천으로 재무장관 물
망에 오른 인물로, 능력 있고 신중해 보였다. 나폴레옹이 물었다.
"당신은 오랫동안 재무성에서 일했지요?"
"이십 년 동안 일했습니다, 장군."
"우리는 당신의 도움이 필요하오. 기대하겠소. 서약하러 갑시다.
급하오."
나폴레옹은 하루의 매순간이 급박하게 흘러가고 있다고 느꼈다.
그는 서둘러 장관들을 임명했다. 탈레랑이 외교 분야에 복귀했고,
예전 군사학교 시험관이었던 라플라스는 내무장관 자리에 앉았다.
그러나 그의 인사의 핵심은, 헌법 제정을 담당하게 될 위원회 구
성에 있었다.
시에예스는 나름대로 노회한 계획을 세워놓고 있었다. 그는 종
신 대선거관 제도를 염두에 두고 있었다. 즉 원로원과 입법원, 법
제심의원으로 구성되는 피라미드식 의회제도의 정상에 종신 대선
거관이라는 제도를 두겠다는 것이다. 실제 권력은 없고 유명인사
들에 의해 선출되는 대선거관 제도는 외형상 보통선거라는 인상
을 주지만, 선거인단 임명은 위에서부터 이루어지며, 등록된 인물
들 중에서 선발하게 되어 있었다.
나폴레옹은 시에예스의 계획에 깔려 있는 저의를 이내 간파했
다. 시에예스의 안처럼 보통선거를 실제적으로 피하는 방식은 그
로서도 싫지는 않았다. 믿음은 아래로부터 오며, 권위는 위로부터
오는 것. 게다가 민중은 무엇인가? 그는 사상가들이 꿈꾸고 있는

것이 계몽 전제주의라는 사실을 진작부터 꿰뚫고 있었다.

그는 조제핀과 함께 뢰상부르 궁의 별관에서 리셉션을 베풀며, 사상가들을 접견했다. 카바니스*가 나폴레옹에게 다가와 말했다.

"무지한 계층이 입법 과정이나 정부에 영향을 끼치게 해서는 안 됩니다. 모든 것은 민중을 위하여, 민중의 이름으로 이루어져야 하지만 그 어떤 것도 민중 자신에 의해, 아무 생각도 없는 민중이 명령하는 대로 이루어져서는 안 됩니다."

나폴레옹이 헌법 제정을 위한 위원회를 소집한 날 저녁이었다. 뢰드레르가 다가와 시에예스의 제안을 속삭였다.

"시에예스는 종신 대선거관 제도를 계획하고 있는데, 받아들이겠습니까?"

남의 말을 들을 때는 감정을 드러내지 않아야 한다. 나폴레옹은 아무런 반응도 보이지 않았다. 뢰드레르가 다시 말했다.

"대선거관은 6백만 프랑의 급료를 받고, 삼천 명의 경비병을 거느릴 것입니다. 대선거관이 되면 베르사유에 들어갈 수 있으며, 두 명의 통령을 임명하는 권한을 갖게 됩니다."

함정이 분명했다. 권력이 전혀 없는 이 직책을 미끼로 던지면서, 미끼를 낚아채는 어리석은 자의 평판을 떨어뜨리려는 덫이었다.

"뢰드레르, 당신 지금 무슨 말을 하고 있소? 나더러 허울 좋은 임명권만 갖고, 실제로는 아무 일도 하지 못하는 그런 자리를 맡으라는 거요?"

나폴레옹은 자리에서 일어나 뢰드레르에게서 몇 걸음 떨어졌다. 그가 언성을 높이자, 위원회 구성원들이 모두 귀를 기울였다.

"대선거관은 그림자야. 그것도 게으르고 무능력한 왕처럼 멋대가리 없는 그림자일 뿐이오. 당신은 내가 그런 제안을 받아들일

---

* 프랑스의 의사이며 철학자, 1757~1808.

만큼 비천한 인간이라고 생각하는 거요? 그런 우스운 짓을 하느
니, 차라리 아무 일도 안 하고 말겠어."

시에예스가 위원회에 나타나자, 나폴레옹은 즉각 그를 불러 세
우고 윽박지르듯 말했다.

"시에예스, 당신은 이 나폴레옹을 어떻게 보는 거요? 영예와 재
능을 갖춘 인간이 돈 몇백만 프랑이나 만지면서 베르사유 궁에서
배불리 먹고 뒹구는 돼지 같은 역할을 받아들일 것이라 생각했단
말이오?"

시에예스가 웅얼거리듯 말했다.

"그렇다면, 당신은 왕이 되기를 바라는 겁니까?"

그러나 그 목소리에는 칼이 담겨져 있지 않았다. 무장을 해제당
한 쓰라린 인간의 목소리였다. 시에예스는 자신의 처지를 금세 깨
달았다. 그는 진 것이다.

시에예스는 하루하루 주어진 책임만 차질 없이 수행하면 되었
다. 총괄적인 일을 지시하고, 수정하고, 격려하는 것은 나폴레옹이
었다. 그는 자신에게 저항하는 자들을 하나하나 굴복시켰다. 설득
하든지, 아니면 제거해버렸다.

그는 시에예스를 바라보았다. 시에예스는 차츰차츰 배제되리라.

투표 결과, 세 의회에 국가참사원이 첨가되었다. 이들 조직의
최고 정상이 제1통령이었다. 국가 조직의 초석인 제1통령의 임기
는 십 년. 다른 두 명의 통령은 단지 자문 역할만 맡게 되어 있었
다. 나폴레옹은 능란하면서도 비웃는 태도로 시에예스에게 말을
건넸다.

"세 명 통령의 이름을 추천하시지요."

시에예스는 잠시 머뭇거리다가 지친 듯한 목소리로 이름들을 불
렀다. 모두가 나폴레옹이 기대했던 이름들이었다. 나폴레옹 보나

파르트, 왕의 처형에 찬성표를 던진 캉바세레스, 그리고 왕당파의 측근인 르브렝.

나폴레옹은 만족해하며, 문장을 짧게 끊어 읽듯이 말했다.

"나는 붉은 모자를 쓴 혁명가도, 붉은 구두를 신은 귀족도 아니오. 나는 민족적일 따름이오. 나는 모든 색깔의 정직한 인간들을 사랑하오."

나폴레옹은 곧 민중 투표에 부쳐질 새로운 헌법의 전문을 작성했다.

〈시민들이여, 대혁명은 본래의 원칙들에 따라 완성되었다. 대혁명은 끝났다.〉

1799년 말, 18세기의 끝에 선 나폴레옹은 30세였다. 그는 승리자로서 19세기의 문턱을 넘어서고 있었다.

그는 실패들을 기억하지 않았다. 시리아의 생 장 다크르에서 자신에게 가해졌던 무모한 공격들도 기억하지 않았다. 그는 승리를 고집스럽게 욕망했다는 것으로 충분했다.

그렇다면, 그와 대립했던 인간들은 지성도, 의지도, 용기도 없는 자들이었던가? 그는 비굴하고 탐욕스러운 아첨꾼들을 관찰했다. 그는 권력보다 돈에 눈이 어두운 시에예스에게 '국가적인 보상'으로 국유지인 크로슨 영지를 하사했다. 캉바세레스? 그는 '비천함과 위엄 사이를 왕복하는 전형적인 인물'이고, 예전 오탱의 주교였던 탈레랑? 나폴레옹은 대혁명 기간 동안 탈레랑의 비열한 행적을 알고 있다. 나폴레옹은 언젠가 말했다. "자코뱅이며 자신의 당파에서 입법의회로 변절한 인물, 탈레랑은 이해관계에 따라서만 움직이는 인물이다."

나폴레옹이 바라보자, 탈레랑은 거듭 강조하며 말했다.

"저는 오직 당신과 함께 일할 것입니다. 개인적인 허영심은 없습니다. 프랑스의 이익이라는 관점에서만 당신께 말씀드리겠습니다."

─어떻게 내가 이 우글대는 인간들을 지배하지 않을 수 있겠는가?

제1통령 나폴레옹이 뢱상부르 궁에서 베푼 리셉션에, 새로 임명된 관리들은 한 사람도 빠짐없이 참석했다. 나폴레옹이 오페라 극장에 참석하면, 관리들은 극장 로비에서부터 늘어서서 그와 눈이라도 마주치기 위해 애를 썼다. 조제핀은 그에게 살롱에서 나도는 이야기들을 전했다.

"요즘 파리에 떠도는 사행 풍자시를 아세요?"

그는 가만히 들었다.

시에예스는 보나파르트에게 왕좌를 선물했다네
그를 번지르르한 껍데기 아래 집어넣으려다 실패하고
보나파르트는 시에예스에게 크로슨 영지를 선물했다네
대가를 주면서 그를 구렁에 처박았다네…….

그녀는 웃으면서 덧붙였다.

"그뿐이 아녜요. 두 통령인 캉바세레스와 르브렝은 나폴레옹이 앉아 있는 안락의자의 두 팔걸이일 뿐이라는 소문이 나돌고 있어요."

조제핀은 그를 침실로 데리고 들어가고 싶어했지만, 그는 뿌리쳤다. 생각을 해야 했다.

그는 집무실에 앉아, 경찰이 올린 보고서를 읽었다. 여론은 그에게 호의적이었다. 어떤 극장에서는 공연 도중, 나폴레옹에 대한 찬사가 터져나오기도 했다. 한 배우가 작중인물을 찬양하는 대사, '불굴의 용기로, 그는 우리 모두를 죽음과 약탈로부터 지켜주었다'고 외치자, 객석에서 즉각 반응이 일었다. 감동한 관객들은 오래도록 기립박수를 보냈고, 어떤 관객들은 환호했다.

"제1통령 만세!"

어떤 대가를 치르더라도 호의적인 여론을 보존하고 유지해야 했다.

어느 날 아침, 파리의 도로변에 길게 늘어선 군중이 그의 기마대를 따르며 나폴레옹을 연호하자, 그는 잠시 그 소리에 도취되었다. 옆에 있던 뢰드레르가 염려하는 목소리로 말을 꺼냈다.

"각하께서 들으신 이 환호 소리는 1789년과 1790년 라 파예트에 대한 환호에 비하면 아무것도 아닙니다."

라 파예트는 몇 달 후 망명해야 했다.

1800년 1월 16일, 나폴레옹은 언론 문제를 다루기 위해 비밀 자문회의를 소집하고 신문과 여론의 관계에 대해 역설했다.

"신문이란 무엇인가? 신문은 수많은 인간들의 의견을 만드는 것이오. 신문은 막대한 대중을 상대로 하는 클럽이오. 클럽의 연설가가 청중들에게 영향을 주듯이, 신문은 독자들을 움직이는 것이오."

연설은 기껏해야 수백 명을 감동시킬 뿐이다. 반면 신문은 그보다 적어도 백 배가 넘는 사람들에게 영향을 준다. 따라서 말을 듣지 않는 신문들을 폐간시켜야 하며, 편집인은 '호의적인 인간들'이어야 했다. 나폴레옹이 주재한 비밀 자문회의는 73개의 신문 중 60개를 폐간하는 포고령을 작성했다.

비밀 자문회의를 끝내고 나오면서, 나폴레옹은 부리엔에게 속삭였다.

"만일 언론의 고삐를 풀어준다면, 나는 삼 개월도 권력에 있지 못할 거야."

그렇게 된다면, 그가 지금까지 이룬 수많은 전투와 승리는 한낱 물거품이 되고 말 터였다.

뤽상부르 궁이나 말메종에서는 리셉션이 자주 열렸다. 그때마다 조제핀은 손님들 사이를 분주히 오가며, 왕 시해파든 망명귀족이든 누구라도 세련되고 정중하게 대접했다. 리셉션 장에서 나폴레옹은 혁명기간에 일어났던 많은 일화들을 들었다. 그 역시 1789년에서 1799년에 이르는 대혁명 기간을 직접 살았지만, 그의 체험은 극히 일부일 뿐이었다. 그는 대부분 프랑스 밖에서 전투와 더불어 지냈다. 여러 사람들의 이야기를 들으며, 그는 마음속으로 굳은 결단을 내렸다. 십 년 동안의 혁명기를 마감해야 했다. 권력을 유지하려면, 새로운 질서와 안정, 그리고 평화를 구현하는 인물의 이미지가 필요했다.

1799년 12월 14일, 나폴레옹에게 기회가 왔다. 아메리카 대통령 워싱턴이 죽었다는 소식에, 그는 탈레랑에게 말했다.

"십 일간의 국가적인 애도기간을 선포하고, 마르스 사원(앵발리드 기념관의 옛 교회)에서 거룩한 제례를 거행하도록 하시오."

나폴레옹과 워싱턴. 워싱턴의 이미지. 그렇다. 그는 워싱턴의 이미지를 빌리기로 했다. 여론을 통해 새로운 이미지를 심어야 했다.

자코뱅과 망명귀족은 어떻게 처리할 것인가? 나폴레옹의 입장은 유연했다.

"나와 함께 전진할 사람이라면, 그가 누구든 함께 간다…… 능력과 덕성을 갖춘 계몽주의자라면, 자리는 프랑스인 누구에게나 열려 있다."

탄압하고 추방하는 것으로는 충분치 않았다. 때론 연합하고 유혹해야 할 때도 있는 것이다.

그는 주르당 장군에게 서한을 보냈다.

〈당신은 안개달 19일 동안 기분이 상해 있더군. 마침내 위기의 순간들은 지나갔소. 나는 아직도 플뢰뤼스의 승리자를 만나기를 열렬히 바라고 있소. 그가 조직과 진정한 자유, 행복의 길로 들어서기를 바라고 있소.〉

그는 안개달 이후 추방당했던 5백인 회의의 한 의원에게도 권유했다.

〈내게 오시오. 나의 정부는 젊음과 지성의 정부가 될 것이오.〉

군대의 통일성과 규율을 나라 전체에 심을 수만 있다면, 만사는 간단히 해결될 것이다! 그게 그의 확신이고 그의 능숙함이었다. 그는 말했다.

"프랑스 시민이라는 단순한 명칭이 왕당파, 클리쉬 왕당파, 자코뱅, 푀양파와 같은 수많은 명칭보다 더 값지다. 이것들은 지난 십 년간 민족을 나락으로 내몬 분파 정신이 초래한 결과다. 드디어 그 나락에서 영원히 빠져나올 시간이 도래했다."

그는 조제핀이 매일 망명귀족들을 만난다는 것을 알고 있었다. 조제핀을 통해, 그들은 망명자 목록에서 자기 이름이 지워지기를 바라는 것이다. 그들의 청원을 들어주기 위해, 그녀는 장관들과 교섭하는 한편, 몽모랑시, 세귀르, 클레르몽 토네르 등 여러 가문들과 폭넓은 교분을 쌓고 있었다. 그녀가 매일 아침 살롱에서 그들을 맞고 있다는 것도 알고 있었다. 나폴레옹은 개의치 않았다. 사람들이 그녀를 두고 왕당파라고 수군댄다고? 상관없다! 나라의 고삐를 쥐고 있는 사람은 나폴레옹 자신이었다. 게다가 그는 회유할 수 없고 돌이킬 수 없는 자코뱅들, 이 '무정부주의자들', 이 '배타주의자들'의 비판을 두려워하지 않았다. 그는 '자코뱅들의 시간은 지나갔다'고 판단했다. 프랑스는 공안위원회와 앙라제(과격파)들, 그리고 로베스피에르를 경험했다. 아직도 가끔 떠들어대기는 하지만, 자코뱅파의 위협은 허수아비에 불과했다.

자코뱅파에 비해 왕당파의 위협은 현실적이었다.

아직도 방데 지방에서 싸우고 있는 슈앙들에게, 나폴레옹은 무기를 내려놓는 것을 조건으로, 그들에게 대사면을 제안했다. 십일을 단위로 하는 혁명력이 통용되면서 이전의 일요일은 달력에서 제외되었다. 하지만 그는 일요일 미사를 허용했다. 그는 왕당파를 다른 인간들과 똑같이 다루어야 한다고 생각했다. 유혹하고 매수하는 한편, 그들을 위협하고 축소시켜야 하는 것이다.

12월 중순, 탈레랑으로부터 전갈이 왔다. 파리에 거주하는 왕당파 이드 드 네빌과 슈앙의 지도자 가운데 하나인 포르튀네 당디네가 나폴레옹을 만나고 싶어한다는 것이었다. 나폴레옹은 선뜻 만나겠다고 알렸다.

탈레랑이 앙시앵 레짐의 예를 갖추며, 그 두 인물을 데리고 들어왔다. 나폴레옹은 예의바르고 이해심 있는 인물로 처신했다.

그는 당디네와 네빌의 눈에서 놀라움을 읽었다. 두 왕당파는 귀족의 풍모를 과시하려고 꽤나 공들인 차림이었다. 그러나 나폴레옹은 의도적으로 평범한 복장을 선택했다. 푸른색의 튜닉을 입고 있었다. 몇 분이 지나자, 그의 태도가 변화했다. 그는 날카롭고 냉소적인 표정으로 물었다.

"당신들은 계속 왕에 관해 말하는군요. 당신들은 왕당파요?"

나폴레옹은 놀라지 않을 수 없었다. 여전히 왕을 추종하는 인간들. 어떻게, 자신을 위해 싸우는 충신들과 같은 배에 탈 만한 용기도 없었던 그런 왕을 계속 따른단 말인가? 칼을 빼든 적이 없는 왕이 무슨 소용이란 말인가? 그는 매듭지었다.

"나는 왕당파가 아니오."

그는 벽난로 쪽으로 다가서다가, 갑자기 당디네에게 몸을 돌리고 물었다.

"당신은 무엇이 되기를 원하오? 장군? 주지사? 당신과 당신 가족에게는, 원하는 대로 해주겠소."

일단 미끼를 던졌으면, 기다려야 한다. 그러나 두 인간은 유혹에 민감하지 않은 듯했다. 그렇다면 달래야 한다. 그들의 싸움을 이해하며, 종교적 자유를 복원할 준비가 되어 있다고 설득해야 했다.

"나 역시 훌륭한 사제들을 원하오. 그들을 복권시킬 것이오. 당신들을 위해서가 아닌, 나를 위하여……."

그는 이드 드 네빌에게 눈길을 던졌다. 당디네보다 더 교활해 보이는 인간, 그와 협력관계를 맺어야 했다. 나폴레옹은 다시 말을 이어나갔다.

"그건 우리 귀족들이 신앙심이 많아서가 아니오. 종교는 민중을 위해 필요하기 때문이오."

그들은 놀란 듯 입을 다물었다. 이제 그들을 위협할 차례였다.

"만일 당신들이 평화를 원하지 않는다면, 나는 십만 명을 데리고 당신들을 향하여 진군하겠소. 당신들이 지배하는 도시와 별장들을 불질러버릴 것이오."

그는 잠시 말을 멈추었다가 말투를 바꾸어 다시 말했다.

"지난 십 년 동안 프랑스는 너무 많은 피를 흘렸소."

그는 등을 돌렸다. 대담은 끝났다.

행동할 단계였다. 회유와 위협이 모두 성공하지 못했기 때문이다. 그렇다면 폭도들의 항복을 요구하는 수밖에…….

"이 순간부터 프랑스에서 무장 반란은 허용되지 않소. 믿음과 조국이 없는 자라면 무기를 들어도 좋소. 그런 배반자들은 외국의 첩자나 적의 도구로 이용당할 뿐이라는 사실을 명심하도록 하시오."

이 말을 뒷받침하기 위해서는 군대를 강화해야 했다.

1800년 1월, 첫번째 투항이 이루어졌다. 가장 완강한 슈앙 지도자 중 하나인 카두달이 2월 투쟁을 스스로 포기했다.

나폴레옹은 내심 기뻤지만 겉으로 드러내지 않았다. 그의 임무에선 아무것도 끝난 게 없음을 알고 있다는 듯한 표정이었다.

그는 일에 우선 순위를 정했다. 우선 지방 행정조직을 편성해야 했다. 여기에 들어가는 자금을 마련하기 위해, 그는 은행가들을 접견하는 자리에서 3백만 프랑을 대출받아야 했다. 또한 군대를 장악하고 장군들을 달래야 했다. 오주로와 특히 가장 능란하며 권위있는 모로 장군을 감시해야 했다. 그는 모로 장군에게 가장 큰 몫을 준비해두었다는 것을 알리기 위해 서한을 보냈다.

〈지금 나는 자유와 행복을 잃은 마네킹일 뿐이오. 당신의 행복한 운명이 부럽기 그지없소. 당신은 용감한 자들과 더불어 멋진 일을 하게 될 것이오. 나는 기꺼이 이 자줏빛 통령 제복을 내 명령을 받는 여단장 견장과 바꾸고 싶소.〉

모로는 쉽게 넘어갈 인물이 아니었다. 여우가 까마귀에게 던지는 것 같은 교활한 유혹이 아니었다.

푸셰의 보고에 따르면, 모로 장군은 왕당파들, 특히 조르주 카두달과 관계를 맺고 있었다. 나폴레옹은 이드 드 네빌과 당디녜를 맞았던 1층 집무실에서 공허함을 느꼈다.

문득 전투 전야에 온몸을 조여오던 격렬한 감정이 그리웠다. 인간과 인간 사이, 장교와 병사들 사이에 맺어지는 일체감, 하나가 되는 열정 속에서 장전하는 순간, 부하들과 함께 온몸으로 느끼던 그 불굴의 힘이 갑자기 그리워진 것이다.

다시 그것을 찾고 싶었다. 제1통령이 된 이후, 그는 그런 감동을 찾으려 애써보았지만 부질없는 짓이었다. 인간들을 서로 엮는 행정과 의무감으로 수행하는 통치 속에서 '일체감'을 좇는 일은 신기루를 보고 달려가는 일과 다름이 없었다. 헛된 일이었다.

그는 종종 군사적 문제로 돌아오곤 했다. 새로운 승리가 없다면,

누가 평화가 정착될 것이라 믿겠는가?

그가 지나갈 때마다 사람들은 외쳐댔다.

"보나파르트 만세! 평화 만세!"

군중이 외쳐대는 소리를 들을 때마다, 나폴레옹은 몸이 굳었다. 그들이 원하는 것은 평화였다. 그 역시 그렇다. 그러나 그것은 환상이 아니라, 현실적인 평화여야 했다.

그는 프랑스에 비교적 우호적인 프로이센 왕 프리드리히 빌헬름 3세에게 친서를 보냈다.

〈폐하의 번영과 영광을 충심으로 기원하는 바입니다.〉

그는 오스트리아 황제 프란츠 2세에게도 썼다.

〈헛된 영광을 멀리하는 본인의 첫번째 소원은, 피 흘리는 일을 막는 것입니다.〉

영국 왕 조지 3세에게도 썼다.

〈팔 년 전부터, 전쟁이 세계를 휩쓸고 있습니다. 전쟁은 계속되어야 하는 겁니까? 서로 친선을 도모할 방법이 없겠습니까?…… 프랑스와 영국은 서로 막강한 힘을 소모했음에도 불구하고, 아직도 대치하면서 민중에게 불행을 주고 있습니다. 그러나 감히 말씀드리는 바, 모든 문명화된 국가의 운명은 전 세계를 불사르고 있는 전쟁에 종지부를 찍는 것입니다.〉

평화!

탈레랑과 푸셰는 유럽의 여러 나라와 파리의 왕당파 조직에 첩보원들을 심어놓았다. 나폴레옹은 그 첩보원들이 보내오는 보고서를 책상 위에 올려놓았다. 런던과 비엔나에서는 그의 평화에 대한 욕망을 비웃었다. 피트*는 평화 정착의 유일한 방법은 파리에 왕

---

* 영국의 정치가, 1759~1806.

정을 복구시키는 것이라 단언했다. 그는 덧붙였다.

"제1통령은 모든 잔혹함이 저질러진 대혁명의 아들이며 주모자다."

그렇다면? 어떻게 해야 할 것인가?

군대를 재조직해야 했다. 정규군 이외에 예비군을 만들어 신속하게 각 전선에 배치할 수 있어야 했다. 그는 특히 병사들을 배려했다. 만사가 그들에게 달려 있기 때문이었다. 그들이 죽기를 받아들여야만 승리할 수 있었다. 그러기 위해서는 병사들이 지도자를 믿고, 언제나 지도자를 가까이에서 볼 수 있어야 하고, 무공을 세운 용감한 병사는 즉시 충분한 보상을 해주어야 한다.

척탄병과 기병대, 그리고 군악대를 위해, 나폴레옹은 눈에 잘 띄는 구별되는 상징들—총, 지휘봉, 트럼펫—을 만들라고 지시했다. 학사원의 한 위원이 그것은 "하찮은 허영심의 발로"라고 빈정거렸다. 나폴레옹은 그 위원을 응시하며 말했다.

"인간을 이끄는 것은 바로 그런 하찮은 허영심이오. 당신은 분석으로 인간을 싸우게 할 수 있다고 믿소? 결코 아니오. 분석 따위는 연구실에 처박힌 학자들에게나 좋을 뿐이오. 병사들에게는 영광과 훈장, 보상이 필요한 법이오."

조제핀은 두 명의 척탄병을 식탁에 맞이했다. 그들은 안개달 19일 생 클루 성에서 나폴레옹이 5백인 회의 의원들에게 둘러싸여 수모를 당하고 있을 때, 의원들을 밀쳐내며 그를 보호했던 군인들이었다. 점심식사가 끝나자, 그녀는 당시 단검에 제복이 찢겼던 척탄병 토메의 손가락에 일만 프랑짜리 다이아몬드 반지를 끼워주었다! 그리고 손에 입맞춤까지 해주었다.

이렇게 인간들과 함께 행동해야 했다. 보상하고 달래야 한다. 통령 호위대는 새롭고 요란한 제복을 맞춰 입었다. 호위대 대장은 카롤린 보나파르트와 결혼한 뒤라였다. 새 헌법에 대한 투표 결과가 발표되던 날, 호위대는 성대한 퍼레이드를 펼쳤다. 헌법은 찬성 3,011,007표, 반대 1,562표로 가결되었다. 기권표가 너무 많아 찬성 투표함에 표를 마구 채워넣어야 했다.

통치한다는 것은 그런 것이다!

부리엔이 투표 결과를 보고하자, 나폴레옹이 말했다.

"직접 눈을 보면서 말해야 해. 민중에게는 그게 제일이야."

그리고는 창문으로 다가가 뤽상부르 궁을 둘러싼 공원을 바라보며 덧붙였다.

"군대에서는 단순함이 중요하지. 그러나 대도시에서는, 정부의 지도자는 모든 방법을 동원하여 시선을 끌어야 해!"

그는 결정했다. 튈르리 궁으로 들어가기로 한 것이다.

1800년 2월 19일, 마차 행렬이 뤽상부르 궁을 출발했다.

포병대가 축포를 발사했다. 삼천 명의 군대와 군악대, 지휘봉을 휘두르는 지휘관들이 앞장섰고 여섯 마리의 백마가 끄는 통령의 대형 마차가 그 뒤를 따랐다. 나폴레옹이 올라탄 마차는 캄포 포르미오 조약 체결 당시 오스트리아 황제가 준 선물이었다. 나폴레옹은 황금으로 수놓은 붉은 제복을 입고 있었다.

수리중인 튈르리 궁으로 향하는 마차 행렬이 강변도로를 따라 달리며, 루브르 궁의 소문(小門)에 이르는 여정 내내 엄청난 인파가 환호를 올리며 물결쳤다.

"보나파르트 만세!"

나폴레옹의 행렬은 군대가 정렬해 있는 카루젤 광장에서 멈추었다. 마차에서 내린 그는 말에 올라 사열을 시작했다.

그는 고개를 들어, 대혁명 시절 세워진 위병소에 새겨진 문구를 읽었다.

〈1792년 10월 10일, 프랑스에서 왕권은 폐지되었으며, 다시는

일어서지 못하리라.〉

그는 분열을 시작하라는 신호를 보냈다. 깃발을 나부끼며 행진
하는 연대들이, 그가 서 있는 단 앞을 통과하며 경례를 올릴 때마
다 나폴레옹은 모자를 벗어 답했다. 지붕에까지 올라가 열병식을
구경하던 인파가 나폴레옹을 환호했다.

나폴레옹은 카루젤 광장을 뒤로 하고, 환호와 연호 속을 헤치며
튈르리 궁으로 들어갔다.

그는 루이 16세와 그 가족이 살았던 2층을 쓰기로 결정했다. 조
제핀은 1층에 거처를 정했다.

그는 뢰드레르와 함께 방들을 둘러보았다. 매우 넓은 공간이었
지만, 어딘지 음울한 분위기가 풍겨났다. 뢰드레르가 말했다.

"각하, 왠지 서글프군요."

"그렇소, 영광처럼."

뢰드레르가 나가자, 나폴레옹은 홀로 커다란 방 안에서 서성였
다. 다시 한번, 공허감이 엄습해왔다. 그는 조제핀의 방에 들어가,
침대 발치에 서 있는 그녀를 보고 불꽃처럼 치솟는 유쾌함을 맛보
며 말했다.

"자, 귀여운 당신, 당신의 옛 주인이던 왕들의 침대에 누워보구
려."

그러나 조제핀은 웃지 않았다. 그녀가 무언가 말하려 하자, 그
가 말을 막았다. 왕들의 기억에 대한 그녀의 두려움은 들어봐야
전혀 이로울 게 없었다. 그는 그녀의 두려운 예감까지 듣고 싶지
는 않았다.

나폴레옹은 감회가 새로웠다. 그가, 다름아닌, 여기 튈르리 궁
에 있다. 1792년 8월 10일, 그는 성난 하층민들로 아수라장이던
이 궁전의 방들을 둘러보았다.

그로부터 채 팔 년도 지나지 않았다.

162

다음날 아침 일찍, 그는 부리엔과 함께 천천히 디안 회랑을 둘러보았다. 그곳에는 데모스테네스(아테네의 정치가)에서 브루투스, 카이사르에서 워싱턴, 프리드리히 2세*에서 미라보에 이르기까지, 그가 가장 존경하는 위인들의 흉상이 전시되어 있었다. 그는 각 인물의 얼굴 앞에서 걸음을 멈췄다.

문득 어제 있었던 분열행진 장면이 떠올랐다. 카루젤 광장에서 군대의 깃발들을 향해 그가 모자를 벗었을 때, 군중은 미친 듯 열광했다. 그는 부리엔에게 말했다.

"민중의 환희는 진정한 것이었어. 더구나 여론의 위대한 열기와 주가의 상승을 보게. 안개달 17일엔 11프랑이던 것이, 오늘은 21프랑으로 뛰었어! 덕분에, 자코뱅들이 짖어대도록 내버려둘 수 있게 되었지. 그래도 그들이 너무 크게 떠들도록 해서는 안 돼."

그는 다시 걸음을 옮겼다. 알렉산더, 다음에는 한니발, 그리고는 카이사르의 흉상 앞에 서서 꼼짝 않고 서 있던 그가 입을 열었다.

"부리엔, 튈르리에 있는 게 전부 다는 아니야. 어떻게 있느냐보다 얼마나 오래 머무느냐가 더 중요해."

창가에 바짝 다가간 그는 카루젤 광장의 8월 10일 기념비를 내려다보며 중얼거렸다.

"그때, 이 궁전에 들어와보지 않은 자가 있었던가? 강도들, 국민공회파들, 모두가 들어왔었지."

그는 두 팔을 크게 벌렸다. 바로 저기 부리엔의 형 집 창에 서서, 튈르리 궁전이 포위되는 것을 보았다. 그리고 루이 16세는 처형당했다. 그는 독백처럼 내뱉었다.

"그들이 밀려오겠지!"

---

* 독일의 황제, 1212~1250.

12
운명은 또다시 무기의 힘에

나폴레옹은 밤을 좋아했다. 어둠 속에서는 시간이 무한대로 확장되는 듯했다. 튈르리 궁을 에워싸는 침묵의 어둠 속에서, 그는 새벽부터 자신의 목을 조이던 커다란 손이 서서히 풀려나가는 듯한 해방감을 만끽했다.

이집트에서 데려온 맘루크인 루스탐이 불 속에 장작들을 던져넣고 있었다. 그에게는 벽난로의 이 열기가 필요했다. 낮 동안 파고들었던 냉기를 쫓아내야 했다. 그는 추위를 많이 탔다. 외출할 때면, 회색 프록코트의 두 깃을 여며 가슴을 가려야 했다. 몸이 너무 야위어 추위에 대한 저항력이 많이 떨어져 있었다. 오늘 아침에도 비서가 신문을 읽어주는 동안, 그는 집무실에서 이를 부딪치며 덜덜 떨었다. 그는 영국과 독일 신문들을 탐독했다. 프랑스 신문은 쳐다보지도 않았다. 프랑스 신문 기사는 그가 직접 구술하는 경우가 많기 때문이었다!

그는 신문 읽기를 잠시 멈추게 하고, 비서에게 말했다.

"매우 춥군. 부리엔, 내가 얼마나 말랐는지 알겠어? 나는 마흔 살이 되어도, 대식가가 되고 비만해질 것 같지 않아. 물론 체형은 바뀌겠지. 그래도 나는 운동을 많이 하는 편이야. 하긴 그때엔 변화가 올 수도 있겠지."

그는 루스탐이 데운 뜨거운 물이 가득한 욕조에 들어가 길게 누웠다. 눈을 감았다. 온몸이 뜨거운 물에 잠기자 뭉쳤던 근육들이 차츰 풀리기 시작했다. 노기와 감정이 솟을 때면 긴장되는 오른쪽 어깨의 근육도 풀려나갔다. 낮 동안 정지됐던 신경들이 다시 활동하는지 어깨가 욱신거렸다.

물은 또한 대낮에 기승을 부리는 염증과 가려움증을 진정시켰다. 어떤 때에는 외국에서 오는 편지 한 통 때문에 분노가 치솟기도 했다. 예컨대 영국의 피트나 오스트리아에서 보내온 고집불통의 편지가 그렇다. 모로 장군의 편지도 그의 신경을 자극했다. 모로는, 신중해야 한다는 명분하에 오스트리아를 따돌리기 위한 스위스 공격작전을 비판했다. 모로가 주장하는 것은, 라인 전선의 정면 공격이었다. 아직은 모로를 비판하거나 뭉갤 때가 아니었다. 많은 장교들과 관계를 맺고 있는 그의 명성은 확고했다. 무릇 무기를 든 인간들을 지배하는 자들을 다룰 때는 늘 신중해야 했다. 이것은 철칙이었다.

욕조에 누워 나폴레옹은 지나간 하루를 돌이켰다.

오늘 오전이 끝나갈 무렵, 그는 경찰에서 올라온 보고서를 읽고, 답장으로 보내야 할 각종 편지에 서명했다. 곧이어 강령과 교시를 구술한 다음, 지도들만 모여 있는 방으로 들어가 전군의 이동과 보급 상황을 점검했다.

영국과 오스트리아 첩자들을 속여야 했다. 첩자들로 하여금, 현재 디종에서 구성되고 있는 예비군대는 전투부대를 창설하기 위한 미끼일 뿐이라고 믿게 해야 했다. 예비군대에 대하여 대대적인 선전활동을 펼치면, 첩자들은 예비군대를 통하여 실은 전투부대를 조직할 것이라는 판단을 내리게 되리라.

예비군대와 전투부대의 관계에 대해, 나폴레옹은 다른 두 통령에게 아무 말도 하지 않았다. 그가 참석했던 국가참사원에서도 언급하지 않았다. 의회를 좋아하지 않는 캉바세레스는 국가참사원이 너무 큰 힘을 가지지 않을까, 그게 반대파의 본거지가 되지 않을까 두려워했다. 젊고 잘생긴 자들만 좋아하는 캉바세레스는 본질적으로 인간을 몰랐다. 하긴 나폴레옹 자신도 인간의 정신보다는 육체에 끌리는 것은 사실이었다.

인간들을 길들이기 위해서는, 그들을 타락시키는 것만으로도 충분하다. 이것은 정확한 표현이다. 그렇지 않은가. 나폴레옹은 말했다.

"나는 국가참사원에 여러 유형의 인간들을 가둬놓았어. 나는 그들을 잘 대접해줄 생각이야. 시간이 좀 흐르면, 이 유명한 자리는 출세를 원하는 모든 인간들의 목표가 될 거라구."

법제심의원에도 떠벌이들이 몇 명 있어 설쳐댔다.

"지금 이곳을 지배하는 우상은 겨우 십오 일 동안 지배하는 우상일 따름이다. 15세기 동안 지배할 진정한 우상은 어디 있는가?"

방자맹 콩스탕* 같은 이들은 '굴종과 침묵의 체제'라고 비판하고 나섰다.

그런 말을 내뱉은 자들은 얼마 안 가서 비겁하게도 둘러대며 변

---

* 프랑스의 작가, 1767~1830.

명하기에 바쁠 것이고, 그러면서 소문의 불씨는 사그러들고 말 테지만, 의식의 표면을 날카롭게 자극하는 그 비난의 말들은 그의 내면으로 스며드는 평온을 깨뜨리기에 충분했다. 그는 이런 말들을 상기시키던 참모에게 내뱉었다.

"그 변호사 녀석들의 귀를 잘라버리고 말겠어."

그러나 그는 분노를 억눌렀다. 감정을 마구 드러내는 것은 그가 원하는 진정한 행동 방식이 아니었다.

그는 욕실에서 나왔다. 루스탐이 식탁 시중을 들고 있는 두 명의 에티오피아 시종의 도움을 받으며 그의 몸의 물기들을 닦아주었다.

그는 조제핀의 방으로 내려갔다.

그녀에게 돈 문제에 관해 말해야 했다. 그녀가 대접할 줄 안다는 것은 사실이었다. 그러나 보석과 장신구, 모자, 가구, 골동품을 수집하고 연회를 베푸느라 그녀는 미친 듯이 빚을 지고 있었다.

그는 그녀가 구입한 말메종 별장을 좋아했다. 뤼에유 근처에 있는 그 별장은 늘 우아하게 정돈되어 있었다. 그는 토요일 정오에서 월요일 정오까지 그곳에 머물렀는데, 보통 이십 명 이상이 주말 만찬을 즐겼다. 어떤 때는 손님이 백 명이 넘는 경우도 있었다. 조제핀의 빚이 일백만 프랑이 넘는다는 것은 어찌보면 당연했다. 아니, 그 배가 넘을지도 모른다! 그는 경찰 보고서와 부리엔을 통해, 그리고 소문을 들어 그 사실을 알았다.

그는 부리엔에게 60만 프랑을 가지고 조제핀의 부채를 청산하라고 지시했다. 채권자들이 조제핀의 부채 액수를 과장했을 수도 있었다. 그러나 빚을 갚으면, 조제핀은 다시 시작할 것이다. 그건 분명했다. 미래를 준비하기 위해, 그녀에게는 돈이 필요했다. 그녀에게 돈이 없다면, 권력을 쥐고 있다는 게 무슨 의미가 있겠는가? 권력, 그것은 돈이었다. 그러나 제1통령은 연봉 50만 프랑을 받고, 다른 두 통령은 15만 프랑을 받을 뿐이다. 통령 공관의 예산은 연 60만 프랑이었다.

윗옷과 바지 한 벌을 사는 데 32프랑, 말 한 필에 3프랑이었다. 하루 노동 임금이 1~2프랑이고, 사단장의 연봉은 4만 프랑이었다. 이 물가와 임금에 비추어볼 때, 나폴레옹의 연봉은 엄청난 액수로 보이지만, 명령하는 사람과 복종하는 사람 사이에 평등은 있을 수 없었다. 나폴레옹은 중얼거렸다.

— 모두가 부유해졌는데, 나만 재산을 축적하지 못했단 말인가?

그는 가족들을 떠올렸다. 라플라스의 후임으로 내무장관에 임명된 동생 뤼시앵은 수많은 거래에 끼어들어 풍문의 표적이 되고 있었다. 그를 멀리 보내야 했다. 국가참사원에 속해 있는 형 조제프는 가족 재산을 관리하며, 모르트퐁텐의 호화로운 성과 영지에 살고 있었다. 그곳에서 뮈라와 카롤린이 결혼식을 올렸다. 뮈라는 로셰 가에 가브리엘*이 건축한 우아한 저택을 가지고 있다. 폴린과 그녀의 남편 르클레르 장군은 빅투아르 가의 저택에 정착했고, 어머니 레티지아 보나파르트는 투자 방법을 조언하는 은행가들에 둘러싸여 지냈다.

— 나의 가족은 이렇다. 내게는 가족에게 이만한 일은 해주어야 할 의무가 있다. 가족은 나의 근본이다. 가족은 사물들의 질서 속에 들어 있다. 가난과 비참함처럼, 지성과 멍청함처럼, 명령할 권리와 복종할 의무처럼.

— 귀족계급을 수용해야 할까? 그래야 할 것이다. 다만 귀족계급이 재능을 지니고 있다는 조건하에서, 모두가 노력과 용기, 지

---

* 프랑스의 건축가이며 장식미술가, 1698~1782.

식으로 엘리트 그룹에 속한다는 조건하에서만 받아줄 수 있다. '용해'를 이루어야 한다. 이것은 내가 사용하는 용어다. 앙시앵 레짐이라는 예전의 프랑스와 대혁명에서 태어난 새로운 프랑스 사이에 용해를 이루어야 한다. 그리고 나는 바로 그 용해다, 나는 민족적이다.

1800년 2월 25일, 외무장관 탈레랑은 뇌이이에 있는 그의 별장에 손님들을 초대하고 화려한 저녁만찬을 베풀었다. 깡마른 체구에 눈빛이 형형한 나폴레옹은 생 제르맹 교외의 귀족들 사이를 오갔다. 비평가이자 번역가인 라아르프는 시를 낭송하고, 앵크르와야블(멋쟁이 왕당파)들의 지도자였던 가라*는 한창 인기를 끌고 있는 가수 왈본 부인과 함께 노래를 불렀다. 수백 개의 촛불이 밝혀져 있는 방들, 각종 금은 장식들이 빛을 발했다. 나폴레옹은 바르베 마르부아, 쿠아니 기사, 라 로슈푸코 리앙쿠르 등, 루이 16세의 옛 측근들을 훑어보았다. 슈앙들에게 무기를 버리고 투항하라고 설득하며 협상을 벌이고 있는 베르니에 사제도 눈에 띄었다.

— 왕당파들이여, 오해해서는 안 된다! 그대들이 권력과 결합하는 것이지, 권력이 그대들과 결합하는 것은 아니다!

슈앙의 지도자 프로테가 브륀 장군의 군대에 잡힐 때에도, 통행허가증이 그를 보호해주지는 못했다. 나폴레옹은 썼다.

〈그 불쌍한 프로테는 무기를 버리기보다 체포되기를 원했소.〉

그가 펜을 들면 망설임이 없었다.

〈현재로서는, 그는 총살당해야 마땅하오. 그래야 노르망디 지방이 안정될 것이오.〉

거의 매일 오륙 명의 슈앙들이 처형당했다.

---

* 프랑스의 정치가이며 이론가, 1749~1833.

복종을 원하지 않는 자들에게는 철퇴를 가해야 했다. 푸셰의 보고에 따르면, 말메종 도로 부근에선 테러와 납치 기도가 끊이지 않았다. 나폴레옹은 폭도들에 관한 보고서를 읽으면서 중얼거렸다.

"아직은 내가 죽을 때가 아니다."

땅거미가 질 무렵이면, 나폴레옹은 부리엔만을 데리고 파리 시내로 산책 나가곤 했다. 회색 프록코트 차림에 둥근 모자를 푹 눌러쓴 그는 갖가지 물건들을 사면서, 제1통령을 비판하는 시민인 척하며 사람들에게 말을 건넸다. 그들의 반응을 듣는 일은 즐거웠다.

3월 어느 날 저녁, 그는 마차를 타지 않고 '사비나 사람들'이 공연중인 이탈리아 극장에 갔다. 극장 안팎에 통령 경호대가 무기를 들고 배치되어 있었다. 나폴레옹은 짐짓 행인인 체 가장하고 경호대원에게 다가가 왜 병력이 배치되었는지 물었다.

제1통령을 기다린다는 대답에, 그는 빈정대듯 내뱉었다.

"별것 아닌 일로 소란을 다 피우는군."

누군가 "저 사람을 체포하라"고 소리칠 때에야, 그는 신분을 밝혔다.

그는 자신의 목숨을 두려워하지 않았다.

뢸르리의 한 살롱에서, 그는 왕당파의 거물이자 슈앙의 불굴의 투사인 조르주 카두달을 맞았다. 그와는 두번째 회담이지만, 이번에는 독대로 진행되었다. 첫번째 회담 때는 슈앙들을 회유하려는 생각으로, 방데 지방의 다른 지도자들과 함께 카두달을 만났었다. 나폴레옹은 생각했다.

─조르주 카두달? 브르타뉴 거한. 자신의 목을 조르고, 자기 머리에 총을 내갈길 수 있는 광적인 인간.

나폴레옹은 카두달을 회유하고 무장해제시켜서, 군대의 지휘관

170

으로 삼고 싶었다. 카두달은 나폴레옹 호위대 내부에까지 파고들고 있었다. 옆구리께에 방데의 단도(短刀) 위협을 계속 받으니, 그를 장군으로 영입해 이용하는 게 훨씬 현명한 일이었다. 더구나 오스트리아 군대가 다뉴브에 집결하여, 이탈리아와 라인 전선으로 진군하고 있지 않은가?

카두달은 격한 표정으로 자리에서 일어나, 그 거대한 몸집을 흔들며 성큼성큼 살롱 안을 거닐었다.

만일의 경우 신속하게 뛰어들기 위해서, 참모들은 문을 반쯤 열어놓았다.

그러나 나폴레옹이 무엇 때문에 이 거한을 두려워하겠는가? 사자를 길들이는 자는 사자를 경계하되, 사자 앞에서 떨어서는 안 되는 법.

신경의 모든 현을 건드리며, 인간은 누구나 맹목적인 정열로 권력을 탐한다는 사실을 발견케 해야 했다. 그러나 카두달은 거두어들일 수 없는 적이었다. 좋다. 나폴레옹은 결론지었다.

"당신은 세상을 잘못 보고 있소. 어떤 타협도 원하지 않다니, 당신은 틀렸어. 그러나……."

마지막으로 한 번의 기회는 남겨두어야 했다. 나폴레옹은 말했다.

"굳이 고향으로 돌아가겠다고 고집한다면, 당신은 파리에 올 때처럼 자유롭게 돌아갈 수 있소."

나폴레옹은 푸셰에게 그 거한을 미행하고 왕당파들을 감시하라고 명했다. 아울러 그들이 영국과 공모하여 꾸미는 음모를 말살하라는 지시를 덧붙였다.

— 나를 암살한다? 아니면 나를 왕정 복구자로 만들려 애쓴다?

나폴레옹의 입가에 차가운 웃음이 스쳐 지났다.

조제핀과 그녀의 딸 오르탕스는 그에게 하루도 빠짐없이 망명귀족들에 관해 이야기를 꺼냈다. 망명귀족 리스트는 1799년 12월 25일 결정되었다. 그날 이후, 망명귀족이 프랑스로 귀환하기 위해서는 무엇보다도 리스트 말소 허가를 받아야 했다. 조제핀은 몇몇 망명귀족의 이름을 들먹이며 그들을 도우려 애썼다. 나폴레옹은 더이상 참지 못하고 폭발했다.

"이 여자들이 미쳤군! 생 제르맹 교외 구역이 여자들을 이상하게 만드나. 두 모녀가 왕당파를 돌보는 천사가 되었어. 그래도 상관없겠지. 난 원망 안 해."

1800년 3월 어느 날, 탈레랑이 나폴레옹에게 편지 한 통을 내밀며 말했다.

"제가 받은 편지인데, 여러 사람 손을 거쳐 온 것입니다."

장관은 초연한 표정으로 미소짓고 있었다.

나폴레옹은 편지를 뜯어 훑어보았다. 루이 18세라는 서명을 보는 순간, 그는 불끈 오기가 발동했다. 이제 튈르리 궁에 사는 것은 바로 자신이 아닌가? 그리고 왕은 망명중이었다. 왕이 그에게 애걸하고, 신하처럼 아부하고 있었다.

〈외면상의 행동이 어떠하든, 당신 같은 분들은 결코 짐의 근심을 불러일으키지 않습니다.〉

나폴레옹은 편지에서 눈을 떼고 탈레랑을 바라보았다. 분명 봉해져 있는 서한이었지만, 혹시 그가 이 편지를 읽은 것이 아닐까? 루이 18세의 편지는 계속 이어졌다.

〈당신은 빛나는 자리를 수락했습니다. 그리고 짐은 그 점에 대해 감사를 드립니다. 그 누구보다 당신은 위대한 국가를 행복하게 만들기 위해서는, 얼마나 강한 힘과 권력이 필요한 것인지를 잘 알고 있습니다.〉

단숨에 나폴레옹은 다음 문장들을 읽어나갔다.

〈프랑스를 발광 상태에서 구해내십시오. 그러면 당신은 내 가슴 속의 가장 큰 소망을 완성하는 것입니다. 그리고 프랑스에 왕을 돌려주십시오. 그러면 미래의 후대들은 당신을 기억하는 것을 큰 축복으로 여길 것입니다. 당신은 프랑스에 없어서는 안 될 인물이 될 것입니다. 짐은 중요한 자리로써, 조상과 나 자신의 빚을 갚아 드릴 것입니다.〉

나폴레옹은 웃고 싶었다.

왜, 무엇 때문에 일인자 자리를 양보하고, 왕 다음가는 이인자가 되어야 하는가? 왕조는 엎어졌다. 왕조라는 과거를 제외한다면, 지금 왕에게 남은 무기는 아무것도 없었다.

그는 탈레랑에게 편지를 내밀었다. 당장 답장을 쓰고 싶었지만, 그는 미루어두었다. 지금은 하루빨리 평화를 정착시키기 위해 전쟁을 치러야 하는 국면이었다.

1800년 3월 17일, 제1통령 집무실에 붙어 있는 지도실에서, 나폴레옹은 이탈리아 지도를 펼치게 했다. 그는 의자에 깊숙하게 앉아 세부 사항들을 골똘하게 생각하며, 그때마다 지도 여기저기에 검고 붉은 핀들을 꽂아놓았다.

알렉산드리아에 사령부를 설치한 오스트리아의 멜라스 원수는, 제노바에서 저항하는 프랑스 장군 마세나를 포위하고 있었다.

나폴레옹은 손가락으로 지도 위의 여러 핀들을 연결하는 선을 그리며 말했다.

"디종에 집결한 예비군대를 이끌고, 그랑 생 베르나르 고개를 지나 알프스를 넘는다. 그리고는 평원에서 멜라스를 격파해야 해."

그는 지도에서 눈을 떼지 않고 말했다.

"바로 여기, 산줄리아노에서."

부리엔은 몸을 숙이고 산줄리아노 옆에 위치한 도시의 이름을 읽었다. 마렝고.

신속하게 행동해야 했다. 시간은 항상 부족한 법이다. 나폴레옹의 계획은 제노바에서 벌어지고 있는 마세나의 저항전과 모로의 승리를 이용하는 것이었다. 너무 신중해서 탈이지만, 모로는 라인 강 도하에 성공했다.

1800년 5월 5일, 나폴레옹은 집무실을 빙빙 돌면서, 창가 책상에 앉아 있는 비서에게 구술했다. 모로에게 보내는 편지였다.

〈장군이 오스트리아 군을 격파했다는 승전보를 들었을 때, 나는 제노바를 향해 떠나고 있었소. 영광이오, 대단한 영광이오! 이탈리아 관할군의 처지는 비관적이오. 제노바에 갇힌 마세나 부대는 초원달(프레리알. 그레고리력 5. 20~6. 18) 5일이나 6일이 지나면 군량이 바닥날 것이오. 멜라스의 군대는 많이 약화되긴 했지만, 아직도 상당한 것으로 보입니다. 진정한 경의를 보냅니다. 보나파르트.〉

그는 마지막 명령을 내렸다. 파리를 떠난다는 것은 온갖 야망들이 준동할 수 있는 기회를 제공한다는 것을 의미했다. 그것은 새로운 도전이었다. 만일 승리한다면, 그의 권력은 공고해지리라. 그러나 그가 패배한다면…….

그는 조제프를 불러, 자신이 원정 나가 있을 동안 모든 재산 관리를 맡아달라고 부탁했다. 조제프가 무슨 말인가 꺼내려 했다.

"내가 바라는 것은……."

그는 형의 말을 잘랐다. 그가 어찌 조제프의 소망을 모르겠는가? 조제프는 그의 후계자로 임명되고 싶어했다. 그러나 아직은 때가 너무 일렀다.

조제프가 엉거주춤하고 있는 사이에 푸셰가 집무실로 들어왔다. 그는 영국의 책략과 자코뱅의 음모를 보고하면서 단언하듯 말했다.

"파리에서는, 만사가 평온할 것입니다."

─십 년 전부터 포기와 복귀, 배반과 비열함으로 얼룩진 삶을 살아온 인간들을 믿으라구? 누가 믿을 수 있단 말인가? 이들은 승리의 힘 앞에서만 충성을 맹세하는 인간들이다. 미래는 또다시 무기의 운명에 달려 있다. 미래의 모든 것이 나에게, 그리고 운명의 신에게 달려 있는 것이다.

5월 5일 저녁, 나폴레옹은 오페라 극장에 갔다. 파리 시민들은 모로 장군이 슈토카흐에서 승리했다는 소식을 알리는 게시문을 읽고 있었다. 극장의 관객들은 오랫동안 그에게 기립박수를 보냈다. 나폴레옹은 얼마 후 극장을 떠났다.

5월 6일 새벽 두시, 나폴레옹은 디종으로 향하는 역마차에 몸을 실었다. 그곳에서 예비군대가 그를 기다리고 있었다.

13
알프스를 넘어서, 나는 어디까지 갈 수 있을 것인가

도로는 텅 비어 있었다. 역마차는 상스와 아발롱을 향해 전속력으로 달렸다. 나폴레옹은 열려져 있는 유리창 밖으로 머리를 내밀고 심호흡했다. 숲의 향기가 가득한 싱그러운 공기가 좋았다. 부드러운 5월의 날씨. 하루가 다르게 무성해지는 녹색의 나뭇잎들이 햇빛을 힘껏 빨아들이고 있었다.

마주 앉은 부리엔과 뒤로크는 편지들을 내밀고 답장에 서명을 받고 싶어했지만, 그는 못 본 체했다. 그에게 여행의 첫 시간은 몽상하는 시간이었다. 방해받고 싶지 않았다. 그는 경작지와 마을들, 퐁텐블로 숲속으로 곧게 뻗어 있는 가로수길을 바라보았다. 그 길에 말들이 다니고 있었다. 역마차는 부리엔 집에서 점심을 먹기 위해 상스로 들어가고 있었다. 멀리 장엄하고 힘차게 솟은

대성당과 아기자기한 집들의 지붕이 이루는 풍경이 한눈에 들어
왔다. 아름다웠다. 나폴레옹은 감탄했다.

"아름다운 프랑스!"

삼십 분쯤 지나, 점심을 들면서도 그는 반복했다.

"아름다운 프랑스, 아! 프랑스를 다시 보게 되겠지. 그때는 또
얼마나 기쁠까?"

점심식사를 마치자마자, 역마차는 아발롱을 향해 출발했다. 오
늘 밤은 아발롱에서 묵을 것이다. 쾌청한 날씨였다. 뜨겁게 느껴
질 정도로 강렬한 태양빛을 받으며, 그는 속삭이듯 말했다.

"우리를 비추는 이 태양은 로디와 아르콜레에서도 우리를 비추
어줄 거야."

이탈리아는 그가 첫 승리를 거둔 땅이었다. 첫 승리보다 잘했으
면 잘했지, 그때보다 못한다는 것은 있을 수 없는 일이었다.

"사 년 전, 나는 형편없는 군대를 가지고 사르데냐와 오스트리
아 대불동맹군을 격파하지 않았는가."

어둠이 내리기 시작하자, 졸음이 엄습했다. 그는 역마차의 흔들
림에 몸을 맡긴 채 중얼거렸다. 자신은 그리스에 모든 것을 준 알
렉산더와 같은 인물이라고. 그러므로 그 역시 프랑스에 모든 것을
주겠노라고.

그는 말을 이었다.

"알렉산더는 서른세 살에 죽었지만, 얼마나 대단한 이름을 남겼
는가!"

나폴레옹, 그는 밀라노와 카이로, 그리고 파리를 점령했다. 지
금 그는 제1통령이다. 만일 이탈리아에서 패한다면, 후세는 그에
대해 무엇을 기억할까?

저녁 일곱시 반, 아발롱에 도착한 그는 거의 자정까지 우편물들
을 훑어보았다. 그리고는 다음 일정을 지시하고 잠자리에 들었다.

이튿날 새벽, 역마차는 디종을 향해 출발했다.

디종으로 향하는 도로는, 행군하는 부대들로 북적대고 있었다. 그를 알아본 병사들이 환호했다.

디종에서 예비군대를 앞에 두고 긴 연설을 한 다음, 그는 옥손으로 향했다. 소위 시절의 추억이 서린 곳…… 젊은 날의 실루엣들이 스쳐갔다. 포병대 지휘부를 방문한 그가 들뜬 목소리로 말했다.

"여기가 내가 수없이 복권놀이를 하던 방이야."

그날들 이후 그리 많은 세월이 흐른 것은 아니었지만 수많은 사건들이 있었다. 지나간 사건들이 한꺼번에 떠올라 그는 잠깐 현기증을 느꼈다. 그는 옥손의 추억들을 접어두고 서둘러 길을 떠났다.

쥐라 산맥의 고원으로 오를수록 기온은 더욱 낮아지고 어둠은 짙어갔다. 그의 마차는 줄곧 행군대열의 선두를 이끌었다.

모레즈의 모든 집들은 불을 환하게 밝히고, 나폴레옹을 환영했다. 마차가 광장에 멈추자 시장이 영접하며 말했다.

"제1통령께서 한 말씀 들려주십시오!"

인파가 몰려들어 외쳤다.

"보나파르트 장군님, 쥐라의 선량한 백성들은 장군을 보기 원합니다! 정말 당신이 보나파르트 장군님 맞습니까? 우리에게 평화를 주시는 겁니까?"

이같은 호의는 무시할 수 없었다. 그는 손을 들어 "그렇소, 그렇습니다"라고 대답하고, 모레즈를 떠났다.

1800년 5월 10일, 나폴레옹은 제네바에서 네케르를 만났다. 1789년, 프랑스에서 권력의 일부를 장악했던 인물! 나폴레옹은 그의 말을 들으며 그를 관찰했다. 그저 그런 인물일 뿐이다! 이론가이며 은행가! 이 정도의 인물이었으니, 어떻게 왕정을 구해낼 수 있었겠는가?

─나는, 이들과는 전혀 다른 기질을 갖고 있는 나는 어디까지 갈 수 있을 것인가?

그는 야심과 확신을 새삼 확인하고, 자신감을 느꼈다.

회견이 끝나자마자, 그는 명확하게 명령했다.

"란 장군은 그랑 생 베르나르 고개를 치고 올라가, 그 고개와 마주하고 있는 라도라 발테아 계곡과 바르 요새를 공격하고, 그 너머에 있는 이브레아 요새를 점령하라."

늦어도 5월 15일 이전에 고개를 넘어야 했다.

선택은 이미 정해진 것. 도전을 이겨내야 했다.

생 베르나르 고개는 해발 2,472미터에 위치해 있는 험준한 지형이었다. 게다가 며칠 전에 다시 폭설이 내렸다. 얼어붙은 좁은 길들이 절벽을 에둘러가고 빙하를 따라 오르내렸다. 대포들은 분해하여 포신과 부속품들을 썰매 위에 싣고 오로지 인력으로 끌고 가야 했다. 그러나 일단 나폴레옹의 군대가 한니발의 군대처럼 이 고개를 넘기만 하면, 오스트리아 멜라스 원수의 후위를 공략할 수 있으리라. 멜라스 군대는 제노바의 저항으로 발이 묶인 상태였다. 멜라스 군대를 격파하면, 밀라노와 피에몬테를 장악하는 것은 시간 문제였다.

모로 장군에게 편지를 써야 했다. 1만 5천의 병력을 동원해 알프스 산맥의 다른 고개들을 장악해줄 것을 요청해야 했다. 모로에게 편지를 쓰던 나폴레옹의 손은 잠시 망설였다. 언제까지 모로에게 의존해야 할 것인가? 모로는 질투심과 애매한 태도 때문에 의심을 사고 있지 않은가? 그런 의심스런 인간에게 맡겨도 괜찮은 것일까? 지도자는 신속하고 충성스런 집행가들을 필요로 한다. 자신의 이익만 생각하는 인간은 필요없다.

하지만 그는 편지를 이어나갔다.

〈작전이 신속하고 단호하게 이루어지고, 장군에게 그럴 마음만 있다면, 이탈리아와 평화는 우리의 것이오. 나는 이미 장군에게 충분히 그 점을 설명했소. 공화국의 번영에 대한 열정과 나에 대한 장군의 우정을 믿는 바이오.〉

5월 20일, 나폴레옹은 스위스의 마르티니에 도착했다. 란의 군대는 군악대를 앞세우고 북을 울리며, 짙은 안개와 눈보라가 교차하는 악천후를 헤치며 고개를 넘었다. 병사들의 군화는 알프스의 얼음에 찢기며 앞으로 나아갔다. 가쁜 숨을 내쉬는 병사들은 목에 꽃장식처럼 매단 비스킷을 조금씩 갉아먹으며, 알프스의 가슴팍을 타고 올랐다. 란 장군이 말했다.

"계곡 한가운데 솟은 봉우리에 위치한 바르 요새는 난공불락입니다. 우회작전을 펴야 합니다. 적군은 대포를 발사하며 아군의 전진을 위협할 겁니다."

여덟시, 나폴레옹은 파란 상의와 하얀 바지와 조끼를 입고, 그 위에 회색 프록코트를 걸친 다음 방수용 모자를 푹 눌러 썼다. 칼을 차고 채찍을 챙긴 그는 말에 뛰어올라 부르 생 피에르까지 달렸다. 그곳에서 안내자가 노새를 준비해놓고 있었다. 말에서 내린 나폴레옹은 노새 잔등에 올랐다. 하늘은 잔뜩 찌푸려 있었다. 노새의 걸음걸이가 너무 느려서일까. 그는 알프스 준령에서 머나먼 곳, 두고온 곳, 승리를 쟁취해야 할 곳, 반드시 돌아가야 할 곳을 떠올렸다. 파리에서는 무슨 일이 있을까? 마세나는 제노바에서 과연 며칠 동안이나 버틸 것인가? 시간은 초조하게 흘러갔다. 바르 요새, 아군의 잔등에서 위협을 가하는 이 요새를 공격하여 장악할 수 있을 것인가?

수백 길 벼랑의 중턱으로 타고 가는 길은 좁고 미끄러웠다. 가끔 돌풍이 계곡 아래에서 치고 올라왔다. 알프스의 하늘은 검은 잿빛을 띠고 있었다. 그때였다. 노새가 삐끗하면서 왼쪽 뒷발을 헛디뎠다. 순간, 상념에 잠겨 있던 나폴레옹의 몸이 드랑스 계곡 쪽으로 기우뚱했다. 노새를 끌고 가는 안내자가 간신히 그를 붙들었다. 나폴레옹은 드랑스 계곡을 내려다보았다. 까마득한 심연이었다.

　―죽음이 다시 한번 나를 스쳤다.

　높이 솟아 있는 둥근 지붕이 보였다. 어두운 회색빛 돌로 지어진 오래된 수도원이었다. 예배당과 작은 도서관이 있었고, 수세기 전부터 죽음을 안치해온 납골당도 있었다. 수도원 내부도 몹시 추웠다. 나폴레옹이 고대 로마 역사가인 티투스 리비우스의 책을 뒤지며 한니발이 알프스를 넘은 대목을 찾고 있는 동안, 수도사들은 절인 소고기를 삶은 요리와 양고기 스튜, 물기 없는 야채와 스위스산 염소 치즈, 오래 묵은 아오스타산 백포도주를 내놓으며 나폴레옹을 대접했다. 그러나 오래 머물 시간이 없었다. 베르티에가 식탁에서 보고했다.

　"전령이 왔습니다. 바르 요새의 저항이 완강하다고 합니다."

　그렇다면 일단 내버려두어야 했다. 이런 상황에서는 시간이 가장 효과적인 무기였다. 낙과(落果)! 농익은 과일은 저절로 떨어지는 법.

　알프스의 깊은 계곡이 어둠으로 가득 차올랐다. 밤하늘에는 크기와 빛이 저마다 다른 별들이 촘촘히 박혀 있어, 서로 부딪치며 은구슬 소리를 내는 듯했다. 은하수가 밤하늘을 가로지르고 있었다. 다시 떠나야 했다. 얼음과 눈을 타고 미끄러지며 내려가, 에트루블 마을의 건초더미 속에서 잠을 청해야 한다.

　나폴레옹은 이 계곡들 도처에서, 자신이 역사의 그림자들에 묻혀 있음을 느꼈다. 아오스타에서 멈춘 그는 아우구스투스 황제의 개선문과 로마 요새들을 방문하고 싶어했다. 이집트에서처럼, 그

는 정복자와 황제들의 족적을 따라가며 그 역사 위에 자신의 발자
국을 새겼다.

5월 25일, 그는 뒤로크만 수행시킨 채 말을 내달리다가, 갑자기
오스트리아 기병 순찰대와 마주쳤다. 경호대는 멀리 뒤처져 따라
오고 있었다. 오스트리아 순찰대가 나폴레옹에게 총을 겨누고 투
항을 요구했다. 그 순간, 그는 위험을 무릅쓰고 말을 달렸다. 다
행히 경호대가 도착했다.

─운명의 여신은 또 한 번 나를 보호했다.

6월 2일, 나폴레옹은 여섯 마리의 백마가 끄는 대형 마차를 타
고 밀라노로 향했다. 천둥과 번개가 끊이지 않는 폭우가 밀라노를
점령하고 있었다. 밀라노 거리는 인적이 끊겨 있었다.

대도시에 입성할 때마다 메아리치던 승리의 환호에 익숙해 있는
그에게, 고요한 밀라노는 자극이었다. 그는 역정을 내며 부리엔을
불렀다. 밀라노에 활기를 불어넣을 것! 오스트리아에 의해 투옥
된 정치범들을 해방시키는 것을 기화로 치살피나 공화국에 생명
력을 불어넣어야 했다.

새벽 한시, 그는 파리의 통령들에게 보내는 전보를 구술했다.
현실과 언어 사이에는 항상 차이가 있다. 파리에서 누가 그 차이
를 알겠는가? 그들에게는 언어가 전부이며 진실이었다. 나폴레옹
은 끊어 읽는 듯한 어투로 구술했다.

〈밀라노는 나에게 자연스럽게 솟구치는 감동을 주었소.〉

파리에는 질투하는 자들이 우글거렸다. 모사꾼과 경쟁자들, 비
열한 자들, 탐욕스런 자들, 모두가 기나긴 공포정치의 시절에서
용케 살아남은 자들이었다. 처세에만 능란한 인간들. 그런 인간들
은 나폴레옹이 약해지기만을 기다리고 있었다. 그들에게 조그마한
틈, 즉 어떤 희망도 품게 해서는 위험했다.

궁전의 큰 방에서 푸셰에게 보내는 편지를 구술하는 동안, 그는 서성거리며 창 밖을 내다보았다.

〈다시 한번 당신에게 강조하는 바이오. 대열에서 이탈하는 첫번째 인간을 엄벌하시오. 그게 누구든 상관없소. 그것은 전 민족의 의지이기도 하오.〉

잠시 중단했다. 푸셰를 안심시키고 칭찬해줄 필요가 있었다. 닳고닳은 이 인간은 다른 사람들처럼 자신이 앉아 있는 자리를 두려워했다. 푸셰는 그 자신도 위협과 비난을 받는다고 불평을 늘어놓곤 했다. 나폴레옹은 계속했다.

〈모든 음모와 도발, 그리고 비난에 대한 대답은 언제나 이것이오. 내가 없는 동안 파리를 완전하게 장악하시오. 그러면 누구도 당신을 비난하지 않을 것이오…….〉

이렇게 하면 푸셰를 휘어잡을 수 있으리라. 민중에 대해서는 다른 말을 던져야 했다.

바로 몇 시간 전, 나폴레옹은 이집트 원정군의 항복 소식을 들었다. 르브렝이 소식을 전해왔다. 나폴레옹은 부리엔에게 말했다.

"르브렝은 내가 계속 이집트에 있었더라면, 이집트는 프랑스의 것이 되었을 거라는 사실을 유럽이 깨닫도록 하기 위해 손수 기사를 작성했다고 하는군."

이집트 문제에 있어 유일한 좋은 소식은 드제 장군의 귀향이었다. 그는 드제에게 썼다.

〈나는 당신을 매우 높이 평가해왔소. 당신은 재능 있는 인간이기 때문이오. 누구에게도 느낀 적이 없는 우정을 당신에게 바치는 바이오. 이제 나도 숱한 경험을 하였고 인간들을 깊이 알게 되었소.〉

─사실이다, 매일 인간들은 실망시킨다! 여전히 적들이 활보하

고 있다. 조르주 카두달이 대표적이다. 경찰 보고에 따르면, 카두
달은 왕립 호위대 출신의 기사 오십여 명과 함께 나를 암살하거나
납치하려는 음모를 조직하고 있잖은가!

나폴레옹은 구술했다.

〈불한당 카두달을 죽이든지 생포하라. 그를 잡으면, 이십사 시
간 내로 총살시킬 것⋯⋯.〉

카두달, 이 인간에게는 증오 외에는 기대할 게 아무것도 없다!
그런데 보나파르트 가문의 형제들, 조제프와 뤼시앵마저 벌써 패
전을 기대하며 이런저런 사람들과 입을 맞추고 있다지 않는가!

나폴레옹은 부리엔 앞에서 조제프에게서 받은 편지를 흔들어댔
다. 형은 거북한 몇 문장들로 자신이 후계자 후보임을 상기시키고
있었다.

〈네가 나에게 몇 번이나 말했던 것을 잊어서는 안 된다⋯⋯.〉

─그렇다, 나는 매우 노련하다!

6월 4일 저녁, 나폴레옹은 밀라노의 라스칼라 극장으로 들어섰
다. 샹들리에 아래 황금장식이 번쩍였다. 극장을 가득 메운 청중
들이 일어서서 그를 환호했다. 극장이 떠나갈 듯한 박수갈채가 그
의 씁쓸한 기분을 말끔히 씻어주었다. 찬양하는 군중은 방향제와
도 같았고, 그를 향해 올라오는 이 목소리들, 그것은 그의 혼을
떨리게 하는 애무와도 같았다.

라스칼라 극장에서는 바로크 양식의 오페라 '태양의 처녀들' 이
공연중이었다. 그는 합창대에서 몇 걸음 앞으로 나와 서 있는 젊
은 여가수를 알아보았다. 흑갈색 피부, 냉정한 표정, 도톰해보이
는 뺨, 어깨를 덮은 흑옥 같은 머리결⋯⋯ 주세피나 그라시니.
1796년에 만났던 여자, 그러나 그가 멀리했던 여자.

그는 당시 조제핀을 향해 맹목적으로 매달렸던 자신의 열정을
떠올렸다.

그러나 시간은 많은 것을 바꾸었다.

주세피나는 좀 살이 붙기는 했지만 여전히 매혹적이었다. 나폴레옹이 앉아 있는 객석 쪽으로 다가오면서, 그녀는 그에게서 눈을 떼지 않았다. 나폴레옹은 항복한 나라를 지배하듯 그녀를 마음대로 취할 수 있었다. 그를 제어할 것은 아무것도 없었다. 유일한 문제는 그 자신의 욕망, 그 자신의 의지였다.

─나의 욕망과 의지만이 문제인, 이것이 나의 진정한 모습이다. 내가 원하는 모습.

공연이 끝나자, 그는 자신 있는 걸음걸이로 예술가들의 방을 찾았다. 성악가와 연주자 모두가 고개를 숙이고 그를 환대했다. 그는 주세피나의 방을 물었다.

기쁨으로 한껏 달아오른 그녀의 얼굴은 장미처럼 붉었다. 그녀는 그의 팔을 잡아 끌면서 속삭였다.

"당신이 원하는 곳이라면 어디든 따라가겠어요."

그녀는 밤새도록 자신을 내맡겼다.

그녀는 자주 넋을 잃었다가 정신을 차리곤 했다. 그는 그녀가 절정에서 가파르게 오르내릴 때의 음성과 표정, 몸짓을 좋아했다.

다음날 아침, 살롱으로 들어오던 베르티에는 나폴레옹과 마주 앉아 아침을 들고 있는 여가수를 보며 흠칫했다. 나폴레옹은 그의 표정에 웃음을 터뜨리며 말했다.

"주세피나는 파리에서 노래부를 것이오."

조제핀의 얼굴이 떠올랐다. 그녀는 불같이 질투할 것이다. 주세피나와 함께 다른 가수들도 데리고 가야 하리라. 여하튼 그녀는 받아들일 것이다. 그녀가 달리 어쩌겠는가?

─인간들을 장악하는 것은 나다. 그녀에게 의존하던 시절은 끝났다. 나는 운명의 여신에게만 복종할 뿐이다.

운명의 여신이 망설이는 듯했다. 6월 4일, 전령이 제노바에서 저항하던 마세나 장군의 항복 소식을 가져왔다. 그렇다면 제노바에 발이 묶인 멜라스 군대의 후위를 공격하려던 애초의 계획은 끝난 얘기다. 멜라스 군대와의 전장은 롬바르디아가 되리라.

출정이다! 전장으로 달려가야 했다. 나폴레옹은 밀라노를 떠나 란 장군의 군대와 합류하기 위해 포 강을 건넜다. 란의 군대는 이미 제노바에서 올라오는 오트 장군의 오스트리아군과 전투중이었다. 나폴레옹이 몬테벨로의 전장에 도착했을 때는, 란이 이미 승리를 거둔 뒤였다. 란이 전황을 보고했다.

"유리창에 부딪치는 우박처럼, 적의 뼈다귀들이 제 사단에 의해 박살났습니다."

승리의 화신 나폴레옹이 눈앞에 나타나자, 탈진했던 병사들이 두 손을 번쩍 치켜들며 환호했다. 승리는 사람들을 이렇게 변화시키는 것이다. 나폴레옹은 병사들 사이를 걸어가며 모두에게 감사와 격려를 표시했다. 한 병사에게 다가가 귀를 꼬집으며 다정함을 나타내고, 어떤 병사에게는 질문을 던졌다.

"복무한 지 얼마나 됐나?"

혁혁한 전과를 세운 척탄병 쿠아녜가 부동자세로 답했다.

"저는 전쟁이라는 것을 처음으로 해보았습니다."

나폴레옹은 그 척탄병의 첫 승리를 위해 축포를 발사케 했다. 그리고 약속했다.

"좋아, 자네가 네 번의 실전 경험만 쌓는다면, 내 경호대로 발탁하지."

그는 가능하면 많은 병사와 개인적 유대를 맺었다.

―운명의 여신은 나에게 미소지을 것인가?

긴 머리카락을 리본으로 질끈 묶은 드제 장군이 나타났다. 드제는 나폴레옹이 떠난 이후 이집트에서 있었던 일을 얘기했다. 세월이 흐르고 많은 일들이 있었다. 드제가 말을 이었다.

"저는 휴식을 원하지 않습니다. 어떤 계급을 명하시든, 저는 만족할 것입니다. 공화국의 영광과 장군의 영광을 위해 노력하는 것, 그것이 저의 유일한 소망입니다."

나폴레옹은 드제를 따뜻한 눈길로 바라보았다.

—성실한 인간. 나의 이인자가 될 수 있을 것이다. 내가 왕이라면, 왕자로 만들 것이다. 고대인의 기개를 지닌 이 젊은 친구는 이해관계에 초연하고 열정적이다. 나는 그처럼 초연하지 못하다.

나폴레옹은 드제에게 사단의 지휘를 맡겼다.

먹구름을 잔뜩 이고 있는 하늘이 낮게 내려앉기 시작하자, 사방이 삽시간에 어두워졌다. 하늘을 찢을 듯한 천둥 소리가 몇 차례 이어지더니, 격렬한 빗줄기가 쏟아졌다. 강물은 성난 것처럼 불어났다. 며칠 동안 현위치에서 기다려야 하리라. 아마 적은 숨을 것이고, 진퇴양난에서 빠져나오려고 안간힘을 다할 것이다. 결단을 내릴 시점이었다. 그는 적군을 추격하는 군대를 출동시켰다.

6월 14일 아침 일곱시, 오스트리아군이 공격을 가해왔다. 예기치 못한 공격이었다. 운하와 성벽 사이에서, 진흙탕 속에서, 전투는 일곱 시간이 넘도록 계속되었다. 빅토르 장군의 군대가 패퇴하기 시작하면서, 아군의 대오가 흩어지기 시작했다. 나폴레옹은 병사들의 외마디 고함 소리를 들었다.

"전멸이다!"

마렝고 평원은 프랑스군 탈주병들로 뒤덮여 어지러웠다.

도로 옆 언덕에 앉아, 나폴레옹은 말고삐를 붙든 채, 채찍으로 돌멩이들을 튕기고 있었다. 도로 위로 떨어지는 포탄도, 내달리는 병사들도 그의 눈에는 보이지 않았다.

속았다. 그는 속은 것이다. 그는 오스트리아군이 숨어 있다고 판단했고, 그들을 색출하기 위해 군대를 급파했다. 적군을 추적하기 위해 병력을 분산시켰던 것은 큰 불찰이었다. 나폴레옹이 병력을 분산시키고 나자, 기다렸다는 듯이 멜라스가 전 병력 3만 명과 7백 문의 대포를 이끌고 공격을 가해왔다.

— 적장 멜라스가 바로 나의 금언을 적용하지 않았는가?

나폴레옹 전법의 금과옥조 가운데 하나가 바로 병력의 집중이었다. 그는 이렇게 기록한 바도 있었다.

〈병력을 집중시켜야 한다. 그러면 어디에서도 격파당하지 않는다…… 군대로부터 그 무엇도 떼어내서는 안 된다. 전투 초기에는, 하나의 대대가 하루 전체를 결정한다.〉

나폴레옹은 참모를 불러 무릎 위에 종이를 얹고 드제에게 보내는 메시지를 썼다. 그가 편지를 쓰는 시각, 드제는 마렝고에서 멀어져 노비 방향으로 진군하고 있을 터였다.

〈나는 적을 공격한다고 생각했소. 그러나 적이 나를 기습했소. 돌아오시오, 신의 이름으로, 당신이 아직 그럴 수만 있다면.〉

— 미소짓던 운명의 여신은 나를 버릴 것인가?

나폴레옹은 말에 뛰어올랐다. 그리고 외쳤다.

"용기를 내라, 병사들이여! 후원군이 도착한다. 결코 낙담하지 말라."

버텨야 했다. 이겨내야 했다. 운명의 여신이 찌푸리고 있다는 생각이 내면을 좀먹도록 놔둬서는 안 된다. 나폴레옹은 란의 병력을 지원하는 통령 경호대의 선두에 섰다. 그러나 퇴각은 계속되었다. 여기저기서 병사들은 "보나파르트 만세!"를 외쳐댔지만, 평원은 시체와 부상자들로 즐비했다. 이미 대세가 결판난 전투. 중과부적의 병력에, 프랑스 포병은 대포 몇 문이 고작이었다. 오후 세시, 패배를 확인해야 하는 시간이었다. 나폴레옹은 참모들의 불안한 시선이 자신을 짓누르는 걸 느꼈다. 그때 참모 하나가 급작스럽게 달려왔다.

"제1통령은 어디 계십니까?"

숨찬 목소리로 참모가 알렸다.

"드제 장군이 도착합니다."

— 운명의 여신이 다시 미소짓는가?

드제 사단이 포병대와 기병대를 거느리고 '바람에 물결치는 숲처럼' 나타났다. 마르몽이 남아 있는 대포들을 수습해, 즉각 발포를 개시했다. 드제의 척탄병들은 엄폐물 뒤에 매복해 있었다. 이 순간에 모든 것이 달려 있었다!

나폴레옹은 왼쪽 날개에 위치한 켈레르만 기병대에 장전을 명령했다. 6백 마리의 말들이 내달리며 대지를 뒤흔들었다. 마르몽 휘하의 대포들이 일제히 불을 뿜었다. 기다렸다는 듯이 드제의 척탄병들이 일제사격을 가하며 전진했다. 척탄병들의 선두에서 돌격하던 드제가 수많은 전사자들 가운데 쓰러졌다. 오스트리아군은 승리감에 도취되어 방심했다가 예기치 않은 기습에 혼비백산이었다. 대오가 무너진 채 마렝고 평원을 뒤덮으며 도주하는 것은 이제 오스트리아군이었다.

마침내 오스트리아군은 차흐 장군을 앞세워 항복해왔다.

나폴레옹은 한참 동안 홀로 서 있었다.

—6천 명의 내 병사들이 마렝고의 평원에서 쓰러졌다. 그러나 이 승리는 파리에서 나의 죽음을 기다리거나, 그것을 바라는 모든 인간들을 구멍으로 들어가게 만들 것이다.

부리엔이 다가왔다. 그는 열광하고 있었다.

"장군, 멋진 승리입니다, 만족하시지요?"

—만족? 만족이라니. 이 얼마나 어울리지 않는 말인가! 드제가

죽었다. 드제는 죽었다.

나폴레옹은 가슴이 찢어지는 듯했다. 그는 드제가 최후를 마친 평원을 천천히 둘러보았다.

―아, 전투 후에 내가 그를 껴안을 수 있었더라면, 얼마나 멋진 날이 되었을까! 운명의 여신은 나에게 완전한 기쁨을 주기 전에, 불확실한 모습을 드러냈다. 그렇다. 그럼에도 나는 만족한다. 이 승리는 나의 승리다. 이 이야기를 있는 그대로 구술하면 된다.

1800년 6월 15일, 나폴레옹은 사령부에서 패장을 기다렸다. 차흐 장군과 리히텐슈타인 공작이 의기소침한 표정으로 나타났다.

나폴레옹은 곧장 핵심을 치고 들어갔다.

"나의 의지는 단호하오. 나는 더 많은 것을 요구할 수 있는 위치에 있소. 그러나 백발이 성성한 장군에 대한 존경심을 고려하여, 나의 주장을 자제하겠소."

무기가 법을 만드는 것이다. 승자와 패자 사이에 곧바로 휴전협정이 체결되었다. 프랑스는 롬바르디아 지역 대부분을 차지하고, 제노바를 돌려받았으며, 주요 요새까지 점령했다.

승리를 이용하는 일만 남았다. 그는 파리의 통령들에게 편지를 썼다. 특히 프랑스 군대에 소속되어 싸우다가 포로로 붙잡혀서도 "보나파르트 만세!"를 외쳐댄 헝가리와 독일 척탄병들에 대한 대목을 강조하면서, 결론을 맺었다.

〈나는 프랑스 민중이 프랑스 군대에 만족하기를 바라오.〉

그리고 자신의 심경을 토로했다.

〈이 용감한 군대를 보노라면, 단 한 가지 유감스러운 마음이 드오. 그것은 내가 그들처럼 부상당하지 않고, 그들의 고통을 더불어 나누지 못한다는 아픔이오.〉

나폴레옹은 그 무엇도 우연에 맡겨두지 않았다. 마렝고 승리가 불멸의 역사로 기록되기 위해서는 귀환 행사를 철저하게 준비해야 했다. 통령 경호대가 먼저 파리로 출발해, 7월 14일 이전에 도착해야 했다. 이번 전승 기념 행사는 빛나는 축제여야 했다.

"불꽃 축제는 좋은 결과를 가져올 것이다."

또한 겸손한 자세를 견지해야 했다. 나폴레옹은 내무장관 뤼시앵에게 편지를 썼다.

〈나는 불시에 파리에 도착할 것이다. 어떤 개선 행사도, 환영식도 갖지 않겠다는 것이 나의 의도이다. 나는 그런 하찮은 것들을 중요시할 정도로 유치한 인간이 아니다. 나에게 있어 가장 소중한 승리는 오직 전 민족적인 만족이다.〉

여론을 얻는 것은 이런 것이다.

밀라노에서도 여론은 그의 편이었다. 그는 열광으로 가득 찬 밀라노 거리를 걸어, 돔 성당에서 감사 미사에 참여했다.

'파리의 무신론자들'이 민중의 감정과 그들을 통치하는 방식에 대해 무엇을 안단 말인가?

그는 이탈리아 사제들 앞에서 거침없는 연설을 했다.

"어떤 사회도 윤리 없이는 존재할 수 없고, 종교 없이는 좋은 윤리가 있을 수 없소. 따라서 국가에 굳건하고 영속적인 토대를 제공하는 것은 종교뿐이오. 종교 없는 사회는 나침반 없는 배와 같소. 나침반이 없다면, 배는 항로를 잡을 수도 없고, 항구로 들어갈 수도 없소."

제1통령 나폴레옹은 민중을 이끌어가야 할 선장이었다. 감사 미사에 뒤이어 베르첼리에서 마르티니아나 추기경을 만나, 그에게 새 교황 비오 7세와의 협력과 화약(和約)을 희망한다고 전했다.

이론가들이 투덜댈 테지만, 상관없었다!

이론가들이여, 이 군중들의 환호를 들어라! 6월 28일, 리옹에 막 도착한 나폴레옹을 보기 위해 셀레스탱 호텔에 숙소를 정한 이

군중들의 목소리를!

나폴레옹이 가는 곳마다 구름처럼 모여든 인파들이 "보나파르트 만세!"를 외쳤다. 6월 30일, 디종에서는 도시의 여인들이 그가 지나는 길목마다 꽃다발을 뿌려놓았다.

상스에서는, 개선문의 정면에 이런 문구가 새겨져 있었다.

〈베니, 비디, 비치.(왔노라, 보았노라, 이겼노라.)〉

마치 카이사르를 환영하기 위한 것처럼.

마렝고 전투에서 전사한 드제는 죽기 직전 나폴레옹에게 유언을 남겼다.

"제1통령께 말씀드려라. 나는 후세에 길이 남을 만큼 충분히 일하지 못하고 죽는 것이 유감이라고……."

나폴레옹을 기다리는 비극적인 소식이 또 하나 있었다. 드제가 죽던 바로 그날 6월 14일, 클레베르 장군이 카이로에서 광적인 회교도에게 암살당했다.

―타인들에게는 죽음이, 나에게는 승리가 마련되어 있는 것인가?

1800년 7월 2일 새벽 두시, 나폴레옹의 마차가 튈르리 궁으로 들어가고 있었다.

14
나를 모욕하지 말라, 나는 왕이 아니다

멀리서 들려오던 함성이 점차 커지는 소리에 잠에서 깨어났다. 교외에서 몰려든 군중의 함성이었다.

나폴레옹은 침대에서 일어나 창가로 다가갔다. 수많은 여인들이 몰려들어 튈르리 궁의 철책을 부여잡고 있었다. 정문이 열리자 여자들이 우르르 달려들며 외쳐댔다.

"제1통령 만세! 보나파르트 만세!"

부리엔이 들어서며 말했다.

"마렝고의 승전보가 알려지자마자, 파리는 온통 축제 분위기입니다."

모습을 드러내야 할 때였다. 나폴레옹은 집무실 창으로 가까이 다가갔다. 그를 본 군중들의 함성이 천지를 뒤흔들었다.

팔 년 전, 1792년 그날들을 기억했다. 오늘 아침처럼 맑은 날. 격분한 군중이 무기를 들고 '죽여라'라고 외쳐대며 튈르리 궁을 점령했었던 날.

나폴레옹은 부리엔을 향해 몸을 돌리며 말했다.

"이 군중의 함성이 들리나?"

그리고는 차마 직접 얘기는 하지 못하겠다는 듯 혼잣말처럼 속삭였다.

"조제핀의 목소리만큼이나 부드럽게 들리는군. 이렇게 많은 민중들에게 사랑받는다는 게 행복하고 자랑스럽네."

앵발리드 건물에 있는 대포들이 시차를 두고 규칙적으로 축포를 발사했다. 귀가 먹먹한 대포 소리 사이에, 정원에서 연주하는 통령 호위대의 음악 소리가 들려왔고, 군중의 환호성은 북과 심벌즈 소리를 뒤덮었다.

통령, 장관, 국가참사원과 학사원 위원, 의회 대표단. 이들 모두가 차례로 들어왔다. 나폴레옹은 그들을 바라보았다. 모두들 감탄하고 복종하는 모습이었다. 이들 중 몇 명이 음모에 가담했을까? 마렝고의 첫 전투에서 패했다는 소식이 즉각 파리에 전해졌을 때, 이들 중 몇 명이 쾌재를 불렀을까? 그러나 그는 음모에 대한 의구심을 가면 속에 감추어두고 말했다.

"여러분, 드디어 우리가 돌아왔소! 내가 떠난 이후, 여러분 모두 애 많이 쓰고 훌륭한 일들을 많이 하셨으리라 믿소."

"장군님만큼은 아니지요."

그는 자리를 옮겨가며 한 사람씩 팔을 붙잡고 물었다.

"만약에 말이오. 내가 전사했다면, 당신은 어떻게 했겠소?"

어떤 이들은 그런 일이 있을 수 있겠느냐고 대답을 회피했고, 어떤 이들은 전황이 불확실했던 몇 시간 동안 앞날을 불안해했다고 말했다. 그들은 은근히 서로를 헐뜯었다. 어떤 이는 국방장관 카르노를 후임으로 밀 생각이었다고 실토했다. 뢰드레르는 조제프 보나파르트를 지지하려 했다고 분명히 밝혔다.

7월 2일은 그렇게 지나갔다.

저녁노을이 물들 무렵, 나폴레옹은 창가에 서서 불빛을 발하고 있는 건물들을 내다보았다. 한 줄기 빛이 생 탕투안 교외 쪽에서 솟아올랐다. 축제의 불꽃을 피우고 춤들을 추는 것이리라.

환희의 불꽃이 사위자, 문득 쓸쓸함이 밀려들었다. 그는 내심, 주세피나 그라시니가 파리에 먼저 도착해 있었으면 하고 바랐다. 그랬다면 그는 여기, 집무실 위쪽에 마련된 작은 방에서 그녀를 맞았을 것이다. 그는 이미 오래 전에 그 방을 정돈해놓으라고 지시했다.

뢰드레르와 나눈 대화가 내내 걸리적거리며, 그의 화를 돋우었다. 거만하고 조심성 없는 그 인간은 말했다.

"장군 옆에 합당한 후계자가 있다면, 프랑스는 더욱 안전할 것입니다."

—또 한 번, 그는 나의 사라짐을 환기시켰다.

나폴레옹은 그에게 반복해서 말해야 했다.

"나는 애가 없소. 애를 가질 필요성도, 흥미도 느끼지 못하오. 가족을 가질 생각이 없소. 나의 합당한 후계자, 그것은 프랑스 민중이오. 프랑스 민중이 바로 내 자식이오."

그렇게 말했음에도 불구하고, 뢰드레르는 계속 후계자와 아들에 대한 이야기를 꺼냈다. 나폴레옹은 말했다.

"그건 아무 의미 없는 말이오."

다른 이론가들처럼, 뢰드레르 역시 통치가 무엇인지 알지 못하고, 알려고도 하지 않았다.

—통치를 아는 사람은 나밖에 없어. 루이 16세, 아니 루이 18세

가 지금 나타난다 해도 현재의 프랑스를 통치할 수는 없을 거야. 만일 내가 사라진다면, 그것은 엄청난 불행이야.

그러나 저녁 내내, 뢰드레르와 나눈 대화가 규칙적으로 찾아오는 통증처럼 다시 떠오르곤 했다. 7월 3일 아침에도, 그 통증은 그의 얼굴에 흔적을 남기고 있었다.

그는 황금을 수놓은 연분홍 비로드로 장식한 백마를 올라타고 군대를 사열했다. 낮에는 화가 이자베*와 베르네**가 그의 초상을 그렸다. 그는 이자베의 그림을 바라보며 말했다.

"이게 나야? 엷은 색의 프록코트를 입고, 찬란하게 장식한 말 위에서 몸을 숙인 이 인간이 나란 말인가? 돌처럼 굳은 얼굴, 열에 취한 듯이 움푹 꺼진 눈, 이 피곤한 표정이 나란 말인가? 내가 이렇게 지치고 우수에 젖은 인상을 준단 말이지?"

이자베가 대답했다.

"제1통령 각하, 저는 보이는 그대로 그렸습니다."

파리에 돌아온 이후 며칠 동안 여러 행사에 참석해야 했다. 필요한 행사들이었지만, 그것이 그를 탈진시켰다. 그는 되도록 행사 참석을 피했다. 그럼에도 드제의 업적을 기념해서 만든 강변도로 개통식에는 기꺼이 참석했고, 7월 14일에는 작열하는 태양빛 아래 열린 샹 드 마르스와 튈르리 광장 행진을 참관했다. 수많은 인파가 방책을 허물고 앵발리드로 몰려들어 그를 연호했다.

앵발리드 성당 중앙 홀에서 주세피나 그라시니가 다가오는 모습을 보지 못했다면, 그는 연일 이어지는 행사에 녹초가 되었을지도

---

* 프랑스의 화가, 1767~1855. 입법의회 주요 인물들과 나폴레옹의 초상화를 그려 명성을 얻었음.
** 프랑스의 화가, 1758~1836. 나폴레옹을 위해서 전쟁화를 주로 그렸음.

모른다. 그녀와의 만남은 매혹과 꿈이 시작되는 순간이었다. 그녀는 탈취한 적의 깃발 아래서 노래를 불렀다. 밤의 쾌락을 떠올리게 하는 목소리로. 두 사람은 약속시간을 정했다. 그녀가 작은 방의 문 앞에 나타나면, 루스탐이 문을 열어주고 안내할 것이다. 평화의 순간이 눈앞에 있었다.

그러나 그전에, 나폴레옹은 백 개의 식기들이 차려진 튈르리 궁의 연회에 참석해야 했다.

나폴레옹은 조급한 마음으로 건배의 순간을 기다리고 있었다. 법제심의원 의장이 "철학과 시민의 자유를 위하여!"라고 외치며 잔을 들어올렸다. 나폴레옹은 강한 목소리로 말했다.

"7월 14일*을 위하여! 우리 모두의 주인인 프랑스 민중을 위하여!"

환호성으로 장내가 떠나갈 듯했다. 그는 환호성을 뒤에 남기고 홀을 떠났다. 주세피나 그라시니가 그를 기다리고 있을 것이다. 그는 확신했다.

—그들이 나에 대해 무얼 안단 말인가? 하지만 나는 그들의 모든 것을 안다. 내가 뭐라고 말하든, 그들은 내게 갈채를 보내게 되어 있다.

다음날 아침, 늘 그렇듯이 그는 통령과 국가참사원 위원들의 말을 경청했다. 그러고 나서 민법 제정을 위해 그가 창립한 제헌위원회의 위원들을 맞았다.

때로는 노기가 그를 사로잡기도 했다.

도대체 그들이 국가의 필요성에 대해 무얼 안단 말인가? 그 인간들은 탐욕에 사로잡혀 있을 따름이었다.

---

* 1789년 7월 14일 프랑스 혁명 기념일.

물론 그는 인간의 욕망을 이해하고 있었다. 가장 가까운 혈육들마저 치부에 골몰하지 않는가? 매일 마주쳐야 하는 부리엔도 그렇다. 궁정인사 중에는 오르탕스 보아르네와 결혼을 꿈꾸는 자들도 많았다. 주변 인간들이 모두 탐욕에 빠져 있다는 것이 놀랍기만 했다. 나폴레옹은 한탄했다.

─나는 불한당들에 둘러싸여 있다! 모든 인간이 도둑질을 한다! 이 나라는 부패했다. 늘 그랬다. 누군가 장관 자리에 앉으면, 그는 성을 지어올렸다. 이를 어떻게 할 것인가?

그는 말메종의 공원에서 몇 걸음 거닐다가, 식사 시간도 잊은 채 집무실로 들어갔다. 식사 시간은 십 분이면 충분했다. 누가 쫓아오기라도 하는 듯 급하게 식사를 마치고, 그 길로 두 명의 통령, 장관, 학사원 멤버, 파리에서 온 장군들과 마주 앉았다.

그날 오후, 그는 수년 전부터 알고 지내온 장교들과 마주 앉아, 그들을 자세히 관찰하면서 중얼거렸다.

"그토록 많은 전쟁에 목숨 걸고 참여한 자라면, 원하든 원하지 않든 간에 어느 정도의 재산은 가져야 마땅해."

그러나 민중은? 바로 십 년 전, 민중은 평등의 이름으로 봉기했다. 그러나 그들 대부분은 여전히 가난하다. 그런 민중들에게 어떻게 고위층 인사들의 부를 받아들이라고 말할 수 있단 말인가?

나폴레옹은 이런 문제가 있으리라고는 상상도 못 하는 떠벌이들과 관념론자들, 아무 쓸모없는 찬사나 늘어놓는 인간들을 참을 수 없었다. 어느 날, 법제심의원에서 그는 그들을 꾸짖었다.

"나는 왕이 아니오. 나는 사람들이 나를 일개 왕으로 바라보는 모욕을 원하지 않소. 그런데 사람들은 나를 꼭두각시 같은 왕으로 취급하고 있단 말이오!"

그들을 바라보았다. 핵심 관료들, 멋부린 글줄이나 써대는 것으로 행세하는 문장가와 이론가들. 그들은 권위가 필요하다는 사실을 이해하지 못한 채, 혁명이라는 이름으로 권위를 마구 깨뜨리고 있었다. 애매모호하고, 위선적인 정신의 소유자들. 그들이 기하학에서 교훈을 얻는다면 한결 나아질 것이다. 그는 말했다.

"나, 나폴레옹이 꼭두각시 같은 왕이라니! 나는 민중으로부터 솟구쳐 내 스스로 우뚝 선 인간이오. 나를 루이 16세와 비교할 수 있겠소? 나는 진리를 위해 모든 사람들의 말에 귀기울이지만, 충고는 오직 내 머리에서 나오는 것만 받아들이오!"

그는 황제의 위엄이 서린 태도로 구술했다. 구술할 때 그는 생각을 여러 번 다듬어가는 법률가가 되기도 했다. 그는 조직적이고 창조적인 작업을 좋아했다. 그는 제도를 만들 때에도 창조적인 측면을 강조했다. 도로를 개통하고, 고문서 보관소 건립을 승인하고, 프랑스 은행 설립을 구상했다. 결단이 필요할 때면, 한가롭게 말메종을 거닐기도 하고 여우 사냥에 나서기도 했지만, 그는 사냥에는 별 흥미를 느끼지 못했다.

그는 생각에 잠겨 말을 몰았다.

왕당파라고 자칭하는 폭도들이 날뛰던 남부를 평정한 그는 계속해서 서부의 질서를 회복하고 있었다. 민중이 원하는 평화적 대외관계를 공고히 하는 일도, 내치(內治) 못지않게 중요했다. 7월 말에 제안했던 평화조약을 거부한 오스트리아가 남아 있었다. 게다가 완강하기만 한 영국이 있었다. 다시 전쟁을 치러야 할지도 모른다.

그러나 우선은 손에 쥘 수 있는 것들을 확실하게 쥐어야 했다. 집무실로 돌아온 그는 이탈리아를 지휘하고 있는 마세나에게 썼다.

〈본때를 보여줄 필요가 있소. 폭동을 일으킨 피에몬테 마을을

점령하고 불태워버리시오.〉

이것이 무기의 법칙이다.

만일 루이 16세가 튈르리 궁으로 밀려든 민중들에게 대포를 발포했더라면, 그는 아직도 왕좌에 앉아 있을 것이다. 그러나 인간들로 하여금 질서를 유지케 하는 데 무기만으로 충분할까?

—병사들에게, 마렝고 전투의 영웅적 장군들에게, 나는 검과 총, 그리고 명예의 지휘봉 같은 특별한 훈장을 수여했다. 그들의 공로를 치하해주었다. 그런데 민중에게는?

이 질문이 그를 사로잡았다. 수세기 이래 존속된 제도들이 한 번의 거대한 물결에 의해 엎어진다면, 법률이 무슨 소용이란 말인가? 그 자신 이미 그 사실을 온몸으로 체험하지 않았던가?

—그 점에 관해 말해야 한다. 대혁명의 증인들도 그것을 설명할 수는 없다. 모든 걸 체험한 시에예스도 형이상학자일 뿐이고, 뢰드레르도 마찬가지다.

그는 말메종 공원을 거닐며 뢰드레르에게 말했다.

"부의 불평등이 없는 사회란 존재할 수 없소. 그리고 부의 불평등은 종교 없이는 존재할 수 없지."

그는 뢰드레르에게 눈길을 던졌다.

—관념론자인 이자는, 내가 구사하는 기하학적 용어를 좋아하지 않겠지. 나의 예시와 증명은 그의 위선적인 궤변들을 방해할 테니까.

나폴레옹이 말을 이었다.

"세상에는 토할 정도로 너무 먹어대는 자와, 먹을 것이 없어 굶어 죽는 자가 있기 마련이오. 그런 불평등은 누구도 해결할 수 없는 것이오. 따라서 누군가 그런 차이를 설명해주어야 하오. 종교는 바로 그 점을 가장 설득력 있는 권위를 갖고 설명할 수가 있소. '세계에는 가난한 자와 부유한 자가 있기 마련이다. 신도 그걸 원하신다. 그러나 영원의 세계에서는 그 분배가 다른 방식으로 이루어진다'라고 말이오."

나폴레옹은 뢰드레르가 찌푸리는 것을 보며 미소지었다. 나폴레옹은 리옹 아카데미에 논문을 응모했던 걸 떠올렸다. 그 당시 그는, 정신적 스승이었던 루소를 모방하지 못해 안달이었다. 그러나 인간은 변한다. 그도 변했다. 나폴레옹은 낮은 목소리로 말했다.

"프랑스의 평화를 위해서라면, 루소는 태어나지 않는 게 더 나았을 거요."

"아니 왜 그렇습니까? 통령 각하."

"대혁명을 준비한 게 바로 그 사람이기 때문이오."

"각하께서는 대혁명을 못마땅하게 생각하시지 않는다고 믿어왔는데요."

나폴레옹은 몇 걸음 옮겼다.

"아마 지구의 평화를 위해서는, 루소도 나도 존재하지 않는 게 더 나았을지도 모르오."

—그러나 나는 여기 이렇게 존재하고 있다. 나는 루소를 읽었다. 그리고 나는 대혁명으로부터 나왔다.

조제핀은 나폴레옹이 대혁명의 아들이라는 사실을 잊고 있었다. 그녀는 아르투아 백작*이나 루이 16세의 사절단을 영접하고, 아르투아 백작의 애인인 기슈 백작부인을 말메종 오찬에 초대했다. 백작부인은, 만일 부르봉 왕가가 복구된다면 나폴레옹을 프랑스군 총사령관으로 임명할 것이라고 약속했다. 나폴레옹의 측근들까지

---

* 루이 15세의 둘째아들이며 루이 16세의 동생으로 왕정 복고 후 샤를 10세로 등극, 1757~1836.

왕정 복구의 가능성을 공공연하게 논의하기 시작했다. 그들은 자신들의 미래를 확고히 해두고 싶었던 것이다.

부리엔도 그런 우려를 토로했다.

"각하, 우리는 어떻게 되는 겁니까? 각하에게는 후손이 없지 않습니까?"

나폴레옹은 뒷짐을 지고 집무실을 서성이거나, 말메종 정원의 가로수길을 가르는 다리 건너까지 다녀오는 산책을 좋아했다. 부리엔과 산책을 즐기던 그는 귀찮다는 듯이 머리를 숙인 채 설명했다.

"부르봉 왕가는 프랑스로 돌아오기 위해 무슨 약속이든 내걸 거야. 그들은 오직 유산을 되찾으려는 의지에 따라 움직이는 인간들이라구. 그들을 따르는 8만 명의 망명귀족들 역시 그같은 욕망을 공유하고 있지. 그렇다면 왕 시해파들, 대혁명 기간에 열변을 토하던 인간들의 운명은 어찌 되겠나? 십이 년 전부터 매각돼온 수많은 토지와 국유재산은 또 어찌 되고? 부리엔, 자네는 그 여파가 어디까지 미칠 것인지 예측할 만한 사람 아닌가?"

나폴레옹은 가로수길을 지나 천천히 집무실로 돌아오며 말했다.

"나는 조제핀과 오르탕스가 자네를 얼마나 들볶고 있는지 잘 알고 있어. 그 점에 대해서는 더이상 얘기하지 말기로 하세. 결정을 내렸어. 그 여자들은 모든 일을 나에게 맡기고, 규방에서 뜨개질이나 하게 될 거야."

그는 루이 18세가 또다시 보내온 편지를 부리엔에게 보여주었다. 벌써 몇번째 편지인지 모른다.

〈당신은 귀중한 시간을 허비하고 있소. 우리는 프랑스의 평화를 보장할 수 있소. 나는 '우리'라고 말하오. 나는 프랑스의 평화를 위해 보나파르트 당신이 필요하고, 보나파르트 당신 역시 나 없이

는 조국의 평화를 이룰 수 없기 때문이오.〉

나폴레옹은 부리엔에게 손짓했다. 1800년 9월 7일, 그는 부르봉 왕조의 왕에게 보낼 답장을 구술했다.

〈므시유(왕의 동생을 지칭하던 말), 본인은 당신의 서한을 받았으며, 당신의 정중한 말씀에 감사드리는 바입니다. 당신은 프랑스로 돌아오기를 바라서는 안 됩니다. 그래도 만일 귀국을 강행한다면, 당신은 10만의 시체를 밟아야 할 것입니다. 진실로 프랑스의 평화와 행복을 위한다면, 당신을 희생하십시오. 그렇게 된다면 역사는 당신을 높이 평가할 것입니다. 나는 당신 가족이 겪고 있는 불행에 무관심한 냉혈한은 아닙니다. 당신의 은퇴 이후가 조용하고 평온한 생활이 될 수 있도록 기꺼이 최선을 다할 것입니다. 보나파르트, 공화국 제1통령.〉

제 4 부
민중에게는 종교가 필요하다

파리 •

• 뤼네빌

1800년 9월 ~ 1801년 7월

15
죽음을 잊자, 잊자

한밤중, 나폴레옹은 몰래 궁을 빠져나왔다. 그의 야행은 이제 버릇처럼 굳어져 있었다. 그는 어두운 계단을 내려가 작은 문을 열고 거리를 내다보았다. 드문드문 행인들이 지날 뿐, 거리는 한적했다. 비를 머금은 바람이 낙엽 향기를 가득 실어왔다. 백 미터쯤 떨어진 철책 앞에는, 통령 경호대 소속 보초들이 손잡이 달린 등불을 들고 순찰을 돌고 있었다. 하지만 그가 있는 쪽은 어두웠다.

소리 없이 몇 걸음을 옮겼을까. 나폴레옹은 벌써, 익명의 그림자가 되어 군중 속으로 파묻혔다. 검은 프록코트에 둥근 모자를 눈썹까지 푹 눌러 쓴 그를 알아보는 사람은 아무도 없었다. 그는 동행한 베르티에 장군의 불안과 두려움을 충분히 짐작했지만 그를 쳐다보지도 않았다. 이처럼 경호원도 없이, 그것도 심야에, 그를 따라 시민들 무리에 섞여드는 수행원들은 모두 똑같은 두려움에 사로잡히기 마련이었다. 뒤로크와 참모들은 외투 주머니에서 권총 손잡이를 움켜쥐고 다녔다.

사람들이 총을 겨눈다면, 그 대상은 나폴레옹일 테지만, 정작 그는 죽음을 두려워하지 않았다. 언제나 음모가 들끓는 파리는 위험이 상존했다. 나폴레옹도 그 사실을 알고 있었다. 하지만 그때를 죽음의 신은 알 테지만, 그는 아직은 그때가 오지 않았다고 믿었다.

나폴레옹은 베르티에를 돌아보며, 최근에 발각된 음모에 관해 물었다. 왕당파인가, 자코뱅인가? 그가 루이 18세에게 답장을 쓴 이후, 백합을 단 광적인 왕당파들에게 남아 있는 유일한 희망은 나폴레옹을 제거하는 것이었다. 베르티에가 대답하기도 전에, 그가 말했다.

"푸셰의 말에 따르면……."

치안장관 푸셰는, 나폴레옹을 납치하거나 암살하기 위한 왕당파의 음모가 부쩍 늘어났다고 말했다. 왕당파를 지원하는 영국 돈이 물결처럼 흘러들고 있다는 보고였다. 그러나 푸셰의 말을 믿을 수 있을까? 그는 자코뱅들과 연결되어 있지 않은가? 부르봉 왕가의 복귀를 두려워하는 푸셰는, 자코뱅들을 보호하고 있지 않은가? 왕정복고가 이루어진다면, 푸셰는 왕의 시해와 공포정치에 찬동한 대가를 비싸게 치러야 할 터였다. '로베스피에르의 꼬리'가 아직껏 살아남아 움직이고 있는 이유는 바로 그 때문이었다.

나폴레옹은 그 광적이고 파괴적인 인간들을 증오하지만, 그렇다고 피하지는 않았다. 그는 자코뱅들을 이해하지 못했다. 도대체 그들은 무얼 바라는가? 왕당파들은 적어도 하나의 분명한 목표는 있다. 왕과 더불어, 그들의 특권과 재산을 되찾으려는 것이다.

분명한 목적 없이 테러를 일삼는다는 이유로, 나폴레옹은 자코뱅들에 대해 적대적이었다. 그들은 프랑스에 불을 질렀고 피를 흘리게 했다. 혁명을 지워버릴 수는 없다. 그러나 혁명에 매달리고 있을 수만도 없었다. 혁명을 수정하고, 국가의 힘을 축적하기 위해 새로운 물꼬를 터야 했다. 혁명이 남긴 폐허 위에 '주춧돌'을, 다시 말해 새로운 제도를 세워야 했다. 나폴레옹이 새벽부터 밤까지 매달리는 것도 바로 그런 문제들이었다. 그가 튈르리 궁을 벗어나는 것은, 몇 시간이나마 그 중노동의 압박감에서 벗어나기 위해서였다. 그는 자유를 느끼고 여자들을 마음껏 바라보고 싶었다.

그가 위험을 무릅쓰고 야행에 나선 것은 한 여자를 만나기 위해서였다. 주세피나 그라시니. 그가 밤이슬을 맞으며 이렇게 걷는 것은, 기다리지 않고 그녀를 만나기 위해서였다. 그는 며칠 전 빅투아르 가에 집을 하나 빌려, 말끔하게 정리하도록 해두었다. 며칠 정리가 끝나면, 밤마다 그 집에서 주세피나를 품게 되리라. 그 집에서는 조제핀이 불쑥 나타날까 불안해하지 않아도 되리라. 조제핀은 가끔 계단을 올라와 그를 만나고 싶어했다. 그럴 때마다 시종 콩스탕이나 맘루크인 시종 루스탐이 '장군 부인'이라는 암호로 연락했다. 며칠 뒤면 그런 긴급연락에 신경쓰지 않아도 되는 것이다.

조제핀은 질투가 심했다. 그러나 인과응보 아닌가! 주세피나는 빅투아르 가의 집에서 오직 한 사람, 나폴레옹만을 위해 노래부를 것이다. 그녀의 육체의 선을 그대로 담아내는 그녀의 목소리. 매일 밤, 풍만하고 다양하게, 부드럽고 나른하게 하는 목소리로, 그녀는 그를 감싸리라.

베르티에가 말했다.

"이건 지옥입니다."

죽음의 신이 엿보고 있는 것이다. 자코뱅들은 삐라에서 '프랑스 민중 속에서 수천 명의 브루투스가 솟아나야 한다'고 주장했다. 그들은 독재자를 제거해야 한다고 외쳐댔다. 나폴레옹은 자문했다.

—내가 독재자라구?

나폴레옹은 베르티에에게 말했다.

"내가 통치한 지 일 년이 되었지만, 피 한 방울 흘리게 하지 않았어."

나폴레옹은 도무지 자코뱅들을 이해할 수 없었다.

—그들은 나의 죽음을 원한다. 그러나 왜? 그들은 무얼 바라는가? 내가 사라진다면, 그들에게 돌아가는 것은 무질서와 패배뿐이다. 오스트리아는 다시 전쟁을 시작하려 하고, 영국도 가만히 있지 않을 것이다. 아니면, 그들은 잔재주만 부려대는 부르봉 왕조를 복구하는 길을 열어주게 될 것이다. 그들은 나보다 더 다루기 쉬운 제1통령을 찾는 것인가? 그들의 발 밑에 두고 마음대로 조종할 수 있는 그런 인간을?

나폴레옹은 투덜대고 있는 베르티에의 말을 막으며 물었다.

"모로 장군은 무얼 하고 있나?"

유일하게 위험한 인물, 모로. 그는 정기휴가를 받아 파리에 체류하면서, 브륀, 오주로, 르쿠르브 등 많은 장군들을 초대하고 있었다. 두더지 시에예스나, 자기가 무슨 대단한 정치가인 줄로 알고 있는 스탈 부인을 만난다는 소문도 있었다. 만일, 모로가 왕당파들과 손을 잡는다면, 그는 정말 위협적인 존재로 떠오를 수 있었다. 그를 무장해제시키든지, 유혹해야 했다. 그것도 아니라면, 적어도 그의 역할을 축소해야 했다.

베르티에가 다시 말했다.

"정말 지옥입니다."

그가 구체적으로 설명했다.

"푸셰의 부하들이 폭탄 테러를 당했다고 합니다."

살페트리에르 구역의 예전 공안위원회 사무원 집에서였다. 푸셰의 부하들은 그곳에서 이상한 기계장치를 찾아냈다. 철제 통이었는데, 못과 유리조각, 쇳조각들이 박혀 있었다. 폭탄이었다. 그리고 폭탄을 터지게 한 심지도 발견되었다. 수사를 통해 십여 명의 자코뱅들이 체포되었다. 베르티에의 추측은 확고했다.

"그들은 말메종을 날리려 했던 게 틀림없습니다."

나폴레옹은 아무런 대꾸도 하지 않았다.

그와 적들 사이, 거기에는 목숨 건 투쟁이 있을 뿐이었다. 붉은 모자를 쓴 혁명파와 붉은 구두를 신은 귀족. 이 두 집단이 그의 적이었다. 그는 양쪽 진영으로부터 협공당하고 있었다.

— 그들은 내가 진정 원하는 게 무엇인지, 내가 프랑스를 위해 구상하고 있는 것이 과연 무엇인지 이해할 수 있을까?

나폴레옹은 중얼거렸다.

"나는 프랑스 민족의 기대에 부응할 수 있는 유일한 인간이다. 유일한……"

베르티에는 그의 중얼거림에 놀라는 듯했다. 나폴레옹은 개의치 않고 말했다.

"내가 언제나 모든 일에 준비가 된 듯 보이는 것은, 무언가 시도하기 전에 이미 충분한 성찰을 해왔기 때문이야. 나는 늘 무슨 일이 일어날 것인지 예견하고 있었어."

그는 말을 멈추고 베르티에를 똑바로 쳐다보았다.

"예기치 않은 상황 속에서, 내가 무슨 말을 하며 무슨 일을 해야 할지 밝혀주는 것은 나의 천재성이 아니야. 그건 나의 깊은 성찰의 힘이지."

— 나는 모든 프랑스인들의 연대를 원해. 망명귀족들이 귀향하

면 피비린내나는 복수가 벌어질 것이고, 무정부주의자들은 맹목적인 폭력을 시도할 거야. 나는 그런 복수와 폭력을 막으려는 것이야.

9월 23일, 공화국 축제에 즈음하여, 나폴레옹은 튀렌*의 유골을 앵발리드 돔 아래에 이장하기를 원했으며, 이 장례를 위해 장엄한 행렬을 조직했다. 네 마리 백마가 그 위대한 대원수의 유물들을 끌었고, 이탈리아 관할군 병사들, 노장군들, 통령 경호대가 행렬을 호위했다. 튀렌 장군의 이장 행렬을 보기 위해 몰린 인파는 강변도로에도 양쪽으로 길게 늘어서 있었다. 나폴레옹은 이튿날, 빅투아르 광장에서 드제와 클레베르의 영광을 기리는 기념물 기공식에 참석해 첫 돌을 얹었다. 드제와 클레베르, '같은 날, 십오분 차이를 두고 죽은' 그에게 충성을 바친 장군들. 한 사람은 마렝고 전투에서, 또 한 사람은 카이로에서 눈을 감았다.

두 장군을 프랑스 영웅의 반열에 올려야 했다.

"베르티에, 군중들의 함성이 들리나? '보나파르트 만세! 공화국 만세!'라고 외쳐대고 있네."

그런데 적들은 이러한 보나파르트와 공화국의 결합을 가로막기 위해, 호시탐탐 그를 암살하려는 기회를 노리고 있는 것이다. 그는 베르티에에게 말했다.

"그만 돌아가세."

그가 비밀계단을 단숨에 올라 1층 거처로 통하는 계단에 발을 디뎠을 때, 콩스탕이 나타나 낮은 목소리로 말했다.

"그녀가 와 있습니다."

나폴레옹은 난폭하게 그를 떼밀며 방문을 열어젖혔다. 주세피나

---

* 프랑스군 대원수, 1611~1675.

그라시니는 침대에 누워 그를 기다리고 있었다. 나폴레옹은 침대로 달려들며 마음속으로 되뇌이고 있었다.

─죽음을 잊자, 잊자.

나폴레옹은 이날 아침, 거울을 바라보며 치장하는 데 오랜 시간을 들였다. 거울에 비친 그의 표정은 음울했다. 짧게 자른 머리 때문에 얼굴이 더욱 야위어 보였다. 그는 소파에 앉아 이날 입기로 결정한 경호대 대령 제복을 바라보았다. 콩스탕이 곁에서 제복 입는 것을 도왔다.

그는 이 단정한 제복이 좋았다. 붉고 푸른 장식들이 달린 짙은 푸른색 제복이었다. 황금 견장을 달고, 흰색 바지를 입은 뒤, 검은 장화를 신으면서, 문득 예전에 입었던 포병대 소위 제복을 떠올렸다. 그는 방으로 들어오는 부리엔에게 속삭였다.

"가장 멋진 제복이야."

부리엔은 심각한 얼굴이었다.

피라미드 정상에 있을 때는, 향수에만 젖어 있을 수 없었다. 그는 부리엔을 앞장세웠다.

"가세."

원로원 의원 클레망 드 리스가 납치당했다. 납치범들은 몸값을 요구했지만 그것은 핑계일 따름이고, 다른 이유가 있는지도 몰랐다. 클레망 드 리스는 몇몇 중요한 인물들에 대한 핵심적인 정보들을 가지고 있었으리라. 제1통령이 이탈리아 원정에 나가 있는 동안, 그의 패전을 기대하며 음모를 꾸몄던 인물들에 대한 정보가 아니었을까? 부리엔이 푸셰의 이름을 들먹이는 것은 당연했다. 늘 베일에 가려진 듯한 눈을 가진, 이 창백한 얼굴의 인간은 모든 정치적 비밀을 쥐고 있었다. 그런가? 그가 원하는 것은 도대체 무엇일까? 부리엔의 보고는 계속되었지만, 그 점에 대해서는 분명하게 말하지 못했다.

자코뱅들의 음모는 결정적인 순간에 들통나, 나폴레옹에게 즉각 보고되었다. 공범자 가운데 한 명이 미리 나폴레옹측에 알려온 것이었다. 그들은 10월 10일, 루아 가의 레퓌블리크 극장에서 오페라 공연중에, 제1통령을 암살하기 위해 치밀한 준비를 하고 있었다.

― 그런 인간들을 어떻게 처리해야 할까?

부리엔이 나폴레옹 암살 음모에 가담한 명단을 보고했다. 그중에는 화가 토피노 르브렝, 이탈리아인 세라치, 그리고 전 공안위원회 사무원이었던 데메르빌이 끼어 있었다. 부리엔이 이름을 부르다가 잠시 머뭇거렸다. 나폴레옹이 머리를 끄덕이며 계속하라고 재촉했다.

"코르시카 출신 아레나도 끼어 있습니다. 그는 안개달 19일, 단검을 들고 장군을 반대했던 5백인 회의 의원의 동생입니다."

코르시카 섬에 얽힌 구원(舊怨)이 아직도 꺼지지 않고 있는 것인가.

― 이 음모가들을 당장 체포해야 할 것인가?

나폴레옹은 망설였다. 아니다. 이 음모를 이용하여 여론을 동원해야 했다. 상황은 곧 반전될 것이다. 여론 동원의 목표는 푸셰의 가면을 벗겨내는 것이었다. 나폴레옹은 말했다.

"음모가 충분히 성숙할 때까지 기다렸다가 일격에 끝장내자구."

전쟁과 정치는 같았다. 정치에서도 적들을 격파하기 위해서는, 그들의 의도를 간파하고 스스로 정체를 드러내도록 유인해야 하며, 짐짓 이쪽에서는 전혀 모를 뿐만 아니라 힘이 없는 것처럼 가장해야 한다. 그리고 결정적인 순간에 후려칠 것!

그날 1800년 10월 10일, 레퓌블리크 극장의 통로에서, 아레나와 그 공범들이 체포되었다. 그들은 단검을 지니고 있었다. 이제 이 '9월의 망령들'을 여론에 고발하면, 만사는 순조롭게 풀려나가리라. 여론은 1792년 9월의 대학살*을 기억하며, 소식을 듣는 즉시 이 피의 인간들을 비난했다.

다음날, 카루젤 광장에 군대 분열행진이 진행되는 동안, 군중은 전례 없는 열광으로 보나파르트를 환호했다. 나폴레옹은 여론의 발빠른 움직임을 보며 생각했다.

—그렇다면 나의 힘을 보여줄 수 있다. 이제 이 한줌도 안 되는 불행한 인간들을 무시해버릴 수 있다. 이들은 의지는 있었지만, 그들이 구상한 범죄들을 실행할 힘은 없었다.

그는 이제 안심할 수 있었다. 그리고 이렇게 말할 수도 있었다.

"이토록 엄청난 사건들을 겪은 후에 프랑스를 통치한다는 것은 너무도 어려운 일이다."

하지만 그 정도의 일을 가지고 망설일 나폴레옹은 아니었다.

"지상에서 가장 뛰어나며 가장 강력한 민족을 위해 일한다는 것은 생각만 해도 용기가 솟는다."

그런데 당신, 푸셰는?

나폴레옹은 차분한 모습을 유지하면서도 이번 사건에 대해 회의적 태도를 보이고 있는 푸셰를 바라보았다. 푸셰는 암살 음모가 있었다는 사실 자체를 의심하고 있었다. 나폴레옹은 소리쳤다.

"내가 가슴에 비수를 맞아야 증거가 되겠소?"

—나는 목표물이다. 내가 건축물의 요체이기 때문이다. 내일, 또다른 '단검들의 음모'가 있을 것이다. 그리하여 만일 내가 죽는

---

* 1792년 9월 2일에서 6일까지 닷새에 걸쳐 혁명파들이 감옥에 수감중인 왕당파를 대량 학살한 사건.

다면?

그는 그의 이후를 생각해야 했다. 누가 그를 승계할 것인지 준비해야 했다. 나폴레옹은 자신에게 충직한 원로원 의원 카바니스에게 말했다.

"작금의 사회계약 속에는 공백이 있소."

카바니스는 말이 없었다. 안개달 18일의 거사를 도왔던 유명한 이론가. 그는 신중한 사람이었다. 나폴레옹이 다시 말했다.

"이 공백은 채워져야 하오. 국가의 안전을 확고히 하려면, 지명제 통령이 꼭 필요합니다."

나폴레옹은 자리에서 일어나 집무실 창가로 다가갔다. 그의 앞에는, 조각으로 장식된 커다란 거울이 있었다. 그는 말했다.

"나는 모든 왕당파와 모든 자코뱅의 조준점이오. 나의 생명은 매일 위협받고 있소. 아마 앞으로는 더욱 그럴 것이오. 만일 다시 전쟁을 시작해야 한다면, 나는 또 군대의 선두에 서야 할 것이기 때문이오."

카바니스는 여전히 말이 없다. 그는 작은 몸짓 하나에서도 자신의 생각이 드러나지나 않을까 두려워하는 듯 미동조차 하지 않았다.

"그런 가정이 실제로 일어난다면, 프랑스의 운명은 어찌 되겠소? 필시 가공할 혼돈이 따를 것이오. 그렇다면 어찌 그것에 대비할 생각을 하지 않을 수 있겠소?"

—나의 죽음.

그는 자신의 죽음을 바라보았다.

—왕들은 죽지 않기 위해 왕조를 만들었다. 그러면 나는?

16
차라리 전쟁이 더 좋다

나폴레옹은 튈르리 궁의 집무실을 성큼성큼 걸어다니면서, 바닥에 팽개친 팜플렛을 발로 걸어차버렸다. 팜플렛이 바닥에서 날려 부리엔이 앉아 있는 의자에까지 날아갔다. 나폴레옹이 거칠게 물었다.

"이걸 읽어보았어?"

대답이 필요없는 질문이었다. 두 사람은 벌써 그 팜플렛을 읽었다.

아침에 조제핀이 방으로 들어왔다. 늘 그렇듯이 그녀의 실루엣과 향기는 나폴레옹의 감정을 건드리고 흥분시켰다.

그녀는 무엇을 바라는가? 그녀는 또 빈정대며 주세피나 그라시니 문제를 꺼낼 셈인가? 한밤중에 그 여자를 찾아가, 그녀와 나누는 쾌락에 대해 따지려는가? 조제핀에게 이미 다 털어놓은 마당에, 그는 자신과 주세피나와의 관계에 그녀가 끼어드는 것을 탐탁지 않게 생각했다. 조제핀과 이런 식으로 살고 싶지는 않았다. 그는 바람둥이 같은 처신을 좋아하지 않았다. 그것은 다른 사람을 이용하는 쾌락적 삶의 방식이 아닌가? 그런 처신은 싫다. 그는 악습과 타락을 혐오했다. 조제핀은 그런 그의 감정을 자극하고 이용할 줄을 알았다.

조제핀은 고양이처럼 그의 무릎 위에 앉아 나폴레옹의 머리카락을 애무하며 그의 귀에 입술을 대고 속삭였다.

"제발, 보나파르트, 왕은 되지 마세요. 못된 뤼시앵이 당신을 부추기고 있는 거예요. 그의 말을 듣지 마세요."

그는 듣기 싫다는 듯 그녀를 물리치고, 오랫동안 욕실에 처박혀 있었다. 그가 집무실로 내려갔을 때, 부리엔은 문제의 팜플렛을 읽고 있었다. 그는 그것을 빼앗아 바닥에 내팽개쳤던 것이다.

"그런데 부리엔, 어떻게 생각해?"

부리엔은 망설였다. 나폴레옹이 손으로 가리키자, 부리엔이 팜플렛을 주워 나폴레옹에게 건넸다. 나폴레옹이 한 페이지씩 넘겨보았다.

부리엔은 『카이사르, 크롬웰, 멍크 그리고 보나파르트 비교』라는 이 팜플렛에 동의하는가? 그는 루이 드 퐁탄이 쓴 이 글을 읽어보았는가?

〈보나파르트를 마르텔이나 샤를마뉴, 멍크 같은 영웅들에 비견하는 것은 합당치 못하다.〉

나폴레옹은 노기등등해서 그 팜플렛을 다시 바닥에 내팽개쳤다. 그는 퐁탄을 일찍부터 알고 있었다. 퐁탄은 안개달 18일 사건 이후 망명한 후작으로, 빼어난 웅변가이기도 했다. 그는 『메르퀴르

드 프랑스』에 글을 쓴 작가였으며, 앵발리드에서 워싱턴에게 바치는 훌륭한 조사를 쓰기도 했다. 바로 그날, 엘리자 박치오키는 나폴레옹에게 자기가 퐁탄의 애인이라는 사실을 밝히기도 했다. 그는 받아들일 수밖에 없었다. 그의 누이동생 엘리자에게 뭐라고 비난할 수 있단 말인가? 엘리자는 보잘것없는 남자, 재능도 야망도 없는 코르시카 하급장교 박치오키와 결혼했다. 그런 사내와 평탄하게 살기엔, 누이 엘리자는 너무 강한 성격의 여자였다.

나폴레옹은 뤼시앵 집에서 퐁탄을 다시 만났다. 뤼시앵 보나파르트가 홀아비가 된 이후, 엘리자는 내무장관인 오빠의 사교생활을 장악하고, 문학 살롱을 열어 라아르프, 아르노, 뢰드레르 등 많은 문인들을 드나들게 했다. 그녀는 문학 살롱에서 퐁탄을 거느리고 빛을 발했다. 그녀와 더불어 뤼시앵, 그리고 틀림없이 조제프가 가세하여, '단검 사건' 이후 나폴레옹이 왕, 즉 세습군주가 되어 왕조의 창시자가 되어야 한다는 생각을 공적으로 표명했으리라. 뤼시앵, 조제프, 엘리자 등 보나파르트 가문은 그렇게 바라고 있었다. 당연히, 조제핀은 보나파르트 가문의 희망에 반대했다. 그런 연유로, 조제핀이 이날 아침 그를 찾아와 교태를 부리며, 그 '고약한 뤼시앵'에 관해 얘기한 것이었다.

— 그들은 서로 증오한다. 왕은 후계자를 필요로 하는데, 그녀는 나에게 후계자를 낳아줄 수 없다. 그래서 그녀는 내가 왕이 되는 것을 반대하는 것이다. 그녀는 추방이나 이혼을 두려워한다. 나는 모든 이들에게 내가 할 수 있는 모든 것을 준다. 그런데도 그들은 탐욕스런 개처럼 서로 싸울 뿐이다. 그들은 인내심이 없다. 그들은 나를 둘러싸고 서로 물어뜯는다. 어떻게 나의 죽음까지 들먹이며, 이렇게 쓸 생각까지 한단 말인가?

나폴레옹은 이제 화도 나지 않았다. 그는 창가에 서서 하늘을 바라보았다.

─페리클레스의 후계자는 어디 있는가?…… 로마에서는, 네로(로마의 제5대 황제), 칼리굴라(로마의 제3대 황제), 클라우디우스(로마의 제4대 황제) 같은 인간들이, 처참하고 비열하게 암살당한 가장 위대한 인간을 대체하였다…… 프랑스인들이여! 그대들은 심연에 처박힐 위험에 처해서도 잠만 자고 있을 것인가.〉

부리엔이 말했다.

"저는 이렇게 생각합니다, 각하. 이 책자는 여론에 심각한 폐해를 끼칠 것입니다. 시기적으로 매우 좋지 않습니다. 각하의 구상을 너무 일찍 폭로해버리기 때문입니다."

나폴레옹은 한심하다는 듯 다시 창 밖으로 시선을 돌렸다.

─그가 나의 구상들에 대해 무얼 알까? 아무것도 모르는 자들이 뭐라고들 떠들어댈 것인가?

나폴레옹은 치안장관 푸셰를 호출해 답변을 요구했다.

"이 책자를 소지했던 사람은 각하의 동생 뤼시앵입니다. 인쇄와 출간 역시 그가 명령했고, 이 책자는 모든 주지사들에게 배포되었습니다."

나폴레옹은 몇 번이나 확인했다. 격렬한 몸짓과 심호흡도 그를 진정시켜주지 못했다. 담배를 피워물기도 했지만 진정되기는커녕, 오히려 그를 자극했다. 그는 신경질적으로 내뱉었다.

"그래? 아무래도 좋아! 치안장관인 당신에게 임무를 명하겠소. 뤼시앵을 체포하시오. 탕플 감옥에 가두어버리시오."

그리고는 다시 몇 번 코를 킁킁대며 말했다.

"이 멍청한 놈은 나를 위험에 빠뜨릴 궁리만 하고 있어."

그는 뤼시앵을 비롯한 동생들과 함께했던 유년 시절을 떠올렸다. 코르시카에서 파스칼 파올리와 대결할 때, 사건의 흐름을 바꾸어버린 동생 뤼시앵의 경솔함도 함께 떠올랐다. 그때도 뤼시앵은 사건의 주도권을 잡을 듯이 설쳐댔다. 하지만 안개달 19일의 도움이 그 모든 것을 잊게 해주었다. 그때 동생의 도움은 결정적이었다. 뤼시앵은 형 나폴레옹을 위해 때맞춰 원조를 했고, 용기를 보여주었다. 동생이 아니었다면, 아마 그날은 파국으로 끝났을지도 모른다.

—내 동생, 내 가족이다. 나는 그들을 위해 마땅히 해야 할 일을 한다.

뤼시앵은 장관 자리에 있었고, 조제프는 뤼네빌에서 있을 오스트리아와의 협상을 주재할 대표단으로 임명되었다.

나폴레옹은 뢰드레르를 앞에 두고 불같이 화를 냈다.

뤼시앵은 열정과 재기는 넘치지만, 머리가 나빠서 아무것도 제대로 해낼 수 없는 인물이라고 내뱉었다.

뤼시앵은 더이상 내무장관 자리에 앉아 있을 수 없었다. 팜플렛뿐 아니라 그가 개입된 여러 사건들 때문에, 그를 둘러싼 소문이 무성했다. 그가 영국산 밀을 수입하는 과정에서 수수료를 챙겼다는 풍문까지 나돌았다! 보나파르트 가문에 먹칠을 하는 자는 그가 누구든 그냥 둘 수 없었다.

"뤼시앵, 너는 푸셰의 첩자들이 뭐라 수군대는지 알기나 하느냐? 뤼시앵이 오페라 극장 암살 음모에도 손을 댔다는 거야. 다름아닌 나를 제거하려는 음모에, 내 동생인 네가 연루되었다는 말이다!"

한치 앞을 내다볼 수 없는 급박한 전투 상황이 차라리 견디기 쉬웠으리라. 나폴레옹은 잔뜩 긴장되어 뤼시앵을 맞았다. 제1통령과 내무장관, 아니 형과 동생 사이에 짧지만 무거운 침묵이 흘렀다. 나폴레옹은 건조한 문장을 읽듯이 통고했다.

"그대를 내무장관직에서 해임하고, 마드리드 주재 프랑스 대사로 임명하는 바이다."

뤼시앵과의 면담은 그렇게 끝났다.

곧이어 나폴레옹은 튈르리 궁의 살롱에서 대기하고 있는 사람들을 두 시간 넘게 만나야 했다.

조제핀은 큰 소파에 깊숙이 앉아 기쁨을 애써 감추고 있었다. 그녀는 뤼시앵을 두려워하고 미워하면서도, 뤼시앵을 오르탕스 드 보아르네와 결혼시킬 생각도 하고 있었다. 그들이 나폴레옹에게 후계자를 낳아줄 수도 있을 거라는 생각이었다. 아니면, 오르탕스와 루이 보나파르트의 결혼은 어떨까?

엘리자 박치오키는 어둠 속에 묻혀 자신을 드러내지 않았다. 눈물로 세월을 보내는 그녀는, 조제핀 곁에 앉은 오르탕스에게 증오의 시선을 던지곤 했다. 오르탕스는, 어머니 조제핀처럼 신중한 성격이 아니어서 기쁜 마음을 그대로 드러내고 있었다.

나폴레옹이 살롱을 걸어가자, 여러 장군들과 란, 뮈라, 르쿠르브와 참모들, 국가참사원 멤버들이 비켜섰다. 그중에는 뤼시앵 보나파르트를 뒤이어 내무장관에 임명된 샤프탈도 끼어 있었다.

그는 뒤에서 나는 웃음소리를 듣고 돌아섰다.

뤼시앵이 쾌활한 목소리로 조제핀에게 말을 걸고, 그녀에게 머리를 숙여 귀에 대고 뭐라고 속삭이고 있었다.

—그래? 미소 아래 감추어진 잔혹한 경쟁관계란 말이지. 이게 나의 가족이란 말인가?

나폴레옹은 고개를 돌렸다.

—나는 차라리 전쟁이 더 좋다.

전쟁이 동쪽 문을 두드리고 있었다.

조제프가 뤼네빌에서 벌이고 있는 협상은 난관에 부닥치고 있었다. 돈과 영국의 결정에 따라 움직이는 오스트리아가 악의를 품고 있었다.

오스트리아와 영국, 이 두 강대국은 정복당하지 않고서는 공화국의 힘을 받아들이려 하지 않을 것이다. 오스트리아는 프랑스에게 1789년 이전의 국경으로 후퇴하라고 요구했다. 영국은 끊임없이 뒤에서 오스트리아를 부추기고 있었다.

다시 파리를 떠나야 할 것인가? 그렇게 되면, 이 수도는 전장에서 날아오는 소식을 분석하며 다시 음모와 모략에 빠져들 게 아닌가? 이 들끓는 도가니 속에는 나폴레옹이 패배하기만을 기다리는 자들이 득시글거리고 있지 않은가? 나폴레옹은 깊은 생각에 빠져들었다.

1800년 12월 3일 저녁 다섯시, 나폴레옹은 튈르리 궁 집무실에서 조제프에게 직접 글을 썼다.

〈만일 내가 떠나면, 오스트리아 왕가는 후회하게 될 거야. 형의 정확한 답장이 꼭 필요해. 피트의 런던 연설문을 보면, 희망이 거의 사라진 것 같은데, 진정 협상의 여지가 없는 것인지 정확히 알고 싶어.〉

나폴레옹은 독일의 각 도시와 진군로를 검토하고, 각 단계에 필요한 사항들을 준비하라고 명령했다. 그런데 바로 그날 12월 3일, 모로 장군이 여러 번 망설이던 끝에 호엔린덴에서 비엔나 군대를 습격하여 격파했다.

잘츠부르크로 통하는 길이 열린 것이다. 1만여 오스트리아 병력이 후방으로 밀려났고, 비엔나는 올가미에 걸려들 위험에 빠져 있었다. 브륀 장군 휘하의 군대가 토스카나로 전진하여, 오스트리아 제국의 수도 비엔나까지 치받고 올라갈 수 있기 때문이었다.

—이번 전쟁은 나 없이도 승리를 거두는 것인가?

나폴레옹은 바닥에 독일 지도를 펼쳤다. 그가 보기에, 모로는 오스트리아군 추격을 늦추고 있었다. 신중함이 지나쳐 그들을 격파하기를 포기하는 것 같았다. 그러나 비난은 삼가야 했다. 모로는 예민하고 질투심이 강한 자였다. 더구나 사방에서 그를 환호하고 있었다. 나폴레옹은 모로에게 편지를 썼다.

〈나는 당신의 멋지고 능숙한 작전에 모든 관심을 쏟고 있소. 이번 전투에서 당신은 다시 한번 훌륭한 능력을 보여주었소. 오스트리아는 너무 고집스럽기 때문에 불행을 자초하고 있소. 그들은 알프스의 얼음과 눈을 믿고 있는데, 그것은 그들이 당신의 능력을 아직 충분히 모르고 있기 때문이오. 진심으로 축하를 보내오.〉

— 나는 이번 승리가 모로에게 어떤 생각을 불러일으킬 것인지 충분히 상상할 수 있다. 진심이 어떠하든 간에, 영광의 빛에 둘러싸인 야심만만한 장군은 '위험'의 상징이다. 나의 추락과 죽음을 원하는 자들이 얼마나 많은가? 그런 자들은 모로를 염두에 두고 있는지도 모른다. 내가 그렇게 생각하듯이.

나폴레옹은 뢰드레르에게 말했다.

"만일 내가 삼사 년 후 침대 위에서 열병으로 죽는다면, 그래서 나의 삶이라는 소설을 완성하기 위해 유언을 작성해야 한다면, 나는 프랑스 민족에게 '군사정부'는 금지하고, 민간지도자를 임명하라고 말할 것이오."

뢰드레르는 놀라는 표정이었다. 방금 전, 모로의 호엔린덴 승리에 관하여 서로 대화를 나누지 않았던가? 나폴레옹은 말했다.

"제1통령 자리에 장군은 필요없소. 민간인이 필요하오. 앞으로 군대는 군인보다 민간인에게 복종할 것이오."

군부의 실상은 어떠한가? 장군들은 서로 질투하고 서로 염탐하는 라이벌들이었다. 그들은 남을 인정하지 않고 자기가 낫다고 우기는 독불장군들이었다. 더구나 단순한 군인들은 전장에서 승리하기만 하면, 국가를 통치할 수 있다고 믿었다. 나폴레옹은 중얼거렸다.

"이집트 카이로에서 폭동이 일어났을 때, 군대는 내가 회교 사원들에 발포하여 회교 사제들을 쓸어버리기를 원했소. 난 그런 요구들을 무시하고 폭동의 주모자들만 처벌케 했소. 그러자 모든 게 평온해졌소. 삼 주가 지나자 군대도 나의 결단에 매료되었지."

그는 숨을 들이켰다.

"만일 사오 년 후 내가 죽는다면, 사정은 그런 대로 굴러갈 수 있을 것이오. 하지만 그전에 죽는다면, 무슨 일들이 벌어질는지 나도 모르겠소."

그는 무언가 말하려는 뢰드레르를 향해 팔을 내저어 그의 입을 막고, 말을 이었다.

"군 출신이 제1통령이 된다면, 통치를 할 줄 몰라서 만사를 장교들이 원하는 대로 팽개쳐버릴 거요."

독일 지도를 발로 쓰윽 밀어버리며 그는 말했다.

"모로는 군사적 통치만 말할 수 있을 뿐이오. 그는 다른 것은 이해하지 못하오."

17
피가 필요하다

1800년 12월 24일, 나폴레옹은 경호대 대령 제복을 입고 튈르리 궁전 살롱의 벽난로 앞에 앉아 있었다. 이각모를 눈썹까지 푹 눌러 쓴 그는 오른손을 흰 조끼 속에 찔러넣고, 눈을 감고 있었다. 왁자지껄한 소리가 들려왔다. 조제핀과 오르탕스가 장교들을 데리고 다가왔다. 란과 베르티에, 로리스통, 그리고 참모 라프의 목소리들이었다. 그는 움직이지 않았다. 오늘, 그들과 함께 하이든의 오라토리오 '천지창조'를 관람하러 오페라 극장에 가기로 한 날이다. 그러나 그는 튈르리 궁에 홀로 남아 있고 싶었다.

온종일 그는 명상, 아니 자신과의 대화에 몰두하고 있었다. 집무실에 틀어박혀, 이런저런 사람들과 상상 속의 대화를 나누고 있었던 것이다. 그는 이 시간을 연장하고 싶었다. 분석하고 이해해야 하는 것은 그 자신의 몫이며, 결국 결단을 내려야 하는 것도 그 자신이었다. 더구나 이것은 전쟁에 관한 결정 아닌가. 이 전쟁을 '명상' 해야 했다! 프랑스는 벨기에와 네덜란드를 흡수하면서, 라인 강 좌안까지 나아갔다. 이런 국제 정세 속에서, 과연 영국이 평화를 희망할 것인가?

팽창 정책은 그가 아니라, 국민공회가 벌여놓았다. 그는 이 전쟁을 물려받은 것이다! 그는 이 국가적 야심의 상속자인 동시에 향유자였다. 그가 한 일이라고는 전쟁 놀음판 앞에서 공안위원회를 대체한 것뿐이었다.

어떻게 할 것인가? 국민공회의 팽창 정책 이후 정복한 영토를 포기할 것인가? 그런다면, 영토를 포기한다면, 그것은 부르봉 왕조로 하여금 다시 생 탕투안 교외에 정착하도록 허락하는 것이다! 반대로 영토들을 그대로 보존한다? 그것은 곧 전쟁이었다!

조제핀은 재잘대며, 나폴레옹이 오페라 극장에 가야 한다고 고집을 부렸다.

"너무 일에만 매달리면 안 돼요. 음악은 당신의 기분을 전환시켜줄 거예요."

나폴레옹은 할 수 없다는 듯이 일어나 계단을 내려갔다. 기마 척탄병 호위대가 대기하고 있었고, 말들이 울어대고 있었다. 마차로 다가가는 그의 눈에, 마부 세자르가 취한 듯 자리에 앉아 흔들대고 있는 게 보였다.

나폴레옹이 마차에 오르자, 척탄병들은 곧 경쾌한 속도로 출발했다. 나폴레옹이 탄 화려한 마차가 갑자기 속도를 높이기 시작했다. 나폴레옹은 마차의 흔들림에 몸을 맡긴 채 졸고 있었다. 내내 눈을 감고 앉아 있어서인지 졸음이 쏟아졌다. 마차는 생 니케즈 가에 접어들었다. 길이 막혀 있었다. 기마 척탄병이 한 삯마차를 향해, 길을 비켜서라고 명령했다. 삯마차는, 한 소녀가 말고삐를 잡고 서 있는 수레 때문에 나아가지 못하고 있었다.

삯마차가 수레를 피해 앞서 나가고 나서야 겨우 통로가 트였다. 마부 세자르가 말들에게 채찍질을 가했다. 비켜서 있는 수레를 스쳐, 마차가 루아 가에서 막 왼쪽으로 꺾어질 때였다.

순간, 나폴레옹은 바로 곁에서 누군가 대포를 발사한다고 느꼈다. 선잠 속에서, 그는 전투의 한 장면을 체험하고 있다고 생각했다. 졸음에서 깨어나 눈을 뜨자, 고함 소리와 유리가 박살나는 소리, 말들이 울부짖는 소리들이 뒤섞여 난장판이었다. 몸을 숙여 차창 밖을 보자, 마차 뒤 어둔 하늘에 붉은 빛줄기가 비쳤다.

마차는 부슈리 가의 길목에서 멈췄다. 나폴레옹은 호위대 장교가 와서 보고하기 전에, 이미 알고 있었다. '테러'였다. 그가 탄 마차가 스쳐지난 그 수레는 제1통령의 마차가 지나간 직후 폭발했던 것이다. 나폴레옹은 장교를 향해 차갑게 명령했다.

"앞으로, 통령 경호대는 전원 무기를 소지하라고 명령하라."

누군가 그를 죽이고자 했던 것이다.

그는 부관 장교를 향해 몸을 돌리고, 차분하지만 냉정한 목소리로 말했다.

"보나파르트 부인에게 전하라. 내가 오페라 극장에서 기다릴 테니 그곳으로 오라고."

나폴레옹은 마부에게 다시 출발하라는 신호를 보냈다.

또 한 번, 죽음이 그를 스쳐 지나갔다. 그에게 그의 권력의 불안정성을 새삼 확인시키고, 언제 어디서든 경호를 결코 소홀히 해서는 안 된다는 사실을 상기시키기라도 하듯.

대체 누구란 말인가? 그를 타도하고자 하는 자들은. 비수를 든 음모가의 공범들은 누구인가? 공포정치 시대의 뒤를 잇는 이 테러리스트들은 자코뱅파 장군들과 관계를 맺고 있으리라. 자코뱅파 장군들은 어떤 인간들인가? 그들은 대부분 나폴레옹을 질투하는 공화국 군대의 노털(늙은 콧수염)들이다. 그들이었다. 프랑스 민족이 질서와 시민적 평화로 복귀하는 것을 가로막고, 프랑스의 '용해'를 방해하고 있는 것은, 그들 폭력주의자들이었다. 문득 모로의 얼굴이 그의 뇌리를 스쳐지났다. 혹시 그들 뒤에 모로가 있는 것은 아닐까?

마차가 오페라 극장 앞에 도착했을 때, 장군과 장교들이 마차를 향해 모여들었다. 거대한 폭발음은 파리 전체에 들릴 정도였다. 많은 집들이 파괴되었고, 폭발이 일어났던 구역과 튈르리 궁의 유리창들이 모두 깨어졌다. 여러 명이 현장에서 즉사했고, 사지가 너덜너덜해진 부상자들도 상당했다. 폭발물이 실려 있던 수레의 말고삐를 잡고 있던 소녀는 조각난 시체로 발견되었다. 파편에 양쪽 유방이 날아가버린 여자 시체도 있었다. 눈 뜨고는 볼 수 없는 끔찍한 참변이었다.

테러리스트들을 응징하리라, 응징하리라.

무표정한 얼굴로 오페라 극장에 들어간 그는 객석의 문을 밀며 쥐노에게 말했다.

"악당 같은 놈들이 나를 한 방에 날려버리려 했어."

그리고는 자리에 앉아 차분한 목소리로 덧붙였다.

"오라토리오 대본을 가져다주겠나."

그때, 관객이 모두 일어나 그를 향해 외쳐댔다.

"제1통령 만세! 보나파르트 만세!"

뜨거운 열기와 우렁찬 환호에, 오페라 극장의 벽이 흔들리는 것 같았다. 나폴레옹은 자리에서 일어나 몇 번이나 몸을 내밀고 답례했지만, 앉으면 다시 환호가 몰아쳐 그는 다시 일어서야 했다. 한참이 지나서야 그는 오케스트라 연주를 시작하라고 주문할 수 있었다.

그는 잠시 동안 음악에 귀를 기울였다. 적들의 이번 행위는 오
히려 도움이 될 수 있었다. 여론을 등에 업고 자연스럽게 역습을
가할 수 있을 터였다.

오페라 극장을 떠난 그가 튈르리 궁으로 다가감에 따라 인파는
점점 불어났다. 그의 마차가 길을 돌아설 때마다 군중들이 환호했
다. 튈르리 궁의 살롱은 갑자기 몰려든 측근들로 붐볐다. 치안장
관 푸셰는 무리에서 떨어져 홀로 있었다. 푸셰의 매끈하고 냉정한
얼굴이 그를 자극했다. 그는 푸셰를 불렀다.

"푸셰, 당신은 이번에도 왕당파들의 소행이라고 주장할 거요?"
푸셰는 왕당파의 소행이라고 주장했다.

여전히 냉정하고 고집스러운 푸셰의 대답이 마음에 들지 않았
다.

나폴레옹은 인정할 수 없었다. 최근 그는 망명귀족들을 향해 수
차례 우호적인 태도를 취한 바 있었다. 얼마 전에도 오페라 극장
에서, 단검을 들고 그를 암살하려 했던 세라치, 아레나, 토피노
르브렝…… 이들은 누구인가? 그는 말했다.

"분명 자코뱅들이오. 모든 정부들에 대항하여 비타협적 투쟁과
영구적 폭동만을 주장하는 테러리스트들, 그 비천한 놈들의 소행
이 분명하오."

측근들은 그의 판단에 동의했지만, 푸셰는 홀로 떨어져 연신 뭐
라고 중얼거렸다. 나폴레옹은 성큼성큼 살롱을 거닐었다. 주장을
굽히지 않는 푸셰 때문에, 그는 신경이 예민해졌다. 그는 단호하
게 잘라 말했다.

"아무리 그래봐야, 사실을 바꿀 수는 없소. 여기에는 슈앙도,
망명귀족도, 구시대의 귀족도, 구시대의 사제도 없소."

그들은 자코뱅들이다. '셉탕브리제르'*들이다.

그는 푸셰 쪽으로 다가갔다.

"나는 빛나는 법에 의거해 그들을 처리할 것이오……."

하지만 푸셰는 물러서지 않았다. 푸셰는 분명 슈앙들의 짓이라 며, 일 주일 안으로 그 증거를 제출하겠다고 말했다.

나폴레옹은 등을 돌렸다. 푸셰의 고집에 화가 치밀었다.

그는 거의 뜬눈으로 밤을 지샜다.

측근들은 치안장관 푸셰와 경찰청장 뒤부아를 해임하라고 건의 했다. 푸셰는 공포정치가이고, 뒤부아는 무능력하다는 것이었다.

나폴레옹은 망설였다. 비수의 음모에 공감하는 자코뱅 혐의자들 을 후려쳐야 하고, 푸셰의 말을 경계할 필요가 있었지만, 푸셰가 좀더 움직이도록 내버려두고 관찰하면 보다 유리한 상황을 끌어 낼 수도 있었다.

아무튼 그에게 공감하는 격앙된 민중의 감정을 이용해야 했다. 그래서 이번 사건을 단두대 시대로 복귀하는 것을 막는 방파제로 삼아야 했다. 누구보다도 프랑스 민중들이 단두대 정치를 원하지 않고 있었다.

그는 결정을 내렸다. 생 니케즈 가의 테러는, 적들을 제압하고 프랑스인들을 그의 주위로 결집시키기 위한, 손 안에 쥔 무기가 되어야 했다.

군사행진에 참석하기 위해 그가 튈르리 궁의 뜰로 내려가자, 군 중이 환호했다. 궁전 경호실에 모여 있던 장교들 역시 마찬가지였 다. 법제심의원 의장과 시장, 도지사들이 다가와 열정적으로 그에

---

* 1792년 왕당파에게 대학살을 자행한 9월의 학살파.

대한 지지를 맹세했고, 국가참사원과 학사원 멤버들도 그에게 경의를 표했다.

연설이 이어지고, 충성 서약식이 반복되었다. 하지만 나폴레옹은 환상에 젖는 인간이 아니었다. 그는 열광적이고 감동적인 말들을 토해내는 인간들을 관찰했다. 그는 잘 알고 있었다. 자신은 이 인간들에게 유용한 방패일 뿐이라는 걸, 그들을 사로잡고 있는 공포를 통해 그들을 휘어잡아야 한다는 것을. 그는 말했다.

"한 줌의 강도들이 나를 공격했소. 백여 명 남짓한 그 비천한 자들은 자유의 이름을 팔며 테러 범죄를 저지름으로써, 진정한 자유를 욕되게 했소. 그들은 완전하게 제압당할 것이오. 앞으로는 절대로 악을 저지를 수 없게 될 것이오. 그들은 범죄 속에서 대혁명을 지나온, 피의 인간들의 잔당 '셉탕브리제르' 들이오."

푸셰는 여전히 회의적이었다. 그는 자코뱅이 아니라 분명 왕당파의 책동이라고 주장했다.

저녁 나절, 조제핀의 살롱에서는 장군과 고관의 부인들이 모여 나폴레옹에 대한 테러를 화제로 삼고 있었다. 그는 그곳에 들러 경찰청장 뒤부아를 불러, 모든 사람이 들을 수 있도록 큰 소리로 말했다.

"내가 당신 자리에 있었다면, 나는 어제 일어난 사건에 대해 매우 부끄러워할 것이오! 푸셰가 침묵하고 있는 것은 여러 이유가 있기 때문이오. 그는 자기 사람들을 통제하고 있소. 간단한 문제요. 그는 피의 인간들과 대죄를 범한 인간들을 거느리고 있소! 그가 그들의 우두머리가 아니었소? 그가 리옹과 루아르 지방에서 무슨 짓을 했는지, 내가 모른다고 생각하시오? 리옹과 루아르는 내게 푸셰의 행위를 설명해주는 훌륭한 사례요."

그는 주변을 둘러보았다.

오직 조제핀만이 푸셰를 옹호하고 있었다. 푸셰가 통령정부를 군주제로 바꾸는 데 반대한다고 생각하기 때문이리라. 은근한 욕망에도 불구하고 후계자를 낳을 수 없는 조제핀은 군주제를 반대하고 있었다. 그녀는 그 문제로 이혼당할지도 모른다고 두려워하고 있었다. 그러나 다른 모든 사람들은 공포정치의 기억에 몸서리쳤다. 프랑스가 단두대 시대로 복귀하는 것을 두려워하고 있다는 사실은 나폴레옹에게 유리했다.

백삼십 명에 달하는 자코뱅 강제수용자 명단이 즉각 작성되었다.

나폴레옹은 국가참사원에서 노기와 결단이 서린 목소리로 연설했다. 자코뱅들이 생 니케즈 가에서 일어난 테러에 직접 연루가 되어 있든 아니든 상관없다고, 그는 말했다.

"이번 사건은 중간계층을 공화국에 결합시키는 좋은 기회가 될 것이오. 먹이에 달려들 기회만을 노리는 그 이백여 명의 미친 늑대들에게 위협을 받는다고 느끼는 한, 중간계층은 결코 공화국에 합류하려 하지 않을 것입니다."

그는 연설 도중, 경청하고 있는 참사원 멤버들을 하나씩 직시하였다. 그는 그들의 눈에서 불안을 읽었다.

─ 이자들은 자코뱅도 두려워하고, 동시에 나의 결단에 참여하기도 두려워한다! 비겁한 놈들!

그는 연설을 이어나갔다.

"나는 이번 사건을 본보기로 삼을 것이오. 그 간악한 죄수들을 내 앞에 출두시켜 그들을 재판하고 처벌할 것이오. 나를 위해서가 아니오. 나는 수많은 위험과 대결해왔소. 운명의 여신은 매번 위기로부터 나를 지켜주었고, 난 아직도 그걸 믿고 있소. 이번 사건은 나 개인을 넘어서는 문제요. 사회질서와 공적 윤리, 그리고 민족적 영광이 걸린 문제요."

자코뱅들은 인도양에 있는 세이셀 섬에 강제수용되리라.

—사회생활 역시 하나의 전쟁이다. 그들은 나 한 사람과 싸울 뿐이지만, 나 한 사람은 그들 모두를 격파한다. 그런데 그들이 생 니케즈 가 테러의 진범일까?

푸셰는 세 통령 모두와의 면담을 요청했다. 나폴레옹이 뒷짐을 지고 왔다갔다하는 동안, 푸셰가 침착한 어조로 말했다.

"경찰이 수사중입니다. 제보자들에게 사만 프랑의 현상금을 내걸었습니다."

푸셰는 속내를 드러내지 않으려 애썼지만, 나폴레옹은 그의 음성과 시선에서 이미 알아차렸다. 그의 구상, 그가 원하는 대로 일이 흘러가리라는 것을 짐작하기란 그리 어렵지 않았다. 푸셰가 설명을 계속했다.

"경찰은 폭탄을 숨긴 수레에 매어져 있던 암말의 잔해를 증거로, 그 말을 판 사람을 찾아냈습니다. 그 말을 산 사람은 프랑수아 카르봉이라는 자였습니다. 또한 수레의 잔해를 수소문해 화약통을 팔았던 상인의 신원도 확보했습니다. 범인들은 세 명의 슈앙으로, 조르주 카두달의 첩자들이었습니다⋯⋯."

푸셰는 말을 중단하고, 여전히 방 안을 걷고 있는 나폴레옹을 응시하다가 다시 말을 이었다.

"범인들은 왕당파인 프랑수아 카르봉, 리모엘랑, 그리고 생 레장입니다."

푸셰는 천천히 덧붙였다.

"생 레장은 일레빌렌 지방의 슈앙 책임자입니다. 프랑수아 카르봉은 1월 18일에, 생 레장은 28일에 체포되었습니다. 리모엘랑은 계속 도피중이지만 경찰이 추적하고 있습니다."

푸셰는 '슈앙들' 이라는 말을 반복했다. 그 폭탄장치는 조르주 카두달의 사주를 받은 왕당파 음모의 작품이라는 것이었다. 나폴레옹은 짧게 내뱉었다.

"카두달을 체포하시오."

그가 틀렸을까? 그 '지옥의 수레장치'와는 전혀 무관한 자코뱅들을 추방한 것은 잘못된 결정인가?

— 그러나 자코뱅들 역시, 나를 타도하려 하지 않았던가? 그들역시 왕당파들만큼이나 위험하고, 아니 더 파괴적이지 않은가?

'단검의 음모' 사건에 연루되었던 자코뱅들은, 1801년 1월 9일 재판에서 사형을 선고받았다. 그러나 그들의 음모는 실은 행동 단계에 들어가지도 않은 미수 상태였다. 생 니케즈 가의 '지옥의 수레'는 이십이 명의 사망자와 오십여 명의 부상자를 낳았다.

1801년 1월 29일 밤 자정, 튈르리 궁에서는 나폴레옹이 주관한 비밀자문회의가 열렸다. 두 통령과 포르탈리스, 탈레랑, 뢰드레르 등 몇 명의 주요 인물들이 참석한 이 회의에서 '단검의 음모' 사건에 연루된 사형수들 중 몇 명의 사면 문제가 거론되었다.

그러나, 사면은 모두 기각되었다.

1월 31일, 그들은 모두 단두대에서 처형당했다.

한 달여 전인 1800년 12월 26일, 이미 '잔혹한 범죄에 대한 가차없는 복수'를 주제로 국가참사원에서 회의가 열렸었다. 그때 나폴레옹은 말했다.

"피가 필요하다."

18
권좌에 있다는 것, 그것은 곧
미움을 받아들일 줄 안다는 것이다

나폴레옹은 조제핀이 손님들을 맞는 살롱의 문턱에서 걸음을 멈췄다. 그녀는 말메종에서뿐 아니라, 튈르리 궁에서도 저녁마다 살롱을 열었다.

그는 로르 쥐노를 눈여겨보았다. 그는 그녀를 어렸을 때부터 알고 있었다. 로르는 몽펠리에 거주하는, 보나파르트 가문의 친구인 페르농 부인의 딸이었다. 그리 눈에 띄지 않던 어린 아이가 벌써 저렇게 자라 있었다! 페르농 부인은 1785년 나폴레옹의 아버지 샤를 보나파르트가 몽펠리에서 임종하기 전, 그를 돌보아주었던 여인이다. 나폴레옹은 페르농 부인에게 여러 번 감사를 표현했고, 심지어 몇 살 위인 그녀와 결혼을 생각한 적도 있었다.

그는 로르를 즐거운 마음으로 바라보았다. 그녀는 온몸으로 정열과 젊음을 발산하고 있었다. 발랄하고 아름다웠다. 화장기 없는 갈색 얼굴은 신선했고, 임신한 탓에 몸매는 좀 무거워 보였지만, 움직임만큼은 날아갈 듯 가벼웠다. 보기에도 즐거운, 생기 있고 상큼한 화초 같은 이미지였다.

로르를 바라보던 눈길을 거두고 조제핀를 바라보았다. 상쾌함은 사라지고 이내 절망과 분노가 가슴을 답답하게 했다. 그녀의 너무 진한 화장과 지나친 치장에 마음이 상했다. 늙어가는 그녀의 마음을 건드려 상처주고 싶은 욕망에 시달리기도 했다. 아직 애정이 식은 것은 아니었다. 그녀는 여전히 그에게 즐거움을 주고 도움을 주기도 하지만, 여전히 그녀는 그를 속이고 모욕을 줄 때도 있었다. 지금은 그를 위해 아들 하나도 낳아줄 수 없는 처지가 되어버린 여자.

그녀가 그를 쳐다보자, 그는 눈길을 돌리며 그녀가 자신의 생각을 짐작하지 못했기를 바랐다. 하지만 조제핀은 그의 마음을 읽었다.

이틀 전, 그는 조제핀과 로르 쥐노를 마차에 태우고 말메종 공원을 산책했다. 삼백 헥타르가 넘는 방대한 말메종 공원을 산책하는 내내 조제핀은 잔뜩 찌푸린 표정이었다.

조제핀은 주저했지만, 나폴레옹이 고집부리는 바람에 함께 산책에 나선 길이었다. 그는 마부에게 마차를 몰라고 말하고, 젊은이처럼 힘차게 말에 뛰어올랐다. 그는 아직 서른두 살도 안 된 청년이었다! 조제핀은 그보다 더 나이 들었다. 그는 이제 그 문제를 심각할 정도로 의식하고 있었다. 그는 마차에 앉은 로르 쥐노를 바라보았다. 젊은 그녀의 생기가 그를 매혹하고 그의 신경을 자극했다.

마차가 시냇물 앞에 이르자, 조제핀은 냇물을 건너는 것이 무섭

다며, 건너고 싶지 않다고 불평했다. 조제핀의 불평에는 대꾸도 하지 않고, 로르를 품에 안고 걸어서 시내를 건넌 그는 마부에게 마차를 몰고 돌아가라고 지시했다. 하지만 마차에 남은 조제핀의 흐느끼는 소리가 그의 발목을 붙잡았다. 조제핀에 대한 죄책감과 구속감이 가슴을 파고들었다.

　─ 왜 나는 로르 쥐노 같은 여자를 아내로 갖지 못했는가?

　그는 조제핀이 로르를 질투하는 것이라며 투덜거렸다.

　"당신이 미친 거요."

　때로 남편 쥐노가 파리의 사령부를 지키는 날이면, 로르는 말메종에 홀로 머물렀다. 그런 날이면, 나폴레옹은 새벽같이 그녀를 찾아가 악동처럼 굴며 그녀를 만지곤 했다. 조제핀은 로르에 대한 그의 행동과 처신이 이미 한계를 넘어서고 있다는 것을 알고 있었다.

　시냇가에서, 그는 흐느끼는 조제핀에게 말했다.

　"당신은 내가 질투를 죽음보다 더 싫어한다는 것을 알잖소? 자, 그만하고 내게 키스해주오. 당신이 울 때면 너무 추해 보여. 내 이미 당신에게 말했잖소?"

　그녀는 눈물을 거두었지만, 그날 이후에도 질투는 여전했다. 로르 쥐노나 주세피나 그라시니에 대한 질투.

　주세피나 그라시니, 그는 이 이탈리아 여자를 이제 파리에서 쫓아낼 생각이었다. 그녀는 오직 그만의 여자이기를 받아들이지 않았다. 그는 통령이나 참모들, 혹은 장관들과 밤늦도록 일하고, 서류들에 서명하고, 글을 써야 하는 날이 많았다. 그런 날 한밤중에 그녀를 만나러 가면서, 그는 주세피나가 자신이 구해준 집에서 오직 그만을 기다려주기를 원했다.

　그러나 주세피나는 지긋지긋하다고 앙탈이었다. 하지만 그녀의 앙탈이 그를 지치게 해서만은 아니었다. 능란한 푸셰의 충고도 그녀를 포기하게 한 요인이었다. 푸셰는 경찰과 사제로서 갖추어야 할 능력을 골고루 갖춘 노회한 인물이었다. 능란함에 있어 그와 비견할 인물은 아무도 없었다. 푸셰는 그에게 두 가지를 말하며 충고했다. 우선, 테러의 위협이 심각한 때에 시종 한 명만 데리고 그것도 한밤중에 여가수를 찾아다니는 것은 신중치 못한 행위라는 것과, 또한 주세피나는 로드라는 바이올리니스트와 즐기는 관계라는 것이었다.

푸셰에게서 그런 충고를 들으며 나폴레옹은 냉정을 유지하려 애썼지만, 장관은 그의 심기를 훤하게 읽고 있는 듯했다. 푸셰는 누구에게도, 그 무엇에도 넘어갈 위인이 아니었다. 이 인간은 믿음을 주기에는 너무 총명하고, 너무 음흉했다. 그러나 뒤집어보면, 바로 그렇기 때문에 반드시 필요한 인물이었다. 적어도 지금으로서는 그렇다.

주세피나를 보내야 하다니! 할 수 없다. 그녀도 한 명의 여자일 뿐이다.

예전에 조제핀을 맹목적으로 사랑했던 그는, 그토록 한 여자에게 빠져들었던 자신을 지금은 원망하고 있었다. 하긴 당시 그는 너무 젊었고, 너무 순진했다. 그때 그가 여자에 대해, 그리고 권력에 대해 무엇을 알았겠는가?

하지만 지금은 사정이 완전히 바뀌었다. 오페라 극장이든, 살롱이든, 이곳 튈르리 궁전이든, 말메종이든, 캉바세레스의 저택이든, 탈레랑의 저택이든, 뇌이이든, 그 어디든 그가 모습을 나타내기만 하면 그것으로 충분했다. 여자들이 그에게 다가왔다. 그런데 왜 여자들을 거부하겠는가? 여자들은 그를 욕망했다. 신경을 곤두서게 만드는 자문회의, 재정이나 민법 문제들에 대한 토론들, 죽음과 잔혹함을 속성으로 하는 권력놀음에 끝없이 시달리는 그에게,

젊고 아름다운 여자는 평화의 순간이었다.

문이란 문은 모두 닫혀 있고, 샹들리에와 수많은 촛불이 환하게 밝혀져 있는 방, 그곳에 여자들이 있었다. 애써 포위하고 공격을 명령할 필요조차 없는 무방비 도시처럼 스스로를 바치는 여자들…… 여자들이 먼저 그를 다 헤아리고 그의 손짓만 기다렸다.

그는 여자들의 그런 복종과 스스로 알아서 내맡겨오는 자발성, 그리고 그가 원하는 대로 여자들을 이끌 수 있는 신속한 결정을 좋아했다.

이제 여자들과의 관계는 그리 중요하지 않았다. 그는 마음껏 품고, 충분히 보상해주었다. 그러면, 여자들은 다시 그를 찾았다. 그가 단 몇 시간 함께했던, 풍만한 육체의 여가수 브랑쉬 부인이 그러했다.

그는 여자보다 일에 더 몰두했다. 미혼 여배우 뒤슈누아가 약속한 시간에 찾아왔을 때도, 나폴레옹은 일에 빠져 있었다. 그녀가 찾아왔다는 시종장 콩스탕의 말에, 그는 "그녀에게 옷을 벗고 침대에서 기다리라고 해" 하고 시켰다. 하지만 일을 끝마치지 못했다. 결국, 스스로 옷을 벗고 침대 안에서 홀로 밤을 새운 뒤슈누아는, 새벽에 다시 옷을 입고 나가라는 시종장의 명령을 군말없이 받아들여야 했다!

그날 밤, 그는 젊은 여자와 기분전환할 욕망조차 느낄 수 없을 만큼 일이 많았다.

미혼 여배우 부르구앵이 그를 찾아온 날도 있었다. 그녀에겐 공인된 애인, 선량하기로 소문난 내무장관 샤프탈이 있었다. 그런데 마침 그날 샤프탈은 회의가 길어져 나폴레옹 집무실에 남아 있다가, 이 황당한 꼴을 당했다. 자신의 애인 부르구앵이 정숙한 여자라고 굳게 믿고 있던 멍청한 내무장관은, 부르구앵 양이 각하를 찾아왔다는 보고를 듣자마자, 불쾌하다는 태도로 서류들을 덮고는 사무실을 나가버렸고 사직서를 보내왔다.

나폴레옹은 부르구앵을 받아들이지 않았다!

모욕당한 부르구앵은 원한을 품은 여자로 돌변해, 나폴레옹을 용서할 수 없다며 몰래 험담을 퍼뜨리고 다녔다.

하지만 나폴레옹은 신경쓰지 않았다. 그저 또 하나의 증오가 늘어난 것일 뿐. 권력의 자리에 있다는 것은 곧 미움을 받아들일 줄 안다는 것이다.

나폴레옹이 살롱으로 들어서자, 모든 사람들의 시선이 그를 향해 집중되면서 대화가 잠시 중단되었다가 다시 낮은 소리로 계속되었다.

그는 누이 카롤린 뮈라에게 다가갔다. 그러나 몇 마디밖에 나누지 못했다. 그녀도 조제프나 뤼시앵, 폴린 등 다른 형제들처럼 탐욕스러워, 자신이 얻은 것만으로는 만족할 줄을 몰랐다. 대체 그녀는 뭘 상상하는 것일까? 아버지가 프랑스 통치를 유산으로 남겨주었으니, 모든 자식들끼리 서로 나누어야 한다는 것인가?

승리를 통해 이 모든 것을 얻어낸 것은 바로 그, 나폴레옹이었다.

그러나 그녀는 가족이었다. 그는 혈육의 관계를 부정할 수 없었고, 또 그러기를 원하지도 않았다.

그는 몸을 돌려, 참모 뒤로크와 잡담을 나누는 오르탕스 드 보아르네를 바라보았다. 그에게 말을 건네는 그녀의 태도로 보아, 그녀는 뒤로크에게 끌리고 있었다. 벌써 몇 번이나 그녀는 결혼하고 싶다는 말을 해왔다. 그러나 조제핀은 다른 생각을 갖고 있었다. 오르탕스와 뤼시앵 보나파르트가 서로 증오하는 사이임에도 불구하고, 그녀는 그 둘을 결혼시키려는 궁리를 하고 있었다. 뤼시앵은 스페인 대사가 된 이후로, 내무장관 시절부터 불려온 재산을 더욱 늘려가고 있었다. 조제핀은 처음엔 오르탕스를 루이 보나파르트와 결합시킬 생각이었다. 그녀는 그렇게 두 가문의 결정적인 결합을, 그리고 오르탕스가 낳게 될 아들을 나폴레옹의 후계자로 삼으려 했다! 그녀에게 가장 큰 고민은 후계자 문제였다.

나폴레옹은 자리를 떴다. 이 모든 문제들에 자신이 관련되어 있음을 알고 있었지만, 그는 그같은 가소로운 책략들은 안중에도 없었다. 앞으로 그의 운명과 미래는, 어차피 예측할 수 없는 방식으로 전개되리라는 확신을 그는 가지고 있었다. 여자들의 치마폭 책략 따위에 신경쓸 겨를이 없었다. 조롱하듯 올라오는 보고서들 속에 담긴 비난의 말들과, 그가 오르탕스의 애인일 거라는 황당한 추측들까지 일일이 신경쓸 이유가 있겠는가?

나폴레옹의 눈에 세바스티아니 대령이 보였다. 세바스티아니는 안개달 19일, 이탈리아 원정군 출신 병사들을 이끌고 5백인 회의를 해산시키는 데 일조했던 인물이었다. 그에게 다가가려 자리에서 일어서는데, 마침 뢰드레르가 재정체제에 관한 문제를 거론했다. 귀를 귀울이던 나폴레옹이 말했다.

"나는 반대 의견을 제시한다고 화를 내는 인간이 아니오. 아니 오히려 나에게 명쾌하게 설명해주는 것을 좋아하오. 과감히 말하시오. 당신의 모든 생각을 말하오. 망설일 게 뭐 있소? 지금 우리는 가족끼리 있는 것이나 마찬가지 아니오?"

그러나 그는 지난번 법률가들과 민법에 관해 토론할 때처럼, 자기 자신이 그 누구보다도 문제의 핵심을 더 빨리 포착한다고 확신하고 있었다. 학자라는 자들은 경험, 혹은 단순한 양식을 잊는 것 같았다. 아니라면, 지금도 기억에 생생한 유스티니아누스 법전을 이미 독파한 그와는 달리, 그들은 그런 책들을 읽지도 않았다는 말이다.

갑자기 그가 가로막듯 말했다.

"법은 만드는 것보다 집행하기가 더 어려운 법이오…… 그것은 마치 당신들이 내게 십만 명을 주면서, 그들을 훌륭한 병사로 만들어달라고 말하는 것과 같소."

그는 몇 발자국 옮기다 다시 몸을 돌렸다. 충격, 즉 기습을 가할 줄 알아야 한다. 그는 말을 이었다.

"좋소, 내가 당신들에게 좋은 답을 주겠소. 나에게 그들 중 반을 죽일 시간만 주시오. 그러면 나머지 반은 좋아질 테니."

그는 자신과 대화를 나누는 상대방이 당황한 나머지 입을 떼지 못하는 걸 볼 때마다 내심 흡족함을 느꼈다.

시간이 흐를수록, 그는 자신이 정확하게 그리고 멀리까지 내다볼 수 있는 유일한 인간이라고 생각했다. 아니, 그는 늘 그렇게 생각해왔는지도 모른다. 그는 결정하는 사람은 결국 그 자신뿐이라는 사실을 확신했다. 민법 문제, 새로운 재정 입법 문제 등, 거의 모든 중요한 문제들을 그 자신이 결정했다. 파리에 세 개의 다리를 건축하는 문제도 그가 결정했다. 식물원으로 가는 다리와, 시테 섬과 생 루이 섬을 잇는 다리, 그리고 루브르와 학사원을 연결하는 다리였다.

─내가 명령하지 않는 문제들은 전부 실패한다.

이집트에 남아 있던 프랑스 군대가, 상륙한 영국 전투부대에 패배했다. 독일에서는, 모로가 무슨 의도인지는 모르지만 이미 격파한 오스트리아군을 추격하지도 않고 격파하지도 않았다.

─심플롱(스위스와 이탈리아를 잇는 통로)을 건너는 도로 하나를 결정하기 위해서도, 매순간 내가 추진력이 되어야 한다. 하다 못 해 여자들에게 모슬린보다 비단을 선택할 것을 유도하는 일도, 내가 나서야 한다. 그래야 수공업이 살아나는 것이다.

그는 그렇게 끊임없이 권력을 연마하고 있었다.

아침 아홉시, 나폴레옹은 튈르리 궁의 홀에 들어갔다. 참모부장이자 파리 사령관인 쥐노 장군이 그에게 보고서를 제출했다. 쥐노는 장교들에게 둘러싸여 있었다. 코담배를 들고 자리에서 일어난 나폴레옹은 코담배를 음미하며 큰 보폭으로 천천히 홀을 걸었다. 제1사단장 모르티에 장군이 기죽은 목소리로, 강도들이 합승마차를 습격하는 사건이 다시 발생했다고 보고했다. 나폴레옹이 소리쳤다.

"아직도 합승마차를 공격하고, 공공재산을 터는 사건들이 일어난단 말이오? 그런데도 그런 범죄를 막을 조치 하나 제대로 내리지 못한단 말이오?"

모르티에는 말없이 고개를 떨구었다.

나폴레옹은 계속 서성이며 차갑게 말했다. 홀 안에 있는 모든 사람들이 듣도록 목소리를 높였다.

"합승마차 꼭대기에 작은 보루를 만드시오. 좁고 두터운 매트로 성벽처럼 만들고, 거기에 총구멍을 뚫어 총을 쏠 수 있게 하시오. 병사들 중 뛰어난 사수를 선발하여 뒤쪽에 앉히시오. 장군, 내 명령을 즉각 실행하시오."

그의 지시사항을 들으며, 사람들은 그가 이성적으로 화를 내는 유일한 인간이라고 생각했다. 그의 시선은 황급히 홀을 나가는 모르티에 장군을 쫓아가고 있었다.

— 나, 보나파르트는 권력을 사랑한다. 예술가로서 사랑한다. 음악가가 최고의 음질과 하모니를 끌어내기 위해 바이올린을 사랑하듯이, 그렇게 나는 권력을 사랑한다.

— 그들이, 나를 반대하는 그자들이 그것을 이해할까?

법제심의원에서 토론 도중에 끼어들어, 특별재판소를 설치하는 것이 과연 필요한가라며 이의를 제기하는 자들. 그들이 이해하겠는가? 나폴레옹이 보기에 그것은 투덜거림에 지나지 않았다. 그들은 대체 어떤 인간들인가? 나폴레옹은 뢰드레르에게 빈정대듯 말했다.

"그 열댓 명 형이상학자들은 물에다 던져버려야 하오. 내 옷에 붙어 있는 빈대 같은 놈들. 내가 루이 16세처럼 만만하게 공격당할 것 같아? 어림도 없지."

— 더구나 민중이 나를 환호하고 군대가 나에게 충성하는데, 그들이 도대체 무엇을 할 수 있단 말인가? 굳건한 통치를 위해서는 승리에 바탕한 평화가 필요하다.

1801년 초, 오스트리아는 독일과 이탈리아에서 패했다. 영국은 아직도 완강했지만, 대륙 내의 평화조약과 연합정책으로 고립시키고 위협한다면, 협상 테이블에 나올 수밖에 없으리라. 하지만 평화는 쉽사리 다가오지 않았다.

나폴레옹은 조제프에게 뤼네빌에서 비엔나 대표인 코벤츨과 협상을 개시하라는 편지를 썼다.

〈오스트리아는 빨리 현실을 직시해야 해. 코벤츨에게 오스트리아의 처지가 시시각각 바뀌고 있다는 사실을 깨닫게 해줘. 그리고 만일 다시 도발을 시작한다면, 내가 직접 알프스와 이존트소까지 점령해버릴 것이라고 알려.〉

비엔나에 보내는 경고였다. 나폴레옹은 또다른 거대한 계획을 은밀히 진행시키고 있었다. 러시아 차르 파벨 1세와 손을 잡는 연합정책을 성사시키는 일이었다.

나폴레옹은 차르의 사절단인 콜리체프와 스프렝포르테른 장군을 맞이했다. 튈르리 궁이나 말메종에서 정중하게 그들을 영접했다.

상트페테르부르크와의 연합에서, 나폴레옹은 일석삼조를 노리고 있었다. 우선, 이 연합은 프랑스와 러시아가 오스만 제국을 분할 점령할 수 있는 길을 터줄 것이기 때문에 중요했다. 또한 인도까지 연합군을 파견할 수도 있을 것이며, 마지막으로 영국에 압박을 가할 수 있었다. 두 국가가 연합한다면, 유럽대륙 전체를 연합이라는 물림장치에 끼워넣음으로써 영국을 굴복시킬 수 있을 뿐만 아니라, 적어도 1792년 이후 프랑스의 라인 강 좌안 합병을 인정하지 않는 영국에게, 그것을 받아들이라고 강요할 수 있을 터였다.

나폴레옹은 튈르리 궁전의 만찬에 초대한 러시아 대표 스프렝포르테른 장군에게 다가갔다. 장군 주위에는 많은 사람들이 몰려 있었는데, 프로이센 대사 루케시니가 아주 가까이에 있었다. 프로이센도 대륙의 동맹국으로 만들 수 있으리라.

만찬장에 모인 이 외교관들을 놀라게 하고, 그들에게 프랑스의 부와 힘을 보여주고 싶었다.

나폴레옹은 붉은 천에 황금으로 수놓인 제1통령 예복을 입고, 허리에는 화려하게 장식된 칼을 차고 있었다. 스프렝포르테른 장군에게 다가간 그는 허리에 찬 칼을 뽑았다. 모두들 놀라서 그를 주목하자, 그가 칼을 들어 보이며 설명했다.

"왕관 장식에 쓰이는 가장 아름다운 다이아몬드들로 장식한 칼이오. 상시에서 만들어진 이 다이아몬드는 바로 오를레앙 섭정공* 이 왕관에 장식했던 그 유명한 136캐럿짜리 다이아몬드요. 한번 보시구려."

나폴레옹은 칼을 러시아 대표에게 건넸다. 그 칼은 모든 외교관의 손에서 손으로 돌아가면서 만찬석상을 찬사와 감탄으로 몰아넣었다. 칼이 다시 나폴레옹 손에 돌아오자, 그는 천천히 칼집에 꽂으며 말했다.

"칼이 없었다면, 인간들은 아무것도 건설하지 못했을 것이오."

---

* 루이 14세의 동생. 1715~1723년까지 루이 15세를 보좌하여 섭정, 1674~1723.

며칠 후, 차르 파벨 1세는 상트페테르부르크에 망명중이던 루이 18세를 추방했다. 조제프는 오스트리아가 뤼네빌에서 평화조약에 서명했다는 소식을 알려왔다. 조약의 핵심은 예전의 캄포 포르미오 조약을 재확인하는 것으로, 오스트리아는 다시 라인 강 좌안을 프랑스에 양도한다는 내용이었다. '영국의 심장을 향하여 장전된 권총'인 앙베르는 프랑스의 통제하에 놓이게 되었고, 치살피나 공화국은 확대되었다. 프랑스가 독일 문제에 개입할 수 있게 된 것이다.

나폴레옹은 혁명기 정치의 충실한 계승자였다.

유럽 남부에서는, 스페인이 뤼네빌 조약에 가담하면서 아란후에스 협상에 서명했다. 마드리드는 영국의 동맹국인 포르투갈과의 전쟁에 참여하기로 약속했다. 이탈리아에서는, 파르마와 피아첸차가 프랑스에 합병되기에 이르렀다.

뤼네빌 조약 체결 소식은 승전보와 다름없었다. 파리는 온통 축제 분위기에 휩싸였다. 사방에서 환희의 함성이 울려퍼졌다.

나폴레옹은 오랜만에 튈르리 궁 집무실 창가에 모습을 드러냈다. 마렝고 승전 직후 만큼이나 많은 인파가 모여들었다. 그는 경비대와 파리 주둔군 군악대에게, 거리에서 열리는 대규모 민중 무도회의 분위기를 한껏 고취시키는 연주를 하라고 지시했다.

잠시 환희에 들뜬 장면을 물끄러미 바라보던 그는 책상으로 돌아와 조제프에게 편지를 썼다.

〈나로서는 형에게 달리 할 말이 없어. 민족 전체가 조약에 만족하고, 나도 더할 나위 없이 만족해. 쥘리에게 너무 고맙다는 인사를 전해줘.〉

그는 경찰청장을 호출했다.

"시장들을 거느리고 각 구역마다 돌면서, 민중들 앞에서 평화의 시대가 도래했음을 알리고, 이 선언문을 낭독하시오."

그가 직접 작성한 선언문이었다.

〈프랑스인들이여, 영광스런 평화가 마침내 유럽대륙의 전쟁을 마감했습니다. 우리나라의 국경은 자연이 표시해준 경계를 훨씬 넘어섰습니다. 우리와 갈라졌던 민족들이 다시 우리의 형제로 돌아왔습니다. 프랑스의 인구와 영토, 그리고 국력은 6분의 1이나 증가했습니다. 여러분은 우리 전사들의 용기가 이 성공을 가져왔다는 사실을 기억해야 합니다…… 또한 전 민족적인 화합, 감정과 이해의 통일이 프랑스를 폐허로부터 다시 구해냈다는 사실을 기억해야 합니다.〉

그는 홀로 머물렀다.

평화. 그는 그것을 원했다. 이제 그는 평화를 거의 얻었다. 영국에 평화를 강요하는 일만 남았다. 앞으로 걸어야 할 승부는 간단했다. 유럽대륙 대부분을 장악한 지금, 러시아와의 동맹이 대륙 평화의 열쇠가 되리라. 오스트리아를 참여시켜야 한다는 목표는 이미 이루었다. 그리하여 프랑스가 독일과 이탈리아를 지배할 수 있게 된 것이다.

이 모든 카드들을 동시에 손아귀에 넣을 수 있을까? 이 내기판의 남쪽과 북쪽, 동쪽과 서쪽을 한꺼번에 통제할 수 있을 것인가?

그리고 영국은 얼마나 더 고집을 부릴 것인가?

하지만 그의 계획은 여건이 성숙해야 실현될 수 있는 것이었다. 설령 프랑스가 원한다 할지라도, 그가 마음대로 바꿀 수 있는 것은 아니었다. 특히 라인 강 좌안을 차지한 것은 대혁명의 유산이었다. 결코 포기할 수 없었다.

라인 강 좌안은 그 유산의 신성한 심장이므로.

틸르리 궁의 대연회실에는 평화조약 체결을 축하하기 위한 사절단들이 장사진을 이루었다. 나폴레옹은 브뤼셀 대표단을 맞으면서 장엄한 어조로 말했다.

"벨기에는 프랑스의 형제요. 노르망디나 알자스, 랑그도크, 부르고뉴가 그러하듯이 말이오…… 적이 사령부를 생 탕투안 교외에 설치한다 하더라도, 프랑스 민중은 권리를 양도하지 않을 것이며, 벨기에와의 통일 역시 포기하지 않을 것이오."

벨기에 대표단은 감사와 열광의 표시로 머리를 조아렸고, 대연회실을 가득 채운 사절단 모두가 나폴레옹에게 찬사를 보냈다.

하지만 그는 수심에 잠긴 듯이 보였다.

— 그때면 평화가 가능할 것인가?

나폴레옹은 탈레랑이 평화조약을 기념하기 위해 뇌이이 성에서 개최한 화려한 축제에 참석했다. 시인 에스메나르는 제1통령을 찬양하는 시를 낭독했다. 사람들은 평화보다 나폴레옹에게 더욱 열광했다. 망명으로부터 돌아온 귀족들, 대사들, 파리의 가장 아름다운 여인들이 그의 주위에 몰려들었다. 그러나 그는 미소지으며 그들과 거리를 두고 지나가는 것으로 만족했다.

— 승리와 추락 사이는 단 한 걸음일 뿐이다.

승리의 기쁨을 누릴 때마다, 군중이 환호할 때마다, 그는 환상에 빠지지 않고 승리와 추락 사이를 냉철하게 바라보았다.

영광은 일시적이며, 권력은 덧없는 것이라는 생각이 그를 괴롭히는 게 아니었다. 그런 생각은 그가 확인하는 현실로서, 이미 그의 내부에 깊숙이 자리잡고 있었다. 그는 자신이 어디로부터 왔는지 잘 알고 있으며, 그 동안 두 눈으로 확인해온 것들을 잊지 않았다. 1801년 4월 12일, 그는 부리엔에게 몇 번이나 반복해서 말했다.

"대변혁기에는 언제나, 아무것도 아닌 사소한 일들이 가장 큰 사건들을 결정하는 법이야."

부리엔이 급보를 들고 와 그에게 내밀었다. 북쪽 지역의 전령이 튈르리 궁으로 가져온 것이었다. 나폴레옹은 단숨에 읽었다.

차르 파벨 1세가 1801년 3월 24일 그의 궁에서 목졸려 살해당했다. 암살을 공모한 것으로 보이는 그의 아들 알렉산드르가 왕위에 올랐다. 공식적으로는, 파벨 1세가 뇌졸중으로 사망한 것으로 발표되었다. 러시아 내부에서 영국과의 동맹을 주장하는 자들은 박수갈채를 보냈으며, 런던에서도 환호했다.

나폴레옹은 집무실 한가운데 붙박인 듯 꼼짝도 하지 않았다.

푸셰가 들어오자, 그는 전문을 구겨버렸지만, 푸셰는 자신의 정보망을 통해 암살 소식을 이미 알고 있었다. 파벨 1세는 자신의 방에서 스카프에 목이 졸렸으며, 두개골은 칼자루가 틀어박혀 움푹 파였다. 암살자들이 차르를 죽이는 데 걸린 시간은 사십오 분이었다.

나폴레옹은 구역질을 참을 수 없다는 표정을 지으며 소리쳤다.

"뭐야! 황제가 경호대들 사이에서도 안전하지 못했단 말인가!"

푸셰가, 러시아는 본래 이같은 사건이 수시로 일어나는 나라라고 설명했다. 나폴레옹은 그의 말을 자르고 내보냈다. 그는 부리엔과 단둘이 있고 싶었다.

그는 집무실 안을 정신없이 서성거렸다.

이 궁전에서의 자신의 운명을 생각했다. 푸셰가 뭐라 하든, 통치하는 자는 항상 표적이었다. 바로 몇 주 전만 해도, 그 역시 생 니케즈 가에서 암살당할 뻔하지 않았던가? 재판소는 프랑수아 카르봉과 생 레장에게 사형을 언도했고, 그 '지옥의 수레장치'를 꾸몄던 삼인방 중 하나인 리모엘랑과 주모자 조르주 카두달은 아직도 잡지 못했다. 게다가 자코뱅들은 끊임없이 비수를 갈고 있었다.

장군들은 어떤가? 모로나 베르나도트처럼 질투하는 자들은 자기들이 제1통령 자리를 차지할 수 있을 거라는 환상에 사로잡혀 있지 않은가?

그러나 최악의 상황은 아니었다. 장기판의 한 쪽이 떨어져나갔을 뿐이었다. 나폴레옹은 말했다.

"나는 차르와 힘을 합해 인도를 지배하는 영국에 치명타를 가할수 있을 것이라 확신했는데…… 러시아의 궁정 반란이 나의 모든 계획을 뒤엎어버리고 마는군!"

차르 암살자들 뒤에 영국이 숨어 있었던 것은 아닐까? 영국은 카두달을 지지하고 자금까지 지원하고 있지 않은가?

영국은 모든 것을 걸고 유럽대륙의 평화를 막으려 했다. 얼마전 영국은 덴마크와 중립동맹을 맺은 북부의 강대국들에게 최후통첩을 보냈다. 상품 교역을 위해, 영국은 유럽 항구들의 개방과 모든 선박 감찰권을 요구했다. 넬슨 함대는 이같은 요구를 강요하고 관철하기 위해 발틱 해를 뚫고 들어가 코펜하겐을 위협하고 있었다.

나폴레옹은 부리엔에게 말했다.

"받아써."

영국이 평화, '세계에 필요한 평화'에 장애물이 되고 있다는 사실을 여론에 알리고 납득시켜야 했다. 나폴레옹은 『르 모니퇴르』지에 발표할 간략한 기사를 구술했다.

〈파벨 1세가 3월 23일 밤에 사망했다. 같은 시각 영국 함대는 발틱 해의 순트 섬을 통과하고 있었다. 역사가 우리에게 이 두 사건 사이의 관계를 밝혀줄 것이다.〉

그리고 그는 중얼거렸다.

"황제가, 경호대원들 사이에서……."

1801년 4월 21일, 생 니케즈 가 테러 사건의 범인 프랑수아 카르봉과 생 레장이 단두대에서 처형당했다. 그날, 나폴레옹은 학자이자 원로원 의원인 몽주와 라플라스를 만났다.

나폴레옹은 그들의 처형을 상세히 기록한 경찰 보고서를 보여주었다.

단두대에 오르는 순간 두 슈앙은 "왕 만세!"라고 외쳤다고 한다.

몽주와 라플라스를 향해 몸을 돌리면서, 나폴레옹은 명상에서 깨어나듯 천천히, 그러나 큰 소리로 말했다.

"프랑스 민중은 나의 결점 때문에 고생도 하겠지만, 내게서 나의 장점을 보려고 노력해야 할 것이오."

그는 말을 끊고, 법제심의원에서 그가 했던 말을 반복했다.

"나는 군인이며, 민중의 가슴으로부터 나온 대혁명의 아들이오. 나의 결점은 모욕을 견뎌내지 못한다는 것이오. 나는, 사람들이 나를 일개 왕 정도로 생각하는 것을 견딜 수 없소."

19
정상에 있으면 모든 게 가능하고 모든 게 잊혀진다

나폴레옹은 맘루크인 루스탐이 들고 있는 거울을 들여다보았다. 시종장 콩스탕이 여느 아침처럼 황금 도금된 쟁반에 영국제 면도기와 비누를 받쳐들고 왔다.

평소 나폴레옹은 얼굴에 비누거품을 듬뿍 묻히고, 칼날을 몇 번 길게 움직이면서 면도를 끝내곤 했다. 하지만 오늘은 영국제 면도기에 선뜻 손이 가지 않았다.

나폴레옹은 거울 속에 비친 자신의 모습을 오랫동안 바라보았다.

어제 늦은 오후, 그는 화실에서 다비드가 그리기 시작한 그림의 초안을 천천히 살펴보았다. 사람들은 그림에 표현된 대로 나폴레옹을 보게 되리라. 그림 속의 그는 흐린 하늘 아래 망토를 두르고, 갈기와 꼬리를 바람에 휘날리며 뒷발을 차는 백마를 타고 있었다. 병사들은 알프스의 험난한 계곡에서 대포를 밀면서 진군하고 있었다. 다비드는 그림을 내밀며 중얼거렸다.

"'생 베르나르를 횡단하는 보나파르트'입니다."

다비드가 묘사한 그의 얼굴은 지금 거울에 비친 그의 얼굴과 별로 닮지 않았다. 화가가 그린 얼굴은 매끄러운 하얀 피부에 충만하고 전체적으로 조화를 이룬 표정이었다. 그런데 오늘 아침 거울에 비친 그의 얼굴은 정반대였다. 눈은 움푹 들어가고, 야위고 누런 얼굴에 턱이 너무 길어 보였다.

그의 모습을 있는 그대로 볼 수 있는 사람은 아마 나폴레옹 자신뿐이지 않을까? 하지만 진실은 다비드가 그리는 그림일지도 모른다. 사람들은 이미 그를 영웅으로, 왕자로 보고 있지 않은가?

몸을 돌리려는 순간, 그는 갑자기 목이 갑갑함을 느꼈다. 지난밤 동안 갇혀 있던 실내의 탁한 공기, 몸에서 나는 강한 냄새를 견디기 어려웠다. 그는 루스탐에게 말했다.

"창을 열어. 신이 만든 공기를 마시고 싶네."

하늘은 흐렸지만 공기는 신선했다. 5월, 아홉시가 조금 지난 시각이었지만, 태양은 아직 잿빛 안개층을 뚫고 나오지 않았다.

나폴레옹은 몇 분 만에 면도를 끝냈다. 콩스탕이 그에게 손수 면도하라고 설득한 것은 옳았다. 다른 사람 손에 얼굴을 내맡기고 꼼짝 않고 있는 건 견디기 힘든 일이다. 면도를 대충 한다고 해서 문제될 것도 없지 않은가?

그는 얼굴에 콜로뉴 향수를 살짝 뿌리고, 수증기로 가득 찬 뜨거운 욕실로 들어갔다. 고통스럽지만, 그는 뜨거운 물에 몸을 담그기를 좋아했다. 몸 속 깊숙이 파고드는 뜨거운 물은 그의 피부를 괴롭히는 만성 염증을 진정시켜주었다.

그는 오랫동안 욕조에 있었다. 욕조 속에서, 그는 가장 평온했

다. 때로는 긴장을 풀기 위해 한밤중에도 뜨거운 물 속에 들어가
곤 했다.

어제 저녁, 조제핀과 말다툼이 있었다. 나폴레옹은 짓궂게도,
뤼시앵이 마드리드에서 보내온 충격적인 소식을 알려주었다. 스페
인 궁정과 고도이 왕자는, 이사벨 공주와 프랑스 제1통령의 결혼
을 제안해왔다. 한 가지 전제조건이 있었다. 제1통령의 이혼이었
다. 조제핀은 화내지 않았다. 눈물 흘리는 성녀의 얼굴을 보여주
었을 뿐이었다.

그는 그녀의 슬프고 처량한 표정에 넌더리가 났다. 밖이 어둑해
지고 있었지만 사냥을 준비하라고 명령한 것도 그 때문이었다. 조
제핀은 나폴레옹을 가로막으며 분통을 터뜨렸다.

"사냥하러 간다구요? 그만두세요. 보나파르트, 짐승들은 여기에
도 득실거려요."

그는 사냥을 포기하겠다면서, 최후의 화살을 날리듯 내뱉었다.

"짐승들? 그렇겠지. 여기서는, 부인을 제외하면, 모두가 생식력
이 왕성하오."

잔인한 말인가? 하지만 그게 진실 아닌가?

뤼시앵이 협상중인 결혼 문제에 대해 나폴레옹은 불만이 없었다.

— 드디어 나도 왕의 자손처럼 대접받게 된 것이 아닌가?

어제 저녁, 그는 볼네에게 불만을 털어놓았다.

"만일 내가 다시 결혼한다면, 파산한 집안의 여자는 구하지 않
을 것이오."

그러나 뤼시앵은 상황을 제대로 파악하고 있는 것인가? 그는
고도이 왕자의 정치적 술수에 말려들어 매수되었음에 틀림없었다.
스페인은 포르투갈과 바다호스 조약을 신속하게 매듭짓기 위해
'오렌지 전쟁'이라 불리는 우스꽝스런 전쟁을 벌였다. 그리고 푸
셰에 따르면, 뤼시앵과 고도이 왕자는 3억 프랑을 나누어 가졌다.

게다가 뤼시앵은, 고도이 왕자에게 선물하기 위해서라며, 제1통령의 초상화를 보내달라는 순진하고도 대담한 요구까지 했다!

수증기가 가득한 목욕탕으로, 부리엔이 필기도구를 들고 들어왔다. 나폴레옹은 뤼시앵에게 보낼 편지를 구술했다.

〈나는, 선왕을 지하감옥에 가두고, 아직도 종교재판소를 이용하는 인간에게 내 초상화를 절대로 보내지 않겠다. 초상화를 보내는 일은 어렵지 않지만, 그랬을 때 내가 얻는 것은 경멸밖에 없다.〉

나폴레옹이 욕조에서 나오자, 루스탐이 그의 온몸에 콜로뉴 향수를 뿌려주며 솔로 마사지했다. 나폴레옹이 말했다.

"더 세게 비벼, 당나귀를 비벼대듯."

그리고 화장하는 방에 들어가자, 콩스탕이 하얀 캐시미어 바지를 내밀었다. 나폴레옹은 바지에 펜을 문지르기 때문에, 매일 잉크 자국이 묻어 있거나, 그가 애용하는 궐련 가루가 얼룩져 있었다.

부리엔이 최근 도착한 편지들을 읽기 시작했다. 그중에는 뤼시앵이 보내온 두 통의 편지도 들어 있었다.

뤼시앵은 항의하기도 하고, 변명하기도 했다.

〈제가 부족함이 많다는 것은 부정하지 않습니다. 정책을 집행하기에는 제가 아직 어리다는 사실도 오래 전부터 잘 알고 있습니다.〉

부리엔은 망설이다가 계속 읽어나갔다.

〈결론적으로, 저는 부족한 점을 익히기 위해 물러나고 싶습니다…… 스페인에서, 이제 저에게는 한 가지 길밖에 없다는 것을 알게 되었습니다. 그것은 죽음입니다.〉

그쯤이면, 뤼시앵의 극단적 행동과 격한 성격, 조제핀에 대한 질투와 증오가 충분히 전달되었다.

〈다시 저에게 저주와 치욕이 쏟아지는군요…… 형님의 살롱에는 나를 폭행죄와 암살죄, 근친상간으로 고발하고 찢어버리려는 인간들이 득실거립니다.〉

— 그만하면 충분하다.

뤼시앵은 마드리드에서 '궁정의 아첨'에 말려든 것이다. 아첨하는 인간들이 그를 타락시키고, 그는 그들에게 매수당하고 있었다.

— 내 가족 중에서 누구를 믿을 수 있을까? 내 가족! 제롬은 지중해에서 작은 승리를 거둔 강톰 제독의 함대에서 복무하고 있다. 그러나 함대는 이집트에 남아 있는 병력을 도울 수 있는 정도는 아니다. 영국이 평화협상을 거부하고, 넬슨 함대가 코펜하겐을 폭격하는 지금, 강력하고 과감한 해군이 필요하다. 제롬이 대양에서 나의 눈과 팔이 될 수만 있다면! 제롬에게 힘을 실어주자. 그에게 글을 쓰자.

나폴레옹은 구술했다.

〈바다에서 업무를 잘 수행하고 있다니, 내 마음이 매우 기쁘다. 이제 영광을 얻을 수 있는 곳은 바다밖에 없다. 돛대 위로 올라가 배를 구석구석 잘 익혀라. 그래서 이번 출정에서 돌아오면, 네가 훌륭한 젊은 해군이라는 보고가 내게 들어오기를 기대한다. 네 의지대로 밀고 나가라. 네가 업무를 잘 파악하고 익히기를 고대하고 있다.〉

— 나 역시 훌륭한 포병장교로 출발하지 않았던가?

경호대 대령 제복을 입은 나폴레옹은 쥐노 장군과 장교들이 대기하고 있는 상황보고실로 향하기 전에, 집무실에서 개인사서 리포가 챙겨놓은 신문과 열흘마다 출간되는 신간 요약문을 읽었다.

그는 이 신문과 책들이, 영국 언론과 그들의 돈을 받는 선전가들이 유럽에 퍼뜨리는 험담을 그대로 전하지 않기를 바랐다. 영국의 악선전을 그대로 싣는다면, 제도나 통치자들에 대한 믿음이 파괴될 수도 있기 때문이었다. 나폴레옹은 충직한 생 장 당젤리에게 말했다.

"정부를 비판하기 전에, 먼저 자기 자리를 지킬 줄 알아야지."

신문을 훑어본 그는 홀로 작업실 책상에 앉아, 푸셰를 감시하는 특별첩보대의 보고서를 검토했다. 과연 누구를 믿어야 할까?

차르는 궁전의 심장, 바로 그 자신의 방에서 암살당했다. 더구나 그의 아들 알렉산드르가 공범이었다지 않은가!

권력의 정상에 있으면, 모든 게 가능하고, 모든 게 잊혀진다.

그는 즉각 뒤로크를 상트페테르부르크로 보내, 알렉산드르 1세와 우호적 관계를 맺기를 희망하며, 파벨 1세의 죽음을 뇌졸중의 결과로 받아들인다는 의사를 전달했다!

— 그러나 나는 왕의 아들이 아니다. 따라서 나는 나를 지킬 것이다.

그는 펜을 들어 푸셰에게 서한을 보냈다.

〈믿을 만한 소식통을 통해 얻은 정보를 장관께 보내오.〉

그는 푸셰에게, 여전히 프랑스 안에 숨어 있는 조르주 카두달과 그 측근들, 즉 '카두달의 추종자들이자 원정대들'에 관한 정보를 전했다.

— 죽이든 생포하든, 무조건 그들을 잡아야 한다.

그는 일어섰다. 쥐노의 보고서를 듣는 것으로, 공식적인 하루 일과는 끝났다.

일과 뒤에, 정말 중요한 일들이 시작될 것이다!

20
신과 협상이 안 되면, 악마를 상대해야 하는 법

1801년 5월 22일 오후가 끝나갈 무렵, 나폴레옹은 교황의 사절로 찾아온 코린트 대주교 스피나를 기다리고 있었다.

부드러운 날씨였다. 말메종 공원으로 나가던 그가 뒤돌아보았다. 남쪽 별채의 살롱에 탈레랑과 베르니에 사제가 보였다. 그는 두 사람에게 교황청과의 협약 문제를 협상하도록 맡겼다. 그러나 협상은 진척되지 않고 있었다. 스피나 대주교가 파리에 도착한 지도 몇 달이 지났다.

탈레랑이 이 협상에 소극적이라는 사실을 그는 알고 있었다. 탈레랑은 공화국 시민법에 서명한 주교로서, 교황청과의 화해를 바라지 않았다. 게다가 결혼을 꿈꾸고 있는 탈레랑은, 사제들에게 결혼을 허용하는 문제에 집착하고 있었다. 그외 다른 많은 사람들,

이론가들, 몽주나 라플라스 같은 학자들, 무신론을 주창하는 장군들, 기회주의적인 볼테르주의자들도 교황에 대한 모든 접근을 반대하고 있었다.

— 그들이 나의 정치에 대해 무얼 이해하겠는가? 나라를 평화롭게 하고 질서를 장악하기 위해서는, 종교로 복귀해야 한다.

그는 많은 사람들에게 종교와 평화의 관계를 역설해왔다.

"군대를 이끌고 승리하고 보니, 가장 좋은 동맹군은 신의 이름으로 양심을 이끄는 인간들이었소."

이 말을 다시 반복하면서, 이번에도 그가 직접 협상에 개입해야 했다. 중요한 문제가 제기될 때마다 언제나 그랬다. 하긴 통치라는 입장에서 보면, 중요하지 않은 문제가 어디 있겠는가?

그는 외교관 프랑수아 카코에게 교시를 주어 로마로 보냈다. 카코가 떠나기 직전, 그는 말했다.

"교황이 이십만 명을 거느리고 있다고 생각하고 대하시오!"

교황을 잘 대하고, 그 앞에 예를 갖추는 것은 교황이 강하기 때문이 아니었다.

요컨대 영국의 헨리 8세는 신교와 구교를 모두 인정하는 영국식 종교를 세웠다. 지금 다른 나라의 왕들은 프로테스탄트들이었다. 그리고 프랑스 왕들은 프랑스 독립 교회파들이었다!

그런데 왜 그는 머리를 숙이고자 하는가?

베르니에 사제가 찾아왔다. 베르니에 사제, 그는 예전 방데 반란군 지도자였다가, 현실주의적 야망을 못 이겨 나폴레옹과 손잡은 인물이었다. 나폴레옹은 이 사제를 신뢰했다. 베르니에는 농부의 육체를 가졌지만, 예수파의 지성과 세련미를 갖추고 있었고, 신부 특유의 부드럽고 설득력 있는 화법을 구사했다.

베르니에 신부는 스피나 대주교의 도착을 알렸다.

나폴레옹은 살롱을 향했다. 대주교를 품위 있게 영접하되 동시에 그를 긴장시켜, 본질적인 것은 조금도 양보하지 않을 것이라는 의지를 분명하게 드러내야 하리라. 만일 교황청이 협약을 거부한다면, 큰 대가를 치를 수밖에 없으리라는 점을, 구체적으로 교황청이 집착하는 교황령을 잃게 되리라는 점을 납득시켜야 했다.

첫 마디에서부터, 나폴레옹은 대주교의 눈빛에서 불안이 스치는 것을 보았다. 그에게 더욱 강력한 인상을 각인시켜주면서, 로마 교황청 외교의 특성인 부드럽지만 위선에 불과한 언어를 깨뜨리리라. 나폴레옹은 살롱을 거닐며 말했다.

"대주교께서는 나와 직접 협상해야 하오."

담배를 빨아들이기 위해 그는 걸음을 멈추며 말했다.

"나를 믿으시오, 대주교를 구원할 수 있는 사람은 오직 나뿐이오!"

그는 대주교에게 다가섰다.

"교황령을 원하십니까? 교황령에서 프랑스 군대가 철수하기를 원합니까? 모든 것은 나의 질문, 특히 주교들에 관해 내가 묻는 질문에 당신이 어떻게 답변하는가에 달려 있소."

의자에 앉아 있는 스피나 대주교의 몸이 굳어졌다. 그는 더듬거리고 있었다. 나폴레옹이 내뱉는 말 한 마디마다 충격을 받는 표정이었다.

— 장전은 끝났다. 이제 격렬하게 발사할 차례다.

나폴레옹은 느리게 말을 이어나갔다.

"가톨릭 교도로 태어난 내 가슴속엔 가톨릭을 복원하겠다는 생각 외엔 아무것도 들어 있지 않소."

그러다가 갑자기 그는 격한 목소리로 말을 이었다.

"그런데 교황의 태도를 보면, 마치 나더러 프랑스 전체를 이끌고 루터주의자나 칼빈주의자가 되라고 명령하는 것 같소."

그는 격렬히 손짓하면서, 문장을 하나하나 쪼개듯 잘라 말했다.

"교황은 태도를 바꾸어야 하오. 내 말을 들어야 한단 말이오! 그렇지 않으면, 나는 다른 종교를 받아들여 민중들에게 바칠 것이오. 가톨릭과 단절할 것이오."

그는 대주교에게서 등을 돌려 공원으로 나가면서, 한마디 더 던졌다.

"오늘 당장 로마에 연락하시오. 나의 모든 말을 그대로 전하시오."

그는 만족했다. 스피나는 말메종을 떠나면서 체념한 듯 고분고분한 모습을 보였다. 나폴레옹이 탈레랑에게 말했다.

"이제 일을 추진해도 되겠소. 그리고 당신에게도 할 일이 있을 것이오."

그는 정확한 어조, 설령 교황이라 할지라도 상대에게 말려들지 않는 자신 있는 화법을 찾았다고 확신했다. 그가 원하는 바는, 바로 그가 주교 임명권을 장악하는 협약을 체결하는 것이었다. 그 대가로 교황청은 프랑스 교회에 대한 권위를 유지하게 될 테지만, 교황청의 우월성은 상실되고 말 것이다. 프랑스 가톨릭은 제1통령에 의해 집행되는 종교가 되는 것이고, 교회는 국가재산으로 매각된 교회재산을 포기하게 될 터였다.

나폴레옹은 손 안에 최상의 카드를 들고 있다는 확신이 들면, 그것을 서슴지 않고 이용했다. 어떤 두려움도 없었다. 누가 그의 행동을 막을 수 있단 말인가? 교황이라 해도 그를 제지할 수는 없었다.

베르니에 신부에 따르면, 스피나 대주교는 이렇게 중얼거렸다고 한다.

"제1통령이 내 나침반을 앗아갔군."

물론이다! 승리는 그렇게 얻어지는 법.

며칠 후, 나폴레옹은 환하게 불밝혀진 뇌이이 성 정원에서 스피나 대주교를 다시 만났다. 토스카나 대공국(大公國), 에트루리아의 국왕 부부의 프랑스 여행을 환영하기 위해 탈레랑이 마련한 축제였는데, 국왕 부부는 나폴레옹의 동의하에 다시 세례를 받기 위해 프랑스에 온 것이다. 토스카나 대공은 바로 스페인 왕의 사위 루이 드 부르봉이었다. 나폴레옹은 왕 부부를 자세히 관찰했다. 그들은 대혁명 이후 처음으로 프랑스에 모습을 드러낸 부르봉 왕족이었다.

나폴레옹은 극도의 만족감을 느끼며, 새로운 프랑스의 지도자로서 그 유명한 가문의 후손을 맞았다. 더구나 루이 드 부르봉을 영접하는 자리임에도 불구하고, 시인들이 경배하는 인물은 부르봉 왕족이 아니라 제1통령 자신 아닌가. 가수들이 이탈리아 곡들을 노래하는 것도 바로 그를 위해서였다. 또한 피렌체의 팔라조 베치오 광장을 모방해 만든 거대한 장식도 나폴레옹의 의도에 따른 것이었다.

스피나 대주교가 손님들에게 둘러싸인 그에게 다가와 말했다.

"바티칸의 비서 콘살비 추기경이, 협약 협상을 매듭짓기 위해 파리로 오고 계십니다."

나폴레옹은 가볍게 미소지었다. 이미 알고 있는 소식이었지만, 대주교의 말에 귀기울이며 생각했다.

— 내가 스피나를 제대로 다루었나보군.

곧이어 루이 드 부르봉이 다가와 나폴레옹에게 말했다.

"제1통령 각하, 저나 각하나 모두 이탈리아 출신입니다."

— 내가 왕으로 만들어준 이 부르봉이 대체 뭘 생각하는 거야? 내가 그와 공통점이 있다고 믿는 건가? 내가 이탈리아 출신이라

구? 내가?

그는 냉정하게 대꾸했다.

"나는 프랑스 사람이오."

그는 프랑스를 사랑했다. 그는 오탱과 브리엔에서 보낸 몇 년을 기억하고 있었다. 또한 프랑스 사람들이 그를 대하던 방식과 느닷없이 가해오던 모욕들, 그의 사투리, 코르시카로 돌아가 민중해방주의자 파올리 곁에 있고 싶어했던 욕망 등을 생생하게 기억했다.

그러나 지금은 유년기를 보낸 그 섬을 조금도 생각하지 않았다. 그 고향섬으로부터 남은 것은 그의 가족, 형제와 누이들, 그리고 어머니뿐이었다. 물론 그는 가족의 결점을 알고 있었다. 하지만 그들도 그와 함께 코르시카에서 뿌리뽑혔다. 아니 쫓겨났다. 그후 그는 프랑스 사람들 가운데서 자라고, 이탈리아 원정군과 이집트 원정군을 지휘하면서 프랑스 사람이 되었다.

그는 이 나라를 잘 알고 있었다. 그가 태어난 곳은 아니었지만 결국 정복한 이 나라를 위대하게 만들고 싶었다. 그는 1789년에 솟아오른 이 새로운 민족과 함께 태어났다. 그러나 그는 그 정도에 만족하지 않았다. 프랑스는 대혁명과 더불어 시작된 것만은 아니기 때문이었다. 그는 프랑스 역사의 모든 시대들이 그를 통해 용해되기를 바랐다. 그것은 오직 그만이 해낼 수 있었다. 그는 프랑스 출신도 아니고, 어떤 정치적 파벌에도 속하지 않았다. 이방인이었던 그는 이 나라의 기억을 역사책 속에서 얻었다. 그는 1789년 이전의 시대를 그리워하지는 않았지만, 그 '이전'이 존재한다는 사실은 알고 있었다. 그렇기 때문에 그는 프랑스 내부의 평화를 추구했다. 교황청과 협약을 맺음으로써, 종교적 평화가 프랑스 사회와 영혼들에게 질서를 복구시키는 결정적 계기가 되기를 원하는 것이었다.

그는 부리엔에게 말했다.

"만일 내가 장려한다면, 프랑스 사람들 중 일부는 틀림없이 신교를 받아들일 거야. 물론 나도 그렇고, 대부분의 지역은 가톨릭으로 남겠지만……."

잠시 생각에 잠겨 있던 그가 말을 이었다.

"하지만 나는 종교 분쟁과 가문들 사이의 반목, 그리고 불가피하게 일어날 소요들이 두려워. 이 나라를 계속 지배해왔고 지금도 대다수를 지배하는 종교를 다시 세우고, 동시에 소수에게도 자유롭게 그들의 종교를 숭배하도록 허용해야겠지. 그렇게 되면, 나는 이 민족과 조화를 이루고, 모든 사람을 만족시킬 수 있을 거야."

그는 부리엔에게 누이 엘리자가 가져온 책 한 권을 보여주었다. 망명에서 돌아온 귀족 프랑수아 르네 샤토브리앙*의 저서 『아탈라』였다. 기독교의 본질을 고양시키는 작품 『아탈라』를 쓴 샤토브리앙은 엘리자의 살롱에 드나들고 있었다.

— 그렇다. 이 민중의 감정은 바로 종교적 감정이다. 그들이 지금 원하는 것도 종교적 감정이다.

1801년 봄, 교황사절단과의 협상이 진행되는 동안, 그는 종종 종교에 대한 생각에 깊이 빠져들곤 했다.

그는 주로 말메종에 머무르면서, 매일 자문회의를 소집하고 장관들을 불렀다. 저녁이면, 공원과 숲에서 불어오는 신선한 공기 속에서, 조제핀이 리셉션을 베풀었다. 그는 에트루리아 왕 부부를 접견하고, 공원에서 산책을 즐기기도 했으며, 조제핀의 만류에도 불구하고 말을 타고 사냥하기도 했다.

---

* 프랑스의 작가이자 외교관, 1768~1848.

어느 날 저녁, 그는 티보도에게 동행을 부탁했다. 예전 국민공회파 출신으로, 지금은 국가참사원의 멤버가 된 티보도. 나폴레옹은 티보도를 '분바른 자코뱅'이라 부르며 매우 좋아했다. 티보도는 보기 드문 대화 상대였다.

"지난 일요일, 난 여기, 이 자연의 침묵, 이 고독 속에서 산책했소. 그런데 갑자기 뤼에유 종탑에서 울려퍼지는 종소리가 내 귀를 때리면서 아득한 기억을 상기시키는 것이었소. 그 종소리가 그렇게 감동적일 수 없었소. 유년기의 습관과 교육은 그렇게 강렬한 것이었소!"

동감하는 표정을 짓는 티보도를 바라보며 그는 말을 이었다.

"단순하고 순박한 사람들은 뤼에유 종소리를 들으며 어떤 인상을 받을까 생각하는 중이오!"

그는 티보도의 팔을 잡았다.

"당신 같은 철학자들, 이론가들이 거기에 대답해야 하오! 민중에게는 종교가 필요한 법이오. 그리고 종교는 정부의 손 안에 있어야 하오. 지금 프랑스 교단은 영국의 급료를 받는 오십 명의 망명주교에 의해 움직이고 있소. 그들의 영향력을 깨야 하오. 그러기 위해서는 교황의 권위가 필수적이고……."

그는 다시 걸음을 떼어놓으며 잠시 말을 끊었다가, 독백하듯 말을 이었다.

"사람들은 내가 교황주의자라고 말하겠지만, 실은 나는 아무런 교파에도 속해 있지 않소. 나는 이집트에서는 마호메트 교도였으며, 이제는 민중의 행복을 위해 가톨릭 교도가 될 것이오."

그는 티보도를 응시했다.

— 내가 생각하는 것을 전부 말해도 괜찮을까?

그는 털어놓았다.

"나는 종교를 믿지 않소. 그러나 신이라는 관념만은……."

그는 하늘을 가리켰다.

"누가 저 모든 것을 만들었소?"

그는 머리를 기울이고, 티보도의 답변을 기다렸다. 티보도가 말했다.

"설령 신을 믿는다 하더라도, 성직제도는 필요없습니다."

나폴레옹은 고개를 가로저었다.

— 티보도가 이토록 순진하단 말인가?

나폴레옹은 설득하듯이 말했다.

"성직제도는 항상 존재해왔소. 그리고 민중 속에 종교정신이 들어 있는 한, 그것은 항상 존재할 것이오. 종교적 정신은 민중에게 고유한 것이오…… 그러므로 사제들을 공화국에 끌어들여야 하오."

그는 자유롭다고 느끼면서도, 여러 편견의 위력이 어떤 것인가를 깨달았다. 민중을 통치할 때는 그런 편견들을 고려할 줄 알아야 했다.

드디어 콘살비 추기경이 파리에 도착했다. 나폴레옹은 추기경을 영접하기 위해, 황금으로 수놓은 제1통령 제복을 입고 다이아몬드가 촘촘히 박힌 통령 전용 칼을 허리에 찼다.

장관들과 의회 대표들이 모인 튈르리 궁의 대연회실에서, 그는 추기경이 다가오는 것을 여유있는 표정으로 바라보았다. 모두들 화려한 차림이었다. 이번 접견은 무엇보다 장엄해야 하기 때문이었다.

나폴레옹은 콘살비 추기경을 맞이하러 나갔다. 추기경은 검은 옷을 입고 로마 교황청의 술이 달린 추기경 모자를 쓰고 있었다.

새로운 담판! 나폴레옹은 이겨야 했다. 그는 낮은 목소리로 시작했다.

"나는 교황을 존경하며, 그와 좋은 관계를 맺기를 원합니다. 그러나 당신들이 로마에서 구상하는 것을 그대로 인정할 수는 없습니다…… 당신에게 새로운 계획서가 전달될 것입니다. 닷새 안에, 당신은 거기에 서명해야 합니다."

콘살비 추기경은 당황한 눈치였다. 그는 로마에 보고해야 한다고 말했다.

나폴레옹은 어조를 높이지도 않았다. 하지만, 그의 시선에 콘살비는 고개 숙였다.

나폴레옹은 말했다.

"잠깐의 지체도 허용할 수 없는 중대한 이유가 있소. 당신은 닷새 안에 서명해야 합니다. 아니면 모든 것은 파기될 것이며, 나는 우리 민족의 종교를 내 마음대로 선택할 것이오. 그보다 더 쉬운 일은 없소."

그는 조제프 보나파르트에게 협상 지침을 하달했다. 이제 교황청과의 협상은 조제프가 베르니에 사제와 함께 주도해나갈 것이다.

1801년 7월 2일, 그는 말메종에서 콘살비 추기경을 다시 만났다. 협상이 예상대로 잘 진행되는 듯 보이자, 나폴레옹은 미소지으며 말했다.

"추기경께서 잘 아시다시피, 선량한 신과 협상이 잘 안 될 때는 악마를 상대해야 하는 법이오."

콘살비가 몇 가지 항의했지만, 그는 한쪽 귀로 흘려버렸다. 어차피 협상은 타결될 것이기 때문에 신경을 쓰거나 서두를 필요가 없었다.

추기경을 만나고 난 며칠 후 그는 고열과 구토에 시달렸다. 때로는 옆구리에 격렬한 통증이 왔다. 병마를 안고도 살아야 한다고, 고통으로써 고통을 물리쳐야 한다고 생각하면서도, 그는 신임하는 새 주치의 코르비자르에게 진찰받았다. 코르비자르가 부풀어오른 피부를 치료하는 동안에도 타오르는 듯한 통증이 계속되었다. 사람들을 만나는 것은 힘들었지만, 말메종에서 읽기와 쓰기는 가능했다. 그는 자신의 육체에 지배당하는 것을 좋아하지 않았다. 그는 말했다.

"병상에 있을 때가 사제들과 협상하기엔 적당한 시간이야."

7월 14일 아침, 나폴레옹은 콩코르드 광장 축제에서 발표할 '대륙의 평화'와 '종교적 분열의 종식' 그리고 '정치적 갈등의 소멸'을 축하하는 선언문을 구술했다. 그는 선언문을 이렇게 끝맺었다.
〈프랑스인들이여, 즐기시오. 여러분의 위치를 즐기시오. 다른 모든 민족들이 여러분의 운명을 부러워하고 있소.〉
막 구술을 마쳤을 때, 조제프가 집무실로 들어왔다.
조제프는 아쉬움과 불안과 만족감이 한꺼번에 뒤섞인 복잡한 표정이었다.
나폴레옹은 정체를 알 수 없는 불안이 엄습하는 듯한 느낌을 받았다. 조제프가 콘살비 추기경과 맺은 협상문서를 내밀었다. 서류들을 받아 훑어보던 나폴레옹은, 서류를 불꽃이 타오르는 벽난로에 집어던졌다. 조제프는 왜 모든 걸 양보했단 말인가? 그였다면 결코 양보하지 않았을 문제들을.
저녁때, 튈르리 궁에서 열린 만찬장에서 나폴레옹은 콘살비 추기경을 불러 경멸하듯 내뱉었다. 추기경에게 자신의 권력과 함께 불편한 심기를 보여줄 작정이었다.
"그런데, 추기경께서는 협상을 깨고 싶으셨던 모양입디다! 좋소, 난 교황이 필요없소. 16세기 영국의 헨리 8세는 현재 내가 갖고 있는 힘의 이십분의 일도 안 되는 힘을 가지고도, 그 나라의 종교를 성공적으로 바꾸었소. 나야 두말할 필요도 없지 않겠소?"

만찬에 초대받은 이백오십 명의 초대객들 모두가 일제히 나폴레옹과 콘살비 쪽으로 눈길을 돌렸다.

— 더욱 강하게 때려야 한다.

나폴레옹이 말을 이었다.

"우선 프랑스에서부터 시작해서, 나의 권력이 영향을 미치는 모든 곳, 유럽 대부분의 종교도 바꾸어버릴 것이오. 그렇게 되면 로마는 패배를 깨닫고 눈물 흘리겠지만, 그때는 이미 늦을 것이오."

나폴레옹은 콘살비와 거리를 두면서 모든 손님들이 듣도록 목청을 돋우었다.

"이제 떠나도 좋소, 아마 그게 당신에게 남은 최선의 선택일 것이오. 당신은 협상을 깨기를 원했소. 좋소, 당신이 원한 바대로 되었소."

양보할 수는 없었다. 그러나 한 가지 의문이, 그의 내면 깊숙한 곳에서 솟아올랐다.

— 이것이 과연 좋은 길일까?

만찬에 초대된 사람들이 나폴레옹을 둘러싸고 마지막 협상 기회를 주라고 간청했다. 그는 조제프와 콘살비 추기경을 향해 소리쳤다.

"그렇다면 협상을 깨려 했던 것이 내가 아니었음을 증명하기 위해, 내일 마지막으로 대표단이 모이는 것에 동의하겠소. 반드시 문제를 해결할 가능성이 있다는 것을 보여주어야 하오. 만일 결론 없이 헤어진다면, 나는 협상이 파기된 것으로 간주하겠소. 추기경은 그 즉시 돌아가기 바라오."

7월 15일 새벽 두시, 결국 협약은 체결되었다.

그 결과, 왕당파와 교회 사이의 관계는 깨어졌다. 사제들은 권력의 수중으로 들어갈 것이고, 나폴레옹은 원하는 대로 주교들을 선택할 수 있을 터였다.

나폴레옹은 그 순간을 음미했다.

평화 조정자, 나폴레옹. 그는 교황의 천년 옥좌에 자신의 견해를 강요했다! 인류 역사 전체를 통틀어 극소수의 군주만이 이룩했던 일이었다. 나폴레옹은 그런 인물들의 반열에 오른 것이다.

그는 창으로 다가갔다. 비가 내리고 있었다. 그는 창가에 서서 튈르리 궁에 쏟아져내리는 비를 물끄러미 바라보았다. 그는 혼자였다.

조제핀은 오르탕스를 데리고 플롱비에르와 뤽세유 온천으로 떠났다. 그는 조제핀에게 편지를 썼다.

〈날씨가 좋지 않아 나는 파리에 남아 있었소. 이곳에 와보니, 당신이 없는 말메종은 너무 슬프오. 축제는 아름다웠지만, 나를 피곤하게 만들었소.〉

제 5 부
평화는 최고의 영광이자 최고의 필요다

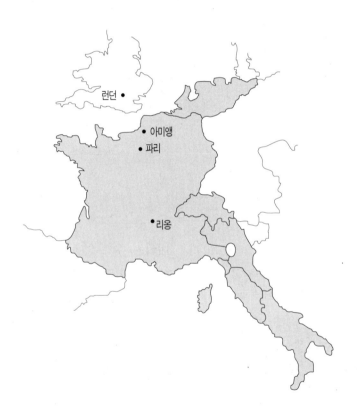

런던 •

• 아미앵
• 파리

•리옹

1801년 7월 ~ 1802년 3월

21
인간은 인간일 뿐이다

벌써 두 시간째, 나폴레옹은 마음 내키는 대로 말을 몰아 시냇물과 울타리들을 뛰어넘고 숲속을 누볐다. 저 멀리, 말메종 영지를 확장하기 위해 얼마 전에 사놓은 뷔타르 숲이 보였다. 영지 안에 있는 농가에서는 밀 타작이 한창이었다. 그는 타작마당도 아랑곳하지 않고 말을 달렸다. 영문 모르는 농부들은 화들짝 놀라 비켜섰다. 그는 종종 오랫동안 말타기를 즐기곤 했다. 시종 루스탐이나 참모 한 명이 그를 따르곤 했지만, 그는 마치 혼자인 듯 달렸다. 그에게는 육체적 운동이 필요했다. 이같은 운동을 통해 자신의 육체적 힘과 날렵함을 확인해야 직성이 풀렸다.

장관들은 살롱과 집무실만을 오가며 밖으로 나오지 않았지만, 그는 안에만 갇혀 있을 수 없었다. 그가 벌판과 숲속을 질주했다는 소리를 들으면, 그들은 놀라거나 질겁하기까지 했다. 그들은 이렇게 말하는 듯했다. 그게 어디, 교황청의 추기경과 협상을 끝낸 제1통령에게 합당한 처신이란 말인가? 그러나 정녕 그들이 놀라게 하는 것은, 말에서 내리자마자 곧바로 수많은 회의를 주관하고 업무를 처리하는 나폴레옹의 정력이었다. 이를테면 그는 승마복을 벗자마자, 민법 제정을 준비하는 위원회 회의를 주재하고 그 결과를 관련 인사들에게 보여주었다. 특히 그는, 가공할 기억력을 갖춘 지식인이자 사상가이고 변호사인 국가참사원 위원 포르탈리스에게 자신의 왕성한 정력과 신속하고 정확한 업무처리 능력을 과시하기를 좋아했다.

으뜸이 되려면, 언제 어디서나 두각을 나타내야 한다. 그리하여 다스리는 사람들을 그 자신이 조직한 사상과 행동 시스템 속으로 편입시켜야 한다. 그것이 최고의 조직가이다. 나폴레옹은 말했다.

"어디서나, 어떤 일에서나 지도자가 되어야 한다."

1801년 8월 15일, 그는 자신의 서른두번째 생일에 말메종으로 돌아왔다. 그는 지배자로서, 유럽에서 가장 유구한 가문 중 하나인 오스트리아의 합스부르크 가문에 자신의 법칙을 강요했다. 게다가 그는 교황까지 굴복시켰다.

그는 말에서 뛰어내렸다.

유럽 전체에 평화를 정착시키려면, 십 년 넘게 유럽에 피를 흘리게 한 이 혼돈의 시대에 마침내 종지부를 찍으려면, 러시아의 새로운 차르 알렉산드르 1세와 관계를 맺고, 영국과의 협상을 끝내야 했다.

살롱에 들어서자, 외무장관 탈레랑이 의자에 기댄 채 서 있었다.

─이 사람은 불구임에도 말을 타고 나를 따라다니기 위해 장화 한 켤레를 만들게 했다는 풍문이 있던데……

나폴레옹이 그에게 손짓하자, 탈레랑이 절룩거리며 다가왔다. 그의 태도는 느긋했고, 얼굴에는 야릇한 미소가 번지고 있었다.

외무장관의 이런 차분함과 절제된 태도가 늘 나폴레옹의 신경을 건드렸다. 그는 이 냉정한 인간, 극도의 예의를 갖추지만 접근하기 어려운 이 인간을 흔들고 싶었다. 탈레랑은 조금도 장악되지 않는 인물이었다. 무엇으로 그에게 트집을 잡는단 말인가? 탈레랑은 놀라운 혀를 가진 인간이었다. 그는 단 몇 마디로 살롱에 모인 여자들을 웃길 줄 알았다. 예컨대 이런 식이었다.

"통령들 말입니까? 히크, 하에크, 호크 말씀이죠?"

탈레랑은 통령들을 부를 때 꼭 라틴어만 사용했다. '히크'는 남성으로 나폴레옹을, '하에크'는 여성으로 캉바세레스를, '호크'는 중성으로 르브렝을 지칭하는 말이다. 특히 캉바세레스를 하에크로 부르는 것에, 무슨 의미가 담겨 있는지 사람들은 알고 있었다.

나폴레옹은 집무실로 들어가면서 몇 걸음 뒤에서 따라오는 탈레랑에게, 새로 파리에 부임한 러시아 대사 마르코프를 만나라고 지시했다.

"그 대사에게 러시아 여권 몇 개를 부탁하시오. 나는 보병 대령 콜랭쿠르를 러시아로 보낼 생각이오."

나폴레옹은 앉아도 좋다는 신호를 보냈지만, 탈레랑은 의자 등에 손을 걸칠 뿐이었다. 나폴레옹은 계속 지시했다.

"파견 장교는 차르 알렉산드르와 직접 대화할 수 있어야 한다는 점을 마르코프에게 이해시켰으면 좋겠소."

탈레랑은 동의했다.

측근들을 배제하고, 결정을 내리는 자와 직접 담판해야 한다. 그래야 확실하게 설득할 수 있다.

— 내가 콘살비 추기경에게 했듯이, 말을 빙빙 돌리지 말고 단도직입적으로 핵심에 접근해야 한다. 마르코프는 러시아의 이름으

로, 프랑스가 피에몬테를 점령함으로써 사르데냐 소왕국에게도 위협을 가하고 있다고 불평했는데, 그런 경우 그에게 '원한다면, 피에몬테를 점령하시오!' 라고 강하게 응수할 줄 알아야 한다. 외교관이나 군주들도 그저 그런 인간들일 뿐이다.

열여섯 살 소위 시절에도, 그는 그렇게 생각했다. 파스칼 파올리에 대한 환상과 환멸 때문인지도 모른다. 어린 시절, 그는 파올리가 모든 사람을 능가하는 비범한 존재라고 생각했었다. 그리고 코르테에서 파올리에게 접근했지만, 그의 환상은 이내 깨어졌다. 그 이후, 그는 내로라 하는 인물들을 거의 다 만나면서 삼십대에 접어들었다. 서른두 살이 된 그는 자신을 놀라게 할 사람은 이제 아무도 없다고 확신했다.

그는 이미 수많은 인간을 죽음으로 내몰았으며, 다른 인간들에게 발포하라는 명령을 내렸고, 총살시켰고, 사형수들의 사면을 거부했다.

그는 자파의 병영을 기억한다. 그때 병사들을 지배하던 것은 무질서였다. 병사들은 여자들과 뒹굴었다. 그는 병영에 혼란을 불러일으키는 여자들을 모두 격리소 마당으로 집합시키라고 명령했다. 여자들은 전부 끌려나왔다.

그의 명령을 받고 대기하고 있던 사격수 1개 중대가 그 여자들을 향해 발포했다.

그날, 사람들이 그를 어떻게 대했는지 지금도 기억이 생생하다.

그들에게 그는 '인간이 아닌, 단지 쾌락을 위해 피를 쏟게 하는 짐승'으로 비쳤다.

당시 장교들은 그에 대해 그렇게 썼으며, 그는 그 글들을 읽었다. 그러나 그 일에 대한 기억도, 그들의 비난 섞인 글들도 그에게 상처가 되지 않았다.

— 나를 함부로 판단하는 자들, 그들이 명령을 내려야만 하는 나의 입장에 대해 무엇을 안단 말인가?

나폴레옹은 말했다.

"몇 명의 인간을 죽임으로써, 많은 피를 아끼게 되는 경우가 있는 법이다."

그는 숱한 전쟁을 치르면서 승리를 경험했다. 전쟁이 어떤 것인지 너무도 잘 알고 있었다. 그래서 그는 평화를 원하는 것이다. 그는 탈레랑에게 자신이 평화를 원하는 이유를 거듭 강조했다. 영국에게도 협상 타결을 갈망하고 있다는 사실을 이해시켜야 했다.

"프랑스의 현재 입장과 필요성에 따라 모든 강대국들과 외교를 수행하면서 하는 약속을, 나는 절대로 어기지 않을 것이오. 장관은 영국측에 이런 나의 생각을 납득시키시오."

나폴레옹은 목소리를 높였다. 탈레랑에게 맡겨두었더니, 끝날 기미가 전혀 보이지 않았던 교황과의 협상이 떠올랐다. 탈레랑에게 시한을 명시해줄 필요가 있었다.

"만일 영국이 우리를 더 밀어붙이려 한다면, 나는 협상을 파기할 준비가 되어 있소. 포도달 10일(10월 2일)까지는 모든 게 끝나기 바라오."

나폴레옹은 탈레랑에게 다가서며 덧붙였다.

"이 점을 분명하고도 자신있게 주장하시오. 영국이 더 많은 것을 가지려 한다면, 오스트리아 황제처럼 모든 것을 잃게 될 것이라고 말이오!"

그러나 무기와 힘이 받쳐주지 못한다면, 말이 무슨 소용이 있는가?

나폴레옹은 장군들과 도지사들을 소집하여, 남서부의 지롱드 지역에서부터 북서부의 에스코 강 하구에 이르기까지 진지를 구축하라고 명했다. 또한 대포들을 집결시키고, 크기에 상관없이 모든 전함들을 무장시키고, 도처에 전신(電信) 초소를 설치하라고 명령했다. 영국에게 침공의 여지를 주어서는 안 된다. 영국에게 공화국에 대하여 어떤 도발도 할 수 없다는 것을 두 눈으로 볼 수 있게 만들어야 한다. 불영해협에 접근하던 넬슨 함대가 불로뉴에서 두 번이나 라투슈 트레빌 제독에 의해 저지당했다. 이같은 예를 경계의 거울로 삼아야 했다. 정신차리게 하는 것은 대포 공격밖에 없다.

1801년 10월 11일, 전령이 말메종으로 소식을 가져왔다. 런던에서 예비 평화조약이 체결되었다는 것이다. 영국은 그들이 지배하고 있던 식민지를 프랑스와 스페인, 네덜란드에게 돌려주기로 약속했다. 이에 따라, 몰타 섬은 성 요한 기사들에게 되돌아가고, 엘바 섬은 프랑스의 지배를 받게 될 터였다.

나폴레옹은 전문을 손에 쥐고 잠시 생각에 잠겼다. 유럽 대륙에서 프랑스의 영토 확장 문제에 대해서는 아무런 언급이 없고, 아메리카의 루이지애나, 아이티 섬, 그리고 해상 교역 문제에 대해서도 마찬가지였다. 진정한 쟁점들은 피해간 것이다.

나폴레옹은 지시했다.

"축포를 울리고, 파리에 저녁 내내 횃불을 밝혀 협상 조인을 공표하라."

이날 저녁, 수도의 거리마다 사람들이 뛰쳐나와 환호했다.

"공화국 만세! 보나파르트 만세!"

열광한 인파들이 나폴레옹 전용마차의 말들을 풀어 횃불이 대낮같이 밝혀진 파리 시내까지 끌고 나갔다. 런던에서는, 예비협상을 인준하러 간 나폴레옹의 참모 로리스통이 열렬한 대접을 받았다.

탈레랑이 매우 섭섭하다는 표정을 감추지 못하고 다가오는 것을 보며, 나폴레옹은 미소지었다. 탈레랑은 앵발리드의 대포가 울리는 것을 듣고서야 예비 평화협상이 조인된 것을 알았다고 상기된 목소리로 말했다.

나폴레옹이 간단히 대꾸했다.

"나야말로 진정한 '히크' 아니오?"

히크, 남성적이라는 의미를 가진 라틴어.

탈레랑의 이같은 지칭은 나폴레옹에게 잘 어울렸다. 나폴레옹은 스스로를 완전한 남성으로 느끼고 있었다. 그는 브랑쉬 부인, 뒤슈누아 양, 조제핀, 이 여자들을 모두 거느리고 있지 않은가?

국가참사원에서 민법 제정을 위한 세미나를 주관하면서, 그는 주위에 모인 사람들을 바라보았다. 정신과 육체의 강인함으로 볼 때, 그는 세미나에 참석한 쟁쟁한 인사들을 압도하고도 남는다고 확신했다. 나폴레옹은 민법에 관한 보고서를 읽고 있는 포르탈리스의 음성에 귀를 기울였다. 쉰다섯 살인 그는 시력을 거의 잃었기 때문에 아주 천천히 읽었다. 기억력과 지성은 생생했지만, 육체가 따라주지 못하는 것이다.

— 나는 이제 서른두 살일 뿐이다! 나는 평화조약을 비준했으며, 그것은 드디어 로마에서 신성한 추기경회에 의해 통과되었다.

그는 콘살비 추기경에게는 15만 프랑짜리 다이아몬드를, 스피나 대주교에게는 8만 프랑짜리 다이아몬드를 선사했다. 게다가 그들에게 나누어줄 자금 12만 프랑이 국무성에 보관되어 있었다.

인간은 언제나 인간일 뿐이다. 그는 이렇게 썼다.

〈인간은 숫자와도 같으며, 그 위치에 의해서만 가치를 얻을 뿐이다.〉

이혼을 지지하는 쪽에 선 포르탈리스가 민법에서 결혼 항목에 관해 말하고 있었다.

"아내의 부정은 남편의 부정보다 더 심각한 타락을 야기하며, 더 위험한 결과를 초래할 수 있습니다……."

따라서 만일 아내가 부정을 저질렀다면 이혼할 권리는 남편에게 있으며, 남편은 내연의 처를 집 안에 들인 경우에만 실수를 범한 것으로 간주된다고, 그는 설명했다.

포르탈리스는 나폴레옹에게 몸을 숙이고 동의를 구했다.

이혼. 나폴레옹은 이집트에서 귀환할 때 조제핀의 부정을 알고, 그 문제를 생각한 적이 있었다.

그의 가족들은 그 이후 계속 그가 조제핀과 이혼하기를 원하고 있다. 그의 형제들인 조제프와 뤼시앵, 누이들인 폴린과 엘리자도 그렇다. 그의 어머니도 그럴지 모른다.

나폴레옹은 천천히 의견을 말하기 시작했다.

"가족이 해체된다면 어찌 되겠소? 아버지가 없는 아이들은 어찌 되겠소? 살아 있는 동안 헤어진 자들을 누가 따뜻하게 맞아주려 하겠소? 그렇소, 이혼을 장려하지는 맙시다! 모든 유행 중에서도 이혼이야말로 가장 암울한 유행이 될 것이오. 물론 이혼을 할 수밖에 없는 남편들도 있겠지요. 그런 경우라도 이혼하는 남편에게 실수했다는 낙인을 찍을 게 아니라, 큰 불행을 겪은 인간이라며 동정해주어야 합니다. 법률적으로야 불행한 부부의 이혼을 거부할 수 없겠지만, 그런 슬픈 사태를 줄여나가는 쪽으로 풍속을 유도해야 합니다."

그는 자리에서 일어나 강력한 목소리로 말했다.

"여자는, 가족의 보호에서 벗어나는 순간부터 남편의 보호를 받게 된다는 사실을 알아야만 합니다."

22
초인은 흔들림이 없는 법

안개달(브뤼메르) 18일 이후, 벌써 이 년이 흘렀다!

1801년 11월 8일 늦은 밤, 나폴레옹은 잠을 이루지 못하고 튈르리 궁 집무실에서 서성이고 있었다. 지난 이 년 동안 이룩한 모든 것을 기억하려 애쓰는 건 아니었다. 루스탐도 깨우지 않았다. 뜨거운 목욕도 원치 않았다.

그는 책상에 앉아 어제 저녁에 작성한 선언문을 훑어보았다. 내일 읽어야 할 그 선언문은 습관대로 단숨에 써놓은 것이었다.

〈프랑스인들이여, 여러분은 너무도 오랫동안 인내심을 갖고 노력한 덕분에 드디어 완전한 평화를 얻게 되었습니다. 여러분은 오늘의 이 평화를 누릴 자격이 있습니다! 이제 세계의 여러 민족이 우리의 친구가 되었습니다…… 그 동안 우리가 얻은 것이 전투의 영광이었다면, 오늘부터는 시민들에게는 더욱 부드럽고, 이웃 국가들에게도 두려움을 주지 않는 그런 영광을 만들어나갑시다.〉

하지만 그것이 아직도 자신의 희망과 민중의 소망에 불과하다는 것을, 그는 알고 있었다. 아직 손에 쥔 것이 아무것도 없다는 것을. 지금까지 이룬 업적들을 몇 문장으로 고무시키기는 했지만, 보장된 것은 전혀 없고, 앞으로 해야 할 일은 태산이었다.

평화? 런던은 예비 평화협상에 서명하긴 했지만, 작금의 사정을 보면, 런던은 평화를 경계하고 질투하고 있었다. 평화는 잠정적일 뿐이었다.

며칠 전, 영국 의회 대표단이 파리에 왔을 때였다. 대표단의 일원인 폭스는 사사건건 시비를 걸었다.

루브르에서 열린 프랑스 수공업품 전시회를 둘러보던 폭스는 근심스러워 보였다. 중상주의 국가의 대표자가 보기에, 프랑스가 경쟁자로 떠오르고 있음을 발견했기 때문이리라.

그때 작은 해프닝이 일어났다. 어떤 사람이 제1통령에게 지구의를 바치면서, 눈치없게도 영국을 손가락으로 가리키며 말했다.

"이 나라는 너무 작습니다!"

옆에 있던 폭스는 참을 수 없다는 듯이 분통을 터뜨렸다.

"그렇소, 영국인들은 그 작은 섬에서 태어나오. 그리고 그들 모두가 죽기를 바라는 곳도 바로 그 작은 섬이오."

폭스는 지구의를 품에 안으면서 덧붙였다.

"하지만 영국인들은 평생 동안 이 지구 전체를 가득 채우며, 지구 전체를 힘으로 감싸고 있소."

나폴레옹은 고개를 끄덕였다.

— 인정해줄 수밖에 없다. 평화협상은 아직도 허공에 걸려 있고, 나는 매순간 영국의 저항을 느낀다.

르클레르 장군은 산토도밍고*로 떠날 원정대를 편성하고 있었다. 히스파니올라 섬의 흑인들이 투생 루베르튀르를 지도자로 내세워 권력을 장악했기 때문이었다. 그런데 문제는 그 흑인들이 프랑스 식민지에 대한 권리를 요구하는 게 아니라는 점이었다.

그렇다면 어떤 문제가 갈등의 요인이란 말인가?

나폴레옹은 포고문을 통해 산토도밍고 주민들을 안심시키고자 했다.

〈출신지나 피부색에 상관없이 여러분은 모두 프랑스인입니다. 여러분은 신 앞에서, 그리고 공화국 앞에서 모두 자유롭고 평등합니다.〉

자유의 감염을 두려워해서, 아니면 산토도밍고의 커피와 설탕에 대한 영국의 독점이 깨질지도 모른다는 우려 때문에, 영국이 그들 뒤에 있는 건 아닐까?

3월로 예정된 산토도밍고 원정에는 폴린 보나파르트도 남편 르클레르와 동행할 예정이었다. 하지만 영국인들이 아메리카에 프랑스 제국을 세우는 것을 인정하지 않는다면, 어떻게 할 것인가?

나폴레옹은 그 문제를 골똘히 생각하면서, 집무실 한가운데 꼼짝 않고 서 있었다. 다시 평화가 정착될 산토도밍고가 중앙에 있게 될 것이고, 동쪽으로는 마르티니크와 과들루프가, 남쪽으로는 기아나가, 그리고 북쪽으로는 루이지애나가 있게 될 것이다……

그는 잠시 꿈에 잠겼다.

— 이번 원정은 서둘러야 한다.

그의 앞에는 얼마나 방대한 평원이 펼쳐져 있는가!

---

* 서인도 제도에 있는 히스파니올라 섬의 중심 도시. 현재 도미니카 공화국의 수도.

미래가 그를 부르고 있었다. 이 년 전부터 준비해온 것을 완성하기 위해서라도, 이 원정은 반드시 성공해야 했다.

그는 포고문의 문장들을 다시 검토했다.

〈프랑스인들이여, 이 년 전 바로 오늘, 우리는 국가적 분열을 종식시키고, 모든 파벌들을 폐지시켜버렸다!〉

그러나 그것은 아직 미완성이었다.

원로원과 입법원, 법제심의원, 이렇게 세 개의 기관으로 구성된 의회에서는 야당이 만들어지고 있었다.

국가참사원, 입법원, 원로원에서는 교황과의 협약 체결을 비판하고 있었다!

아직도 파벌이 죽지 않은 것이다!

그는 몇 번이나 반복해야 했던가!

"위대한 의회가 몇 개의 파벌로 나누어지고 있다. 파벌은 증오를 낳고 만다."

완성된 것은 아무것도 없었다.

그는 책상에 앉아 부리엔이 분류해놓은 편지들을 훑어보았다. 아부하는 사람들, 청원하는 사람들, 제안을 해오는 사람들…….

그는 센 구역의회 의장이 보낸 편지를 읽었다. 의장은 공화국 제1통령의 영광을 기리는 개선문을 세워야 한다고 제안하고 있었다. 통치하는 자의 운명은 그런 것이다. 어떤 파벌들은 그의 꼬리를 물고 짖어대는가 하면, 또다른 어떤 파벌들은 그를 받들어 모시려 애쓴다.

언제 그가 다른 생을 경험한 일이 있었던가? 문득 그는 항상 첫번째였다는 생각이 스쳤다. 그로서는, 지나온 삶을 기억한다는 게 힘든 일이었다. 그는 자신이 절대 권력에 도달하리라고 너무 강하게 믿고 있었기 때문에, 지나온 시간들은 잊게 되는 건지도 모른다.

그리고 지금 그에게 미래를 생각하는 일 외에 달리 무엇이 있겠는가?

그는 셍 의장에게 답장을 썼다.

〈민중에게 도움이 된 사람들에게 기념물을 바친다는 생각은 민족을 위해 영광이 될 것이오. 당신이 나를 위해 기념물을 세우고 위치를 정하겠다는 제안을 받아들이겠소. 다만 한 가지 조건이 있소. 그 건축은 다가올 세기의 판단에 맡깁시다. 후대가 당신처럼 나에 대해 좋은 의견을 가진다면, 그들이 세울 수도 있는 것 아니겠소? 당신에게 우정을 보내는 바입니다. 사람들이 비난하든 칭찬하든, 초인(超人)은 흔들림이 없는 법이오. 항상 전진할 뿐이오.〉

— 그러나 때로는 분노한 척 가장하거나, 분노를 직접적으로 표현해야 한다. 내가 의회의 심장부에 앉힌, 혹은 추방해버릴 수도 있었지만 목숨을 살려준 인간들이 나에게 대항할 때, 나는 이렇게 말할 수밖에 없다.

"그들은 개다……."

나폴레옹은 자리에 앉아 있을 수가 없었다. 초조한 듯 작업실이 모퉁이에서 저 모퉁이로 오가며, 창문 밖으로 눈길을 던져 통령 경호대가 순찰하는 모습을 지켜보며, 잠시 기분을 전환시켰다.

왜 사법관들, 입법가들, 원로원 의원들, 국가참사원 위원들에게 이렇듯 진저리쳐야 하는가? 그는 중얼거렸다.

"의회는 신중함과 지혜, 에너지와 힘을 결집시켜본 일이 결코 없어."

그는 스타니슬라스 드 지라르댕을 향해 몸을 돌렸다. 조제프의 친구이자 법제심의원 위원인 그는 충직한 인물이었다. 하지만 그의 동료들은 몇 주 전부터 심의 절차에 많은 문제를 발생시키고 있었다. 무엇보다 말들이 너무 많았다. 그들은 제1통령이 교회와 협약을 맺은 평화정책에 반대하며, 민법 조항들을 거부하고 있었다.

나폴레옹이 지라르댕에게 말했다.

"도처에 개들뿐이오. 도처에서 그들은 굴러가는 바퀴에 막대기를 던지고 있소. 이런 식으로는 위대한 민족을 조직할 수가 없소. 법제심의원은 최선의 의지를 담은 법률의 집행을 지연시키는 장벽이 될 뿐이오."

지라르댕이, 실제로 문제가 되는 반대자들은 극소수에 불과하다며 단언하고 나섰다. 그의 말은 듣는 둥 마는 둥, 나폴레옹은 어깻짓을 해 보이며 말했다.

"아마 그럴 거요. 하지만 당신네 법정을 둘러싸고 있는 자들은 여전히 개들이오. 그들은 너나할 것 없이 자기네들의 우두머리들을 내세워 서로 의기투합하고 있잖소."

그 우두머리 중 하나가 바로 시에예스이리라.

원한과 불순한 의도, 잃은 것을 되찾으려는 집념을 가볍게 보아서는 안 된다.

안개달 18일 이주년 행사를 치른 지 며칠 되지도 않았는데, 벌써 시에예스가 반항하고 있지 않는가?

—이 년 전에는 패했지만, 이제는 나에게 대항할 수 있다고 상상하는 것인가? 인간들은 자신의 힘과 처지에 대해 환상을 품을 수 있지. 그리고 이급의 야심가일수록 생각이 치사한 쪽으로밖에 흐르지 않는 법이지.

나폴레옹은 통령 캉바세레스와 마주 앉았다.

그는, 이 인물을 대할 때마다, 탈레랑이 부르는 '여성적'이라는 의미의 라틴어 '하에크'라는 말을 떠올렸다. 실제로 분과 향수를 바르는 이 통령은 여자 같은 데가 있었다. 발그레한 피부, 우아한 몸짓과 춤추는 듯한 걸음걸이도 그랬다. 또한 그는 젊은이들을 좋아해 언제나 젊은 사람들에게 둘러싸여 있었다. 그래도 좋다. 그는 훌륭한 법학자이며 충직한 인물이었다. 게다가 여자들이 대개 그렇듯이, 섬세한 정신과 능숙한 재주에 교묘한 술책을 갖추고 있어서, 그는 장애물을 넘어서게 하는 해결책들을 찾아내기도 했다.

캉바세레스는 법제심의원과 입법원의 반대자들에게는 재임용을 허락하지 말아야 한다고 말했다. 그 작업을 위해, 원로원으로 하여금 추방자 목록을 작성토록 해야 한다고 제안했다.

캉바세레스가 말했다.

"우리는 헌법 규정에 따르는 척해야 합니다. 헌법에는 반대할 수 없기 때문입니다."

나폴레옹의 반응은 시큰둥했다. 정공법이 아닌 우회적 해결책은 마음에 들지 않았다. 잠시 침묵하던 나폴레옹이 입을 뗐다.

"메두사처럼 흉측한 머리를 가진 자들은 우리의 법원과 의회에서 사라져야 하오. 분열을 일삼는 자들을 추방하고 생각이 건전한 인간들로 채우시오. 정부가 선을 행하는 데 방해가 있어서는 안 된다는 것이 민족 전체의 뜻이오. 앞으로 이십 년 동안 반대는 필요없소."

그는 불평 섞인 목소리로 말을 이었다.

"떠들어대는 열 명이 침묵하는 일만 명보다 훨씬 더 시끄러운 법이오. 사법부에서 짖어대는 자들을 움직이는 비밀이 바로 그것이오. 절대적인 정부가 절대적인 민중을 대표하는 기관이오. 그러므로 절대적인 정부에 대한 반대란 있을 수가 없소."

그는 캉바세레스를 탐색했다. 반대파도 우두머리를 필요로 한다. 제2통령인 캉바세레스는 시에예스를 잘 알기 때문에, 그에게 메시지를 전하는 책임을 맡길 수 있을 터였다. 그래서 선거단을 자기 편으로 끌어들이려는 시에예스에게 경고를 해야 했다. 나폴레옹이 말했다.

"시에예스는 1791년 이래 모든 헌법 파괴에 참여한 인간이오. 요즘 그의 행태를 보면, 다시 헌정질서를 파괴하려는 의도가 명백하오."

캉바레세스는 유심히 듣고 있었지만, 그의 반들반들한 얼굴에는 어떤 표정도 드러나지 않았다. 짧게 끊어 말하는 나폴레옹의 어조는 난폭해져갔다.

"시에예스가 자신이 미쳤다는 걸 자각하지 못한다는 게 너무 이상하오. 그렇게 무사태평한 걸 보면, 노트르담 성당 촛불 앞에서 기도라도 올리는 모양이오?"

나폴레옹은 캉바세레스에게서 몸을 돌려 창문 밖을 바라보았다. 한겨울의 시린 하늘이 드넓게 펼쳐져 있었다. 그는 푸른 하늘에서 눈을 떼지 않고 말했다.

"나이가 들수록, 자신의 운명은 자기 자신이 이끌어가야 한다는 사실을 깨닫게 되오."

— 나의 운명은 나를 어디로 끌고 갈 것인가?

그렇게 물어볼 시간도 없었다! 하지만 한 가지 사실만은 투철하게 알고 있었다.

"세계를 이끌어갈 수 있는 한 가지 비밀, 그것은 강해지는 것이다. 힘이 있으면, 실수도 환상도 없다. 힘은 적나라한 진실 그 자체다. 그렇다, 인간들을 이끌기로 작정한 이상, 힘은 모든 행동의 토대다."

아미앵에서는 런던의 예비협상을 마무리짓는 평화협상이 진행중이었다. 콘월리스 경이 영국측 협상대표로 파리에 도착하자, 나폴레옹은 성대한 환영식을 준비하며 말했다.

"이 거만한 영국인들에게 우리가 몰락하지 않았다는 것을 보여주어야 한다."

그는 뒤로크 장군을 호출했다. 이탈리아 원정 이후, 지근거리에서 그를 보좌하는 이 참모를 나폴레옹은 높이 평가했다. 이집트 원정시에도 생 장 다크르에서 부상당해, 충성스러운 병사 몇 명과 함께 뮈롱 호에 실려 이집트로부터 후송되었던 인물. 나폴레옹은 생각했다.

— 그의 성격이 마음에 들어. 냉정하고 날카로우며 엄격한 그는 결코 눈물을 보이지 않지.

그는 뒤로크를 자리에 앉게 하고, 유심히 관찰하면서 말했다.

"정부는 영원한 대표자가 되어야 해."

그래서 영국인 콘월리스에게 성대한 환영회를 베풀고 싶은 것이었다. 하지만 민중의 의견을 무엇보다 우선시해야 했다.

"일반 여론은 보이지 않는 신비로운 힘이야. 그 무엇도 그것에는 저항할 수 없지. 여론보다 더 유동적이고, 더 애매하며, 더 강한 것은 아무것도 없어."

평소처럼 주의깊게 귀를 기울이는 뒤로크는 진지하다 못해 심각한 표정이었다. 나폴레옹은 말을 이었다.

"여론은 매우 변덕스럽긴 하지만, 흔히 생각하는 것보다 더욱 진실하고 합당하며 옳은 경우가 많아."

그는 뒤로크의 얼굴에서 놀라기 시작하는 표정을 읽었다.

— 이 친구에게 지금, 내가 이같은 일반론을 넘어서 튈르리 궁을 지배하는 무질서를 끝장내려 하고 있다는 걸 설명해야 할까?

조제핀은 사람을 가리지 않고, 아무나 궁전에 받아들이고 있었다. 그중에는 탈리앵 부인이나 아믈랭 부인처럼 그녀가 과거에 함께 어울렸던 여자들도 섞여 있었다. 시중에 '나체를 유행시킨 여자들' 혹은 '속옷을 입지 않는 여사제들'이라고 소문난 그 여자들이 제1통령의 이미지를 퇴색시키고 있는 것이다. 그는 뒤로크에게 말했다.

"뒤로크, 당신이 튈르리 궁 감독관이 되어 네 명의 궁전실장을 거느려주었으면 좋겠어."

— 시대는 언제나 변하기 마련. 이같은 임명 때문에 왕의 궁정 같은 분위기를 만들고 있다는 소리를 들을 수도 있겠지만, 상관없다. 왜 안 된단 말인가? 예의범절은 언제 어디서나 필요한 법. 뒤로크가 궁전의 통제자가 될 것이다.

네 명의 실장 역시 장군들 중에서 선발하고, 튈르리 궁전 안에 참모부를 설치할 생각이었다. 나폴레옹은 잠시 망설이다가 장군 네 명의 이름을 지명했다.

"란, 베시에르, 다부, 그리고 술트."

이 네 명의 실장은 궁전 내부업무를 관장하면서, 예의범절을 규정하고 공연까지 감독하게 될 것이다. 나폴레옹은 혼잣말하듯 중얼거렸다.

"제1통령의 아내와 어울리며 보필할 부인들도 필요할 거야. 란 부인, 사바리 부인, 뮈라 부인, 그리고 특히 귀족계급 출신의 부인들이 꼭 필요해…… 레뮈자 부인, 뤼케 부인."

잠시 말을 중단한 그는 놀리는 듯이 뒤로크를 바라보며 덧붙였다.

"그리고 오르탕스 드 보아르네."

나폴레옹이 의붓딸 오르탕스를 정부로 삼고 있다는 추문이 계속 번지고 있었다. 그 소문을 막는 방법은 오르탕스를 결혼시키는 것이었다.

튈르리 궁의 좁은 서클에서는 오르탕스가 뒤로크와 사랑에 빠졌다는 소문도 나돌고 있었다. 그러나 뒤로크는 흔들림이 없었다.

—내가 이 결혼을 반대하지 않는다는 것을, 아니 오히려 그 반대라는 입장을 이 친구가 알아야 하는데…….

그는 부리엔에게 다음과 같은 약속을 뒤로크에게 전하도록 몇 번이나 말한 바 있다.

"뒤로크가 오르탕스와 결혼한다면, 나는 그에게 오십만 프랑을 주고 제8사단장으로 임명할 거야. 그는 결혼 다음날 아내와 함께 툴롱으로 출발해야 할 테고, 우리는 떨어져 살게 되겠지. 나는 사위를 내 집에 거느리고 싶지 않아."

그러나 뒤로크는 아무런 대답이 없었다. 아마 그는 조제핀의 계획을 알고 있는지도 모른다. 조제핀은 딸 오르탕스의 배우자로 왕자나 보나파르트 가문 출신을 원하고 있었다. 장군 뒤로크를 원하지 않는 것이다.

나폴레옹은 가볍게 머리를 흔들며 불쾌한 표정을 지었다.

그는 가족 사이의 결합이 너무 싫었다. 그것은 그를 더욱 얽어매려는 조제핀의 술책에 불과했다.

그는 동생 루이를 어려서부터 키웠다. 루이는 이탈리아와 이집트 원정시 그의 참모였고, 그후 대사로, 여단을 거느리는 준장으로 성장했다. 그는 형제들 중 단 한 명도 저버리지 않았지만, 특히 루이를 사랑했다. 그런데, 루이가 오르탕스의 남편이 된다 해서 어떻게 저버릴 수 있겠는가? 두 가문이 이렇게까지 혼인으로 얽혀든다면, 그가 조제핀과 단절하는 일이 또 얼마나 어려워지겠는가!

나폴레옹이 루이의 심정을 헤아리지 않고 있는 건 아니었다.

그는 루이가 성병에 걸려 극도의 우울증에 피해망상증까지 앓고 있다는 것도 알고 있었다.

290

―그러나 루이는 내 동생이다. 더구나 신중한 뒤로크마저 오르탕스에게 별로 끌리지 않는 듯 대답이 없으니, 조제핀의 의견에 따를 수밖에 없지 않은가?

1802년 1월 3일, 나폴레옹은 튈르리 궁에서 열린 약혼식에 참여했다. 그리고 다음날, 빅투아르 가의 집으로 갔다. 밤 열한시, 제단이 세워진 큰 살롱에서 카프라라 추기경이 그들의 종교 혼인식을 집전했다.

나폴레옹은 똑바로 앞만 바라보고 있었다. 그의 옆에서 조제핀은 훌쩍거리며 들으라는 듯이 요란하게 한숨을 내쉬었다. 그녀는 이 기회에, 나폴레옹과의 결혼을 종교적으로도 축하받고 싶었다. 법적으로만 결혼한 상태인 뮈라와 카롤린도, 오르탕스와 루이의 예식이 끝나면 추기경으로부터 축복받을 터였다.

조제핀은 나폴레옹의 손을 잡으려 애썼지만, 그는 그때마다 손을 빼냈다. 그는 굴복하지 않으려는 것이다. 그녀는 앞으로 많은 눈물을 흘려야 하리라. 그는 언젠가 교회의 품안에서 다른 여자와 결합할 가능성을 남겨두고 싶었던 것이다.

물론 종교적 결혼은 언제든지 파기할 수 있었다. 원하기만 한다면, 법적 결혼 역시 이혼을 통해 간단하게 파기할 수 있을 것이다. 그러나 왜 문제를 복잡하게 만들 것인가?

그는 살롱에서 가장 먼저 나왔다.

뮈라는 번쩍이는 제복을 입고 으스댔고, 카롤린은 이번만은 만족한 듯 보였다. 외무장관 탈레랑이 입을 열었다.

"카롤린 뮈라는 어여쁜 여자의 어깨 위에 크롬웰의 머리를 가진 여자야."

그들 부부관계를 이끄는 것은 아내 카롤린이었다. 그녀는 50만 프랑을 주고 텔뤼송 저택을 샀으며, 라 모트 생 에라예의 대영지도 구입하기로 했다. 그녀는 또한 남편 뮈라가 이탈리아 관할군 사령관으로 밀라노로 부임하기 전에, 자신의 엄청난 사치벽을 충당하기 위해 3만 프랑의 월급을 지불해달라고 요구했다.

나폴레옹은 카롤린의 요구를 들어줄 수밖에 없었다. 그들은 그의 가족 아닌가?

다음날, 나폴레옹은 튈르리 궁전에서, 부부가 된 루이와 오르탕스를 축하하는 만찬을 주재했다. 그러나 오르탕스도, 루이도 행복해 보이지 않았다. 루이는 몽상에 잠겨 넋이 나간 듯한 표정이었고, 오르탕스 역시 남편을 거들떠보지도 않았다. 오직 조제핀만이 행복에 겨워 보였다. 그녀는 자신의 종교 혼인식을 올리지 못한 어제의 슬픔은 완전히 잊은 것 같았다. 루이와 오르탕스의 결합은 그녀가 거둔 첫번째 위대한 승리였다. 그러나 조제핀과는 반대로, 어머니 레티지아와 나폴레옹의 형제누이들은 모두 우울해 보였다.

그래서, 인간들은 강제로 결합시킬 수 없다고 말하는 것인가? 정녕 파당들의 용해는 불가능하고, 서로 대립하고 증오하는 인간들은 하나의 지도자를 매개로 해서만 만날 수 있는 것인가?

인간은 오직 '절대권력에 의해서만 대립을 극복할 수 있는 것'인가?

나폴레옹은 조제핀에게 몸을 숙이고, 며칠 후 리옹으로 떠나야 한다고 알렸다. 이탈리아 대표단과 만나기 위해서였다. 조제핀이 말했다.

"사람들은 당신이 이탈리아 왕으로 선출되고 싶어한다고 말하고 있어요."

그는 빙긋이 웃었다. 예전에 읽었던 볼테르의 『오이디푸스』라는 비극이 떠올랐다. 그는 속으로 그 한 대목을 암송했다.

〈나는 여러 사람을 왕으로 만들었지만, 나 자신은 왕이 되기를

바라지 않았다.〉

사흘 후인 1802년 1월 8일, 그는 리옹으로 가기 위해 튈르리 궁을 떠났다. 하지만 그의 뇌리에는 여전히 결혼 축하 파티와 그날 그 주변에 모였던 사람들, 형제누이들, 장교들과 고관대작들이 자리하고 있었다.

결혼식 직후 그는, 일반 시민처럼 청첩장을 보내온 루이에게 설교해야 했다.

— 이 인간들은 도대체 언제쯤이면 내가 누구인지 이해할 수 있을까? 그들이 지금 누리는 지위와 명성이 다 내 덕택이라는 걸 언제쯤 알게 될 것인가? 도대체 이들은 조금도 감사하는 마음이 없다.

그는 조제프에게 치살피나 공화국의 의장직을 제안했지만, 조제프는 "동생의 굴레를 쓰고 싶지도 않고, 정치적 꼭두각시가 되고 싶지도 않다"며 거만하게 거절했다.

그러면서 조제프는 몇 가지 조건을 달았다. 프랑스 병력을 철수시키고, 뮈라가 밀라노를 떠나야 하며, 피에몬테를 치살피나 공화국에 병합시킨다면 의장직을 수락하겠다는 것이었다. 도대체…… 조제프는 자신이 그곳을 정복했다고 믿는 것인가?

마차는 눈 덮인 벌판을 달리고 있었다. 새벽 두시, 달빛이 벌판 위에 은가루처럼 뿌려지고 있었다. 나폴레옹은 뤼시 르 부아 역참에서 자고, 오탱에서 아침을 먹은 후, 샬롱으로 떠날 예정이었다. 1월 11일, 투르뉘스를 거쳐, 리옹에는 저녁 무렵에나 도착할 것이다.

뤼시 르 부아에 도착하기 직전, 도로변에 커다란 불꽃이 타오르고 있었다.

무슨 일인가 싶어 마차를 가까이 대자, 농민들이 달려들며 환호했다. 그를 환영하기 위해 지펴놓은 불이었다.

"보나파르트 만세!"

역참에서도 인파가 몰려들어 그를 열광적으로 맞아주었다. 여행하는 동안 똑같은 장면들이 되풀이되었다.

이들은 진정 그를 사랑하는 것인가? 그는 기록했다.

〈인기란 무엇인가? 온후함이란 무엇인가? 불행한 루이 16세보다 더 인기 있고, 더 온후한 인간이 있었을까? 그러나 그의 운명은 어떠했는가? 그는 망했다. 그렇다. 민중 없이 이루어지는 것은 모두 비합법적이다.〉

나폴레옹은 환영 인파들에 답례하고, 다시 마차 안에 웅크렸다. 다시 질주를 시작한 마차는 투르뉘스를 지나 리옹을 향해 달렸다.

누구를 믿을 수 있을까? 그는 기록했다.

〈우정은 말일 뿐, 나는 아무도 좋아하지 않는다. 그렇다. 나는 내 형제들도 좋아하지 않는다. 조제프는 좀 좋아한다. 내가 그를 좋아하는 것은 그가 형이기 때문이다. 뒤로크? 아! 그래, 나는 그를 좋아한다…… 하지만 아무래도 상관없다. 나는 내게 진정한 친구가 없다는 걸 잘 안다. 그럼에도 불구하고, 내가 원할 때까지, 나는 지금의 내 모습을 계속 간직할 것이다. 여자들은 거짓 눈물만 흘려댄다. 여자란 본래 그렇다. 그러나 나, 나는 민감하지 않다! 단호해야 한다. 단호한 심장을 가져야 한다. 그런 심장이 없다면, 전쟁에도 통치에도 아예 끼어들지 말아야 한다.〉

그는 평온함을 되찾으려 애썼다.

1802년 1월 11일 저녁 여덟시, 예정보다 빨리 리옹에 도착했다.

마차 안에서 그는 차창에 몸을 기대고 밖을 내다보았다. 도시는 밝게 조명이 되어 있었다. 그는 개선문 꼭대기에 얹혀져 있는 잠든 사자상을 바라보았다. 마차는 천천히 시청으로 향했다.

그는 치살피나 공화국의 자문회의를 구성하는 이탈리아 대표단

450명을 맞이하기 시작했다.

날이 갈수록, 나폴레옹은 자신이 인간의 운명과, 이탈리아와 유럽의 운명을 바꾸고 있다고 느꼈다. 그는 국가참사원 위원들이 모여 있는 성당에 들어서며, 그들에게 이탈리아어로 말을 건넸다. 회의에 참석한 대표단 모두가 그를 환호하며 이탈리아 공화국 대통령으로 추대했다. 부통령에는 이탈리아 출신인 멜지가 임명되었다.

그들은 나폴레옹을 '불멸의 보나파르트, 세기의 영웅'이라 불렀다. 그는 민중 해방자였다. 그는 자신이 위대한 힘의 소유자임을 자각했다.

1802년 1월 25일 벨쿠르 광장. 그는 이집트에서 돌아온 군대를 사열했다.

쌀쌀하지만 맑은 겨울날, 태양이 눈부신 하늘에서 빛나고 있었다. 군대와 군중들의 열광적인 함성이 광장을 가득 메웠다. 모자나 철모를 총끝에 매달고 환호하는 병사들, 그들 중에는 맘루크인들, 고대 이집트의 후손인 코프트인들, 시리아인들도 끼어 있었다. 나폴레옹이 얼굴을 기억하는 늙은 척탄병들도 눈에 띄었다. 그는 이탈리아와 이집트 원정 때부터 같이 싸운 병사들, 생 장 다크르와 아부키르 전투에서 살아남은 옛 전우들을 잊지 않고 있었다. 그는 그들의 이름을 부르고, 악수를 나누며, 예전처럼 그들의 귀를 잡아 비틀었다.

"군대보다 더 민중적인 집단이 있을까?"

환호하는 병사들 곁을 떠나기가 아쉬워, 그는 오랫동안 자리를 지켰다.

— 이들이 없다면, 나는 무엇일까? 아무것도 아니다.

23
인간적인 인간은 증오하지 않는다

1802년 1월 31일 저녁 여섯시 삼십분, 파리로 돌아온 나폴레옹을 기다리고 있는 것은, 아미앵에서 콘월리스 경과 협상중인 조제프의 전보였다. 전보를 읽어나가던 그는 곧 두 손으로 책상을 내리치며 일어섰다. 부아가 치밀었다.

영국인들은 진정 평화를 원하는가. 아니면 앞에서는 협상을 지연시키고 뒤에서는 세력을 강화한 다음, 저들이 원하는 때에 협상을 파기하기 위해 장난을 치는 것인가?

그는 전보를 내려놓았다.

리옹에서 돌아오는 여행은 피곤하고 지루했다. 리옹과 로안 사이의 도로는 진눈깨비로 엉망이었고, 역참인 로안, 느베르, 느무르에서는 매서운 추위에 시달렸다.

루스탐을 불러 평소보다 훨씬 더 뜨거운 목욕물을 준비시키고, 목욕탕에 한참을 머물다가 책상에 돌아왔다.

그는 조제프의 편지들을 한쪽으로 밀어놓았다. 그리고는 첩보원들이 압수한, 파리에서 나돌고 있는 소책자를 넘겼다. 첨부된 보고서에 따르면, 그 책자에 대해 말들이 많다고 했다. 저자도 모르는 책자가 손에서 손으로 전해지며 읽혀진다는 것이다.

소책자를 넘기던 나폴레옹은, 피부가 불에 데기라도 한 듯 소스라쳤다. '라 나폴레오네'라는 제목의 시행이 눈에 띄었던 것이다. 대체 누가 감히 그를 모욕하고 저주한단 말인가?

그는 눈을 감고 평온을 되찾으려 애썼다. 영광과 성공을 위해서라면, 이 정도의 대가는 지불해야 한다. 그는 차분히 시를 다시 읽었다.

이 불충한 이방인이 건방지게 들어와서
우리의 법률 위에 군림한다네
대역죄의 비열한 후계자,
그는 왕의 유물을 놓고 망나니들과 싸우네
알렉산드리아의 성벽들이 이 변절자를 토해냈네
조국이 받은 치욕 때문에
전 우주의 슬픔 때문에
우리의 배와 항구들은 그 탈주자를 환영하고
그는 속아넘어간 프랑스로부터 도피처를 제공받고
그리고 프랑스는 그로부터 총검을 받는다네.

대체 푸셰는 뭘 하고 있단 말인가!

이 시 나부랭이는 왕당파 비밀결사체의 누군가가 썼으리라. 아마 끊임없이 음모를 꾸며대고 암살을 꿈꾸는 '필라델프'의 멤버일

가능성이 컸다.

그는 책상에서 일어섰다. 목욕과 분노로 달궈진 그에게 여독 따위는 문제가 아니었다. 직접, 그리고 지금까지보다 더욱 철저하게 경찰을 장악해야 했다. 그는 펜을 들었다.

〈푸셰 장관, 강대국들과의 평화협상 때문에 경찰의 임무가 더욱 중요하게 되었소. 나는 최대한 상세한 보고를 받기 원하며, 필요하다고 판단될 경우, 하루에 적어도 한두 번은 내가 직접 당신과 함께 일할 것이오.〉

고개를 들어 잠시 생각하다가 그는 덧붙였다.

〈내가 가장 편한 시간은 아침 열한시와 저녁 열한시요.〉

나폴레옹은 이같은 비방문을 참을 수 없었다. 소책자에 글을 쓴 작자를 찾아내 투옥시켜야 했다. 그런 '글쟁이들'이 프랑스 여론을 중독시키도록 내버려두어서는 안 된다. 주로 런던으로 도피한 망명귀족의 글이 프랑스로 유입되지 못하도록 각별히 주의하라고 명령한 것도 바로 그 때문이었다.

그는 서류를 뒤적이며, 그를 '강도'라고 묘사한 삐라들을 찾아냈다. 힘을 북돋워주는 보약이라도 되는 듯, 그는 그것을 다시 읽었다. 영국과의 평화조약이 진행중인 지금, 런던에서 그에 대해 어떤 글들이 출간되는가를 알아둘 필요가 있었다. 특히 두 명의 망명귀족, 제노바와 파리에 있는 이베르누아와 펠티에 같은 인물이 문제였다. 그들만이 전부가 아니었다. 다른 많은 인간들이 그의 약점을 캐내기 위해 그의 유년기까지 들먹였다.

〈나폴레옹은 유년시절부터 한 번도 솔직한 적이 없었다. 우울하고, 위선적이며, 복수를 좋아하는 그는 가장 야만적인 독재자들이 지닌 공통적인 악습들을 전부 소유한 인간이다. 그는 특이하게도 도미티아누스(고대 로마의 황제)와 동일한 취향을 지녔으니, 그는 그 로마의 독재자처럼 파리 몇 마리를 잡는 데 몇 시간씩이나 몰두했다. 이것은 그가 심심풀이로 인간을 때려잡을 수 있는 성향의 인간임을 증명하는 것이다.〉

터무니가 없어서 웃음이 날 지경인 이런 풍문들 앞에서 분개하는 모습을 보일 수도 없었다. 그들의 비난은 도를 훨씬 넘어서 있지만, 그를 쓰러뜨리려는 인간들을 증오해서도 안 된다.

〈남에게 아픔을 주기를 즐기는 인간인 나폴레옹은 피가 날 정도로 조제핀을 꼬집곤 한다. 또한 그는 드제를 제거하기 위해 마렝고 전투에서 그를 암살했다!〉

그럼에도 그들을 증오해서는 안 된다.

나폴레옹은 거듭 말했다.

"진정 인간적인 인간은 증오하지 않는다. 인간의 노여움과 언짢은 기분은 단 일 분을 넘어가지 않는 법이다."

하지만 그들은 서슴지 않고 그에 대한 최악의 글을 써갈기고 있었다. 역시 런던에서 출간된 글 중에, 이런 대목도 있었다.

〈사람들은 이 위대한 정치가, 이 위대한 장군, 이 위대한 철학자가 주색잡기를 극도로 싫어하고, 흔히 위대한 인간들에게서 발견되는 약점들을 지니지 않았다고 주장한다. 그러나 실은, 나폴레옹은 보통 한 인간에게서는 발견하기 힘든 두 가지 성향을 동시에 지니고 있다. 첫째는 그가 여자들과 방탕한 생활을 즐긴다는 사실이고, 둘째는 소크라테스도 그랬다고 잘못 알려진 호모라는 악습에 탐닉한다는 점이다. 캉바세레스가 그의 이 수치스런 괴벽을 놀랍도록 잘 돕고 있다. 모든 점에서 네로를 닮아가는 나폴레옹이 언젠가 그의 시종이나 맘루크인과 결혼한다고 해도 전혀 놀랄 일이 아니다. 예의범절에 대한 존경심이라곤 전혀 없는 그에게는 근친상간마저도 그리 놀라운 게 아니다. 그는 두 누이 카롤린 뮈라와 르클레르 장군의 아내가 된 폴린과 공개적으로 함께 살았다.

특히 카롤린은 그 사실을 모든 사람들에게 자랑하고 다녔다. 또한 조제핀의 딸이며 루이 보나파르트의 아내가 된 오르탕스는 나폴레옹의 아기를 임신했으며, 그러자 그가 강제로 동생 루이를 오르탕스와 결혼시켰다는 것은 이미 공개적인 비밀이다……〉

나폴레옹은 구역질이 나올 것 같아, 한참을 몸을 뒤로 젖힌 다음에야 정신을 수습했다. 그는 형 조제프에게 편지를 쓰지 않을 수 없었다.

〈여기 혐오스러운 책자를 동봉할게. 형이 이 문제를 콘월리스 경에게 거론하고, 망명귀족들에게 이런 멍청한 글을 인쇄하도록 허락하는 것이 두 국가의 존엄성에 얼마나 배치되는 것인지 설명해주기 바래.〉

영국 언론이 나폴레옹을 '독살자'로 취급한 지독한 험담을 그대로 싣는다는 사실은, 바로 영국이 프랑스와 평화조약을 맺을 의사가 없음을 증명하는 것이 아니겠는가?

외무장관 탈레랑이 그를 찾아와, 영국의 애딩턴* 정부가 평화를 원하는 협상파의 압력을 받고 있다고 설명했다.

"그 나라 국민의 신앙의 중심은 세인트 제임스 성당이 아닌, 런던의 증권거래소에 있습니다. 우리의 대사인 오토가 그렇게 써보냈습니다."

나폴레옹이 중얼거렸다.

"그렇다면 단지 휴전일 뿐이겠군."

그렇다면 비통하고 절망적인 일이다. 나폴레옹은 결론맺었다.

"콘월리스 경이 진정 선의가 있다면, 3월 19일 이전에 평화조약

---

* 시드머스 자작. 1801년 3월부터 1804년 5월까지 영국 총리를 지냈음. 1802년 프랑스와 아미앵 조약을 체결했음.

이 서명되어야 할 것이오."

  그는 평화를 원했다. 평화조약이 체결될 가능성이 희박하고, 설령 성사된다 할지라도 언제 파기될지 모른다는 것을 잘 알고 있었지만, 깨지기 쉬운 평화조약이라 할지라도 그 조약은 그로 하여금 프랑스 내치에만 몰두하게 해줄 것이었다.

  며칠 동안 기다리는 일이 전투 전야보다 더 초조했다. 그는 초조함을 이겨내기 위해 평소보다 더 많은 일을 벌이고, 더 많은 결정을 내렸다.

  앵발리드 광장에 가서 토목인부들과 이야기를 나누며, 광장 공사를 예정보다 앞당겨 끝내야 한다고 재촉하기도 했고, 튈르리 궁 테라스와 방돔 광장을 연결시키는 도로 기공식에 참여했으며, 이어 보수 작업중인 생 클루 성도 방문했다. 이 성은 앞으로 통령 궁전이 될 것이다. 그러나 초조함은 쉽게 사라지지 않았다. 3월 19일이 지났는데도 협상은 별 진전이 없었다.

  1802년 3월 26일, 파리를 순찰하고 돌아오는 길에, 그는 마침내 아미앵에서 평화조약이 체결되었다는 보고를 받았다.

  영국은 몰타 섬에서 철수하고, 프랑스는 점령중인 나폴리 항구들을 비워주어야 했다. 그러나 이 아미앵 협상에서는, 프랑스의 유럽대륙 정복 문제와 영국 상품에 대한 항구 개방 문제에 대해 아무런 언급이 없었다.

  그러나 어쨌든 그토록 기다렸던 평화조약이 체결된 것이다.

  3월 27일, 나폴레옹은 시종장 콩스탕에게 비단옷과 흰 양말, 은고리가 달린 구두를 준비하라고 지시했다.

  평화조약을 축하하기 위해 민간복 차림으로 대사들을 맞을 작정이었다.

  "1792년 이후 처음으로, 프랑스는 누구와도 전쟁을 하지 않게 되었다."

1802년 3월 27일, 평화조약 체결을 축하하는 이날, 그는 해군 장관에게 늘 자신을 사로잡고 있는 질문 한 가지를 던졌다.

"불행하게도 이 평화가 오래 지속되지 못한다면, 어떻게 하는 게 좋겠소?"

제 6 부
여러분은 내가 새로운 희생을 해야 한다고 판단하오?
좋소, 그렇게 하겠소

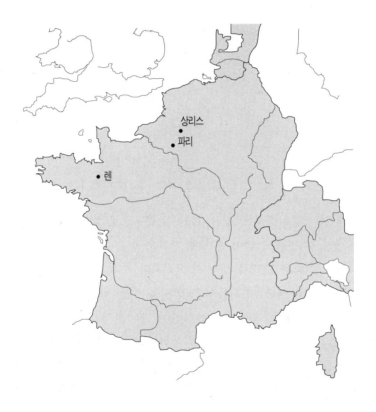
상리스
파리
렌

1802년 4월~1802년 8월

24
아직 끝나지 않았다, 나의 투쟁은

나폴레옹은 부리엔에게 등을 돌리고 창문으로 다가갔다. 1802
년 4월 3일, 하늘은 한없이 투명에 가까운 엷은 청색이었다.

부리엔이 기죽은 소리로 말하고 있었지만, 그는 듣고 있지 않았
다. 독직 사건에 연루된 그가 무슨 변명을 한단 말인가? 그런데도
비서 부리엔은 쿨롱 형제의 파산사건에 개입하지 않았다고 계속
둘러댔다. 그들이 수백만 프랑을 착복한 결과, 기병대에 제공하기
로 했던 장비들을 제공할 수가 없었다. 그들 형제 중 한 명은 자
살했다. 부리엔은 쿨롱 형제를 잘 모른다고 우겨댔다. 부리엔이 그
거래에서 얼마를 받아먹었는지, 나폴레옹은 묻고 싶지도 않았다.
부리엔은 브리엔 군사학교 시절부터 알아온 동료, 아니 그의 가장
오래된 친구였다. 그들은 1792년에 다시 만나 파리의 포도(鋪道)

를 함께 누볐었다. 나이도 같았다.

— 망명귀족으로 몰려 투옥되었던 그를 감옥에서 꺼내준 것도 나였다.

그후 이탈리아 원정에서부터 캄포 포르미오, 이집트 원정, 안개 달 18일에 이르기까지, 부리엔은 줄곧 그를 수행했다. 하루도 빼놓지 않고, 매일 십여 통이 넘는 그의 구술 편지를 받아쓴 것도 부리엔이었다. 게다가 조제핀의 속내이야기까지 들어주는 상담역이기도 했다.

— 한동안은 조제핀을 위해 나를 속였었지. 내가 알기로는 그랬어. 그리고 부유해졌지. 나는 그의 눈이 까마귀 눈처럼 탐욕스럽게 빛나는 걸 보았어. 그래도 나는 용납했다. 그러나 이번은 지나치다.

부리엔의 변명은 그칠 줄을 몰랐다.

— 내가 가는 길에는, 그토록 믿었건만 나를 배반한 인간들이 얼마나 많은가!

문득 살리체티가 떠올랐다. 1794년, 공포정치가 종말을 고하던 무렵, 그를 탄핵했던 인물. 나폴레옹은 그를 용서했다가, 파리에서부터 거리를 두기 시작해 코르시카와 이탈리아에서도 계속 멀리했다. 탈리앵이나 바라스처럼 자신을 이용했던 인간들도 떠올랐다.

하지만 새삼 놀랄 게 있을까? 본래 인간은 자기 자신 이외에는 아무도 믿을 수 없는 것 아닌가.

부리엔은 계속 변명하려 애썼지만, 목소리가 너무 약해져 무슨 말인지 알아들을 수조차 없었다. 그러다가는 한마디도 제대로 발음하지 못하고 입술만 달싹거렸다.

나폴레옹은 동갑내기 친구이자 동료였으며, 자신과 가장 가까웠던 비서를, 간단한 손짓 하나로 쫓아버렸다. 그는 곧 함부르크에 있는 프랑스 사업대표단의 일원으로 파리를 떠나게 될 것이다. 따라서 그가 원한다면, 도둑질을 계속할 수 있을 것이다!

도대체 누구를 믿을 수 있단 말인가?

나폴레옹은 새 비서로 발탁한 멘느발을 찬찬히 뜯어보았다. 멘느발을 곁에 두었던 조제프의 얘기로는, 스물네 살의 이 젊은이는 신중하면서도 능력 있는 인물이라고 했다.

나폴레옹은 지시 사항을 일러주었다. 비서는 밤낮을 가리지 않고 언제 어디서나 즉각 호출에 응해야 한다. 그래서 튈르리 궁 시종들의 방과 같은 층에 있는 네 개의 방을 사용할 수 있도록 했다. 나폴레옹은 팔을 내밀고 둘 사이에 지켜져야 할 거리를 가늠해 보여주었다. 비서는 궁전 내부 업무와 사적인 비밀 사이에서 처신을 잘해야 한다. 모든 업무는 스스로 알아서 처리해야 하고, 누구에게서도 도움을 받으면 안 된다. 비서로서의 일뿐만 아니라, 구술과 필경사로서의 업무도 마찬가지다.

나폴레옹은 즉각 '콩코르다(정교 협약)'에 덧붙여질 종교에 관한 법률을 구술하기 시작했다. 그 기본조항들은 교황에게는 놀라움과 실망을 안겨줄 것이다. 결국, 로마와 독립적인 입장을 추구해온 프랑스 교회가 전통적인 입장으로 돌아가겠다는 협약의 요체는, 한마디로 정부가 종교에 대한 감독권을 가진다는 것이었다.

— 내가 직접 주교들을 선택할 것이다.

협약을 축하하기 위해, 나폴레옹은 부아줄랭 추기경을 임명했다. 그는 이십오 년 전 루이 16세의 대관식 미사를 집전했던 인물이었다.

나폴레옹은 구술하면서, 받아쓰기에만 몰두하고 있는 멘느발의 표정을 살펴보았다. 이 친구가 자코뱅이었다니, 그러기에는 너무 젊었다. 당대의 사회조직을 근본적으로 다시 엮고, 국가의 권위와 종교적 평화를 재정립하려는 그의 의지를 이해하기에도, 그는 너무 젊었다.

그는 이러한 그의 의지에 반항하는 자들이 있다는 보고를 벌써부터 접하고 있었다.

— 군대 내부에도, 내가 죽기를 바라는 인간들이 있다.

그는 그들이 누구인지 알고 있었다. 오주로, 모로, 베르나도트, 란 같은 장군들. 그리고 1792년 군대를 장악했던 '노털 장군들'이었다. 평화가 이루어지자, 그들은 돌아와 구두 뒤축에 박차를 달고 파리를 휘젓기 시작하는 것이었다.

정복한 도시에서 내키는 대로 행동하는 데 익숙해진 장군들. 고국에 돌아와 이제 한가해진 그들이, 그들처럼 일개 장군이었던 나폴레옹과의 한판 대결을 꿈꾸고 있는 것이다. 그들은 나폴레옹이 자신들과 다를 바 없다고 상상하고 있었다.

— 그들이 나를 죽이려 한다! 푸셰는 내가 입수한 정보들이 정확하다는 걸 알아야 한다.

얼마 전, 장군과 장교들을 위한 환영 파티에서 기병대위 도나듀가 거듭 강조했다고 한다.

"콩코르다와 종교법 제정을 축하하기 위한 감사미사가 예정대로 4월 18일 부활절에 노트르담에서 열린다면, 그때 나폴레옹을 암살해야 한다."

오주로의 참모였으며, 권총의 명사수로 자처하는 푸르니에 사를로베즈 장군이 그 대성당의 중앙홀에서 제1통령을 저격하리라는 것이었다.

이런 상황 속에서 누군들 의심하지 않겠는가?

— 진정 강함이 무엇인지를 보여주어야 그들이 따르리라.

그는 멘느발을 내보냈다.

며칠 후 말메종의 살롱에서, 그는 비상 자문회의를 열기 위해 포르탈리스와 캉바세레스, 르브렝, 뢰드레르를 만났다.

암살 음모에 관해서는 말하지도 않았다. 그들에게 설명해봐야 무슨 소용이 있겠는가? 이미 푸르니에 사를로베즈는 체포되었다. 그러나 더이상의 음모는 없다고 누가 장담할 수 있는가? 가슴에 질투와 야망을 품은 장군과 인간들이 너무 많았다. 그런 인간들은 최고의 자리에 오르려는 야심과, 그 자리에 다가가지 못하는 한을 자코뱅주의라는 그럴듯한 사상으로 위장했다. 자코뱅주의는 이제 스스로를 속이는 위선자들의 병풍 역할을 하는 것이다.

뢰드레르가 나폴레옹에게 말했다.

"공식 리셉션에서 연설하실 때, 카프라라 추기경이 나뭇잎처럼 떠는 걸 보셨습니까?"

그는 대답하지 않았다. 전날 튈르리 궁에서 그는 교황의 특사가 두려움에 떠는 표정을 보았다. 그러나 사제들을 무시해서는 안 된다. 그는 잠시 머리를 식히기 위해 자리에서 일어섰다. 정원을 거니는 그의 눈에, 조제핀과 오르탕스가 보였다. 가장 가까운 측근들도 믿을 수 없는 상황이었다. 첩보원의 보고에 따르면, 조제프는 4월 18일에 있을 노트르담 대성당 감사미사에 제1통령 곁에 앉기를 거부하고, 국가참사원 위원들 틈에도 앉지 않겠다고 고집한다는 것이었다.

— 나의 친형인 조제프마저도!

그는 음모를 추적해, 총알이나 폭탄을 사전에 방어하는 수밖에 없다고 생각했다.

나폴레옹이 다시 살롱에 들어서자, 포르탈리스가 물었다.

"제1통령께서는 파테나(성반聖盤)에 입을 맞추실 겁니까?"

나폴레옹은, 무릎을 꿇거나 몸을 기울이고 성체의 빵을 담은 파테나에 입을 맞추는 자신의 모습을 상상했다.

그의 온몸이 거부반응을 일으키는 듯했다.

"나에게 우스꽝스런 짓들은 시키지 마시오."

그는 콩코르다에 반대하는 세력이 가해올 위협이나 냉소만이 두려운 게 아니었다. 국가참사원에서도, 포르탈리스가 교황과의 합의문 몇 구절을 낭독하자, 웃음이 터져나왔다. 의회에서는 다행히 캉바세레스의 충고 덕분에 반대파의 반발을 막을 수 있었다. 하긴 의회의 반대파라고 해봐야, 추첨으로 결정하는 보궐선거도 아직 끝나지 않은 상태였고 야당의원만 지명해놓았을 뿐, 의회 전체 의석 중 거의 대부분인 240석이 공석으로 남아 있었다.

무엇보다 걱정스러운 것은 사제들의 힘이었다. 그들에게 굴복하기 시작하면 자칫 말려들기 십상이었다. 사제들은 특히 인간의 지성, 인간의 고귀한 영역에 영향력을 행사하기 때문에 중요했다.

나폴레옹은 노기어린 표정으로 말했다.

"사제들은 나를 육체에 영향을 끼치는 역할에만 한정시키려 하고 있소. 영혼은 그들이 간직하고, 내게는 시체들만 내던지려 하고 있소."

사제들은, 그가 그것을 용납하리라 믿고 있는 것인가?

그는 살롱을 뚜벅뚜벅 거닐다가, 발코니로 통하는 창문 앞에서 걸음을 멈추고 정면을 응시했다. 그는 자신이 무엇을 해야 하는가를 알고 있었다. 앞으로 몇 주 혹은 몇 달 안에, 그는 구상중인 임무, 즉 교육 문제에 매진할 작정이었다. 그는 포르탈리스와 책임자들을 향해 말했다.

"확고한 원칙을 가지고 교육하는 조직이 없으면, 확고한 정치도 없는 법이오. 왜 공화파나 왕당파가 되어야 하는지, 가톨릭 교도나 무신론자가 되어야 하는지를, 유년기부터 가르쳐야 하오. 그렇지 않으면, 국가는 훌륭한 민족을 형성하지 못할 것이오."

그는 뢰드레르에게 악수를 청하며 말했다.

"바로 당신이 할 일이오, 뢰드레르."

그는 뢰드레르에게 공공교육에 관한 모든 일을 맡기려 했다.

그리고는 그는 포르탈리스에게 몸을 돌렸다. 제1통령의 힘을 과시하기 위해서는 우선 협약 문제를 끝내야 했다.

그는 미소지으며 상상했다. 자신이 제1통령으로서, 대주교와 주교들의 대관식에서 그들에게 십자가와 사목(司牧) 지팡이, 주교관(冠)을 부여하는 장면을.

"포르탈리스, 성물들이 제때에 완성되도록 철저히 준비시키시오……."

그의 얼굴에 미소가 가득했다.

"특히 그 성물들을 가장 경제적인 방식으로 준비하도록 하시오."

잠시 침묵하던 그는 중요한 직책을 표시하는 복장을 입은 인물들, 그러나 이곳 그의 앞에서 복종하는 그들을 차례로 바라보았다.

─통치에 관한 한 동업자들이 필요하다. 그렇지 않으면, 내 작품은 끝나지 않을 것이다.

그는 포르탈리스에게 주문했다.

"튈르리 궁의 내 집무실 옆에 붙어 있는 목욕탕을 예배당으로 바꾸었으면 좋겠소. 아직 공화국 헌법에 선서하지 않은 주교들은 그곳에서 선서하게 될 것이오. 또한 그곳을 제1통령의 예배당으로 만들어, 파리 대주교가 그곳에서 직접 미사를 집전토록 하겠소."

그는 살롱에서 나오면서 덧붙였다.

"벨루아 주교를 파리 대주교로 임명할 생각이오."

그는 걸음을 멈추고 미소지으며 말했다.

"물론 벨루아 주교가 앙시앵 레짐하에서 마르세유의 주교였고, 지금은 아흔두 살이나 되었다는 사실을 알고 있소. 그래도 그는 파리를 위한 훌륭한 목자가 될 것이오."

1802년 4월 18일 부활절 아침, 그는 평소보다 일찍 자리에서 일어났다.

그는 이날이 영광의 날로 기록되기를 바랐다. 그는 조용하게 콩코르다를 공표하는 것으로 만족할 수도 있었다. 그러나 여러 장군들의 음모에도 불구하고, 그는 국립 음악학교의 합창대가 웅장한 성가를 부르는 노트르담 대성당에서 대주교가 주관하는 감사미사를 열기로 결정했다. 자신이 이룩한 변화와 업적을 대중에게 이해시키기 위해서는, 섬광처럼 빛나는 행사가 필요했다.

그는 시종장 콩스탕을 불렀다.

콩스탕은 제1통령이 제복을 입는 걸 도왔다. 나폴레옹은 흰 비단바지와 종려나무를 황금으로 수놓은 진홍색 상의를 입고, 검은 깃을 달았으며, 폭이 좁은 멜빵에 이집트 군도를 허리에 찼다. 그리고는 삼색 깃털이 달린 프랑스식 모자를 썼다. 오전 열시 반, 그는 카루젤 광장에서 내려, 새로 조직된 부대들에 깃발을 수여했다.

마치 전장에 있는 듯한 느낌이었다. 그는 천천히 걸어나가면서, 전투가 그렇듯이 만사는 그 첫 순간에 달려 있다고 생각했다.

갑자기 구름처럼 몰려든 군중들의 환호 소리가 터져나왔다.

"보나파르트 만세! 제1통령 만세!"

그렇다, 오늘은 찬란한 하루가 되리라.

그는 루이 16세가 사용했던 마차를 개조해 사용했는데, 마부와 시종들은 황금줄이 달린 녹색 제복 차림이었다.

아침 열한시 반, 그는 여섯 마리의 백마가 끄는 마차에 올랐다. 조제핀이 그 옆에 앉았다. 그가 바랐던 대로, 나폴레옹과 조제핀은 왕과 왕비처럼 보였다.

튈르리 궁에서 노트르담 대성당에 이르는 연도에는, 엄청난 군중이 나와 그들을 환호했다. 음모가들은 저 환호성 사이에서 꿈을 꾸고 있을 것이다. 그러나 그는 첩보원들을 통해 그들의 거사 계획을 간파하고 있었다. 감사미사가 진행되는 동안 제1통령을 저격하고, 파리 시가지를 베르나도트 군대인 서군이 행진한다는 각본이었다. 베르나도트 장군, 그는 바로 조제프의 처남이며, 예전에 나폴레옹과 결혼을 약속했던 데지레 클라리의 남편이 아니던가? 인간은 그렇다!

뒤로크와 쥐노는 저격에 대비해 재편성한 통령 경호대를 튈르리궁으로 집결시켰다. 한 시간 전에 사열한 병력은 충성스러운 인간들로만 구성되어 있었다.

나폴레옹은 수천 개의 촛불이 밝혀져 있는 대성당으로 들어갔다.

주요 인사들로 가득한 대성당 중앙홀 양쪽에 제복을 입은 장군들이 도열해 있었다. 그는 캉바세레스에게 몸을 약간 기울이며 말했다.

"민족 전체가 오십 년쯤 후퇴하고 바보가 되지 않는 한, 이제 프랑스에서는 군사정부가 성공하지 못할 것이오. 모든 음모 계획은 반드시 실패하고, 그 주모자들은 희생자가 될 것이오."

그가 캉바세레스를 바라보지도 않고 고개 숙인 채 말하고 있어서, 사람들은 그가 기도드리는 줄 알고 있었다. 그는 말을 이었다.

"내가 통치하는 것은 장군으로서가 아니오. 그것은 민족 구성원들이, 통치에 적합한 시민적 자질을 내가 가지고 있다고 믿기 때문에 가능한 것이오. 만일 민족 전체가 그런 의견이 아니라면, 정부는 지탱될 수 없을 것이오. 군대의 장군으로서 학사원 회원 자격을 얻었을 때, 나는 이미 무엇을 할 것인가를 알고 있었소. 또한 최후의 북소리가 울릴 때까지 지지를 받을 것이라 확신했소."

미사는 무사히 끝났다. 미사를 마친 나폴레옹이 대성당 광장에 모습을 나타내자, 열광하는 군중이 몰려들었다. 장군 대열은 약간 뒤로 물러나 있었다. 그는 말했다.

"민간인들이 만사를 토론과 진리, 이성에 맡기는 반면, 군인의 속성이란 본래 만사를 무자비하게 욕망하는 것이오."

그는 캉바세레스와 대화를 나누며, 장군들에게 다가갔다. 뒤로 크가 그에게 다가와, 모로 장군이 미사에 참여하지 않았다고 말했다. 모로는 감사미사가 열리는 동안, 몇몇 장교들에게 둘러싸여 튈르리 궁의 테라스에서 보란 듯이 시가를 피워댔다고 한다.

나폴레옹은 모로를 잊지 않을 것이다.

나폴레옹은 뒤로크의 말에는 대꾸하지 않고, 캉바세레스와 나누던 대화를 계속했다.

"요즘 같은 시대에, 미개한 방식으로 생각하면 안 되오. 지금 프랑스의 인구는 삼천만 명이오. 그것도 계몽사상과 재산권, 그리고 교역으로 단련되고 세련된 민족이오. 이 많은 대중에 비하면, 삼십만 내지 사십만 명의 군인은 아무것도 아니오. 하지만 병사들도 시민의 자식들이오. 군대는 곧 민족이오."

장군들은 흩어졌다. 그들은 나폴레옹과 대면하기를 꺼렸던 것이다.

장군 대열에 끼어 있던 델마 장군만이 팔짱을 끼고 다리를 벌린 채 도발적인 자세로 남아 있었다.

나폴레옹은 보병대 지휘관인 이 영웅적인 장군을 알고 있었다. 그는 델마에게 다가가, 오늘 미사를 어떻게 생각하느냐고 물었다.

델마가 투덜댔다.

"정말 그럴듯한, 따분한 설교였소. 죽음을 각오한 십만 명만 있으면, 모조리 쓸어버리는 건데…… 애석할 따름이오."

등을 돌리고 멀어져가는 델마를 바라보며 나폴레옹은 생각했다.

—아직 끝나지 않았다, 나의 투쟁은.

25
사랑이란 무엇인가

　나폴레옹은 힘차게 몸을 돌려 뒤로크를 바라보았다. 그는 뒤로크에게 방금 보고한 사항을 반복하라고 말했다. 놀란 듯 멈칫하던 뒤로크는 느릿한 어조로 현재 튈르리 궁의 안전을 담당하는 통령 경호대 상황을 다시 상세하게 설명했다. 나폴레옹은 근심스런 표정이었고, 뒤로크는 도저히 이유를 모르겠다는 표정이었다.

　나폴레옹이 말했다.

　"이 자살……."

　뒤로크는 고개를 끄덕였다. 척탄병 조직 내부에서 한 달 사이에 두 건의 자살 사건이 발생했다. 자살 사건의 원인은 모두 사랑 문제 때문이었다. 더구나 방금 자살한 척탄병 고뱅은 괜찮은 사람으로 알려진 병사였다.

사랑, 사랑 문제, 대체 그게 그토록 심각하단 말인가?

나폴레옹은 곁에 있는 뒤로크의 존재를 잠시 잊은 듯했다. 그는 나름대로 생각을 정리한 듯 빠르게 말했다.

"조제핀은 내가 심각한 사랑에 빠질까봐 항상 두려워하지. 나에게 사랑 따위는 존재하지 않는다는 걸 그녀는 모르고 있는 거야."

그는 뒤로크를 바라보며, 그가 옆에 있었다는 사실을 문득 깨달았다는 듯이 말했다.

"그러니까 말일세, 사랑이란 무엇인가? 그건 우주 전체를 한쪽으로 밀쳐놓고 사랑하는 대상만을 바라보는 정열이야. 하지만 단언컨대, 나는 우주를 한쪽으로 밀쳐버리는 성향의 인간이 아니야."

그는 고개를 가로저으며 말했다.

"나는 분석을 좋아하지. 그러니 만일 내가 사랑에 빠진다면, 나는 사랑마저 조각조각 분해하고 말 거야."

그는 담배를 한 모금 빨고는, 뒷짐을 지었다. 그리고는 어조를 바꾸어 구술을 시작했다.

〈제1통령은 경호대에 다음 사항을 명한다. 군인은 정열의 고통과 슬픔을 극복할 줄 알아야 한다. 그대들은 빗발치는 포탄도 이겨내야 하는 군인이다. 영혼의 고통 역시 그러한 용기와 인내심으로 넘어서야 한다. 정열에서 비롯되는 고뇌에 저항하지 못하고 매몰되거나 자살해서는 안 된다. 그것은 승리하기도 전에 전쟁을 포기하는 것과 같다.〉

그는 뒤로크를 내보내고 홀로 남았다.

1802년 봄은 그의 삶에서 각별한 시간이었다. 모든 게 가능할 것 같고, 동시에 모든 게 깨질 것 같고, 몇 분 내로 모든 것이 엎어질 수도 있을 것 같은 심경이었다. 그의 삶이 끝나면, 그가 시도했던 모든 작품이 한 줌의 모래처럼 세월의 손가락 사이로 빠져 나갈지도 모른다.

결국 무엇이 남을까?

그는 뢰드레르와 캉바세레스를 불러 그들의 조언을 들었다. 그들은 침착하고 사려깊은 인간들이어서, 때로 조언을 들을 만했다. 나폴레옹은 특히 국가참사원이나 원로원에 안건을 제출하기 전에, 그들과 사전에 상의하곤 했고, 그의 개인적인 문제도 상담하곤 했다.

뢰드레르와 캉바세레스는 모두 교황청과의 협약에 동의했다. 망명귀족들이 프랑스에서 소유했던 재산을 포기하는 경우, 귀국을 허락한다는 원로원 법안에도 찬성했다. 나폴레옹이 망명귀족 법안을 추진하는 이유는, 귀족계급이 자신의 가장 좋은 지지 기반이 될 수도 있기 때문이었다.

며칠 전, 나폴레옹은 푸셰에게 프랑스 낭만주의의 대작가로 일컬어지는 샤토브리앙 자작이 제1통령에게 헌정한 『그리스도교의 정수』라는 책을 보여주었다. 작금의 프랑스 상황에서 종교정신을 고양시키는 작업보다 더 바람직한 게 뭐가 있단 말인가?

푸셰는 살짝 미소지었다.

— 아마 작가와 출판사는 이 책을 띄우기 위해, 콩코르다를 기념하는 노트르담의 감사미사까지 기다렸을 것이다. 최고의 판매부수를 기대하며!

푸셰! 푸셰!

어떤 경우에도 함부로 말하지 않는 인간, 자신에게 도움이 되는 경우에만 남에게 도움을 주는 유형의 인간. 이같은 유형의 인간은 복종시킬 수 없다.

치안장관 푸셰는 단 한 가지만을 두려워하고 있었다. 즉 의회가 제1통령에게 '종신통령'의 자격을 부여하지 않을까 하는 것이었다. 만일 일이 그렇게 되어가면, 십 년 임기에 재선이 가능한 정도로 만족하도록, 푸셰는 의회를 조종할 생각이었다. 그렇게 되어도 나폴레옹은 1819년까지 권좌에 앉아 있을 것이다. 푸셰는 자신의 구상대로 되지 않는다면, 커다란 위험이 닥칠 것이라고 관계 요로에 설득하고 다녔다.

— 푸셰는 조제핀을 끌어들여, 그녀로 하여금 나를 정탐케 하고, 그 대가로 약간의 보수를 지불하고 있다!

나폴레옹은 그 사실을 이미 알고 있었지만, 조제핀은 그가 아무것도 모른다고 생각하고 있었다.

— 조제핀의 말을 들어보면, 푸셰의 말을 그대로 내뱉고 있잖은가.

나폴레옹은 얼마 전 조제핀이 한 말을 떠올렸다.

"만일 당신이 종신통령이 되면, 당신이 제1통령이라는 잠정적인 권력을 장악할 수 있게끔 도와준 사람들과 군부 엘리트들에게 충격을 줄 위험이 있어요…… 너무 급한 경사를 오른다면, 당신이 지금 누리고 있는 빛나는 지위마저 잃게 될 위험이 있지 않을까요."

— 보나파르트 정도의 가문이 부르봉 왕가와 같은 권력을 꿈꿀 수 있는 것일까?

조제핀은 말하면서 내심 자신의 이런 속내 마음을 어쩔 수 없이 내비치고 있었다. 나폴레옹은 조제핀의 말을 들으며, 그녀의 속내 생각도 함께 읽었다.

— 그녀가 자기 자신도 모르게 그걸 꿈꾸고 있는 건 아닐까? 내가 꿈꾸는 것일까?

언젠가 말메종에서 뤼시앵과 탈레랑, 퐁탄과 캉바세레스가 앞날에 관해 얘기할 때, 조제핀이 나폴레옹의 귀에 대고 속삭였다.

"당신은 언제 나를 골 족*의 황후로 만들어줄 거예요?"

---

* 지금의 프랑스를 포함한 서부 유럽 일대에 해당하는 지역인 골(갈리아)에 살던 고대 민족.

나폴레옹이 대답했다.

"뭐요? 조제핀이 황후가 된다구?"

그의 목소리가 너무 커서 다른 사람들이 모두 말을 중단할 정도였다. 내친 김에 그는 덧붙였다.

"그건 말도 안 되는 소리요."

— 정말 말도 안 되는 소리일까?

캉바세레스와 뢰드레르는 그에게 헌법을 개정하라고 재촉했다. 푸셰가 암시하는 십 년 단임이 아니라, 명실상부한 종신통령 직위에 오르라는 것이었다.

나폴레옹은 귀를 기울이면서 생각의 초점을 모으려고 애썼다.

움직이는 것을 어떻게 안정시킬 것인가? 빠져나가는 것을 어떻게 고정시킬 것인가? 그를 끌어들이는 이 시간의 질주를 정지시킬 것인가, 아니면 서행시킬 것인가? 끊임없이 그를 사로잡는 '잠정적인 권력'이라는 느낌을 어떻게 지울 것인가?

그즈음 충격적인 정보도 있었다. 부활절 감사미사를 위해 노트르담으로 향하던 행렬 속에서, 베르나도트, 오주로, 마세나, 맥도날드 장군들이 탔던 마차가 베르나도트의 명령에 따라 멈춘 사건이 있었다는 것이다. 그 네 명의 장군들은 주저하며 마차에서 내려, 베르나도트의 권유에, 군인들에게 제1통령에 대항하기 위해 궐기하라는 선동을 하려 했다는 것이다.

대성당 중앙홀에 모여 있던 장군들을 보았을 때, 그의 뇌리를 스치던 직관은 정확했던 것이다. 그는 이미 음모의 와중에 있었다.

그는 뢰드레르에게 말했다.

"왕권을 가장 확실하게 보장해주는 것 가운데 하나가 왕권이라는 상징과 소유권을 결합시키는 것이오. 사람들은 자기 땅에 대해 '내가 이 땅의 주인이다'라고 말하듯, 왕에 대해서는 '왕은 그의 조상들이 물려준 옥좌의 주인이다'라고 말하오. 왜 그렇겠소? 모든 사람들은 자신의 소유권을 존중받는 데 관심이 있기 때문에, 왕의 소유권도 존중하는 것이오."

옳은 말이다. 그렇지 않은가?

그러나 과연 그는 단행할 것인가?

그의 주변에는 마치 전장에서 시체를 벗겨대는 강도나 까마귀떼처럼 수많은 인간들이 몰려들어, 그에게 종신통령뿐 아니라 후계자까지 지명하라고 부추겨댔다. 형제인 조제프와 뤼시앵은 유산은 원하지 않는다면서, 나폴레옹을 잇기 위해서는 캉바세레스 같은 사람이 필요하다고 공언했다. 그러면서도 그들은 그 다음에 무슨 일이 일어날 것인가를 염두에 두고 있었다.

— 나의 죽음 이후를!

캉바세레스가 찾아왔다. 그는, 제1통령은 종신직으로 바뀌어야 하고 후계자 임명권도 나폴레옹이 가져야 한다고 강조했다.

나폴레옹은 고개를 숙이고 집무실 안을 서성였다. 자신의 내면과 토론을 벌일 때면, 그는 담배를 집어드는 습성이 있었다. 그는 몇 번 담배를 집어들었다가 놓고, 걸음을 멈추었다. 그리고 옆방에서 대기중인 뢰드레르를 불렀다. 그는 화가 난 듯한 목소리로 내뱉었다.

"내가 이 자리에 있는 한, 나는 공화국을 위한 책임을 다할 것이오. 그러나 미래를 준비해야 한다는 것도 사실이오."

캉바세레스와 뢰드레르도 동의했다. 나폴레옹이 덧붙였다.

"우리는 프랑스의 땅 위에 화강암 덩어리들을 뿌려야 하오."

화강암을 뿌리다니? 의아해하는 그들을 향해, 나폴레옹은 자신의 구상을 설명해나갔다. 모든 지방마다 리세(고등학교)를 세우고, 공공교육을 통해 민족의 골격이 될 젊은이들의 정신을 단련시키자는 것이었다. 또한 훌륭한 시민으로 길러내기 위해 질서를 가르치고, 새로운 기사제도와 레지옹 도뇌르 훈장제도도 마련할 계획이었다.

뢰드레르가 잠시 생각에 잠겼다가 말했다.

"그러면 사람들이 새로운 귀족제도라고 말하지 않겠습니까?"

캉바세레스가 덧붙였다.

"의회에서, 특히 입법원에서 강력하게 반대할 겁니다."

나폴레옹은 벌컥 화를 냈다.

"나는 옛날이든 지금이든 탁월함이 없었던 공화국에는 전혀 관심이 없소. 누군가 말했듯이, 그런 국가를 '보잘것없는 공화국'이라 부르는 것이오. 하긴 인간들을 이끄는 데는 보잘것없는 지도력으로도 충분하지만……."

그는 쉴새없이 온몸을 사용하며, 날카롭게 말을 던지면서 바닥을 울려댔다.

"내가 보기에, 프랑스 민중은 자유와 평등을 좋아하지 않소. 프랑스 사람들은 십 년간의 혁명을 겪었지만 변화되지 않았소. 그들은 자부심 강하고 경박한 골 족 고유의 본성을 그대로 간직하고 있소. 따라서 이런 감정에 새로운 자양분을 공급해주어야 하오. 그들에게는 탁월함이 필요하오. 당신들은 프랑스인들을 분석으로, 전장에 끌어들일 수 있다고 믿소?"

그는 한참 동안 말없이 거닐다가 단호하게 덧붙였다.

"당신들은 아직도 민중에게 기대를 걸어야 한다고 생각하는 거요? 그들은 무심하게 '왕 만세! 가톨릭동맹 만세!'를 외쳐댈 뿐이오. 민중에게 방향을 제시해주어야 하오. 바로 그러기 위해서 교육을 시켜야 하는 것이오."

뢰드레르와 캉바세레스가 주장했다.

"그렇습니다. 바로 그것입니다. 종신통령이 되셔야 민중에게 확실한 길을 제시해줄 수 있을 것입니다."

그는 그들의 추론을 거의 듣지 않았다. 나폴레옹이 언제, 자신이 욕망하는 것 외에 다른 것을 한 적이 있던가? 그리고 십 년이나 이십 년 후에라도, 그가 제1통령이라는 권력을 포기하게 될 것이라고 상상해본 적이 있던가? 그의 직책은 이제 그의 몸과 피부가 되었다. 그는 말했다.

"당신들은 민중을 위해 내가 새로운 희생을 해야 한다고 판단하오? 민중의 소망이 그렇다면, 나는 따르겠소."

뢰드레르가 국민투표에 붙일 법안을 보여주었다. 정부의 주도하에 각 자치구에서 실시하게 될 투표에서, 시민들은 두 가지 질문에 답하게 될 것이다. 첫째는 '나폴레옹이 종신통령에 오르는 데 동의하는가?' 라는 것이고, 둘째는 '나폴레옹이 후계자를 지명할 권한을 행사할 수 있는가?' 라는 것이었다.

나폴레옹은 문서를 들고 책상으로 다가가 펜으로 두번째 질문을 그어버리고 말했다.

"아무도 루이 16세의 유언을 존중하지 않았소! 나의 유언이라고 해서 존중할 것 같소?"

그는 몇 걸음 걷다가 발작적으로 코담배를 들이키더니 덧붙였다.

"죽은 사람은, 그가 누구든 간에 아무것도 아니오!"

나폴레옹은 말메종으로 가는 내내 그 말을 되뇌었다. 그는 그의 시대 이후에 어떤 일이 벌어질지 알 수 없었다. 그의 형제들이 그의 후계자가 되거나, 그의 자리를 차지하기 위해 서로 싸우는 것을 결코 받아들일 수 없었다. 혹은 형제들이 모로나 베르나도트 같은 장군들과 권력을 나누는 것도 받아들일 수 없었다!

그날 말메종에서 보낸 밤은 고통스러웠다. 다음날 아침 여섯시, 찌뿌드드한 몸으로 일어나 뤼에유와 말메종에 주둔하는 근위대 소속 두 대대에게 출동명령을 내렸다.

맑은 새벽의 상큼한 공기, 군인들의 규칙적인 발걸음, 질서정연한 대오, 군대의 기하학적 특성, 정확한 대열로 나누어지는 공간, 그는 이런 것들을 좋아했다.

군인들에게 명령을 내리면서도, 그는 투표안건을 생각했다. 프랑스인들은 그가 종신통령 자리에 앉는 것을 찬성할까? 하긴 그들이 왜 반대하겠는가? 법제심의원 투표에서는 카르노가 유일하게 반대했으며, 입법원에서는 세 명의 의원만이 반대했다.

훈련을 끝내면서, 그는 두 대대의 장교들을 말메종에서의 점심 식사에 초대했다.

그는 이같은 만남을 특히 좋아했다. 그가 인간들을 알게 된 것은 유년기 이후 늘 군대 안에서, 그리고 군대를 통해서였다. 그는 툴롱 전투과 여러 원정에 관해 이야기했다.

"용기는 스스로를 속이지 않아. 그것은 위선에서 빠져나오는 미덕이며 마치 사랑과도 같지. 용기와 사랑은 모두 희망을 그 양식으로 삼기 때문이야."

—서른세 살이 되어가는 지금, 나의 희망은 무엇인가? 자치구마다, 수십만에 달하는 시민들이 몰려가 종신통령제에 찬반투표를 하는 지금, 나의 희망은 무엇인가?

도지사들의 첫 보고가 올라왔다. 시청과 재판소, 공증인 사무실 등에 투표소가 설치된 이후, 수많은 인파가 투표에 참여한다는 것이었다.

식사가 끝난 후, 그가 일어서자 식탁의 모든 장교들이 따라 일어섰다.

"나의 운명이 어떻게 되든 간에, 통령으로 남든 평범한 시민으로 돌아가든, 나는 프랑스의 위대함과 행복을 위해 살 것이네."

저녁 나절, 나폴레옹은 말메종에 새로 만든 공연장에서 파이지엘로의 연극 '라 세르나 파드로나'를 관람했다. 이탈리아의 부퐁극단이 와서 공연한 소극(笑劇)이었는데, 그는 줄곧 웃음을 터뜨렸다.

그는 이탈리아어를 모국어처럼 느꼈다. 그 나라를 독립시키기 위해, 그는 많은 노력을 기울였다. 그러나 밀라노에서 올라오는 보고는, 치살피나 공화국의 허약함을 드러내주고 있었다. 이탈리아의 운명은 그렇게 비참하게 끝나고 마는 것인가?

— 그러나 프랑스는 영원히 위대한 민족이 되리라.

그는 자신이 프랑스인이며, 프랑스 민중의 책임자가 되었다는 것을 자랑스러워했다. 또한 이 민족을 위해 자신을 바쳤으며, 그리하여 이 민족에게 모든 것을 가져다주었다는 자부심을 지니고 있었다.

— 지상에서 가장 멋진 자격은 프랑스인으로 태어나는 것이다. 그것은 하늘이 부여해준 자격으로서, 지상의 누구도 함부로 얻을 수 없는 것이다.

그는 자리에서 일어나 창가로 향했다.

— 그리고 나는 그런 민중의 제1통령이다.

다음날 아침, 푸셰가 면담을 요청해왔다.

나폴레옹은 일부러 그를 기다리게 했다.

며칠 전부터 그는 첩보원들의 보고서를 검토하고 있었다. 또 한 번 장군들의 음모가 포착되었다. 베르나도트가 그 음모의 정신적 지주였다. 그들은, 나폴레옹이 이탈리아 공화국의 대통령으로 선출되었기 때문에, 더이상 프랑스 제1통령 직책을 수행할 수 없다는 명분을 내세워, 그를 실각시키려는 음모를 꾸미고 있었다! 장군들은, 만일 나폴레옹이 자신들의 자유를 침해한다면 반란을 일으킬 거라고 협박하기 위해, 대표단을 구성할 작정이었다.

나폴레옹은 비웃지 않을 수 없었다. 베르나도트가 공모자들에게 제1통령을 납치하는 선에서 그치자고 제안했다는 사실 때문이었다. 즉 나폴레옹을 죽이지는 말자는 것이었다!

푸셰가 이번에는 뭐라고 변명할까? 설령 새로운 정보를 가져온다 하더라도, 그를 엄벌에 처해야 하리라. 베르나도트는 총살감이 아닌가? 베르나도트는 모로와 더불어 군 내부에서 인기가 좋았다. 그렇다고 최고 권력에 대항하는 자에게 군대를 맡기는 위험을 무릅쓸 수는 없지 않은가? 다른 장군들과 함께 베르나도트도 국외로 추방하는 것으로 충분하리라. 란 장군은 리스본으로, 브륀은 콘스탄티노플로, 맥도날드는 코펜하겐으로 보내리라. 베르나도트는 루이지애나, 아니면 주미 프랑스 대표로 파견할 수 있을 것이다.

나폴레옹은 푸셰를 불렀다. 한참을 기다렸다가 들어온 치안장관은 심각한 표정이었지만, 나폴레옹은 질문을 던지지 않고 상대를 빤히 쳐다보며 기다리고 있었다. 푸셰가 천천히 입을 뗐다.

"시몽 장군을 렌에서 체포했습니다. 베르나도트 장군의 참모장이었던 그가 모든 주둔군에게 비방문을 보냈기 때문입니다. 비방문은 서군의 적청색 공식봉투에 담겨져 있었습니다."

나폴레옹은 푸셰로부터 넘겨받은 문서들을 파리로 향하는 마차 안에서 읽었다.

한 소책자는 '프랑스 군대에게 보내는 호소문'이라는 제목이었다. 나폴레옹은 여러 페이지로 되어 있는 그 책자를 빠른 속도로 훑어보았다.

〈이탈리아와 스위스, 호엔린덴에서 승리를 거두었던 장군들과 군대는 연기처럼 사라지고 흩어졌다. 이후 프랑스에는 제1통령, 뤼네빌 조약, 영국과 맺은 아미앵 조약만이 남았을 뿐이다…… 병사들이여, 이제 그대들에게는 조국이 없다. 공화국은 이제 존재하지 않는다. 그대들의 영광은 색이 바랬으며, 그대들의 이름은 빛도 없고 영광도 없다!〉

나폴레옹은 비방문을 마차 바닥에 내팽개치며 물었다.

"그래서?"

푸셰는 냉정함을 잃지 않았다.

"시몽 장군 외에도 몇 명의 장군들이 체포되었습니다. 특히 베르나도트의 참모들이었던 두 명의 장군과 푸카르 대위, 아돌프 마르보 중위 등이 체포된 주요 인물들입니다."

차분한 어조로 보고하던 푸셰는 잘라 말했다.

"베르나도트 장군은 부하들의 활동에 대해 전혀 모르고 있었습니다."

나폴레옹이 그를 바라보았다. 푸셰는 눈길을 내리지 않고 말을 이었다.

"조제프 보나파르트의 동서인 베르나도트 장군은……."

나폴레옹이 성마른 어조로, 그의 말을 잘랐다.

"나는 그놈을 카루젤 광장에서 총살시킬 거요."

그는 푸셰가 자신의 발언을 베르나도트에게 전하리라는 걸 알고 있었다. 그리고 그들이 공포에 질려 몸을 떨 것이라는 것도.

통치를 위해서는, 두려움을 환기시키는 것도 필요했다.

26
좋다, 나는 모든 것을 건다

나폴레옹은 비서 멘느발에게 움직이지 말라고 시선으로 명령했다. 그는 방해받는 것을 싫어했다. 구술할 때는 특히 그러했다. 문장의 꼬리를 물고 생각을 펼쳐가는 중이었는데, 바로 그때 누군가 문을 두드린 것이다. 조제핀의 방으로 통하는 작은 계단과 연결되어 있는 문에서 소리가 났으니, 분명 조제핀일 것이다. 그러나 나폴레옹은 아랑곳하지 않고 『르 모니퇴르』지에 보낼 기사를 계속 구술했다.

그의 서명이 실리지는 않겠지만, 독자들은 그의 생각이라는 것을 알아볼 것이다. 프랑스에서는 물론이고 외국에도 잘 알려져 있는 『르 모니퇴르』지는 제1통령의 관점을 대변하는 신문이었다. 중요한 임무는 직접 수행해야 한다고 생각하는 나폴레옹은 직접 기사를 구술하고 있었다.

이번 기사는 평화의 문제가 걸려 있기 때문에 중요했다. 특히 영국 언론이 프랑스에 대한 공격을 강화하고 있는 시점이었다. 나폴레옹은 몇 번씩 반복해가며 구술했다.

〈인간을 흔들 수 있는 모든 악과 재난은 런던에서 온다.〉

과장하는 기사를 많이 싣는 영국의 『타임즈』지에 대해서도 언급하고 넘어갔다.

〈『타임즈』지는 프랑스에 대해 끊임없이 독설을 퍼붓고 있다. 그 끔찍스런 신문의 네 면 중 두 면이 매일 프랑스에 대한 험담을 퍼뜨리는 데 할애된다. 그 형편없는 신문은 상상하기도 힘든, 비열하고 비천한 악의에 찬 기사들을 써대고, 그 모든 것을 프랑스의 책임으로 돌리고 있다. 도대체 그 저의가 무엇인가? 누가 그 대가를 지불해야 하는가? 누구에게 타격을 가하려 하는가?…… 불영해협의 저지 섬에는 법원에 의해 사형선고를 받은 강도들이 득실댄다…… 조르주 카두달은 런던에서 공공연히 붉은 훈장을 달고 다닌다. 파리의 한 구역 전부를 날려버리고 삼십 명의 여자와 어린애들, 선량한 시민들을 죽음으로 몰아넣은 폭탄 테러에 대한 보상이 붉은 훈장이다. 그런 식으로 테러범을 보호한다면, 어떤 결과가 비롯되겠는가? 테러범들은 성공하기만 하면, 영국 정부의 가터 훈장*을 받는다고 생각하지 않겠는가? 두 위대한 민족이 평화를 유지하는 작금의 상황에서, 그것은 상호 분란을 야기하는 행위가 아니고 무엇이겠는가?〉

밖에서 계속해서 들려오는 노크 소리에, 나폴레옹은 구술을 멈추고 말았다. 멘느발이 일어나기도 전에 조제핀이 집무실로 들어

---

* 1348년 에드워드 3세가 제정한 것으로, 민간인과 군인에게 수여하는 영국의 최고 기사 훈장.

왔다.

분명 애걸할 일이 있으리라. 나폴레옹은 겁에 질린 소녀를 흉내 내는, 그녀 특유의 애원하는 태도를 금방 알아챘다. 이제는 속지 않지만, 그럼에도 그녀의 그런 모습 앞에서 매번 그는 분개와 만족감과 거북함이 뒤섞인 감정을 느끼곤 했다.

그는 그녀를 바라보며 속으로 외쳤다.

─무슨 일인지 빨리 말하오! 일을 하게 좀 내버려두오! 또 빚 문제 때문이오? 그 문제라면 더이상은 돕고 싶지 않소!

아니면, 또 유치하고 멍청한 짓을 벌이려는 것인가? 며칠 전에는 그녀가 목도리에 덮인 바구니를 내놓았다. 목도리를 제치고 바구니를 열어보았더니, 그 안에는 얼굴을 찌푸리고 몸을 비틀고 있는 끔찍한 난쟁이가 들어 있었다.

하지만 나폴레옹은 아직도 대부분의 밤을 조제핀과 함께 보내고 있다! 그녀는 자신이 얕은 잠을 자는 덕분에, 나폴레옹이 잠자다 암살당할 일은 없을 거라고 말했다.

아무튼 영국의 신문들을 읽어보면, 그를 죽이려는 자들은 영국으로부터 상당한 돈과 후원을 받고 있음에 틀림없었다. 나폴레옹은 중얼거렸다.

─참 멋진 평화로군!

나폴레옹이 화난 듯한 눈길로 바라보자, 조제핀이 나직하게 말했다.

"그랑 부인이 저기 있어요. 아까부터 당신과의 면담을 간청하고 있어요."

그는 여자들의 고집을 잘 알고 있었다. 더구나 그랑 부인은 벌써부터 서로 알고 있는 사이였다. 바타비아(네덜란드의 옛이름) 선원의 딸인 그녀는 예전에 캘커타 극장의 무희였다. 그녀는 여러 남자들의 침대를 거쳤는데, 지금은 탈레랑의 침대 속에 묻혀 있었다. 그녀는 그 외무장관과 결혼을 원하는데, 전직 주교인 탈레랑은 결혼하기 위해서는 교황으로부터 환속 허가를 받아야 했다. 그녀는 교황 비오 7세에게 추천서를 써달라고 부탁하러 온 것이 틀림없었다.

나폴레옹은 망설였다. 그는 비뚤어지긴 했지만 종종 좋은 충고를 해주는 탈레랑을 아껴왔다. 그런데 그랑 부인이 바크 가에 있는 탈레랑 저택에 눌러앉은 이후로는, 외교관들과 그들 부인들은 외무장관이 베푸는 리셉션에 가기를 꺼려했다. 탈레랑의 딜레마는 단순했다. 결혼이냐, 장관직을 떠나느냐? 선택의 기로에 서 있는 것이다.

나폴레옹은 그랑 부인을 만나기 위해 집무실을 나섰다. 그녀는 벌써 다소곳이 손을 모으고 다가왔다. 우아하지도 아름답지도 않은 여자. 그녀는 그의 앞에 무릎을 꿇고는 울면서 애원했다. 도대체 탈레랑은 이 여자에게서 무엇을 얻는 것일까? 이 여자는 그에게 아이를 낳아줄 수도 없다는 생각에 이르자, 나폴레옹은 가슴이 쓰렸다.

며칠 전 뢰드레르가 투표 결과를 알리는 편지를 보내왔다. 프랑스 유권자 중 350여만 명이 나폴레옹의 종신통령 취임에 찬성했으며, 반대는 8천여 표에 지나지 않았다. 이 결과는 조만간 공식 발표될 예정이었다. 뢰드레르는 덧붙였다.

〈국민들은 각하의 자연적인 후계자를 보고 싶어합니다.〉

나폴레옹은 훌쩍거리고 있는 그랑 부인이 앞에 있다는 것도 잊고, 뢰드레르의 편지 구절을 생각하고 있었다. 그는 무뚝뚝한 어조로 말했다.

"탈레랑은 당신과 결혼할 것이오! 그리고 모든 문제가 해결될 것이오. 그러나 당신은 결혼 후 그의 이름으로 바꾸든지, 그럴 생

각이 없으면 지금부터 아예 그의 집에 나타나지도 말아야 할 것이
오."

그녀는 울음을 그치고, 환한 표정으로 일어서며 말했다.

"그것은 바로 제가 바라는 바예요. 교황에게 꼭 편지를 써주시
는 거죠?"

그는 그녀를 쫓아버리듯 내보냈다. 조제핀은 머리를 숙이고 그
에게 감사를 표시했다. 또 그녀에게 진 것이다. 조제핀에 대한 노
기가 치솟아올랐다. 그 노기의 원인이 매번 그녀의 뜻대로 움직이
는 자신의 나약함 때문인지, 아니면 뢰드레르의 편지 때문인지는
알 수 없었다.

그날 말메종의 저녁만찬 석상에서, 나폴레옹은 많은 손님들 중
에 섞여 있는 조제핀을 바라보았다. 온갖 음료와 진기한 음식으로
가득한 테이블 주위에 사람들이 몰려들었고, 나폴레옹은 평소 즐
기는 샹베르탱 포도주를 한 잔 마셨다. 악단이 연주를 시작하자,
그는 오르탕스를 무도홀로 데리고 나갔다. 그와 춤을 추던 오르탕
스는, 루이의 아이를 가졌다며 그만 추고 싶다고 말했다. 그는 그
녀의 손을 놓고 미소지으며, 코르시카 여자들은 출산날까지 일한
다고 말했다. 그리고 오르탕스의 뺨을 꼬집으며 물었다.

"너와 루이를 위해 데르비에 양의 저택을 사놓았는데, 알고 있
어?"

데르비에는 아르투아 백작의 정부였다. 오르탕스는 나폴레옹의
목에 매달리며, 왕이 베푸는 것과도 같은 선물에 고마워했다.

제1통령이 된다는 것은 그런 것이다. 욕망하면, 어떤 장애물에
도 구애받지 않고 욕망한 바를 행할 수 있으며, 베풀 수도 있었다.
원한다는 것은 곧 할 수 있다는 것을 뜻했다.

그랑 부인이 떠난 후, 그는 교황 비오 7세에게 편지를 썼다. 탈

레랑이 결혼할 수 있도록 환속을 허락해달라는 내용이었다.

〈장관은 교회와 국가를 위해 봉사하였습니다. 그는 특전을 받을 자격이 있습니다……〉

비오 7세는 나폴레옹의 청을 받아들일 것이다. 교황은 이미 나폴레옹의 외삼촌, 어머니 레티지아의 이복동생인 조제프 페쉬를 리옹의 대주교로 승인해준 바도 있었다.

그는 조제프 페쉬를 위해서도 애를 썼다. 당연한 일 아닌가? 외삼촌이 남보다는 나을 테니 말이다!

나폴레옹은 손뼉을 쳐서 손님들을 말메종의 극장으로 안내했다. 그는 맨앞에 앉아 공연을 시작하라는 신호를 보냈다.

그는 오르탕스와 참모들, 그리고 장군들이 각기 배역을 맡아 공연하는 보마르셰*의 연극을 즐겨 보았다. 그는 객석에 앉아 튈르리 궁에서 보낸 낮 동안의 피로를 잊었다.

오늘은 피곤했다. 카리브 해에 있는 산토도밍고에서는 프랑스 병력이 열병으로 죽어가고 있다는 소식이었다. 게다가 투생 루베르튀르**를 체포한 것이 현지 흑인들을 자극했다고 한다. 과들루프와 마르티니크에서도 프랑스군이 노예제도를 다시 부활시키려 하자, 폭동이 일어나 날로 확산되고 있다고 했다.

그는 말메종의 극장 관람석에 앉아 손뼉치고 큰 소리로 웃어대며 만사를 잊으려 했다.

그러나 누이동생 폴린과 그녀의 남편 르클레르 장군이 뇌리에서 떠나지 않았다. 설탕과 커피 수입에도 개입하는 그들 부부의 손에 자신이 농락당했다는 느낌을 떨칠 수 없었다. 그들 부부는 산토도

---

* 프랑스의 극작가, 1732~1799.
** 아이티의 정치가, 1743~1803.

밍고를 다시 정복하기 위해 미친 듯 날뛰고 있었다. 그곳에 있는 농장들을 되찾아 이익을 챙기는 한편, 노예들을 거느리겠다는 심산이었다.

며칠 전, 그는 조만간에 거행될 종신통령 취임식을 위해 필요한 헌법개정 문제를 놓고 뢰드레르와 토론을 벌였다. 그는 유력인사들로 구성된 선거인단에 부(富)를 지닌 자들도 참여시켜야 한다는 제안에 반대했다. 그때도 그는 폴린 부부를 염두에 두고 있었다.

"부로 직위를 살 수는 없소. 흔히 부자는 형편없는 게으름뱅이인 경우가 많소! 부자라는 게 어떤 자들이오? 국유지 구매자, 밀수업자, 그리고 도둑들 아니오? 그런 식으로 얻은 부는 결코 권위의 토대가 될 수 없소."

식민지 개척자도 마찬가지 아닌가? 그러나 그는 식민지의 노예제도는 복구시켰다.

'피가로의 결혼' 공연이 끝났다. 로진 역을 맡은 오르탕스와 알마비바 역의 로리스통 장군이 인사하는 동안, 나폴레옹은 자리에서 일어났다. 피가로 역을 맡은 디들로 지사도 무대 앞으로 나와 머리를 깊숙이 숙여 인사했다.

로리스통과 디들로, 앙시앵 레짐 시대의 귀족이었던 그들이, 지금은 나폴레옹을 위해 보마르셰의 작품을 공연한다! 대혁명의 아들이며, 로베스피에르 동생의 친구였고, 노예제도를 복구시킨 나폴레옹을 위해서 말이다!

— 세계와 나의 운명은 얼마나 기이한가!

그는 세계와 자신의 운명에 대한 생각의 끈을 놓지 않았다.

며칠 후면 이제 서른세 살. 종신통령제와 후계자 문제 — 뢰드레르가 '자연적인 후계자'라고 표현한 — 와 더불어, 그는 벌써 삶의 종착지를 보는 것 같았다. 그는 글로 써야 할 운명의 종말을 이미 알고 있는 듯한 느낌이었다. 지금까지 그가 그토록 애태우고 분격하며 신경을 곤두세웠던 것이, 결국 그것을 위해서였단 말인가? 결국 그것을 위해, 그토록 서두르며 삶의 여정을 달려왔단 말인가? 헌법이라는 문서에 써넣을 그 몇 마디 문장을 위해?

상리스 근처의 모르트퐁텐에 있는 조제프의 성으로 가면서도, 그는 그 상념을 떨칠 수가 없었다.

성이 가까워지자, 그는 가족 전체와 측근들을 보게 된다는 생각에 예민해졌다.

조제프는 장남으로서 역할을 다하려 애쓸 것이고, 뤼시앵은 조제핀에 대한 적개심을 감추지 않을 것이다.

성에 들어서면서, 그의 예민함은 극에 달했다. 서로 껴안으며 인사를 나누고 고작 몇 분 조제프의 집에 머무는 동안에도, 그는 시큰둥해 있었다. 그는 배를 타고 연못을 한 바퀴 돌아야겠다며 밖으로 나섰다.

비가 오고 천둥이 몰아치는 날씨였다. 모두들 배에 능숙하지 못해서, 몇 번 노를 젓자 배가 심하게 흔들리면서 전복되려 했다. 급기야 나폴레옹 옆에 앉아 있던 베르니에르 장군이 물에 빠지고 말았다.

배 안은 삽시간에 아수라장으로 변했다. 불현듯 나폴레옹은 지금껏 느껴왔던 막연한 예감이 여기, 배 안에서 맞아떨어지는 게 아닌가 생각했다. 여기서 죽게 될지도 모른다! 대포나 칼도 아니고 연못 속에서 이렇게 멍청하게 죽어가는 것인지도 모른다. 아무런 영광도 없이. 결코 이런 죽음은 원치 않았거늘. 하늘과 물이 섞여드는 듯싶더니, 그리고는 끝이었다.

정신을 차리니, 둑 위에 누워 있었다. 호기심과 불안에 가득 찬 얼굴들이 그를 내려다보고 있었다.

그는 벌떡 일어나 몰려 있는 사람들을 물리치면서, 어서 집으로 들어가 저녁식사를 하자고 말했다.

조제프는 주인 행세를 단단히 했다. 그는 천천히 뜸을 들이며, 레티지아 보나파르트의 손을 잡고 앉을 자리를 지정했다. 어머니가 그의 오른편에, 조제핀이 그의 왼편에 앉을 거라고 생각했던 나폴레옹이 말했다.

"제1통령의 아내가 상석에 앉아야지."

조제프가 못 들은 척하자, 나폴레옹은 조제핀의 팔을 잡고 식당에 앞장서 들어갔다. 식탁 한가운데 자리를 잡은 그는 조제핀에게 바로 옆자리에 앉으라고 말했다.

— 도대체 이들은 무엇을 상상하는가. 내가 벌써 죽은 줄 아는가?

영국인들도 그것을 꿈꾸고 있었다. 1802년 8월 3일, 나폴레옹은 외교관들을 위한 장엄한 리셉션을 튈르리 궁에서 베풀었다. 그는 참석한 각국의 대사들을 바라보며 생각했다. 이들 중에도, 얼마나 많은 인간들이 똑같은 꿈을 꿀 것인가? 조르주 카두달처럼, 그들의 소원이 이루어지기만 한다면, 모든 걸 희생할 준비가 되어 있는 음모꾼들은 헤아릴 수도 없이 많았다.

나폴레옹은 두 통령과 참모와 장관들을 거느리고 외교관들 사이를 지났다.

그가 각국 외교관 앞에서 걸음을 멈출 때마다, 모든 시선이 그에게 집중되었다. 왕국이나 제국의 외교관들은 그의 몸짓 하나도 놓치려 하지 않았다. 그들은 내심 프랑스가 가져온 유럽 질서의 대변화를 받아들이려 하지 않았다. 그들이 나폴레옹을 비난하는 까닭은 그의 정복 때문만이 아니었다. 그 문제는 다시 조정할 수도 있을 것이기 때문이었다. 그들의 진정한 비난은, 혁명을 경험한 프랑스가 세계관을 뒤엎어버렸다는 데에 있었다. 혁명정신의 전염을 두려워하는 그들은 혁명을 인정하기를 거부하고 있는 것이다.

─그러나, 좋다. 나는 모든 것을 건다. 나는 그들로 하여금 프랑스는 원하는 대로 행동할 수 있는 나라라는 사실을 인정하게 할 것이다. 누구도 국가재산의 새로운 분배에 손을 댈 수 없을 것이며, 앙시앵 레짐은 결코 돌아오지 않을 것이다. 설령 망명귀족들이 돌아온다 할지라도, 그들은 새로운 질서의 봉사자가 되어야 하리라. 새로운 질서, 그것은 곧 내가 만든 질서를 말한다.

그것은 곧 평화에 대한 도전이었다. 그런데 그가 과연 평화를 정착시킬 수 있을까? 결코 변화하려 들지 않는 유럽의 군주들로 하여금 마침내 공화국의 존재를 인정하도록 하기 위해서, 그는 어떤 정통성을 세워야 할 것인가? 왕권과 같은 권위 있는 정통성을 세우기 위해서는 어떻게 해야 할 것인가?

나폴레옹은 러시아 대사 마르코프 앞에서 걸음을 멈추고 몇 마디 나눴다. 첩보원들은, 러시아 대사가 여기저기 살롱에서 신랄한 말들을 퍼뜨리고 다닌다고 보고했다. 나폴레옹은 마르코프와 프로이센 대사인 루케시니 사이의 대화에 대해서도 보고받은 바 있었다. 그는 루케시니 앞에서도 걸음을 멈췄다.

나폴레옹은 보고서에 담겨 있던 마르코프의 말을 떠올렸다.

"만일 나폴레옹이 종신통령 직위에 오르게 된다면, 그는 그 자리에 만족하지 않고, 한 걸음 더 나아가 '골 족의 황제'라는 직위를 노릴 것이오."

마르코프의 예견은 이렇게 이어졌다.

"황제라는 직위는 가볍게 볼 자리가 아니오. 게다가 나폴레옹은 프랑스의 지배하에 벌써 골 족 모두를 통일시킨 인물이오."

마르코프의 말에, 루케시니도 맞장구쳤다.

"나폴레옹은 우리 세기의 계몽의 빛으로 개화된 인물로서, 19세기의 샤를마뉴 대왕이 되려 하고 있소…… 그가 이미 계획을 다 세워놓고 실행 시점만 기다리고 있다는 것은 의심의 여지가 없소."

하지만 나폴레옹 자신도 어떤 목표에까지 이르게 될지 아직 알 수 없었다.

내일, 그러니까 1802년 8월 4일 선포될 새로운 헌법에 따라 그의 목표도 결정될 것이다. 새 헌법에 따르면, 그는 다른 두 통령과 더불어 종신통령이 된다. 하지만 다른 두 명의 통령에 대한 임명권은 그에게 있었다. 그는 후계자를 지명할 권리를 가지는 동시에, 원로원과 국가참사원 의장도 맡을 것이다. 의회의 양원은 진정한 힘을 잃게 될 것이다. 사면권 역시 그에게 속했다.

그는 대사와 장관들을 바라보면서 자문했다.

— 왕이라? 왕관도 없고, 대관식도 없는 왕!

그는 몇 걸음 걸으며, 각국의 대사들이 대화하는 모습을 무심히 바라보았다.

— 나의 머리에 황금과 다이아몬드가 씌워진다면, 신의 대리자인 교황이 나를 축복한다면, 이들이 나와 대혁명을 인정하게 될까? 그런 조건이어야, 결정적으로 그들을 무릎 꿇게 할 수 있을까? 그렇게 되면 그들의 증오를 물리치고, 대혁명의 아들인 내가 가장 위대한 위인들과 동등한 인물이라는 것을 인정받을 수 있을까?

원로원 의원들이 다가왔다.

대연회실 양쪽으로 대사들이 도열해 있는 가운데, 전에 후작이었으며 1795년 총재정부의 5인 총재 중 한 사람이었던 바르텔르미가 앞으로 나섰다. 그는, 프랑스 민중은 나폴레옹 보나파르트를 종신통령으로 임명하였으며 원로원은 그것을 공표한다고, 선언했다. 박수갈채가 진동했다. 바르텔르미가 말을 이었다.

"그를 기념하여 승리의 월계수를 든 평화의 여신상이 세워질 것입니다."

바르텔르미는 엄숙하고 강한 어조로 계속했다.

"제1통령은 프랑스인들로부터 국가의 제도를 공고히 할 임무를 부여받았습니다. 그는 국민에게 영광의 정열과 위대한 민족의 감정을 고취시킬 것입니다."

우레와 같은 박수를 받으며 나폴레옹이 연단에 나섰다. 나폴레옹은 모든 사람의 얼굴을 하나하나 응시하면서 한 마디씩 단호하게 말했다.

"원로원 의원 여러분, 시민의 삶은 곧 조국의 것입니다. 프랑스 민중은 나의 전부를 그들을 위해 바치라고 요구합니다. 나는 그들의 의지에 복종하는 바입니다."

이제 그는 왕과 동일한 존재가 아닌가?

그는 잠시 말을 끊고 고개를 들었다. 그의 시선은 주요 인사들을 넘어 창을 향했다. 그곳에 하늘이 있었다. 구름이 가볍게 덮여 있는 8월의 하늘. 그는 천천히 턱을 당기며 말했다.

"만물을 주관하시는 신의 명령으로, 이 땅에 다시 정의와 질서와 평등을 정착시킬 임무를 부여받은 데 만족하면서, 나는 후대에까지 길이 남을 가장 영광된 조국을 위하여 후회 없고 흔들림 없이 매진할 것입니다. 원로원 의원 여러분, 본인의 감사의 표현을 받아주십시오……."

1802년 8월 15일, 나폴레옹은 서른세 살이 되었다.

그날, 프랑스 공화국의 모든 성당에서는 그의 생일과 종신통령 취임을 축하했다.

그날 아침, 그는 제1통령 제복을 입고 튈르리 궁에서 국가요직을 맡고 있는 인사들을 맞았다.

삼백 명의 악사로 구성된 관현악단이 연주하는 가운데, 국가참사원 위원들과 원로원 의원들, 법제심의원 위원들, 의회의원들, 장관들이 그에게 경의를 표했다.

오후 세시에는, 노트르담 대성당에서 감사미사가 집전되었다.

미사는 거의 왕의 대관식을 방불케 했다.

저녁에, 그는 말메종에서 춤을 추었다. 무도회가 끝난 후, 임신 칠 개월인 오르탕스가 뒤발*의 단막극을 공연했다. 박수를 보내면서, 그는 방돔 광장에서 춤추고 있을 군중을 떠올렸다. 그들은 원로원 포고문이 게시된 팔각 제단 주위에서, 네 개의 오케스트라가 연주하는 음악에 맞춰 흥겹게 춤추고 있으리라.

그는 파리의 모든 기념물에 조명을 밝히라고 지시했다. 노트르담 대성당의 탑 위에서는 사자상이 빛나고 있었다. 그의 출생일이 사자좌라는 것을 알리기 위해서였다.

누가 이 모든 일을 상상이나 했겠는가?

그리고 또, 앞으로 무슨 일이 일어날지 누가 상상할 수 있겠는가?

8월 21일, 엄숙한 원로원 회의를 주재하기 위해 나폴레옹은 뤽상부르 궁으로 향했다.

그는 여덟 마리의 백마가 끄는 루이 16세의 마차에 올랐다. 좌우 양쪽에는 참모 장교들과 경호 기병대가 호위했다. 그뿐만이 아니었다. 튈르리 궁에서 뤽상부르 궁으로 가는 연도에, 군대가 도열하여 영광의 울타리를 이루고 있었다. 군인들 뒤로 군중들이 운집해 있었다. 그런데 이상하게도 군중들은 침묵하고 있었다. 그가

---

* 프랑스의 극작가 겸 배우, 1767~1842.

마차 안에서 군중들에게 인사했지만, 그들은 응답하지 않았다. 그는 자리에서 약간 일어나 그의 형제들이 탄 마차를 살펴보았다. 그들 역시 군중에게 인사하고 있었지만, 군중의 반응은 조용하기만 했다.

그는 푸셰에게, 그가 지나가는 동안 인위적으로 시민을 동원하지 말라고 직접 지시를 내렸었다. 그런데 푸셰는 그 지시를 교활하게 비틀어버린 것이었다. 첩보원들은, 파리 시내 곳곳에 미묘한 문구의 플래카드가 붙어 있다고 보고했다.

〈민중이 침묵해야 한다는 것은 역대 왕이 남긴 교훈이다.〉

나폴레옹은 튈르리 궁으로 돌아오자마자 푸셰를 소환했다. 그러나 치안장관은 언제나 그렇듯 갖가지 핑계를 대면서 논점에서 빠져나가려 했다.

"골 족과 프랑크 족의 융합에도 불구하고, 우리는 여전히 단일민족입니다. 우리는 자유도 압제도 견뎌내지 못하는 전통을 지닌 고대 골 족의 후손입니다."

이 무슨 궤변인가? 푸셰는 그런 황당한 역사적 논리로 이 궁지에서 빠져나갈 수 있다고 믿는 것인가?

나폴레옹이 불쑥 물었다.

"그래서 뭘 말하려는 거요?"

푸셰가 위축되지 않고 대답했다.

"파리 사람들은 최근의 정부 조치에서 자유가 완전히 상실된 대신, 정부가 명백하게 절대권력을 지향하고 있다고들 말하고 있습니다."

나폴레옹은 치솟는 분노를 억누르며 코담배를 들이마셨다. 그는 푸셰가 전제권력을 비판하고 있다는 것을 알고 있었다. 그러나 그건 멍청한 생각이었다. 지금 프랑스에서 정부는 전제적이 될 수가 없었다. 그걸 뒷받침할 만한 봉건적 체제나 중간조직이 없으며,

이념이나 편견도 없기 때문이었다. 푸셰 자신도 그 사실을 잘 알고 있지 않은가.

담배연기를 내뿜으며 나폴레옹이 말했다.

"만일 내가 진정한 주인이 아니라 독단적 유령일 뿐이라면, 평화가 부재하는 이 불안한 상황에서 단 육 주도 통치하지 못할 것이오."

그는 푸셰의 야릇한 미소와 침착함 그리고 거만함을 증오했다.

푸셰가 말했다.

"자비로우면서도 너그럽고, 강력하면서도 정의로운 마음을 가지십시오. 그러면 잃었다고 생각하는 것을 쉽게 다시 얻을 것입니다."

나폴레옹은 자리를 뜨며 내뱉었다.

"사람들이 여론이라고 부르는 것에는 기괴함과 변덕이 들어 있소."

그는 문턱에 서서 강한 어조로 덧붙였다.

"나는 여론을 최상으로 만들 것이오."

제7부
프랑스 민중을 죽일 수는 있다, 그러나 협박할 수는 없다

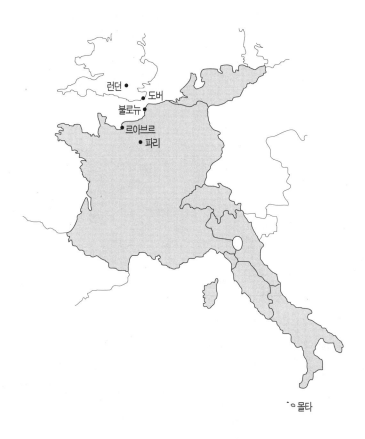

1802년 9월 ~ 1803년 12월

27
삶은 가차없는 것이다

그들은 나폴레옹 주위에 모여 앉아 있었다. 조제프의 거처인 모르트퐁텐 성, 살롱의 창은 모두 상리스의 숲을 향해 활짝 열려 있었다. 9월 초순의 숲은 적갈색으로 변하기 시작했다.

나폴레옹은 자리에서 일어나면서, 사람들에게 그대로 앉아 있으라고 손짓했다. 뤼시앵과 조제프, 탈레랑, 뢰드레르, 르브렝, 캉바세레스는 대화를 계속했다.

나폴레옹은 테라스로 나갔다. 부드럽게 불어오는 바람에 나무 향내가 가득했다. 열어놓은 살롱 유리창을 넘어, 뤼시앵의 목소리가 들려왔다.

내내 입을 다물고 있는 탈레랑을 제외하고는, 모임에 참석한 사람들 모두가 푸셰를 비난했다.

너무 큰 권력을 틀어쥔 장관, 가면 쓴 자코뱅, 모든 음모의 끈을 쥐고 있는 음험한 인간, 종신통령제를 반대할 뿐 아니라 앞으로 있을 모든 변화의 장애물.

마지막 의견은 조제프와 뤼시앵이 주장한 것이었다. 나폴레옹은 듣는 것으로 만족했다.

그는 그들 모두가 무엇을 생각하는지 잘 알고 있었다. 그들은 나폴레옹 이후를 염두에 두고 있는 것이다!

뤼시앵은 조제핀에게 훌륭한 노의사 코르비자르의 약을 가지고 플롱비에르(보주 산맥 근처에 있는 유명한 온천지)에 가라고 충고했다.

"형수님, 형님이 잘못 알고 있다는 걸 보여주세요. 우리에게 옥동자를 하나 낳아주세요."

조제핀이 나중에 전한 바에 따르면, 뤼시앵은 이렇게까지 말했다.

"형수님께서 아기를 원하지 않는 것인지, 아니면 아기를 낳을 수 없는 건지는 모르겠지만, 아무튼 형님은 다른 여자에게서라도 아기를 얻어야 합니다. 그리고 형수는 그 아이를 양자로 받아들여야 해요. 후계자 문제를 확실히 해야 하기 때문입니다. 그것은 형수님의 이해관계와도 관련이 있는 문제이기 때문에, 꼭 알아두셔야 합니다."

나폴레옹의 누이동생 엘리자 역시 조제핀을 들볶기 시작했다. 푸셰에 의하면, 엘리자는 '사랑과 야망이라는 두 가지 격정'에 사로잡혀 있으며, 그녀의 애인인 시인 퐁탄의 허황된 말에 말려들고 있었다.

언젠가 조제핀이 자신도 두 아이를 낳은 여자라고 응수하자, 엘리자는 날카로운 소리로 면박을 주었다.

"그때는 언니가 젊었잖아요!"

그 말에 조제핀은 울음을 터뜨렸고, 나폴레옹은 소리쳤다.

"엘리자, 너는 진실이라고 해서 함부로 얘기해선 안 된다는 것도 모르니?"

조제핀은 더욱 슬피 울었다.

테라스 구석에, 꽃들이 가득 꽂혀 있는 항아리가 보였다. 나폴레옹은 꽃들을 향해 채찍을 휘둘렀다.

자신의 힘으로 해결할 수 없거나 해결하고 싶지 않은 상황은, 늘 그를 분노케 했다. 채찍을 휘둘러 꽃들을 다 부수고, 도자기 화병들을 있는 대로 다 깨부수었다. 아침에는 루스탐이 장화 한쪽을 신기느라 낑낑대다가 결국 다른쪽 발에 잘못 신겨놓자, 그는 대뜸 시종을 발길로 걷어차 나동그라지게 했다.

살롱으로 돌아온 그에게 뢰드레르가 다가와 말했다.

"모두가 만장일치입니다."

그는 아무 대꾸도 없이, 파리로 돌아가겠다는 의사만 알렸다.

이 모임이 있기 전에, 그는 이미 푸셰를 치안장관 자리에서 끌어내려야 한다고 생각했다. 치안장관이 종신통령제에 대한 반대 의사를 공공연히 드러낸 태도는 용납할 수 없는 것이었다. 그것만이 아니었다. 푸셰는 귀족계급의 위협이 여전히 존재한다고 주장하고 나섰다. 하지만 그건 어림없는 얘기다. 망명귀족들은 거의 모두 돌아왔으며, 제1통령 주위에 몰려들고 있었다. 샤토브리앙까지도 외교관직을 꿈꾸고 있지 않은가!

유일하게 남아 있는 위험한 집단은 장군들이었다. 대부분 야심과 질투로 눈이 먼 늙은 자코뱅인 그들은 현재의 상황을 이해하지 못하고 있었다.

그들은 프랑스가 왜 유럽의 왕국과 제국들의 인정을 받아야 하는지, 그 이유를 이해하지 못했다. 평화를 위해서는, 주변국들의 통치형태가 프랑스와 왜 유사해야 하는지, 아니면 프랑스의 정치제도가 주변국의 제도와 왜 조화를 이루어야 하는지도 이해하지 못했다. 늙은 군주제와 완전히 새로운 공화국 사이에는 전쟁의 기운이 끊임없이 감돌 수밖에 없다.

— 왕이 되자. 왕이 되어야 주변국들이 대혁명을 수용하고, 공화국의 정복과 변형을 인정하게 되리라.

나폴레옹은 푸셰를 튈르리 궁으로 호출했다. 그는 이 인간을 적으로 만들고 싶지는 않았다. 그러나 푸셰의 침착함과 자신감은 늘 그를 놀라게 하고 화나게 했다.

나폴레옹이 말을 꺼냈다.

"푸셰 장관, 장관은 정부를 위해 많은 일을 했소. 당신처럼 유능한 관료와 헤어지게 된 것이 유감스럽소."

푸셰는 냉정함을 잃지 않았다. 나폴레옹의 해임 통보에도 조금도 놀라지 않는 듯, 그는 여전히 견디기 힘든 야릇한 미소를 지었다.

푸셰는 원로원 의원이 될 것이다. 새로운 국제상황을 고려할 때 제도 개편이 불가피했다. 치안부는 폐지되고, 앞으로 그 업무는 대법관 레니에가 담당할 것이다. 치안업무가 사법부로 편입되는 셈이다.

나폴레옹은 이러한 상황을 푸셰에게 설명했다.

"나는 진정으로 평화적인 체제를 추구하고, 나의 통치가 프랑스인들의 사랑에 기초한다는 것을 유럽의 모든 국가들에게 보여주고 싶소."

모든 것을 알고 있는 사람에게는 빈말이 통할 리 없었다. 그는 푸셰에게 물었다.

"예견하고 있었소?"

푸셰는 당연히 예견했다는 듯이 고개를 끄덕이며, 정치상황과 치안부의 비밀자금 사용내역에 관해서는 보고를 드리는 게 좋겠다고 말했다.

나폴레옹은 푸셰의 입에서 나오는, 정치적 파당들이 끊임없이 벌이는 음모에 대해 귀기울였다. 그들은 프랑스 내에 동요의 조짐이 보이기만 하면, 국가를 즉각 왕당파와 외국에 떠맡기리라.

나폴레옹은 그를 빤히 쳐다보았다. 푸셰, 이 단호한 인간은 강렬한 인상을 주었다.

푸셰는, 현재 치안부의 비밀금고에 240만 프랑의 비밀자금이 남아 있다고 보고했다.

나폴레옹이 말했다.

"푸셰 원로원 의원, 나는 시에예스가 로제 뒤코에게 했던 것보다는 너그럽고 공평하게 처리하겠소. 예전 총재정부 해체시 비밀금고의 잔액을 나누면서, 시에예스가 가엾은 뒤코에게 가혹하게 대하는 걸 본 적이 있소. 당신이 말하는 액수 가운데 절반은 간직해두시오. 그것으로 충분하지는 않겠지만, 아무튼 당신에 대한 나의 개인적인 성의표시로 알아주면 좋겠소. 나머지 반은 나의 특수경찰 금고에 들어갈 것이오. 그 조직에게는 새로운 활력이 될 게요. 푸셰, 좋은 생각이 있으면 언제든 내게 제안해주기 바라오."

결코 경계를 늦출 수 없었다.

새로 정치경찰부장에 임명된 데마레는, 칼레에서 다비드란 신부를 체포했다고 보고했다. 다비드는, 모로 장군과 영국으로 망명한 피슈그뤼 장군 사이의 연락책 역할을 했다고, 벌벌 떨면서 자백했다는 것이다. 데마레는 다비드 신부를 일단 풀어주고 계속 미행하겠다고 말했다. 그러나 그의 첩보원들이 푸셰의 첩보원들만큼 효율적으로 움직일 수 있을까?

런던은 가장 완강한 적들의 도피처가 되고 있었다. 영국이 그들의 활동 수단들을 제공하기 때문일 것이다. 문득, 한 가지 질문이 나폴레옹을 사로잡았다.

—지금 우리는 평화 상태에 있는가, 아니면 단지 휴전 상태일 뿐인가?

그는 매달 15일에 예술가와 사업가, 외교관들을 초대해 만찬을 벌였다. 1802년 10월 15일, 그는 영국 의회의원 폭스와 홀랜드 경에게 브뤼게, 몽골피에, 투네 등 세 명의 수공업자를 소개했다. 그들은 프랑스 산업전시전에서 금메달을 받은 장인들이었다.

만찬이 진행되는 동안 그는 오른편에 앉은 폭스에게 물었다. 도대체 영국은 무얼 바라는가? 왜 영국은 루이 16세의 동생인 아르투아 백작이 연대를 사열하도록 허락하는가? 프랑스의 통령정부와 조약을 맺은 이상, 런던은 프랑스의 왕정을 인정해서는 안 되는 것 아닌가?

폭스는 대답을 피했다. 나폴레옹의 말에는, '평화주의자를 자처하는 폭스가 왜 더 적극적으로 힘을 발휘하지 않는가'라는 질책이 담겨 있었다.

—겨우 평화가 시작되고, 이 나라 모든 시민들처럼 나도 평화를 즐기는 지금, 다시 전쟁을 시작해야 하는 것인가?

나폴레옹은 만삭이 된 오르탕스와 함께 배를 타고 생 클루 성으로 향했다. 항간에는 오르탕스가 잉태한 아기의 아버지가 나폴레옹이라는 소문이 사그라들지 않고 있었다. 그것은 세상이 그를 그토록 염려한다는, 다행스러운 소문이었다.

나폴레옹은 생 클루 성으로 접어드는 가로수 길을 힘들게 걷는 오르탕스의 팔을 부축했다. 그는 성의 별관인 오랑주리 관을 바라보았다. 삼 년 전 안개달에 그의 운명을 걸었던 곳, 모든 것을 잃을 수도 있었던 그곳에서, 그는 권력을 잡았다.

그는 요즈음 생 클루 성을 자주 찾았다. 튈르리 궁은 너무 쓸쓸했다. 또한 매일 밤 그와 함께 자야 한다고 요구하는 조제핀이 너무 가까이 있었다. 말메종은 그녀의 영지이다. 생 클루는 나폴레옹의 영지가 될 것이다. 조제핀도 와서 머물겠지만, 상관없다. 오히려 그렇게 해야 하리라. 그는 집무실 위에 자신만을 위한 작은 방을 만들어두었다.

인생은 각 단계마다 그에 적합한 공간이 필요하다. 이곳 생 클루는 종신통령의 거처가 될 것이다.

그는 천천히 아폴론 회랑 가운데로 나아가면서 미소지었다. 화려하게 장식된 회랑의 양쪽에, 그가 초대한 친지와 손님들, 참모들과 그 아내들이 서 있었다. 인사하는 그들에게 그는 가벼운 목례로 답례했다.

그의 뒤에는 캉바세레스와 르브렝이 따라오고 있었는데, 캉바세레스는 조제핀의 손을 잡고 있었다. 두 사람 뒤로 통령정부의 구성원들이 시종들을 거느리고 따랐다. 시종들도 황금으로 수놓은 화려한 녹색 제복 차림이었다.

권력과 위계질서의 본보기를 보이기 위해서는 엄격한 예의범절이 필수적이었다.

프랑스에서는 제1통령이 최고권력자라는 사실을 알려야 했다.

얼마 전 탈레랑이 그의 의견을 물어왔다. 부르봉 왕가가 그들의 권리를 나폴레옹 보나파르트를 위해 양도할 의향은 없는가 하는 점을, 프로이센 정부를 통해 루이 18세에게 물어볼 계획이라는 것이었다. 나폴레옹은 탈레랑의 의견에 동의했다.

그렇게만 된다면, 대혁명의 정치적 분열은 마감될 수 있으리라. 그때부터 그는 소유권 이전에서부터 새로운 제도, 민법, 무역회관,

상공회의소, 학교 설립에 이르기까지, 보다 본질적인 문제에 몰두할 수 있을 것이었다.

일요일 오전, 예배당에 들어간 나폴레옹은 루이 16세가 앉았던 자리에 앉았다. 그 옆에 조제핀이 왕비처럼 앉았다. '왕과 왕비' 바로 뒤에 두 통령이 앉았다.

바로 이 예배당에서 1802년 10월 10일 태어난 오르탕스의 아들, 나폴레옹 샤를이 세례를 받았다. 나폴레옹이 손수 그 아이를 영세반(盤) 위에 올려놓았다. 이런 그의 행동이, 항간에 떠도는 소문들에 불을 지펴대는 것은 아닐까? 그렇다면 동생 루이에게는 안 된 일이다. 그는 아기를 바라보았다. 여론이 이 아기를 그의 아들이라고 도마 위에 올려놓는다면, 이 아이는 실제로 합법적인 후계자가 될 수 있을지도 모른다.

왕들은 그렇게 행동하지 않았던가? 더구나 모든 사람들에게 혁명이 끝났다는 것을 알리기 위해서라도, 그는 더욱 왕처럼 처신해야 하지 않겠는가?

민중들이 변화를 어떻게 받아들이고 있는지 그는 궁금했다. 나폴레옹이 지방 순시 의사를 밝히자, 걱정하는 사람들이 많았다. 특히 르브렝 같은 이들은, 푸대접받을 수도 있고 위험에 처할 수도 있는 왕당파 지역인 노르망디 지방에는 가지 않는 게 좋겠다고 말했다. 그러나 그런 말을 하는 자들을 볼 때마다, 나폴레옹은 어깻짓이나 경멸스런 몸짓으로 물리쳤다.

—바로 그렇기 때문에 더욱 가야 한다.

1802년 10월 29일 아침 여섯시, 나폴레옹은 조제핀과 함께 대형 마차를 타고 생 클루를 떠났다. 이슬비가 내리고 있었다. 나폴레옹이 이동할 때마다 따라다니는 그의 개인 우편마차 '무스타슈'

의 실루엣이 마차 행렬의 앞쪽에 희미하게 보였다.

이번 여행은 한가롭게 그 자신의 시간을 가지고 싶었다. 지금은 평화의 시간이었다. 만일 전쟁이 돌아온다면, 다시 박차를 가하며 내달려야 할 것이지만, 지금은 원하는 대로 멈추고 쉴 수 있었다. 망트를 지나자마자, 그는 마차에서 뛰어내려 투명한 푸른빛을 띠고 있는 하늘 아래서 외르 방향을 따라 걸었다. 이브리 전장이 보고 싶었던 것이다.

에브뢰의 도청에서 하룻밤을 묵고, 다음날 루비에에 도착했다. 여정은 루앙, 옹플뢰르, 디에프, 르아브르, 보베를 경유할 것이다.

루앙에서 마차를 내렸다. 그는 말에 올라타 오후 다섯시까지 전속력으로 달렸다. 호위 기병 몇 명만이 그를 따를 수 있었다. 그에게는 이런 질주가 필요했다. 센 강을 굽어보는 고지대에서 말을 멈춘 그는 심호흡하며, 질주의 끝에서 밀려드는 자유와 행복감을 온몸으로 만끽했다.

그가 말에서 내리자, 많은 인파가 몰려들어 그를 둘러쌌다. 그는 진정 지배자였다. 각 기착지마다 준비된 집무실에서, 그는 캉바세레스에게 보낼 서한을 구술했다.

캉바세레스는 그 편지를 받아 파리에서 발행되는 신문들에 전하리라.

〈나는 수많은 인파를 헤치며 길을 걷고 있소. 한 걸음 디딜 때마다 멈추어야 할 지경이오. 마을마다, 성당의 정문에서 사제들과 성가대가 인파에 둘러싸여 성가를 부르고 향을 뿌려댄다오.〉

푸셰가 말했듯이, 사제라는 이 정치적 내시들은 콩코르다를 비판할 수도 있었다! 푸셰 역시 사제 출신이었다. 그런데 푸셰는 알고 있을까? 투르의 대주교가 '통령정부는 민족적이며 가톨릭적인, 합법적 정부다. 그 정부가 없다면, 우리는 미사도, 조국도 지니지 못할 것이다'고 선언했다는 것을.

—노르망디의 사제들은 그런 사실을 알고 있다. 그들은 나를 환대하고 축복했다.

르아브르에 도착했을 때는, 도시 전체에 불이 환하게 밝혀져 있었다. 나폴레옹은 조제핀과 함께 군중 가운데로 나아갔다.

두 사람은 왕과 왕비처럼 보였다. 그날 밤, 그는 도청 중앙홀에서 무도회를 개최했다.

디에프에서는, 한 노인이 나폴레옹을 향해 다가왔다. 낯익은 얼굴이었다. 아, 노인은 브리엔 군사학교의 선생이었던 도마리옹이었다.

그를 만나는 순간, 고독했던 유년 시절이 떠올랐다! 추억에 잠긴 나폴레옹은 자신이 더욱 강해졌으며, 마침내 무적의 인간이 되었다고 자부했다.

그는 참모에게, 도마리옹 선생의 사정을 살펴 혹시 필요하면 도움을 주라고 명령했다.

권력을 장악한다는 것은, 원하는 사람들에게 호의를 베풀 수 있다는 뜻을 포함한다.

그는 고아원과 공장들을 방문했다. 벌판을 지나는 도로에서는, 농민들이 그의 마차를 멈추게 하고 인사했다. 그때마다 그는 마차에서 내려 그들과 대화를 나누었다. 마차가 다시 떠나자, 농부들은 마차를 따라오며 외쳤다.

"나폴레옹 보나파르트 만세! 제1통령 만세!"

누가 그를 위험에 빠뜨릴 수 있단 말인가?

남부 센의 도지사 뵈뇨는, 영국의 거만함과 전쟁의 위험성에 대해 열변을 토했다. 나폴레옹은 건성으로 들으며, 이리저리 걷다가 굳은 목소리로 말했다.

"그럴 리 없겠지만, 만일 영국이 나를 공격한다면, 영국은 전멸당할 것이오. 그렇소. 그들은 반드시 전멸당할 것이오."

그는 눈을 반쯤 감은 채 고개를 숙이고 말했다.

"그 전쟁이 어떻게 전개될 것인지 두고 보시오. 나는 전쟁을 피하기 위해 최선을 다하겠지만, 그래도 전쟁을 강요한다면, 나는 모든 걸 엎어버릴 거요. 영국에 상륙해 런던까지 쳐들어갈 것이오. 만일 이 계획이 실패한다면, 대신 유럽대륙을 뒤엎어버리고 말 것이오. 나는 네덜란드와 스페인, 포르투갈, 이탈리아를 항복시키고, 오스트리아도 공격할 것이오. 그리고 비엔나까지 가서, 이 가증스런 강대국의 원조를 파괴해버릴 것이오."

밀려드는 손님들과 감히 다가오지 못하는 인파를 향해 그는 외쳤다.

"내가 무엇을 할 수 있는지, 무엇을 할 것인지, 모두가 알게 될 것이오. 나는 벌써부터 가슴이 설레오. 여러분 모두는 내가 어떤 인간인지 알게 될 것이오."

그는 목소리를 더욱 높였다. 도지사뿐만 아니라, 모든 이들에게 말하고 있었다.

"그리고 나는 프랑스의 영광을 확고히 하기 위해 쉬지 않고 노력할 것이오. 특히 프랑스의 상업과 농업, 그리고 산업을 꽃피게 할 거요."

그는 손님들 앞에서 걸음을 멈추며 소리쳤다.

"경쟁자들이야 있겠지만, 우리는 행복할 것이오!"

그는 행복했다. 그 무엇도, 그 누구도, 그에게 저항할 수 없다는 자신감 때문이었다. 그는 피로를 몰랐다. 항상 그를 따라다니는 환호와 만세 소리, 그리고 찬사가 그에게 새로운 활력을 불어넣어 주었다.

거의 하루도 빼놓지 않고, 아침 여섯시가 되면 그는 말에 올라

탔다. 구덩이와 시내, 울타리들을 뛰어넘으며 질주했다. 기병 호위대는 거리를 두고 그를 따랐다. 그의 질주를 견디내는 말은 흔치 않아서, 말이 탈진해 쓰러질 때가 많았다. 말이 거품을 물고 쓰러지면, 그는 새로운 말로 바꿔타고 벌판을 누볐다.

그는 지역 유지들을 접견하면서, 그들의 눈빛 속에서 놀라는 표정을 읽었다. 그들은 그의 강한 에너지와 정확한 지식 앞에 놀라워했다. 그들의 놀라움, 그들의 눈빛이 그를 더욱 자극했다.

때로는 군중 속에 묻혀 있는 한 여자가 눈에 들어왔다. 그녀의 얼굴과 가슴, 그리고 몸 전체가 그의 시선을 붙잡았다. 그때마다 쓸쓸한 감정이 스쳐지났다. 그는 자신을 바라보는 그 젊은 여자를 응시했다. 그녀의 눈빛에서 허락과 복종, 그를 유혹하고 싶어하는 표정을 읽었다. 그는 인파를 헤치고 그녀에게 무작정 다가가고 싶었다. 그 여자가 자신을 따라오리라는 걸 확신했다.

그러나 그는 움직이지 않았다. 자신이 욕망하는 대로 행동하는 것을 가로막는, 보이지 않는 장벽이 견디기 힘들었다. 그런 날이면, 우아하게 미소지으며 여왕처럼 처신하는 조제핀을, 그는 거칠게 대했다.

그러나 조제핀은 제1통령의 아내였다. 노르망디에서 파리로 돌아온 지 얼마 지나지 않은 11월 어느 날 저녁, 그는 그녀와 함께 테아트르 프랑세에 갔다. 그녀는 가슴과 팔이 드러나는, 장밋빛 긴 모슬린 튜닉을 입었다. 그녀는 아름답지는 않았지만, 아직도 우아했다.

라신의 '아울리데의 이피제니'가 공연중이었다. 나폴레옹은 비극을 좋아했다. 극장의 분위기, 그가 객석에 앉을 때 홀에서 터져 나오는 환호성도 좋아했다. 가장 특별한 관객인 자신 앞에서 배우들이 느낄 감동과 흥분을 짐작하는 일도 즐거웠다.

막이 오르고, 드디어 어둠 속에서 클루타임네스트라*가 등장했다.

"내 딸아, 빨리 떠나야 한다. 이제 우리 사이에는 아무것도 남은 게 없다. 빨리 달아나거라. 그래서 너의 명예와 나의 명예를 구하거라."

여배우 조르주가 격정에 찬 목소리로 대사를 토했다. 조각한 듯한 얼굴에 넓은 어깨와 둥근 팔, 그리고 풍만한 가슴에 대리석처럼 하얀 피부를 지닌 조르주는 젊은 여자답게 무대 위에서 활발하게 움직였다. 그는 여배우의 육체에서 눈을 뗄 수가 없었다. 튜닉의 굽이치는 율동은 그녀의 탄탄한 둔부를 상상케 했다. 나폴레옹의 몸이 돌처럼 굳었다. 그는 그녀를 욕망했다.

공연이 끝나자마자, 지체없이 튈르리 궁으로 돌아온 그는 시종 콩스탕을 불렀다. 그녀에 대해 알아보고, 그녀를 내일 저녁 생 클루로 오게 하라고 명했다. 이런 일은 전에도 몇 번 있었다. 그녀가 거절한다는 것은 상상할 수 없는 일이었다. 여배우들은 그랬다. 하긴 여배우들만 그런 것일까? 권력을 잡고 영광에 둘러싸인 다음부터, 그는 여자, 아니 모든 여자를 정복할 수 있다는 것을 알았다.

다음날 밤, 조르주 양이 생 클루의 사저로 찾아왔다. 나폴레옹은 콩스탕을 통해 그녀가 전에 뤼시앵의 정부였고, 지금은 폴란드 왕자 사피에하로부터 돈과 구애를 받는다는 걸 알았다. 그는 개의치 않았다. 삶이란 그럴 수도 있는 것이다. 그녀의 과거는 그와는 상관없었다.

나폴레옹이 다가갔다. 상대가 항복하기 전까지는, 언제나 날카

---

* 미케네 왕비. 연인과 짜고 트로이 전쟁에서 돌아온 남편 아가멤논을 살해하고, 딸 엘렉트라에게 살해당한다.

로운 공격을 가해야 한다. 그리고 항복은 완전해야 했다. 그는 말했다.

"당신은 나말고는 아무것도 가져서는 안 돼."

그는 그녀의 베일을 찢었다. 사피에하 왕자에게서 받은 것일 게다. 그녀의 몸에서 떼낸 반지와 메달을 바닥에 던지고 발꿈치로 밟아 부수며 그는 반복했다.

"나말고는 아무것도……."

그는 그녀의 가슴에 수표뭉치를 쑤셔넣었다. 그는 웃었다. 그녀는 다시 와야 했다. 그녀 곁에서 평화의 순간을 즐겼다. 그녀의 터질 듯한 젊음이 좋았다. 그녀와 함께 노래부르고 그녀의 가슴 위에서 잠들었다. 이제 겨우 열여섯 살이라니? 그의 눈에는 열 살은 더 나이들어 보였다. 그녀는 속삭였다. 그가 열 살은 젊어 보인다고.

그는 미소지었다. 그녀는 그의 '조르지나'가 되었다. 그날 밤 이후, 그는 생 클루와 튈르리에서 일 주일에 두서너 번 그녀를 만났다. 생 클루에 묵는 날이 점점 많아졌다.

조제핀이 질투하기 시작했지만, 상관없었다. 조제핀은 비밀계단으로 내려와 염탐하려다가, 문 앞에서 지켜서 있는 루스탐을 보고는 물러났다.

그는 욕망하는 여자와 함께하는 쾌락의 권리도 정복했다.

이제 눈물 흘리며 사랑을 갈망하던 시절은 지나간 것이다.

마침 조르지나가 한밤중에 그를 만나러 오는 날 저녁, 그는 생 클루에서 조제핀, 뢰드레르, 캉바세레스와 함께 저녁을 먹었다. 그는 조제핀을 바라보며 말했다.

"볼테르를 읽으면 읽을수록, 나는 그가 좋아지오. 나는 열여섯 살 때까지는 루소에 빠져 있어서, 볼테르를 좋아하는 친구들과 싸울 정도였는데. 이제는 그 반대요……."

그는 고개저었다. 누구도 그가 무얼 생각하는지 알지 못하리라. 삶에는 현실의 가혹한 법칙이 적용되는 법이다. 볼테르는 몽상가인 루소보다 바로 그 점을 더 잘 가르쳐준다. 나폴레옹이 다시 말을 이었다.

"나는 『신 엘로이즈』를 아홉 살 때 읽었소. 그때부터 루소는 내 머리를 거의 돌게 만들었지."

그는 일어섰다.

조제핀은 붙잡으려고도 하지 않았다. 부부가 함께 잠자리에 들지 않는 날이 많아졌다. 그가 원하는 날만 함께 잤다. '왕과 왕비'는 점점 더 멀어지고 있었다.

그는 자신의 방, 불가에 앉아 문서들을 검토하면서 조르지나를 기다렸다. 그녀가 다가오자, 읽고 있던 서류들을 밀쳐두고, 우유 같은 그녀의 육체를 어루만지며 마음의 평화를 찾았다.

한겨울 깊은 밤의 이 은밀한 순간, 그는 마치 동굴 속이나 유년기 속으로 들어가 있는 듯한 느낌이었다. 그는 흥얼거리며 조르지나와 이야기하고 장난쳤다. 그러다가 조르지나가 떠나면, 그는 제1통령 제복을 입고 권좌에 앉았다.

그는 12월 내내 자신의 궁전인 생 클루에 머물렀다. 튈르리 궁에는 가끔 보고를 직접 받아야 할 일이 있을 때만 갔다. 12월 5일, 그는 대사 위드워스와 동행한 영국 장관 호크스베리를 맞이했다. 그는 영국 관리들을 예의주시했다. 당장 그들을 흔들어대고 싶었지만, 일단은 간단히 말했다.

"프랑스와 영국의 관계는 아미앵 조약 이상도 이하도 아니오. 아미앵 조약 그 자체일 뿐이오."

하지만 은근히 부아가 치솟은 그는, 왜 영국이 조약에 따라 몰타 섬에서 철수하지 않는지, 캐묻지 않을 수 없었다.

호크스베리는 태연스럽게 대답했다.

"런던은 프랑스가 피에몬테와 엘바 섬을 병합했다는 사실을 알고 있습니다."

프랑스가 네덜란드에서 철수하지 않고 있는 것도 사실이었다.

나폴레옹은 격노했다.

"그것은 아미앵 조약에서 다루지 않은 문제들이오."

그러나 그는 감정을 폭발시키지 않았다. 영국 장관과 외교관을 배웅하면서, 그가 넌지시 말했다.

"유럽을 강화시키기 위해서는 평화, 완전한 평화가 필요하지 않겠소?"

그러나 잿빛으로 잔뜩 웅크린 1802년 12월 하늘을 바라보며, 생 클루로 돌아오는 나폴레옹은 의구심을 떨쳐버리지 못했다.

전쟁이 다시 문 앞에까지 다가와 있는지도 모른다. 런던은 산토도밍고에서 르클레르 장군이 죽은 걸 기뻐하고 있었다. 또한 프랑스가 프랑스령 서인도제도를 재정복하려던 계획이 실패로 돌아가고, 아메리카에 식민제국을 건설할 수도 없게 된 것에 내심 만족해하고 있었다. 전쟁이 일어나면, 프랑스가 더이상 도울 수 없는 루이지애나도 곧 포기해야 할지 모른다.

나폴레옹은 천천히 생 클루 궁의 회랑을 지났다. 그는 르클레르의 죽음을 애도하기 위해 10일장(葬)을, 그리고 궁전에서 1일장을 지내도록 지시했다. 참모들은 팔과 칼에 상장(喪章)을 달았다.

그는 집무실에 파묻혀, 미망인이 된 여동생 폴린에게 편지를 썼다.

〈남편의 유해를 가지고 돌아오너라…… 이 지상에서 모든 것은 순식간에 지나가기 마련이다. 우리에 대한 역사의 평가를 제외한다면 말이다.〉

그리고 멘느발을 불렀다. 그는, 프랑스로 끌려와 쥐라 산맥의 주(Joux) 요새에 갇혀 있는 투생 루베르튀르의 감시를 강화하라는, 명령을 구술했다.

그 흑인이 받은 장군 계급장을 모두 떼어버릴 것도 명령했다.

그 인간은 고향에서 멀리 떨어진 땅, 얼음처럼 차가운 요새의 습기 속에서 삶을 마감하리라.

삶은 가차없는 것이다. 도전해서 이겨내지 못할 자는 그 흐름에 복종해야 한다.

그는 투생 루베르튀르에 대해 어떤 반감도 없었다. 흑인이라고 해서 무시하는 것도 아니었다.

다만 투생은 그의 적일 뿐이다. 나폴레옹이 그와 협상하지 않은 것은 잘못이었는지도 모른다. 르클레르 또한 마찬가지다. 투생을 영국에 대항하는 프랑스 흑인동맹 지도자로 만들 수도 있었으리라. 그러나 이젠 너무 늦었다.

나폴레옹은 집무실을 나와, 조르지나가 기다리고 있는 사저로 들어갔다. 나폴레옹은 조르지나를 사랑스럽게 바라보며 물었다.

"영국인들이 나폴레옹을 뭐라고 부르는지 알아?"

그는 대리석처럼 하얀 조르지나의 피부를 애무하며 웃었다.

"나를 '지중해의 혼혈아'라는 거야!"

28
모험에 몸을 내맡기는 자는,
스스로 실패를 구하려는 것이니

울고 있는 조제핀을 바라보는 일은 견딜 수 없는 일이다. 나폴레옹은 울고 있는 그녀를 피해, 방을 나왔다. 그러나 조제핀은 그의 집무실에까지 쫓아들어와 울면서 투덜댔다. 나폴레옹에게 속고 배반당한 설움을 토로하던 그녀는, 급기야 노골적으로 질투하면서 화를 내기 시작했다.

나폴레옹은 그녀의 진실이라는 걸 거의 믿지 않았다. 그녀가 나름대로 애를 써서 꾸며내는 장면들을 증오했다. 그는 냉정하게 말했다.

"리비아*를 닮아보시오. 그러면 당신은 내가 아우구스투스와 같

---

* 두 아들을 데리고 아우구스투스와 재혼하여 아들 티베리우스를 왕으로 만듦.

다는 걸 알게 될 거요."

그러나 로마 역사를 알지 못하는 조제핀이 그의 말에 귀기울일
리 없었다. 그는 그녀를 꼬나보며 내뱉었다.

"오! 저 추한 머리 모양이라니!"

그가 파리에서 멀리 떨어진 전장에 있을 때, 그녀에 대한 소문
때문에 조롱받던 시절, 그녀가 저질렀던 숱한 부정을 끄집어낼 수
도 있었다. 당시의 모멸감, 굴욕감을 잊은 건 아니었지만, 그건
너무 멀어진 시절의 기억이었다. 시간이 흐를수록 감정이 쌓이고
오해가 커졌다. 언제부터인가, 두 사람은 각자, 함께 사는 것에
대해 손익계산을 하고 있었다.

무엇보다도 이혼을 두려워하는 조제핀은 아기를 가지기 위해 플
롱비에르 온천에도 다녀왔다. 나폴레옹을 붙들어두는 유일한 방법
은 아이를 가지는 것 아니겠는가?

그녀가 계속 들볶아대자, 할 수 없다는 듯이 그가 입을 뗐다.

"누가 당신 머리를 그렇게 흉측하게 만들었소?"

그 말에, 그녀는 집무실에서 나가버렸다.

개인관계든 국가관계든 마찬가지다. 언제나 힘과 이해관계, 명
예와 영광, 고집과 상상력의 스토리가 얽혀드는 것이다.

나폴레옹은 『르 모니퇴르』지가 놓여 있는 책상에 앉았다. 그는
세바스티아니 대령이 오랜 동방 여행을 마치고 쓴 보고서가 출간
되기를 바랐다. 이집트를 다시 정복하는 데에는 6천 명만 있으면
충분하다고 장담하는 대령의 보고서에, 영국인들은 분개한다고
했다.

나폴레옹은 난폭하게 책상을 밀어버렸다. 영국 민족은 기억력이
없다! 영락없이 조제핀 같은 민족이다. 왜 영국은 몰타 섬에서
철수하지 않고 아미앵 조약을 존중하지 않는가? 영국은 먼저 잘
못 해놓고는 왜 화난 척하는가?

그것은 위선이다!

그는 영국인들이 진정 원하는 것이 무엇인지 알고 싶었다! 그는 너무 신중해서 아무런 결정도 내리지 못하는 탈레랑을 멀리하고 있었다. 외교라면 이제 지긋지긋했다. 그는 영국 대사 위드워스 경과 만나, 가면을 벗고, 일체의 가식도 털어버리고, 직접 담판을 짓고 싶었다. 1803년 2월 18일 저녁, 그는 영국 대사를 튈르리 궁으로 불렀다.

위드워스 경이 다가오자, 그는 집무실 중앙에 놓인 큰 테이블의 끝에 앉으라고 손짓했다. 나폴레옹은, 등을 꼿꼿이 세우고 앉는 대사의 무표정한 얼굴을 바라보았다.

—이 인간이 내가 말하고자 하는 바를 알아들을까? 만일 런던이 전쟁을 결정했다면, 이런 담판이 무슨 소용인가? 하지만 프랑스와 나에 대항하여 영국이 저지르고 있는 모든 도발행위를 대사에게 상기시켜야 한다. 영국 정부는 조르주 카두달에게 연금을 주고 있으며, 신문마다 모욕과 저주를 늘어놓고 있잖은가. 영국은 망명한 프랑스 왕족 전용 접대기관 아닌가!

대사가 유감을 표시하자, 나폴레옹은 더욱 분노했다.

"영국에서 일어나는 바람은 매번 나에게 모욕과 증오만을 가져다줄 뿐이오. 이제 우리는 최악의 상황에까지 이르렀소. 당신들은 아미앵 조약의 집행을 원하는 것이오, 원치 않는 것이오?"

그는 자리에서 일어나며, 목소리를 높였다.

"만일 당신들이 전쟁을 원한다면, 그렇다고 말만 하시오. 우리는 과감하게 응전할 것이오. 평화를 원하오? 그렇다면 알렉산드리아와 몰타에서 철수하시오!"

그는 천천히 테이블 주변을 거닐었다.

"우리가 엄숙하게 체결한 조약을 위반하고 방치한다면, 세계가 뭐라고 하겠소? 우리의 힘을 의심할 것이오."

그는 두 손을 테이블에 올려놓은 채 말했다.

"나의 결정은 내려졌소. 나는 차라리 당신네들이 몰타 섬이 아니라, 몽마르트르 언덕 위에 앉아 있는 걸 보고 싶소!"

위드워스 경은 한참을 침묵하더니 따지기 시작했다.

—이 영국인은 나를 전혀 이해하지 못하는군!

나폴레옹은 영국 대사의 말을 가로막았다.

"나는 아미앵 조약을 매항목마다 존중했소…… 피에몬테와 네덜란드, 내가 중립국으로 만든 스위스, 이런 문제들은 그 조약에는 들어 있지 않았소. 지금 나는 독일의 재편을 위해 노력하고 있는 중이오. 나는 그걸 위해 노력할 권리가 있소."

위드워스가 중얼거렸다.

"세바스티아니 대령의 보고서가……."

나폴레옹은 그의 말을 막았다. 두 위대한 민족에게, 그런 정도의 화젯거리는 어울리지 않는다는 이유로.

그는 태도를 바꿔 위드워스를 구슬러 안심시켜보기로 했다. 나폴레옹은 대사에게 몸을 숙이며 말했다.

"사실 나는 어떤 공격도 구상하고 있지 않소. 나의 권력은 이유도 없는 공격을 감행할 만큼 강하지 못하오. 당신들이 대단한 잘못을 저지르는 경우에나 공격을 가할 수 있을 정도란 말이오."

나폴레옹은 다시 일어서면서 대사를 보았다.

—이 인간은 내가 말하는 것만 겨우 이해하는 수준인가?

그는 다시 말했다.

"이렇게 젊은 나이에, 나는 권력과 더할 나위 없는 명성에 도달했소. 그런 내가 권력과 명성을, 절망적인 전쟁을 하면서 위험에 빠뜨리길 원하겠소?"

그는 마치 위드워스의 존재를 잊은 듯, 불영해협을 건너 영국에 상륙하는 것이 얼마나 어려운가도 언급했다.

"그 무모함, 그건 너무도 무모한 모험이오…… 하지만 위드워스 경, 당신들이 나에게 강요한다면, 나는 상륙작전을 성공시킬 것이오. 나는 알프스를 넘은 사람이오. 그것도 한겨울에 말이오."

그는 테이블을 내려치며 말을 이었다.

"만일 나로 하여금 그런 결심을 하도록 강요한다면, 당신들의 손자들까지 피눈물을 흘려야 할 것이오."

그는 다시 자리에 앉았다. 이만하면 위드워스가 납득했을까?

그는 침착한 어조로 말했다.

"나를 대할 때는 진심으로 행동하시오. 나는 당신을 진심으로 대하겠다고 약속하오. 우리 두 민족이 평화로울 수 있다면, 이 세계에 얼마나 큰 영향력을 끼치겠소? 영국의 해군과 나의 오십만 대군…… 프랑스와 영국, 이 두 강대국이 힘을 합쳐 인류 문제에 관심을 가진다면, 모든 게 가능할 것이오."

그러나 솔직함이 무슨 소용 있는가?

영국인들은 프랑스가 강해지는 것을 용납하지 않았다.

나폴레옹은 계속 협상을 원하는, 신중하고 사려 깊은 탈레랑을 불렀다. 1803년 3월 11일, 나폴레옹은 집무실의 창가에 서서 탈레랑을 기다리며, 곰곰이 생각했다.

─프랑스와 영국은, 루이 14세 이후 지금까지 계속되는 경쟁관계 아닌가? 내가 대혁명의 정상에 이르면서, 그 경쟁관계는 더욱 악화되었다. 더구나 영국은 내가 정상에 오른 것을 인정하려 들지 않는다. 그들은 부르봉 왕가와도 평화를 이루기 어렵겠지만, 나와는 결코 이루려 하지 않을 것이다!

부르봉 왕가도 호시탐탐 기회만 노리고 있었다. 그러리라고 충분히 예상하고 있었지만, 루이 18세는 나폴레옹을 위해 왕위를 양도하라는 제안을 한마디로 거절했다.

집무실에 들어온 탈레랑은 나폴레옹에게 전보 한 통을 내밀며 말했다.

"내용은 그리 중요하지는 않습니다. 위드워스 경이 이미 예고했던 것입니다. 그렇지 않습니까?"

영국 왕 조지 3세가 영국 의회에 보내는 메시지였다. 나폴레옹은 문서를 한눈에 훑어보았다. 조지 3세는 '신중한 조치들'을 취하기 위해, 의회에 예산을 요구하고 있었다…… 나폴레옹은 전보를 내던지며 소리쳤다.

"전쟁이군!"

탈레랑은 그런 해석을 부정했다. 위드워스 경은 전쟁 준비와 관련된 것은 절대 아니라고 몇 번이나 반복했다는 것이다. 나폴레옹은 치솟는 분노를 누르고 냉정함을 유지하려 노력했다. 하지만 이렇게 뺨을 맞을 때까지 기다릴 필요가 있는가?

그리고 이틀 동안 그는 잠들지 못했다. 밤이면 줄곧, 런던이 그를 가지고 놀고 있다는 생각을 떨칠 수가 없었다. 결국 전쟁은 일어나리라. 일 년 동안의 휴전기간이 지나면 영국은 전쟁을 선포하리라.

그는 자신을 찾아온 조르주 양을 내쫓듯 물리쳤다가, 콩스탕에게 다시 그녀를 불러오게 했다. 하지만, 그의 마음은 웃고 사랑할 상태가 아니었다.

이틀 후인 3월 13일 일요일, 외교관들을 위한 리셉션이 예정되어 있는 날이었다. 그는 오르탕스의 아들 나폴레옹 샤를을 품에 안고 어루면서 차분하게 행사를 기다렸다.

궁전 감독관인 레뮈자가 대사들이 모여 제1통령을 기다린다고 알려왔다. 영국 대사 위드워스 경도 와 있다는 말에, 나폴레옹은 고개를 들었다.

그 이름이 채찍질처럼 따갑게 들려왔다. 나폴레옹은 아기를 내려놓고 리셉션이 열리는 홀로 들어갔다. 그리고는 다른 외교관들은 쳐다보지도 않고, 다짜고짜 위드워스 경에게 다가가 내뱉었다.

"그러니까 당신들은 전쟁을 원하는 거로군! 우리는 십 년 동안이나 싸웠소. 그런데 그것으로도 모자라 당신들은 앞으로 십 년을 더 싸우자, 이거로군! 어떻게 감히 프랑스가 무장하고 있다는 말을 할 수 있단 말이오……."

나폴레옹은 격렬한 어투로 조약의 내용을 상기시켰다.

"당신들은 술책을 부려 프랑스 민중을 협박하겠다는 거요? 위드워스 경, 프랑스 민중을 죽일 수는 있소. 그러나 협박할 수는 없소. 절대로!"

영국 대사가 뭐라고 대꾸했지만, 귀에 들어오지 않았다. 영국은 평화를 원한다고 말하는 것 같았다. 나폴레옹이 버럭 소리를 질렀다.

"그렇다면 조약을 존중해야 할 것 아니오! 조약을 존중하지 않는 자들에게는 불행이 내릴 것이오!"

나폴레옹은 영국 대사를 그대로 세워둔 채, 스페인과 러시아 대사들에게 다가가 말했다. 영국이 약속을 지키지 않으니, 이제 조약문을 검은 베일로 덮어야 할 것이라고.

그는 분노를 참지 못해, 말할 때마다 격렬한 몸짓을 했다. 그의 분노가 외교적 관례에 크게 어긋난다는 것을 나폴레옹은 알고 있었다. 그는 몸을 돌려 위드워스 경에게 몇 마디 다정한 말을 던지고는 리셉션 홀을 떠났다.

영국 대사를 향해 분노를 터뜨린 건 후회스럽지 않았다. 오히려 그의 내면에서는 전례 없는 강력한 결단이 솟아올랐다. 행동하며 전진하고 싶은 욕망, 상대가 원하지 않는 불안한 평화는 끝내야 한다는 욕망이 그를 사로잡았다.

거의 매일 그는 장군들에게 하달되는 명령을 구술했다. 유럽의 모든 해안에서 영국 생산품을 봉쇄하라고 지시했고, 병력을 보강하기 위해 스무 살의 젊은이들을 육만 명 모집하라고 명했고, 함대 건조를 위해 도처에서 나무를 사들이게 했다.

우연히 만난 푸셰가 근심스런 표정으로 그에게 말했다.

"우리처럼 각하도 혁명에서 솟은 인물입니다. 그런데 혁명과 달리 전쟁은 모든 측면에서 심각한 문제를 야기할 것입니다."

나폴레옹은 화를 냈다. 모든 문제에 있어, 특히 영국과의 문제에서는 절대로 물러서면 안 된다는 걸, 어떻게 푸셰가 모른단 말인가?

"지금 물러선다면 영광스럽지 못한 행동이 될 것이오. 만일 몰타 섬에서 굴복하면, 영국은 덩케르크*도 요구할 것이오! 영국인들에게는 안된 일이지만, 우리가 영국인의 신하가 될 수는 없소!"

주사위가 던져지고 있었다.

나폴레옹은 다시 조르주 양과 편안한 밤들을 보냈다. 어느 날 아침, 그에게 막 주조된 1프랑짜리 주화가 전달되었다. 그는 무게를 가늠해보았다. 5그램짜리 주화. 이 주화의 9할은 섬세한 은이었다. 바로 이 은화가 무기이자, 전쟁의 진정한 원인 가운데 하나였다. 영국은 프랑스가 상업적으로 부강해지는 것을 원하지 않았다. 프랑스가 안정된 화폐를 가진 국가가 되기를 바라지 않는 것이다. 그들은 교역 경쟁자의 숨통을 조이기 위해 평화를 깨려는 것이다.

---

* 북해에 면해 있는 프랑스 제3의 무역항.

나폴레옹은 은화를 살펴보았다. '프랑스 공화국'이라는 문구 아래 그의 초상화가 새겨져 있었다. 그는 오랫동안 은화를 만지작거렸다. 이 은화는 역사 속에 그의 흔적을 남기는 또 하나의 징표가 될 것이다.

그는 생 클루 궁을 둘러싼 숲으로 사냥을 떠났다. 말을 몰아 숲 속을 달리며, 그는 육체가 움직임에 따라 기분이 상쾌해지는 것을 느꼈다. 그러나 그의 머릿속에는 오직 한 가지 생각이 꼬리를 물고 있었다. 전쟁이 닥칠 수도 있다!

5월 1일, 탈레랑이 위드워스의 편지를 들고 나폴레옹을 찾았다. 게임은 시작되었다. 그는 편지를 흘낏 보며 말했다.

"대사에게 전하시오. 만일 이 쪽지에 '최후통첩'이라는 말이 담겨 있다면, 그것은 전쟁을 의미하는 것이오. 그 말이 없다면, 써 넣으라고 하시오. 그럼으로써 어디서 그만 두어야 하는지 깨우치게 하시오."

더이상 망설일 수는 없었다. 탈레랑이 한 걸음 나서며, 아직은 협상의 여지를 남겨두어야 한다고 말했다. 나폴레옹은 어깻짓을 하며, 차분하게 담배를 몇 모금 빨아들였다. 탈레랑이 제안했다.

"영국에게 몰타 섬을 러시아에 양도하라고 제안하겠습니다. 아니면 영국에 몰타 섬을 양도하고 그 대가로 프랑스가 이탈리아의 타란토 만에 진주하는 문제를 협상하겠습니다."

그는 탈레랑의 제안을 받아들였다. 그러나 그는 영국이 거절하리라는 걸 확신하면서 말했다.

"영국인들은 프랑스가 위대해지는 걸 견디지 못하오. 조만간 그들과 싸울 수밖에 없소. 뒤로 미룰 것이 아니라, 오늘 당장 싸우는 게 낫소."

창문을 열었다. 1803년 5월 1일, 투명한 날씨였다. 병사들이 성

주변 공원의 가로수길에서 훈련하고 있었다. 그는 그들 병사들을 바라보며, 탈레랑에게 말했다.

"지난 일 년여 세월 동안 평화를 유지했다고 해서 우리의 민족 에너지에 곰팡이가 슨 건 아니오. 나는 젊소. 영국인들은 착각하고 있소. 특히 그들의 이번 실수는 전례 없는 치명적인 실수가 될 거요. 나는 끝장내고 말겠소."

기다리는 시간은 며칠밖에 남지 않았다. 취해야 할 조치도 거의 다 마무리되었다. 지평이 밝아지고, 선(線)이 분명해지는 순간. 그는 이런 순간을 좋아했다.

그는 재무장관 바르베 마르부아를 불러 말했다.

"결단을 내렸소. 나는 루이지애나를 미국에 줄 것이오."

영국에 대항하여 그곳을 지킬 수가 없었다.

"대신 나는 미국에 대가를 요구할 것이오. 그 돈으로 대영 전쟁 준비에 필요한 비용을 충당할 것이오."

그러나 아직은 기다려야 했다. 최후의 제안에 대한 영국의 대답을 들어야 했다.

마음을 느긋하게 가지면서, 그는 조제핀과 오르탕스, 카롤린, 캉바세레스를 태우고 생 클루의 공원으로 직접 마차를 몰았다. 속력을 내기 위해 채찍을 가하자, 여섯 마리의 말들이 미친 듯이 날뛰었다. 순식간이었다. 마차가 뒤집히고, 그는 마차에 부딪치면서 땅으로 굴러 떨어졌다.

사람들이 몰려들었다. 그는 땅바닥에 널브러진 채, 잠시 그대로 있었다. 전쟁을 생각했다. 또한 사물의 흐름을 바꿀 수도 있는, 연속되는 예기치 못할 사건들을 떠올렸다. 잠시 후, 그는 벌떡 일어서며 자신을 부축하지 말라고 손을 내저었다. 마차 안에 탔던 사람들 모두가 상처 하나 입지 않고 빠져나왔다.

밤이 내리고 있었다. 조제핀이 딸 오르탕스에게 생 클루에서 지내라고 권유하는 목소리가 들렸다. 그러나 오르탕스는 남편 루이가 허락하지 않는다고 대답했다.

모녀가 나누는 대화를 듣고 있던 나폴레옹은 소리를 질렀다. 그의 노기가 폭발한 것이다. 그 불 같은 노기는 자신의 동생에 대한, 자신의 의지에서 빠져나가는 모든 것에 대한, 그리고 매순간 불확실해지는 미래에 대한 노기였으리라.

5월 12일, 말메종에 머물고 있던 나폴레옹은 평소보다 일찍 일어나 공원을 산책하고 있었다. 그때 우편마차가 급하게 멈추는 소리가 들리더니, 한 참모가 그에게 달려왔다. 탈레랑으로부터 전보가 왔다. 위드워스 경이 여권을 요구해, 파리를 떠났다는 소식이었다. 영국 대사는 역마차로 샹티이를 거쳐 칼레로 가리라는 것이다. 또한 주영 프랑스 대사인 앙드레오시 장군도 이미 런던을 떠나 도버로 향했다고 했다. 파리는 아직 조용하지만, 벌써 수많은 구경꾼들이 위드워스 경의 출발을 조용히 엿보았다.

전쟁이 임박했다.

나폴레옹은 즉각 파리로 향했다.

그는 튈르리 궁에 도착하자마자 탈레랑과 의논하고, 샹티이에 묵고 있는 위드워스에게 보내는 최후의 제안을 구술했다.

전쟁은 불가피했지만, 역사 앞에서, 그는 이번 전쟁을 피하기 위해 최후의 순간까지 노력했다는 평가는 받고 싶었다.

위드워스 경은 답장을 보내오지 않았다.

나폴레옹은 모르티에 장군에게 르아브르로 가서 해안을 통제하라는 명령을 내렸다. 그는 샹 드 마르스의 프리타네(군인 자제들의 학교) 학생 육백 명을 사열하고, 저녁에는 레퓌블리크 극장에서 코르네유의 '폴리엑트' 공연을 관람했다.

무대 분위기는 무거웠다. 관객들은 명상하듯 코르네유의 시행에 귀를 기울였다. 그는 마치 처음 듣는 듯한 기분으로 그걸 들었다.

가장 굳건한 덕성은 우연을 피하노니
모험에 몸을 내맡기는 자는
스스로 실패를 구하려는 것이다.

그는 끊임없이 솟아나는 불안을 억누르고 있었다.

나는 야심을 가지고 있지만
이런 위대함은 사라지고 말리라
나는 더 고귀하고 더 멋진
불멸의 위대함을 원하노라.

모든 구절이 바로 그를 두고 말하는 듯했다.

덧없는 영광이여
나는 만족하여 죽으리라
아직도 영광을 이루어야만 한다면
나는 기꺼이 이루리라.

5월 20일, 그가 튈르리 궁의 집무실에 앉아 있는 동안, 우편물과 전보, 그리고 공문들이 한꺼번에 밀려들었다. 영국이 선전포고도 없이 5월 16일부터, 프랑스와 네덜란드의 선박과 상품을 압류하겠다고 선포했음을 전하는 소식들이었다. 벌써 많은 선박들이 조사받았음을 알리는 우편물도 있었다. 아직은 평화조약 상태에 있지 않은가? 그런데도 수백 척의 배들이 나포당한 것이다.

나폴레옹은 차가운 어조로 명령했다.

"오후 세시, 정부 대표자들은 의회 전체를 소집하여 아미앵 평화조약의 파기를 선언하라. 그리고 영국의 해적행위에 대한 보복으로, 영국인들을 모두 체포하라."

그는 집무실에서 서성이다가 지도들이 펼쳐져 있는 옆방으로 건너갔다.

─십 년 동안 전쟁을 치르고 맺은 평화조약이 겨우 일 년도 버티지 못하다니! 이번 전쟁이 시작된다면, 전쟁은 또 얼마나 오랫동안 지속될 것인가?

몸을 숙이고 불로뉴 지역의 지도를 살펴보던 그는 손가락으로 프랑스와 영국의 해안선을 따라가며 말했다.

"영국인들이 우리에게 도랑을 건너뛰라고 강요하고 있으니, 건너뛰어줄 수밖에 없지."

그는 다시 집무실로 돌아와 말했다.

"사흘이면 불영해협을 충분히 건널 수 있어. 안개가 끼고 상황이 조금만 유리하면, 나는 런던과 영국 의회와 은행의 주인이 될 것이다. 영국인들은 피눈물을 흘리며 이 전쟁을 후회하게 되리라."

1803년 5월 25일 밤, 그는 테아트르 프랑세에 가서 몰리에르의 '위선자 타르튀프'를 관람하고 돌아와, 한밤중에 조르주 양을 만났다.

휴가중인 모든 군인들에게는 '깃발' 아래로 다시 복귀하라는 명령이 내려졌다.

29
불가피한 전쟁은 항상 정당한 법

　나폴레옹이 올라타자, 마차는 생 클루 성의 포도 위를 덜컹거리며 달렸다. 그는 멘느발에게 펜과 잉크를 꺼낼 틈도 주지 않고 구술을 시작했다. 비서는 미처 종이를 준비할 겨를이 없어 허둥댔다.
　〈결정. 전직 군인 뒤아멜은 제복과 외투 한 벌을 보관해두었다가, 베시에르 장군에게 보내 그의 공적을 치하할 것.〉
　나폴레옹은 답장을 보내야 할 편지들, 발표해야 할 선언문들, 그리고 지시해야 할 명령들이 그의 눈앞에 펼쳐져 있기라도 하는 듯, 꼼짝도 하지 않고 눈을 부릅뜨고 있었다. 그는 머리가 터져나갈 만큼 구상한 후에, 한꺼번에 토해내듯이 구술하면서, 기억력을 해방시켰다. 그는 긴장된 목소리로 구술하기 시작했다. 마치 말하는 것을 미리 암기해두기라도 한 듯 막힘이 없고, 어조의 변화도 없었다.

〈플롱비에르의 조제핀에게. 부인, 당신의 편지를 읽으면서, 혹여 당신이 불편한 게 아닌가 생각했소. 코르비자르는 그건 좋은 징조이며, 온천욕이 당신의 바람대로 좋은 효과를 주고, 건강하게 만들어줄 것이라 하오. 그럼에도 당신이 고생한다 생각하니 내 마음이 아프구료. 나는 어제 세브르와 생 클루의 작업장에 다녀왔소. 모두에게 사랑을, 영원한 사랑을 보내오. 보나파르트.〉

멘느발의 펜이 사각사각 소리를 내며 종이 위를 빠르게 달리고 있었다. 나폴레옹은 잠시 입을 다물었다.

조제핀은 아기를 갖기 위해 애쓰고 있었다. 코르비자르는 그녀에게 생리를 되돌려줄 수 있다고 주장했는데, 정말 그렇게 되었을까? 그렇다면 아이가 태어나는 것인가? 나의 후계자가 될 아들이?

나폴레옹이 다시 구술을 시작했다.

〈세바스티아니 장군은 경비병들에게 각자가 기병, 보병, 포병의 역할을 두루 수행할 수 있어야 한다는 점을 주지시키시오. 앞으로 있을 모든 사태에 대비해 만반의 준비를 갖추도록 하시오.〉

그는 구술을 계속하면서 전쟁을 생각했다.

그렇다. 영국을 격파하기 위해서는 두 가지 방법밖에 없었다. 해협을 건너 런던으로 진군하는 길. 아니면 유럽 전체를 지배하면서 대륙봉쇄를 통해 영국상품의 발을 묶어버리는 것이었다.

그는 첫번째 길을 선택했다. 차후 모든 것은 조직과 의지, 인내심의 문제일 뿐이었다. 이제는 여러 부문의 에너지를 결집하여 하나의 견고한 다발로 묶어야 했다.

그는 브뤼, 강톰, 라투슈 트레빌 등 모든 제독과 해군장관 드크레에게 개인 서한을 보냈다. 현재 프랑스와 영국의 해군력은 일대 삼 정도로 영국이 우세했다. 영국은 12만 명의 해군과 120척이 넘는 전함을 보유하고 있었다. 따라서 해군 책임자들에게 수만에 달하는 병력이 배를 타고 바다를 건너, 영국에 상륙해야 한다는 점을 주지시켜야 했다. 그 병력들은 이미 불로뉴로 행군중이며, 불로뉴에는 그들을 수용하기 위한 병영이 세워지고 있었다.

그는 구술을 계속했다.

〈르아브르, 셰르부르, 툴롱, 브레스트, 제노바 등 도처에서 전함을 구축해야 한다. 그리고 파리의 라페 선착장에서도 작업을 진행시켜, 바닥이 평평한 수송선을 다수 건조해야 한다.〉

그는 해군성 기술자인 스강쟁과 선박 건조 전문가인 포르페의 도움을 받아, 작은 전함들로 이루어진 소함대를 편성할 작정이었다. 포함(砲艦)들, 선박들, 수송선들은 각각 1백여 명의 병사와 대포를 실을 것이다. 소형 전함들은 어떤 기상조건에서도 노와 돛을 이용해 항해할 수 있는 반면, 큰 배들은 날씨가 좋아 바람이 없는 경우 꼼짝없이 묶여버릴 수도 있었다.

그는 구술을 중단하고, 수천 척의 프랑스 함대가 영국 함대를 추격하는 장면을 상상했다.

해전을 치러내기 위해서는 최소한 2천 척이 넘는 전함이 필요할 것이다. 불영해협을 통과하려면 바다가 이삼 일간 조용해지는 시기를 이용해야 했다. 어떤 계절이든 그런 정도의 기상 조건은 있기 마련이다. 상륙정 1백 척쯤은 희생되겠지만, 작전은 성공할 것이다. 나폴레옹은 16만의 병력을 소집해, 그중 12만 명을 불로뉴에 집결시킬 심산이었다.

그 정도의 병력이면 성공은 이미 확보된 것이나 다름없었다. 거기에다 툴롱과 브레스트, 스페인의 페롤, 네덜란드의 텍셀로부터 지원되는 갑판이 높은 전함들이 사흘 동안만 바다를 장악해 영국 함대를 붙들어준다면, 승리는 확실했다.

나폴레옹은 그 카드들을 모두 수중에 넣은 다음에야, 작전을 개시하리라 마음먹었다. 그는 멘느발에게 말했다.

"전쟁에서는 철저한 과학적 계산이 없으면 이길 수 없다. 세부 사항까지 깊이 숙고하지 않으면 어떤 성과도 얻을 수 없게 되어 있어."

그는 긴 의자에 앉으면서 중얼거렸다.

"그리고 전혀 예기치 못한 상황이 발생할 수도 있지. 그렇게 되면 완벽할 것 같았던 전쟁 계획은 실패하고, 오히려 불완전해 보였던 계획이 성공하는 수도 있다."

마차가 방돔 광장에 이르자, 그는 광장을 서서히 우회하게 하다가 잠시 멈추라고 지시했다.

오래 전부터 구상해온 기념물을 그는 상상했다. 누이 엘리자의 애인인 시인 퐁탄이 끊임없이 그를 샤를마뉴 대제에 비교하면서부터 시작된 상상이었다.

그는 마차에서 내려 광장의 중앙까지 걸어갔다. 그는 대제국을 세웠던 위인들의 반열에 이미 올라 있는 것은 아닐까?

제1통령을 발견한 행인들이 걸음을 멈추고 환호했다. 그는 다시 마차에 올라 구술을 시작했다.

〈파리의 방돔 광장 중앙에 기념비가 세워질 것이다. 그것은 트라야누스(로마의 황제)를 기념하여 세운 로마의 기념비와 비슷한 형태가 될 것이다. 올리브 잎새들로 장식한 반원형 토대가 샤를마뉴 대제의 도보상(徒步像)을 떠받치는 형상으로 만들어질 것이다.〉

나폴레옹은 집무실로 돌아와서도 구술을 멈추지 않았다. 공화국의 모든 용광로는 밤낮으로 가동되어야 했다.

그는 뒷짐을 지고 서성이면서 코담배를 음미했다.

고정 포대 외에도 4백여 문의 대포들을 무장하고 이동시키기 위해서는 엄청난 장비들이 필요했다.

상륙정 건조는 어디까지 진척되었는가?

작업장 책임자들을 재촉하는 그의 간단명료한 공문들이 전령들에 의해 라페 선착장과 베르시 선착장으로 전달되었다.

병력들은 강도 높은 훈련을 계속하고, 전함들은 바다로 나가 영국 쾌속선들과 맞서야 한다. 불로뉴 입구에는 요새들을 축조해야한다. 일하고, 일하고, 또 일해야 한다……

나폴레옹은 모든 것을 자기 눈으로 직접 확인하기를 원했다.

그는 앵발리드 선착장에서 수송선에 올라 훈련을 지휘했다. 나폴레옹을 알아본 인파들이 제방 위에 몰려들어 환호했다. 직접 노를 잡고 콩코르드 다리 아래를 지나면서, 그는 문득 이렇게 노를 저어 런던까지 항해하고 싶은 욕망이 솟구쳤다.

조만간 그는 영국 원정 대군의 선두에 서게 되리라. 바야흐로 정벌의 시간이 다가오리라.

그는 오스트리아 재상의 사촌인 필립 드 코벤츨을 맞이했다. 코벤츨은 정보를 염탐하기 위해 왔으리라. 비엔나와 베를린은 임박한 이번 전쟁을 어떻게 판단해야 할지 망설이고 있었다. 프랑스의 제안에 따라 독일이 공국(公國)들로 재편된 이후, 오스트리아는 독일에 대한 영향력을 잃어가고 있었다. 오스트리아 황제는 결코 독일 황제가 될 수 없으리라.

—나는 그것을 얻었다.

나폴레옹이 코벤츨에게 말했다.

"불가피한 전쟁은 항상 정당한 법이오."

그리고 그는 개의치 않는다는 듯 침착하게 덧붙였다.

"이번 전쟁은 곧 대륙에서의 전쟁을 야기할 것이오. 그 경우⋯⋯."

그는 코벤츨을 관찰했다. 이 사람은 비엔나에 보고하리라. 그러면 일은 쉽고 분명해진다.

나폴레옹은 말을 이었다.

"나는 오스트리아나 프로이센을 우리 편으로 끌어들일 수밖에 없소. 프로이센은 뼈다귀나 하나 빨라고 던져주면 언제든지 점령할 수 있소. 문제는 오스트리아요. 내가 유럽에서 두려운 나라는 오직 오스트리아뿐이오."

어느 편에 설 것인지는 비엔나의 결정에 달렸다. 그는 코벤츨의 얼굴을 살펴보았다.

—오스트리아는 내가 지닌 힘의 강약에 따라 결정할 것이다. 그외 다른 법칙이 뭐가 있겠는가? 강해야 한다. 무적이 되어야 한다.

그러기 위해 그는 세부사항까지 직접 관리, 감독했다. 그는 불로뉴에 갈 때마다 묵을 숙소를 정하고, 병영을 구석구석 둘러볼 것이며, 군대의 훈련에도 참여할 것이다. 그는 특히 병사들이 출항하고 상륙하는 훈련을 보고 싶었다.

그는 뒤로크에게 말했다.

"장군의 존재는 필수적일세. 장군은 곧 군대의 두뇌고, 전부야."

1803년 6월 24일, 그는 불로뉴로 향했다.

그는 북부 도시들을 순방할 때 동행할 수행단이 중요하다고 판단했다. 통령 경호분대와 참모들, 해군장관 드크레, 내무장관 샤프탈, 브뤼 제독, 그리고 술트, 마르몽, 뒤로크, 몽세, 로리스통 같은 몇 명의 장군들이 그의 수행단에 포함되었다.

출발하는 날 아침, 그는 공들여 제복을 골랐다. 지휘한다는 것, 그것은 보여주는 것이다. 그는 오렌지색 장식이 달린 호위 기병대의 녹색 제복을 입고, 장식줄 대신 삼색 휘장이 달린 검은색 펠트 모자를 썼다.

그리고는 조제핀의 방으로 들어갔다. 그는 왕비가 왕과 동행하 듯, 이번 여행에 그녀가 함께 가주기를 원했다. 그는 그녀에게 다 가가, 인도산 모슬린 튜닉의 주름들을 만지더니, 고개를 저으며 말했다.

"나는 당신이 색깔 있는 옷을 입었으면 좋겠소. 리옹산 비단 새 틴이나 타프타(호박단)로 된 옷이 좋지 않겠소? 영국의 식민지에 서 만든 천으로 된 이 튜닉은 좋지 않을 것 같소."

그녀가 따르지 않았지만, 그는 고집했다. 그러자 조제핀은 긴 의자에 몸을 던지고, 손수건으로 얼굴을 가리고 울기 시작했다. 그녀는 파리 여자들 사이에 유행하는 모슬린 옷을 포기하고 싶지 않았던 것이다.

그는 화가 나서 마구 내뱉었다.

"파리 여자들 모두 그런 옷을 못 입게 만들어버리겠소. 괜히 우 는 척하지 마시오…… 이렇게 어린애처럼 굴다니, 당신은 열다섯 살짜리 애가 아니오. 서른이 넘었단 말이오."

그는 몇 분 안에 옷을 바꿔입으라고 명령했다.

지금이 영국과의 전쟁을 앞둔 상황이며, 그가 영국산 상품들을 금지시키기로 결정했다는 것을 그녀는 생각지도 않는단 말인가?

조제핀은 제1통령의 아내로서, 모범을 보여야 했다.

그녀는 결국 굴복하고, 푸른색 타프타로 만든 다소 풍성해 보이 는 옷으로 갈아입었다. 그는 그녀에게 미소를 지어 보이고, 네 마 리 말이 울어대는 여행용 대형 마차로 향했다.

이제 일에 몰두할 수 있으리라. 멘느발은 벌써 마차 안의 서랍 속에 있던 서류들을 준비해놓았다.

나폴레옹은 출발 신호를 내렸다. 말과 마차를 챙기는 일을 맡은 군수담당관들을 태운 보급마차가 선두에서 길을 열며 달렸다. 대형 마차 뒤로 세번째 마차에 제1통령 수행원들이 타고 있었다. 나폴레옹은 손짓으로 조제핀을 자신의 옆에 오르게 했다. 그녀는 불로뉴까지는 가지 않고, 도중에 아미앵에서 내릴 것이다.

콩피에뉴 지방 위쪽에 위치한 몽디디에, 아미앵, 아브빌 등 북부 도시들을 지나면서, 그는 평화조약의 파기가 여론에 어떤 변화를 일으키는지 알고 싶었다. 불영해협을 따라 늘어서 있는 그 지역은, 도버해협으로 통하는 도시, 칼레의 관문이었다. 그는 곧 마음을 놓았다. 도처에서 그를 환영하는 민중들의 모습이 열광적이었던 것이다.

아미앵에서 조제핀이 내린 후, 그는 홀로 있게 된 것에 만족했다. 아브빌에 도착해서는, 아침 일찍 일어나 거의 여섯 시간 동안이나 해변들을 돌아보았다. 날씨는 좋았고, 바람은 신선했으며, 바다는 잔잔했다. 멀리 영국 순양함대의 돛대들이 보였다. 그는 발걸음을 멈췄다. 저 멀리 희미한 안개 속으로, 영국 해안의 절벽들이 어렴풋하게 드러났다.

불로뉴에 닿은 것은 6월 29일 밤 열시였다. 늦은 시간이었는데도, 많은 인파가 그를 맞기 위해 거리로 나와 있었다. 그는 서둘러 고드프루아 드 부용 광장에 있는 숙소를 둘러보았다. 영국과의 전운이 드리운 지금, 그는 마음이 불안하기만 했다. 숙소의 테라스로 올라간 그는 달빛이 쏟아지고 있는 항구와 선창을 오래 응시했다.

테라스에서 한참을 꼼짝도 하지 않고 내려다보는 그의 눈에, 항구 너머 수평선에 전선이 펼쳐지는 듯했다. 그는 당장 바다로 달려나가 전장을 내달리고 싶었다. 테라스에서 내려온 그는, 해군장관 드크레를 불러 명령을 내리며 병영과 항구의 배치도를 작성했다. 그리고 건물 신축과 확장공사의 진척 상황을 확인했다.

숙소에 든 그는 두 시간 정도 눈을 붙였다. 새벽 세시 십오분, 숙소에서 나와 성벽 위로 올라갔다. 일꾼들은 벌써 작업을 시작하고 있었다. 그는 모든 작업을 직접 보고자 했다. 해변과 항구를 순시하고, 그가 세우라고 명령한 세 개의 요새들도 둘러보았다.

작업 인부들은 거대한 말뚝들을 모아 수로 한가운데 모래 속에 박고, 그 위에 대포들로 무장한 보루를 세우고 있었다.

그리고 오르드르 절벽을 올랐다. 그곳에는 함대를 지휘할 브뤼 제독을 위한 지휘본부와 장군들과 해군장관을 위한 막사가 세워질 것이다.

온종일 순시하면서도, 그는 피로를 느끼지 못했다. 오히려 마음이 안정되어감을 느꼈다. 그는 행동하고, 행동하고, 행동했다. 그의 생각은 곧 그의 행동이 되고, 병사들이 되고, 일꾼들이 되고, 수병들이 되었다.

아침 열시, 태양은 높이 솟아 있었다. 그는 포함과 상륙정들을 출항시켜, 그가 보는 앞에서 훈련하게 했다. 그때, 두 척의 영국 쾌속선이 나타났다. 훈련중이던 프랑스 포함들이 일제히 사격을 개시하자, 적함들은 금세 사라졌다. 배와 선창에서 만세 소리가 터져나왔다. 전투와 승리, 병사들에게 필요한 것은 바로 그것이다. 사기를 북돋우는 것보다 더 중요한 것은 없다.

열한시에 불로뉴로 돌아오자, 유지들이 그를 영접하기 위해 모여 있었다. 아라스의 주교 라 투르 도베르뉴가 그에게 다가왔다. 그가 정중하게 맞이하자 도베르뉴 주교는 감동된 목소리로 말했다.

"아라스 주교인 저는 우리 교구에서 제1통령 각하를 따르는 사람들이 더욱 많이 늘어나는 걸 영광으로 생각합니다."

나폴레옹은 이 지방을, 이곳에 둥지를 틀고 있는 막강한 프랑스 군대를 장악하고 있다고 확신했다.

그는 주교에게 답했다.

"전쟁은 불행할 수도 있지만, 선의의 법률과 신의 도움으로, 프랑스 민중은 이번 전쟁에서 절대로 패하지 않을 것이오. 우리는 지상의 모든 신성한 것을 욕되게 하는 오만한 영국에게 굴복하지 않을 것이오."

그는 확신했다, 프랑스는 그가 원하는 곳까지 따라와주리라는 걸. 저 바다 너머까지, 아니 더 멀리까지도.

그는 불영해협 근처에 위치한 북부의 도시들을 분주히 오갔다. 덩케르크, 릴, 뉴포르트, 오스탕드, 브뤼헤, 헨트, 앙베르, 브뤼셀, 마스리히트, 리에주, 나무르, 메지에르, 스당, 랭스…… 그는 연이어 벌어지는 리셉션과 말을 타고 가는 여행들이 싫증나지 않았다. 그는 호위대 몇 명만 거느리고 항구와 요새, 교회와 작업장들을 쉴새없이 방문했다.

프랑스로 편입된 이 지역들에서, 그는 자기 집에 머무는 듯한 편안함을 느꼈다. 프랑스라기보다는, 그의 제국이라는 표현이 더 정확하리라. '제국'이라는 단어가 종종 그의 뇌리를 스쳤다. 브뤼셀의 의회 대표단을 맞을 때도 그랬고, 카프라라 추기경과 만나 벨기에 교회 상황에 대해 의논할 때도 그랬다. 추기경은 나폴레옹을 마치 왕처럼 대했다.

그는 말을 내달리며 일에 몰두하는 삶을 좋아했다. 그럴 때면 시간보다 더 빠르게, 미래를 향해 질주하는 느낌에 사로잡혔다.

각 기지에 도착할 때마다, 그는 일하고 글을 쓰고 구술했다. 7월 12일, 영국 원정의 전체적인 작전 계획을 수립했다. 그는 지도를 보며 건조중인 전함들의 숫자를 확인하고, 제독과 장관, 장군들을 소집했다.

책임자들은 이제 대부분 탈진하여 졸고 있었다. 나폴레옹은 그들에게 지도자로서의 자격이 어떤 것인가를 직접 보여주고자 했다. 그들에게 그의 에너지를 불어넣고, 그들의 정신을 일깨우고자 했다. 예전 국가참사원에서 민법 조항들을 토론하는 동안, 졸고 있는 위원들을 깨우곤 했던 것처럼.

어디서 이런 힘이 나오는가? 나폴레옹은 잠시도 가만히 있을 수 없는, 사그라들지 않는 에너지를 가진 인간이었다. 신속하게, 끝까지, 앞으로 밀고 나아가는 열정과 의지의 인간이었다.

끝까지? 그런데 그 끝이, 과연 어떤 끝이란 말인가?

며칠 후면 그는 서른네 살이 되리라. 파리를 떠난 지 거의 한 달 만에, 그는 파리로 돌아가기로 했다. 1803년 8월 11일, 날이 저물 무렵, 마차가 생 클루 성으로 향하는 도로에 들어섰다. 이번 여행 내내 매일 주파했던 풍경과 가는 곳마다 그를 따라다녔던 '열광적인 환호들'이 떠올랐다.

성의 회랑과 살롱들을 지나 집무실로 들어간 그는 즉각 우편물들을 읽기 시작했다.

그는 막 읽은 서류들을 팽개치고, 주먹을 쥐고는 중얼거리면서 코담배를 집어들었다. 내면에서 끓고 있는 에너지를 분출시킬 출구를 찾지 못한 듯, 그는 분노를 터뜨렸다. 트뤼게 제독의 서한이었다. 해군이 아직 준비가 안 되었으므로, 영국 원정 계획은 포기해야 할 것이라는 내용을 담고 있었다. 대체 이 인간들은 무얼 하고 있단 말인가! 영국은 벌써 17세에서 55세까지 모든 남자들에 대한 동원령을 내렸다! 영국인들은 상륙작전에 대비한 만반의 태세를 갖추고 있다. 영국이 어떤 인간들을 지원하는가? 바로 암살자들 아닌가? 게다가 조르주 카두달을 계속해서 지원하지 않는가?

그는 분노로 일그러진 얼굴로 다른 편지를 집어들었다. 첩보원이 보내온 그 편지에는, 아르투아 백작이 피슈그뤼 장군과 뒤무리에 장군을 거느리고 영국에서 군대를 사열했다는 것과, 조르주 카두달이 프랑스로 잠입했을 거라는 내용이 담겨 있었다.

강도들! 그들이 죽이려는 대상은 단지 제1통령이 아니었다. 바로 대혁명의 아들이었다. 혁명이 그들 피슈그뤼와 뒤무리에를 슈앙 편으로 만든 것이다!

그는 대혁명을 기억하고 있었다. 그는 공화국 축제를 개최할 것이며, 니스에서 보낸 시절을 기념하여 막시밀리앵의 누이인 샤를로트 로베스피에르에게 연금을 부여할 생각이었다. 누가 뭐래도, 로베스피에르는 나름대로 혁명의 흐름을 붙들어매려 애쓴 인물이었다. 그러나 사람들은 자신들 편리한 대로 그를 속죄양으로 만들었다.

─강도들! 푸셰가 옳을지도 모른다. 늙은 자코뱅들이 아닌, 영국과 부르봉 왕가의 지원을 받는 그 강도들이 위험한 것이다.

비밀경찰 책임자인 데마레는 조르주 카두달의 부하 두 명을 체포했다는 소식을 알려오지 않았던가? 케렐과 솔 드 그리졸, 그들은 그를 암살하라는 특명을 받았다고 했다.

하지만 엄청난 대전을 준비하는 이때, 그 강도들에 집착할 필요가 있을까?

그가 좋아하는 코르네유의 극작품 『신나』의 독백이 떠올랐다. 그는 이 비극의 한 구절을 종종 낮은 소리로 읊조렸다.

나를 배반하려는 비열한 정신들이 우글거리지만
적어도 나의 덕성만은 나를 배반하지 않을 것이니.

그는 이 구절을 반복하면서 생 클루의 살롱으로 들어섰다. 조제핀이 그를 맞아주었다.

그녀의 말동무인 레뮈자 부인이 그의 낭송을 듣고는 속삭였다.

"『신나』의 구절이잖아요?"

적청색 타프타를 입은 그녀는 아름다웠다. 그는 그녀와 대화하고 싶은 욕구를 느꼈다.

"비극은 역사보다 더 우위에 있는 것 같소. 그것은 영혼을 뜨겁게 하고 가슴을 고양시킵니다. 비극은 영웅을 창조할 수 있고, 또 그래야 마땅합니다……."

살롱에 함께 있던 캉바세레스가 영국을 공포에 떨게 할 프랑스 대군에 관해 말했지만, 나폴레옹은 대꾸하지 않고 낭송을 계속했다.

절대적인 군주들의 운명이 이러하다면
위대한 선행이 증오를 야기할 뿐이라면
그대들에게는 확실한 아무것도 없다. 똑바로 갈 수 있는 자만이 두려워할 줄 아는 법.
그래! 용서를 바라는 네가 전혀 용서할 줄 모르다니!

그는 레뮈자 부인을 뚫어져라 바라보며 말했다.

"얼마 전에야 나는 『신나』의 결말을 이해할 수 있었소. 너그러움이란, 정치에 기초를 두지 않는다면 너무 보잘것없는 덕성일 뿐이오. 그래서 갑자기 너그러운 왕이 되는 아우구스투스의 덕성은 이 아름다운 비극의 결말과 어울리지 않는 것 같았단 말이오……."

나폴레옹은 잠시 말을 끊었다가 계속했다.

"그런데 언젠가 몽벨이라는 배우가, 내 앞에서 이 작품을 공연한 적이 있었는데, 그는 너무도 능숙하고 교활한 어투로 '친구가 됩시다, 신나'라고 말했소. 그제서야 나는 아우구스투스의 그런 행동이 너그러움이 아닌, 압제자의 정치적 위선이라는 것을 이해했소. 또한 감정으로서는 유치해 보이지만, 실은 그것이 고도로 계산된 말이라는 걸 인정하게 되었단 말이오……."

그는 그녀를 바라보던 눈길을 거두고 몇 발자국 물러나 조제핀의 손님들을 차례로 바라보았다. 그리고는 다시 그녀를 쳐다보며 덧붙였다.

"그 말을 들은 모든 사람들 중에서, 그 말에 속아넘어간 사람은 오직 신나뿐이라는 의미가 전달될 수 있도록 그 구절을 낭송해야 하오."

그는 살롱을 떠났다.
그날 저녁, 그는 홀로 테아트르 프랑세에 갔다. 그 극장에서는 탈마가 조르주 양과 함께 『신나』를 공연중이었다.

30
죽음과 맞서야 한다

나폴레옹은 벽난로 앞 양탄자 위에 앉아, 탁탁 튀는 불 속으로 초점 잃은 멍한 시선을 던졌다. 조르주 양은 그 옆에서 벽난로를 등지고 앉아 벗은 몸을 커다란 노란 숄로 감싸고 있었다. 그는 그녀를 바라보지 않았다. 한밤중, 그는 원한과 격한 분노 사이를 방황하고 있었다. 그는 조르주 양이 기다리고 있는 사저로 오기 전에, 그가 조제핀에게 했던 말을 되뇌었다.

"모든 인간들과 갈라서야 할 것 같소. 믿을 인간이라곤 나 자신밖에 없소."

그것은 아버지가 그를 오탱 학교에 홀로 남겨두었던 시절부터, 그리고 동료들이 조롱을 일삼던 브리엔 군사학교 시절 이후, 그가 늘 품어온 생각이었다. 평생 끌어안고 있는 생각인 것이다. 그로서는 새삼 놀랄 필요도 없는 일이었지만, 그는 뭔가 다른 것을 원했다. 가족을 위해 그는 많은 일을 했다! 가족이 그를 돕고, 자신이 원하는 바를 이해하고, 따라주리라 믿었다. 그 자신도 운명과 야망이라는 위대한 법칙에는 복종하지 않았던가.

그는 주베르통 부인과 패터슨 양의 이름을 입 안에서 굴리고 있었다.

조르주 양이 다가와 그의 어깨를 어루만지다가 이내 멈추었다. 그는 어떤 접촉도 견뎌낼 수 없었다. 홀로 있고 싶었다. 그게 그의 본래의 모습 아닌가.

주베르통 부인, 주식 중매인의 미망인, 그 경박한 여자가 뤼시앵과 결혼하여 보나파르트 가문의 여인이 되었다!.

패터슨 양은 볼티모어 출신 미국 여자였다. 훌륭한 해군 장교로 성장해주기를 바랐던 제롬 보나파르트가, 배를 내팽개치고 그 보잘것없는 여자에게 미쳐서, 머지않아 결혼할 예정이라고 주미 대사가 알려왔다.

멋지고 위대한 보나파르트 가문! 나폴레옹은 형제들을 위해 다른 계획과 다른 꿈을 가지고 있었다. 그런데 이제 그는 진정 혼자가 될 것이다. 홀로, 누구의 도움도 없이, 그의 운명을 이끌어야 할 것이다. 가족이 그의 구상을 함께 만들어나가려 하지 않으니, 어쩔 도리가 없었다. 뤼시앵은 주베르통 부인의 아이가 훗날 나폴레옹의 후계자가 되기를 바라는가? 그리고 스무 살도 채 안된 제롬에게 무슨 직책을 맡긴단 말인가? 더구나 그는 패터슨 같은 여자의 남편이 되려 하지 않는가? 볼티모어 출신의 여자라니!

그의 가문은 대혁명을 거치며 급부상했다. 따라서 지배계층으로부터 인정받기 위해서는 변화를 일으켜야 했다. 그의 가문은 그 정도도 이해하지 못한단 말인가?

조제핀은 비록 처녀는 아니었지만, 타셰르 드 라 파주리 드 보아르네라는 귀족가문 출신이고, 그녀의 남편은 장군이었으며 단두대에서 처형당했다!

―나는 그것을 이해했었다.

그는 왕좌에 거의 올라서 있는데, 형제들은 그러한 현실을 파악하지 못한단 말인가!

그토록 무분별하고 비협조적인 가족을 데리고, 어떻게 왕조를 세운단 말인가? 다행히 폴린은 남편 르클레르 장군의 죽음을 그리 오래 슬퍼하지 않았다. 그녀는 50만 프랑의 지참금을 받고 카밀로 보르게세 왕자와 재혼했다. 명성과 다이아몬드와 재산을 한꺼번에 얻은 것이다. 침대에서도 좋은 남편인지는 모르겠지만, 아무튼 왕비라는 직함을 얻었다!

이윽고 나폴레옹은 조르주에게 몸을 돌렸다. 상념을 추스린 듯, 그는 조르주에게 라신의 『페드르』 연기를 보고 싶다고 말했다.

그는 나무발판 위에 올라가더니, 라신 작품을 찾을 수 있게 발판을 밀어달라고 했다. 그리고는 발판을 미느라 벗은 몸으로 끙끙대는 조르주를 바라보며 기억나는 대목을 읊조렸다.

아무리 야만적 풍속이나 아무리 격한 증오라도
당신을 보고 있노라면 달랠 수 있을 것 같소.

그는 작품을 찾지 않고 그냥 발판에서 내려와 그녀를 안았다.

그는 내일 불로뉴로 떠날 것이다.

그는 서랍장에서 수표를 한 움큼 집더니, 평소처럼 그것을 조르주 양의 가슴속에 밀어넣었다. 그녀가 천천히 방을 나가는 동안, 그는 그녀의 등을 토닥거리며 문까지 따라갔다.

쓸쓸한 기분을 지워버리기 위해서는, 바닷바람, 불로뉴 항구에 정박중인 배들의 정경, 그가 뱃전에 오를 때면 터져나오는 병사와 수병들의 함성, 브뤼 제독이 그를 환영하여 발사하는 예순 발의 대포 소리…… 이런 것들이 필요했다. 이제 그는 뤼시앵도, 제롬도, 팜플렛을 써대는 엉터리 글쟁이들도, 살롱의 수다스런 여자들도, 풍문을 퍼뜨리는 터번 두른 고약한 여자들도 잊을 수 있었다.

프랑스 체류권을 고집하는 스탈 부인, 그 '불길한 전조를 알리는 새' 문제도 훌훌 털어버렸다.

불로뉴를 향해 파리를 떠나기 전에, 그는 대법관 레니에에게 보내는 두 통의 서한을 구술했다. 네케르의 딸인 스탈 부인에 관한 서한이었다. 나폴레옹은 거기서 〈그녀의 가족은 많은 잘못을 저질렀으며, 그 이방 여인은 음모를 일삼고 있으므로 프랑스에 체류해서는 안 된다〉는 결정을 통고했다. 그리고 그녀가 프랑스에 올 때마다 '불길한 전조를 알리는 새'처럼 〈항상 복잡한 문제를 야기하곤 했다〉는 점을 강조했다.

—스탈 부인을 쫓아버려야 해. 나에 대한 비난 일색인 팜플렛을 유포하는 작가 샤를 노디에*도 감옥에 처넣어야 하고.

그는 지난 1801년 3월, 사드 후작**도 생트 펠라지 감옥에 넣었다. 조제핀을 졸로에라는 방탕한 인물로 만들어 조롱하는 사드를 견딜 수 없었던 것이다.

—노디에든 사드든 원한다면, 감방 안에서 서로 만나 나를 마음껏 조롱할 수 있을 것이다.

그는 홀가분해졌다.

—분위기를 바꾸자. 잊자.

---

* 프랑스의 작가, 1780~1844.
** 프랑스의 작가, 1740~1814.

나폴레옹은 불로뉴에서 4킬로미터 떨어진 퐁 드 브리크 성을 좋아해서, 그 근처에 야전 사령부를 만들었다.

겨우 몇 시간 눈을 붙인 그는 깨어 있는 동안 쉬지 않고 돌아다니며, 각 군의 상태와 항구, 진지 상황 등을 일일이 점검했다. 홀로 점심을 먹고, 오르드르 절벽 위에 세워진 임시 막사를 찾을 때가 많았다. 높이가 70미터에 이르는 그 막사에서는, 바다와 순찰중인 영국 쾌속선들, 대포로 무장한 프랑스 상륙정들이 한눈에 들어왔다. 상륙정의 갑판에 오른 그가 배를 옮겨 탈 때마다 "제1통령 만세! 나폴레옹 보나파르트 만세!"라는 함성이 세 차례씩 터져나왔다. 낮 동안 그는, 그해 11월과 12월의 겨울비를 맞으며 바다가 내려다보이는 절벽 위에서 말을 타고 질주했다.

밤에는 군대를 훈련시켰다. 파도가 몰아치는 어두운 바다에서 이루어지는 출항 및 상륙훈련을 참관하고, 막사로 돌아와 캉바세레스에게 편지를 썼다. 그의 느낌을 글을 통해 다시 점검하고, 파리에 남아 있는 사람들에게 불로뉴 병영에서 발산되는 에너지를 수시로 전달하고 싶었다.

〈나는 대양의 가장자리, 병영 한가운데 세운 막사에 묵고 있소. 지금 나는 영국의 해안들을 보고 있소. 튈르리 궁에서 골고다 언덕을 바라보듯이 말이오. 여기서는 영국의 집들과 사람들의 움직임까지 보입니다. 용기만 있으면 건널 수 있는 도랑과도 같소. 나는 멀지 않은 시간에 유럽이 갈망해온 목표에 도달해야 하는 이유가 있소. 10세기 동안이나 견뎌온 모욕을 갚아줄 때가, 마침내 우리 눈앞에 와 있는 것이오.〉

칠흑 같은 밤, 폭풍우가 몰아치는 궂은 날씨를 뚫고, 그는 밧줄로 매놓은 상륙정 쪽으로 나아갔다. 사정없이 얼굴을 강타하는 폭풍우 때문에 잔뜩 고개를 숙이고 있는 장교들에게, 그는 정박한 배들을 둘러보고 싶다고 말했다. 나폴레옹은 상륙정에 뛰어올라 한가운데 자리잡았다. 곧 밧줄이 풀리고 보트는 집채만한 파도를 헤치며 바다로 나아갔다. 그러나 몇 분 후, 배는 해변에서 수십 미터 떨어진 암초에 부딪쳐 좌초하고 말았다. 거센 파도가 배를 덮쳐왔다. 그는 거대한 파도에 맞서 중심을 잡으려 안간힘을 다했다. 물 속으로 뛰어든 수병들은 서로 껴안은 채 파도를 이겨내려 발버둥쳤다. 얼마나 지났을까. 파도와 폭풍우, 그리고 어둠을 헤치고 수병들이 해변까지 헤엄쳐 나왔다. 나폴레옹은 수병들의 어깨 위에 올려져 있었다.

수병들은 만세불렀다. 선창에서 지켜보고 있던 참모들은 두려움과 찬탄이 뒤섞인 표정으로 그를 바라보았다.

죽음과 과감히 맞서는 인간이어야 했다. 그는 그 본보기를 보여주고 싶었다. 깊은 밤, 젖은 몸을 씻고 옷을 갈아입은 그는 캉바세레스에게 보내는 편지를 구술했다.

〈나는 하루 종일 항구에서 배와 말을 타고 지냈소. 계속 물에 젖어 있었단 얘기요. 요즘 같은 계절에 물과 대결할 줄 모른다면, 아무것도 할 수 없을 것이오. 다행히 완벽한 성공이었소. 이렇게 잘 견뎌본 적도 일찍이 없었소.〉

환자들이 속출했다. 튈르리 궁 책임자인 레뮈자는 불로뉴로 온 이후, 습기찬 기후를 견뎌내지 못했다. 이 인간들은 왜 이렇게 맥없이 쓰러진단 말인가?

레뮈자 부인이 남편을 간호하기 위해 불로뉴에 왔다. 나폴레옹은 퐁 드 브리크 성의 살롱에서 그녀를 맞으며 위로했다. 그녀는 비극 『신나』에 대해 나눈 대화를 기억할까?

"나는 잘 지내고 있소. 이렇게 잘 지낸 적이 없소. 바다는 끔찍스럽고, 비는 끊임없이 내리지만, 그래도……."

그는 어조를 바꾸며 낭송했다.

나는 우주의 주인이며, 나 자신의 주인이다,
나는 주인이다, 나는 주인이고 싶다…….

『신나』의 독백은 곧 그의 심정이었다.

불로뉴의 병영에 머물고 있는 레뮈자 부인을, 나폴레옹은 종종 자신의 막사로 불렀다. 특히 말을 달리거나 바다에 나갔다 온 뒤면, 그녀가 보고 싶었다. 이제 갓 스물두 살. 그녀에게 그는 자신의 심정을 고백했다. 그녀는 벌써부터 그에게 매혹당해 있었다. 그는 원정 이야기를 들려주곤 했다.

"이집트에서 보냈던 시간은 내 인생 중 가장 멋진 시절이었소. 왠지 아시오? 가장 이상적인 시절이었기 때문이오……."

귀기울이는 레뮈자 부인은, 그에게 공감하는 눈빛으로 그를 바라보았다. 그가 말했다.

"나는 문체에는 그리 큰 관심이 없소. 사상의 힘에 민감할 뿐이오. 나는 오시안의 시(아일랜드 전사 시인 오시안의 무훈 서사시)를 좋아하오. 바람과 파도를 좋아하기 때문이오."

그는 그녀에게 다가갔다. 그녀 역시 그처럼 정열적인 삶을 사랑하지 않던가?

조제핀의 질투가 따랐다. 그러나 삶은 돌고 도는 법. 이번에는 그녀가 질투할 차례인 것이다. 그게 삶의 자연스런 흐름 아니겠는가? 천문학자 라플라스가 주장하듯, 천체역학에서처럼 인생에서도 만물은 끊임없는 혁명 속에서 뒤집히기 마련이었다. 그는 조제핀이 보내온 편지를 다시 읽었다.

〈저의 욕망, 저의 소망은 당신 마음에 들고, 당신을 행복하게 만드는 것이에요. 그래요, 저의 의지는 당신을 즐겁게 하고, 당신을 사랑하며, 당신을 숭배하는 것이에요.〉

오래 전 이탈리아에서 그가 조제핀에게 보낸 편지가 이런 투였다는 게 떠올랐다.

1804년 1월 15일, 조제핀이 튈르리 궁의 홀에서 개최한 '작은 무도회'—조제핀은 이렇게 불렀다—에서, 그는 그녀와 레뮈자 부인이 같이 있는 것을 보았다.

그는 그녀들에게 차례로 미소를 보냈다. 그러나 춤은 거절하고 포르탈리스, 르브렝, 지라르댕과 이야기를 나눴다.

그는 단 몇 마디 말로 그들의 의견을 바꾸어놓고, 풋내기 신병들을 다루듯 그들을 뒤흔들었다. 그들은 그와 같은 경지에 오른 인물들이 아니었다. 포르탈리스가 언론 자유를 주장하자, 그것은 곧 무질서를 낳을 거라고 나폴레옹이 반박했다.

"신문들이 제멋대로 떠들 수 있게 되면, 저들은 포르탈리스 당신을 두고 내가 불신하는 부르봉파라고 떠들어대지 않겠소? 또한 상황이 바뀔 때마다, 당신이 저들 편이었다고 우겨대지 않겠소?"

포르탈리스는 잔기침을 하면서 고개 숙였다. 나폴레옹이 말했다.

"포르탈리스, 모든 건 잊혀지기 마련이오."

그는 몇 걸음 옮겨 여러 쌍들이 춤추는 걸 바라보았다. 여기서는 낡은 것과 새로운 것, 귀족계급과 왕을 죽인 혁명파들이 서로 어울렸다. 레뮈자 옆에 캉바세레스가 서 있었다. 그가 말했다.

"이 나라에는 무정부 상태의 요인들이 아직도 존재하고 있소. 아무것도 못 가진 자들의 수가 많이 가진 자들의 수를 넘어서고 있소. 성직자, 시민들, 군부, 재계 등 어디를 둘러보아도 낡은 것과 새로운 것으로 양분되어지지 않은 곳이 하나도 없소. 혁명의 불씨가 그 모든 것을 자극한 것이오!"

그는 레뮈자 부인에게 미소지어 보이며 설명했다.

"내가 노동허가증 제도를 만들게 한 것도 바로 그 때문이오. 혼돈의 불씨를 억제하면서, 사장이 일꾼의 모든 것을 알고, 그 주인이 되도록 하기 위한 것이오……"

잠시 침묵하던 그가 다시 말을 이었다.

"그러나 당파들은 음모를 꾸미는 데 여념이 없소. 그들은 내가 살아 있는 한 어떤 책략도 성공할 수 없다는 것을 알아야 할 것이오."

그는 코담배를 맡고는, 뒷짐을 지고 서성이며 말했다.

"그들 음모의 목표는 바로 나요, 오직 나. 부르봉 지지파들, 테러리스트들, 모두가 나에게 비수를 꽂기 위해 뭉치고 있소."

홀을 둘러보던 그가, 캉바세레스 쪽으로 가면서 덧붙였다.

"그러나 운명의 신과 수호신, 그리고 나의 호위대가 나를 지켜주고 있소."

그는 빠른 걸음으로 홀을 지나면서 캉바세레스에게 집무실로 따라오라고 말했다.

그는 책상 위에서 비밀경찰 책임자인 데마레의 편지를 집어들었다. 데마레는 다섯 명의 부르봉파 '강도들', 피코와 르부르주아, 플로제, 그리고 솔 드 그리졸과 케렐을 탕플 감옥에 가둔 것을 상기시키며, 그들을 어떻게 처리해야 할지 물어왔다. 그중 솔과 케렐은 조르주 카두달과 연결되어 있었다.

나폴레옹은 그 편지를 읽고는, 캉바세레스에게 그 다섯 명을 긴급히 군사위원회에 회부시켜 재판하기 바란다고 말했다. 그리고 총살형을 집행하기 전에 그들에게 변호의 기회는 주라고 결론맺었다.

그는 창가로 걸어가며 혼잣말처럼 중얼거렸다.

"공기가 온통 비수들로 가득 찬 것 같아."

제 8 부
나는 프랑스 대혁명이다

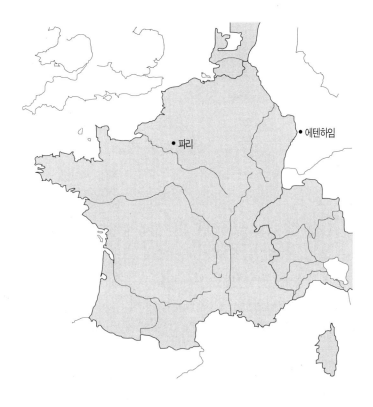

1804년 1월 ~ 1804년 6월 28일

31
나는 패배만을 두려워할 뿐이다

　나폴레옹은 천천히 병력의 맨 앞줄까지 다가갔다. 병사들의 대오에서 채 일 미터도 되지 않는 거리였다. 그는 서너 걸음을 내디뎠다가 멈춰서서, 그때마다 앞에 서 있는 병사를 주시했다. 그리고는 병사들을 하나하나 기억하며 다정하게 질문을 건넸다. 이집트에서든 이탈리아에서든, 대부분 그와 함께 전장을 누빈 병사들이었다.

　그는 병사들과 몇 마디씩 대화를 나누고는 천천히 걸음을 옮기며 생각에 잠겼다.

　그는 스스로 무적의 인간임을 느끼고 있었다. 그러나 모든 게 간단히, 한순간에 끝날 수도 있었다. 이 인간들 중 단 한 명만 이탈해도 그렇게 될 수 있었다. 어떤 병사나 장교가 대오로부터 뛰쳐나와, 무기를 들고 그에게 달려드는 장면을 상상했다. 누군가 그를 덮쳐 목을 칠 수도 있고, 궁전의 창문에서 저격할 수도 있었다. 지금 서 있는 이곳, 튈르리 궁의 뜰에서도 그는 좋은 표적이 될 수 있었다.

집무실에 인접한 궁전 창가에 국가참사원 위원인 레알의 모습이 보였다. 레알은 암살 음모가 진행중인 마당에 군대 사열은 위험하다며 만류했지만, 나폴레옹은 들은 척도 하지 않았다. 레알은 왕당파 케렐이 총살 집행을 앞두고 실토한 사실을 전했다. 인간은, 특히 죽음을 앞둔 인간은, 본연의 모습을 찾기 마련이다. 그러나 나폴레옹은 그 보고를 받기 전에 이미 적들이 자신을 공격할 개들을 풀어놓았다는 걸 알고 있었다. 그를 추적하는 강도들이 얼마나 많은가? 제1통령을 암살시키기 위해, 그들은 얼마나 많은 돈을 쏟아붓고 있는가?

몇 주 전부터 영국에서 건너오는 보고서들은 모두 그 점을 환기시키고 있었다. 영국에 심어둔 첩보원들은, 런던에서 호사스런 삶을 누리는 조르주 카두달이 요즈음 부쩍 슈앙파들을 모으고 있다고 보고해왔다. 아르투아 백작과 그의 둘째아들인 베리 공작* 주위에서는 온통 프랑스 원정이 화제이며, 폴리냑과 아르망, 쥘 같은 인간들은 제1통령 '부오나파르테'에 대한 저항을 도처에서 부추기고 다닌다는 것이었다.

영국이 나폴레옹 군대를 격파한다는 것은 쉽사리 결심할 수 있는 일이 아닐 것이다. 오히려 영국은 나폴레옹 군대의 침공을 두려워하고 있잖은가.

—만일 내가 죽는다면, 나의 작품 중 무엇이 남을까? 내가 없다면, 모든 것이 붕괴될 수도 있으리라. 내가 없다면, 영국은 승

---

* 아르투아 백작의 둘째아들로 왕정 복고 때 암살당함, 1778~1820.

리할 수 있으리라.

하지만 영국으로서는 암살자들에게 비용을 대주는 것은 아주 간단한 일일 것이다.

—그들은 나를 죽여야 하리라. 전쟁을 시작하기 전에, 먼저 그런 음모와의 대결을 끝내야 한다.

나폴레옹은 튈르리 궁을 걸으며, 사열을 계속하다가 걸음을 멈추었다. 갑자기 얼음처럼 차가운 회오리 바람이 몰아쳤다. 병사들의 얼굴이 벌겋게 얼어붙었다. 프록코트 속까지 냉기가 파고들었다. 장갑도 무용지물이었다. 손가락이 마비되는 것 같았다. 그는 걸음을 멈추고 왕당파들의 처형 보고를 들었다.

왕당파 케렐은 죽음을 두려워하며 뭐라고 말을 했다고 한다. 그는 총살집행반의 총구와 마주해야 한다는 생각에 몸을 떨었다고 했다. 나폴레옹은 자신의 두려움을 떠올렸다.

—나는 오직 패배만을 두려워할 뿐이다. 내가 한 줌의 강도들 때문에 몸을 떨어서야 되겠는가?

그는 천천히 튈르리 궁의 뜰을 떠났다.

그를 만나러 온 레알의 얼굴에서는 연신 땀방울이 흘러내리고 있었다. 나폴레옹은 서성이면서 레알에게 통고했다.

"오늘 1804년 1월 29일부터, 당신은 대법관의 지휘 아래 공화국의 안정과 관련된 제반 문제에 대한 지시와 집행을 책임지도록 하시오."

나폴레옹은 집무실 책상 위에 쌓여 있는 서류들을 밀쳐놓았다.

이날부터는, 음모와의 전쟁보다 더 중요한 일은 없다. 그의 생명을 지키기 위해서가 아니었다. 그의 생명은 운명의 신이 지켜주리라. 그는 불안한 마음이 사라지고, 내면에 충만한 힘과 에너지를 느꼈다. 누구도 그를 죽일 수 없으리라. 그러나 악, 모든 악의 근원을 도려내야 했다. 음모는 암세포와도 같은 것이기 때문이다.

그는 케렐이 실토했다는 말을 떠올렸다.

—조르주 카두달이 프랑스에 잠입했다고? 어딘가에 잠복했다가 나를 죽이기 위해, 슈앙파들을 데리고 이미 파리에 들어와 있는지도 모르지.

케렐이 모든 것을 불게 했어야 했다. 슈앙파들이 배에서 내려 잠입하는 루트인, 디에프와 르트레포르 사이의 비빌 절벽부터 시작하여, 그들이 숨어들었을 만한 소굴과 그들을 돕는 공범들을 샅샅이 색출해내야 하리라.

나폴레옹은 레알에게 말했다.

"나는 모든 것을 원하오. 음모와 관련된 장소와 인간들, 음모의 모든 잔가지들을 명명백백하게 밝혀내야 하오. 그 모든 것을 말이오."

레알은 푸셰의 사람이었다. 푸셰는 장관직에서 물러나 있지만 여전히 소중한 협력자였다. 얼마 전, 푸셰 역시 '비수들로 가득 찬 공기'라고 표현한 바 있었다. 푸셰의 도움을 청해야 할 때였다.

—업무 처리에 관한 한 푸셰는 믿을 수가 있다. 달리 누구를 믿는단 말인가?

1월 15일 이후 파리 치안군 사령관직을 맡고 있는 뮈라, 그리고 헌병대 사령관 사바리 장군도 믿을 만했다.

나폴레옹이 레알에게 덧붙였다.

"매순간 진행되는 모든 상황을 나는 알아야 하오."

사냥은 시작되었다. 적들은 그를 사냥감으로 삼고 있지만, 사냥감을 궁지로 몰아넣는 몰이꾼들의 함성이 누구를 향할 것인지는 두고봐야 하리라.

얼음처럼 시린 2월. 나폴레옹은 평소보다 일찍 일어나 곧장 튈르리 궁의 집무실로 향했다.

그의 집무실 벽난로의 불은 언제나 타오르고 있었다.

손을 불 위에 올리고 시선을 한 곳에 고정시킨 채, 그는 한참 동안 꼼짝 않고 있었다.

레알의 보고서가 수시로 날아들었다. 문제의 장소인 비빌 절벽으로 수색을 떠난 사바리 장군의 전언도 쌓여갔다. 사바리와 그의 첩보원들은 농부나 밀수업자로 변장하고 다니며 탐색 활동을 펼치고 있었다. 밀수업자들은 이삼백 피트 높이의 절벽을 밧줄을 타고 기어오르는데, 그 절벽은 하나의 단층에 의해 갈라져 있는 지형으로, 케렐이 탕플 감옥에서 묘사한 것과 그대로 일치했다. 케렐의 자백을 근거로, 세 차례 상륙에 참여했고 또 그 일을 도왔던 트로슈 같은 공범을 체포했다. '외'라는 마을에서 시계공으로 일하는 트로슈는 안내자 역할이었다. 그는 프랑스로 잠입해 들어온 인물들의 이름을 모른다고 잡아떼고 있었다. 그러나 상당한 인물들과 장군들까지 잠입한 것이 틀림없었다. 조르주 카두달도 상륙했음이 분명했다.

그렇다면 카두달은 벌써 몇 주 전부터 파리에 숨어 있는 것이다.

갑자기 나폴레옹은 분노를 터뜨렸다. 왜 카두달 하나를 찾아내지 못한단 말인가?

황소 같은 몸집에 커다란 얼굴을 가진 그 슈앙파를, 여기 튈르리 궁에서 만났던 일이 떠올랐다. 그는 카두달이 온몸으로 발산하던 난폭함과 증오를 생생하게 기억했다.

그는 레알을 호출했다.

더이상 알아낸 것은 없는가? 그는 매번 주변인물을 체포할 때마다, 실토가 나올 때마다, 자신에게 직접 연락하라고 명령했다.

그는 레알이 매일 수사 결과를 가져오길 원했다.

홀로 남은 그는, 창 밖을 바라보며 마음을 진정시켰다.

　레알과 뮈라와 사바리, 그들은 전장에서도 그렇듯이 훌륭하고 충직한 행동대원들이었지만, 이번 첩보전의 한쪽 국면만을 보고 있었다. 그러나 나폴레옹은 한 걸음 더 나아가 상상하고 예감했다. 음모는 순간적으로 드러났다가 순식간에 사라지는 놀라운 작동체계를 지니고 있다. 그러므로 첩보대라는 신경망은 멀리, 그리고 깊숙이 파고들어야 한다. 런던이 음모가들을 지원하고 프랑스에까지 잠입시키면서 시작된 이 첩보전부터 승리로 이끌어내야만 했다.
　ㅡ영국은 나를 죽임으로써, 프랑스라는 국가의 에너지를 파괴하려는 것이다.
　영국이 프랑스에서 누구를 믿겠는가? 늙은 정적들과 질투하는 장군들! 모로 장군이 그의 뇌리에 떠올랐다. 모로는 그의 영지인 그로부아로 은퇴했다. 모로는 왕처럼 행동하는 제1통령을 비웃고 있었다. 정교 협약은 나폴레옹이 독실한 신자인 척하기 위해 맺었다고 비웃고, 저녁식탁에서 자신의 요리사에게 '카스롤(냄비) 훈장'을 수여하며 레지옹 도뇌르 훈장을 비아냥거렸다. 그의 아내는 조제핀 가문과 경쟁관계에 있는 크레올(식민지에서 태어난 백인) 가문 출신의 여자였다. 그 여자는 르클레르 장군의 사망에 상장(喪章)을 달기를 거부했다. 모로의 야심과 질투는 몇 년 전부터 더욱 달아오르고 있었다. 런던은 그를 차기 제1통령으로 선택했는지도 모른다.
　모로! 물론 다른 장군들도 있으리라. 런던에 망명한 피슈그뤼, 오주로, 베르나도트 등…… 그들은 신호만 기다리고 있으리라. 그리고 그들과 연결된 부르봉 왕가는 으스대며 복수와 왕정 복구를 꿈꾸리라.

나폴레옹은 벽난로의 불씨를 지폈다.

—이번 첩보전은 대전(大戰)에 앞선 마지막 시련이다.

레알이 카두달의 하인인 피코를 체포했다고 보고했다. 또한 왕립군대의 참모부관이었으며, 지금은 카두달의 주요 측근인 장교 부베 드 로지에도 체포했다고 알려왔다.

로지에는 체포 직후 자살을 기도했는데, 그를 살려내자 실토하기 시작했다.

"로지에는 죽음의 문턱에서 겨우 빠져나오고 있는 중입니다. 그는 자신과 자신의 당파를 구렁텅이로 내몬 불충한 자들에게 복수해달라고 부탁하고 있습니다."

이것은 적의 전선이 한 지점에서 급격히 붕괴되기 시작했다는 조짐이었다.

그 틈새를 이용해 기습적인 맹공을 퍼부어야 했다.

로지에가 모든 것을 털어놓을 때까지 심문을 계속하라고, 레알에게 지시했다. 죽음을 본 인간은 이미 예전의 인간이 아니다. 로지에는 털어놓을 것이다.

—나는 기다린다.

1804년 2월 13일 아침 여섯시, 나폴레옹이 콩스탕의 시중을 받으며 면도하고 있는데, 레알이 들어왔다.

레알은 한숨도 자지 못한 듯 꺼칠한 얼굴이었다. 나폴레옹이 눈짓으로 물었다.

레알은 초조한 표정으로 콩스탕을 흘낏 바라보았다. 나폴레옹이 콩스탕에게 신경쓸 필요없다고 고개를 끄덕이자, 레알이 보고를 시작했다.

"부베 드 로지에는……"

레알은 잠깐 말을 끊었다가, 날카롭고 격앙된 목소리로 말했다.

"모로 장군과 피슈그뤼 장군이⋯⋯."

—모로와 피슈그뤼?

그들 두 장군의 이름이, 나폴레옹의 귀에 천둥처럼 들렸다.

—내 예감이 맞았다.

그 순간, 나폴레옹은 레알에게 달려들어 말문을 막고, 그의 방으로 데려갔다. 콩스탕은 그 자리에 남겨두고.

상상은 했지만, 그는 그래도 마음 깊은 곳에서는 모로의 배반을 믿고 있지 않았다. 그러나 레알이 전해주는, 부베 드 로지에의 증언은 숨이 막힐 지경이었다. 모로는 비빌 절벽을 통해 프랑스로 잠입한 피슈그뤼 장군과 만나, 수차례에 걸쳐 내통했다. 또한 피슈그뤼의 중개로, 마들렌 거리에서 카두달과도 만났다. 그들 세 사람의 만남은, 격분한 카두달이 자리를 박차고 떠나는 바람에 짧게 끝났다. 모로와 피슈그뤼는 제1통령을 뒤엎자는 데에는 의견이 일치했지만, 서로에게 유리한 쪽으로만 거사를 도모하려 했다. 모로는 자신이 나폴레옹의 자리를 차지해야 한다고 주장하면서, 카두달이 제3통령직을 차지하는 것은 거절했다. 격분한 카두달이 모로에게 말했다.

"그렇다면, 당신은 오직 당신 자신을 위해서만 거사에 참여하는 거로군. 왕을 위한 충정은 조금도 없이! 군인에서 군인으로 자리만 바꿀 바에야 지금 권좌에 앉아 있는 자가 훨씬 더 나을 것이오."

이건 대전투였다. 나폴레옹은 분개했다.

—나를 타도하려는 자들이 모여 나에 대한 테러를 기도했다. 그러나 그들은 이미 분열되었다. 하지만 확실한 것은 아직 아무것도 없다. 모로는 여론의 지지를 받고 있는 개선장군! 병사들은 그를 좋아하고, 민중은 그가 공화주의자라고 믿고 있다. 그리고 모로와

내통하는 자는 과연 몇 명이나 되는 것일까? 법제심의원이나 입법원에서는 누가 모로를 따르는가? 카두달과 피슈그뤼가 여전히 활보하는 이때, 그를 고발한다면, 불의를 범하는 것처럼 보일 수도 있다. 여론의 눈에는 질투하는 압제자로 비칠 것이다.

곰곰이 생각에 잠겨 있던 나폴레옹이 말했다.

"피슈그뤼를 잡아야 해. 그가 파리에 있을 때 잡아야 하오."

그리고는 중얼거렸다.

"아! 레알, 이제야 상황을 이해하겠소! 당신이 이 문제를 반의 반도 채 이해하지 못했다고 내가 얘기했던가?"

그는 레알에게 다가가며 생각했다.

—레알이 아직도 이해하지 못했다면, 어떻게 설명해야 할까? 1804년 2월 현재 벌어지고 있는 이 음모는, 1799년 안개달 18일 이후 가장 심각한 순간이라는 것을. 세계에서 가장 강력한 경제대국인 영국은, 나에게 적대적인 모든 자들에게 황금을 뿌려대고 있다. 나를 공격하고, 나를 죽이기 위해.

나폴레옹은 체념하듯 말했다.

"아무튼 레알, 당신은 지금 이루어지는 음모에 대해 다 알지 못하오. 아마 끝내 알 수 없을 것이오!"

레알이 나간 뒤 그는 홀로 생각에 잠겼다.

전쟁이었다. 적의 실수를 이용해야 했다. 이번 일을 계기로 모로의 정체가 드러났다. 그는 단지 질투하는 장군, 빈정대는 비판자, 시기하는 아내를 둔 남편일 뿐 아니라, 왕들의 첩자이며 폭탄 테러의 주모자인 암살자 카두달, 그리고 영국에 매수된 추방자 피슈그뤼와 접촉하는 음모가였다.

모로는 처벌받을 것이다.

—필요하면, 그를 뭉개버릴 수도 있다. 그는 내 주먹 안에 있다.

그는 무릎을 꿇든지, 아니면 스스로 무너져야 하리라.

1804년 2월 14일 한밤중, 그는 비밀자문회의를 소집했다.

튈르리 궁 회의실에 위원들이 둥글게 모여 앉았다.

통령 캉바세레스와 르브렝이 나란히 자리잡았다. 대법관 레니에는 약간 떨어져 앉았고, 푸셰는 위원들과 뚝 떨어져 맨 끝에 착석했다. 그는 나폴레옹을 보고 미소지었다.

—푸셰는 레알을 통해 이미 알고 있군. 나보다 먼저 알았는지도 모르지.

신속해야 했다. 나폴레옹은 박력 있는 어조로 말했다.

"음모가 드러났소. 피슈그뤼와 카두달을 추적중이오. 그들을 죽이든지 생포하든지 할 것이오. 그들만이 아니오. 나를 납치하고 죽이려는 테러분자들이 또 있소. 그중에는 모로도 끼어 있소."

그는 입을 다물고 좌중의 반응을 살폈다. 그는 이 인간들이 얼마나 신중하게 구는지 잘 알고 있었다. 그들 중 몇 명은 비겁하기까지 하다는 것도. 그는 차분하게 말을 이었다.

"만일 모로를 체포하지 못하면……."

그는 자리에서 일어서면서 소리쳤다.

"사람들은 내가 모로를 두려워한다고 말할 것이오! 일이 그런 식으로 되어서는 안 되오. 나는 너그러운 사람이지만, 필요하다면 가장 무서운 인간이 될 수도 있소. 나는 모로도 다른 인간들처럼 처벌할 것이오. 그가 정말 가증스럽고 부끄러운 음모에 가담하고 있기 때문이오."

그들은 인정했다. 나폴레옹은 모로의 체포를 명했다.

모로는 전쟁자문회의가 아닌, 센 범죄재판소로 넘겨질 것이다. 그는 레니에를 붙잡고 말했다.

"사람들은 내가 모로를 제거하기 위해, 내 수족들을 이용해 그를 법적으로 암살하려 하는 것이라고 말할 것이오."

쓸쓸한 미소가 그의 입가를 스쳤다. 어쨌든 사람들은 비난할 것이다. 그가 라이벌인 모로를 두려워한다고.

그는 그날 밤새 뒤척였다. 1804년 2월 15일 아침, 그는 조제핀의 방에 들어가 루이의 아들 나폴레옹 샤를을 어루만지며 말했다.

"당신, 내가 무슨 일을 했는지 알아? 모로를 체포하라는 명령을 내렸소. 아마 상당히 시끄러울 거야. 그렇지 않겠소? 틀림없이 내가 모로를 시기해서 제거하는 거라고 떠들어댈 거라구. 이런 소문이 당분간은 무성할 거야! 그가 얻은 명예는 거의 다 내 덕분이야. 내가 모로를 질투한다구?……"

그는 나폴레옹 샤를을 조제핀에게 넘겨주고 자리에서 일어나며 말을 이었다.

"적어도 스무 번은 그가 위험한 일에 말려드는 걸 말렸고, 사람들이 우리 사이를 갈라놓으려 한다는 사실을 알려주었어. 그도 내 말에 공감했었소. 하지만 모로는 나약하면서도 오만한 인간이야. 아무래도 뒤에서 여자들이 그를 조종하는 것 같소."

나폴레옹은 방을 나서며 경멸하듯 내뱉었다.

"당파들이 그에게 압력을 가했어."

참모가 급보를 가져왔다. 모로를 그의 영지 그로부아에서 멀지 않은 도로에서 체포해 탕플 감옥에 구속했다는 것이었다. 모로는 태연하고 차분했다고 한다.

나폴레옹은 전문을 구겨버렸다.

―모로는 자신의 책임이 어느 정도인지 상상하지 못하고 있군. 내가 증거를 갖고 있다는 것을 모르고 있는 거야.

군대에 미리 알려 비난을 막아야 했다. 그는 구술했다.

〈술트 장군에게. 모로는 체포되었소. 열다섯 내지 열여섯 명의

406

강도들도 체포되었소. 나머지는 도피중이오. 열다섯 필의 말과 제복들도 압류했소. 장군도 알겠지만, 이것들은 내가 스무 명의 호위대를 거느리고 파리에서 말메종으로 이동할 때, 혹은 말메종에서 생 클루로 이동할 때, 나를 공격하기 위해 준비해두었던 물건들이오.〉

그는 뮈라를 호출했다.

뮈라는 용기는 있지만 머리가 모자라서, 일일이 손을 잡고 길을 안내해주어야 했다. 나폴레옹은 뮈라의 아내인 카롤린의 안부를 묻고, 뮈라가 파리 치안군 사령관으로서 군대를 잘 장악하고 있다고 치하했다.

거들먹거리는 뮈라에게 나폴레옹이 말했다.

"모로와 강도들의 체포를 알리는 벽보를 파리 전역에 붙이되, 음모의 진위를 설명해야 할 걸세."

나폴레옹은 코담배를 맡으며 덧붙였다.

"그리고 파리를 폐쇄시켜."

그는 뮈라에게 이따금 시선을 던지며, 취해야 할 조치들을 상세하게 지시했다. 누구든 파리로 들어올 수는 있다. 그러나 아무도 나갈 수는 없다. 파리 입구마다 보초를 배치하고, 입시세관(入市稅館) 벽을 따라 순찰을 계속 돌게 하라. 경비대의 수병들은 밤낮으로 센 강을 순찰해야 한다. 조르주 카두달과 피슈그뤼를 은닉하는 자는 사형에 처할 것이다.

무자비한 전쟁이었다.

그는 경찰 보고서를 샅샅이 읽었다. 격파하기 위해서는 모든 것을 보고, 모든 것을 파악해야 했다. 어떤 것에도 속아서는 안 된다.

그는 책상 위에 놓여 있는 1804년 2월 18일자 보고서들이 담긴 서류봉투를 열었다. 그는 냉정을 유지하려 애쓰면서 밤 사이에 나붙은 선동 벽보를 읽었다.

〈모로는 무죄다!

그는 민중의 친구이며, 철의 군대의 아버지다!

보나파르트는 이방인이다. 그 코르시카 출신은 착취자이며 압제자가 되었다!

프랑스인이여, 판단하라!〉

벽보 위에는 '부오나파르테(Buonaparte)'라는 철자를 가지고 말장난을 친 문구도 적혀 있었다.

〈나보(땅딸보)는 두려워한다(Nabot a peur).〉

그는 자리에서 일어섰다. 두려워한다구? 분노가 그를 사로잡았다. 모로를? 강도들을? 카두달과 피슈그뤼를?

그는 집무실을 나섰다. 오늘은 외교관 리셉션이 있는 날이었다. 경찰 보고서에는, 체포된 인물 가운데 러시아 대사관 소속의 스위스인도 한 명 끼어 있는데, 러시아 대사 마르코프가 그의 석방을 요구한다는 것이었다.

리셉션 장에서 그는 대사에게 다가가 질문을 던졌다.

"그런 식으로 석방을 요구하다니, 러시아가 그렇게 우월하다고 믿는 거요?"

그는 뒤로 한 발 물러서며 목소리를 높였다.

"그런 요구를 참아낼 정도로 우리가 당신네 손안에 들어 있다고 생각하는 거요? 그렇다면 잘못된 생각이오."

그는 자리를 뜨면서 내뱉었다.

"나는 이 지상에서 어떤 왕의 간섭도 받지 않을 것이오!"

그는 살롱을 떠나 집무실로 들어갔다. 그는 다시 보고서들을 읽기 시작했다.

그가 공안위원회를 부활시킨 것을 두고, 사람들은 공포정치시대가 돌아왔다고 떠들어대고 있었다. 그는 어깨를 으쓱였다. 유럽의 왕들에 대항하기 위해서라면, 왜 안 되겠는가?

한 보고서가 그의 신경을 자극했다.

〈모든 사람들이 모로 장군의 체포 사건에 대해 말하고 있습니다. 그의 지휘를 받았던 군인들은 모로가 음모에 개입했다는 것은 있을 수 없는 일이라고들 말합니다. 또한 모로는 정직하고 정중한 성품에, 만인이 아끼는 자비로운 인간이며, 훌륭한 장군이라고 말합니다. 그들은 그를 아버지로 간주하며, 그를 위해서라면 마지막 한 방울의 피까지 흘릴 각오가 되어 있다고 말합니다. 요컨대 그들은 이번 체포가 정의보다는 당파싸움의 결과라고 주장합니다…….〉

그는 보고서를 밀어놓았다. 분노는 이미 가라앉아 있었다.

—항상 이성을 앞세워야 한다. 모로는 아직 여론에 영향력을 행사하고 있다. 만일 그가 나의 너그러움을 받아들인다면, 나는 아우구스투스처럼 "친구가 됩시다, 신나"라고 말할 수 있다.

그는 대법관 레니에를 호출했다. 레니에가 적격이었다. 푸셰가 치안장관 자리에 있다면, 만사가 효율적으로 진행되었을 것이고, 피슈그뤼와 카두달도 벌써 체포되었을지도 모른다.

나폴레옹은 레니에에게 말했다.

"감옥에서 모로를 취조하고, 그를 당신 마차에 태워 튈르리 궁으로 데려오시오. 내가 직접 그와 대면할 것이오. 이번 사건은 질투로 눈이 먼 데서 비롯되었소. 그가 직접 저질렀다기보다는 그의 측근들이 부추겨 벌어진 사건이오."

레니에는 당황의 빛을 보였다. 아마도 나폴레옹의 진의를 파악하느라 분주할 터였다. 나폴레옹은 몇 번이나 거듭했다.

"내 말을 듣는 거요? 내 말을 듣고 있냔 말이오?"

중요한 것은 모로를 파괴하는 것이었다. 그를 처벌하느냐, 굴복시키느냐는 중요하지 않았다.

대법관이 돌아와 모로가 나폴레옹을 만나려 하지 않는다고 설명했다.

나폴레옹은 돌아섰다. 멍청한 모로. 피슈그뤼와 카두달이 잡히면, 그는 꼼짝없이 당하리라.

그는 그들을 체포하는 대로 즉각 알리라는 명령을 내려놓았다.

1804년 2월 26일 밤, 누군가 그를 깨웠다.

피슈그뤼가 샤바네 가 39번지 집에서 누워 있다가 체포되었다. 10만 프랑의 현상금이 붙었던 피슈그뤼는 침대에서 몇 분 동안 발버둥치다가 이불에 말린 채로 레알에게 붙들려갔다. 그리고 그는 곧장 탕플 감옥으로 이송되었다.

—사람들은 그를 기억할까? 찬란했던 인물, 피슈그뤼 장군을? 브리엔 군사학교의 수학 선생으로 시작하여 5백인 회의 의장으로 영광의 정점에까지 올랐던 인물.

피슈그뤼는 그가 바라스를 도우라고 오주로를 보냈던 1797년 열매달에 추방당했다! 그러나 피슈그뤼의 운명을 생각하고 있을 여유가 없었다. 조르주 카두달의 행방은 여전히 묘연했다.

아르망과 쥘 드 폴리냑, 리비에르가 줄줄이 체포되었다.

—내가 동맹하기를 원했던 귀족계급의 대표자들이 붙잡혔군.

체포된 슈앙파들은, 나폴레옹을 죽인 후 왕을 내세워 나라를 통일시켜야 한다고 주장했다.

—왕이라? 부르봉 왕가 말인가? 아르투아 백작? 베리 공작? 아니면, 다른 누구?

나폴레옹은 탈레랑에게 말했다.

"부르봉 왕가는 마치 가장 천한 동물의 피를 쏟게 하듯 내게서도 피를 흘리게 할 수 있다고 믿는 모양이지? 어림없는 짓이오. 내 피 역시 그들의 피만큼이나 값진 것이오. 그들은 내게 테러를 가하려 온갖 애를 쓰고 있는데, 언젠가 내가 그 대가를 되돌려주겠소. 다만 천성이 나약해 질투에 휘말린 모로는 용서하겠소."

높아진 그의 목소리는 칼로 자르듯 날카로웠다.

"그러나 왕가의 누구든 내 손에 걸려들기만 하면 가차없이 총살시킬 것이오. 그들이 어떤 인간을 상대하고 있는지, 가르쳐줄 것이오."

32
사람들은 아직 나를 몰라

1804년 3월 1일, 날이 밝았다. 밤새 잠을 이루지 못한 나폴레옹은 오한을 느꼈다. 잠시 벽난로 앞에서 몸을 녹인 그는 지도가 펼쳐져 있는 방으로 들어갔다. 뚫어져라 지도를 살펴보던 그는 이내 몸을 돌렸다. 영국 상륙작전. 생각하고 싶지도 않고, 생각할 수도 없었다. 그는 브뤼 제독이 보내온 서류들도 읽지 않았다. 우선 음모를 진압하고, 그 모든 뿌리들을 뽑아버린 다음에야 다시 침공과 원정 대군을 생각할 수 있을 것이다.

그러나 그 시간은 아직 오지 않았다. 카두달은 그의 행동대원들인 '타격대'와 함께 활보하고 있고, 모로는 입을 다물고 부인하고 있었다. 피슈그뤼는 탕플 감옥에서 성난 개처럼 빙빙 돌고 있었다. 그리고 주모자들을 체포했음에도 불구하고, 여론은 음모의 진위를 납득하지 못하고 있는 상황이었다.

책상으로 돌아간 나폴레옹은 렌 시에서 발생했던 음모와 관련된 서류들을 가져오게 했다. 치안장관의 문서보관서에 있는 그 서류들은, 베르나도트 장군 측근들이 약 이 년 전에 작성하여 발송한 문건들이었다. 당시 렌 시의 벽들은 온통 그 벽보들로 뒤덮였었다.

그는 당시의 벽보 내용을 그대로 옮겨 적은 경찰 보고서를 읽었다.

〈공화국 만세! 공화국의 적들에게 죽음을!

모로 장군 만세! 제1통령과 그 추종자들에게 죽음을!〉

모로! 그가 벌여온 음모는 이렇게 뿌리깊고 심각한 것이었다. 나폴레옹은 수년 전부터 은밀하고 신중하게 자신에게 대항하는 몇 명의 장교들을 아직 장악하지 못하고 있는 것이다.

그는 기억하고 있었다. 1797년 열매달 18일, 모로는 오스트리아의 클린글린 장군의 짐 속에서, 피슈그뤼가 왕을 비롯한 적들과 내통하고 있음을 밝혀주는 서류들을 압류했었다. 그러나 모로는 파리에서 왕당파가 집권에 실패한 다음에야 그 서류들을 내놓았다.

음모는 이렇게 오래 전부터 시작된 것이다.

이제 끝장내야 했다.

그는 뢰드레르를 호출했다.

자신의 운명이, 나폴레옹의 운명과 직결되어 있는 인간들이 있다. 뢰드레르도 그런 인간들에 속했다. 나폴레옹은 모로가 압류했던 서류들을 내밀며, 뢰드레르에게 분석해보라고 말했다.

뢰드레르는 분개했다. 어떻게 여론은 아직도 모로를 믿는단 말인가?

나폴레옹은 창문으로 다가가며 무거운 목소리로 말했다.

"사람들은 아직 나를 모르오. 나의 실체가 알려지려면 아직 멀었소."

뢰드레르는 놀라며 고개를 가로저었다. 나폴레옹이 다시 말했다.

"그러나 나는 나를 이렇게 불신하는 파리 사람들을 높이 평가하고 싶소. 그건 노예처럼 무조건 우두머리를 따르지는 않겠다는 의미가 아니오?"

그는 다시 창 밖을 내다보며 단호하게 말했다.

"나는 당신에게 '내 구상이 실현되려면 십 년은 필요하다'고 늘 말했소. 이제 시작일 뿐이오."

그는 홀로 남았다.

힘이 솟구치는 듯했다. 그는 이 나라의 위대한 운명을 이끌기 위해 태어난 인간이며, 프랑스 민족의 기대에 부응할 수 있는 유일한 인간이었다. 그는 프랑스를 망명귀족이나 카두달, 폴리냐 같은 인간들, 혹은 왕이나 부르봉 왕가에 맡기고 싶지 않았다. 반대파에게는 더더욱 내맡기고 싶지 않았다.

— 나는 모든 것을 안정시키기 위해 태어난 인간이다.

그러기 위해서는 그의 주위에, 그에 의한, 그를 위한, 왕정을 재조직해야 했다. 이번에 발각된 음모는, 어쩌면 그가 움직일 수 있는 계기를 만들 수 있는 절호의 기회인지도 모른다. 음모가들을 타도하고, 그 자신의 왕조를 세워야 했다.

그는 팽팽한 긴장에 온몸이 떨렸다.

멘느발이 튈르리 궁으로 도착한 보고서들을 가져왔다.

그중 하나에 행정장교 뤼지옹의 체포 소식이 담겨 있었다. 그 왕당파 장교는 카두달이 여전히 파리에 있으며, 카두달이 모로와 피슈그뤼를 만났다고 자백했다. 뤼지옹은 '멍청할 정도로 순진하

414

게' 자신이 알고 있는 모든 것을 실토했다고, 보고서는 적고 있었다.

이런 인간들이 이 민족을 지배하기를 원하고 있었다. 서투르고 맹목적이며 무능한 인간들이!

나폴레옹은 급히 다른 서류를 열어 메에 드 라 투슈의 보고서를 찾았다. 라 투슈는 여러 진영을 넘나든 베테랑 첩보원이지만, 나폴레옹은 그에 대해서 아무것도 모르고 있었다.

그는 보고서의 몇 장을 넘겼다. 라 투슈는 예전에 손을 잡고 일했던 영국에 관한 최상의 정보들을 캐내고 있었다. 그는 루이 16세에 이어 당통을 위해 일했으며, '9월의 대학살' 사건에도 가담했고, 총재정부를 위해서도 일했으며, 그 이후에는 푸셰를 도왔다.

라 투슈의 보고서에서 이름 하나가 눈에 들어왔다. '루이 앙투안 앙리 드 부르봉, 앙갱 공작'. 이 왕자는 프랑스 국경 가까이에 위치한 작은 나라 '바덴'의 에텐하임에 있으며, 알자스 지역 왕당파는 물론, 오펜부르크에 집결한 망명귀족과도 접촉하고 있었다. 앙갱은 루이 18세의 사촌인 콩데 공작의 아들로, 부르봉 왕가의 일원이었다.

—이 왕족은 내가 암살당하면 프랑스로 쉽게 돌아올 수 있을 것으로 기대하겠군.

나폴레옹은 즉각 레알을 불러 지시했다.

"앙갱 공작에 관한 모든 것을 알아내시오. 몽세 장군의 헌병대로 하여금 그 공작이 계속 에텐하임에 머무는지 확인하라고 지시하시오."

드디어 비밀의 장막을 걷어내고 대타격을 가할 절호의 기회를 잡았다. 나폴레옹은 데마레에게도 앙갱 공작에 관한 정보를 요구했다.

몇 시간 후 경찰 보고서가 올라왔다. 앙갱 공작, 루이 16세의 왕립군대에서 복무하고, 망명 이후 적의 군대에서 복무. 가장 단호하고 용감한 장군 가운데 한 사람. 벌써 몇 달 전부터 경찰이 그를 감시하고 있음. 공작은 망명귀족과 왕당파 지도자들, 특히 프랑스에 들어온 예전 군대 동료들과 빈번하게 접촉하고 있음. 피슈그뤼의 배반은 그의 아버지 콩데 공작의 협상 결과라는 보고였다.

나폴레옹은 주먹을 움켜쥐었다.

부르봉 왕가의 아들들이 모여들고, 음모가 엮어지고 있는 것이다.

경찰 보고서는, 앙갱 공작이 몇 번이나 모로 장군의 군사적 자질을 높이 평가했으며 '모로는 충직하고 쓸 만한 적수'라고 썼다는 내용도 담고 있었다.

부르봉 왕가의 공작. 피슈그뤼 장군. 모로 장군. 그리고 행동대원 조르주 카두달.

이것이 음모의 실체였다.

나폴레옹은 흥분으로 몸이 달아올랐다. 이번에는 그가 직접 움직일 것이다. 그러나 앙갱 공작이 에텐하임을 이미 떠났는지도 모르잖는가.

나폴레옹은 매일 레알을 다그쳤다. 몽세 장군의 보고서를 받았는가? 경찰들은 에텐하임에서 앙갱 공작을 찾았는가?

1804년 3월 8일, 나폴레옹은 최근 몇 주 동안 그랬던 것처럼 새벽 일찍 일어났다. 콩스탕과 루스탐을 재촉하고, 조제핀의 방에 내려갔다가 오래 머물지 못하고, 다시 집무실로 올라갔다. 왜 아직 보고서가 오지 않는가?

멘느발이 모로의 편지를 내밀었다.

나폴레옹은 경멸하는 표정으로 훑어보았다. 모로는 고백할 용기도, 자신의 행위를 항변할 대담성도, 용서를 구할 지성도 없었다. 그는 음모가들과의 접촉을 인정하면서도 변명을 늘어놓을 뿐이었다.

〈몇몇 제안을 받기는 했지만, 나는 여론의 뜻에 따라 그것을 거부하고 미친 짓으로 간주했을 뿐이오.〉

나폴레옹은 편지를 멘느발에게 건네주며 내뱉었다.

"재판관에게 갖다 주게!"

모로는 자신이 거짓말했다는 것을 스스로 증명한 셈이었다. 그는 음모가 존재한다는 사실을 숨겨오다가, 이제 와서 주위의 권유에 못 이겨 가담했을 뿐이라고 변명하는 것이었다.

모로는, 끝났다.

멘느발이 탈레랑의 편지를 내밀었다.

—외무장관은 내가 앙갱 공작에 관해 조사를 명했다는 걸 이미 알고 있군.

탈레랑은 완곡하게 자신의 의사를 전했다.

〈법에 따라 가혹하게 처벌하다 보면, 정치 역시 가혹해질 수밖에 없습니다.〉

—능란한 탈레랑. 푸세처럼 자신의 이해관계에 충실한 인물. 운명의 여신이 나를 돕는 한, 내가 믿을 수 있는 인물들…….

운명의 여신은 그를 돕고 있었다.

3월 4일, 에텐하임으로 떠났던 헌병대 중사 라모트의 보고서를 흔들며, 레알이 집무실로 뛰어들어왔다.

〈망명귀족 앙갱 공작이 전직 장군 뒤무리에와 함께 아직 에텐하임에 머무른다는 게 확인됐습니다…….〉

나폴레옹은 포효했다.

―뒤무리에까지?! 1793년에 적군으로 넘어간 뒤무리에! 나를 죽이려는 거대한 음모에 가담한 배반자들이 모두 거기 있단 말인가!

그는 고함지르며 레알에게 달려들었다. 주먹으로 레알을 내려칠 듯한 기세였다. 라모트 중사는 에텐하임에 영국인도 한 명 있다고 알려왔다. 영국 왕 조지 3세로부터 첩자와 배반자들을 매수하라는 임무를 부여받은 스펜서 스미스일 것이다.

나폴레옹은 소리쳤다.

"대체 어찌 된 거요? 앙갱 공작이 우리 국경에서 16킬로미터밖에 안 되는 곳에서 군대 음모를 조직하는데도, 당신은 내게 알리지도 않았단 말이오!"

격노한 그는 이 방 저 방을 돌아다녔다.

"그래, 나는 길거리에서 때려잡을 수 있는 개이고, 나를 때려잡으려는 자들은 신성한 존재들이란 말인가?"

그는 레알을 향해 다가가며 폭풍처럼 외쳐댔다.

"적들은 나에게 육박전을 걸어오고 있소! 나는 전쟁에는 전쟁으로 맞설 것이며, 음모는 처벌할 것이오. 죄인들의 머리를 날려, 내가 옳았음을 증명할 것이오!"

3월 9일 저녁 일곱시, 끈질긴 추적 끝에 오데옹 구역, 그 카트르방 거리의 모베르 광장에서 카두달을 포착했다. 카두달은 자신을 체포하려는 첩보원 한 명을 죽이고 다른 한 명에게 부상을 입히며 격렬히 반항하다가 체포되었다. 몰려든 군중들이 도와주지 않았다면, 조르주 카두달을 생포하지 못했을 것이다.

카두달은 탕플 감옥에 투옥되었다.

내기는 나폴레옹이 이겼다.

이제 앙갱 공작만 남았다.

나폴레옹은 참모 콜랭쿠르 장군에게 말했다.

"부르봉 왕가를 폐위시킨 것은 내가 아닐세. 그들은 스스로 자기 눈을 찌른 것이나 마찬가지야. 그들을 추적하고 그들의 친구들을 학대하기는커녕, 나는 그들에게 연금을 제공해주고 그들을 돕는 자들을 받아주었어."

그는 콜랭쿠르에게 조르주 카두달에 대한 첫 취조 내용이 담긴 문서를 보여주었다.

〈카두달은 몸에 비수를 지녔으며, 영국인 행세를 한 사실을 인정했습니다. 그는 냉정한 자세로 그가 암살한 첩보원의 시신 확인 작업에 참여했습니다.〉

나폴레옹이 말했다.

"부르봉 왕가는 나의 협상에 응하는 척하면서, 뒤로는 암살자들을 무장시켰어."

그리고는 단호하게 덧붙였다.

"피는 피를 요구하는 법이야."

33
나는 프랑스 대혁명이다

　나폴레옹은 두 통령 캉바세레스와 르브렝, 대법관 레니에, 뮈라와 레알, 탈레랑과 푸셰가 집무실로 들어오는 소리를 들었다. 책상에 앉아 있던 그는 잠시 고개를 들어, 그들에게 자리에 앉으라고 했다. 그리고는 다시 고개를 숙였다.

　어제 저녁 카두달이 체포된 직후부터 책상 위에는 보고서들이 겹겹이 쌓이기 시작했다. 그 슈앙파 지도자의 취조 결과를 알리는 문서들이었다. 나폴레옹은 대담하게 자신의 의지를 털어놓는 이 투사에게 경멸감 같은 건 느끼지 않았다.

　〈나, 카두달은 제1통령을 공격하기 위해 파리에 왔다. 이번 공격은 강력하게 가해질 것이다.〉

　폭탄 테러의 기억을 지우고 싶어하는 카두달은, 자신이 암살자로 불리는 걸 끔찍해했다! 그는 자신의 의도가 결코 '암살'이 아니라고 규정하면서 궤변을 늘어놓았다. 나폴레옹은 계속 읽었다. 이날 그의 뇌리에 박힌 말은, 앞서 체포된 다른 슈앙파들처럼, 카두달이 털어놓은 짧은 문장이었다.

〈나는 행동하기 위해 프랑스 왕자가 파리에 오기를 기다렸지만, 그 왕자는 오지 않았다.〉

다른 또 한 명의 투옥자 레리당은 더 상세하게 털어놓았다. 그는 마차로 카두달을 도피시키기로 했던 인물이었다.

〈나는 그가 한 젊은 왕자를 기다린다고 말하는 것을 자주 들었소. 또한 샤요에 있는 카두달의 숙소에, 삼십대 젊은이가 오는 것을 보았소. 잘생긴데다가 옷을 잘 차려입었으며 매너가 좋은 젊은이였소. 나는 그가 바로 그 왕자라고 생각했소.〉

나폴레옹은 서류를 밀어놓으며, 테이블 주위에 둥글게 앉아 있는 사람들의 얼굴을 살펴보았다.

그 왕자가 앙갱 공작이 아니라면 누구란 말인가?

결정은 내려졌다. 바덴 소국의 에텐하임에서 공작을 납치할 것이다. 프랑스가 아닌 다른 나라에서 작전을 수행해야 하는 부담이 있었다. 납치에 성공한다 하더라도 큰 대가를 치러야 할 것이다. 하지만 앙갱 공작은 재판받고 처벌받아야 했다. 그것은 전쟁이었다. 그것을 선택한 것은 앙갱 공작이었다. 뒤무리에도 그와 함께 있다. 망설이는 것은 약하다는 것이고, 그건 곧 파멸을 초래할지 모른다.

나폴레옹은 자리에서 일어나 서성이며, 각자 의견을 말해보라고 권유했다. 그들의 의견을 통해 각자의 성향까지도 간파할 수 있으리라. 그렇다고 선택의 결과가 달라지는 건 아니지만, 이 중차대한 시기에 반대하는 사람들의 의견을 들어본다는 것은 적지 않은 의미가 있었다.

캉바세레스 한 사람만이 벌게진 얼굴로 목소리를 높였다.

"부르봉 왕가의 인물이 각하 같은 힘을 가지고 있다 하더라도, 이 정도로 가혹하지는 않을 것입니다……."

나폴레옹은 간단히 그의 말을 잘랐다.

"나에게 암살자를 보내는 자들을 살려두고 싶지는 않소."

나폴레옹이 다가가자, 캉바세레스가 말했다.

"물론이지요. 하지만 앙갱 공작을 체포하더라도, 그를 볼모로 삼아 감옥에 가둬두는 것으로 충분할 것으로 사료됩니다."

나폴레옹은 그를 노려보며 메마른 목소리로 말했다.

"당신은 부르봉 왕가의 피를 아까워하는 인물이 되었군."

스스로 행한 일을 두려워하고 부정하면서 용서받을 생각이나 하는 이들은 대체 어떤 인간들이란 말인가?

나폴레옹은 지도실로 들어갔다. 결정이 승인된 지금, 즉각 행동에 필요한 명령을 내려야 했다. 그는 베르티에 장군을 소환했다.

돌아서 보니, 캉바세레스가 따라와 있었다. 나폴레옹은 고갯짓으로 그 통령의 고집을 높이 평가한다는 의사를 보냈다.

캉바세레스가 말했다.

"각하는 대혁명의 범죄와 무관한 인물이었습니다. 그런데 이번 일로 거기에 연루되게 될 것이 안타깝습니다."

어떻게 이 인간은 이번 결정이 범죄와는 다른 차원의 문제라는 것을 이해하지 못하는가? 역사는 사적인 문제의 연속이 아니다.

나폴레옹이 말했다.

"사람들의 눈에, 앙갱 공작의 죽음은 불가피한 응징으로 비칠 것이오. 나에게 테러를 가하려 한 음모에 대한 정당한 복수로 보일 거란 말이오. 이번 기회에 부르봉 왕가에게, 그들이 주도하는 음모와 공격이 다름아닌 그들 자신에게 돌아갈 수 있다는 걸 가르쳐주어야 하오!"

기분이 언짢은 것은 아니었다. 다만 전쟁이 이미 시작되었다는 사실을 캉바세레스가 깨닫지 못하는 것이 답답할 뿐이었다.

—이것은 나와 부르봉 왕가의 문제이지만, 방데타(코르시카에서 두 집안 간의 복수) 같은 두 집안 사이의 갈등을 넘어선, 두 개의 프랑스 사이의 전투다.

나폴레옹은 담담한 목소리로 말했다.

"나는 대혁명에서 솟아오른 인물이오. 나는 대혁명을 지지해야 하오."

그는 풀죽은 캉바세레스를 바라보았다.

"부르봉 왕가로 하여금 가증스런 음모를 포기하게 하는 방법은 죽음밖에 없소. 너무 전진해오면, 물리칠 수 없는 법이오."

지도를 보고 있던 그는 멘느발을 불러 다급한 목소리로 말했다.

"지도에서 라인 강 주변의 지명을 찾아주게나."

벌써 한밤중. 그의 손가락은 라인 강 주변을 따라가다가 마을과 교량 위에서 멈췄다. 급히 호출한 베르티에 장군과 콜랭쿠르 장군이 들어왔다. 그는 베르티에에게 펜을 들라고 지시하고, 긴장된 목소리로 구술을 시작했다. 그의 구술이 너무 빨라 베르티에가 따라오지 못하자, 다시 반복하곤 했다.

"베르티에 장군, 귀관에게 일임한다. 오르드네르 장군에게 전하라. 오늘밤 안으로 역마차를 타고 스트라스부르로 가되, 이름을 바꾸고 여행하라. 임무를 완수하면 그는 사단장으로 진급하게 될 것이라는 말도 전하라. 이번 임무의 목표는 에텐하임으로 가서, 도시를 포위하고 앙갱 공작과 뒤무리에, 영국군 대령, 그리고 그들을 따르는 인물들을 납치하는 것이다. 수행 병력은 나흘 동안의 식량과 탄약을 준비하도록 하라. 두 장군은 각별히 군기를 장악할 것이며, 군대는 주민들에게 어떤 피해도 주어선 안 된다. 이번 작전을 위해 일만 이천 프랑을 지급할 것이다. 장군은 켈 역장을 비롯한 여러 사람들을 잡아들여, 그들에게서 필요한 정보를 구할 수 있을 것이다."

몇 주 전 이번 음모를 발견한 이후 처음으로, 나폴레옹은 구술하면서 마음이 가벼워짐을 느꼈다. 마침내 주요 요새에서 발포를 시작한 듯한 느낌. 예전 툴롱 포위작전에서처럼, 군대의 선두에 서서 장전하는 듯한 느낌이었다. 그는 신속하게 움직이며 대응했다. 그는 최선의 전략을 선택했음을 확신했다. 베르티에가 그에게 서명할 서류를 내밀자, 그는 자신이 구술한 조치들을 한눈에 다시 읽어보았다.

그의 조치는 완벽에 가까웠다. 이번 작전에 총 1천65명에 달하는 소규모 군대 병력이 동원되는 것이었다. 이런 작전이라고 해서 병력을 아껴서는 안 된다. 항상 숫적 우세로도 적을 압도해야 한다. 그리고 일단 행동을 시작하면, 성공을 위해 모든 걸 걸어야 한다.

베르티에는 밖으로 뛰어나갔다. 베르티에는 충직하며 매사가 정확한, 훌륭한 장군이었다. 나폴레옹은 베르티에가 궁전에 막 도착한 오르드네르 장군에게 명령을 내리는 소리를 듣고 있었다.

이제, 인내심을 가지고 기다리는 일만 남았다.

그는 평소와 다름없이 자문회의를 주재했다. 캉바세레스와 르브렝, 탈레랑과 장관들은 긴장한 모습이었지만, 그는 오히려 편안한 기분이었다. 그는 자신이 톱니바퀴를 장치하고 가동시킨 기계의 성능을 믿었다. 나머지는 운에 맡기는 수밖에.

그는 술트나 마르몽 같은 몇몇 장군들에게 편지를 썼다. 명령하는 자는 부하들과 비밀을 함께 나누고, 믿음을 주어야 한다. 그래야 주변에, 권력에 필수적인 소수의 충복들을 만들 수 있다.

3월 12일, 나폴레옹은 술트 장군에게 썼다.

〈파리는 여전히 포위 상태에 있소. 강도들이 체포될 때까지 계속 그럴 것이오. 장군에게만은 내가 뒤무리에도 체포하기를 희망한다는 걸 말하고 싶소. 그 파렴치한 인간은 우리의 국경 근처에 있소.〉

그는 말메종에 머물렀다. 공원엔 봄날의 푸르름이 감돌기 시작했다. 오랫동안 산책하면서도 그가 조제핀에게 말을 걸지 않자, 그녀가 그의 눈치를 살폈다. 아마 누군가 그녀에게 알린 듯했다. 조제핀과 그녀의 측근들, 그리고 레뮈자 부인의 감정을 짐작할 만했다. 그는 조제핀이 귀족계급 여인들과 어울리기를 바랐다. 프랑스인들의 융합이 구현되기를 원했던 것이다. 그러나 앙갱 공작의 납치는 프랑스에 분열이라는 상처를 덧나게 하리라. 나폴레옹은 더 멀리, 더 높이, 더 빨리 전진하면서, 조속한 시일 내에 상처를 치유해, 혼돈이 지속되고 퍼져나가는 사태를 막아야 했다.

그는 작은 다리가 있는 곳까지 가서 가로수길을 거닐었다. 때로는 몰아치는 비바람 속을 뚫고, 오랫동안 말을 달렸다.

부르봉 왕조 왕자의 시신 위에, 과연 새로운 왕조를 세울 수 있을까? 만일 왕자의 죽음이 군주제를 탄생시킨다면, 한 가문이 다른 가문을 잇는다면, 상처는 다시 아물 것이다.

새로운 왕조가 열린다면, 대혁명은 영광의 정점에 오르고, 거의 신성시되리라.

그는 바람에 흔들리는 나무들 사이에서 걸음을 멈췄다.

"새로운 왕조……."

그러나 그는 왕도, 왕의 아들도 아니었다. 그는 스스로 탄생했다. 스스로 황제로 태어난 것이다.

3월 15일 저녁 여덟시, 그가 말메종의 살롱에서 부인들과 한담을 나누고 있을 때, 세찬 말발굽 소리가 들려오더니 이내 전령이 뜰의 포도 위에 뛰어내리는 소리가 들렸다. 시종들도 달려나가는 모양이었다.

나폴레옹은 밖으로 나갔다.

거의 탈진한 전령은 온통 진흙투성이였다. 14일 새벽 한시 반에 스트라스부르를 떠난 그는 말을 갈아탈 때만 멈추었을 뿐, 말메종까지 쉬지 않고 달려온 것이었다. 쪽지를 받아쥔 나폴레옹은 그것을 열어보기 전에 전령의 이름을 물었다. 티보? 전령의 노고를 치하한 그는 집무실로 돌아가면서 급보를 읽었다. 오르드네르 장군의 지휘 아래 납치작전 병력이 에텐하임으로 출발했다는 소식이었다.

아직 기다려야 했다.

하룻밤, 한나절, 또 하룻밤, 한나절.

그는 오르탕스의 아들과 놀며 시간을 보냈다. 이 아이를 양자로 삼는다면, 합법적인 후계자로 세울 수 있으리라. 이 아이가 새로운 왕조의 첫 후계자가 되리라. 그가 황제가 된다면, 후계자를 미리 임명해야 했다.

1804년 3월 17일 저녁 다섯시, 두번째 전령이 도착했다.

전령은 두꺼운 봉투를 내밀면서, 경찰 아마두르 클레르몽이 15일 저녁 아홉시 반에 스트라스부르를 떠났다고 보고했다. 나폴레옹은 전령에게 편히 쉬라고 말했다.

그는 집무실로 들어갔다. 작전은 성공했음이 분명했다.

그는 봉투를 뜯어 그 안에 들어 있는 명단을 보았다.

〈 1. 루이 앙투안 앙리 드 부르봉, 앙갱 공작

2. 장군 튀메리 후작

3. 대령 그리엔슈타인 남작

4. 중위 슈미트〉

문서에는 서명이 되어 있었다.

〈국립 제38기병 헌병대 중대장 샤를로〉

그는 계속 읽어내려갔다.

〈그리엔슈타인 대령과 함께 지내는 것으로 알려진 뒤무리에 장군은 다름아닌 튀메리 후작이었습니다…… 저는 뒤무리에가 에텐하임에 나타났었는지 알아내기 위해 정보를 수집하고 있습니다만, 아직 증거가 없습니다. 뒤무리에를 튀메리 장군과 혼동하면서, 그런 소문이 나돌지 않았나 생각되는 바입니다…….〉

뒤무리에도, 스펜서 스미스도, 에텐하임에 있지 않았다. 대신 튀메리와 슈미트가 거기에 있었던 것이다.

나폴레옹은 한 줄 한 줄 다시 읽었다. 그는 생각의 갈피를 잡지 못하고 있었다.

뒤무리에가 에텐하임에 없다면, 앙갱 공작을 납치하라는 명령을 내릴 필요가 있었을까? 그는 뒤무리에도 체포할 수 있다는 확신 아래 납치작전을 감행했던 것이었다. 뒤무리에가 참여함으로써 음모가 더욱 심각해졌다고 믿었기 때문이었다.

샤를로는 이렇게 전하고 있었다.

〈앙갱 공작은 뒤무리에가 에텐하임에 오지 않았다고 말합니다. 또한 공작은 뒤무리에가 그에게 영국의 지령을 전하는 책임을 맡았을 것이라고 말합니다. 그러나 뒤무리에 장군의 직위로 보아, 그가 그런 일을 맡았을 것으로 생각되지는 않습니다.〉

그렇다면 앙갱 공작은 무죄란 말인가?

아무튼 그는 왕자의 신분으로 조국에 대항하여 외국을 돕지 않았는가? 그것을 무죄라고 할 수 있겠는가?

나폴레옹은 샤를로가 보낸 문서의 마지막 페이지를 읽었다.

〈앙갱 공작은 보나파르트 각하를 위대한 인물로 평가합니다. 그러나 부르봉 왕가의 왕자 신분으로, 그는 보나파르트 각하와 프랑스인들에 대해 깊은 증오심을 지니며 끝까지 투쟁할 것이라고 말합니다…… 그는 저에게 총을 쏘지 않은 것을 후회한다고 말합니다. 그랬더라면 무기로 인해 그의 운명이 바뀌었을 것이라고 후회하는 겁니다.〉

나폴레옹은 사람들이 잡담을 나누고 있는 살롱으로 돌아가지 않았다.

밤이 내리고 있었다. 이제 작전은 끝났다. 앙갱 공작은 엄중한 감시를 받으며 파리로 향하고 있었다. 그는 뱅센 요새에 갇힐 것이었다.

그 인간에게 어떤 운명을 마련해주어야 할까? 프랑스에 대항하여 무기를 들고자 했던 모든 망명귀족을 응징했던 것처럼, 법률에 따라 처벌해야 할 것이다. 앙갱 공작은 실제로 무기를 들었으므로, 7인으로 구성된 군사위원회에 회부되어 재판받을 것이다.

나폴레옹은 발코니로 통하는 문을 열었다.

1804년 3월 17일 밤, 바깥 바람은 쌀쌀했다. 살롱에서는 음악 소리와 웃음소리가 간간이 뒤섞이고 있었다.

앙갱 공작이 군사위원회에 넘겨진다면, 1793년 3월 28일 혁명력 3년 안개달 25일에 제정된 법률은 그에게 사형을 언도할 것이다.

1804년 3월 18일 일요일. 튈르리 궁으로 가는 마차 속에서 조제핀은 얼굴을 가슴에 묻고 무척 괴로워하고 있었다. 나폴레옹은 그녀에게 몸을 돌렸다.

이날 아침, 그는 그녀에게 앙갱 공작의 체포 소식을 알려주면서,

재판에 회부하리라는 의향을 밝혔다. 그녀는 그 이후부터 입을 다물고 한숨만 내쉬었다.

그는 일부러 그 얘기를 꺼냈다. 비밀을 간직하지 못하는 조제핀은 틀림없이 주변 사람들에게 그 소식을 퍼뜨릴 것이다. 입에서 입으로 전해지면서 그의 행동이 알려지리라. 사건을 신속하게 처리하기를 원하는 나폴레옹으로서는 그 소식이 널리 퍼지면 퍼질수록 유리했다. 적들을 강하게 쳐서 두려움에 떨게 해야 했다.

그는 조제핀의 팔을 잡았다. 예수 고난 주일*. 그들은 튈르리 궁의 미사에 함께 참석하기 위해 가는 길이다. 이런 날, 슬프고 근심어린 표정을 지어서는 안 된다. 그녀는 그의 말을 알아들었을까?

그녀는 애써 미소지었다.

3월 19일, 아침 일찍 말메종 공원을 산책하던 나폴레옹은 두 개의 배낭을 짊어진 전령이 궁 안으로 들어가는 걸 보고 뛰어갔다. 에텐하임에 있는 앙갱 공작 자택에서 압류한 서류들이었다.

그는 홀로 방에 틀어박혀 그 서류들을 검토했다.

공작이 샤를로트 드 로앙에게 보내는 이 내밀한 편지들 속에는, 한 인간의 면모를 드러내주는 모든 것이 들어 있었다. 공작이 사냥을 이야기하거나, 혹은 그의 아버지인 콩데 공작의 질문에 대답하는 내용이었다. 이 인간에 대하여, 나폴레옹은 어떤 증오심도 느끼지 않았다. 그러나 이런 글을 쓰는 공작은 분명 그의 적이었다.

〈나, 앙갱 공작이 스튜어트 씨에게 부탁하는바, 내가 폐하에 대해 느끼는 감사와 충성의 마음을 전해주시기 바라오…… 또한 은

---

* 부활절 전의 예수 고난 주간의 일요일.

혜를 베풀어주시는 폐하와, 패기 있고 존경스러운 영국 민족으로부터 존중을 받을 만한 위치에 서게 된다면, 나는 행복을 느낄 것이라 전해주시오.〉

부르봉 가의 왕자가 영국을 섬기다니! 더구나 왕자는 분명한 목적을 가지고 프랑스 국경 지대에 머무르려 한 것이다.

〈방금 전에도 말씀드렸듯이, 상황을 고려해보건대, 한 인간의 죽음이 완전한 변화를 초래할 수 있습니다……〉

나폴레옹은 편지를 내려놓고 밖으로 나가 공원을 거닐었다.

—공작은 '한 인간의 죽음'이라고 썼다. 그가 말하는 것은 '나의 죽음'이다, 그가 기다리는 것도 바로 나의 죽음이다. 이것은 전쟁이다. 그들 아니면 나. 그들 아니면 우리들이다.

그는 다시 집무실로 들어가 편지를 읽기 시작했다.

공작은 탈주병들을 모을 수 있으리라 은근히 기대하고 있었다.

〈이제 공화국 군대에서 탈주하는 병사의 숫자는 더욱 증가할 것이오. 나, 앙갱 공작은 그 사실을 확신하고 있소……〉

공작은 민족의 군대를 파괴하려는 적이었다. 그에게는 법률, 모든 법률을 동원해야 했다.

나폴레옹은 가차없이 냉혹해지는 자신을 보고 있었다.

그가 고개를 들자, 조제핀이 눈이 붉어진 채 저만치 떨어져 있었다. 그녀는 더듬거리며 다가와 무릎을 꿇었다.

"그는 부르봉 왕가 사람이에요."

그는 그녀를 매정하게 뿌리쳤다. 그는 그녀의 행동에 조금도 놀라지 않았다. 그녀는 왜 지금 벌어지는 일의 의미를 깨닫지 못하는가?

"여자는 이런 일에 관여하는 게 아니오."

그는 몇 번 코담배를 맡고는, 그녀를 거들떠보지도 않고 독백하듯 강하게 말했다.

"지금 정치는 쿠데타를 원하고 있어. 그래야 내가 앞으로 덕치를 펼칠 수 있게 돼. 지금 처벌하지 않으면, 당파들은 더욱 날뛸 것이야. 그렇게 되면 사건이 생길 때마다 매번 끊임없이 탄압하고 처벌해야 할 텐데, 그럴 바에야 이번에 강력하게 처벌해서 본때를 보여줘야 해. 적들은 더이상 준동하지 못할 거야. 망명귀족들을 탄압할 필요도, 자코뱅들과 손잡을 필요도 없게 되는 것이지. 왕당파들은 나로 하여금 여러 차례 혁명가들과 타협하게 만들었어. 앙갱 공작의 처형은, 모든 사람들과의 관계에서 나를 해방시킬 거야."

조제핀이 일어서며 다시 애원하자 나폴레옹이 내뱉었다.

"이제 나가시오. 당신은 어린애야, 어린애!"

그녀는 흐느끼며 날카로운 목소리로 말했다.

"보나파르트, 당신이 그 포로를 죽이면, 당신도 단두대에서 처형당할 거예요, 내 첫 남편처럼. 더구나 이번에는 나도 당신과 함께 그렇게 될 거라구요!"

—여자들은 하나같이 두려워하는군. 어머니도 관용을 베풀라는 편지를 보내오고, 누이 카롤린, 오르탕스와 레뮈자 부인 역시, 모두가 울면서 애원하잖아. 이 여자들은 눈이 멀었나?

그가 살롱을 지나가는 동안, 여자들이 애원하는 눈빛을 보내며 서로 꼭 붙어 있었다. 그는 못 참겠다는 듯이 소리쳤다.

"앙갱 공작은 다른 놈들과 똑같이 음모를 꾸몄소! 그러니 그역시 똑같이 처벌할 수밖에!"

살롱을 나오던 그는 몸을 돌리며 덧붙였다.

"내가 바로 프랑스 대혁명이란 말이오!"

그는 사바리 장군을 불러, 그의 지시를 뮈라에게 전하라고 명령했다. 파리 치안군 사령관 뮈라는 일곱 명으로 구성된 군사위원회를 구성할 것이다. 군사위원회를 이끌어갈 월랭 장군은 1789년 7월 14일 바스티유 점령 전투에 직접 참여했던 인물이었다. 위원회는 앙갱 공작이 스트라스부르에서 도착하는 대로 감금될 뱅센 성에서 열릴 것이고, 피의자를 계속 재판할 것이다.

나폴레옹은 사바리에게 말했다.

"밤중에 모든 게 끝나야 하오."

3월 20일, 그는 홀로 공원을 거닐었다. 재판이 종결되면 곧이어 처형이 있을 것이다. 지체하거나 주저하면 안 된다. 여론을 압도하고 깜짝 놀라게 만들어야 했다. 그는 번개처럼 때려야 한다는 말을 반복했다.

포도를 달리는 마차 소리가 들려왔다. 뒤돌아보니, 푸셰가 뜰에 내려서는 모습이 눈에 들어왔다.

─능숙한 푸셰, 납치를 주장하더니, 이제는 신중을 기하라고 충고하러 오는 모양이군. 약삭빠른 인간! 그는 나를 읽고 있을 것이다.

"나는 당신이 왜 왔는지 알고 있소. 하지만 나는 오늘 꼭 필요한 일격을 가할 것이오."

나폴레옹의 말에 푸셰가 대꾸했다.

"만일 앙갱 공작이 에텐하임에서 각하에 대한 음모를 꾸몄다는 결정적인 증거를 제시하지 못한다면, 프랑스와 유럽 전체가 들고 일어날 문제입니다."

나폴레옹은 움찔했다.

푸셰가 이런 말을 하다니! 공포정치 기간 동안 리옹의 사수였던 그가! 그런 푸셰가!

나폴레옹이 물었다.

"증거? 증거가 무슨 필요 있소? 그는 모든 인간들 중에서 가장 위험한 부르봉 왕가의 인물 아니오?"

그는 가로수길로 접어들었다. 푸셰가 그를 따라오며 계속 떠들어대자, 나폴레옹이 경멸하듯 말했다.

"당신과 당신 측근들은 수백 번도 더 말하지 않았소? 내가 결국은 프랑스의 멍크가 되어, 부르봉 왕가를 복구시킬 것이라고 말이오. 그렇소, 이젠 더이상 물러날 방도가 없소. 당신이 왕들의 피로 공고히 다져놓은 대혁명에, 내가 더 확실한 보증을 서줄 필요가 있지 않겠소? 이제는 혁명을 마감할 때가 되었소. 나는 많은 음모들에 둘러싸여 있소. 테러를 쓸어버리든지, 아니면 내가 망하든지, 둘 중 하나요."

탈레랑과 캉바세레스, 르브렝, 조제프 보나파르트가 탄 마차들이 도착하는 것을 보며, 나폴레옹은 건물로 향했다.

—모두가 뭐라 말하든 간에, 나는 이미 내린 결정을 번복하지 않을 것이다.

1804년 3월 20일 밤. 그는 홀로 앉아 있었다.

뮐랭 장군은 앙갱 공작의 소송을 시작했을 것이다.

나폴레옹은 글을 몇 줄 써서 레알에게 전하라 하고, 그리고 즉각 뱅센 감옥으로 가서 다시 한번 포로를 취조하도록 전하라고 명령했다. 지하감옥 근처에서 사람들은 떠들어댈 것이다.

—앙갱 공작에게 기회가 될 수 있을까? 운명이 원하면, 나는 그를 제물로 바칠 수밖에.

그는 기다리고 있었다.

1804년 3월 21일 아침 여덟시, 사바리 장군이 말메종의 살롱으로 들어왔다. 그의 얼굴을 보며, 나폴레옹은 앙갱 공작의 사형이 집행되었음을 직감했다.

"왜 레알을 기다리지 않고 판결을 내렸소?"

레알이 창백한 표정으로 들어와 변명을 늘어놓았다. 쪽지가 너무 늦게 전달되었으며, 쪽지가 전달되었을 때에는 자신은 잠들어 있었다는 것이다.

나폴레옹의 목소리는 무거웠다.

"잘됐소."

나폴레옹은 등을 돌렸다. 조제핀이 그를 뒤따라오면서 끊임없이 중얼거렸다.

"앙갱 공작이 죽었어요. 아! 당신, 도대체 무슨 짓을 한 거예요?"

그는 뒤돌아보지도 않고 강하게 말했다.

"적어도 그들은 우리의 힘을 알게 될 거야. 이제부터, 나는 그들이 우리를 평온하게 내버려두기를 바랄 뿐이오."

그는 뒤돌아서서 그들 모두를 바라보며 말했다.

"나는 피를 보았소. 그럴 수밖에 없었소. 필요하다면, 더 많은 피를 흘릴 수도 있을 것이오. 그러나 노여움은 없소. 다만 피를 보는 것이 정치체제의 작동에 필요하기 때문이오."

그들의 눈빛에 공포가 배어났다. 왜 그들은 현실을 있는 그대로 보기를 거부하는가? 나폴레옹은 덧붙였다.

"적들은 나를 공격함으로써, 대혁명을 파괴하려 하고 있소. 나는 국가적인 인물이오. 나는 프랑스 대혁명이며, 그것을 지지해나갈 것이오."

34
나는 행복한가?

나폴레옹은 벽난로를 등지고 서 있었다. 그는 이 열기와 타오르는 나무 내음이 좋았다. 그가 말메종의 살롱에 들어와 벽난로 앞에 서 있을 때면, 누구도 그에게 다가오지 못했다.

조제핀과 레뮈자 부인은 눈물 흘렸다. 으젠 드 보아르네는 친척의 죽음을 가슴아파하는 사람처럼 심각한 표정이었다. 조제핀은 눈물에 젖은 얼굴로 나폴레옹을 바라보며 "이건 잔혹한 행위예요"라고 소리치고, 다시 쓰러져 흐느꼈다.

그녀들은 사바리 장군에게 앙갱 공작의 최후의 순간을 얘기해달라고 부탁하기도 했다. 사바리는 공작이 총살집행반 앞에서 자른 머리카락과 반지 하나, 그리고 뱅센 요새에서 무릎 꿇고 로앙 로슈포르 공작부인에게 쓴 편지 한 통을 보여주었다.

나폴레옹의 어머니 레티지아가 이 유품들을 전해주겠다고 약속했다는 말도 들렸다.

—어머니 역시 앙갱 공작의 죽음을 애도하시는군. 어린애들처럼 눈물 많은 이 여자들이나 좀 멀리 떨어져 있어주었으면 좋겠구면.

장군들이 장관과 통령들과 함께 도착했다. 그들은 장광설을 늘어놓으며, 나폴레옹을 에워싸고 그의 행동에 찬사를 보냈다. 그들은 이날 아침, 법제심의원 위원이며 왕 시해파인 퀴레가, "기쁘다, 보나파르트는 국민공회파가 되었다"고 선언했다는 말도 전했다.

"적들이 보나파르트를 죽이려 한다. 그렇다면 그를 불멸의 인물로 만들어야 한다."

원로원 의원들과 국가참사원 위원들은 즉각 퀴레의 발언에 대한 사후 조치를 강구했다.

나폴레옹은 원로원 부의장 르 쿨테 드 캉틀레를 데리고, 한적한 창가로 물러나며 생각했다.

—이제부터는 빨리 움직여야 한다.

"우리가 처했던 상황은 기사도 정신으로 다룰 수 있는 게 아니었소. 국사를 처리하는 마당에 이런 식의 얘기는……."

그는 조제핀이 레뮈자 부인과 함께 앉아 있는 의자 쪽을 바라보며 결론내렸다.

"정말 유치한 짓이오."

그는 조제핀이 일어서는 걸 보았다. 그녀는 이제 울지 않았다. 이 사건에 대해 만족해하는 장군들을 보면서, 그녀는 자신이 왜 눈물 흘려야 하는지 의심스러웠으리라. 그녀가 여러 사람들에게 변명하듯 말하는 소리가 들렸다.

"나는 여자예요. 괜히 울고 싶은 기분이었다구요."

나폴레옹은 그녀에게 다가가, 그녀의 팔을 잡고 태연하게 말했다.

"무슨 일이 있어도 이번 사건을 잊어야 하오."

그리고는 예정대로 오페라 극장에 갈 것이라고 말했다. 조제핀은 관객들이 어떤 반응을 보일지 두렵다고 말했다. 관객들이 '잔혹한 행위'라고 비난할 수도 있었다. 조금은 기다려보자고, 그녀는 말했다.

그는 그녀의 팔을 잡으며 거듭 말했다.

"오늘 저녁, 오페라 극장에 가오."

극장에 그가 들어서자, 관객들이 환호했다. 평소와 다름없었다.

다음날, 불로뉴에 주둔하고 있는 나폴레옹군 병사들의 첫번째 건의문이 튈르리 궁 집무실에 배달되었다. 병사들은 앙갱 공작의 처형에 찬성한다는 뜻을 밝히면서, 나폴레옹이 황제의 자리에 올라야 한다고 제안했다.

더 멀리까지 도약할 순간이 다가온 것인가.

한 가지 행동을 완성한 자가, 그 권리를 요구하지 않는 것은 멍청한 짓이었다. 그는 국가참사원에서 말했다.

"프랑스는 명심해야 하오. 부르봉 왕가의 최후의 일인까지 쓸어버리지 않는다면, 프랑스는 평화도 휴식도 얻지 못할 것이오. 나는 에텐하임에서 그 왕가의 한 명을 체포했소. 암살을 궁리하고 후원하는 자들이 무슨 권리를 요구할 수 있단 말이오? 그러면서도 그들은 지금 나에게 피난처니, 영토 침범이니 떠들어대고 있소! 이 얼마나 해괴한 말이오!"

그는 잠시 말을 멈추고 좌중을 둘러보며 강하게 말했다.

"그건 나를 모르고 하는 소리요. 내 혈관 속에 흐르는 것은 물이 아니오. 바로 피요."

두려움에 떨게 해야 했다. 그러면서도 안심시켜야 했다. 그는 뢰드레르에게 털어놓았다.

"나의 강철 손은 나의 팔 끝에 붙어 있는 게 아니오. 그것은 나의 머리에 직접 연결되어 있소. 자연은 내게 손을 주지 않았소. 나의 손은 오직 머리의 계산에 따라 움직일 뿐이오."

그는 뢰드레르의 팔을 잡아당기며 차분하게 말했다.

"대량 숙청을 하진 않겠소. 혹시 그걸 걱정하는 사람들이 있다면 더이상 염려할 필요가 없소."

공포정치는 없을 것이다. 그는 통치의 원칙을 지켜나갈 생각이었다.

"나는 오직 행동을 보고 판단하오. 죄 없는 군중을 처벌하는 걸 원하지 않소. 나는 죄를 짓는 자들만 체포하고, 그것도 그들 개인의 죄값만을 물을 것이오. 전반적인 조치는 취하지 않을 것이오."

그러다가 분노를 터뜨렸다.

"앙갱 공작은 프랑스에 대항하는 무기를 들었소. 그는 우리와 전쟁을 벌인 것이오. 그는 죽음으로써, 대혁명이라는 전쟁에서 사라져간 이백만 프랑스 시민의 피의 대가를 일부나마 치른 셈이오."

그는 경멸하듯 입을 비죽거리며 말했다.

"부르봉 왕가는 영원한 환상에만 몰두하고 있소. 아! 만일 그들이 앙리 4세*처럼 전장에서 직접 피와 먼지를 뒤집어쓰려고만 했어도, 상황은 전혀 달라졌을 것이오. 런던에서 편지나 쓰고 '루이'라고 서명이나 하면서는, 결코 왕국을 차지하지 못하오."

그는 빈정거렸다.

"민족의 의지는 오직 나를 향해 있고, 나는 오십만 군대의 지지를 받고 있소. 나는 피를 쏟았소."

---

* 종교 통합을 이룬 프랑스 왕, 1553~1610.

이만하면 군주가 되고 황제가 될 권리가 있는 것 아닌가? 뢰드레르가 속삭였다.

"푸셰가 도처에서 그렇게 말하고 다닌다고 합니다."

―푸셰?

뢰드레르가 말을 이었다.

"푸셰는 이렇게 말합니다. 우리들이야 현실을 그저 즐기기만 하면 되는데, 혁명의 인간들의 뜻에 따라 원칙을 지키기 위해 모든 것을 위태롭게 하는 건 불합리하다는 겁니다. 푸셰에 따르면, 각하가 우리의 재산과 권위, 직위를 지켜줄 수 있는 유일한 인물이라는 것입니다."

푸셰는 원로원에 제출하는 보고서에서 썼다.

〈프랑스 정부는 세습권력에 의해 승계를 보장받은 한 인간에게 맡겨져야 한다. 그리고 원로원은 제1통령을 불멸의 존재로 만들어, 그로 하여금 작품을 완성할 수 있도록 도와주어야 한다…….〉

―황제.

나폴레옹은 그 말을 반복했다. 어쩌면 그는 오래 전부터 그 말을 생각했는지도 모른다. 이제 그 직위는 손을 뻗으면 닿을 거리에 와 있었다.

1804년 3월 28일, 나폴레옹은 원로원 의원들을 맞았다. 그는 그들의 말을 들으며, 좀더 숙고해보라고 당부했다. 이미 결심은 섰지만, 그는 전투 전야처럼 한 번 더 숙고하려는 것이었다.

그는 말메종 공원을 홀로 산책했다.

―세습? 누가 나를 승계한단 말인가?

그는 형 조제프를 만났다. 승계 문제에 관한 한, 조제프는 형으로서 자신의 권리를 포기하지 않으려 했다. 나폴레옹이 오르탕스와 루이의 아들 나폴레옹 샤를을 양자로 삼으려 한다는 걸 알고,

조제프는 항의했다. 게다가 오르탕스는 아들을 양자로 주지 않겠다고 버티고 있고, 동생 루이는 질투로 이성을 잃고 있었다. 나폴레옹이 아이의 아버지라는 소문이 루이에게 상처를 주고, 그를 분노케 했다. 루이는 자기 아들을 양자로 줄 경우, 그런 소문을 인정하는 셈이라며 양자로 내놓지 않으려 했다.

ㅡ내 가족은, 이렇다!

경고해야 했다. 그는 조제프 앞에서 소리쳤다.

"내가 우리 집안의 주인임을 증명하는 법이라도 만들어야겠어!"

바람이 서늘하게 부는 맑은 날씨, 그는 생 클루 성에서 영국 상륙작전 문제에 골몰하기 시작했다.

어떤 날 밤에는, 조르주 양이 콩스탕의 안내를 받아 나폴레옹의 사저로 스며들어왔다. 그는 이 밤의 만남을 기다렸지만, 그녀는 예전만큼 그를 만족시키지 못했다. 그녀는 그와 보낸 밤들을 떠벌리고 다녀 그를 실망시키기도 했다. 그는 그녀와의 약속을 줄이고, 다른 여배우들을 맞아들였다. 때로 레뮈자 부인도 불러들였다. 그녀와는 대화를 나눌 수 있어서 좋았고, 말메종 서클의 일원이어서 어렵지 않게 만날 수 있었다.

4월 30일, 법제심의원 위원 퀴레의 제안에 따라, 법원은 다음 안건을 표결에 붙였다.

〈나폴레옹 보나파르트는 황제에 즉위할 것이며, 후계자는 그의 가문에서 선택될 것이다……〉

퀴레는 말했다.

"지금 우리에게는 시간이 없소. 서둘러야 합니다. 보나파르트의 세기인 19세기가 벌써 사 년이나 흘렀소. 지금 우리 민족은 보나파르트처럼 유능한 지도자가 우리의 운명을 돌보아주기를 갈구합니다."

나폴레옹은 레뮈자 부인을 바라보며 물었다.

"퀴레의 말을 어떻게 생각하오?"

그는 대답을 기다리지 않고 말을 이었다.

"당신은 군주제를 좋아하지. 그렇지 않소? 군주제가 프랑스인들을 만족시키는 유일한 통치제도야."

그는 미소지으며 중얼거렸다.

"나를 '폐하'라고 부르는 것이 지금보다 백 배는 더 편하게 될 거야."

그는 그녀에게 다가갔다. 문득, 오늘 낮에 카프라라 추기경을 만나, 교황 비오 7세가 축성하는 황제 대관식을 받고 싶다는 뜻을 전했다고 털어놓고 싶은 생각이 들었다.

교황이 집전하는 대관식을 받는다면, 그는 그야말로 합법적인 황제가 되리라. 그렇게 되면, 종교를 권력의 초석으로 삼는 군주들도 그에게 시비를 걸 수가 없으리라. 그는 레뮈자 부인에게 이렇게만 말했다.

"나는 통령정부를 이 년간 더 유지할 생각이었어. 그런데 이번 음모가 유럽을 뒤흔들어놓을 뻔하지 않았소? 나는 유럽과 왕당파들의 잘못을 깨우쳐주어야 했지. 나는 가볍게 처벌할 것인지, 아니면 강력한 조치를 취해야 할 것인지 갈등해야 했어."

다른 선택이 있었을까?

그는 앙갱 공작의 처형이라는 엄청난 조처로 적에게 큰 타격을 가했다.

"그럼으로써 나는 왕당파와 자코뱅들에게 영원한 침묵을 강요한 거지."

1804년 4월 6일, 피슈그뤼 장군은 탕플 감옥의 독방에서 목을 매 숨진 채로 발견되었다. 왕당파와 자코뱅들은 즉각 암살이라고 주장하며, 그에게 비난을 퍼부어댔다. 맘루크인들과 다를 바 없는 야만적 범죄이며, 이번 암살은 제1통령의 과거를 폭로할 수 있는 증인들에게 침묵을 강요하려는 것이라고 목소리를 높였다.

그러나 그들의 선동은 그리 큰 반향을 얻지 못했다. 나폴레옹은 말했다.

"내게는 피슈그뤼를 재판할 재판소도 있고, 그를 총살시킬 군인도 있어. 그리고 피슈그뤼는 모로의 죄를 밝힐 최상의 증인이었다구. 그런데 내가 무엇 때문에 그의 암살을 생각했겠어?"

그는 경멸하듯 내뱉었다.

"나는 평생 쓸데없는 짓은 해본 적이 없다."

피슈그뤼는 자살한 것이다! 그의 시체를 만인에게 보이고, 공개 수사를 벌여야 했다. 개 같은 인간들은 또 짖어대라지. 모로와 다른 강도들에 대한 심판도 행해질 것이다.

나폴레옹이 말했다.

"저승에서는 신이 처벌할 것이다. 그러나 이승에서는 카이사르가 지배한다."

레뮈자 부인이 물었다.

"폴리냑과 리비에르, 그들도 처벌받게 되나요?"

그녀는 애원하며 사면을 부탁했다. 나폴레옹은 간단히 대답했다.

"그들은 우선 재판부터 받아야 해."

그리고 그들의 사면을 검토할 자는 제1통령이 아니라 황제일 터였다.

1804년 5월 18일, 나폴레옹은 제복을 입고 생 클루 성 집무실에서 기다리고 있었다. 국가참사원 위원들과 장군들이 그를 둥그렇게 둘러싸고 있었다. 나폴레옹은 그 한가운데에 서 있고, 장관들과 통령 르브렝이 그 뒤에 서 있었다.

모두들 침묵하고 있었다. 중요한 순간이었다.

이윽고 캉바세레스가 상기된 표정으로 다가와 알렸다.

"원로원의 결의에 따라, 나폴레옹 보나파르트 장군을, 프랑스 황제 나폴레옹 1세로 선포합니다."

캉바세레스가 감격에 떨리는 목소리로 소리 높여 말했다.

"폐하……."

폐하!

마침내 모든 것이 이루어졌다. 그는 황제다. 캉바세레스가 말하는 동안, 그는 스스로 물었다. 지금이 그의 삶에서 가장 행복한 순간인가?

"공화국의 행복과 영광을 위하여, 원로원은 지금 이 순간 나폴레옹을 프랑스 황제로 선포하는 바입니다."

나폴레옹은 소식을 알리는 축포 소리가 파리 전역에 울려퍼지는 소리를 듣고 있었다. 그 소리가 이곳 생 클루까지 울려왔다. 그는 다시 스스로에게 물었다.

―행복한가?

그는 내면에 품어왔던 욕망을 달성했다.

―무엇인가? 이것은 내게 무엇인가?

실현해야 할 것을 이룬 것이었다. 그것은 그의 내부에서 끓어오르며 모든 역경을 딛고 일어서게 한, 그가 지닌 에너지의 당연한 발로였다. 나폴레옹은 그 특유의 에너지로, '황제' '폐하'라는 칭호를 받은 것이다.

이 모든 것은, 그의 생이, 반드시 거쳐가야 할 관문에 불과한지도 모른다.

그는 한 발 앞으로 나서며 단호한 목소리로 말했다.

"조국의 행복에 기여할 수 있는 것이라면 무엇이든 본질적으로 나의 행복과 연결되어 있소."

그는 가볍게 머리를 끄덕였다. 주위에 있는 남자와 여자들이 다가와, 그를 중심으로 둥글게 둘러섰다.

그는 말을 이어나갔다.

"여러분들이 민족의 영광을 위해 필요하다고 믿어, 오늘 나에게 제안한 황제 직위를 수락하겠소. 승계 문제는 민중의 의지에 따르겠소."

그는 모여 있는 사람들을 천천히 둘러보았다.

"부디 프랑스가 나의 가문에 부여하는 영광을 후회하지 않게 되기를 희망하오. 나의 후손이 위대한 민족의 사랑과 믿음을 받을 자격을 잃는 날에는, 어떤 경우라도 나 역시 용서하지 않을 것이오."

모두가 환호했다. 생 클루에서 거행된 황제 즉위식은 이렇게 십오 분 만에 끝났다.

조제핀은 헬쑥하고 긴장된 표정이었다. 그녀의 얼굴에는 두려움이 어려 있었다.

나폴레옹은 궁전 책임자 뒤로크를 맞으며 말했다.

"엄격한 예법을 원하네. 모두가 서로의 직위에 걸맞는 예우를 갖춰야 할 것이야."

조제프는 대(大)선제후*로, 루이는 프랑스군 총사령관으로 임명되었다. 두 형제가 제국의 최고위직에 오른 것이다. 캉바세레스는 대법관, 세귀르는 의전장에 임명되었고, 열여덟 명의 장군들이 대원수직에 임명되었다.

나폴레옹 황제는 말했다.

---

* 선제후(選帝侯) : 황제 선출에 참여할 권리를 지닌 제후. 1273년경에 시작되어 1356년 금인칙서를 통해 성문화되었는데, 1806년 신성로마제국이 멸망함으로써 사라졌다.

"뒤로크, 귀관을 황실 대원수로 임명한다."

날이 저물 무렵, 나폴레옹은 만찬이 준비되어 있는 살롱에 들어섰다. 그는 앞으로 나아가면서, 그곳에 모인 사람들에게 각자의 직위에 걸맞는 칭호를 내렸다. 그의 어머니와 형제누이들도, 뮈라나 캉바세레스처럼 일정한 거리를 두고 그를 대했다. 권력과 삶의 게임이란 그런 것이다. 하찮은 것인가? 하지만 누가 그 게임을 원하지 않겠는가?

그는 카롤린 뮈라가 입술을 깨물며 우는 모습을 보았다. 엘리자 박치오키 역시 질투심을 드러내고 있었다. 식사가 끝나자마자 카롤린은 기절할 정도로 흐느끼며, 자신은 왕비도 무엇도 아니라고 말했다.

나폴레옹은 누이들에게 다가갔다.

"카롤린, 그리고 엘리자야. 누가 너희들 말을 들으면, 우리가 돌아가신 아버님의 손에서 왕관을 물려받은 줄로 알겠다."

모든 것의 기원은 나폴레옹, 오직 그 자신이었다.

그는 이제 모후(母后)가 된 어머니에게도 말했다.

"승계 문제에 있어 두 형제인 뤼시앵과 제롬은 배제했습니다. 뤼시앵은 똑똑하지만 미천한 여인과 재혼했고, 제롬은 제 동의도 없이 미국 여자와 결혼해버렸기 때문입니다. 만일 그들이 배우자를 포기하면, 저는 그들에게도 권리를 돌려줄 것입니다."

그는 천천히 살롱을 지났다. 그가 지나갈 때, 측근들은 입을 다물고 몸을 숙여 황제에 대한 예를 갖추었다.

그는 황제였다. 그는 조제프와 루이를 응시했다.

—이들은 벌써 나의 죽음을 생각하고 있겠지. 내겐 후손이 없다. 만일 내가 내 형제인 조제프와 루이의 자식들을 양자로 삼지 않는다면, 그들이 내 뒤를 이으려 들 것이다.

황제는 그들에게서 눈길을 거두고 문을 향했다.

—도대체 무엇을 확신할 수 있단 말인가? 과연 나 이후에도 모든 게 지속될 수 있을 것인가?

다음날 1804년 5월 19일 아침, 콩스탕이 방문을 여는 소리가 들려왔다. 그가 매일 아침 그랬던 것처럼 콩스탕에게 물었다.

"몇 시지? 날씨는 어떤가?"

"폐하, 일곱시입니다. 날씨는 쾌청합니다."

'폐하'로서 맞는 첫날 아침.

그는 콩스탕의 귀를 꼬집으며 농담을 던졌다.

"웃기는 분이로군."

35
목숨을 건 인간이 된다는 것은 그런 것이다

나폴레옹은 마지막 장의 결말을 초조하게 기다리고 있었다. 그는 푸셰에게, 작품의 운명은 마지막 대사가 끝나고 막이 내려진 뒤에야 알 수 있는 법이라고 말했다.

1804년 5월 25일. 이날, 모로 장군과 카두달, 그리고 그의 공범자들의 재판이 시작되었다. 판사들은 믿을 만한가? 그는 경찰 보고서를 검토했다. 공안위원회 멤버였던 예심판사 튀리오는 믿을 만한 인간이었다. 그러나 다른 판사 르쿠르브는 어떤 인물인가? 그의 형 르쿠르브 장군은 모로의 측근으로 알려져 있지 않은가? 그리고 모로 장군은 군 내부에서 어느 정도의 지지를 받고 있는 걸까?

저녁마다 나폴레옹은 재판 보고서를 가져오게 했다. 그는 첩보원들이 보고하는 재판정의 분위기가 마음에 들지 않았다. 모로를 지지하는 많은 장교들이 민간인 복장을 하고 재판정을 채운다는 것이었다. 부아가 치민 그는, 그들을 병영에 묶어두라고 지시했지만 소용없었다. 게다가 교외의 살롱에서 온 귀족들이 재판정의 앞줄을 차지하고 앉아, 카두달과 아르망 드 폴리냑이 빈정대며 거만하게 답변할 때 환호성을 올리고, 카두달의 하인인 피코가 총의 공이치기에 손가락을 뭉개는 고문을 받았다고 폭로할 때는 소리지르며 기절하기도 했다.

나폴레옹은 격분했다. 이 얼마나 웃기는 희극인가?!

그는 자리에서 일어나 살롱으로 내려갔다. 조제핀과 레뮈자 부인의 탄식 소리가 들렸다. 두 여인은 연기하듯 눈물을 흘리며 폴리냑과 부베 드 로지에를 옹호하고 있었다.

—그들은 나에게 비수를 꽂으려 했던 자들이오!

그는 소리치고 싶은 욕구를 참고 돌아섰다.

어느 날 저녁, 그가 읽고 있는 한 재판 보고서는 그를 격분케 했다. 르쿠르브 장군이 민간복 차림으로 발디딜 틈도 없는 재판정에 나타나 모로의 아들을 들어올리며 '병사들이여, 여기 그대들의 장군의 아들이 있다!'고 외쳤다. 그러자 군인들은 모로 장군에게 차려 자세를 취하고, 법정에 죄수들을 석방하라고 요구했다. 법정은 그렇게 폐회되었다고 보고서는 전했다. 이러니 모로가 대담해질 수밖에!

작품의 마지막 장이 어떻게 이럴 수가 있단 말인가?!

나폴레옹이 생 클루에서 판결문을 기다리고 있을 때, 푸셰가 나타났다.

푸셰는 어떤 입장일까?

나폴레옹은 그에게 편지 한 통을 건넸다. '찬탈자 보나파르트'

를 탄핵하는 루이 18세의 선언문이었다. 그뿐만이 아니었다.

—푸셰, 읽어보라. 어서 읽어.

루이 18세는 1789년 삼부회 이후 저질러진 모든 행위를 불법적인 것으로 규정하고 있었다. 루이 16세의 동생인 그는, 삼부회가 프랑스와 유럽 전체를 가공할 위기에 빠뜨렸다고 주장했다.

언제나 그렇듯이 푸셰는 냉정했다. 그는 루이 18세의 선언문에 대해서는 아무 언급도 하지 않고, 나폴레옹의 역정을 부추기기라도 하려는 듯, 대원수로 진급한 장군들마저 모로의 무죄석방을 원하고 있다고 말했다. 몽세는 헌병대를 믿을 수 없다는 말까지 하고 다녔다.

푸셰가 매듭을 짓듯이 말했다.

"폐하, 관용이 단두대보다 더 위압적입니다."

나폴레옹은 간단히 대꾸했다.

"일단 그들을 처벌하시오. 사면권은 그 다음에 발동할 수도 있을 것이오."

6월 10일 저녁, 판결이 내려졌다. 카두달과 폴리냑, 리비에르는 사형선고를 받았다. 모로에게는 2년형이 언도되었다.

—이 년?!

나폴레옹은 불만이 가득한 몸짓을 하며 판사 르쿠르브를 비난했다.

"부정한 재판관이야! 부정한 재판관이라구."

법대로라면 모로는 중형을 받아야 마땅했다. 판사들은 두려웠던 것이다. 나폴레옹이 말했다.

"그 짐승 같은 인간들이 나에게, 모로가 공범임은 분명하지만 중형은 내릴 수 없다고 선언한 것이오. 그것은 모로가 손수건 따위를 훔친 좀도둑에 지나지 않는다고 선언한 것이나 마찬가지요."

그는 의자를 발길로 걷어차며 외쳤다.

"당신들은 도대체 내가 어떻게 하기를 바라는 거요? 모로를 보호하라고? 그는 골칫덩어리요, 골칫덩어리."

그는 흥분을 자제하면서, 평소 자주 애송하는 『신나』의 구절을 떠올렸다.

〈나는 우주의 주인이며, 나 자신의 주인이다.〉

창가로 걸어가 묵묵히 밖을 바라보던 그가 말했다.

"모로에게 재산을 처분하고 프랑스를 떠나라 하시오. 그를 탕플에 가두어봐야 무슨 소용이 있겠소? 그자가 여기 없대도 이젠 지긋지긋하오."

6월 11일 오전, 그는 외무장관 탈레랑과 함께 집무실에서 일에 몰두하고 있었다.

외무장관은 앙갱 공작의 처형에 대한 강대국들의 반응을 보고했다. 러시아의 차르 알렉산드르는 소식을 듣고 상복을 입었다고 했다.

"상복을?!"

나폴레옹은 격렬하게 책상을 밀쳐버렸다.

―알렉산드르는 영국 대사 위드워스와 공모하여 자기 아버지를 목졸라 죽인 인물 아닌가! 그런 자가 교훈을 주겠다고? 위드워스는 파리에서도 음모를 일삼다가, 아미앵 평화 조약이 파기되기 직전, 나에게 혼쭐이 났던 인물! 세상은 이런 것인가? 러시아인과 영국인들은 다 그런가? 프로이센에서도 앙갱의 죽음을 애도한다고? 좋다. 그 나라들이 연합한다면, 나는 그것을 깨부수리라.

라발레트가 들어서면서 문을 열자, 여자들의 목소리와 한숨 소리가 들려왔다. 나폴레옹이 물었다.

"내 아내 방에서 대체 무엇들을 하고 있는가?"

"폐하, 모두 울고 있습니다."

그가 대꾸하기도 전에, 조제핀이 몇 명의 여자를 거느리고 그의 집무실로 들어섰다. 모두 그녀가 적극적으로 보호하는 여자들이었다. 예쁘게 생긴 한 여자가 눈물을 쏟으며 나폴레옹의 발 아래 무릎을 꿇고 엎드렸다. 그녀는 애원하며 흐느끼다가 혼절해버렸다. 레뮈자 부인이 나폴레옹에게, 폴리냑 부인이라고 속삭였다. 나폴레옹이 브리엔 군사학교 시절 알았던 몽테송 노부인도 나서서 관용을 호소했다. 나폴레옹은 투덜거렸다.

　"부인은 그 인간들과 무슨 관계가 있단 말이오?"

　나폴레옹이 집무실 한쪽 구석으로 걸어가며 레뮈자 부인을 바라보자, 그녀는 그에게 다가갔다. 조제핀과 다른 여자들은 혼절한 폴리냑 부인 주위로 몰려들었다.

　그는 천장에 눈길을 주며, 곁에 서 있는 레뮈자 부인에게 말했다.

　"강력한 교훈을 주지 않는다면, 열의만 들끓는 젊은이들로 득실대는 왕당파는 음모를 멈추지 않을 것이오."

　폴리냑 부인이 탈레랑의 부축을 받으며 다가왔다. 슬픔에 잠긴 아름다운 여자는 감동적이다. 나폴레옹이 말했다.

　"왕족은 충직한 인물들의 생명을 위험에 빠뜨리면서도, 정작 그들 자신은 위험을 함께 나누려 하지 않고 있소. 그들은 너무 큰 죄를 저지르고 있는 것이오."

　그는 몇 걸음 옮겼다. 오르탕스에 이어 그의 누이 카롤린과 엘리자까지 들어오자, 집무실은 여자들로 가득 찼다. 그는 묵묵히 여자들의 말을 들었다. 그녀들은 다른 죄인인 라졸레와 부베 드 로지에도 변호했다. 어떤 말에도 흔들리지 않던 그가 갑자기 폴리냑 부인을 바라보며 말했다.

　"부인, 당신 남편은 내 목숨을 노렸소. 하지만 나는 그를 용서하겠소."

황제 나폴레옹 1세가 된다는 것은 그런 것이다. 부르봉 왕가와
는 다른, 목숨을 건 인간이 된다는 것은 그런 것이다.

나폴레옹은 다른 사람들에 대해서도 사면조치를 취하고, 모로가
프랑스를 떠나도록 허락했다. 그는 경찰 예산으로 모로의 재산과
그로부아 영지, 파리의 저택 등을 매입한 뒤, 베르나도트에게는
그 저택을, 베르티에에게는 그로부아 영지를 하사했다. 너그러움
을 베푸는 것, 그것이 곧 정치적인 행위다.
　마지막 장의 무대 위에, 서서히 막이 내려오고 있었다. 카두달
이 남았다. 그는 문득 조르주 카두달의 커다란 머리를 떠올렸다.
그의 머리는 톱밥 속을 구르리라. 이미 단두대가 그레브 광장에
세워져 있었다.
　그 슈앙파는 목숨을 걸었다. 그 인간은 용감했다. 나폴레옹은
국가참사원 위원 레알을 불러들여, 카두달이 사면을 요청하면 허
락하겠다는 자신의 뜻을 전하라고 말했다.
　6월 25일 저녁, 레알이 카두달의 답변을 가져왔다. 카두달은 황
제의 사면 제의를 거부했다.
　— 그런가? 그렇다면 하는 수 없지.
　1804년 6월 26일, 사형집행인 삼손이 카두달과 공범 열두 명의
목을 베었다. 삼손의 아버지는 예전에 루이 16세의 머리를 베었다
고 했다.
　나폴레옹은 천천히 성을 나섰다. 그는 푸셰를 호출할 생각이었
다. 제국의 치안 업무를 장악하기 위해서는 푸셰와 같은 기질의
장관이 더없이 필요했다.

나폴레옹은 생 클루 공원을 홀로 거닐었다. 좀전에 읽은 그 슈
앙파의 처형 보고서가 뇌리에서 사라지지 않았다. 카두달은 입술

에 미소를 머금고 올랐다. 그는 단두대 위에 똑바로 서서 "왕 만세!"를 외쳤다.

　—카두달, 그는 진정한 사내다. 그는 앞으로 나에 대항하여 일어설 인간들의 모범이 될 것이다.

제3권 『아우스터리츠의 태양』으로 이어집니다

나폴레옹 연보

■ 용어 해설

나폴레옹 법전 프랑스 민법전(民法典). 캉바세레스가 이끄는 법률가 위원회가 여러 해에 걸친 작업 끝에 1804년 3월에 완성했다. 이후 여러 차례 개정을 거쳐 오늘날까지 이르렀으며 19세기 유럽과 라틴아메리카 거의 모든 나라의 민법전에 중대한 영향을 미쳤다.

레지옹 도뇌르 훈장 프랑스 공화국의 최고 훈장. 지위·신분·종교·남녀에 관계없이 국가에 최고의 봉사를 한 자에게 수여되는 훈장으로 1802년 5월 19일 제1통령 나폴레옹에 의해 제정되었다.

뤼네빌 조약 1801년 2월 9일 프랑스의 조제프 보나파르트와 오스트리아의 코벤츨 사이에 체결되었다. 오스트리아가 캄포 포르미오 조약의 조항들을 재가한 것으로, 오스트리아는 벨기에 양도를 받아들였고, 프랑스가 라인 강 좌안을 차지하는 것을 인정하였다.

리구리아 공화국 나폴레옹이 1797년 제노바와 그 주변지역에 세운 공화국. 프랑스 총재정부를 본떠 만들었으며, 프랑스와 동맹관계를 맺었다.

마렝고 전투 제2차 동맹전쟁 때 나폴레옹이 프랑스에 대항한 유럽 국가들에게 가까스로 이긴 전투(1800. 6. 14). 이탈리아 북부의 마렝고 평원에서 나폴레옹이 이끄는 프랑스군 약 2만 8천 명과 멜라스 장군이 이끄는 오스트리아군 3만 1천 명이 맞붙었다. 이 전투로 프랑스는 롬바르디아를 점령했고 나폴레옹은 파리에서 군사적·국민적 위신을 높일 수 있었다.

맘루크 '노예'를 뜻하는 아랍어에서 유래. 중세 때 여러 이슬람 국가들에서 자신들의 군사력을 이용하여 기존의 합법적인 정부를 무너뜨리고 권력을 장악했던 노예 군단의 병사를 일컫는다.

바타비아 공화국 네덜란드의 공화국. 1794~1795년의 전투 동안 프랑스군에 의해 점령된 뒤 1798년 4월에 세워졌다. 그후 프랑스의 총재정부를 본뜬 정부를 갖추었고, 동맹관계로 프랑스에 속박되어 있었다. 1806년 나폴레옹의 동생 루이를 국왕으로 하는 네덜란드 왕국으로 대체되었다.

생 클루 성(城) 센 강 좌안에 있는 파리 서쪽의 외곽 주거지역인 생 클루에 있었던 성. 16세기에 피에르 드 공디에 의해 세워졌다. 1785년에 루이 16세의 왕비 마리 앙투아네트가 매입하였다. 나폴레옹이 안개달 18일의 쿠데타로 5백인 회의를 이전시킨 곳이 바로 이 성의 별관인 오랑주리 관(館)이다. 나폴레옹이 마리 루이즈와 결혼한 곳도 이 성이었다.

아미앵 조약 1802년 3월 27일 프랑스 아미앵에서 영국, 프랑스, 스페인, 바타비아 공화국 사이에 맺어진 평화 조약. 이 조약으로 유럽은 나폴레옹 전쟁 중 14개월 동안 평화를 얻게 된다.

아부키르 해전 이집트의 작은 만 아부키르에서 1798년 8월 1일 브뤼예스 제독의
프랑스 함대가 넬슨 제독이 지휘한 영국 함대에 참패한 전투. 이 전투에서 프랑스
함대의 기함 로리앙 호가 침몰되었으며, 이로 인해 나폴레옹의 이집트 원정은 치명
적인 타격을 받았다. 이 전투는 나폴레옹이 질 수도 있음을 유럽에 알린 비극적인
사건이었다.

안개달 18일의 쿠데타 1799년 11월 9일과 10일에 나폴레옹이 총재정부 체제를
뒤엎고 통령정부를 수립한 쿠데타. 나폴레옹의 전제정치의 서막을 열었으며, 흔히
프랑스 혁명의 실질적 종말로 간주된다.

앵발리드 기념관 1670년 루이 14세에 의해 파리에 세워진 상이군인 치료 보호소
였다. 이후 1679년부터 8년여에 걸쳐 추가 건립, 완성되었다. 성 루이 성당의 금빛
돔이 찬란한 외관을 드러내고 있으며, 이 돔 아래에 나폴레옹의 유골이 안치되어 있다.

오렌지 전쟁 프랑스와 스페인이 포르투갈을 상대로 싸운 짧은 기간의 전쟁
(1801). 이 전쟁은 1800년 프랑스의 정치적, 경제적 세력을 받아들이고 영토의 주요
부분을 할양하라는 나폴레옹의 요구를 포르투갈이 거부함으로써 일어났다. 올리벤사
전투에서 승리한 고도이가 근처의 엘바스에서 오렌지를 따 리스본으로 진군하겠다는
전갈과 함께 스페인 여왕에게 보냈는데 이런 이유로 이 전쟁을 오렌지 전쟁이라고
부르게 되었다. 올리벤사 전투 이후 포르투갈은 프랑스, 스페인과 바다호스 평화 조
약을 맺었다.

오를레앙파(派) 18, 19세기에 부르봉 왕가의 오를레앙 가계(루이 14세의 동생인
오를레앙 공작 필립의 후손)를 지지한 프랑스 입헌군주제 정파. 대단한 재산가들이
었던 오를레앙파는 오랫동안 부르봉 왕가의 월권 행위에 대항하는 중심세력이었다.

오스만 제국 14세기 비잔틴 제국의 쇠퇴로부터 1922년 터키 공화국이 건설될 때
까지 지속되었던 아나톨리아의 투르크 족이 세운 제국.

콩코르다(정교 협약) 교회와 세속의 정치권력이 상호관심사에 관하여 체결한 국
제법상의 효력을 갖는 협정. 1801년 7월 나폴레옹과 교황 비오 7세 사이에 맺어졌다.
이후 1세기에 걸쳐 교회와 국가의 관계를 규정하게 된 이 협약은 1802년 4월에 발
효되었다.

토스카나 이탈리아 중부에 있는 지방. 토스카나라는 이름은 B.C.1000년경 이 지
역에 정착했던 에트루리아 족으로부터 유래되었다. 1434년 메디치 가문이 피렌체의
지배세력으로 출현하여 이 지역을 점차 통일시키면서 토스카나는 공국(公國)으로 전
환되었다.

통령정부 나폴레옹의 안개달 18일 쿠데타(1799. 11. 9) 이후 성립된 정부. 나폴
레옹은 쿠데타를 일으켜 총재들을 사퇴시키고 입법부를 해산했으며 로제 뒤코, 시에
예스와 함께 3인 통령에 취임했다. 그후 나폴레옹은 종신통령이 되어(1802) 정권을

독점했다. 1804년 나폴레옹이 황제가 될 때까지 존속되었다.

　폼페이의 기둥　알렉산드리아에 있는 고대 도시의 유적. 로마 황제 디오클레티아누스가 세운 도서관에 있던 기둥의 하나로 추정된다. 높이는 약 27미터이며, 아스완의 적색 화강암으로 만들어졌다. 원래는 기둥이 4백 개나 있었다고 한다.

　혁명력 8년 헌법　1799년 12월 공포, 1802년과 1804년에 일부 수정되기는 했지만 15년간 효력을 발휘했다. 3인의 통령으로 구성되는 통령정부의 출현을 규정한 헌법. 10년 임기로 원로원이 선출하는 세 명의 통령(나폴레옹, 캉바세레스, 르브렝)에게 행정권을 부여했으나 실제로는 제1통령(나폴레옹)만이 엄청난 권한을 지녔다. 반면 입법부는, 행정부가 임명하고 법의 초안을 기초할 책임을 지는 약 50명의 고위 관료로 구성되는 국가참사원과, 세 개의 의회, 즉 법률 초안을 토론하는 책임의 법제심의원, 토론 없이 초안에 대한 의견을 책임지는 입법원, 헌법의 수호자인 원로원으로 구성되었다.

　혁명력 10년 헌법　1802년 8월 공포. 이 헌법에 의해 나폴레옹은 종신통령에 취임했으며, 그의 공식 호칭이 비로소 '나폴레옹 보나파르트'가 되었다.

■ 주요 인물

　고도이(1767~1851)　스페인 왕실의 총신(寵臣)으로 두 번이나 총리를 지낸 인물. 1801년 그는 프랑스의 압력에 굴복해 스페인군을 이끌고 영국의 동맹국인 포르투갈로 쳐들어감으로써 삼 주간에 걸친 '오렌지 전쟁'에 가담했다.

　고이에(1746~1830)　프랑스의 정치가. 1793년 법무장관이 되었고, 1799년에는 총재정부의 의장이 되었다. 시에예스와는 적대관계였으며, 안개달 18일의 쿠데타 이후 사임했다.

　네(1769~1815)　가장 유명했던 나폴레옹의 부하장군 가운데 한 사람. 1792년 발미와 젬마프에서 벌어진 첫 전투에서부터 1800년 제1공화국이 마지막으로 치른 호엔린덴 전투에 이르기까지 혁명전쟁에 두루 참가했다. 1804년 나폴레옹 살해 음모에 관련되어 공개재판에 넘겨졌으나, 나폴레옹이 황제에 오른 후 원수로 진급되었다.

　다부(1770~1823)　나폴레옹의 야전(野戰) 사령관. 이집트 원정에 참여한 뒤 사단장으로 진급했다. 정예부대인 제3군단의 사령관으로 임명된 후에는 아우스터리츠, 예나, 바그람에서 벌어진 전투를 승리로 장식하는 데 눈부신 활약을 했다.

　다비드(1748~1825)　당대의 가장 저명한 프랑스 화가. 1789년 프랑스 혁명이 일어나자 혁명정부의 미술 집정관으로 일하면서 혁명 지도자들과 희생자들을 주로 그렸고 나중에는 나폴레옹 전속화가가 되었다. 작품으로 '마라의 죽음'이 유명하다.

드제(1768~1800) 프랑스의 영웅적 군인. 1792년부터 일어난 프랑스 혁명 전쟁중 독일, 이집트, 이탈리아 원정에서 뛰어난 활약을 보였다. 1798년에 이집트 파견 사단 지휘를 맡았고, 피라미드 전투에서 이집트의 맘루크 무라드 베이가 이끄는 군대와 치열하게 싸운 끝에 승리하여 상이집트를 점령했다. 1800년 마렝고 전투를 승리로 이끈 직후 가슴에 총을 맞고 죽었다.

로제 뒤코(1747~1816) 프랑스의 정치가. 국민공회의 산악파 의원, 원로원 위원. 혁명력 6년(1798년) 꽃달 22일 이후 해임되었다가 혁명력 7년(1799년) 초원달의 쿠데타 때 총재정부의 총재가 된다. 안개달 18일의 쿠데타를 지지했고, 3인 통령 중 하나가 되지만 곧 그 자리를 르브렝에게 넘겨준다.

뢰드레르(1754~1835) 프랑스 정치가. 1789년에 삼부회 제3신분 대표위원으로 선출되었다. 1791년 자코뱅 클럽의 일원이었고, 1792년 8월 10일 튈르리 궁 점령 사태 당시 왕에게 입법의회로 피신하라고 종용했다. 국민공회 시기에는 정계에서 물러나 있었고, 총재정부 시기에는 경제정책 교육에 매진하였다. 안개달 18일의 쿠데타를 인정한 그는 국가참사원 위원, 원로원 위원(1802), 나폴리 왕국의 재무장관(1806) 등을 연이어 역임했다.

르브렝(1739~1824) 프랑스의 정치가. 1799~1804년에 제3통령을 지냈고 1804~1814년에는 나폴레옹 제정하의 재무장관이었다가 1811~1813년 네덜란드 총독을 지냈다.

르클레르(1772~1802) 프랑스의 장군. 1793년 나폴레옹과 함께 툴롱 공략에 참여했다. 이탈리아 원정과 이집트 원정에도 참여했으며, 1797년 나폴레옹의 여동생 폴린과 결혼했다. 1799년 안개달 18일의 쿠데타에도 합류했으며 1802년 산토도밍고 원정에서 죽었다.

모르티에(1768~1835) 프랑스의 장군, 나폴레옹 군대의 원수(元帥). 트레비세 공작이라고도 함. 아미앵 평화조약이 깨진 뒤 1803년 4월 하노버 공국을 점령했고, 1804년 5월에 나폴레옹으로부터 18명의 원수 가운데 한 사람으로 임명받았다.

빅토르(1764~1841) 프랑스의 장군. 프랑스 혁명과 나폴레옹 전쟁에서 활약했고 1807년 프랑스의 육군원수로 임명되었다. 1796~1797년 이탈리아 원정에 참여했으며 마렝고 전투에서 싸웠다.

빌뇌브(1763~1806) 프랑스의 해군 제독. 1805년 트라팔가르 해전에서 프랑스 함대를 지휘했다. 나폴레옹이 이집트를 원정할 때 프랑스 함대의 한 분대를 지휘했다. 1805년 영국을 침공하려는 나폴레옹의 계획에서 중요한 역할을 맡았다.

사바리(1774~1833) 프랑스의 장군, 행정관. 나폴레옹의 충복으로 알려져 있다. 1790년 군대에 들어가 라인 원정에 참전했다. 1800년 나폴레옹의 부관으로 있었으며, 나폴레옹의 경호대장에서 사단장으로 빠른 승진을 했다. 1804년 카두달, 피슈그뤼가 이끄는 왕당파의 음모를 직접 조사했다.

성(聖) 루이 프랑스 카페 왕조에서 가장 인기 있었던 왕(재위기간 1226~1270). 1248~1250년 제7차 십자군 원정을 이끌었으며 튀니지로 한 차례 더 원정을 벌이던 중 죽었다. 1297년 8월 11일 성인(聖人)으로 추앙되었다.

술트(1769~1851) 프랑스의 군사 지도자, 정치가. 전투에서 보여준 용기와 정치에서 드러낸 기회주의로 유명하다. 1794년 플뢰뤼스 전투에서 공을 세워 장군이 되었다. 그는 정력과 대담성 및 전법으로 명성을 쌓았다. 나폴레옹 시절에 나폴리 왕국 남부를 맡았고, 1804년에는 프랑스 육군 원수로 임명되었다.

스탈(1766~1817) 프랑스계 스위스의 작가, 정치선전가, 사교계의 좌담가. 유럽 사상사에서 낭만주의 이론가로서 중요한 문학적 업적을 남겼다. 그녀는 지식인들을 위한 살롱을 운영하여 명성을 얻었으며 정치적으로도 중요한 인물이었다. 당시 유럽인들은 그녀를 나폴레옹과 앙숙으로 여겼다.

이드 드 네빌(1776~1857) 프랑스의 정치가. 왕당파이며, 대혁명 기간 동안 부르봉 왕가의 하수인 노릇을 했다. 1800년의 나폴레옹 암살미수 폭파사건에 공모했다가 고발당했다.

쥐노(1771~1813) 프랑스의 장군. 나폴레옹 밑에서 제1부관으로 활약했다. 승진에 승진을 거듭한 그는 1797년 연대장이 되었으며, 1801년에는 사단장이 되었다. 시리아 원정에 참여해 명성을 얻었다.

카두달(1771~1804) 프랑스의 음모가. 반혁명파들이 일으킨 방데 반란에 참여하였으며 슈앙파의 우두머리였다. 나폴레옹에 대항하는 두 건의 음모를 꾸몄다. 하나는 1800년 12월 24일 나폴레옹이 하이든의 오페라 '천지창조'를 듣기 위해 마차를 타고 오페라 극장에 가던 도중 생 니케즈 거리에서 발생한 시한폭탄 사건이고, 또 하나는 1803년 왕당파 앞잡이인 피슈그뤼와 함께 공모한 사건으로 실패로 끝나 두 명 모두 체포되었다. 카두달은 1804년 6월 25일 처형되었다.

카르노(1753~1823) 프랑스의 정치가, 장군, 군사기술 전문가. 안개달 18일의 쿠데타 후 1800년의 몇 달 동안 전쟁장관으로 잠시 활약하였으며, 1802년에는 법률심의 기구인 법제심의원의 일원으로 임명되었다.

카를 대공(1771~1847) 오스트리아의 대공(大公). 육군 원수로서 군대 개혁가이며 군사 이론가였던 그는 나폴레옹 시대의 프랑스 장군들과 싸워 이길 수 있는 대불동맹군측의 몇 안 되는 사령관 중 하나였다. 1792년부터 프랑스를 상대로 하는 전쟁에 참가하여 1793년 알덴호벤과 네르윈덴 전투, 1796년의 전투, 제2차 대불동맹전쟁(1798~1802)에서 거듭 승리하여 유럽에서 가장 우수한 사령관으로 부각되었다. 그러나 1809년 바그람에서 벌어진 필사적인 전투에서 패전의 고배를 마신 후 일선에서 물러나 더이상 나폴레옹 전쟁에 참가하지 않았다.

카바니스(1757~1808) 프랑스의 의사이자 철학자. 위생학과 의학 교수였으며, 정치계에도 투신하여 활발히 활동했다. 나폴레옹이 정권을 잡도록 도왔으나 나중에는 그를 비난했다.

켈레르만(1735~1820)　프랑스의 장군. 1792년 9월 발미에서 프로이센 군대를 물리쳐 프랑스 혁명정부를 위협하는 침략 기도를 막아냈다. 1799년 나폴레옹이 집권하자 상원의원으로 임명되었다. 유능한 군사행정가로서 실력을 발휘해 1804년 프랑스군 총사령관으로 임명되었고 4년 후 발미 공작이 되었다.

코벤츨(1741~1810)　오스트리아의 정치가, 총리. 오스트리아령 네덜란드를 포기하는 대가로 바이에른을 얻으려 했으나 실패했다. 1787년 부총리가 된 그는 오스트리아령 네덜란드의 반란을 평정했고 1792년 총리 자리에 올랐다.

콘살비(1757~1824)　이탈리아의 추기경, 정치가. 그는 나폴레옹과 협조하는 것이 중요하다는 사실을 인식하고 정교 협약을 협의하기 위해 프랑스로 갔다(1801).

콘월리스(1738~1805)　영국의 군인, 정치가. 영국측 전권대사로서 영국과 프랑스 간의 아미앵 평화 조약(1802. 3. 27)을 협상했다.

투생 루베르튀르(1743경~1803)　프랑스 혁명 때 일어난 아이티 독립운동의 지도자. 노예를 해방시키고 잠시 동안 아이티를 흑인이 통치하는 프랑스 보호령으로 만들었다.

포르탈리스(1746~1807)　프랑스의 법률가, 정치가. 프랑스 법 체계의 기초가 되는 프랑스 민법전인 나폴레옹 법전의 주요 초안자의 한 사람이었다. 1800년 제1통령 나폴레옹의 임명으로 참의원 겸 프랑스 민법전의 편찬을 위한 4인 위원회의 위원이 되었다. 1801년 그는 나폴레옹과 교황 비오 7세 사이에 체결된 정교 협약을 상당 부분 기초했다.

폭스(1749~1806)　영국의 초대 외무장관(1782, 1806), 국무장관(1783). 그는 1802년의 아미앵 조약 체결로 귀결지어진 평화협상을 찬성했으나 한편으로 이것을 나폴레옹에게 "우리가 정복한 것을 모두 넘겨주는 부끄러운 행위"라고 말했다.

퐁탄(1757~1821)　프랑스의 문필가. 제1제정 때 가톨릭과 보수주의를 대변했으며 나폴레옹에 의해 파리대학교 총장으로 임명되었다. 1797년 추방되어 런던에서 2년간 생활하면서 프랑스 낭만주의를 창시한 샤토브리앙을 친구로 사귀었다. 1799년에 귀국, 정치·문학 잡지『메르퀴르 드 프랑스』를 창간했다.

피트(1759~1806)　영국의 정치가. 1782년 재무장관을 시작으로 1783년 총리가 된 후 2회에 걸쳐 총리를 역임했다(재임기간 1783~1801, 1804~1806). 프랑스 혁명과 나폴레옹 전쟁 기간 총리로 있으면서 프랑스의 가장 큰 적으로 부상했다. 극렬한 전쟁 지지자로서, 제3차 대불동맹을 주도했던 인물이다.

옮긴이 **임헌**

서울대학교 불어교육과와 동대학원 불문과를 졸업했다. 프랑스 투르의 프랑수아 라블레 대학교에서 발자크 연구로 문학박사 학위를 받았다. 현재 인하대학교 프랑스언어문화학과 교수로 재직중이다. 「청년기 발자크, 혹은 근대적 작가의 탄생」 「트랜스문화론의 변주(I–III)」 등 다수의 논문을 발표했고, 『크림슨 리버』 『똥오줌의 역사』 『EXIT』 『금성의 약속』 『모세』 『클레오 파트라』 『발자크』 등을 우리말로 옮겼다.

문학동네 세계문학

나폴레옹 제2권 전장의 신

1판 1쇄	1998년 8월 15일
1판 14쇄	2017년 7월 17일

지 은 이	막스 갈로
옮 긴 이	임헌
펴 낸 이	염현숙
펴 낸 곳	(주)문학동네
출판등록	1993년 10월 22일 제406-2003-000045호

주 소	10881 경기도 파주시 회동길 210
전자우편	editor@munhak.com
전화번호	031) 955-8888
팩 스	031) 955-8855

ISBN 978-89-8281-135-7 04860
      978-89-8281-131-9 (세트)

www.munhak.com

인류 역사가 시작된 이래, 역사를 지배한 것은 항상 승리의 법칙이었다.
그 외의 다른 법칙은 없다.
—나폴레옹

마렝고 전투(1800.6) 카를 베르네 그림.

이 그림은 나폴레옹 당시의 종군화가들이 그린, 생생한 현장감이 담긴 작품이다.